LABYRINTHE

Kate Mosse, auteur anglais, est cofondatrice et présidente honoraire du Orange Prize for Fiction. Elle vit en France, à Carcassonne. *Labyrinthe* a reçu aux British Book Awards le prix Richard and Judy Best Read of the Year (2005).

KATE MOSSE

Labyrinthe

ROMAN TRADUIT DE L'ANGLAIS PAR GÉRARD MARCANTONIO

LATTÈS

Titre original :

LABYRINTH
Publié par Orion Books.

ISBN : 978-2-253-11900-5 – 1re publication LGF

À mon père, Richard Mosse, homme intègre,
chevalier *des temps modernes.*

À Greg, comme toujours, pour toutes les choses
passées, présentes et à venir.

Note de l'auteur

Rappel historique

Au mois de mars de l'an 1208, le pape Innocent III lançait une croisade contre une secte de chrétiens du Languedoc, communément appelés cathares. Eux-mêmes se disaient « bons chrétiens », quand Bernard de Clairvaux les qualifiait d'« albigeois », et les registres de l'Inquisition d'« hérétiques ». Innocent III entendait ainsi chasser les cathares et, de ce fait, restaurer l'autorité de l'Église catholique dans le midi de la France. En soumettant la noblesse du Sud, jusqu'alors farouchement indépendante, les barons du Nord qui se joignaient à cette croisade virent une occasion inespérée d'étendre leurs domaines, accroître leurs biens et développer leur négoce.

Bien que la notion de croisade soit un élément important de la chrétienté moyenâgeuse de la fin du xɪᵉ siècle, et qu'en 1204, au siège de Zara, les seigneurs de la quatrième croisade se fissent les alliés des chrétiens[1], c'était la première fois que la guerre sainte était portée en sol européen. C'est ainsi que la persécution, des cathares aboutit directement à l'Inquisition, instaurée dès 1233 par les Dominicains, surnommés Frères noirs.

---

1. Zara était alors une ville chrétienne, et les croisés avaient refusé de l'attaquer, ainsi que les Vénitiens l'avaient demandé. *(N.d.T.)*

Quelles que fussent les motivations de l'Église catholique et des chefs temporels comme Simon de Montfort, la croisade albigeoise fut avant tout une guerre d'occupation, un tournant dans l'histoire de ce que serait la France d'aujourd'hui. Elle marqua la fin de l'indépendance du pays d'oc, en même temps que la disparition de ses traditions, de ses idéaux et de son mode de vie.

Les termes « cathare » et « croisade » ne figurent pas dans les documents de l'époque, tout comme pour parler d'armée l'on faisait référence à l'« host », ou « ost » en langue occitane. Néanmoins, les termes de « cathare » et de « croisade » étant entrés dans l'usage, j'y ai parfois recours aux fins d'une meilleure compréhension.

Rappel linguistique

Au Moyen Âge, la *langue d'oc*, dont la région du Languedoc a emprunté le nom, se parlait dans le Midi, de la Provence à l'Aquitaine. C'était aussi la langue de la Jérusalem chrétienne et des terres occupées par les croisés dès 1099. On la pratiquait également dans certaines régions du nord de l'Espagne et de l'Italie. Le provençal et le catalan en sont issus.

Au XIIIe siècle, la *langue d'oïl*, précurseur du français d'aujourd'hui, était parlée dans le nord de la France.

Au cours des invasions du Sud par les armées du Nord, qui commencèrent en 1209, les barons français imposèrent leur langue aux régions occupées. Au milieu du XXe siècle, la langue occitane connut un regain de popularité grâce à des écrivains, des historiens et des poètes comme René Nelli, Jean Duvernoy, Déodat Rocher, Michel Roquebert, Anne Brenon, Claude

Marti et bien d'autres. Au moment où je rédige ces lignes, il existe dans la Cité, au cœur de la citadelle médiévale de Carcassonne, une école qui enseigne concurremment le français et l'occitan. L'on peut aussi voir sur les panneaux indicateurs les noms de villes et de régions dans leur appellation d'origine.

Dans cet ouvrage, afin de faire la distinction entre les Languedociens et l'envahisseur français, j'use à la fois de nominations françaises et occitanes. Ainsi, l'on y retrouve aussi bien les termes de Carcassonne que de Carcassona, de Toulouse que de Tolosa, de Béziers que de Besièrs.

Citations et extraits de poésies sont tirés de *Proverbes et Dictons de la langue d'oc*, de l'abbé Pierre Trinquier, et des *33 Chants populaires du Languedoc*.

Inévitablement, des différences subsistent entre la prononciation occitane originelle et son usage contemporain. Par souci de cohérence, je me suis référée au dictionnaire français-occitan *La Planquetta* d'André Lagarde.

La traduction des termes utilisés se trouve dans un glossaire, à la fin de cet ouvrage.

« Vous connaîtrez la vérité et la vérité
fera de vous des hommes libres. »

Évangile selon Jean, 8.32.

« L'histoire est un roman qui a été, le roman
est une histoire qui aurait pu être. »

Émile et Jules de Goncourt.

« *Tèn përdu, jhamâi së rëcobro.* »
Le temps perdu ne se retrouve jamais.

Proverbe occitan du Moyen Âge.

Prologue

I

Pic de Soularac
Monts Sabarthès
Sud-ouest de la France

Un filet de sang coule sur l'intérieur de son avant-bras, fin liseré vermeil sur une manche immaculée.

Au début, Alice croit que c'est une mouche et ne s'en préoccupe pas. Les insectes font partie des inconvénients inhérents aux sites archéologiques et, pour une raison qu'elle ignore, elle a constaté qu'il y en a bien plus ici, en altitude, qu'en contrebas, sur le site de recherche principal. Puis une goutte écarlate éclabousse sa jambe nue avec la soudaineté d'un feu d'artifice.

Cette fois, elle regarde et s'avise que la blessure qu'elle s'est faite à la saignée du coude s'est rouverte. L'entaille, profonde, ne semble pas en voie de cicatrisation. Poussant un soupir, elle réajuste son pansement, le tient un instant pressé contre la plaie puis, comme elle est seule, lèche le sang qui ruisselle sur son poignet.

De sa casquette s'échappent des mèches couleur de sucre roux qu'elle repousse derrière l'oreille pour s'essuyer le front de son mouchoir. Attrapant sa queuede-cheval, elle en fait un nœud qu'elle maintient serré sur la nuque.

Déconcentrée, Alice se redresse et étire ses jambes minces, légèrement hâlées. Entre sa casquette, ses jeans coupés à mi-cuisse et le débardeur blanc qui lui moule la poitrine, on croirait presque à une adolescente. Elle y est habituée. L'âge aidant, elle a même appris à en tirer avantage. Seule touche de coquetterie, ses délicates boucles d'oreilles en forme d'étoile qui scintillent comme des sequins d'argent.

Alice dévisse le bouchon de sa gourde. C'est tiède, mais elle a trop soif pour s'en formaliser, et se désaltère à grandes gorgées. En bas, le ruban bosselé de la route semble vibrer sous la touffeur de juillet, cependant qu'au-dessus d'elle, le ciel déploie son azur infini. Cachés dans l'herbe sèche, les criquets font entendre leur stridulation monocorde.

Cela a beau être son premier séjour dans les Pyrénées, elle s'y sent vraiment comme chez elle. On lui a raconté qu'en hiver les monts Sabarthès et leurs pics dentelés sont recouverts de neige, qu'au printemps de délicates fleurs blanches, roses et mauves jaillissent de chaque anfractuosité de rocher, et qu'au début de l'été les pâturages sont piqués de boutons d'or ; mais aujourd'hui, le soleil a tout assujetti, changeant les prés verdoyants en étendues brunâtres. C'est un bel endroit, songe-t-elle encore, malgré l'impression d'inhospitalité qui s'en dégage, car c'est aussi un lieu plein de secrets, de ceux qui en ont trop vu, qui se sont tus trop longtemps pour être en paix avec eux-mêmes.

Au camp de base dressé sur un dévers, Alice aperçoit ses collègues rassemblés sous le grand auvent de toile. Elle ne distingue que Shelagh dans son ensemble noir.

Elle s'étonne que le groupe fasse une pause alors que la journée commence tout juste ; il est vrai que l'équipe est un peu démoralisée.

Tâche pénible et peu gratifiante que de creuser, gratter, classer, répertorier, cataloguer, surtout quand rien de significatif ne justifie tant d'efforts. Or, pour l'heure, leurs trouvailles se bornent à des fragments de vases et de bols, quelques pointes de flèche aussi, datant des XIIᵉ et XIIIᵉ siècles ; absolument rien du paléolithique, toutefois, objet initial du projet.

Alice est tentée de descendre rejoindre ses amis pour qu'on lui refasse son pansement. Sa blessure est douloureuse. Elle a les épaules nouées et les jambes ankylosées d'être restée trop longtemps accroupie. Mais elle sait qu'elle perdrait son rythme si elle s'arrêtait maintenant.

Par bonheur, la chance semble lui sourire. Un peu plus tôt, un objet qui luisait faiblement sous un énorme rocher gris a capté son attention, un objet dont la partie visible est restée nette et lisse, comme glissée là tout récemment par la main d'un géant. Bien qu'incapable d'en définir la taille ou la nature, elle a creusé toute la matinée et pense que ses efforts seront bientôt récompensés.

Elle sait aussi qu'elle devrait demander assistance ou, du moins, en référer à Shelagh, sa meilleure amie, également directeur adjoint des fouilles, car elle n'est pas archéologue, mais une simple néophyte désireuse d'employer une partie de ses vacances à une activité digne d'intérêt. Il se trouve justement que son séjour arrive à son terme et qu'elle aimerait partir en ayant fait ses preuves. Sauf que, si elle descend au camp et déclare qu'elle a trouvé quelque chose, tout le monde va s'en mêler et ce ne sera plus sa découverte.

Dans les jours, les semaines à venir, Alice se rappellera cet instant. Elle se souviendra de la lumière de cette matinée, du goût métallique de la poussière et du sang dans sa bouche. Elle se demandera combien de choses auraient été différentes, si elle avait décidé de partir au lieu de rester, si elle avait suivi les règles qu'on lui a édictées.

Elle finit le fond de sa gourde, la range dans son sac à dos et, pendant près d'une heure, alors que le soleil se fait plus haut et la chaleur plus écrasante, Alice travaille sans relâche. Les seuls bruits environnants sont le raclement de sa pelle contre le rocher, l'incessant bourdonnement des insectes et, de temps à autre, le vrombissement d'un petit avion dans le lointain. Elle sent les gouttes de sueur perler entre ses seins et sur le bord de sa lèvre supérieure, mais elle s'évertue jusqu'à ce que le trou qu'elle a creusé sous le rocher soit assez grand pour y glisser la main.

S'agenouillant, Alice prend appui en plaquant l'épaule et la joue contre le rocher puis, avec un tressaillement d'excitation, plonge ses doigts dans la cavité. Instantanément, elle comprend que son instinct ne l'a pas trompée, que sa trouvaille est d'importance. C'est lisse, légèrement poisseux comme du métal recouvert de vase, rien en tout cas qui ressemble à de la terre cuite. S'exhortant au calme, elle saisit fermement l'objet et le porte lentement à la lumière. Le sol semble frémir, réticent à se départir de son précieux trésor.

Une puissante odeur d'humus et de terre la saisit à la gorge, sans qu'elle en ait conscience, tant elle est déjà projetée à des époques lointaines, tout à l'objet qu'elle tient dans le creux de ses mains. C'est une boucle ronde et lourde qu'un long enfouissement a piqueté de vert et de noir. Alice la frotte entre ses doigts et esquisse un sourire lorsqu'elle distingue des incrustations de cuivre et d'argent. À première vue, cette boucle date, elle aussi, de l'époque médiévale ; elle ressemble à ces fibules servant à maintenir sur les épaules les capes et les longs manteaux.

Son aspect ne lui est pas étranger, cependant Alice se méfie des conclusions hâtives que suscite parfois une première impression. Pourtant, elle ne peut s'empêcher de penser à son propriétaire disparu depuis des siècles, à ce même lieu qu'il aura arpenté, à son histoire qu'il lui reste à découvrir.

Absorbée dans ses réflexions, elle ne voit pas le rocher osciller sur sa base. Mais quelque chose, une sorte de sixième sens, l'incite à lever les yeux. Une fraction de seconde, le monde lui semble en suspens, en dehors de l'espace et du temps. L'énorme bloc de pierre qui bascule lentement vers elle la fascine.

À l'instant ultime, la lumière se fait dans son esprit. Le charme est rompu. Alice se jette, mi-glissant, mi-titubant, sur le côté, juste à temps pour ne pas être écrasée. Le rocher heurte le sol avec un bruit sourd en soulevant un nuage de poussière ocré, puis se met à rouler, comme au ralenti, pour s'immobiliser un peu plus bas, à flanc de montagne.

Alice s'agrippe de toutes ses forces aux buissons pour ne pas dévaler en bas de la pente. Étourdie, désorientée, elle gît un moment dos contre terre. Un frisson glacial lui parcourt l'échine quand elle comprend le péril auquel elle vient d'échapper. Il s'en est fallu de peu, songe-t-elle. Afin de dissiper son vertige, elle s'astreint à de longues inspirations.

Peu à peu, les tempes cessent de lui battre, tandis que se résorbe le nœud qui lui serre l'estomac. Tout revient à la normale, suffisamment, du moins, pour qu'elle puisse s'asseoir et recouvrer ses esprits. Ses genoux éraflés saignent un peu et, ne voulant pas lâcher sa précieuse boucle, elle s'est tordu le poignet. *A priori*, elle n'a que des bleus et quelques écorchures. Je m'en tire sans mal, se dit-elle.

Alors elle se met debout et entreprend de s'épousseter, avec le sentiment de s'être conduite comme une sotte. Elle ne comprend pas qu'elle ait pu commettre l'erreur aussi absurde de n'avoir pas préalablement assuré la stabilité du rocher. Elle regarde en contrebas, en direction du camp, et s'étonne, non sans un certain soulagement, que personne n'ait rien vu ni entendu. Elle lève déjà la main pour héler ses compagnons, quand une ouverture à flanc de montagne, à l'endroit même où se dressait le rocher, attire son attention. On dirait un passage découpé dans la montagne.

Il est notoire que ces monts sont criblés de grottes et de passages secrets, aussi n'en est-elle pas surprise. L'idée lui vient néanmoins à l'esprit que, tout invisible qu'elle fût, l'existence de cette ouverture ne lui était pas inconnue. *J'ai dû le pressentir…*

Alice hésite. Elle sait que quelqu'un devrait l'accompagner, qu'il serait inepte, voire dangereux d'y entrer sans le secours d'une personne expérimentée. Elle a aussi conscience des risques qu'elle court. De toute façon, elle n'aurait pas dû non plus être seule à creuser. Shelagh ne sait encore rien, et puis, quelque chose l'attire irrésistiblement. C'est une affaire qui ne regarde qu'elle. C'est sa découverte.

Enfin elle trouve absurde de les déranger, d'éveiller des espérances peut-être infondées. Si tant est que la grotte vaille la peine d'être explorée, il sera toujours temps d'en aviser quelqu'un. Elle ne touchera à rien. Elle se contentera d'y jeter un coup d'œil.

Cela ne prendra qu'une minute.

Elle remonte. Il y a un trou à l'entrée de la caverne, où le rocher montait la garde. Le sol y est humide, grouillant d'insectes et de vers chez qui cette brutale exposition à la lumière a semé la confusion. Sa casquette est là où elle est tombée, la petite pelle à l'endroit où elle l'avait laissée.

Alice scrute l'obscurité. D'à peine un mètre cinquante de haut, mais aussi large qu'une porte, le passage a l'air de prime abord d'origine naturelle. Cependant, comme ses doigts en effleurent les bords, elle constate de larges méplats dépourvus de toute aspérité à l'endroit où le rocher était appuyé.

Peu à peu, ses yeux s'habituent à la pénombre. Ce qu'elle voyait en noir devient gris, et ce qu'elle prenait pour une grotte se révèle le départ d'un étroit tunnel. Le frisson qui lui hérisse les poils de la nuque semble la mettre en garde, l'avertir que quelque chose l'observe, tapi dans l'ombre, et qu'il ne faut pas déranger. Mais cette idée lui paraît si puérile qu'elle s'empresse de l'écarter. Alice ne croit ni aux fantômes ni aux pressentiments.

Étreignant sa fibule comme s'il s'agissait d'un talisman, elle inspire profondément et, ployant l'échine, s'engage dans le tunnel. Une forte odeur de renfermé la submerge aussitôt, dont elle ressent les miasmes dans la bouche et jusque dans les poumons. Malgré le froid et l'humidité, elle ne décèle aucune trace de ces gaz fétides et empoisonnés propres à certaines grottes, contre lesquels elle doit se garantir. Aussi suppose-t-elle que le tunnel est ventilé. Afin de dissiper ses doutes, elle tire de sa poche un briquet qu'elle allume pour observer l'endroit et s'assurer également de la présence d'oxygène. La flamme vacille sous l'effet d'un courant d'air, sans s'éteindre pour autant.

Partagée entre l'appréhension et un vague sentiment de culpabilité, Alice enveloppe la broche dans son mouchoir, la glisse dans sa poche, puis avance prudemment d'un pas. Le halo de lumière est faible, suffisant néanmoins pour éclairer son chemin. Des ombres fantomatiques se dessinent sur le gris des parois déchiquetées.

Alors qu'elle progresse, le froid se love comme un chat autour de ses membres nus. Elle descend. Le sol est jonché de cailloux qui s'entrechoquent, roulent sous ses pas avec un bruit que le silence ambiant et l'obscurité semblent décupler. Elle a conscience que plus elle s'éloigne, plus le trou de lumière qu'elle laisse derrière elle va en s'amenuisant.

Brusquement, elle refuse de continuer ou de s'attarder en un pareil endroit. Une force inéluctable l'y oblige, pourtant, une force qui la pousse à s'enfoncer dans les profondeurs de la montagne.

Au bout de dix mètres le souterrain prend fin. Alice se retrouve sur le seuil d'une caverne, juchée sur une plate-forme en pierre naturelle. Devant elle, en contrebas, deux larges marches conduisent à l'aire centrale dont le sol est damé et nivelé. Dix mètres de long par environ cinq de large, l'endroit lui paraît d'emblée conçu par la main de l'homme. Le plafond est celui d'une crypte, bas et voûté.

Habitée par une indéfinissable impression de déjà-vu, Alice lève haut son briquet, et observe l'endroit. Comme elle s'apprête à descendre les marches, elle remarque une inscription gravée dans le rocher. Attentive, elle se penche et constate que seuls les trois premiers mots et la dernière lettre de ladite inscription sont lisibles – un N ou un H majuscules – tandis que les autres mots semblent effacés ou érodés par le temps. Chassant du bout des doigts la poussière qui la recouvre, elle épelle à haute voix, alors que son écho résonne, presque menaçant dans le silence sépulcral.

P-A-S A P-A-S... Pas à pas...

Pas à pas ? Pas à pas et puis ? Un souvenir flou, émergé de son inconscient, lui revient en mémoire un peu comme une comptine depuis longtemps oubliée. Mais, le temps d'y songer, il s'est déjà dissipé.

« *Pas à pas...* », reprend-elle dans un murmure. Cela ne signifie rien. Qu'est-ce donc ? Une prière ? Une mise en garde ? Sans autre indice, impossible d'y mettre un sens.

Elle se redresse, troublée, et descend un à un les degrés. La curiosité le dispute au pressentiment, et elle ne saurait dire si les frissons qui la parcourent le doivent à son malaise ou à la fraîcheur de l'endroit.

Soucieuse de ne pas glisser ou déplacer quelque objet, Alice brandit la flamme de son briquet. Arrivée en bas des marches, elle s'arrête, prend de longues inspirations, puis avance d'un pas au milieu des ténèbres. Elle ne distingue que les parois obscures de la grotte.

Est-ce une hallucination ou un effet d'optique, à cette distance, c'est difficile d'en juger, mais elle croit entrevoir des arcs de cercles concentriques peints ou peut-être gravés dans la roche. Devant, à un mètre vingt du sol, se dresse une table de pierre, semblable à un autel.

Tout à ses réflexions, Alice s'approche du motif sans le quitter un instant des yeux. À présent, la figure lui apparaît plus clairement. On dirait un labyrinthe, encore qu'un sentiment diffus lui souffle que ce n'est pas exactement cela. Il ne s'agit pas d'un vrai labyrinthe. Le tracé, bien qu'erratique, n'aboutit pas en son centre comme il le devrait. Le dessin est faux. Alice ne saurait expliquer pourquoi, mais elle est convaincue d'avoir raison.

Les yeux rivés sur le symbole, elle s'en approche pour en examiner les détails, quand elle heurte du pied un objet qui racle le sol en produisant un son creux, comme si elle l'avait changé de place.

Alice se penche et regarde.

Ses jambes se mettent alors à flageoler. Le souffle lui manque. La flamme de son briquet vacille. Un tombeau s'étend à ses pieds ; un tombeau étroit et très peu profond, à peine une dépression, dans laquelle reposent deux squelettes. Leurs os sont blanchis par le temps. L'un la fixe de ses orbites vides, l'autre, celui qu'elle a heurté, a le crâne tourné sur le côté comme s'il refusait de la regarder.

Les corps ont été installés côte à côte pour faire face à l'autel, pareils à deux gisants. Malgré leur alignement parfait et symétrique, rien en ce tombeau n'évoque la paix ni le repos de l'âme. La mâchoire de l'un a été fracassée, broyée, réduite à l'état de papier mâché. L'autre montre des côtes arrachées, puis hâtivement replacées, entremêlées comme les branches brisées d'un arbre mort.

Ils ne peuvent te faire de mal, songe-t-elle. Résolue à ne pas céder à la peur, Alice se force à s'accroupir en veillant à ne rien déplacer. Parcourant des yeux la sépulture, elle découvre, posée entre les corps, une dague à la lame oxydée et quelques fragments d'étoffe ; un sac aussi, en cuir tressé, assez grand pour contenir un manuscrit ou un coffret. Alice se rembrunit : elle est certaine d'avoir vu quelque chose de semblable auparavant, mais sa mémoire persiste à ne lui rien révéler.

L'objet blanc et circulaire qu'un des squelettes retient entre ses phalanges repliées est si petit qu'il manque d'échapper à son examen. Sans douter un instant du bien-fondé de son geste, elle tire aussitôt des pincettes de sa poche et s'emploie précautionneusement à le récupérer. Puis, le portant à la hauteur de la flamme, elle souffle doucement dessus pour en chasser la poussière.

C'est un anneau de pierre polie, doux au toucher, simple jonc sans signe distinctif et cependant étrangement familier. En y prêtant plus attention, Alice y découvre un minuscule dessin gravé sur le bord intérieur. Elle pense d'abord à un poinçon puis, en un éclair, comprend. Son regard se porte sur le symbole dessiné au mur, avant de revenir se poser sur l'anneau.

Les motifs sont identiques.

Alice n'est pas mystique. Elle ne croit ni au paradis, ni à l'enfer, ni à Dieu ni à diable, ni même aux créatures maléfiques réputées hanter ces montagnes. Pourtant, pour la première fois de sa vie, le sentiment la submerge d'être confrontée à un phénomène surnaturel, quelque chose dépassant ses connaissances et sa compréhension. Un esprit malveillant qui ramperait sur sa peau et gagnerait tout son être, depuis la plante des pieds jusqu'à la racine des cheveux.

Son courage chancelle. Un froid pénétrant a brusquement envahi la grotte. La peur lui étreint la gorge. L'air qu'elle respire lui glace les poumons. Elle vacille. Sa présence profane ce lieu très ancien. À présent, elle n'aspire plus qu'à fuir, échapper à cette odeur de mort et de violence. Se retrouver à l'air libre, en pleine lumière.

Il est trop tard.

Au-dessus, au-dessous d'elle, retentissent des bruits de pas. Des pierres qui roulent frappent la paroi rocheuse en coups sourds et effrayants. On vient.

Alice pivote précipitamment sur ses talons, et dans sa hâte, lâche le briquet. La voilà plongée dans les ténèbres. Elle veut fuir, un vertige la saisit, et chaque pas la ramène à son point de départ. Ses jambes refusent de la porter. Elle trébuche.

Elle tombe. Et l'anneau qu'elle serrait dans sa main retourne au squelette auquel il appartenait.

II

Los Seres

À quelques kilomètres à l'est, à un vol de corbeau, dans un village oublié des monts Sabarthès, un homme grand et mince est assis à une table de bois verni.

La pièce où il se tient est basse de plafond, et de grandes dalles couleur de la terre rouge des montagnes contribuent à lui garder sa fraîcheur malgré la chaleur qui sévit à l'extérieur. Il y fait sombre, car le volet de l'unique fenêtre est clos. Seule source de lumière, le halo jaune d'une petite lampe à huile posée sur la table, près d'un verre rempli presque à ras bord d'un breuvage couleur lie-de-vin.

Plusieurs feuilles de papier de lin jonchent la table, toutes noircies d'un texte manuscrit. Dans le silence de la pièce, l'on n'entend que le raclement de la plume et le tintement clair des glaçons contre le verre chaque fois que l'homme le porte à ses lèvres. Subtile odeur d'alcool et de cerise. Le tic-tac de la pendule ponctue le passage du temps, tandis que l'homme marque une pause, réfléchit puis reprend sa rédaction.

Nous ne laissons en ce monde que le souvenir de ce que nous fûmes et de ce que nous y avons accompli. Une empreinte, rien de plus. J'ai beaucoup appris. J'ai gagné en sagesse. Mais ai-je pour autant bien agi ? Je ne saurais le dire. Pas a pas, se va luènh[1].

J'ai regardé le vert printemps céder la place à l'or de l'été, les flamboiements de l'automne aux blancheurs de l'hiver, quand je restais assis, attendant le crépuscule. Jour après jour, je me suis demandé : pourquoi ? Si j'avais su ce que serait de vivre pareil isolement, que d'être le témoin esseulé du cycle éternel de la vie et de la mort, qu'aurais-je fait de plus ? Je suis écrasé de solitude, Alaïs, trop affaibli aussi pour l'endurer plus longtemps. J'ai traversé cette longue vie avec le vide en mon cœur. Un vide, au fil des ans, devenu plus grand que mon cœur lui-même.

Je me suis efforcé de tenir les promesses que je t'ai faites. L'une est tenue, l'autre non exaucée. Jusqu'à ce jour. Depuis quelque temps, je te sens près de moi. Ce temps qui était nôtre va bientôt revenir. Tout l'indique. Bientôt, la grotte sera rouverte. Je le sais. Cette réalité me cerne de tous côtés. Et le livre si longtemps préservé sera, lui aussi, retrouvé.

L'homme fait une nouvelle pause et prend son verre. Ses yeux sont brouillés de souvenirs, mais le guignolet fort et sucré le revigore.

Je l'ai trouvée. Finalement. Et je me dis à présent : si tu lui donnes le livre, lui semblera-t-il familier ? Son souvenir est-il gravé dans sa chair et dans ses os ? Se rappellera-t-elle sa couverture aux couleurs chatoyantes ? Et si, une fois défaits les nœuds qui le tiennent refermé, elle l'ouvre doucement pour n'en pas

---

1. Pas à pas, l'on va loin (Qui veut voyager loin ménage sa monture). *(N.d.T.)*

altérer le fragile vélin, se souviendra-t-elle des mots qui, depuis des siècles, résonnent comme un écho ?

Alors que ma vie arrive à son terme, je prie pour avoir l'heur de réparer mes torts, de connaître enfin la vérité. Car seule la vérité me libérera.

L'homme s'adosse à son siège, et pose à plat sur la table sa main criblée de fleurs de sépulcre. Il a la chance, enfin, de savoir après si longtemps ce qui s'est passé.

C'est tout ce qu'il demande.

III

Chartres

Plus tard, ce même jour, à neuf cents kilomètres plus au nord, quelque part sous les rues de Chartres, un autre homme attend dans une galerie faiblement éclairée que commence une cérémonie.

Ses paumes sont moites, sa bouche sèche. Il ressent chaque fibre, chaque muscle de son corps, les pulsations de ses veines contre ses tempes. Il se sent oppressé, tendu, sans savoir s'il le doit à la fébrilité de l'attente ou au vin qu'il a absorbé. L'aube de coton dont il est revêtu lui pèse sur les épaules, et le cordon qui ceint sa taille pend gauchement sur la hanche décharnée. Il observe à la dérobée les deux silhouettes qui l'encadrent en silence, mais leurs capuchons lui cachent leurs visages. Il ignore si les hommes qui l'escortent partagent son angoisse ou si ce rituel leur est familier. Tout ce qu'il sait d'eux, c'est qu'ils portent la même robe que lui, sauf que la leur est dorée et la sienne blanche, qu'eux portent des chaussures, quand lui va pieds nus sur les dalles glaciales.

Très au-dessus de l'invisible dédale de galeries, les cloches de la cathédrale gothique se mettent à sonner. Il sent aussitôt ses accompagnateurs se raidir. C'est le signal qu'ils attendaient. Aussitôt, il baisse le front et tente de se concentrer sur l'instant à venir.

« Je suis prêt », murmure-t-il, davantage pour se rassurer que pour être entendu. Les deux hommes qui l'encadrent demeurent imperturbables.

Alors que le dernier tintement de cloche se fond dans le silence, son acolyte de gauche s'avance et, de la pierre qu'il tient dans la main, heurte par cinq fois la porte. De l'intérieur lui parvient la réponse : « *Dintrar.* Entrez. »

L'homme croit reconnaître la voix féminine. Mais il n'a pas le temps de se rappeler où et quand il l'a entendue, car la porte s'ouvre et lui révèle la pièce où il aspire à entrer depuis fort longtemps.

Les trois silhouettes encapuchonnées avancent ensemble d'un pas mesuré. Pour avoir maintes fois répété les phases du rituel, l'homme n'ignore rien de ce qui l'attend. S'il sait également ce qu'on attend de lui, sa démarche n'en est pas moins hésitante. Après l'obscure froideur des couloirs, l'endroit lui semble agréablement chauffé. Des chandelles disposées dans des alcôves et sur un autel dispensent un éclairage diffus, projetant sur le sol des ombres vacillantes.

L'adrénaline afflue dans ses veines, bien que ce cérémonial n'éveille en lui qu'une vague indifférence. Il ne peut toutefois réprimer un sursaut en entendant la porte claquer derrière lui.

Quatre aînés se tiennent aux quatre points cardinaux de la pièce. L'homme désespère de regarder ce qui l'entoure, mais il s'astreint à rester tête basse, le visage dissimulé sous son capuchon. Il devine plus qu'il ne voit l'assemblée des initiés, alignés par trois sur deux rangs, répartis sur les quatre côtés. Il sent la chaleur des corps, perçoit le rythme des respirations, même si personne ne bouge ni ne souffle mot.

Il se remémore le plan qu'on lui a préalablement remis et, conscient des regards qui pèsent sur lui, se dirige vers le sépulcre dressé au centre de la pièce. Un instant, il se demande si, dans l'assistance, certaines personnes ne sont pas des proches, tant il est vrai que, collègues ou épouses, n'importe qui peut être membre de cette confrérie. Un fin sourire lui monte aux lèvres quand il se prend à imaginer les innombrables bienfaits qu'il retirera de sa cooptation en cette vénérable assemblée.

Il revient vite à la réalité lorsqu'il trébuche et manque tomber sur l'agenouilloir de pierre disposé au pied du tombeau. La pièce est plus exiguë qu'il ne l'avait imaginée, plus confinée aussi. Il pensait la distance entre la porte et la pierre plus grande qu'elle ne l'est en réalité.

Comme il s'agenouille, il entend près de lui quelqu'un prendre une respiration saccadée, et se demande pourquoi. Subitement, son cœur bat à rompre, et il s'avise que ses phalanges sont blanches d'avoir les poings serrés. Embarrassé, il tape des mains, puis se ressaisit et garde les bras le long du corps, comme on le lui a prescrit.

Légèrement concave au milieu, la pierre est dure et froide pour ses genoux recouverts de la fine étoffe de sa tunique. Il se déplace un peu, davantage pour dissiper son malaise que pour trouver une position moins inconfortable. Encore hébété, il éprouve des difficultés à se concentrer, à se remémorer l'ordre dans lequel le cérémonial doit se dérouler, même après se l'être maintes fois répété.

Dans la salle s'élève le timbre haut et clair d'une cloche, auquel se joint une psalmodie, d'abord très basse, puis allant crescendo à mesure que s'y mêlent des voix. Des bribes de phrases résonnent et se répercutent sur les parois de son crâne : *montanhas, noublesa, libres, Graal* : montagnes, noblesse, livres, Graal…

La prêtresse traverse lentement la pièce. D'elle, l'homme ne perçoit que le frôlement de son pas. Il imagine sa robe dorée et scintillante, ondulant à la lueur frémissante des chandelles. C'est le moment qu'il attendait.

Je suis prêt, se dit-il *in petto*. Et cette fois, il l'est vraiment.

La prêtresse se campe devant l'impétrant. Son parfum parvient jusqu'à lui, subtil et aérien parmi les lourdes senteurs d'encens. Le souffle en arrêt, il la voit se pencher pour lui prendre la main. Au contact de ses doigts frais, soigneusement manucurés, il sent une décharge électrique lui parcourir le bras, presque une bouffée de désir quand elle pose sur sa paume un objet circulaire et lui referme les doigts dessus. Résistant à l'indicible envie de découvrir son visage, il garde les yeux résolument baissés, comme on le lui a recommandé.

Les quatre aînés se joignent alors à la prêtresse. La tête de l'homme est maintenue en arrière pendant qu'elle lui verse dans la bouche un liquide douceâtre et épais. À cela également il avait été préparé, aussi n'offre-t-il aucune résistance. Alors que les effets du breuvage se répandent dans son corps, il lève les bras pendant que les officiants lui drapent les épaules d'un manteau doré. Pour les témoins de cette cérémonie, ce rituel est coutumier pourtant, l'homme perçoit clairement leur malaise.

Soudain, il a l'impression qu'un étau de fer lui écrase la trachée. Instinctivement, il porte ses mains à sa gorge et cherche un air qu'il ne trouve pas. Il veut crier, mais aucun son ne parvient à ses lèvres. Le tintement de la cloche se fait de nouveau entendre, régulier, persistant, dans lequel il croit se noyer tout entier. Une vague de nausées le submerge. Il suffoque. Alors qu'il se sent défaillir, il serre l'objet dans sa main comme pour y trouver un ultime réconfort. Si fort que les ongles lui entrent dans la paume de la main. La douleur aiguë l'aide à ne pas tomber. À présent, il comprend que les mains posées sur ses épaules, loin de chercher à le soutenir, veulent, au contraire, le maintenir de force à genoux. Une nouvelle vague nauséeuse déferle, tandis que l'agenouilloir de pierre semble se dérober sous lui.

Ses yeux inondés de larmes ne voient plus maintenant que la lame argentée du poignard apparu il ne se sait comment dans la main de la prêtresse. Il voudrait se lever, mais la puissante drogue a déjà annihilé ses énergies. Ses bras et ses jambes ne réagissent plus.

Non ! voudrait-il crier. Il est trop tard.

D'abord, il a seulement la sensation d'un coup de poing asséné entre les épaules. Puis une douleur sourde lui envahit le corps, alors qu'un liquide tiède et visqueux ruisselle le long de son échine.

Sans crier gare, les mains le lâchent et il s'effondre nez contre terre, désarticulé comme une poupée de chiffon. Au moment où sa tête heurte le dallage, il ne ressent nulle douleur, seulement la fraîcheur presque apaisante du sol contre sa joue. Les bruits, la peur, sa confusion d'esprit s'estompent peu à peu. Ses yeux se ferment. Il n'a plus conscience de rien, excepté la voix de la prêtresse qui lui parvient d'un monde auquel il n'appartient déjà plus.

Une leçon. Pour tous, semble-t-elle dire en termes sibyllins.

Dans un ultime sursaut de vie, l'homme accusé d'avoir livré des secrets, condamné pour avoir parlé quand il aurait dû garder le silence, tient serré dans sa main l'objet tant convoité, jusqu'à ce que se brise le fil ténu de son existence, et que le petit cercle gris, pas plus gros qu'une pièce de monnaie, roule sur le sol.

D'un côté, y est gravée l'initiale NV. De l'autre, un labyrinthe.

IV

Pic de Soularac

Durant un instant, tout est silencieux.

Ensuite l'obscurité se dissipe. Alice n'est plus dans la grotte. Elle flotte dans un éther blanc, limpide et apaisant.

Elle est libre. Elle est sauve.

Elle a la sensation de glisser hors du temps, de passer dans une autre dimension. Le fil entre passé et présent se dissout dans l'éternel et infini espace.

Puis, à la manière d'une trappe s'ouvrant sous un gibet, Alice a un sursaut avant de choir, de tomber à pic à travers le ciel vers le flanc des montagnes boisées. L'air vif siffle à ses oreilles alors qu'elle chute de plus en plus vite en direction du sol.

L'impact ne survient jamais. Ses os ne volent pas en éclats dans les éboulements d'ardoise et de silex, mais elle atterrit plutôt en courant, trébuchant, sur un layon rocailleux bordé d'arbres de haute futaie, si serrés qu'elle ne distingue pas ce qui se trouve au-delà.

Trop vite.

Alice s'agrippe désespérément aux branches comme si elles pouvaient la ralentir, mettre un terme à ce vol impétueux vers un lieu inconnu. Mais ses mains ne saisissent que le vide, comme si elle était un spectre ou un esprit. Des poignées de feuilles lui restent entre les doigts, comme des cheveux arrachés à une brosse. Même si elle n'en sent pas le contact, la sève laisse toutefois des traces vertes sur ses doigts. Et quand elle veut en sentir l'âcreté, aucune odeur ne parvient à ses narines.

Malgré son point de côté, Alice ne s'arrête pas, parce que quelque chose la poursuit, qui se rapproche dangereusement. Sous ses pas, la pente devient plus abrupte. Elle se rend compte qu'au lieu de mousse et de brindilles, elle foule à présent des roches et des racines. Autour d'elle, le silence. Pas de chant d'oiseau, aucune voix alentour, seulement son souffle rauque et précipité. Le sentier serpente, revient sur lui-même, l'astreignant à maintes circonvolutions jusqu'au moment où, après un dernier détour, elle se heurte à un mur de flammes qui lui interdit tout passage. Une colonne de feu silencieuse et continue, tourbillonnant en flammes blanches, rouges et dorées.

Instinctivement, Alice lève les mains pour protéger son visage de la chaleur intense, même si elle ne la ressent pas. Elle distingue dans le brasier des visages grimaçants, des bouches tordues dans une silencieuse agonie, que le feu consume en une brûlante caresse.

Elle tente de s'immobiliser. Elle le doit. Ses pieds écorchés saignent, la lourde étoffe de sa longue jupe la ralentit, mais son poursuivant est toujours à ses trousses. Quelque chose au-delà de sa volonté la pousse à se jeter dans l'étreinte mortelle du brasier.

Pour éviter d'être dévorée par les flammes, elle n'a d'autre choix que de sauter. Elle monte en spirale dans

les airs comme une volute de fumée, très haut par-
dessus le rideau de feu. La soulevant de terre, le vent
semble l'emporter, la libérer de l'attraction terrestre.

Quelqu'un l'appelle, une voix féminine, qui prononce son nom d'étrange façon.

Alaïs...

Elle est sauve. Elle est libre.

Puis c'est l'étreinte de doigts glacés enserrant ses
chevilles pour la ramener au sol. Non, ce ne sont pas
des doigts, plutôt des chaînes qui l'entravent. Elle se
rend maintenant compte qu'elle tient entre les mains
un objet, un livre, refermé par des lacets de cuir, et
comprend qu'on veut le lui reprendre. Qu'ils veulent
le lui reprendre. C'est la perte de ce livre qui les rend
si furieux.

Si seulement elle parvenait à parler, peut-être
pourrait-elle engager le dialogue. Mais sa tête est vide
de mots et sa bouche incapable de prononcer une syl-
labe. Elle se débat pour se libérer. En vain. L'étreinte
d'acier autour de ses jambes est trop forte. Se sentant
tirée vers les flammes, elle pousse un cri silencieux.

Elle crie encore, lutte intérieurement pour être entendue. Cette fois, le son jaillit et le monde réel resurgit
rapidement. Les bruits, la lumière, le sens du toucher,
le goût de métal et du sang dans sa bouche, jusqu'à
ce qu'après une courte trêve, un froid translucide
l'enveloppe. Ce n'est pas celui de la grotte, c'est une
sensation différente, intense, brillante. À l'intérieur de
ce froid oppressant, Alice entrevoit les contours indis-
tincts d'un beau visage. La même voix l'appelle encore
par son prénom.

Alaïs...

C'est la dernière fois que cette voix l'appelle. C'est
une voix amie, et non celle de quelqu'un qui lui vou-

drait du mal. Alice s'efforce d'ouvrir les yeux, sachant qu'en recouvrant la vue elle comprendrait. Elle n'y parvient pas encore.

Le rêve se dissipe, la libère.

Il est temps de me réveiller. Je dois me réveiller.

Une autre voix résonne dans sa tête, différente de la première. Les sensations reviennent dans ses bras et ses jambes, ses genoux écorchés et malodorants, les parties endolories de son corps. Elle sent qu'on l'agrippe rudement par l'épaule, qu'on la secoue pour la ramener à la vie.

« Alice ! Alice ! Réveille-toi ! »

La cité sur la colline

1

Carcassona

À peine éveillée, Alaïs se redressa d'un bond, les yeux écarquillés. Comme un oiseau pris au piège, la peur palpitait dans sa poitrine. Elle y porta machinalement la main pour apaiser les battements désordonnés de son cœur.

Elle demeura un instant inerte, dans un état de demi-éveil, comme si une part d'elle-même voulait encore s'attarder dans son rêve. Elle se sentait flotter, contemplant son corps de haut, à la manière dont les gargouilles grimaçantes de la cathédrale Sant-Nasari regardaient la foule.

Mais elle était dans son lit, au Château comtal, en toute sécurité. Peu à peu, ses yeux s'accoutumèrent à l'obscurité. Elle reconnut les lieux, et comprit qu'elle était hors d'atteinte des êtres aux yeux noirs qui hantaient son sommeil, et des mains adipeuses et crochues qui tentaient de la retenir. *Ils ne peuvent plus rien contre moi.* Le langage gravé dans la roche qui avait hanté son sommeil – des signes dénués de sens et non des mots – n'avait pas plus de substance qu'une volute de fumée dans le ciel automnal. Les flammes s'étaient éteintes, elles aussi, ne lui laissant en mémoire qu'un brûlant souvenir.

Une prémonition ? Ou seulement un cauchemar ?

Elle n'avait aucun moyen de le savoir. Elle le redoutait.

Alaïs tendit la main vers le baldaquin qui encadrait le lit, comme si au contact d'un objet réel, elle serait devenue moins transparente, moins immatérielle. Le tissu usé, poussiéreux, imprégné des odeurs familières du château, acheva de la rasséréner.

Le même rêve la poursuivait nuit après nuit. Chaque fois qu'enfant, elle s'était éveillée dans le noir, en larmes et apeurée, son père avait été à son chevet, veillant sur elle comme s'il s'était agi d'un fils. Alors que s'éteignait la chandelle et qu'une autre était allumée, il lui racontait à voix basse ses péripéties en Terre sainte. Il évoquait le désert plus grand que les mers, les arabesques des mosquées, l'appel à la prière adressé aux Sarrasins. Il lui décrivait la subtile odeur des épices, les couleurs éclatantes, le goût relevé des nourritures. Le formidable et sanglant éclat du soleil se couchant sur Jérusalem.

De longues années durant, dans le vide des heures entre le crépuscule et l'aube, alors que sa sœur sommeillait auprès d'elle, son père n'avait cessé de parler, mettant ses démons en fuite. Il avait interdit aux prêtres noirs catholiques, porteurs de faux symboles et de superstitions, de s'approcher d'elle.

Et ses paroles l'avaient sauvée.

« Guilhem ? » murmura-t-elle.

Son époux était profondément endormi, bras écartés comme pour revendiquer la possession de tout le lit. L'odeur d'écurie, de fumée et de vin mêlés qui imprégnait ses cheveux s'était transportée jusque sur les oreillers. La clarté opaline de la lune entrait par le volet ouvert à la fraîcheur de la nuit. Alaïs se surprit à contempler le menton volontaire et broussailleux de son mari, le bref éclat de la chaîne qu'il portait au cou, quand il changea de position.

L'envie la prit de le réveiller, afin de le rassurer en lui disant que sa frayeur s'était à tout jamais dissipée. Le profond sommeil dans lequel il était plongé l'en dissuada. D'ordinaire, le courage ne lui faisait pas défaut ; les réalités du mariage lui étant toutefois peu connues, elle laissa timidement courir ses doigts sur le bras de son époux, sur ses épaules rendues larges et vigoureuses par nombre d'heures passées au maniement de l'épée. Elle sentait la vie palpiter sous sa peau et, malgré l'obscurité, rougit violemment au souvenir de leurs récents ébats.

Les émotions que Guilhem avait éveillées en elle la submergeaient. Il lui suffisait d'apparaître pour qu'elle sentît son cœur bondir délicieusement, et le sol chavirer chaque fois qu'il lui souriait. Pourtant, l'impression d'impuissance qu'éveillaient ces sensations ne lui convenait guère. Elle craignait qu'à la longue l'amour ne la rendît faible et alanguie. Si son sentiment pour Guilhem ne faisait aucun doute, elle savait cependant qu'il éclipsait une part de sa personnalité.

Alaïs soupira : restait à espérer qu'avec le temps les choses s'arrangeraient.

Un imperceptible changement dans l'air, l'obscurité profonde qui virait lentement au gris, le chant bref d'un oiseau à proximité lui apprirent que l'aube approchait, et que le sommeil la fuirait pour le reste de la nuit.

Écartant les tentures, elle se dirigea à pas comptés vers le coffre qui trônait au bout de la chambre. Sous ses pieds nus, le sol était froid, et râpeuse la natte qui le recouvrait. Soulevant le lourd couvercle, elle sortit, parmi les senteurs de lavande, une robe verte et unie. Frissonnant, elle glissa ses bras dans les manches étroites puis, passé le vêtement par-dessus son jupon, resserra pudiquement le lacet de son bustier.

Alaïs avait dix-sept ans et, bien que mariée depuis six mois, n'avait acquis que peu de douceur et de féminité. Sa robe, pendant sans forme sur sa silhouette gracile, ne semblait pas lui appartenir. Prenant appui contre la table, elle enfila ses chaussons de cuir, puis récupéra la cape rouge, sa préférée, abandonnée la veille sur une chaise à haut dossier. C'était un vêtement finement ouvragé, dont les bords et l'ourlet s'ornaient de motifs bleus et verts, entremêlés en une alternance de losanges et de carrés. Au centre des motifs, de petites fleurs jaunes qu'elle avait elle-même brodées à l'occasion de ses épousailles.

Alaïs se tourna vers son *panièr*, posé par terre, près du coffre. Elle s'assura que sa bourse et son sac d'herbes s'y trouvaient, de même que ses outils de jardinage et les bandelettes d'étoffe dans lesquelles elle serrait les plantes qu'elle cueillait. Revêtant sa cape, elle en noua les rubans, couvrit de son capuchon sa longue chevelure emmêlée et récupéra sur la table le couteau de chasse qui ne la quittait jamais. Ses préparatifs achevés, elle se glissa dans le couloir désert, laissant la lourde porte se refermer derrière elle avec un bruit étouffé.

L'heure de prime[1] n'avait pas encore sonné, aussi ne voyait-on âme qui vive dans les appartements. Alaïs

---

1. Partie de l'office chrétien qui se récitait au lever du jour. *(N.d.T.)*

traversa furtivement les couloirs, dans le bruissement de sa longue cape effleurant le sol. Après avoir prudemment enjambé le valet endormi devant la chambre qu'Oriane, sa sœur, partageait avec son époux, elle descendit à pas pressés l'escalier désert.

Des éclats de voix montaient des cuisines. Le domestique était à l'œuvre depuis déjà longtemps. Un claquement sec suivi d'un petit cri lui apprit que le maître queux venait de corriger un marmiton maladroit.

Un valet vint au-devant d'elle, titubant sous un baril d'eau qu'il venait de tirer du puits.

« *Bonjorn*, lui sourit-elle.

— *Bonjorn*, dame », répondit-il timidement. Puis, comme elle lui ouvrait la porte pour lui livrer passage : « *Mercé, dame, grand mercé.* »

Dans les cuisines régnait une grande effervescence. De la *payrola* – ou chaudron – pendue à la crémaillère de la cheminée montaient des panaches de fumée. Un servant s'approcha du porteur d'eau, s'empara du tonneau, et l'alla vider dans le chaudron, avant de le lui restituer sans un mot. Le garçon s'en retourna au puits en roulant à l'adresse d'Alaïs de grands yeux effarés.

Sur la longue table dressée au centre de la salle, chapons, carottes et choux s'entassaient dans des jarres de terre cuite en attendant d'être accommodés, de même que carpes, anguilles et brochets. À une extrémité s'alignaient des sacs de jute contenant des *fogaças*, fougasses du pays, des pâtés d'oie et des travers de porc salé, à l'autre, des paniers débordant de prunes, de coings, de figues et de raisin. Un enfant de dix ans était accoudé à la table, son visage morose attestant de son peu d'enthousiasme à manœuvrer le tournebroche toute la journée. D'un four à pain bâti près de l'âtre s'élevait le crépitement des brindilles que l'on faisait brûler pour cuire le *pan de blat*, pain de blé, dont la première fournée refroidissait sur la table. Son odeur mit Alaïs en appétit.

« Puis-je en avoir un ? »

Le maître queux commença par lui décocher un regard venimeux qui exprimait sa réprobation face à l'intrusion d'une femme dans ses cuisines. Puis il la reconnut, et son visage d'ordinaire bougon se fendit sur une double rangée de dents gâtées.

« Dame Alaïs, se radoucit-il en s'essuyant les mains sur son tablier. *Benvenguda*. Soyez la bienvenue. Quel honneur ! Voilà longtemps que vous ne nous aviez point visités. Vous nous avez manqué.

— Je ne voudrais pas vous incommoder, maître Jacques, répondit-elle avec chaleur.

— Vous, m'incommoder ! s'esclaffa le cuisinier. Comment le pourriez-vous ? » Enfant, Alaïs avait passé de longues heures à l'observer dans ses tâches, et aujourd'hui encore, elle était seule admise dans son mâle domaine. « Alors, dame Alaïs, que puis-je faire pour vous être agréable ?

— Je voudrais simplement du pain et aussi du vin, si cela est possible. »

L'homme parut se rembrunir, à quoi elle opposa un sourire angélique.

« Pardonnez-moi, mais vous n'entendez pas aller à la rivière, j'espère ? Pas à cette heure de la matinée et sans escorte qui plus est. Une dame de votre qualité. Il ne fait même pas jour. Et l'on m'a rapporté que…

— C'est fort aimable à vous de vous soucier de moi, le rassura-t-elle en lui posant la main sur le bras. Ma sécurité vous tient à cœur, mais tout ira bien, je vous le promets. Le jour point et je sais exactement où je vais. Je serai de retour bien avant que mon départ n'ait été éventé.

— Votre père est-il prévenu ? »

Elle posa un doigt sur ses lèvres en affectant des mines de conspirateur.

« Que non pas, et vous le savez bien. N'en dites rien, de grâce. Je prendrai soin de ma personne. »

Jacques semblait loin d'en être convaincu. Craignant toutefois de faire preuve d'outrecuidance, il n'osa ajouter mot. Il s'approcha de la table d'un pas traînant, enveloppa un pain dans un linge blanc, enjoignant au passage un marmiton d'aller quérir un flacon de vin. Alaïs l'observait avec un pincement au cœur. Depuis quelque temps, l'homme claudiquait de la jambe gauche et peinait de plus en plus à marcher.

« Votre jambe vous douloit-elle encore ? s'enquit-elle.

— Pas tant, mentit le cuisinier.

— Je pourrai la panser plus tard, si vous le souhaitez. Il semble que votre blessure ne guérit point comme cela devrait.

— Ce n'est pas si grave…

— Y avez-vous appliqué l'onguent que je vous ai préparé ? » insista-t-elle, sachant à l'expression de son visage qu'il ne l'avait pas fait.

Maître Jacques leva ses mains potelées en signe de reddition.

« Il n'y a rien à y faire, dame Alaïs. En outre, je n'en ai guère le temps, avec tous ces convives : des centaines si l'on compte le domestique, les écuyers, les palefreniers, les dames d'atour, sans parler des hôtes et de leurs familles. Et tant de denrées sont devenues si rares. Encore hier, j'ai envoyé…

— Fort bien, l'interrompit-elle, mais votre jambe ne guérira point d'elle-même. L'entaille est trop profonde. »

Elle se rendit soudain compte qu'à l'entour les bruits avaient cessé et que l'ensemble du domestique ne perdait pas une miette de leurs propos. Accoudés à la grande table, les marmitons regardaient, incrédules et béants, leur irascible maître se faire chapitrer. Par une femme qui plus est.

Affectant de ne rien remarquer, Alaïs poursuivit à voix basse :

« Que diriez-vous que je vienne vous soigner en échange de ceci ? Ce sera un autre secret que nous aurons à partager. Le marché me semble honnête, qu'en pensez-vous ? »

L'espace d'un instant, elle crut avoir été trop familière, avoir pris à l'endroit du cuisinier trop de libertés. Mais, après une brève hésitation, Maître Jacques lui sourit en signe d'assentiment.

« *Oc*...

— *Ben*, renchérit-elle. Je reviendrai panser votre plaie sitôt que le soleil sera levé. »

Tandis qu'elle remontait l'escalier, Alaïs entendit les vitupérations du maître queux, ordonnant à chacun de se reprendre à l'ouvrage, comme si leurs tractations n'avaient jamais eu lieu. Elle sourit.

Tout reprenait son cours habituel.

Alaïs tira la porte et émergea dans la grande cour, face au jour qui se levait.

Les feuilles de l'orme qui s'y dressait au centre, à l'ombre duquel le vicomte Trencavel rendait la justice, s'étaient teintées du noir de la nuit finissante. De ses branches frémissant de vie, montait le chant de l'alouette auquel répondait le gazouillis strident du roitelet.

Le grand-père de Raymond-Roger Trencavel avait bâti le Château comtal, d'où il entendait exercer son autorité sur l'ensemble de ses terres domaniales, plus d'un siècle auparavant. Lesdites terres s'étendaient d'Albi, au nord, jusqu'à Narbonne, au sud avec, à l'est et à l'ouest, Béziers et Carcassonne pour limites respectives.

Le château avait été bâti autour d'une cour rectangulaire, et agrégé côté ouest aux ruines d'une place forte gallo-romaine. Il contribuait ainsi au renforcement des fortifications qui entouraient la Cité, anneau de pierre de taille surplombant la rivière Aude, de même que les paluds qui s'étendaient sur le flanc septentrional.

Fortement gardé, le donjon, où les consuls[1] se réunissaient pour sceller d'importants documents, se dressait à l'angle sud-ouest de la grande cour. Dans l'aube naissante, Alaïs aperçut deux garçons qui, perchés sur un mur comme deux corbeaux, s'acharnaient à réveiller un chien en lui jetant des pierres. Le silence était si profond qu'elle entendait leurs talons nus heurter les hourds de bois.

Le Château comtal possédait deux portails. La grande porte ouest, que l'on n'ouvrait qu'en de rares occasions, accédait aux pentes herbeuses qui longeaient les grands murs. Plus petite, plus étroite aussi, la porte est était flanquée de hautes tours, et donnait accès aux ruelles de la *Ciutat*, la Cité, elle-même.

Les étages de ces tours communiquaient entre eux par des échelles de bois adossées à d'étroites ouvertures. Enfant, Alaïs se plaisait à déjouer l'attention du guet pour y grimper avec les gamins de son âge. Étant la plus leste, c'est toujours elle qui arrivait la première.

---

1. Sorte de maires, équivalents des échevins en pays d'oïl. (N.d.T.)

Resserrant frileusement les pans de sa cape, elle traversa en hâte la grande cour. D'ordinaire, une fois le couvre-feu sonné, le guet était à son poste, les portes refermées, et nul ne pouvait les franchir sans la permission de son père. Bertrand Pelletier avait beau n'être pas consul, il jouissait d'un statut unique et privilégié. Peu osaient lui désobéir.

L'intendant exécrait la fâcheuse habitude d'Alaïs de se glisser hors des murs aux premières heures de la journée. Ces temps derniers, il se montrait encore plus inflexible, la sommant avec force de rester dans l'enceinte du château aussi longtemps que le jour n'était pas levé. Quoiqu'il n'en eût jamais soufflé mot, Alaïs présumait que Guilhem partageait cette décision. C'est pourtant seule, dans l'anonyme quiétude de l'aube, affranchie de toute contrainte domestique, qu'elle était vraiment elle-même. Fille, sœur ou épouse, elle n'appartenait plus à personne. En son for intérieur, elle avait toujours été convaincue que son père la comprenait. Et, quel que fût son déplaisir à transgresser ses ordres, elle ne pouvait renoncer à ces instants de liberté.

Les hommes du guet fermaient généralement les yeux sur ses allées et venues. Du moins en avait-il été ainsi jusqu'à ce que des rumeurs de guerre se missent à circuler, et que la garnison redoublât de vigilance. En apparence, la vie se poursuivait comme à l'accoutumée. Si des manants venaient de temps à autre se réfugier dans la Cité, Alaïs ne voyait rien que de très ordinaire dans les attaques et les persécutions dont ils faisaient l'objet. Des cavaliers surgissant d'on ne sait où et frappant avec la violence d'un orage d'été étaient chose banale pour qui vivait à l'extérieur des fortifications. Ce qui se racontait n'était ni plus ni moins que les aléas de la vie quotidienne.

Guilhem ne semblait pas davantage troublé par les rumeurs de guerre, pour autant qu'elle le sût. C'était un sujet qu'il n'abordait jamais en sa présence. Pourtant, Oriane prétendait qu'une armée de croisés et d'hommes d'Église venus du Nord s'apprêtait à attaquer le pays d'oc. Pis encore, elle alléguait que cette expédition avait la bénédiction du pape et l'aval du roi de France en personne. Alaïs savait d'expérience qu'à peu près tout ce qu'affirmait Oriane n'avait autre dessein que de la contrarier. Néanmoins, cette dernière semblait être au fait des événements bien avant tout le monde, et l'on ne pouvait nier que le nombre d'émissaires arrivant au château allait sans cesse croissant, ni que son père avait chaque jour les joues un peu plus creuses et le front plus soucieux.

Les yeux rougis par de longues nuits de veille, les *sirjans d'arms*[1] de la porte d'orient étaient encore en poste. Entre leurs heaumes repoussés sur la nuque, la cotte de mailles qui leur battait les jambes et leurs écus négligemment jetés en travers de l'épaule, ils semblaient plus disposés à gagner leur cantonnement qu'à livrer une bataille.

Comme elle se rapprochait, Alaïs fut soulagée d'apercevoir Bérenger. La reconnaissant à son tour, ce dernier la salua d'un sourire ponctué d'un hochement de tête.

« *Bonjorn*, dame Alaïs. Je vous trouve bien matinale.

— Je ne parvenais point à dormir, lui sourit-elle.

— Votre époux ne peut-il s'adonner à quelque occupation pour pallier vos insomnies ? » reprit l'autre avec un clin d'œil appuyé.

---

1. Sergents d'armes. *(N.d.T.)*

L'homme au visage grêlé exhalait une haleine de
bière et d'écurie. Alaïs remarqua que ses ongles saignaient.

« Et comment se porte votre épouse, Bérenger ?
s'enquit-elle, ignorant l'allusion.

— Eh bien, dame, elle recouvre peu à peu son état
habituel.

— Et votre fils ?

— Il ne cesse de grandir. Si nous n'y prenions
garde, il dévorerait les provisions de la maisonnée et la
maisonnée elle-même.

— Il marche donc sur les traces de son père, ironisa
la jeune femme en lui tapotant la panse.

— C'est aussi ce que prétend mon épouse.

— Saluez-la pour moi, Bérenger, voulez-vous ?

— Elle vous saura gré de vous être souvenue d'elle,
dame Alaïs. » Puis, après un bref silence : « Je suppose
que vous souhaitez quitter l'enceinte du château.

— Je ne vais qu'à la Cité, peut-être jusqu'à la
rivière. Je ne serai guère longtemps partie.

— Nul ne doit franchir la porte, intervint son compagnon. Les ordres de l'intendant Pelletier sont formels.

— De quoi te mêles-tu ? » le rabroua sèchement
Béranger. Puis d'ajouter à voix basse, à l'adresse de
la jeune femme : « Là n'est pas la question, mais vous
savez comment vont les choses ces jours-ci. Que se
passera-t-il s'il vous arrive malheur et qu'on apprenne
que la faute m'en revient ? Votre père me…

— Je sais tout cela, l'interrompit Alaïs en posant
une main rassurante sur le bras du soldat. Mais vous
n'avez nulle raison de vous inquiéter. Je suis capable
de prendre soin de moi-même. En outre… » Alaïs
tourna les yeux vers l'autre garde qui essuyait sur sa
manche le fruit de son curetage de nez : « Que puis-je

endurer de pis en allant à la rivière que vous n'enduriez déjà céans ! »

Bérenger s'esclaffa :

« Vous me promettez d'être prudente, *è ?* »

Alaïs opina du chef et, entrebâillant sa cape, exhiba le coutelas pendu à sa ceinture.

« Je vous en donne ma parole. »

L'huis était à deux battants. Bérenger les déverrouilla puis, soulevant la poutre de chêne qui les condamnait, entrebâilla les vantaux juste assez pour livrer passage à Alaïs. Avec un sourire de remerciement, cette dernière se glissa prestement sous le bras de l'homme pour retrouver enfin le monde extérieur.

2

Alaïs quitta l'ombre des tours le cœur léger. Elle était libre. Tout au moins pour quelque temps.

Un pont-levis de bois reliait le guet au pont de pierre qui rattachait le Château comtal aux rues de Carcassona. L'aube était proche, et l'herbe qui croissait dans les douves asséchées scintillait de rosée sous l'éclat mauve et pâlissant de l'astre de la nuit.

Alaïs se hâta, balayant de sa cape la poussière du chemin. Elle voulait éviter les questions des gardes en faction un peu plus loin. Par bonheur, ces derniers somnolaient et ne décelèrent pas sa présence. Traversant vivement à terrain découvert, elle s'engouffra dans les ruelles pour se diriger vers la poterne d'Avar, partie la plus ancienne des fortifications. Cette poterne accédait tout à la fois aux potagers, aux *faratjals*, pâturages entourant la Cité, et au bourg de Sant-Vincens. À cette heure de la matinée, c'était le chemin le plus sûr pour se rendre à la rivière sans être aperçue.

Relevant ses jupons, Alaïs se fraya prudemment un chemin à travers les débris de ce qui avait été, à l'évidence, une nuit de rixe à la *Taberna Sant Jo̍an dels Évangèlis*. Des trognons de pommes, des os à demi rognés et des chopes cabossées se mêlaient aux détritus qui jonchaient la ruelle. Un peu plus loin, un mendiant dormait, rencogné dans une porte, le bras indolemment posé sur un vieux chien efflanqué. Affalés contre un puits, trois hommes émettaient des ronflements à épouvanter les corbeaux.

Le garde en poste à la poterne faisait presque pitié. Secoué de quintes de toux, le pauvre diable s'emmitouflait dans son manteau, ne laissant voir de son visage que le nez et la ligne des sourcils. Comme il ne voulait en aucune manière être dérangé, il commença par ignorer Alaïs. Loin de se démonter, cette dernière exhiba un sol que l'homme saisit d'une main crasseuse, puis mordit brièvement pour en vérifier l'authenticité. Satisfait, sans pour autant accorder à la jeune femme le plus petit regard, il tira les verrous et entrebâilla suffisamment la porte pour la laisser passer.

Le chemin qui descendait aux barbacanes était raide et escarpé. Il courait entre deux hautes palissades de bois occultant entièrement le décor alentour. Ayant emprunté ce chemin en maintes occasions, Alaïs en connaissait le moindre caillou. Elle contourna la tour de bois, et suivit le cours d'eau qui traversait les barbacanes avec la vélocité d'un torrent.

Les ronciers lui écorchaient les chevilles et les épines accrochées à sa robe entravaient sa progression. Au moment où elle atteignit le bas de la côte, le bord détrempé de sa cape s'auréolait d'une large frange lie-de-vin, et le cuir de ses chaussons avait viré au brun foncé.

À peine eut-elle quitté l'ombre des palissades pour les grands espaces ouverts qu'Alaïs se sentit transportée. Au loin, les brumes de juillet infusaient les cimes de la Montagne Noire, tandis qu'à l'horizon, le ciel se balafrait de traînées roses et pourpres.

Alors qu'immobile, elle contemplait le damier régulier des champs d'orge et de blé, les bois s'étendant à perte de vue, Alaïs ressentit la présence d'un passé qui l'embrassait tout entière. Amis ou ennemis, des esprits lui tendaient la main, lui murmuraient leur vie d'autrefois et des secrets qu'ils voulaient lui faire partager. Ils la rattachaient à tous ceux qui, jadis, s'étaient tenus sur cette colline, ainsi qu'à ceux qui s'y tiendraient après elle, rêvant de ce que la vie pouvait réserver.

Alaïs n'avait jamais quitté les terres du vicomte Trencavel et, partant, avait grand-peine à se représenter les grandes villes du Nord, comme Paris, Amiens ou même Chartres, ville où sa mère avait vu le jour. Pour elle, ce n'était que des noms sans couleur ni saveur, aussi rudes que la langue qui s'y parlait, la langue d'oïl. Mais même sans le comparer, elle ne pouvait imaginer plus beau pays que celui, pérenne et intemporel, de la région de Carcassona.

Alaïs dévala la colline, se frayant un passage à travers ronces et buissons, jusqu'à rejoindre les vastes paluds qui s'étendaient sur la rive méridionale de l'Aude. Sa robe détrempée qui lui fouettait les jambes la faisait parfois trébucher. L'inhabituelle rapidité de son pas était révélatrice de son malaise, de son état d'éveil. Ce n'est pas tant maître Jacques ou Bérenger qui la tracassaient, l'un et l'autre s'inquiétant toujours à son sujet, qu'une impression diffuse d'aliénation et de vulnérabilité.

Au souvenir du marchand qui, pas plus tard que la semaine précédente, prétendait avoir vu un loup sur la rive opposée, sa main se porta instinctivement à sa dague. Chacun s'était récrié car, à pareille époque de l'année, ce ne pouvait être qu'un renard ou un chien sauvage au pis-aller. À présent qu'elle était livrée à elle-même, les allégations du marchand lui semblaient presque fondées. Elle éprouva le contact rassurant du manche de son couteau.

Un court instant, Alaïs fut tentée de rebrousser chemin. Ne sois pas donc si couarde, s'admonesta-t-elle avant de poursuivre son chemin. À une ou deux reprises, elle entendit un bruit et se retourna, brusquement en arrêt, pour voir s'envoler une perdrix ou une carpe bondir hors de l'eau.

À mesure qu'elle cheminait sur ce sentier qu'elle connaissait par cœur, son anxiété retomba. La rivière était large et peu profonde. S'y jetaient de nombreux ruisseaux, sinueux comme des veines sur le dos d'une main. Une brume matutinale planait à la surface des eaux. L'hiver, la rivière coulait en flots tumultueux charriant des blocs de glace descendus des montagnes. Aujourd'hui, la sécheresse estivale l'avait transformée en un cours d'eau paisible où les moulins à sel avaient grand-peine à tourner. Retenus aux rives par d'épais cordages, on aurait dit une colonne vertébrale de bois, oubliée au cœur de la rivière.

L'heure était trop matinale pour les moustiques et mouches, qui se rassemblaient en gros nuages sitôt que la chaleur s'intensifiait, aussi Alaïs choisit-elle de couper à travers les marais. Les grosses pierres blanches qui parsemaient le chemin évitaient à ceux qui l'empruntaient de glisser sur la vase traîtresse. Alaïs le suivit prudemment jusqu'à l'orée des bois s'étendant en contrebas des murs de la Cité.

Sa destination était une clairière isolée où elle savait que poussaient les plantes les plus recherchées. Arrivée sous les frondaisons, Alaïs ralentit le pas et, tout en repoussant distraitement le lierre qui obstruait son chemin, s'imprégna avec délectation des grisantes odeurs de forêt.

Dépourvus de toute présence humaine, les bois n'en débordaient pas moins de couleurs et de sons. L'air vibrait du gazouillis des roitelets, des linottes et des étourneaux. Brindilles et feuilles sèches craquaient sous ses pas. De temps à autre, un lapin détalait, ne laissant à la vue qu'une touffe de poils blancs, quand il plongeait à couvert dans les massifs de fleurs. Sur les plus hautes branches, des écureuils au pelage roux s'appliquaient à décortiquer des pommes de pin dans une pluie d'aiguilles sèches embaumant le sous-bois de leur senteur poivrée.

Au moment où elle atteignit la clairière, Alaïs avait déjà chaud. C'était un îlot de terre nue donnant directement sur l'Aude. S'étant soulagée de son *panièr*, elle se massa un instant le bras, là où l'anse sciait la peau, puis retira sa cape pour l'accrocher à la branche d'un saule. De son mouchoir, elle s'épongea le visage et le cou. Elle alla mettre la flasque de vin au frais, à l'ombre d'un arbre.

Les parois vertigineuses du Château comtal culminaient au-dessus d'elle, dominées par la masse anguleuse et sévère de la Tour Pinte. Alaïs se demanda si son père était éveillé, et s'il avait rejoint le vicomte dans ses appartements. Levant la tête vers ce qui était aussi la tour de guet, elle chercha sa chambre du regard. Guilhem dormait-il encore ? À moins qu'il ne fût déjà à sa recherche…

Elle contempla la voûte feuillue, et comme chaque fois qu'elle se rendait à la clairière, la proximité de la Cité la surprit. Dans ce décor abrupt se côtoyaient deux mondes opposés. Là-haut, dans les rues et les couloirs du Château comtal, tout n'était que bruit et agitation ; ici, au royaume des elfes, régnait une quiétude que rien ne venait troubler.

Ici, elle se sentait chez elle.

Alaïs retira ses chaussons de cuir. L'herbe mouillée de rosée, qui lui chatouillait les orteils et la plante des pieds, lui parut délicieusement fraîche. Dans ces moments de plaisir, ses pensées à propos de la Cité, ses préoccupations domestiques, toute contingence sociale ou familiale abandonnaient ses pensées.

Elle apporta ses outils sur la berge, au bas de laquelle se dressait un massif d'angéliques. Leurs feuilles d'un vert éclatant, parfois plus grandes que la main, projetaient sur les eaux une ombre incertaine. Leurs tiges rouges et cannelées se dressaient dans la vase comme un rang de soldats au garde-à-vous.

L'angélique n'a pas son pareil pour purifier le sang et protéger des infections. Esclarmonde, son amie et mentor, lui avait répété maintes et maintes fois l'importance de cueillir les plantes médicinales sitôt que l'occasion se présentait. Quand bien même la Cité serait exempte d'épidémie, qui peut dire de quoi les lendemains sont faits ? Un mal risquait de survenir à l'improviste, au moment où l'on s'y attendait le moins. Et comme toujours, Esclarmonde parlait d'or.

Ses manches retroussées, Alaïs glissa sur le côté son couteau de chasse qui l'aurait gênée dans ses mouvements. Elle natta ses cheveux qui lui tombaient sur le visage, retroussa ses jupons jusqu'à la taille et entra finalement dans l'eau. Le froid lui glaça les chevilles, si saisissant qu'elle en eut la chair de poule et le souffle coupé.

Sans perdre un instant, Alaïs mouilla ses bandelettes, et les étendit sur la rive. Puis, munie de son déplantoir, elle s'attaqua aux racines d'une angélique. Peu après, la plante cédait avec un bruit de succion. Les tiges furent aussitôt tronçonnées à l'aide d'une hachette, les racines enveloppées dans un linge qu'elle déposa au fond de son panier, et des fleurs, à l'odeur si singulière, elle fit un tas soigneusement rangé dans un autre chiffon. Une fois débarrassée des coupes inutiles, elle recommença l'opération. En peu de temps, ses mains furent vertes de chlorophylle, et la vase ruisselait de ses avant-bras.

Sa récolte d'angéliques achevée, Alaïs scruta l'alentour, au cas où s'y seraient trouvées d'autres plantes dont elle aurait l'usage. Non loin, en amont, elle aperçut des consoudes, reconnaissables à leurs feuilles épaisses et velues, et leur tige florilège aux clochettes roses et violettes. La consoude officinale était réputée favoriser la cicatrisation de la peau et la réduction des fractures. Repoussant son petit déjeuner à plus tard, Alaïs reprit ses outils et se remit à l'œuvre, ne cessant que lorsque son *panièr* fut plein, et qu'elle eut épuisé sa provision de bandelettes.

Son panier rapporté sur la berge, elle alla s'adosser à un arbre, jambes étirées. La douleur qu'elle ressentait aux mains, aux épaules et aux reins était anodine comparée au plaisir de l'ouvrage accompli. En guise de récompense, elle déboucha le flacon de vin et en avala une lampée avec un tressaillement de plaisir. Puis, déballant son pain, elle en brisa un morceau qu'elle mordit à pleines dents. Cela avait un goût tout à la fois de blé, de sel, de vase et d'herbe sèche. Affamée comme elle l'était, ce croûton de pain constituait le repas le plus délectable qu'elle eût jamais savouré.

Le ciel se teintait du bleu des myosotis quand Alaïs se dit qu'elle aurait dû rentrer depuis déjà longtemps. Alors que le souffle du vent lui caressait la peau, qu'elle regardait les reflets matinaux du soleil danser sur les eaux, elle conçut néanmoins quelque réticence à retrouver le brouhaha de la Cité et l'incessant va-et-vient qui régnait au château. Un instant de répit ne pouvait nuire. Elle s'étendit sur l'herbe et ferma les paupières.

Le cri strident d'un oiseau proche l'éveilla brusquement.

Alaïs se mit promptement sur son séant. Ses yeux scrutaient les frondaisons sans qu'elle parvînt à se rappeler l'endroit où elle se trouvait. Puis les souvenirs affluèrent.

Affolée, elle se leva d'un bond. Le soleil escaladait un ciel absent de tout nuage. Elle s'était trop longtemps attardée. Nul doute qu'on la recherchait, à l'heure qu'il était.

Rangeant en toute hâte ses effets, elle lava sommairement ses outils et aspergea sa cueillette pour lui garder son humidité. Elle s'apprêtait à tourner les talons, quand un objet pris dans les roseaux attira son attention. À première vue, une souche ou un arbre mort. Les paupières plissées en raison du soleil, elle se demandait pourquoi elle ne l'avait pas vu plus tôt.

Pour une écorce ou un morceau de bois, l'objet se mouvait avec trop de fluidité. Alaïs s'en approcha.

Ce qui flottait dans les roseaux était en vérité une pièce d'étoffe épaisse, gonflée de poches d'air. Elle hésita, puis la curiosité finit par l'emporter. Retournant dans l'eau, elle pataugea jusqu'au milieu de la rivière, où les eaux étaient plus profondes et le courant plus fort. Plus elle progressait, plus elle avait froid. Les pieds enlisés dans la vase, elle s'efforçait de garder l'équilibre quand le courant venait frapper ses cuisses et ses jupons.

Arrivée près des roseaux, elle se figea, le cœur battant, paralysée par le triste spectacle qui s'offrait à ses yeux.

« *Payre sant*. Saint père… », murmura-t-elle inconsciemment.

Un homme flottait sur le ventre, son grand manteau tourbillonnant autour de lui, un manteau de velours brun, richement soutaché de rubans de soie noire et d'un liséré doré. Alaïs déglutit douloureusement. Dans la transparence des eaux, elle distingua une chaîne et un bracelet. La tête, dépourvue de couvre-chef, arborait une épaisse chevelure noire et bouclée, striée de mèches argentées. À son cou, elle crut reconnaître un galon ou un ruban de couleur pourpre.

Elle se rapprocha encore. L'on aurait dit tout d'abord qu'après s'être égaré dans l'obscurité, l'homme avait chu dans la rivière et s'était noyé. Elle tendit la main pour le toucher, mais l'étrange ballottement de la tête l'en dissuada. Elle inspira longuement, les yeux rivés sur le corps inerte. Elle avait déjà vu un noyé, un pêcheur. Gonflée et distendue, sa peau était de ce bleu pâle un peu mauve, propre aux ecchymoses en train de se résorber. Mais le cadavre qu'elle venait de découvrir était dans un tout autre état.

L'homme semblait avoir trépassé bien avant d'être tombé dans l'Aude. Ses bras étaient étendus devant lui comme s'il s'apprêtait à nager. Le gauche pivota lentement vers elle sous l'effet du courant. Affleurant à la surface, une marque luisante et colorée attirait l'attention, sorte de blessure à l'emplacement du pouce, irrégulière et rosâtre comme une tache de naissance. Le regard d'Alaïs remonta vers le cou.

Et ses jambes se dérobèrent sous elle.

Autour d'elle, le paysage ondulait comme une mer houleuse. Ce qu'elle avait pris pour un ruban était en fait une entaille qui partait de l'oreille gauche et traversait la gorge si profondément que la tête était presque séparée du tronc. Des lambeaux de chair verdâtres pendaient autour de la plaie, dont se repaissaient des poissons argentés et des sangsues noires et gonflées.

Alaïs crut un instant que son cœur allait cesser de battre. Entre stupeur et effroi, son instinct lui dictait de s'éloigner au plus vite du cadavre. Après une brusque volte-face, elle décida de regagner la rive. Ses pieds s'enfonçaient dans la vase, et l'eau qui lui montait jusqu'à la taille faisait de ses jupons un lest qui la tirait vers le fond.

La rivière lui semblait deux fois plus large, à présent. Mais elle s'obstina, et, au prix de mille efforts, atteignit enfin la berge. Là, une violente nausée la submergea. Le goût du vin, de l'eau douceâtre de la rivière, du pain trop vite avalé, lui souleva le cœur, et la fit régurgiter en longs et douloureux hoquets.

Sur le ventre, à quatre pattes, elle rampa jusqu'au moment où elle parvint à se réfugier sous un arbre au pied duquel elle s'effondra. Sa bouche avait un goût de fiel, la tête lui tournait, elle devait à l'instant quitter cet endroit. Elle tenta de se lever, mais ses jambes refusaient encore de la porter. Réprimant un cri de désespoir, elle s'essuya la bouche d'une main tremblante et, s'accrochant à une branche, parvint finalement à se mettre debout.

Que ses jambes pussent enfin la soutenir la galvanisa. Elle décrocha son manteau et, une fois rechaussée, fila vers les bois comme une dératée, en oubliant sur place le fruit de sa récolte.

La chaleur s'abattit sur elle quand, surgissant de la fraîcheur des frondaisons, elle atteignit les marais. Un soleil railleur lui picotait la nuque et les joues. Alaïs traversa en courant le paysage inhospitalier, trébuchant sur les cailloux, entourée par les nuées d'insectes des eaux stagnantes de part et d'autre du sentier.

Ses jambes recrues, le feu qui lui dévorait l'intérieur de la poitrine l'exhortaient de s'arrêter, mais elle poursuivit sa course, sans autre pensée que de fuir au plus loin sa macabre découverte et de trouver refuge auprès de son père.

Au lieu de reprendre le même chemin et risquer de trouver porte close, Alaïs emprunta celui du bourg Sant-Vincens et de la porte de Rodez, laquelle accédait aux faubourgs de Carcassonne.

Les rues étaient tellement encombrées qu'elle dut jouer des coudes pour pouvoir avancer. Plus elle s'approchait de la Cité, plus le tumulte lui semblait insupportable, presque assourdissant. Pour ne pas l'entendre, Alaïs concentra ses pensées sur la porte qu'elle voulait atteindre, en priant le ciel que ses forces ne la trahiraient pas.

Une femme lui tapota l'épaule.

« Couvrez-vous, dame », lui dit-elle d'une voix aimable mais lointaine.

Consciente de ses cheveux épars, Alaïs jeta son manteau sur ses épaules et, d'une main frémissante, se couvrit de son capuchon. Tout en poursuivant son chemin, elle serra les pans de son vêtement, afin de soustraire à la vue du petit peuple les taches de vomissures, d'herbe et de boue qui souillaient sa robe détrempée.

Alentour ce n'était que cris et bousculades. Se sentant défaillir, elle alla un instant s'adosser à un mur. À la porte de Rodez, les gardes accordaient le passage aux entrants d'un signe de tête muet, mais refusaient l'accès aux vagabonds, mendiants, Juifs et autres bohémiens sans qu'ils eussent préalablement justifié de leur venue. Ils fouillaient sans ménagement le baluchon de l'infortuné, jusqu'au moment où un flacon de vin ou une pièce de monnaie détournait leur zèle vers la prochaine victime.

Alaïs passa sans encombre.

Les rues étroites de la Cité grouillaient d'une presse où se croisaient colporteurs et marchands, soldats et maréchaux-ferrants, jongleurs et prédicateurs, ainsi que les femmes des consuls accompagnées de leurs servantes. Craignant d'être reconnue, Alaïs demeurait tête baissée, comme si elle bravait le glacial vent du Nord.

Finalement, apparut la silhouette familière de la tour du Major, puis la tour des Casernes et les tours jumelles de la porte est. Peu après, le Château comtal se dressait devant elle.

L'émotion lui noua la gorge. Elle était tellement soulagée que ses yeux s'embuèrent de larmes. Furieuse de sa faiblesse, elle se mordit la lèvre où le sang perla. Si dépitée qu'elle fût par son état de détresse, elle redoutait surtout l'humiliation de trahir son manque de courage en pleurant.

Elle n'avait qu'un désir, revoir son père.

3

Dans une des nombreuses réserves qui jouxtaient les cuisines, l'intendant Pelletier mettait un point final à son inspection hebdomadaire, satisfait de n'avoir décelé aucune moisissure dans les sacs de farine et de grain.

Bertrand Pelletier servait le vicomte Trencavel depuis plus de dix-huit ans. Au début du froid hiver de 1191, on l'avait sommé de regagner sa ville natale pour prendre la fonction d'intendant auprès du jeune Raymond-Roger, âgé de neuf ans à peine, et déjà héritier des terres domaniales des Trencavel. Cela faisait longtemps qu'il espérait pareille décision, aussi s'exécuta-t-il de plein gré – tant il est vrai que l'humidité glaciale de Chartres ne lui convenait pas –, emmenant avec lui sa femme, qui attendait un enfant, et sa petite fille de deux ans. Il avait découvert un garçon bien trop mûr pour son âge et qui, outre pleurer la mort de ses parents, devait s'acquitter de tâches bien trop lourdes pour ses jeunes épaules.

Dès lors, Pelletier n'allait plus quitter le jeune Trencavel. D'abord, en se mettant au service de Bertrand de Saissac, tuteur désigné du jeune Raymond-Roger, puis sous la protection de Roger-Bernard II, comte de Foix. Quand, ayant atteint sa majorité, Raymond-Roger gagna le Château comtal pour y prendre solennellement les titres de vicomte de Carcassonne, de Béziers et d'Albi, Pelletier avait encore été à ses côtés.

Homme lige du vicomte, Pelletier veillait à la bonne marche de la maison Trencavel. Il s'occupait également de l'administration, de la justice et de la levée des impôts que le vicomte prélevait par le truchement des consuls de Carcassonne. De manière plus probante, il était aussi le conseiller, le confident et l'ami du vicomte, sur qui il exerçait une influence sans partage.

Le Château comtal était peuplé de distingués visiteurs, et chaque jour en amenait davantage. Les seigneurs et leurs épouses, principaux feudataires des Trencavel, aussi bien que les plus vaillants et les plus chantés des chevaliers du Midi, ménestrels et troubadours parmi les plus renommés avaient été priés à la traditionnelle joute d'été qui devait célébrer la Sant-Nasari, à la fin du mois de juillet. Eu égard aux rumeurs de guerre qui circulaient depuis plus d'une année, le vicomte avait décrété que les réjouissances et le tournoi seraient les plus beaux qui se dérouleraient sous sa haute autorité.

Pelletier, quant à lui, avait décidé de ne rien laisser au hasard. Ayant soigneusement refermé la porte de la réserve, il accrocha la clé à sa ceinture et s'en fut par les couloirs.

« Les caves, à présent, commanda-t-il à François, son secrétaire et valet. Le dernier tonneau de vin était aigre. »

L'intendant poursuivit son inspection, s'arrêtant à chaque salle qui jalonnait son parcours. La lingerie fleurait bon le thym et la lavande, mais en l'absence d'activité, elle semblait attendre le retour des lavandières pour reprendre vie.

« Ces nappes sont-elles propres et ravaudées ?

— *Oc*, messire. »

Au pied de l'escalier, dans le cellier qui faisait face aux caves, des hommes s'employaient à saler des pièces de viande. Certaines étaient pendues à des crochets descendus des solives, d'autres encaquées pour un usage plus tardif. Dans un coin retiré, un aide dressait des guirlandes d'ails, d'oignons et de champignons pour les faire sécher.

L'arrivée de Pelletier jeta un froid et chacun suspendit son geste. Parmi les serviteurs, quelques jeunes désœuvrés se mirent hâtivement debout. L'intendant ne souffla mot, se bornant à scruter les lieux de son regard perçant, puis reprit son inspection, avec un hochement de tête approbateur.

Il déverrouillait la porte de la cave, quand des cris lui parvinrent de l'étage supérieur, accompagnés de bruits de pas précipités.

« Allez voir de quoi il retourne, lança-t-il d'un ton irrité. Je ne peux œuvrer dans un tel tapage.

— Fort bien, messire… »

François obtempéra, et se précipita vers l'escalier pour aller aux nouvelles.

L'intendant poussa la porte massive et pénétra dans la fraîche obscurité des caves, imprégnées des odeurs de tanin auxquelles se mélangeaient, aigrelettes, celles de bière et de vin. Il longea les allées jusqu'au cru qu'il recherchait. Prenant sur une table proche un gobelet de terre, il déboucha précautionneusement un tonnelet.

Dans le couloir, le vacarme était tel que les poils de sa nuque se hérissèrent. Quelqu'un l'appelait. Il reconnut la voix d'Alaïs. Un accident était arrivé. Il reposa sèchement le gobelet.

Pelletier traversa la cave et ouvrit grand la porte.

Alaïs dévalait l'escalier comme si une meute de loups était à ses trousses. Derrière elle, François se hâtait.

À la vue de l'intendant, elle poussa un cri. Elle se jeta dans ses bras et enfouit dans sa poitrine son visage défait. Le contact rassurant de son père lui donna de nouveau envie de pleurer.

« Par le nom de Sant-Foy, que se passe-t-il donc ? Êtes-vous blessée ? Dites-moi… »

Alaïs perçut immédiatement l'inquiétude de l'intendant. Se détachant de lui, elle voulut parler, mais les mots lui restaient dans sa gorge.

« Père, je… »

Le regard intrigué de Pelletier erra un instant sur la mine décomposée et les vêtements souillés de sa fille, puis se tourna vers François, interrogateur.

« C'est en pareil état que j'ai trouvé dame Alaïs, messire.

— Et elle ne vous a rien dit de tout ceci… des raisons de sa détresse ?

— Nenni, messire. Seulement qu'elle voulait vous entretenir sans tarder.

— Fort bien, laissez-nous. Je vous ferai quérir si j'ai besoin de vous. »

Alaïs entendit la porte se refermer, puis sentit sur son épaule la lourde patte de son père qui l'invitait à s'asseoir sur un banc.

« Venez, *filha*, la rassura-t-il en écartant une mèche de cheveux du visage de sa fille. Ceci ne vous ressemble pas. Expliquez-moi ce qui est advenu. »

La jeune femme tentait de se ressaisir, irritée par le trouble qu'elle suscitait. Acceptant le carré d'étoffe que lui tendait son père, elle essuya ses yeux rougis et ses joues barbouillées de poussière et de larmes.

« Buvez ceci, commanda Pelletier, un gobelet à la main, en faisant craquer le banc sous le poids de sa corpulence. Nous sommes seuls ; François s'en est allé. Cessez vos larmes et dites-moi ce qui vous trouble. Est-ce Guilhem ? A-t-il fait quelque chose qui vous aurait déplu ? Si c'est le cas, je puis vous assurer que…

— Guilhem n'y est pour rien, *paire*, l'interrompit précipitamment Alaïs. Ni personne, d'ailleurs… »

Elle leva un instant les yeux, puis les baissa piteusement, humiliée de paraître devant son père dans un tel désarroi.

« Mais alors, quoi ? insista Pelletier. Comment puis-je vous aider si vous ne dites rien ? »

Alaïs déglutit péniblement, ne sachant par où commencer tant elle se sentait coupable et mal à l'aise.

Son père lui prit les mains.

« Vous tremblez, Alaïs », reprit-il d'un ton où l'anxiété le disputait à l'affection. Puis, prenant la robe entre le pouce et l'index : « Et regardez l'état de votre vêtement : il est couvert de boue. »

Alaïs sentait combien son père était las, préoccupé. Malgré ses efforts pour n'en rien laisser paraître, l'effondrement de sa fille le déconcertait. Son front se creusait de profonds sillons. Comment n'avait-elle pas remarqué ses tempes grisonnantes ?

« Vous qui, d'ordinaire, avez la langue si bien pendue, j'ignorais que les mots pussent un jour vous manquer, l'encouragea-t-il pour la tirer de son mutisme. Vous allez me raconter à quoi rime tout ceci, *è ?* »

L'affection et la confiance qu'il manifestait touchèrent le cœur d'Alaïs.

« Je crains votre courroux, *paire*, fût-il grandement justifié. »

Le visage de l'homme se durcit, sans pour autant se départir de son sourire.

« Je promets de ne point vous gourmander. Allons, parlez, Alaïs, je vous *ois*.

— Quand bien même j'avouerais m'être rendue à la rivière ? »

Pelletier eut un instant d'hésitation, mais reprit d'un ton résolu :

« Quand bien même… »

Faute avouée à moitié pardonnée.

Alaïs croisa sagement ses mains sur ses genoux.

« Ce matin, avant l'aurore, je suis allée à la rivière pour cueillir des plantes médicinales.

— Étiez-vous seule ?

— Oui, seule, répondit-elle en soutenant le regard de son père. Je sais la promesse que je vous ai faite, et vous demande pardon de vous avoir désobéi.

— Étiez-vous à pied ? »

Comme elle acquiesçait, il l'invita d'un geste à poursuivre.

« J'y suis restée un moment sans rencontrer âme qui vive. Mais alors que je m'apprêtais à partir, j'ai aperçu, flottant sur l'eau, ce qui semblait être un paquet de vêtements. Des vêtements de bonne facture. En fait… » Se sentant pâlir, Alaïs s'interrompit un instant. « … c'était un cadavre. Celui d'un homme assez âgé, aux cheveux noirs et bouclés. J'ai cru d'abord qu'il s'était noyé. Puis j'ai vu qu'il avait la gorge tranchée.

— Avez-vous touché au corps ? demanda l'intendant en se raidissant.

— Que non, répondit la jeune femme en secouant la tête, les yeux baissés pour cacher son embarras. Mais le choc m'a fait perdre l'esprit. J'ai couru en abandonnant mes affaires. Je ne pensais qu'à m'enfuir et venir vous apprendre ma triste découverte.

— Et entre-temps, n'avez-vous vu personne ? se rembrunit Pelletier.

— Personne. Les lieux étaient déserts. Mais, après avoir trouvé le corps, j'ai craint que l'assassin ne fût encore à proximité. J'avais l'impression qu'il m'épiait. Du moins le pensais-je…

— Vous ne souffrez donc d'aucun mal, insista l'intendant en pesant soigneusement ses mots. Nul ne vous a interpellée ou tenté de vous agresser. »

Qu'Alaïs eût saisi l'allusion de son père était visible par le rose qui lui monta soudain aux joues.

« Je ne souffre que d'une blessure d'amour-propre et de ne plus mériter votre bienveillance, père. »

Elle vit l'expression soulagée de l'intendant. Il lui souriait et, pour la première fois depuis le début de leur conversation, ses yeux souriaient aussi.

« Fort bien, soupira-t-il. Mis à part votre inconséquence et le fait que vous m'ayez désobéi, vous avez été bien avisée de venir me parler. »

Sur ces mots, il lui prit les mains, refermant ses énormes battoirs tannés comme du cuir sur les doigts délicats de sa fille.

« Je suis navrée, *paire*. J'entendais tenir ma promesse, si ce n'est que… », sourit-elle, reconnaissante pour tant d'indulgence.

Il balaya les excuses d'un geste.

« N'en parlons plus. Et pour ce qui est de ce pauvre sire, je crains que nous ne puissions rien faire pour lui. Les maraudeurs qui l'ont occis se sont enfuis depuis longtemps. Il est peu probable qu'ils se soient attardés et risqués à être découverts. »

Le visage d'Alaïs se peignit de gravité. Les commentaires de son père venaient de faire surgir une idée tapie dans ses pensées. Fermant les yeux, elle se revit à demi plongée dans la rivière, frappée de stupéfaction à la vue du cadavre.

« Si étrange que cela paraisse, père, hasarda-t-elle doucement, je ne crois pas que ce soit l'œuvre de maraudeurs. Advenant le cas, ils l'auraient dépouillé du manteau fort coûteux, ainsi que des bagues et des chaînes en or. Des voleurs l'auraient laissé nu.

— Vous m'aviez pourtant dit n'avoir point touché au corps, objecta abruptement Pelletier.

— En effet. Mais j'ai vu les nombreuses bagues qui ornaient ses mains, père. Il portait aussi un bracelet constitué de chaînettes entrecroisées, et une grande chaîne autour du cou. Pourquoi des brigands auraient-ils renoncé à s'en emparer ? »

Alaïs demeura silencieuse, alors que lui revenaient en mémoire le cadavre boursouflé, ses mains fantomatiques tendues vers elle comme s'il voulait la toucher, l'extrémité sanguinolente de ce qui avait été son pouce. Saisie d'un brusque vertige, elle s'adossa à la pierre du mur et tenta de se distraire l'esprit en se concentrant sur le banc où elle avait pris place, et l'odeur surette qui montait des fûts alignés.

« Il ne saignait point, reprit-elle, en avalant douloureusement sa salive. C'était une blessure ouverte, rouge comme une pièce de viande. Le pouce lui manquait et…

— Manquait ? la coupa-t-il rudement. Comment cela ? Que voulez-vous dire par là ? »

Le changement de ton prit Alaïs au débotté.

« On lui avait tranché le pouce au ras de la main.

— De quelle main, Alaïs ? s'enquit précipitamment Pelletier. Songez-y, il importe que je le sache.

— Je ne…

— De quelle main ? insista-t-il.

— La gauche. Oui, la sénestre, j'en suis sûre. Il était tourné vers l'amont et la main amputée se trouvait de mon côté. »

Traversant la cave en quelques enjambées, Pelletier ouvrit la porte et héla son secrétaire François à grand renfort de voix. Alaïs se leva à son tour, ébranlée par la véhémence de son père, perplexe aussi quant à la suite des événements.

« Que se passe-t-il ? Dites-le-moi, je vous en conjure. Pourquoi est-ce si important que ce soit la main droite ou la main gauche ?

— Faites seller des chevaux immédiatement, François. Mon hongre gris pour moi, la jument baie pour dame Alaïs, et une monture pour vous. »

François demeurait impassible, comme à l'accoutumée.

« Fort bien, messire. Allons-nous loin ?

— Seulement jusqu'à la rivière, précisa Pelletier avec un geste pour le congédier. Hâtez-vous, l'homme. Et apportez-moi mon épée, ainsi qu'un manteau propre pour dame Alaïs. Nous vous retrouverons au puits. »

À peine François fut-il hors de portée de voix qu'Alaïs se précipita vers son père. Mais se détournant d'elle, ce dernier alla à un tonneau et emplit un gobelet de vin. Sa main tremblait tellement qu'il en répandit la moitié.

« *Paire*, plaida-t-elle encore, pourquoi tenez-vous tant à vous rendre à la rivière ? Tout cela est sans conséquence pour vous. Laissez donc y aller François. Je le conduirai.

— Vous ne pouvez comprendre.

— Alors, expliquez-moi. Vous pouvez vous fier à moi.

— Je dois voir ce corps moi-même. Je veux m'aviser de…

— De quoi ? renchérit précipitamment Alaïs.

— De rien, de rien, lâcha Pelletier en secouant sa tête grisonnante. Il ne vous appartient pas de…

— Mais encore... »

Pelletier l'arrêta d'un geste, ayant manifestement repris la maîtrise de ses émotions.

« Il suffit, Alaïs. Il importe que vous m'accompagniez. J'aurais voulu vous épargner cette épreuve, mais cela m'est impossible. Tenez, buvez ceci, ajouta-t-il en lui tendant le gobelet. Cela vous fortifiera et vous donnera du courage.

— Je n'éprouve nulle crainte, protesta-t-elle, offensée que l'on prît sa réticence pour de la couardise. Voir un mort ne me fait pas peur. C'est le choc de la découverte qui m'a tant affectée. Messire, je vous conjure de me dire pourquoi...

— En voilà assez ! » gronda Pelletier en se retournant vers elle.

Alaïs recula comme s'il lui avait administré un soufflet. Son père s'empressa de se ressaisir.

« Pardonnez-moi ; je ne suis plus moi-même. Nul homme ne peut espérer fille plus loyale ni plus résolue, dit-il en lui effleurant la joue.

— Dans ce cas, pourquoi refusez-vous de vous fier à moi ? »

Pelletier hésitait, et Alaïs crut, un instant, qu'il allait céder. Puis elle vit son visage se refermer.

« Tout ce que je requiers de vous, c'est que vous me montriez l'endroit, murmura-t-il. Le reste ne concerne que moi. »

Les cloches de Sant-Nasari sonnaient tierce[1] quand ils franchirent la porte occidentale du Château comtal.

Pelletier caracolait en tête, tandis qu'Alaïs et François cheminaient de conserve. Malheureuse, taraudée d'un sentiment de culpabilité parce que ses écarts

_____

1. Prière de la troisième heure (neuf heures du matin). *(N.d.T.)*

de conduite avaient provoqué un tel revirement dans l'attitude de son père, la jeune femme n'en était pas moins offusquée par la méfiance qu'il lui témoignait.

Ils empruntèrent l'étroit et sinueux sentier qui dévalait en méandres la colline sous les murs de la Cité. Arrivés en terrain plat, ils mirent leurs montures au trot.

Après avoir chevauché en amont de l'Aude, ils atteignirent les marais sous un soleil écrasant. Des nuées de mouches noires et de moucherons planaient au-dessus des ruisselets et des flaques d'eau stagnante. Les chevaux piaffaient et fouettaient leurs flancs de leur queue, pour chasser, mais en vain, les nombreux insectes qui les piquaient à travers leur mince robe d'été.

Sur la rive opposée, à l'ombre des grands arbres, Alaïs apercevait quelques lavandières, le corps à demi immergé, brandissant leurs battoirs au-dessus de grandes pierres plates. De l'unique pont de bois qui reliait les marais et les villages aux bourgs de Carcassonne s'élevait le grondement monotone d'un cortège de charretons. D'autres traversaient à gué : manants, fermiers, marchands, certains leurs enfants hissés sur les épaules, d'autres conduisant des mulets ou un troupeau de chèvres, tous se dirigeaient vers la grand-place du marché.

Le trio chevauchait en silence. Parvenu à l'ombre des saules, chacun se surprit plongé dans ses propres pensées. Apaisée par le pas des chevaux, le chant des oiseaux et l'incessante stridulation des criquets, Alaïs en oublia le but de leur expédition.

Ce répit ne dura pas longtemps, car l'angoisse la reprit à la vue des bosquets. La petite colonne s'ouvrit un passage à travers les arbres. Pelletier se retournait parfois pour adresser à sa fille un sourire rassurant. Alaïs lui en savait gré : son inquiétude allait croissant et, sur le qui-vive, elle sursautait au moindre bruit. Les grands saules qui la dominaient semblaient la narguer, comme s'ils dissimulaient des yeux en train de l'observer. Le moindre frôlement, le plus petit battement d'aile accéléraient les battements de son cœur.

À la clairière, elle ne savait guère ce qui l'attendait, aussi fut-elle un peu étonnée de la sérénité qui y régnait. Son *panièr* s'y trouvait, intact, à l'endroit même où elle l'avait abandonné. Ayant mis pied à terre, elle tendit les rênes à François, puis alla au bord de la rivière. Ses outils y étaient aussi, tels qu'elle les avait laissés.

Quand son père la saisit par le coude, elle ne put réprimer un sursaut.

« Montrez-moi l'endroit », la somma-t-il.

Obtempérant sans mot dire, elle suivit la berge jusqu'au lieu de sa découverte. Au début, elle ne vit rien et se demanda si elle n'avait pas rêvé. Mais là-bas, un peu en amont parmi les roseaux, flottait le corps de l'homme assassiné.

« Là, regardez. »

Au lieu de héler François, Pelletier se défit de son manteau et, au grand étonnement d'Alaïs, entra dans le lit de la rivière.

« Restez ici », lui commanda-t-il par-dessus son épaule.

Alaïs s'assit, les genoux repliés sous le menton. Elle regarda son père progresser dans le courant au mépris des flots qui débordaient le haut de ses cuissardes. Une fois à proximité du cadavre, il tira son épée et, comme pour se préparer au pire, eut une brève hésitation. De l'estoc, il tira le bras gauche hors de l'eau. La main mutilée et bleuâtre demeura un instant en suspens, puis glissa sur la lame jusqu'à heurter la garde, et retomber enfin dans un funèbre éclaboussement.

Son épée rengainée, Pelletier empoigna le corps et le retourna sans ménagement, produisant une grande gerbe d'eau. À la manière dont elle bringuebalait, on aurait cru la tête prête à se détacher du corps.

Alaïs détourna promptement le regard, peu désireuse de voir l'empreinte de mort sur le visage de l'inconnu.

Sur le chemin du retour, Pelletier se montra d'une tout autre humeur, à l'évidence soulagé, comme si un faix de plomb lui avait été ôté des épaules. Il échangeait avec François des remarques enjouées, et sitôt que leurs regards se croisaient, il adressait à sa fille un sourire affectueux.

Lasse, dépitée par le mutisme de son père, Alaïs partageait néanmoins ce sentiment de bien-être. Cela lui rappelait les promenades à cheval de jadis, quand le temps ne manquait pas et que son père passait de longues heures en sa compagnie.

Alors qu'ils laissaient les rives de l'Aude pour remonter vers le château, sa curiosité prit le dessus. Rassemblant son courage, elle posa à son père la question qui lui brûlait les lèvres :

« Avez-vous découvert ce que vous cherchiez, père ?

— Si fait. »

Alaïs attendit, jusqu'au moment où elle comprit qu'il faudrait lui tirer les mots un à un de la bouche.

« Ce n'était pas lui, cependant, n'est-ce pas ? »

En réponse, son père lui décocha un regard aigu.

« D'après ma description, vous avez cru que cet homme ne vous était pas inconnu. Voilà pourquoi vous souhaitiez le voir de vos propres yeux. »

À l'éclat des yeux qui la scrutaient, Alaïs comprit qu'elle avait vu juste.

« Je le pensais, en effet, concéda-t-il enfin. Une personne que j'aurais côtoyée, du temps où je vivais à Chartres. Un ami très cher.

— À en juger par ses ors et son costume, cet homme-là, dans la rivière, était juif, n'est-ce pas ? »

Pelletier leva un sourcil interrogateur.

« Oui, et quand cela serait ?

— Juif et cependant votre ami ? Cet homme que l'on a égorgé n'était pas l'ami que vous aviez à Chartres, n'est-ce pas ? insista-t-elle devant le silence que lui opposait son père.

— Non.

— Dans ce cas, qui était-ce ?

— Je l'ignore. »

Alaïs se tint coite quelques instants, convaincue que son père n'avait jamais évoqué un tel ami. Il avait beau être pétri de bonté et de tolérance, s'il avait fait une seule fois allusion à un ami juif vivant à Chartres, elle s'en serait souvenue. Le connaissant assez pour comprendre qu'il ne poursuivrait pas dans cette voie, elle décida de changer de stratégie.

« J'avais donc raison. Cet homme n'a pas été occis par des brigands.

— En effet, répondit Pelletier d'un ton presque ravi. L'intention était de le tuer. La blessure est trop profonde, infligée de manière trop délibérée. En outre, presque tous les objets de valeur ont été abandonnés.

— Comment cela, presque ? Ses meurtriers auraient-ils été interrompus dans leur triste besogne ? suggéra-t-elle au risque de se faire rabrouer.

— Je ne le pense point.

— Ou peut-être cherchait-on quelque chose en particulier…

— Pas davantage, Alaïs. Ce n'est ni le moment, ni le lieu pour une telle conversation. »

Obstinée, Alaïs ouvrit la bouche, puis la referma sans mot dire. Le sujet était clos, elle n'apprendrait rien de plus. Mieux valait attendre un instant plus propice aux confidences. Ils chevauchèrent en silence le reste du chemin.

Comme ils gagnaient la porte ouest, François poussa sa monture en tête.

« Il serait avisé de ne faire allusion à quiconque de l'expédition de ce matin, souffla hâtivement Pelletier à l'endroit de sa fille.

— Pas même à Guilhem ?

— Votre époux ne se réjouirait point s'il apprenait que vous êtes allée jusqu'à l'Aude sans escorte, ajouta-t-il sèchement. Les rumeurs se répandent vite. Vous devriez aller vous reposer et effacer ce triste événement de votre mémoire. »

Alaïs lui adressa un regard faussement innocent.

« Naturellement. Comme il vous plaira. Je vous en donne ma parole, *paire* ; je ne parlerai de cette affaire à nul autre que vous. »

Pelletier hésita, se demandant si sa fille ne le daubait pas, puis opta pour un sourire :

« Vous êtes une enfant obéissante, Alaïs. Je sais que je peux vous accorder ma fiance. »

À son corps défendant, Alaïs rougit violemment.

Le garçon aux yeux d'ambre et aux cheveux blond foncé, qui était perché sur le toit de la taverne, se tourna pour voir d'où provenait le bruit.

C'était un chevaucheur. Entré par la Porte Narbonnaise, il traversait au galop les rues de la Cité, sans égard pour la piétaille qui obstruait son chemin. Les hommes protestaient, brandissant leur poing, lui criant rageusement de mettre pied à terre. Les femmes prenaient en toute hâte leurs enfants dans les bras, de crainte de les voir rouler sous les sabots du cheval. Des chiens errants bondirent avec des aboiements furieux, allant jusqu'à mordre les jarrets de l'animal, sans que le cavalier en tînt compte.

La bête était fourbue. Même à la distance d'où il se trouvait, Sajhë remarqua les traînées d'écume blanchâtres sur ses flancs et autour de la bouche. Elle bifurqua vers le pont du Château comtal.

Malgré l'équilibre précaire qu'offraient les tuiles disjointes, le garçon se redressa à temps pour voir l'intendant Pelletier franchir la porte sur son puissant destrier gris, suivi d'Alaïs et sa belle haquenée. La jeune femme avait une expression soucieuse, et il s'interrogea sur les raisons de cette chevauchée. Sûrement pas la chasse, puisque rien dans leur tenue ne le laissait supposer.

Sajhë nourrissait pour Alaïs un amour sans mélange. Chaque fois qu'elle visitait Esclarmonde, aïeule de Sajhë, la jeune femme ne manquait pas d'échanger quelques mots avec lui, au rebours des autres dames qui faisaient fi de sa présence, trop préoccupées par les potions pour la fièvre, la grossesse, les ecchymoses ou même les affaires de cœur, que *menina* (c'est ainsi qu'il appelait sa grand-mère) devait leur préparer.

Or, depuis qu'il connaissait Alaïs, jamais Sajhë ne l'avait vue dans un tel abattement. Se laissant glisser jusqu'au rebord de la toiture, il sauta dans le vide et se reçut en souplesse sur le sol, évitant de justesse une poule attachée à une charrette renversée.

« Hé, regarde donc ce que tu fais ! le houspilla une femme.

— Je ne l'ai même pas touchée », se défendit le garçon en s'éloignant du balai dont elle le menaçait.

La Cité bourdonnait des bruits, des images et des odeurs de jour de marché. Dans les passages et les allées, les croisées claquaient contre les murs de pierre, que les servantes ouvraient à la fraîcheur du matin, pour les clore de nouveau sitôt que la chaleur s'installait. Sur le pavé, des marchands de vin observaient les apprentis qui dans un bruit de tonnerre roulaient des barils en direction de la taverne, se bousculant, rivalisant pour y arriver les premiers. Des cortèges de charrettes avançaient poussivement dans des craquements de ridelles surchargées et des grincements de roues mal graissées.

Sajhë connaissait tous les raccourcis de la Cité. Aussi se glissa-t-il habilement dans la presse, jouant des coudes et des genoux, se faufilant entre chèvres et moutons, les ânes et les mulets surchargés de marchandises et de paniers, les cochons trottinant molle-

ment à travers les rues étroites. Un garçon au visage
peu amène, plus âgé que lui, conduisait indolemment
un troupeau d'oies qui cacardaient bruyamment, en lançant des coups de bec à deux fillettes apeurées. Sajhë
leur décocha une œillade pour les faire sourire, puis
marcha sur le plus agressif des volatiles en agitant les
bras pour l'effrayer.

« Où te crois-tu ? protesta avec hargne le jeune gardien d'oies. Va donc au diable voir si j'y suis ! »

Les gamines se mirent à pouffer. En réponse, Sajhë
produisit un cacardement moqueur, et se retourna au
moment où un jars, cou tendu, lui sifflait sa colère au
visage.

« Bien fait pour toi, espèce d'idiot ! » lança le garçon.

Sajhë recula pour éviter le coup de bec.

« Tu devrais mieux surveiller ta volaille, riposta-
t-il.

— Y a que les pleutres pour avoir peur comme ça,
ricana l'autre en toisant Sajhë. Le pauvre *nenno*[1] a peur
d'oies inoffensives, pas vrai ?

— Je n'ai point peur, protesta Sajhë en montrant les
deux fillettes réfugiées dans les jambes de leurs mères.
Elles, si. Tu devrais prendre garde à ce que tu fais.

— Et avec toi, qu'est-ce qu'y faudrait que
j'fasse, *è ?*

— Je te dis simplement de prendre garde. »

Le jeune gardien s'approcha du garçon, la badine
haute.

« Et qui va m'y contraindre, toi, peut-être ? »

Il dépassait Sajhë d'une tête. Son corps était couvert d'ecchymoses, preuve que les horions étaient son

1. Bébé. *(N.d.T.)*

lot quotidien. Sajhë recula d'un pas, la main levée en manière de conciliation.

« Je te demande : qui va m'y obliger ? » reprit le gardien d'oies, déjà prêt à un échange de coups.

L'algarade aurait tourné au pugilat sans la présence d'un ivrogne qui, jusqu'alors affalé contre un mur, se leva en tonitruant, enjoignant les deux garçons de passer leur chemin et le laisser en paix. Sajhë profita de cette diversion pour s'éclipser.

Culminant au-dessus des toits, le soleil découpait par les rues des carrés de lumière. Sous l'appentis du maréchal-ferrant, les fers à cheval pendus à leur clou lançaient de brefs éclairs. Quand Sajhë s'approcha, la chaleur de la forge lui fit l'effet d'un brûlant soufflet.

Une foule d'hommes attendaient devant l'enclume, entourés de jeunes écuyers, qui portant le heaume, qui l'écu, qui le haubert de son chevalier, toute pièce d'armure requérant les soins d'un forgeron. Le garçon vint à penser que celui du château avait sûrement de l'ouvrage par-dessus la tête.

Son sang et sa classe ne lui en donnaient pas le droit, et cependant, Sajhë rêvait depuis toujours d'être un chevalier portant ses propres couleurs. Aussi adressa-t-il un sourire amical à quelques écuyers de son âge, pour n'obtenir en réponse – comme il en avait toujours été et comme il en serait toujours – qu'un regard absent niant son existence.

Sajhë tourna les talons et s'éloigna sans insister.

Les marchands étaient, pour la plupart, habitués des lieux, et chacun détenait sur le marché une place attitrée. La première odeur qui frappa Sajhë fut celle de la graisse animale que l'on faisait chauffer. Il s'attarda devant un étal où cuisaient des pâtés que le marchand retournait sur une grille, puis replongeait dans l'huile bouillante. Le fumet de soupe épaisse aux haricots, et l'arôme succulent du *mitadenc*, pain d'orge et de blé, aiguisèrent son appétit. Il longea sans s'arrêter les éventaires de vêtements de laine, de boucles et de poterie, de cuirs et de peaux, ceux où se vendaient les produits du cru mais aussi les bourses et les ceintures importées de Cordoue et de plus loin encore. Après une pause devant un éventaire de coutellerie, il se dirigea vers le coin de la grand-place où l'on parquait les animaux vivants. Dans des cages exiguës se pressaient poulets et chapons, parfois des alouettes et des roitelets au chant mélodieux. De tous ces animaux, il préférait les lapins, serrés l'un contre l'autre en une boule indéfinissable de blanc, de noir et de brun.

Passé les éventaires de sel et de grains, de bière et de vin en tonneau, il parvint devant celui exclusivement dédié aux herbes et aux épices. Le marchand qui le tenait ressemblait à un géant. La tête enturbannée de soie, il était revêtu d'une longue robe bleue aux reflets moirés. Des babouches rouge et or, à bout recourbé, rutilaient à ses pieds. Sa peau était d'un noir comme Sajhë n'en avait jamais vu, plus sombre encore que celle des Gitans venus par la montagne de Navarre et d'Aragon. Il en conclut que ce devait être un Sarrasin, même s'il n'en avait jamais rencontré de sa vie.

L'homme avait disposé ses produits en un cercle où le vert avoisinait le jaune, l'orange le rouge, l'ocre le brun. Si l'on reconnaissait au premier coup d'œil le romarin et le persil, l'ail, la lavande et le souci, l'arrière de l'éventaire proposait des épices plus recherchées, comme la cardamome, la noix de muscade et le safran. Sur les autres, Sajhë ne parvint pas à mettre un nom, mais se promit intérieurement de rapporter à sa grand-mère ce qu'il avait vu.

À peine s'approchait-il pour observer de plus près ces mystérieuses épices que le Sarrasin poussa un terrible rugissement. Sa large main se referma brusquement sur le poignet d'un tire-laine qui tentait de lui distraire la bourse pendue à sa ceinture. Le saisissant par la tête, il l'envoya rouler sur une femme qui se mit à pousser des cris d'orfraie. L'instant d'après, un attroupement s'était formé.

Peu désireux d'être mêlé à l'affaire, Sajhë préféra s'éloigner.

Il poursuivit sa promenade sur la grand-place vers la *taberna Sant Joan dels Évangèlis*. Besogneux comme à l'ordinaire, il songeait aller y proposer ses talents de coursier en échange d'un gobelet de brout[1], quand il entendit quelqu'un l'appeler par son prénom.

C'était *Na* Marti, une amie de sa grand-mère qui, assise auprès de son époux, lui adressait des signes pour attirer son attention. Elle était tisserande et lui cardeur. D'une semaine à l'autre, on les trouvait au même endroit, filant et cardant la laine.

Sajhë leur rendit leur salut. À l'instar d'Esclarmonde, *Na* Marti était une adepte de l'Église nouvelle. Si *Sénher*[2] Marti se disait non-croyant, à Pentecôte, il n'en avait pas moins suivi sa femme à la demeure d'Esclarmonde pour écouter le sermon des *Bons Homes*[3].

Na Marti ébouriffa affectueusement les cheveux du garçon.

« Comment vas-tu, jeune damoiseau ? Tu as tellement grandi, ces derniers temps, que j'ai failli ne pas te reconnaître.

---

1. Ratafia de brou de noix. *(N.d.T.)*
2. Sieur. *(N.d.T.)*
3. Bons Hommes ou cathares. *(N.d.T.)*

— Fort bien, merci, répliqua-t-il avant de se tourner vers le mari qui cardait la laine sur des écheveaux : *Bonjorn, Sénher*.

— Et qu'en est-il d'Esclarmonde ? poursuivit la femme. Est-elle toujours bien allante ? Veille-t-elle toujours au grain, comme à son habitude ?

— Toujours égale à elle-même, dit le garçon en souriant.

— *Ben, ben…* »

Sajhë prit place à ses pieds et, les jambes croisées en tailleur, l'observa faisant tourner son rouet.

« Dites, *Na* Marti, demanda-t-il après un silence. Pourquoi ne venez-vous plus prier avec nous ? »

Sénher Marti suspendit son geste pour échanger avec sa femme un regard entendu.

« Oh, tu sais comment vont les choses, répondit évasivement cette dernière en évitant le regard du garçon. Nous nous sommes tant affairés, ces derniers jours. Nous ne pouvons faire le voyage jusqu'à Carcassona aussi souvent que nous le voudrions. »

Réajustant sa bobine, elle continua de tourner en silence son rouet dont le couinement régulier ponctuait le malaise qui venait de s'installer.

« *Menina* dit que vous lui manquez.

— Elle me manque aussi. Mais des amies ne peuvent rester constamment ensemble. »

Sajhë se rembrunit.

« Mais alors pourquoi… »

Sénher Marti lui assena une tape sur l'épaule :

« Ne parle donc point si fort, gronda-t-il à voix basse. Mieux vaut garder pour nous ce genre de propos.

— De quels propos parlez-vous ? s'étonna le garçon, perplexe.

— Je t'ai ouï, Sajhë, grinça l'homme, jetant des regards inquiets par-dessus son épaule. Toute la place t'a entendu. À présent, plus un mot sur ces prières, *è?* »

Sajhë se leva, confus d'avoir suscité l'ire de *sénher* Marti. *Na* s'adressa alors à son mari, ignorant la présence du garçon :

« Tu es trop sévère avec lui, Rogier, gronda-t-elle entre ses dents. Ce n'est qu'un enfant.

— Il suffit qu'une personne ait la langue trop bien pendue pour qu'on nous mette dans le même sac que les autres. Nous ne pouvons prendre un tel risque. Si jamais on nous associait à ces hérétiques...

— Hérétique ? Ce n'est qu'un enfant..., rétorqua-t-elle sèchement.

— Ce n'est point à lui que je faisais allusion, mais à Esclarmonde. Il est notoire qu'elle en est une. Si l'on apprend que nous allons prier chez elle, on nous accusera d'écouter les Bons Hommes, et nous serons poursuivis.

— Devons-nous abandonner nos amis pour quelques lamentables histoires que l'on nous a rapportées ? »

La voix de *sénher* Marti baissa pour n'être plus qu'un murmure :

« Je disais seulement que nous devons être prudents. Tu sais bien ce que les gens racontent : une armée est en route pour chasser les hérétiques.

— C'est ce qui se dit depuis des années, tu prends cela trop à cœur. Comme ces histoires de légats, ces prétendus "hommes de Dieu" qui parcourent nos campagnes depuis des années, sans que nous en ayons rien à attendre, si ce n'est qu'ils s'enivrent à nos dépens. Laissons donc les évêques débattre entre eux de leurs affaires, et occupons-nous des nôtres... »

Na Marti se tourna vers Sajhë qui fixait piteusement le sol pour ne pas montrer ses larmes, et tenta de le rassurer, une main affectueusement posée sur son épaule :

« Ne fais point cas de ce que dit mon époux ; tu n'as rien fait de mal. » Et, d'un ton enjoué, elle ajouta : « Ne me disais-tu point l'autre jour que tu voulais offrir un présent à Alaïs ? Si nous essayions d'y pourvoir, qu'en penses-tu ? »

Sajhë opina de la tête, conscient des efforts de *Na* pour le rassurer. Il n'en garda pas moins la tête basse et la mine contristée.

« C'est que je n'ai guère de pécunes pour m'en acquitter, bredouilla-t-il.

— Ne te tourmente point. Nous oublierons cela, pour cette fois. À présent, regarde ceci. » Elle laissa courir ses doigts parmi les bobines de fil colorées. « Que dis-tu de celle-là ? Ne trouves-tu pas qu'elle siérait bien à la couleur de ses yeux ? »

Sajhë tritura un instant le fil couleur brun cuivré.

« Je ne sais…

— Il conviendra tout à fait. Je m'en vais te l'envelopper. »

Sur ce, elle se mit à la recherche d'un morceau d'étoffe. Craignant d'être taxé d'ingratitude, Sajhë tenta une échappatoire :

« Je l'ai justement aperçue tantôt.

— Ah, oui ? Comment était-elle ? La personne qui se dit sa sœur l'accompagnait-elle ?

— Nenni, grimaça le garçon. Mais elle n'avait pas l'air plus gaie pour autant.

— Dans ce cas, l'instant me semble opportun pour lui faire un présent ; il n'en sera que plus apprécié. Alaïs a coutume de se rendre au marché. Pour peu que tu gardes les yeux et l'esprit ouverts, je suis convaincue que tu la trouveras. »

Soulagé de prendre congé de cette pénible compagnie, Sajhë glissa le paquet sous sa chemise et salua le couple. Quand il se retourna pour leur adresser un dernier signe, mari et femme l'observaient côte à côte sans mot dire.

Le soleil était presque à son zénith. Sajhë interrogea quelques personnes au sujet d'Alaïs, mais nul ne l'avait aperçue.

La faim le tenaillant, il songeait à rentrer quand il la vit enfin devant un éventaire de fromages de chèvre. Il se précipita et, se glissant parmi les badauds, se jeta sur elle en la ceinturant de ses bras.

« *Bonjorn.* »

Alaïs virevolta et, le reconnaissant, le gratifia d'un sourire chaleureux.

« Sajhë ! s'exclama-t-elle en lui caressant les cheveux. Quelle bonne surprise !

— Je vous cherchais partout, se réjouit l'enfant. Je vous ai vue tantôt, vous sembliez troublée. Allez-vous, à présent ?

— Tantôt ?

— Vous rentriez au château avec votre père. Juste après l'arrivée du messager.

— Ah, oui, acquiesça-t-elle. Ne te tourmente point, je vais bien. C'est que j'ai eu une matinée éprouvante, voilà tout. Quel plaisir de voir ton visage ravi, ajouta-t-elle en posant un baiser sur le front du garçon qui rougit violemment. Puisque tu es céans, aide-moi donc à choisir quelques fromages, veux-tu ? »

Les rondelets de fromage de chèvre étaient couchés sur un lit de paille, parfaitement alignés et serrés l'un contre l'autre dans des caissettes de bois. Les plus secs se reconnaissaient à leur croûte jaunâtre, et pour avoir vieilli plusieurs jours, leur parfum n'en était que plus exalté. À l'inverse, les plus frais offraient un aspect luisant, mou et laiteux. Alaïs s'informa du coût auprès du vendeur, avant de faire son choix, non sans avoir suivi les conseils de Sajhë. Comme elle exhibait une planchette en bois pour emporter ses fromages, elle demanda au garçon de prendre quelques sols dans sa bourse et de s'acquitter pour elle de son achat.

Les yeux de Sajhë s'écarquillèrent quand il reconnut un motif très particulier finement gravé sous la planche de bois poli. Par quel hasard, Alaïs en possédait-elle une et comment se l'était-elle procurée ? Sa surprise était telle qu'il en lâcha les pièces de monnaie. Plus embarrassé que jamais, le garçon plongea sous les tréteaux pour les récupérer, et s'y attarda le temps que son trouble se fût dissipé. Au moment où il réapparut, quel ne fut pas son soulagement de voir qu'Alaïs ne s'était rendu compte de rien. Une fois la transaction achevée, il rassembla son courage pour lui offrir son cadeau.

« J'ai quelque chose pour vous, hasarda-t-il timidement en mettant abruptement le sachet entre les mains d'Alaïs.

— Comme c'est aimable ! Vient-il d'Esclarmonde ?

— Que non, de moi.

— Quelle agréable surprise ! Puis-je l'ouvrir ? »

Le garçon acquiesça et, alors qu'Alaïs dénouait les ficelles, se mit à la fixer, le visage empreint d'une gravité que contredisait l'éclat impatient de son regard.

« Oh, que cela est beau, Sajhë ! s'exclama-t-elle en portant la bobine à la hauteur des yeux. C'est vraiment magnifique !

— Je ne l'ai point dérobé, ajouta précipitamment le garçon. C'est *Na* Marti qui me l'a donnée, un peu pour nous réconcilier, je crois. »

Il n'avait pas prononcé ces derniers mots qu'il les regrettait déjà.

« Vous réconcilier à propos de quoi ? » voulut savoir Alaïs.

À cet instant précis, un cri s'éleva. Tout près de là, un homme pointait du doigt un vol d'oiseaux noirs survolant la Cité d'est en ouest et à basse altitude. On distinguait sur leur plumage les reflets du soleil pareils aux étincelles sur l'enclume du forgeron. Quelqu'un déclara que c'était un présage, encore que nul ne se hasardât à préciser si cela en était un bon ou un mauvais.

Sajhë ne croyait pas en de telles superstitions. Il ne put néanmoins réprimer un frisson. Alaïs semblait partager son sentiment car, passant son bras sur son épaule, elle serra le garçon contre elle.

« Que se passe-t-il ? voulut-il savoir.

— *Res*, rien du tout », répondit-elle trop vite.

Au-dessus d'eux, indifférents aux humains, les oiseaux poursuivaient leur périple, jusqu'à n'être plus qu'un point noir dans le ciel.

5

Le temps pour Alaïs d'oublier ce funeste présage et de gagner le Château comtal, les cloches de midi sonnaient au beffroi de Sant-Nasari.

Elle était épuisée, aussi dut-elle faire plusieurs haltes dans l'escalier, dont la montée lui semblait plus pénible qu'à l'accoutumée. Elle ne souhaitait que regagner sa chambre et s'accorder quelque repos.

Elle eut la surprise de trouver porte close. À cette heure, les servantes auraient dû être à l'intérieur en train de terminer leur tâche. Pourtant, les baldaquins étaient encore tirés. Malgré la pénombre, elle aperçut près de l'âtre le *panièr* que François avait, à sa demande, rapporté.

Ayant posé son plateau de fromage sur une table près du lit, elle alla ouvrir les volets, tâche dont les servantes s'acquittaient d'ordinaire aux premières heures de la matinée. Le soleil s'engouffra, révélant sur le mobilier une fine couche de poussière et les marques d'usure sur les lourdes tentures qui encadraient le lit.

Alaïs traversa la chambre et les tira.

Sa stupéfaction fut telle qu'elle ne put retenir un hoquet en voyant Guilhem profondément endormi, comme elle l'avait laissé peu avant l'aube, quand elle s'apprêtait à partir. Il avait l'air si beau, si détendu. Même Oriane qui avait la dent dure reconnaissait que

Guilhem était un des plus avenants chevaliers au service de Trencavel.

S'asseyant sur le bord du lit, Alaïs laissa ses doigts courir sur la peau cuivrée de son époux. Puis, avec une hardiesse inexplicable, cueillit sur son index un peu de fromage frais et le lui étala sur les lèvres. Guilhem murmura, avant de s'étirer sous les draps. La paupière frémissante, il tâtonna en direction d'Alaïs avec un sourire enjôleur.

La jeune femme retint son souffle. On eût dit que l'air vibrait d'impatience cependant qu'il l'attirait contre lui.

Des pas lourds et précipités provenant des couloirs mirent brutalement un terme à cet instant d'intimité. Quelqu'un appelait Guilhem à cor et à cri. Une voix autoritaire déformée par la colère. Peu désireuse d'être surprise en pareille posture, Alaïs se releva en remettant fébrilement de l'ordre dans son vêtement. L'intendant Pelletier, suivi de François, entra en trombe dans la pièce, alors que Guilhem ouvrait à peine les yeux.

« Vous êtes en retard, du Mas ! rugit-il en s'emparant d'un vêtement pour le lui lancer au visage. Levez-vous. Le conseil est réuni dans le grand vestibule[1], on n'y attend que vous.

— Le grand vestibule ? sursauta Guilhem.

— Le vicomte Trencavel vous fait mander, quand vous vous prélassez encore sur votre couche ! tempêtat-il en dominant son gendre de toute sa stature. Croyez-vous n'avoir qu'à vous soucier de votre bon plaisir ? Alors, qu'avez-vous à répondre à cela ? » Puis de se radoucir en découvrant sa fille prudemment en retrait à l'autre extrémité du lit : « Pardonnez-moi, *filha*, je

---

1. Appelé plus tard « salle des chevaliers ». *(N.d.T.)*

ne vous avais point vue. Vous sentez-vous mieux, à présent ?

— Pour vous complaire, messire, acquiesça-t-elle en inclinant humblement la tête.

— Comment cela, mieux ? s'alarma Guilhem. Seriez-vous mal portante ?

— Levez-vous, du Mas ! trancha Pelletier en revenant à son gendre. Vous avez pour vous apprêter le temps qu'il me faut pour quitter ces lieux et franchir la grande cour. Si d'ici là vous n'avez pas rejoint le grand vestibule, attendez-vous au pire ! »

Tournant les talons, Pelletier quitta la chambre sans desserrer les lèvres.

Dans le silence assourdissant qui suivit le départ de son père, Alaïs resta immobile, comme figée, ne sachant dire pour qui, d'elle ou de son mari, elle était le plus embarrassée.

« Comment ose-t-il entrer céans et me traiter comme un laquais ? Pour qui se prend-il ? explosa Guilhem en repoussant violemment les couvertures, avant de se rengorger, sarcastique : Ah oui ! Le devoir, bien sûr… Cela ne saurait faire attendre le grand intendant Pelletier ! »

Alaïs se disait entre-temps que renchérir ne ferait qu'empirer les choses. Elle aurait aimé apprendre à Guilhem l'incident de la rivière, ne fût-ce que pour calmer son ire. Puis elle se rappela sa promesse à son père de n'en parler à quiconque.

Guilhem avait déjà traversé la chambre et, tournant le dos à Alaïs, passait sa tunique et bouclait son ceinturon, exprimant sa nervosité par des mouvements vifs et saccadés.

« Des nouvelles sont peut-être parvenues…, hasarda la jeune femme.

— Cela n'est point une excuse, fit-il d'un ton tranchant. Nul ne m'en a avisé.

— Je… »

À court de mots, Alaïs se contenta de lui tendre sa cape.

« Serez-vous absent longtemps ? souffla-t-elle.

— Comment le saurais-je, quand j'ignore les raisons pour lesquelles je suis requis ? » répliqua-t-il toujours courroucé.

Finalement sa colère retomba. Il parut se détendre et, quand il fit face à son épouse, sa mine querelleuse avait disparu.

« Pardonnez-moi, Alaïs. Vous ne pouvez répondre de l'attitude de votre père. Venez, aidez-moi », murmura-t-il en lui caressant la ligne du menton.

Guilhem se baissa pour lui faciliter la tâche ; Alaïs dut toutefois se hisser sur la pointe des pieds pour refermer la fibule de cuivre et d'argent qui retenait sa cape.

« *Mercé, mon còr*, dit-il quand elle eut terminé. Allons voir ce qui nous vaut ce hourvari. Probablement une affaire sans conséquence.

— Un émissaire arrivait, ce matin, au moment où nous rentrions à cheval dans la Cité », avança distraitement Alaïs.

L'instant d'après, elle s'admonestait intérieurement. Fort de cette nouvelle, Guilhem n'allait pas manquer de l'interroger sur cette sortie matinale, avec son père qui plus est. Par bonheur, le jeune homme était occupé à récupérer son épée glissée la veille sous le lit, aussi ne prêta-t-il pas attention à ces dernières paroles.

Elle gémit au son rude et métallique de l'épée qu'il mettait dans son fourreau. Il évoquait avant toute chose le départ de son époux. Départ de son monde à elle pour celui des hommes.

En se retournant, Guilhem accrocha de son manteau le plateau de fromage qui tomba à grand bruit sur les dalles de pierre.

« Laissez, c'est sans importance, dit précipitamment Alaïs, soucieuse de ne pas susciter le courroux de son père en retardant son époux. Les servantes s'en chargeront. Allez, et revenez sitôt que vous le pourrez. »

Guilhem lui adressa un dernier sourire, puis s'en fut.

Après avoir écouté le pas de son mari décroître dans le couloir, Alaïs alla constater les dégâts. Des grumeaux de fromage frais adhéraient à la natte. Exhalant un soupir de lassitude, elle se baissa pour la nettoyer.

Le plateau de bois sombre reposait sur le chant, appuyé contre un pilier du baldaquin. Au moment où elle s'en empara, elle sentit sous ses doigts comme une série de très fines entailles. Elle le retourna.

Un labyrinthe y était gravé.

« *Meravelhòs*, c'est merveilleux », s'exclama-t-elle.

Captivée par la perfection du dessin, elle suivit de l'index les lignes concentriques. C'était doux au toucher, dépourvu d'aspérité, une œuvre d'une finesse extrême exécutée avec art et délicatesse.

Un souvenir émergea, convaincue qu'elle était d'avoir vu auparavant une figure semblable. Il restait flou, cependant, et semblait se soustraire à plus de précision. Elle chercha dans sa mémoire la provenance du plateau, mais en vain. Elle renonça et décida de ne plus y penser.

Ayant enjoint à sa servante de procéder au nettoyage des lieux, elle se consacra aux plantes qu'elle avait récoltées pour ne pas songer à l'assemblée qui devait se dérouler dans le grand vestibule.

Sa moisson avait été trop longtemps négligée. Les bandelettes de coton étaient sèches, les racines cassantes et les feuilles avaient perdu leur humidité. Néanmoins confiante que quelque chose pouvait encore être sauvé, elle aspergea d'eau son *panièr* et se mit à la tâche.

Mais alors qu'elle moulait les racines, cousait les fleurs aromatiques dans des sachets, préparait un nouvel onguent pour la jambe de maître Jacques, son regard était irrésistiblement attiré par le plateau posé devant elle, qui refusait de lui livrer ses secrets.

Guilhem traversa la cour en courant, pestant contre sa cape qui entravait ses mouvements, contre le sort, surtout, qui le contraignait précisément un jour comme celui-là.

Que les chevaliers fussent requis au conseil était chose peu commune. Mais que ce dernier se déroulât au grand vestibule, et non dans l'enceinte du donjon, comme le voulait l'usage, laissait présumer de son importance.

Pelletier disait-il la vérité en alléguant lui avoir envoyé un messager au cours de la matinée ? Rien ne le lui assurait. Et si François était venu et ne l'avait point trouvé, comment l'intendant réagirait-il ?

Quoi qu'il en fût, le résultat était le même : il était dans de sales draps.

La porte bardée de fer accédant au grand vestibule était béante. Guilhem monta les marches à grandes enjambées.

Comme ses yeux s'accoutumaient à la pénombre, il reconnut la silhouette de son beau-père, campé devant la grande salle. Il prit une profonde inspiration avant de continuer à avancer, tête basse. Il s'apprêtait à entrer quand Pelletier leva le bras pour lui barrer le passage.

« Où étiez-vous ? gronda-t-il.

— Pardonnez-moi, messire, je n'ai pas été sommé de…

— Comment osez-vous tarder ? l'interrompit Pelletier, le visage empourpré de colère. Sans doute ne vous sentez-vous pas concerné par les ordres qui sont donnés. Vous pensez peut-être que vos nombreux laudateurs vous autorisent à aller et venir à votre gré, au lieu d'obtempérer aux ordres de votre seigneur ?

— Messire, je vous jure sur mon honneur que si j'avais su… »

Pelletier eut un rire sarcastique.

« Votre honneur ! aboya-t-il férocement, en frappant d'un coup sec la poitrine du jeune homme. Vous vous gaussez de moi, du Mas. Mon domestique est venu en personne dans vos logis vous délivrer mon message. Vous disposiez du temps nécessaire pour vous apprêter, nonobstant, il aura fallu que je vienne moi-même vous quérir. Et que découvré-je ? que vous êtes encore couché !

— Je… »

Guilhem ouvrit la bouche pour répondre, mais aucun son n'en sortit. Il était comme fasciné par l'écume de rage qui se formait à la commissure des lèvres et jusque dans la barbe grisonnante de son beau-père.

« Vous voilà moins arrogant, à présent ! Qu'est-ce donc, n'avez-vous plus rien à dire ? Je vous préviens, du Mas, ce n'est pas parce que vous avez épousé ma fille que je m'interdirais de faire un exemple !

— Messire, je n'ai… »

Sans crier gare, l'intendant lui administra au creux de l'estomac un coup de poing appuyé juste assez pour le déséquilibrer.

Surpris, Guilhem recula pour s'adosser au mur.

Mais déjà, Pelletier le saisissait à la gorge et lui poussait la tête contre la pierre. Du coin de l'œil, le jeune homme vit le *sirjan* posté devant la porte, qui se penchait pour ne rien perdre du spectacle.

« Ai-je été assez clair ? fulmina l'intendant en accentuant sa pression. Je ne vous ois point, *gojat*. Ai-je été assez clair ?

— *Oc*, messire », parvint à articuler Guilhem d'une voix étranglée.

Il se sentait comme une puce que l'on s'apprête à écraser. Le sang battait fort dans sa tête.

« Je vous préviens, du Mas. Je vous observe ; je vous attends au tournant. Au moindre faux pas, je ferai en sorte que vous le regrettiez toute votre vie. Nous sommes-nous bien compris ? »

Guilhem pouvait à peine respirer. Il ne parvint qu'à acquiescer d'un mouvement de tête en frottant sa joue contre le mur de pierre. Son beau-père lui lança une ultime bourrade dans les côtes, avant de le relâcher enfin.

Au lieu de gagner le grand vestibule, Pelletier prit la direction opposée, et traversa à grands pas la grande cour.

L'intendant s'était à peine éloigné que le jeune homme se pliait en deux, toussant et se frottant la gorge, inhalant de grandes bouffées d'air comme s'il avait failli se noyer. Il massa quelques instants sa nuque endolorie, puis essuya le sang qui perlait sur sa lèvre fendue.

Peu à peu, sa respiration redevint normale. Il ajusta son vêtement. Les pensées sur la façon dont il se vengerait de Pelletier pour l'avanie qu'il lui avait infligée se bousculaient dans sa tête. C'était la seconde fois dans la même journée. Pareille insulte était trop grave pour être ignorée.

Soudain conscient des voix qui montaient du grand vestibule, Guilhem s'avisa de la nécessité de se joindre aux membres du conseil avant le retour de Pelletier.

Le garde ne cachait pas son amusement.

« Que regardez-vous ainsi ? le tança le jeune homme. Tâchez de tenir votre langue, m'entendez-vous ? Ou vous pourriez amèrement le regretter. »

Ce n'était pas une menace en l'air. Le garde baissa aussitôt les yeux et s'effaça pour laisser passer Guilhem.

« Voilà qui est mieux… »

Les propos comminatoires de son beau-père résonnaient encore à ses oreilles. Guilhem se faufila dans le grand vestibule aussi discrètement qu'il le put. Seuls son visage empourpré et les battements précipités de son cœur attestaient de la semonce dont il venait de faire l'objet.

6

Le vicomte Raymond-Roger Trencavel se tenait debout sous un dais, à l'extrémité du grand vestibule. Si l'arrivée tardive de du Mas ne lui échappa point, il attendait au premier chef celle de son conseiller.

Avec sa tunique écarlate, soutachée d'or au col et aux poignets, sa cape bleu cobalt et sa boucle scintillant dans les rais de lumière qui entraient par les hauts vitraux, Trencavel se présentait dans les atours d'un diplomate et non d'un guerrier. Sur le mur, au-dessus de lui, brillaient du même éclat les armoiries des Trencavel, couvrant deux piques entrecroisées, ces mêmes armoiries qu'il arborait sur sa bannière, son armure et ses vêtements de cérémonie. Elles surplombaient aussi le passage des douves de la Porte Narbonnaise pour accueillir les visiteurs amis, et évoquer concurremment l'histoire qui unissait les Trencavel au peuple du Midi. À la gauche de ces armoiries, une tapisserie à la licorne était accrochée là depuis des temps immémoriaux.

Derrière le dais, dans l'épaisseur du mur, se devinait une porte, laquelle donnait sur les appartements privés du vicomte, situés dans la Tour Pinte, tour de guet et plus ancienne partie du château. Rehaussé de passements d'hermine destinés à exalter l'éclat des armoiries dont il était brodé, un brise-bise du même bleu en masquait l'accès, illusoire protection contre le vent aigre qui s'engouffrait dans la place durant la saison froide. Pour l'heure, une embrasse dorée la maintenait relevée sur le côté.

L'enfance du jeune Raymond-Roger s'était aussi déroulée en ces lieux. Et seulement deux ans après la naissance de son héritier, issu de ses épousailles avec Agnès de Montpellier, il avait décidé d'occuper les vieux murs du château. Il s'était agenouillé dans la même petite chapelle que ses parents, avait dormi dans le même lit de chêne, celui-là même où il avait vu le jour, et, les soirs d'été, s'était penché à la même fenêtre pour regarder le crépuscule embraser le pays d'oc.

À première vue, avec ses cheveux bruns effleurant ses épaules et ses mains derrière le dos, Trencavel semblait calme et détendu. L'insistance avec laquelle il fixait la grande porte trahissait toutefois son anxiété.

L'intendant Pelletier suait abondamment. Ses vêtements adhéraient désagréablement à ses aisselles et au bas de son dos. Outre le poids des ans, il éprouvait un sentiment d'inadéquation devant la tâche à laquelle il était confronté.

Il avait espéré que quelques bouffées d'air frais lui éclairciraient l'esprit. Mais rien n'y fit. Il s'en voulait d'avoir perdu son sang-froid, et d'avoir laissé l'animosité que lui inspirait son gendre le détourner de ses responsabilités. Néanmoins, il ne pouvait se permettre de s'y appesantir. Il lui serait toujours loisible d'en débattre avec le jeune homme si besoin était. En cet instant précis, sa place était au côté du vicomte Trencavel.

Siméon occupait, lui aussi, une bonne place dans ses pensées. Pelletier éprouvait encore la peur tétanisante qui s'était saisie de lui quand il avait retourné le cadavre immergé, et le soulagement qui s'était ensuivi devant cet étranger au visage boursouflé, au regard sans vie.

Dans l'enceinte du grand vestibule, la chaleur était suffocante. Plus d'une centaine d'hommes d'Église ou d'hommes d'État s'y pressait, ruisselant de sueur, d'anxiété et de vin, dans un brouhaha incessant de conversations animées.

En le voyant, les serviteurs empressés s'inclinèrent et le servirent de vin. À l'extrémité de la grande salle, sur une rangée de chaises à haut dossier, semblables à celles qui l'accueillaient à la cathédrale Sant-Nasari, se tenait une bonne part de la noblesse du Midi : les seigneurs de Mirepoix et de Fanjeaux, de Coursan et de Termenès, d'Albi et de Mazamet. Bien qu'ils eussent tous été invités à Carcassonne pour la célébration des fêtes de la Sant-Nasari, ils se voyaient tenus, quelle que fût leur répugnance, d'assister à ce conseil extraordinaire. Pelletier remarquait une égale inquiétude sur les visages.

Il se fraya un chemin à travers un groupe d'hommes, consuls de Carcassonne ou notables de Sant-Vincens et de Sant-Miquel, scrutant chaque détail de son regard exercé sans rien laisser paraître. Hommes d'Église et moines attendaient dans l'ombre, visage à demi caché sous le capuchon, mains enfouies dans les manches de leur robe noire.

Les chevaliers de Carcassonne, auxquels s'était joint Guilhem du Mas, s'étaient rassemblés au pied de la cheminée monumentale qui occupait la presque totalité du mur opposé à l'entrée. Jehan Congost, *escrivan* et scribe du vicomte, mais aussi époux d'Oriane, fille aînée de Pelletier, était installé au pupitre qui lui était dévolu.

Quand Pelletier se présenta devant le dais pour s'incliner devant le vicomte, ce dernier parut grandement soulagé.

« Mille pardons, messire…

— Peu importe, Bertrand, répondit le vicomte en l'invitant d'un geste à se joindre à lui. L'essentiel est que vous soyez parmi nous. »

Les deux hommes échangèrent quelques mots à voix basse, en sorte que nul ne les entendît, puis, sur les instances de Trencavel, Pelletier s'avança pour s'adresser à l'assemblée.

« Messeigneurs, déclara-t-il, je requiers de vous le silence aux fins d'ouïr votre suzerain, Raymond-Roger Trencavel, vicomte de Carcassona, de Besièrs et d'Albi. »

Trencavel s'avança, paumes tournées vers le ciel en signe de bienvenue. Les conversations s'interrompirent. Nul ne bougeait, ni ne soufflait plus mot.

« *Benvenguda*, messeigneurs et loyaux feudataires. Soyez les bienvenus à Carcassona, déclara-t-il d'une voix ferme et posée qui faisait mentir son jeune âge. Je rends grâce à votre patience. Ma gratitude de vous voir céans vous est d'ores et déjà acquise. »

Pelletier parcourut des yeux l'océan des visages qui entourait le dais, espérant ainsi jauger l'état d'esprit qui régnait dans l'assemblée. Il y vit de la curiosité, de l'enthousiasme, de l'impatience et de la vanité, toute chose qu'il comprenait fort bien car, aussi longtemps qu'on ignorerait le but de cette assignation et, plus concrètement, les intentions du vicomte, on ne saurait quelle attitude adopter. Le vicomte poursuivit :

« Mon vœu le plus cher est que les réjouissances prévues pour la fin de juillet se déroulent comme attendu.

Toutefois, une nouvelle nous est parvenue, si sérieuse et aux conséquences si graves que nous croyons fondé de vous les faire partager, car elle nous affecte tous.

» À l'intention de ceux qui n'étaient pas présents au précédent conseil, permettez-moi de rappeler la situation à laquelle nous sommes tous confrontés : offensé par l'échec de ses légats en ce que le peuple de cette contrée fasse obéissance à l'Église de Rome, lors des pâques d'antan, sa sainteté le pape Innocent III a lancé une croisade pour purifier la chrétienté de ce qu'il nomme "la peste de l'hérésie" laquelle, selon ses dires, se répand sur le pays d'oc dans la plus grande confusion.

» Ces soi-disant hérétiques, les *Bons Homes*, sont, dit-il, pis que le pire des Sarrasins. Mais, pour n'être que fanatisme et rhétorique, les propos du Saint-Père sont restés lettre morte, puisque le roi[1] lui refuse, du moins jusqu'à ce jour, le soutien auquel il s'attendait.

» Ce propos belliqueux était, au premier chef, tourné contre mon oncle, Raymond VI, comte de Toulouse. Comme de fait, ce fut l'inconséquence de son écuyer, en trucidant son légat, Pierre de Castelnau, qui attira les foudres de sa Sainteté sur le pays d'oc. Mon oncle fut donc accusé de tolérer la propagation de l'hérésie sur ses terres et, par voie de conséquence, sur les nôtres. » Trencavel hésita un instant puis se reprit : « Nenni, non point de *tolérer* l'hérésie, mais plutôt d'*encourager* les *Bons Homes* à trouver refuge sur ses terres. »

Un moine ascète au visage atrabilaire leva la main pour solliciter la parole.

« Messire…

— Cher frère, l'interrompit promptement Trencavel, puis-je abuser de votre patience ? Sitôt que j'en aurai

---

1. Philippe II Auguste (1180–1223). *(N.d.T.)*

fini, il sera loisible à chacun d'entre nous d'exprimer sa pensée. Et nous pourrons débattre librement de l'affaire qui nous occupe.

» Mes chers amis, la ligne entre tolérance et encouragement est ténue, continua le vicomte, ignorant le grommellement sarcastique du moine, alors que Pelletier se félicitait *in petto* de cette habile reprise en main. Ainsi, attendu que la réputation de piété de mon estimé oncle n'est pas ce qu'on pourrait attendre. » Trencavel marqua une pause, faisant ainsi appel au sens critique de chacun. « Et puisque j'admets le fait que sa conduite n'est point au-dessus de tout reproche, il ne nous appartient pas de porter de jugement en la matière. Laissons l'Église débattre de théologie, et en ce qui nous concerne, tâchons de vivre en paix », conclut-il avec un fin sourire.

Le vicomte fit une nouvelle pause. Une ombre était descendue sur son visage. C'est d'une voix un peu éteinte qu'il poursuivit :

« Ce n'est pas la première fois que notre indépendance et notre souveraineté sont menacées par les envahisseurs du Nord. Mais je ne pensais point que cela pût advenir, pas plus que je ne croyais que le sang d'un chrétien pût être répandu en terre chrétienne avec la bénédiction de l'Église catholique.

» Nonobstant, mon oncle, le comte, ne partageait point mon optimisme. Dès le commencement, il fut convaincu de la réalité de cette menace. Aux fins de protéger ses terres et sa souveraineté, il nous proposa une alliance. Ma réponse, vous la connaissez tous : nous, gens du pays d'oc, aspirons à vivre en paix avec nos voisins, seraient-ils *Bons Homes*, juifs ou même sarrasins. Dès lors qu'ils épousent nos lois et respectent nos coutumes, ils font partie de notre peuple. Ce fut ma réponse alors. Ce serait ma réponse ce jour d'hui. »

Pelletier acquiesça sentencieusement, imité par toutes les personnes présentes dans le grand vestibule, y compris les évêques et autres membres du clergé. Seul le même moine solitaire, un dominicain, à en juger par sa robe noire, restait dubitatif.

« Nous avons une compréhension différente du mot "tolérance" », objecta-t-il dans un murmure teinté d'un fort accent hispanique.

Une autre voix monta de l'assemblée :

« Pardonnez-moi, monseigneur. Nous savions déjà tout cela. Pourquoi avoir réuni ce conseil ? »

Pelletier reconnut sur-le-champ le ton arrogant, un peu traînant d'un des pires fauteurs de troubles des cinq fils de Bérenger de Massabrac. N'eût été le geste du vicomte pour lui intimer le silence, il serait intervenu.

« Thierry de Massabrac, rétorqua le vicomte d'un ton faussement enjoué. Nous vous sommes reconnaissants de votre intervention. Toutefois, nombre d'entre nous céans ne sont point aussi versés que vous en cette matière sinueuse et malaisée qu'est la diplomatie. Votre question n'en demeure pas moins fondée, ajouta-t-il sous les rires de l'assistance. Si je vous ai réunis ce jour, c'est pour ce que la situation a changé… »

Quoique personne ne proférât une parole, l'atmosphère venait brusquement de basculer. Si le vicomte prit conscience de la tension montante, il n'en laissa rien paraître, à la satisfaction de Pelletier, mais poursuivit son allocution avec la même confiance et une égale autorité :

« Ce matin, la nouvelle nous est parvenue, selon quoi la menace d'une armée venue du nord est plus probante, et plus immédiate que nous l'avions escompté.

L'host, comme se fait appeler cette armée impie, s'est rassemblé à Lyon, lors de la fête de saint Jean le Baptiste. L'on estime à vingt mille le nombre de chevaliers rassemblés dans la ville, suivis de Dieu sait combien de gens de pié[1], d'hommes d'Église, de valets d'écurie, de charpentiers, de clercs et de maréchaux-ferrants. L'host est départi de Lyon avec, à sa tête, ce loup assoiffé de sang d'Arnauld Amalric, *nouveau légat du pape et abbé de Cîteaux. Je sais que ce nom frappe chacun d'entre vous comme une lame en plein cœur,* déclara-t-il en parcourant des yeux l'assemblée. À lui se sont joints les archevêques de Reims, de Sens et de Rouen, ainsi que les évêques d'Autun, de Clermont, de Nevers, de Bayeux, de Chartres et de Lisieux. En ce qui a trait au pouvoir temporel, bien que le roi Philippe n'ait point lancé d'appel aux armes, non plus qu'il a autorisé son fils à guerroyer en son nom, les baronnies et les principautés parmi les plus puissantes du Nord font, pour la plupart, cause commune avec sa Sainteté… Congost, c'est à vous, je vous prie. »

À l'appel de son nom, l'*escrivan* posa sa plume avec ostentation. Des mèches ternes retombaient sur son visage. Sa peau spongieuse était presque translucide de ne voir jamais le soleil. Avec des gestes emphatiques, il plongea la main dans son sac de cuir pour en sortir un rouleau de parchemins qui semblaient mus d'une vie propre dans ses mains luisantes de sueur.

« Empressez-vous l'homme », murmura sous cape Pelletier.

Congost bomba le torse, s'éclaircit la voix à plusieurs reprises, puis se mit à énoncer :

---

1. L'infanterie. *(N.d.T.)*

« Eudes III duc de Bourgogne, Hervé de Donzy comte de Nevers, le comte de Saint-Pol, le comte d'Auvergne, Pierre d'Auxerre, Hervé de Genève, Guy d'Évreux, Gaucher de Châtillon, Simon de Montfort… »

Congost continua son énoncé d'une voix atone, alors que chaque nom se répercutait dans le grand vestibule avec la résonance d'une pierre tombant dans un puits asséché. Ces gens étaient des ennemis puissants, des barons influents du Nord et de l'Est, disposant de ressources considérables, tant humaines que pécuniaires. De redoutables adversaires avec lesquels il fallait compter.

Peu à peu l'ampleur et la configuration de l'armée qui s'amassait contre le Sud prirent forme. Même Pelletier, qui avait déjà eu connaissance du document, sentit un frisson le long de sa moelle épinière.

Un murmure soutenu parcourait l'assemblée, où perçaient tout à la fois la surprise, la colère, l'incrédulité. L'intendant observa un moment l'évêque cathare de Carcassonne lequel, adjoint de quelques *parfaits*[1], écoutait, imperturbable, l'énoncé de la liste des belligérants. Puis il tourna son regard inquisiteur vers le visage austère de Bérenger de Rochefort, évêque, catholique, lui, de Carcassonne, et vers l'aréopage de prêtres de la cathédrale de Sant-Nasari et de l'église de Sant-Cernin, qui se tenaient, bras croisés, sur le flanc diamétralement opposé.

Pelletier était confiant, du moins pour l'instant, que Rochefort respecterait son allégeance au vicomte Raymond-Roger, fût-ce à l'encontre du pape. Mais

---

1. Le plus haut degré parmi les initiés cathares après les sympathisants et les croyants, sanctionné par un sacrement appelé *consolament*. *(N.d.T.)*

pour combien de temps encore ? L'on ne peut accorder sa confiance à celui de qui la loyauté balance. Rochefort changerait de camp aussi sûrement que le soleil se lève à l'est. Une fois encore, Pelletier se demanda s'il n'était pas opportun de l'écarter dès à présent ; au moins le prélat ne se sentirait-il pas contraint de rapporter à ses maîtres ce qui s'était dit au cours de l'assemblée.

« Si nombreux soient-ils, nous pouvons leur tenir tête ! s'écria quelqu'un. Carcassona est une forteresse inexpugnable !

— De même que Lastours ! » renchérirent d'autres.

Bientôt, des voix s'élevèrent en écho des quatre coins du grand vestibule, roulant comme le tonnerre dans les ravins de la Montagne Noire.

« Qu'ils viennent donc dans nos collines, nous leur taillerons des croupières ! »

Le vicomte leva les mains en signe d'apaisement, accueillant d'un sourire ce soutien unanime.

« Messeigneurs, mes amis ! cria-t-il presque pour être entendu. Je rends grâce à votre courage et à votre indéfectible loyauté. » Il attendit que le vacarme prît fin pour continuer : « Ces gens venus du Nord ne nous doivent allégeance, non plus que nous la leur devons, fors les liens qui unissent devant Dieu tous les hommes de la Terre. Au demeurant, je n'attendais nulle défection de ceux qui sont attachés à leur famille et leurs traditions, à leur devoir de défendre leurs terres et leurs gens. Ce disant, je songe à mon seigneur et oncle, le comte de Toulouse. »

Un silence attentif s'installa dans l'auditoire. Le vicomte poursuivit :

« Voici quelques semaines, la nouvelle nous est parvenue, alléguant que mon oncle se serait prêté à une cérémonie si avilissante que j'ai vergogne à l'évoquer.

Nous avons vérifié la véracité de ces rumeurs : elles sont fondées. À la grande cathédrale de Saint-Gilles, en présence du légat du pape, le comte de Toulouse a fait vœu de soumission à l'Église catholique. Après s'être dévêtu jusqu'à la taille et s'être passé au cou la corde du pénitent, il fut vilipendé par l'ensemble du ministère et contraint d'implorer son pardon à genoux !

» Par la grâce de cette vilenie, il fut reçu derechef dans les bras de sa sainte mère l'Église. Mais cela n'est pas tout, mes amis ! renchérit le vicomte sous les murmures outrés de l'assistance. Nul ne doute que cette ignominie n'avait d'autre dessein que de prouver sa foi indéfectible en l'Église catholique, ainsi que son opposition aux hérétiques. Pour autant, cela ne suffit point à le prémunir des dangers dont il était menacé : il se vit au surplus contraint de renoncer à la souveraineté de son domaine et la mettre sous la protection du légat de sa sainteté le pape. Or, nous apprenons, ce jour même, que le comte de Toulouse et plusieurs centaines de ses chevaliers sont rassemblés à Valence, à moins d'une semaine de marche de nos murs. Il n'attend qu'un mot pour franchir le Rhône et se joindre à l'host cantonné à Beaucaire aux seules fins d'envahir nos terres. Il arbore le signe des croisés, messeigneurs, et entend marcher sur nous. »

Le grand vestibule résonna alors de cris outragés.

« *Silenci !* Silence ! tempêta Pelletier en tentant de mettre bon ordre au chaos ambiant. Silence, je vous prie ! Silence ! »

Mais seul contre tous, le combat était trop inégal.

Le vicomte s'approcha au bord du dais. Il avait le feu aux joues, et son regard brûlait d'une lueur combative, pleine de courage et de défi. Il ouvrit les bras dans un geste qui voulait embrasser la salle et tout ce qui s'y trouvait. Le silence se fit incontinent.

« Ainsi, je me présente à vous, amis et alliés, dans cet esprit ancestral d'honneur et d'allégeance qui noue lie à nos frères. J'en appelle à votre bon conseil. Deux voies s'offrent à nous, hommes du Midi, bien que le temps nous soit compté pour choisir laquelle nous devrons suivre. La question est celle-ci, messeigneurs : *Per Carcassona ! Per lo Miègjorn*[1] ! Faut-il que nous nous soumettions ? Faut-il que nous combattions ? »

Alors qu'exténué, le vicomte reprenait place sur son siège, le brouhaha des conversations allait grandissant.

L'intendant Pelletier ne put se soustraire à l'envie de se pencher vers son maître pour poser sur son épaule une main paternelle.

« Bien parlé, messire, dit-il posément. Tant de noblesse vous honore. »

---

1. Pour Carcassonne ! Pour le Midi ! *(N.d.T.)*

7

Les heures passaient, et le débat faisait rage.

Les serviteurs allaient et venaient portant des paniers chargés de pains et de raisin, des plats de viandes ou de fromage blanc, emplissant sans désemparer les aiguières de vin. Si l'on fit peu de cas des nourritures proposées, l'on but en revanche d'appréciables quantités de vin, ce qui eut pour effet d'apaiser les colères, tout autant que d'affecter le jugement.

À l'extérieur du Château comtal, la vie suivait son cours : les cloches des églises appelaient à la prière, cependant que les moines chantaient des cantiques et que les nonnes priaient, douillettement blotties à l'ombre des murs de Sant-Nasari. Dans les rues de Carcassonne, les citadins vaquaient à leurs occupations. Dans les bourgs par-delà les fortifications, les enfants jouaient, les femmes ravaudaient, négociants, paysans, artisans mangeaient, travaillaient, jouaient aux dés.

Derrière les murs du grand vestibule, la raison faisait place peu à peu aux injures et aux récriminations. Une faction optait pour la fermeté, une autre prônait une alliance avec Toulouse, arguant que, si l'importance de l'armée rassemblée à Lyon s'avérait, leurs forces coalisées étaient insuffisantes pour braver pareil ennemi.

Chaque homme entendait les tambours battre dans sa tête. Certains songeaient déjà à se couvrir de gloire ;

d'autres voyaient des flots de sang ruisselant des collines et jusque dans la plaine, un exode sans fin de gens dépossédés, errant parmi les ruines calcinées.

Pelletier parcourait inlassablement la salle de tous côtés, guettant le premier signe de dissidence, d'opposition ou même de contestation quant à l'autorité du maître de céans. Rien de ce qu'il entendait n'était motif à réelles préoccupations. À l'inverse, il était convaincu que chacun se rallierait à la décision que prendrait le vicomte, nonobstant ses intérêts privés.

Les plans de bataille procédaient moins d'un point de vue idéologique que d'une vision géographique. De fait, plus vulnérables, les seigneurs qui vivaient en plaine mettaient leur confiance dans le dialogue et la négociation, quand ceux dont le domaine s'étendait sur les hauteurs de la Montagne Noire, des monts Sabarthès ou des Pyrénées préconisaient la fermeté et prônaient l'affrontement.

Pelletier n'ignorait pas que le cœur du vicomte allait vers ces derniers. Il avait la même trempe que ces seigneurs des montagnes, et partageait leur farouche indépendance d'esprit.

Mais l'intendant savait aussi que la voix de la raison dictait à Trencavel que sa seule chance de protéger son peuple et de garder ses terres intactes était de ravaler son orgueil et de négocier.

À la fin de l'après-midi, le grand vestibule empestait les exsudations de colère et de discussions aigries. Pelletier était rompu. Épuisé d'être allé de l'un à l'autre et d'avoir écouté des propos qui tournaient en rond sans jamais prendre fin. En outre, la migraine lui vrillait les tempes. Il se sentait perclus et vieux, trop vieux pour faire face, songeait-il en triturant distraitement l'anneau qu'il portait au pouce et ne quittait jamais.

Il était temps d'en venir aux conclusions.

Ordonnant à un valet d'apporter de l'eau, il y trempa un carré de coton blanc qu'il tendit au vicomte.

« S'il vous plaît, messire », dit-il.

Trencavel accepta le linge de bonne grâce et s'en tamponna le front et le cou.

« Croyez-vous que nous leur avons accordé suffisamment de temps ?

— Je le crois, messire », acquiesça Pelletier.

Le vicomte hocha la tête. Les mains posées fermement sur les accoudoirs finement ouvragés de son siège, il avait l'air aussi calme que lorsqu'il s'était adressé au conseil. Nombre d'hommes, même parmi les plus avisés, auraient eu grand mal à garder un tel sang-froid, se disait Pelletier. Le vicomte le devait à sa force de caractère, à son inébranlable volonté de mener le débat à son terme.

« En sera-t-il comme nous le pensons, messire ?

— Il en sera ainsi, répliqua Trencavel. Même s'ils ne font pas cause commune, je pense que la minorité se rangera à la décision de la majorité dans cette… » Il s'interrompit, laissant percevoir pour la première fois comme une incertitude, une note de regret. « Ah, Bertrand, comme j'aimerais choisir une autre voie…

— Je le sais, messire, et je partage votre sentiment. Mais pour outrageant que cela soit, nous n'avons pas d'alternative. Votre unique espoir de protéger votre peuple réside dans la négociation d'une trêve avec votre oncle.

— Il pourrait fort bien refuser de me recevoir, Bertrand, argua posément le vicomte. Lors de notre dernière rencontre, j'ai tenu des propos dont j'aurais dû m'abstenir. Nous nous sommes quittés en mauvais termes. »

Pelletier posa la main sur le bras de Trencavel.

« C'est un risque que nous devons courir, répondit-il, bien que partageant la même appréhension. Le temps a passé depuis, et les faits parlent d'eux-mêmes. Si l'host dispose d'autant d'hommes qu'on le prétend – et quand il n'en aurait que la moitié – aucun choix ne nous est laissé. Certes, entre les murs de la Cité, nous sommes saufs, mais qu'adviendra-t-il des gens de l'extérieur ? Qui les protégera ? La décision du comte de se mettre sous la croix fait de nous, de vous, messire, une cible désignée. L'host ne peut plus être débandé. Il lui faut un ennemi. »

Pelletier baissa les yeux sur le visage troublé de Raymond-Roger et y vit lassitude et regrets. Malgré son désir de lui murmurer des paroles de réconfort, il n'y parvint pas. Tout atermoiement, le moindre signe d'irrésolution lui seraient fatals. Le vicomte ne pouvait se permettre ni doute ni faiblesse. Tout reposait sur sa décision, à un point que lui-même ne pouvait imaginer.

« Vous avez fait tout ce qui est humainement possible, messire. Il vous incombe de tenir bon. Il faut en finir, nos gens commencent à s'agiter. »

Trencavel observa un instant ses armoiries, puis adressa à son homme lige un regard soutenu.

« Informez Congost de notre décision », commanda-t-il.

Avec un long soupir de soulagement, Pelletier s'empressa de rejoindre le scribe en train de masser ses doigts engourdis. L'*escrivan* leva brusquement la tête, mais, gardant le silence, il se borna à saisir sa plume d'oie et s'apprêta à transcrire les conclusions du conseil.

Le vicomte Raymond-Roger Trencavel se mit debout une dernière fois.

« Avant de vous annoncer ma décision, je tiens à rendre grâce à chacun d'entre vous céans. Seigneurs de Carcasses, de Razès, Albigeois et domaniaux avoisinants, je salue votre courage, votre force d'âme et votre loyauté. Nous avons discouru de longues heures, au cours desquelles vous avez fait montre de patience et d'esprit. Nous n'avons rien à nous reprocher. Nous sommes les innocentes victimes d'une guerre que nous n'avons point déclarée. Certains d'entre vous seront déçus par les paroles que je m'apprête à prononcer, d'autres y trouveront leur contentement. Je prie que nous ayons le courage, avec l'aide et la grâce de Dieu, de rester tous unis.

» Pour le bien de tous et le salut de notre peuple, je demanderai audience à mon parent et suzerain. Nous ne pouvons savoir s'il viendra à composition. Il n'est pas même assuré qu'il accédera à ma requête, et le temps joue contre nous. Il est cependant de la plus haute importance que nos intentions demeurent celées. La rumeur se répand vite. Une indiscrétion nous mettrait en mauvaise posture pour mener à bien nos négociations. En conséquence de quoi, les préparatifs pour le tournoi se dérouleront comme prévu. Mon intention est d'être de retour avant la fête de Sant-Nasari, porteur, plaise à Dieu, de bonnes nouvelles. J'ai l'intention de départir dès demain, à l'aube, en emmenant avec moi un petit contingent de chevaliers et, si cela vous agrée, les représentants des grandes maisons de Cabaret, de Minerve, Foix, Quillan…

— Mon épée est à votre service ! lança un chevalier.

— La mienne aussi ! » renchérit un autre.

Les uns après les autres, les hommes rassemblés dans le grand vestibule tombèrent à genoux.

Souriant, Trencavel leva la main.

« Votre courage et votre vaillance rejaillissent sur nous tous. Mon intendant informera ceux d'entre vous dont je requiers le service. Pour l'heure, mes amis, je vous demande la faveur de me retirer. Je suggère que l'on regagne ses quartiers pour y prendre un peu de repos. Nous nous retrouverons pour la soupée. »

Dans le brouhaha qui suivit le départ du vicomte, nul ne vit la silhouette encapuchonnée sortir de l'ombre et quitter furtivement le grand vestibule.

8

Quand Bertrand Pelletier quitta enfin la Tour Pinte, les cloches de vêpres s'étaient tues depuis longtemps.

Écrasé par l'impression de porter sur ses épaules chacune de ses cinquante-deux années, Pelletier écarta la tenture et entra dans le grand vestibule à présent déserté. Il massa d'une main lasse ses tempes douloureuses, dont les élancements semblaient ne vouloir pas cesser.

Après la clôture de l'assemblée, le vicomte Trencavel s'était attardé auprès de ses plus puissants alliés, afin de définir la meilleure stratégie pour aborder son parent. Les discussions s'étaient éternisées. Les décisions une fois prises, elles furent dûment consignées sur parchemin et expédiées par chevaucheur non seulement à Raymond VI, mais aussi aux légats du pape, à l'abbé de Cîteaux, aux consuls du vicomte et aux viguiers[1] de Béziers. Les chevaliers pressentis pour escorter le vicomte avaient été prévenus. Dans les écuries et les forges, les préparatifs allaient bon train, et dureraient une grande partie de la nuit.

Dans le grand vestibule planait un silence épais, plein d'expectatives. En raison du départ matinal du vicomte, aux agapes prévues s'était substitué un souper

_____

1. Dans le midi de la France, juge rendant la justice au nom du roi ou du comte. *(N.d.T.)*

moins conventionnel. De chaque côté s'alignaient de longues tables sur tréteaux, au centre desquelles l'on avait disposé des chandeliers. Sur des consoles fixées aux murs, des torches enflammées assuraient l'éclairage ambiant.

Les servants effectuaient d'incessants va-et-vient, portant des plateaux où le cérémonial le cédait à l'abondance : cuissots de cerf, venaison, cuisses de poulet aux poivrons précédant des terrines de saucisses aux haricots, de pains sortis du four, de prunes au miel, et des pichets de puissant vin de Corbières ou bien de bière pour les commensaux à la tête plus fragile.

Pelletier eut un signe d'acquiescement satisfait : en son absence, son secrétaire s'était acquitté de sa députation avec le zèle qui lui était coutumier. Tout semblait à l'image de la courtoisie et de l'hospitalité auxquelles les convives étaient en droit de s'attendre.

Malgré un mauvais départ dans la vie, François ne se révélait pas moins excellent serviteur. Nul ne connaissait son père, mais sa mère avait jadis servi Marguerite, la défunte épouse de Pelletier. À la mort de cette dernière, neuf ans plus tôt, l'intendant l'avait pris sous son aile et s'était attaché à parfaire son éducation. Il lui arrivait, parfois, de s'abandonner au plaisir de constater combien ses efforts avaient été récompensés.

Pelletier sortit dans la cour d'honneur. La fraîcheur du soir l'incita à muser un moment sur le parvis. Des enfants jouaient autour du puits, que les nourrices corrigeaient d'une tape sur les cuisses sitôt que leurs ébats se faisaient trop bruyants. Quelques damoiselles déambulaient dans la pénombre, se chuchotant l'une l'autre leurs petits secrets.

D'abord, il ne remarqua pas le jeune garçon assis en tailleur sur le mur, près de la chapelle.

« Messire ! Messire ! lui cria l'enfant en se levant hâtivement. J'ai quelque chose à vous remettre ! »

Sans attendre d'y être invité, le gamin se précipita vers lui. Avec un geste d'irritation, Pelletier reçut d'entre ses mains une missive sous forme d'un parchemin plié. Son nom était inscrit sur l'endos, d'une calligraphie qu'il connaissait, mais qu'il avait pensé ne jamais revoir de sa vie. En réponse, il empoigna le gamin par le collet.

« D'où tiens-tu ceci ? voulut-il savoir en le secouant rudement. Allons, parle !

— Un homme me l'a remis à la porte du château, larmoya l'enfant en s'agitant comme un poisson au bout d'une ligne. Ne me battez point, messire, je n'ai rien fait de mal.

— Quelle sorte d'homme ? insista Pelletier

— Un homme, c'est tout.

— Tu vas devoir faire un effort, jeune manant ! gronda l'intendant. Il y aura un sol pour toi, si tu me dis ce que je veux savoir. Était-il jeune ? Était-ce un soldat ? Un… juif ? »

Pelletier harcela l'enfant de questions. Il n'apprit que peu de chose : Pons – puisque tel était son nom – était dans les douves avec des camarades, et s'amusait à franchir le pont à l'insu du guet. Entre chien et loup, un homme les avait approchés en leur demandant si l'un d'eux connaissait *de visu* l'intendant Pelletier. Quand Pons s'était avancé, l'homme lui avait remis un sol en lui faisant promettre de remettre la missive à l'intendant, précisant que ce pli était de grande conséquence.

L'homme ne possédait aucun signe particulier. Il était entre deux âges, ni vieux ni jeune, et son visage ne présentait ni cicatrice, ni trace de variole. Pons n'avait pas remarqué si l'étranger portait une bague, parce que ses mains étaient gantées.

Enfin satisfait, Pelletier tira de sa bourse un sol et le remit au gamin.

« Voici pour ta peine. Décampe, à présent. »

Pons ne se le fit pas dire deux fois. Libéré de la poigne de l'intendant, il prit ses jambes à son cou sans demander son reste.

Serrant la missive contre son torse comme s'il s'était agi d'un objet précieux, Pelletier entra dans le couloir qui conduisait à ses appartements, conscient que personne n'y était entré depuis sa conversation avec le jeune Pons.

La porte en était verrouillée. Pestant contre son excessive méfiance, il tritura son trousseau de clés. Sa hâte le rendait maladroit. François avait allumé les lampes à huile, les *calèhls* et, comme chaque soir, avait apporté un flacon de vin et deux gobelets. Le plateau de cuivre où ils étaient posés jetait une lumière mordorée sur les murs de la chambre.

Afin d'apaiser sa nervosité, Pelletier se servit à boire, la tête remplie d'images de la Terre sainte et des ombres du désert, des trois livres et de l'ancien secret que recelaient leurs pages.

Le vin corsé avait dans sa bouche un goût âcre qui lui picota désagréablement le gosier. Il vida néanmoins son gobelet et s'en servit un second. Plus souvent qu'à son tour, il s'était demandé comment il appréhenderait cet instant. À présent, il se sentait torpide.

Il prit place sur un siège et posa la missive sur la table, entre ses bras étirés. Il en connaissait la teneur. C'était un message dont il redoutait l'arrivée depuis de longues années, depuis le jour de son retour à Carcassonne, même si les terres accueillantes et prospères du Midi lui étaient apparues comme un lieu sûr pour se cacher.

Alors que les saisons se succédaient, ses craintes de se voir rappeler s'étaient atténuées. Les contraintes quotidiennes avaient pris le dessus, et ses pensées à propos des livres s'étaient estompées. Finalement, il avait même oublié ce à quoi il avait été préparé.

Plus de vingt ans s'étaient écoulés depuis le jour où il avait posé les yeux pour la première fois sur l'auteur de cette missive. Jusqu'à cette heure, il n'aurait su dire si son maître et mentor était encore en vie. C'était Harif qui lui avait appris à lire, sur les collines de Jérusalem, à l'ombre des oliviers. C'est encore Harif qui lui avait ouvert les sens à un monde plus glorieux, plus majestueux que tout ce que Pelletier avait connu auparavant. C'était aussi Harif qui l'avait instruit de ce que Sarrasins, juifs et chrétiens tendaient, par des voies différentes, vers le même dieu. C'était enfin Harif qui lui avait enseigné qu'au-delà des apparences, existaient des vérités plus anciennes, plus absolues que celles que pouvait offrir le monde dans lequel il vivait.

Le souvenir de son intronisation à la *Noublesso de los Seres*[1] était aussi vivace dans sa mémoire que si elle s'était déroulée la veille. Les robes étincelantes d'or, le tissu blanc qui recouvrait l'autel, aussi troublants que les forteresses qui se dressaient sur les collines d'Alep, dans les cyprès et les orangeraies. L'odeur de l'encens, les voix murmurant dans l'ombre. L'illumination.

---

1. Noblesse des cimes. *(N.d.T.)*

Cette nuit-là, dans une tout autre vie, ainsi que Pelletier le ressentait à cet instant précis, avait été celle où il s'était plongé au cœur du labyrinthe et avait fait serment de protéger le secret au prix de sa vie.

Il rapprocha la chandelle. Nonobstant le sceau qui la refermait, la lettre émanait indéniablement de Harif. Il aurait reconnu entre cent son élégante calligraphie, son écriture régulière et serrée.

Pelletier secoua la tête comme pour en chasser les souvenirs qui menaçaient de la submerger. Exhalant un long soupir, il glissa son couteau sous le sceau. La cire céda avec un bref craquement. Il déplia le parchemin.

Le message était bref. L'en-tête était frappé des symboles que Pelletier se souvenait avoir vus sur les murs ocre de la grotte située dans les collines entourant la ville sainte. Rédigé dans l'ancien langage des ancêtres de Harif, il n'avait de sens que pour les initiés à la *Noublesso de los Seres*.

Au début des temps

Sur la terre d'Égypte

Le maître des secrets

Donna le verbe et l'écriture

Pelletier lut à haute voix ces mots qu'il connaissait et en fut rassuré. Puis il revint à la lettre que lui envoyait Harif :

> *Fraire,*
> *Le temps est venu. Les ténèbres vont recouvrir cette contrée. Il y a de la malveillance dans l'air et le mal détruira tout le bien qui s'y trouve. Les textes ne sont plus en sûreté dans les plaines du pays d'oc. Il est temps que le triptyque soit réuni. Votre frère vous attend à Besièrs, votre sœur à Carcassona. Il vous incombe de mettre les livres en lieu sûr.*
> *Hâtez-vous. L'été passe en Navarre et s'achèvera à la Toussaint, peut-être plus tôt si la neige est précoce. Je vous attendrai pour la fête de Sant-Miquel.*
> *Pas a pas, se va luènh.*

La chaise émit un craquement quand Pelletier s'y adossa brusquement. Il ne s'attendait pas à moins. Les directives de Harif étaient claires : il ne lui demandait rien de plus que ce pour quoi il avait prêté serment. Pourtant, il avait l'impression que son âme lui était arrachée du corps, n'y laissant qu'un vide béant.

Son engagement à se faire le gardien des livres, il l'avait pris de son plein gré, dans l'inconscience de la jeunesse. Mais pour le quinquagénaire qu'il était aujourd'hui, la situation se révélait plus complexe. À Carcassonne, il s'était bâti une existence différente. Ses obligations étaient autres ; autres aussi les personnes qu'il servait.

Il ne prenait conscience qu'aujourd'hui de s'être persuadé que le moment des choix ne surviendrait jamais. Qu'il n'aurait jamais à balancer entre ses devoirs envers le vicomte et ses engagements envers la *Noublesso*.

Nul homme ne peut servir conjointement deux maîtres avec loyauté. Exécuter les ordres de Harif reviendrait à abandonner le vicomte à un moment où il avait le plus besoin de lui. D'autre part, chaque instant qu'il passerait aux côtés de Raymond-Roger serait un manquement à ses devoirs envers la *Noublesso*.

Pelletier relut la missive avec l'espoir qu'une solution se présenterait. Certains mots, une phrase en particulier s'imposait à son esprit : « *Votre frère vous attend à Besièrs.* »

Harif ne pouvait songer qu'à Siméon. À Béziers ? Pelletier porta le gobelet à ses lèvres et trouva le vin insipide. Étrange chose que Siméon lui revînt à l'esprit avec tant de force, après avoir ignoré son existence durant si longtemps.

Une coïncidence ? Une pirouette du destin ? Pelletier ne croyait ni à l'une ni à l'autre. Dans ce cas, à quel compte fallait-il porter la frayeur qu'il avait éprouvée quand Alaïs lui avait appris sa macabre découverte ? Il n'avait aucune raison de penser que le cadavre fût celui de Siméon, et pourtant, il en avait eu la certitude.

En outre, ceci : « *Votre sœur de Carcassona...* »

Troublé, Pelletier esquissa de l'index un motif dans la fine couche de poussière qui recouvrait la table. Un labyrinthe.

Se pouvait-il que Harif eût choisi une femme pour gardienne des livres ? De surcroît, ici, à Carcassonne, sous son nez. L'intendant secoua la tête. C'était impossible.

9

Alaïs à sa fenêtre, attendait le retour de Guilhem. Au-dessus de Carcassonne, le ciel étendait son manteau de velours bleu nuit. Le *Cers*, vent sec venu du nord, soufflait doucement des montagnes, agitant les feuilles des arbres et les roseaux des bords de l'Aude, apportant avec lui une promesse de fraîcheur.

Sant-Miquel et Sant-Vincens se piquetaient de lueurs. Les rues pavées de la Cité pullulaient de gens qui mangeaient, buvaient, chantaient l'amour, un exploit, une perte. Dans un coin de la grand-place brûlaient encore les feux du forgeron.

Attendre. Toujours attendre.

Alaïs s'était frotté les dents avec ses herbes pour les rendre plus blanches, et avait cousu un sachet de myosotis sur l'encolure de sa robe. La chambre fleurait bon la lavande qu'elle faisait brûler.

Le conseil s'était achevé depuis quelque temps et Alaïs avait espéré le retour de Guilhem ou, tout au moins, qu'il lui ferait tenir un mot. Des bribes de conversation montaient de la grande cour comme des filaments de fumée. Alors qu'il franchissait la cour, elle aperçut Jehan Congost. De la maison Trencavel, elle dénombra sept ou huit chevaliers, suivis de leurs écuyers se hâtant à dessein vers la forge. Plus tôt, elle avait vu son père réprimander un garçon qui rôdait autour de la chapelle.

Mais de Guilhem aucun signe.

Alaïs soupira, ulcérée de s'être inutilement cloîtrée dans sa chambre. Se tournant vers l'intérieur, elle alla de la table à la chaise et de la chaise à la table, cherchant à occuper ses doigts rendus fébriles par l'absence d'activité. Elle s'immobilisa enfin devant son métier, et contempla la tapisserie qu'elle brodait à l'intention de dame Agnès : un dessin animalier compliqué, où à des oiseaux à la queue ondoyante, escaladant les murailles d'un château, se mêlaient des créatures fabuleuses. D'ordinaire, elle ne s'adonnait à cet ouvrage que lorsque des contraintes domestiques ou climatiques lui imposaient de rester au château.

Ce soir, elle était incapable de se concentrer sur quoi que ce fût. Les aiguilles demeuraient intouchées sur leur cadre et le fil que Sajhë lui avait offert encore dans son paquet. Quant aux potions d'angélique et de consoude préparées plus tôt, elle les avait dûment rangées sur une étagère, à l'abri de la lumière, dans le coin le plus frais de la chambre. Saisissant le plateau de bois, elle l'examina à maintes reprises jusqu'à en être lassée, à ne plus sentir le bout de ses doigts à force d'en suivre le dessin. Attendre, toujours attendre…

Es totjorn lo meteis, C'est toujours le même refrain…, murmura-t-elle.

Alaïs alla à son miroir pour y contempler son reflet : un petit visage en forme de cœur, diaphane et grave, animé d'un regard noisette et brillant d'intelligence, l'observait, ni beau ni laid. Dans un élan de coquetterie, elle fit comme les autres filles, et réajusta l'encolure de sa robe. Peut-être qu'en y ajoutant un ruban…

Un coup sec à sa porte mit un terme à ses supputations.

Perfin... Enfin.

« Je viens ! » lança-t-elle.

La porte s'ouvrit et son sourire s'effaça.

« François... que se passe-t-il ?

— L'intendant Pelletier requiert votre présence, dame.

— À cette heure ? »

François hésitait, ne sachant sur quel pied danser.

« Il vous attend dans ses appartements. Cela me semble quelque peu urgent, Alaïs. »

Elle lança au jeune homme un coup d'œil acéré, étonnée de s'entendre appeler par son prénom. Il n'avait jamais commis un tel impair avant ce jour.

« À quel propos ? s'enquit-elle précipitamment. Est-il mal portant ? »

François hésitait :

« Il est très... préoccupé, dame. À cet instant, il apprécierait votre compagnie.

— J'ai l'impression d'avoir marché à côté de mes pas toute la journée », soupira-t-elle.

François eut l'air troublé :

« Que disiez-vous, dame ?

— Peu importe, François. Je ne suis guère d'humeur, ce soir. Je viens, puisque mon père le demande. Y allons-nous ? »

Dans sa chambre, à l'autre extrémité des quartiers privés, Oriane était assise dans le mitan du lit, ses longues jambes fuselées repliées sous elle.

De ses yeux verts à demi fermés émanait une somnolence quasi féline et de son beau visage un sourire de contentement, alors que le peigne passait dans la cascade léonine de ses cheveux de jais. De temps à autre, elle éprouvait contre sa peau le contact soyeux et suggestif de ses dents ivoire.

« C'est très… apaisant », ronronna-t-elle.

Un homme se tenait derrière elle, le torse dénudé, révélant sur ses épaules musculeuses une pellicule de sueur.

« Apaisant, dame ? fit-il d'un ton léger. Telle n'était pas mon intention. »

Oriane sentit sur son cou le souffle tiède de l'homme quand il se pencha pour ramener dans le dos les cheveux qui lui tombaient sur le visage.

« Vous êtes très belle », susurra-t-il.

Il entreprit de lui masser les épaules, d'abord légèrement, puis avec plus d'insistance. Oriane ploya la tête, tandis que les mains expertes de son amant suivaient le contour de son maxillaire, de son nez, de son menton, comme s'il voulait graver ses traits dans sa mémoire. De temps à autre, elles glissaient sur la peau blanche et soyeuse de sa gorge.

Oriane lui prit une main et du bout de la langue lui lécha l'extrémité des doigts. L'homme l'attira, lui faisant éprouver la chaleur et le poids de son mâle corps, l'ampleur de son désir pressé au creux de ses épaules. La forçant doucement à se retourner, il glissa ses doigts entre les lèvres de la femme et lui donna un long baiser.

Elle ne prêta attention aux pas dans le couloir qu'au moment même où des coups retentissaient à sa porte.

« Oriane ! cria une voix stridente et coléreuse. Êtes-vous céans ?

— C'est Jehan ! souffla-t-elle, moins inquiète qu'irritée par une telle intrusion. Vous m'aviez pourtant dit qu'il ne viendrait pas de sitôt. »

L'homme guigna vers la porte.

« C'est ce que je croyais. Quand j'ai quitté l'assemblée, j'ai eu l'impression que le vicomte requerrait ses services pour nombre d'heures encore. La porte est-elle verrouillée ?

— À l'évidence, lâcha-t-elle.

— Ne trouvera-t-il pas cela étrange ?

— Il sait que je ne donne point l'entrant sans l'y avoir invité, répliqua-t-elle avec un haussement d'épaules désabusé. Cependant, vous feriez mieux d'aller vous cacher, ajouta-t-elle en désignant une alcôve dissimulée derrière une tapisserie. Ne vous tourmentez pas, nous en serons débarrassés en un tournemain.

— Et comment vous y prendrez-vous ? »

En réponse, elle passa ses mains autour du cou de l'homme et l'attira si près qu'il sentit ses longs cils lui chatouiller la peau.

« Oriane ? geignait Congost, d'une voix plus aiguë à mesure qu'il s'impatientait. Ouvrez cette porte sur-le-champ !

— Il vous faudra patienter, murmura-t-elle en déposant tour à tour un baiser sur le torse, le ventre et le sexe de son amant. Pour l'heure, disparaissez. Même mon époux ne saurait attendre éternellement. »

Assurée que son amant était hors de vue, Oriane alla jusqu'à la porte à pas de loup, tira sans bruit la targette, puis regagna hâtivement son lit en refermant derrière elle le baldaquin. Le jeu pouvait commencer.

« Oriane !

— Cher époux, répondit-elle avec irritation. Nul besoin de tant de tapage, la porte est déverrouillée. »

Oriane entendit Congost secouer la poignée puis pousser le battant et le refermer violemment. L'homme se précipita dans la pièce. Elle reconnut le bruit sec d'un bougeoir qu'il posait sur une table proche.

« Où êtes-vous ? lança-t-il acrimonieusement. Et pourquoi fait-il si sombre dans cette chambre. Je n'ai guère le goût à vos petits jeux. »

Souriante, Oriane s'étira langoureusement sur ses oreillers, les jambes à peine entrouvertes, les bras repliés derrière la tête, ne voulant rien dissimuler de ce que son mari aurait pu imaginer.

« Je suis céans, mon époux.

— La porte était condamnée la première fois que j'ai voulu entrer, lança-t-il en tirant la tenture, avant de rester sans mots devant le spectacle qui s'offrait à lui.

— Vous n'avez sans doute pas… poussé assez fort », minauda-t-elle.

Oriane vit son mari pâlir, puis rougir violemment. Les yeux semblaient lui sortir de la tête, et son menton s'affaissa, alors qu'il admirait la plénitude des seins et leurs aréoles sombres, les cheveux répandus sur les coussins comme un nid de serpents, la courbe de la taille mince, le léger renflement du ventre, du pubis le triangle noir et dru.

« Où vous croyez-vous ? Couvrez-vous sur-le-champ ! tempêta-t-il.

— Je somnolais, mon époux, et vous m'avez éveillée.

— Vous éveiller ? Vous éveiller ? éructa-t-il. Et vous dormiez… ainsi ?

— La nuit est chaude, Jehan. Ne puis-je dormir comme je l'entends dans ma propre chambre ?

— N'importe qui aurait pu entrer et vous découvrir dans cet appareil ! Votre sœur, Guirande, votre servante… N'importe qui, vous dis-je ! »

Oriane se redressa et, avec un regard plein d'insolence, entortilla négligemment une mèche de cheveux autour de son index.

« N'importe qui ? reprit-elle d'un ton sarcastique. Sachez que j'ai congédié Guirande. J'ai décidé de me passer de ses services. »

Oriane voyait clairement le dilemme dans lequel était plongé son mari, tiraillé entre l'envie de quitter la chambre et son incapacité à le faire, entre le désir et le dégoût qui affluaient dans ses veines à égale mesure.

« N'importe qui aurait pu entrer, insista-t-il sans conviction.

— Si fait, je suppose que cela est vrai. Cependant, nul n'est apparu, excepté vous, bien sûr, mon époux, admit-elle avec un sourire carnassier. À présent que vous êtes céans, peut-être pourriez-vous me dire où vous étiez parti ?

— Vous le savez fort bien, rétorqua-t-il. J'étais au conseil.

— Au conseil ? Tout ce temps. Le conseil s'est achevé bien avant la nuit, me semble-t-il…, lâcha-t-elle sans se départir de son sourire.

— Il ne vous appartient pas de me semoncer », rougit Congost.

Oriane lui décocha un regard aigu.

« Par Sant-Foy, mon époux, vous voilà bien pompeux ! "Il ne vous appartient pas". » La mimique était si parfaite et cruelle à la fois que les deux hommes eurent un gémissement rentré. « Allons, Jehan, dites-moi donc où vous vous cachiez. En train de débattre d'affaires d'État, sans doute ? À moins que vous ne fussiez auprès de votre amante, *è*, Jehan ? Auriez-vous quelque hétaïre secrète, quelque part dans le château ? »

— Comment osez-vous ? Je…

— Les autres époux précisent bien à leurs femmes où ils sont. Pourquoi pas vous ? À moins, comme je le disais, que vous n'ayez une raison personnelle de ne point le faire… »

Congost se mit à tempêter :

« Mieux vaudrait que les autres époux tiennent leur langue. Ce n'est pas l'affaire des femmes que de…

— Ah, c'est ainsi… Ce n'est pas l'affaire des femmes, dites-vous… »

La voix était basse, remplie de dépit. Congost n'ignorait pas qu'elle se jouait de lui. Ce qu'il ne comprenait pas, et qu'il n'avait d'ailleurs jamais compris, c'était les règles du jeu auquel elle se livrait.

Oriane tendit la main et se saisit brusquement du renflement qui saillait à travers la tunique de son mari. Avec jubilation, elle vit une lueur de surprise et de désarroi passer dans ses yeux. Elle entama un lent mouvement de va-et-vient.

« Alors, mon époux, dit-elle dédaigneusement. Éclairez-moi et expliquez-moi ce que vous tenez pour affaire de femme. L'amour ? Ceci ? ajouta-t-elle en accentuant le mouvement. Comment appelleriez-vous ceci ? Le… désir ? »

Congost subodorait le piège, mais fasciné comme il l'était, il ne savait que dire ni faire, et se penchait malgré lui vers son épouse. À la fixité de son regard, au mouvement de ses lèvres lippues, l'on aurait cru un poisson en train de se noyer. Pour sa sapience en lecture et en écriture, il aurait pu la mépriser. Sinon qu'à l'instar des autres hommes, à cause de l'appendice qui lui pendait entre les jambes, elle faisait de lui ce qu'elle voulait. En bonne vérité, c'est elle qui le méprisait.

Contre toute attente, ayant obtenu l'effet recherché, elle retira sa main.

« Or donc, Jehan, si vous êtes disposé à ne rien me dire, autant que vous vous retiriez. Vous ne m'êtes d'aucun usage. »

Oriane vit un déclic s'opérer en lui, comme s'il prenait soudainement conscience de l'étendue des vexations dont il avait souffert toute sa vie. Avant qu'elle ne comprît ce qu'il advenait, l'homme la frappa au visage avec suffisamment de force pour la projeter sur le lit.

Sidérée, elle hoqueta.

Congost demeurait immobile, fixant sa main comme s'il ne savait qu'en faire.

« Oriane, je…

— Vous êtes pitoyable ! lui cria-t-elle au visage, un goût de sang dans la bouche. Je vous ai demandé de partir, alors partez ! Disparaissez de ma vue ! »

Un court instant, Oriane crut qu'il allait implorer son pardon. Mais quand Congost leva les yeux, elle n'y vit nulle vergogne, seulement de la haine. Elle poussa un soupir de soulagement : les choses se déroulaient comme elle l'avait escompté.

« Vous ne m'inspirez que de l'horreur ! lui cria-t-il en s'éloignant du lit. Vous ne valez pas mieux qu'un animal ; non vous êtes pire, car vous, vous savez ce que vous faites. » Ramassant le manteau inopinément étalé sur le sol, il le lui jeta au visage. « Et couvrez-vous. À mon retour, je ne veux vous voir ainsi, vautrée sur votre couche comme une catin ! »

Assurée que son époux s'en était allé, Oriane s'étendit sur le lit, et se couvrit de son vêtement, à l'évidence secouée, satisfaite ô combien. Pour la première fois en quatre années de mariage, l'homme faible et velléitaire que son père l'avait forcée à épouser était parvenu à la surprendre. Certes, elle l'avait délibérément provoqué, et pourtant elle était loin de s'attendre à être soufflettée. Par surcroît avec une telle violence. Elle laissa ses doigts courir sur sa joue endolorie. Il avait voulu lui faire mal. Peut-être même en garderait-elle des séquelles, auquel cas cela pourrait lui valoir quelque chose, ne fût-ce que prouver à son père l'inconséquence de sa décision.

À cette pensée Oriane coupa court avec un rire amer. Elle n'était pas Alaïs. Seule Alaïs comptait aux yeux de l'intendant, et cela, quels que fussent ses efforts pour n'en rien laisser paraître. Oriane ressemblait trop à sa mère, et par l'allure et par le caractère, pour pouvoir être dans ses grâces. Quand bien même Jehan la battrait comme plâtre, il n'en aurait cure et présumerait qu'elle l'avait bien mérité.

Un moment se passa où elle donna libre cours à la jalousie qu'elle cachait à tous, Alaïs exceptée, sous le masque indéchiffrable de sa beauté parfaite. À son ressentiment face à son impuissance, son absence d'influence, son immense désillusion. Quel crédit accorder à sa jeunesse et à sa beauté, quand elle était liée à un homme dénué d'ambitions et de projets, un homme qui jamais de sa vie n'avait tenu d'épée ? Il était parfaitement injuste qu'Alaïs obtînt tout ce qu'elle désirait, et cependant qu'on le niât. C'est un droit qui aurait dû lui revenir.

Oriane tritura l'étoffe entre ses doigts, imaginant le bras frêle d'Alaïs qu'elle s'amusait à pincer. Alaïs si simple et tant choyée. Elle serra le tissu plus fort, et vit en pensée la marque rouge s'imprimer sur la peau de sa sœur.

« Vous ne devriez point le provoquer. »

La voix de son amant venait de rompre le silence, dont elle avait presque oublié la présence.

« Pourquoi m'en priverais-je ? Il me plaît simplement de me jouer de lui. »

Se glissant de derrière le rideau, il vint lui effleurer la joue.

« Souffrez-vous ? il vous a fait une marque.

— Ce n'est rien », lâcha-t-elle.

La chaîne qu'il portait au cou effleura la peau d'Oriane quand il se pencha pour l'embrasser. L'odeur du désir qu'il concevait pour elle monta jusqu'à la jeune femme. Elle changea de position, laissant la cape refluer comme une vague sur son corps dénudé. Ses mains parcoururent les cuisses de son amant, douces et pâles comparées au hâle du torse et des bras qui se tendaient vers elle. Levant les yeux, elle sourit. Il avait attendu suffisamment longtemps.

Elle approcha ses lèvres pour le caresser mais, la repoussant doucement, il s'agenouilla auprès d'elle.

« À présent, à quelle sorte de jeu entendez-vous vous livrer avec moi, madame ? demanda-t-il en lui écartant lentement les jambes. À celui-ci ? »

Elle murmura, alors qu'il se baissait pour l'embrasser.

« Ou cela ? »

Les lèvres de l'homme errèrent jusqu'à descendre vers la part la plus intime de sa féminité. Oriane retenait son souffle, pendant que la langue jouait sur sa peau, mordant, léchant, titillant.

« Ou alors ceci, peut-être ? »

Les mains puissantes et rudes la saisissaient par la taille pour l'attirer contre lui. En réponse, elle noua ses jambes autour des reins de son amant.

« Mais c'est sans doute ceci que vous souhaitez vraiment », conclut-il d'une voix tendue, alors qu'il entrait profondément en elle.

Elle répondit par un grognement de plaisir, en lui labourant le dos de ses ongles.

« Ainsi, votre époux vous traite de catin, dit-il. Nous allons voir si nous pouvons lui donner raison. »

10

L'intendant Pelletier arpentait sa chambre en attendant la venue d'Alaïs.

Malgré la fraîcheur du soir, son visage était congestionné et son front dégarni moite de sueur. Il aurait dû
être aux cuisines, supervisant le domestique, veillant
à la bonne marche des tâches qui lui étaient impar-
ties. Mais la gravité de l'instant le submergeait, hanté
comme il l'était par l'impression de se trouver à la
croisée de chemins qui, quel que soit son choix, conduisaient vers un avenir incertain. Tout ce qu'il avait entrepris dans sa vie, tout ce qu'il lui resterait à entreprendre
dépendait de sa décision d'aujourd'hui.

Pourquoi Alaïs tardait-elle tant à venir ?

À peine s'était-il détourné de la fenêtre qu'un objet
luisant, non loin de la porte, attira son attention. L'ayant
ramassé, il vit que c'était une boucle d'argent ciselé,
incrusté de laiton. Assez grande pour retenir une cape
ou un grand manteau.

Il sourcilla : cette boucle ne lui appartenait pas.

Il alla l'observer plus attentivement à la lueur de la
chandelle, sans y voir de signe particulier. Des boucles
comme celle-là, il en avait vu des centaines sur la
place du marché. Il la retourna plusieurs fois dans ses
mains. L'objet était de facture acceptable, laissant sug-

gérer qu'elle appartenait à une personne de condition moyenne plutôt qu'aisée.

Elle ne pouvait non plus être là depuis bien long-temps, attendu que François rangeait la chambre tous les matins. Si elle s'y était trouvée ce matin-là, il l'aurait forcément aperçue. En outre, aucun autre ser-viteur n'était autorisé à y entrer, et la chambre était demeurée close toute la journée.

Pelletier parcourut les lieux du regard afin d'y déce-ler quelque signe d'effraction. Une sorte de malaise le saisit. Était-il victime de son imagination ou les objets qui se trouvaient dans la pièce, notamment la courte-pointe de son lit, avaient-ils été, bien qu'imperceptible-ment, déplacés ? Ce soir, le moindre détail le mettait sur ses gardes.

« *Paire ?* »

Alaïs s'exprimait d'une voix douce, à l'image du regard qu'elle portait sur son père. En l'entendant, ce dernier mit hâtivement la boucle dans sa poche.

« *Paire*, répéta-t-elle, m'avez-vous fait mander ?

— Oui, oui. Entrez, dit Pelletier en rassemblant ses esprits.

— Y a-t-il autre chose que je puisse faire ? s'enquit François, resté sur le seuil de la chambre.

— Nenni, mais ne vous éloignez pas, au cas où je requerrais encore vos services. »

Il attendit que la porte se fût refermée pour inviter Alaïs à s'installer à la table. Il lui servit un gobelet de vin et emplit de nouveau le sien sans toutefois y tou-cher.

« Vous semblez lasse.

— Je le suis un peu, en effet.

— Que disent nos gens à propos du conseil, Alaïs ?

— Nul ne sait trop qu'en penser, messire. L'on raconte tant de choses. Chacun prie pour que notre situation ne soit pas aussi alarmante qu'elle paraît. On sait que le vicomte se prépare à partir pour Montpelhièr demain, accompagné d'un petit équipage, pour demander audience à son oncle, le comte de Toulouse. Est-ce la vérité ?

— Si fait.

— L'on dit aussi que le tournoi aura lieu quand même.

— C'est également vrai. L'intention du vicomte est d'accomplir sa mission de sorte à être revenu d'ici deux semaines. Avant la fin de juillet, quoi qu'il en soit.

— La mission du comte a-t-elle des chances de réussir ? »

Pelletier ne répondit pas, pour se mettre derechef à arpenter la pièce. Son anxiété était si forte qu'elle se propagea jusqu'à elle.

Alaïs rassembla son courage avant de lui demander :

« Guilhem fait-il partie du voyage ?

— Ne vous en a-t-il pas lui-même informé ? s'enquit sèchement Pelletier.

— Je ne l'ai point vu depuis que le conseil s'est achevé, avoua-t-elle.

— Par Sant-Foy, où est-il donc ?

— De grâce, répondez-moi seulement.

— Guilhem du Mas a été retenu, bien que cette décision aille à l'encontre de mes vœux. Il a la faveur du vicomte.

— Avec raison, *paire*, dit posément Alaïs, c'est un preux chevalier. »

Pelletier se pencha pour remplir son gobelet :

« Dites-moi, Alaïs, a-t-il votre confiance ? »

La question la prit de court ; elle répondit néanmoins sans hésiter :

« Une femme ne doit-elle pas avoir foi en son époux ?

— Assurément, assurément. Je ne m'attendais point à autre réponse venant de vous, répéta-t-il avec un geste pour chasser un insecte invisible. Vous a-t-il interrogée sur les événements de ce matin à la rivière ?

— Vous m'avez commandé de n'en parler à quiconque. Naturellement, je vous ai obéi.

— Tout comme je savais que vous le feriez. Cependant, vous n'avez point répondu à ma question : Guilhem vous a-t-il interrogée ?

— L'occasion ne s'est pas présentée, se cabra-t-elle. Comme je vous l'ai dit, je ne l'ai point vu. »

Pelletier alla se poster devant la fenêtre pour demander par-dessus son épaule :

« Redoutez-vous que nous n'entrions en guerre ?

— En y songeant bien, assurément, messire, murmura-t-elle prudemment. Nous n'en viendrons pas là, n'est-ce pas ?

— Non, cela ne devrait point. »

Pelletier posa les mains sur l'appui de fenêtre, et se perdit dans ses pensées jusqu'à en oublier la présence de sa fille.

« Sans doute trouverez-vous ma question impertinente, mais si je vous la pose, c'est pour une bonne raison. Sondez le fond de votre cœur, pesez bien vos mots et répondez-moi franchement : avez-vous confiance en votre époux ? Croyez-vous qu'il vous protégera, qu'il vous respectera ? »

Alaïs saisit le sous-entendu, comprit à quoi son père voulait en venir. Cependant, elle hésitait à répondre, soucieuse de ne pas se montrer déloyale envers Guilhem et, dans le même temps, de ne pas mentir à son père.

« Je sais qu'il ne vous agrée point, messire, même si j'ignore en quoi il a pu vous offenser…

— Vous le savez, au rebours, parfaitement bien, répliqua impatiemment Pelletier. Je vous l'ai dit souvent assez. Toutefois, mon opinion sur du Mas, en bien ou en mal, est hors de propos. L'on peut concevoir de l'inimitié pour un homme et cependant reconnaître ses mérites. De grâce, Alaïs, répondez à ma question. Bien des choses en dépendent. »

La vision de Guilhem endormi. De ses yeux sombres comme l'obsidienne, le dessin de ses lèvres quand il lui baisait l'intérieur du poignet. Autant d'images si fortes qu'elle en fut troublée.

« Je ne puis répondre, avoua-t-elle enfin.

— Ah, soupira-t-il. Fort bien, fort bien. Je vois.

— Sauf votre respect, *paire*, vous ne pouvez rien voir, attendu que je n'ai rien dit, s'emporta-t-elle.

— Lui avez-vous appris que je vous ai fait mander ? biaisa Pelletier.

— Comme je vous l'ai dit, je ne l'ai point aperçu, et je trouve… inconvenant que vous m'interrogiez ainsi ; que vous me contraigniez à choisir entre vous et lui, s'impatienta la jeune femme en faisant mine de se lever. Aussi, messire, à moins que ma présence ne vous soit requise pour une raison particulière, et attendu l'heure tardive, permettez-moi de me retirer. »

Pelletier eut un geste d'apaisement.

« Asseyez-vous, je vous prie. Je n'avais nullement l'intention de vous offenser. Pardonnez-moi. »

Il tendit une main, qu'Alaïs hésita un instant à prendre.

« Je ne voulais point parler par énigmes. J'hésite quant à… certaines choses doivent être claires dans mon esprit. Ce soir, j'ai reçu un message de grande conséquence, Alaïs. Et j'ai passé ces dernières heures à peser le pour et le contre afin de prendre la décision qui convient. Bien que j'aie décidé de mener certaines actions et que je vous aie fait quérir, certains doutes subsistaient.

— Et à présent? s'enquit-elle avec un regard appuyé.

— À présent, la route à suivre m'apparaît très clairement. Oui, je sais maintenant ce que je dois faire. »

Alaïs sentit le sang refluer de son visage.

« Ainsi, c'est la guerre, souffla-t-elle.

— Je la crois inévitable, en effet. Certains signes le laissent présager. Nous sommes confrontés à des événements bien trop grands pour que nous puissions les juguler, en dépit de nos efforts pour nous convaincre du contraire. Mais il est une chose encore plus importante que cela, Alaïs. Et si les négociations tournent en notre défaveur à Montpelhièr, peut-être alors n'aurai-je plus la possibilité de… vous dire la vérité.

— Y a-t-il plus important qu'une menace de guerre?

— Avant d'aller plus loin, vous devez me donner votre parole que tout ce que je révélerai ce soir restera entre nous.

— Est-ce la raison pour laquelle vous m'avez interrogée à propos de Guilhem?

— En partie, oui, admit-il, bien que ce ne soit pas la raison première. Cependant, faites-moi, avant toute chose, le serment de ne rien dévoiler de ce qui se dira entre ces quatre murs.

— Vous avez ma parole », répondit-elle sans hésitation.

Pelletier libéra un soupir, où Alaïs perçut du soulagement et non plus de l'anxiété. Les dés étaient jetés. Il avait fait son choix. Seule subsistait la détermination de mener l'entreprise à son terme quelles que soient les circonstances.

Alaïs se rapprocha. La lumière des chandelles dansait au fond de sa prunelle.

« L'histoire commence en terre d'Égypte, il y a de cela plusieurs milliers d'années. C'est l'histoire véridique du Saint-Graal. »

Pelletier parla jusqu'au moment où l'huile de la lampe se fut consumée.

Dans la grande cour régnait un profond silence, même les derniers noceurs étaient allés se coucher. Alaïs était exténuée. Ses doigts étaient exsangues et de larges cernes auréolaient ses yeux.

À l'issue de son discours, Pelletier semblait vieilli, lassé.

« Pour répondre à votre question, vous n'avez rien à faire. Pas encore et peut-être jamais. Si notre entreprise de demain est couronnée de succès, je disposerai du temps nécessaire pour mettre les livres en sûreté comme il m'échoit de le faire.

— Et dans le cas contraire, messire, qu'adviendra-t-il de vous ? »

Alaïs était effondrée. La peur la saisissait à la gorge.

« Tout pourrait quand même bien se passer, dit-il d'une voix éteinte.

— Et dans le cas contraire ? insista-t-elle, refusant de se voir faussement apaisée. Qu'en sera-t-il si vous ne revenez point ? Comment saurai-je le moment où je devrai intervenir ? »

Pelletier soutint un instant le regard de sa fille, puis tira de sa poche un sachet d'étoffe écrue.

« S'il m'arrivait malheur, vous recevrez un insigne semblable à celui-ci. Ouvrez-le », conclut-il en poussant le sachet vers sa fille.

Alaïs s'exécuta. Elle déplia le tissu côté après côté jusqu'à y découvrir un petit galet pâle sur lequel étaient gravées deux lettres. Elle le porta à la lumière pour lire à haute voix :

« *NS ?*

— Pour *Noublesso de los Seres*.

— Qu'est ceci ?

— Un *merel*, un signe de reconnaissance que l'on présente après l'avoir placé à la jointure du pouce et de l'index. Il a un autre usage, bien plus important, mais qu'il n'est point utile que vous connaissiez. Il vous indiquera que le porteur est digne de confiance. À présent, retournez-le. »

Sur l'autre face était gravé un labyrinthe, identique à celui gravé à l'endos de la planchette sur laquelle elle avait transporté ses fromages.

Alaïs en eut le souffle coupé.

« J'ai déjà vu quelque chose de semblable auparavant. »

En réponse, Pelletier retira l'anneau qu'il portait au pouce et le lui tendit.

« Ce motif est gravé à l'intérieur, déclara-t-il. Tous les gardiens en portent un.

— Que non pas. Je suis allée acheter des fromages ce matin au marché, que j'ai transportés sur une planchette qui se trouvait dans ma chambre. Un motif en tous points semblable est gravé sur le dessous.

— Cela est impossible. Il ne peut être identique.

— Je suis prête à le jurer.

— D'où tenez-vous cette planchette ? voulut alors savoir Pelletier. Songez-y bien, Alaïs. Est-ce un présent ? Est-ce quelqu'un qui vous l'a remis ?

— Je ne sais, je ne sais, répondit désespérément la jeune femme en secouant la tête. J'y ai pensé toute la journée sans y parvenir. Plus étrange encore, j'étais persuadée d'avoir déjà vu ce symbole quelque part, même sans avoir vu cette planchette.

— Où est-elle, à présent ?

— Je l'ai laissée sur la table, dans ma chambre. Pourquoi ? Est-ce si important ?

— Ainsi, n'importe qui aurait pu la voir, lâcha l'intendant sans cacher sa déception.

— Je le suppose, répliqua-t-elle nerveusement. Guilhem, les servantes, je ne sais… »

Alaïs baissa les yeux sur le galet, et la lumière se fit aussitôt dans son esprit.

« Vous pensiez que l'homme de la rivière était Siméon, n'est-ce pas ? Est-il lui aussi un gardien ?

— Je n'avais aucune raison de le croire, acquiesça-t-il. Je devais toutefois m'en assurer.

— Et qu'en est-il des autres gardiens ? Savez-vous où ils se trouvent ? »

Pelletier se pencha en avant, laissant ses doigts se refermer sur le *merel*.

« Assez de questions, Alaïs. Prenez soin de ceci. Mettez-le en sûreté. Et mettez la planchette à l'abri des regards indiscrets. Je m'occuperai de cela, dès mon retour.

— Mais comment expliquez-vous la présence de cette planchette ? » demanda-t-elle en se levant.

L'insistance d'Alaïs lui tira un sourire.

« J'y songerai, *filha*.

— Sa présence au château signifie-t-elle que quelqu'un est au fait de l'existence des livres ?

— Nul ne peut savoir, dit-il avec fermeté. Dans le cas contraire, je ne manquerai pas de vous en prévenir. Vous avez ma parole. »

Si courageux que fût le propos, l'expression de Pelletier en révélait la fausseté.

« Et si…

— *Basta*, trancha-t-il en l'arrêtant d'un geste. Il suffit. »

Alaïs s'abandonna à l'étreinte gigantesque de son père, les yeux baignés de larmes.

« Tout ira bien. Vous devez être courageuse, dit-il avec fermeté. Bornez-vous à observer mes recommandations, rien de plus. Venez donc nous souhaiter un bon voyage, à l'aube. »

Comme sa fille hochait la tête sans oser parler :

« *Ben, ben*. À présent, hâtez-vous. Et puisse Dieu vous garder. »

Alaïs traversa en courant les couloirs obscurs et la grande cour sans reprendre son souffle, croyant voir des fantômes dans le moindre recoin. La tête lui tournait. Le monde familier auquel elle appartenait lui faisait l'impression d'un reflet dans un miroir, reconnaissable et pourtant différent. Le sachet qu'elle dissimulait sous sa robe semblait lui brûler la peau.

L'air était frais. Chacun s'était retiré pour la nuit, bien que quelques lumières fussent encore visibles dans les chambres dominant la cour d'honneur. Des éclats de rires en provenance du guet la firent sursauter. Un bref instant, elle crut entr'apercevoir une silhouette se profiler dans l'embrasure d'une fenêtre. Puis le vol d'une chauve-souris attira son regard, et quand elle le reporta sur ladite fenêtre, ce n'était plus qu'un rectangle noir.

Elle pressa le pas. Les révélations de son père tournoyaient dans sa tête, toutes les questions qu'elle aurait voulu lui poser sans avoir pu le faire.

Encore quelques pas et elle éprouva une sorte de picotement dans la nuque. Elle regarda par-dessus son épaule.

« Qui est là ? »

Personne ne répondit.

« Qui va là ? » répéta-t-elle.

Une malveillance flottait dans l'air, elle pouvait la respirer. Alaïs accéléra le pas, convaincue à présent que quelqu'un la suivait. Elle perçut un frôlement ajouté d'un souffle pesant.

« Qui est là ? » s'affola-t-elle.

Sans crier gare, une main calleuse et empestant la bière la bâillonna. Elle poussa un cri, tandis qu'on lui assenait un violent coup derrière la tête, puis tomba.

Le temps lui parut long avant qu'elle atteignît le sol. Pareilles à des rats dans une cave, des mains palpèrent son vêtement, jusqu'à trouver ce qu'elles recherchaient.

« *Aqui es*. Le voilà. »

Ce furent les derniers mots qu'entendit Alaïs avant que l'obscurité se refermât sur elle.

11

Pic de Soularac

« Alice ! Alice ! Est-ce que tu m'entends ? »

Un frémissement de paupières, elle ouvrit les yeux.

L'air était celui d'une église sans chauffage, froid, humide, si lourd qu'au lieu de s'élever, il stagnait au ras du sol.

Bon sang, où suis-je ? se demanda la jeune femme. Les irrégularités du sol lui blessaient les bras et les jambes. Quand elle changea de position, des cailloux pointus et des gravillons lui égratignèrent la peau.

Non, ce n'était pas une église. Une réminiscence lui revint à l'esprit. Sa progression dans le tunnel jusqu'à la grotte, la chambre funéraire… Et ensuite ? Les images étaient brouillées, floues sur les bords. Alice voulut lever la tête et ce fut une erreur : une violente douleur explosa à la base de son crâne. La nausée jaillit dans son estomac, comme de l'eau putride dans la cale d'un vieux bateau.

« Alice, est-ce que tu m'entends ? »

Quelqu'un lui parlait. Une voix qu'elle connaissait, anxieuse, inquiète.

« Réveille-toi, Alice. »

Elle tenta encore de lever la tête. Cette fois, la douleur était supportable. Lentement, précautionneusement, elle se redressa sur un coude.

« Jésus… », murmura Shelagh, manifestement soulagée.

Alice prit conscience des bras qui la soutenaient par les aisselles pour l'aider à s'asseoir. Autour d'elle tout était vague et obscur, excepté le faisceau de lumière des lampes torches. Deux lampes torches. Alice plissa les paupières et reconnut Stephen, un des plus anciens membres de l'équipe. Il se penchait par-dessus l'épaule de Shelagh, ses lunettes à monture d'acier captant la lumière.

« Est-ce que tu m'entends, Alice ? Parle-moi », insistait Shelagh.

Je n'en suis pas sûre. Peut-être…

Alice aurait voulu dire quelque chose, mais la distorsion qu'elle ressentait dans sa bouche lui interdisait le moindre mot. Elle essaya de hocher la tête. L'effort lui donna le tournis, aussi la laissa-t-elle retomber entre ses genoux pour ne pas s'évanouir.

Soutenue par Shelagh et Stephen, elle se redressa jusqu'à se retrouver assise sur le haut des marches, les mains appuyées sur ses genoux. Autour d'elle, le décor à la fois net et flou semblait se balancer d'avant en arrière.

Shelagh se mit à croupetons devant elle et commença à parler sans qu'Alice saisît un traître mot. Sa voix lui parvenait, éraillée comme celle d'un phonographe qu'on a oublié de remonter. Une nouvelle vague de nausée afflua en même temps que des souvenirs désordonnés : le son creux du crâne dans l'obscurité, sa main se tendant vers l'anneau, la conviction d'avoir perturbé quelque chose qui sommeillait au tréfonds de la montagne. Une chose malveillante.

Et puis plus rien.

Elle avait horriblement froid. La chair de poule lui hérissait les bras et les jambes. Elle savait qu'elle ne pouvait avoir été inconsciente bien longtemps, quelques minutes tout au plus. Appréciation du temps sans conséquence, puisque ces minutes avaient suffi pour lui permettre de glisser d'un monde à un autre.

Alice tressaillit. Encore un souvenir, celui d'un rêve récurrent. D'abord une impression de lumière et de paix, de blanc et de clarté. Puis celle de tomber à pic dans le vide du ciel, tandis que le sol montait à sa rencontre. Pas de collision. Aucun impact. Seulement de grands arbres culminant au-dessus d'elle comme d'obscures colonnes vertes. Enfin le feu, rideau rugissant de flammes rouges, jaunes et dorées.

Elle s'étreignit frileusement de ses bras nus. Pourquoi ce rêve était-il réapparu ? Dans son enfance, il l'avait poursuivie et n'avait jamais abouti nulle part. Pendant que ses parents dormaient sans se douter de rien, de l'autre côté du palier, elle restait, nuit après nuit, dans l'obscurité, agrippée à sa couverture, décidée à combattre ses démons toute seule.

Mais c'était autrefois. Cela faisait des années que ce rêve avait cessé de la hanter.

« Et si tu essayais de te mettre debout ? » proposait Shelagh.

Ça ne signifie rien. Ce n'est pas parce que c'est arrivé une fois que ça va recommencer.

« Alice, reprit Shelagh avec une trace d'impatience. Crois-tu pouvoir te lever ? Nous devons regagner le camp pour que quelqu'un puisse t'examiner.

— Je crois, répondit enfin Alice d'une voix qui lui parut étrangère. Ma tête ne va pas très bien.

— Tu peux y arriver, Alice. Allons, fais un effort. »

Alice contempla son poignet enflé. *Merde*. Elle ne pouvait pas se souvenir, elle s'y refusait.

« Je ne sais pas ce qui m'est arrivé. Ça... » Elle exhiba sa main. « Je me le suis fait à l'extérieur. »

Shelagh glissa son bras sous celui de son amie pour l'aider à se relever. Stephen l'imita de l'autre côté. Alice vacilla un peu sans vraiment trouver son équilibre, mais peu après, son vertige disparut et les sensations commencèrent à revenir dans ses membres ankylosés. Elle remua ses doigts avec précaution, éprouva le contact calleux de ses phalanges.

« Je vais bien. Accordez-moi encore une minute.

— Qu'est-ce qui t'a pris de venir ici de ta propre initiative ?

— Je... » Alice s'interrompit, ne sachant trop que répondre. C'était dans sa nature de transgresser les règles et d'aller au-devant des ennuis. « Il y a quelque chose qu'il faut que vous voyiez. Là-bas, un peu plus bas. »

Shelagh suivit le regard d'Alice avec le faisceau de sa torche. L'ombre se déchira sur les murs et le plafond de la grotte.

« Non, pas ici, en bas. »

Shelagh baissa sa torche.

« Devant l'autel.

— L'autel ? »

Le puissant pinceau de lumière blanche fendit encore une fois l'écran noir de la chambre à la manière d'un projecteur. Une fraction de seconde, l'ombre de l'autel se superposa, semblable à un π, sur la paroi gravée du labyrinthe. Shelagh bougea la main, l'image disparut et le cercle de lumière révéla le tombeau. Les pâles ossements jaillirent brusquement de l'ombre.

Aussitôt, l'atmosphère changea. Shelagh eut une inspiration saccadée. Pareille à un automate, elle descendit une, puis deux marches. On aurait dit qu'Alice n'existait plus pour elle.

Stephen esquissa un pas pour la suivre.

« Non, commanda-t-elle sèchement. Ne bouge pas.

— Je voulais seulement…

— Va plutôt chercher le docteur Brayling. Et parle-lui de ce que nous avons découvert… Immédiatement ! » cria-t-elle en le voyant hésiter.

Stephen fourra sa torche entre les mains d'Alice et disparut dans le tunnel sans un mot. La jeune femme entendit le raclement de ses bottines décroître sur les gravillons, jusqu'à être avalé par l'obscurité.

« Ce n'était pas la peine de hurler, objecta Alice, alors que son amie venait se camper devant elle :

— As-tu touché à quelque chose ?

— Pas exactement, sauf…

— Sauf quoi ? la reprit Shelagh du même ton incisif.

— Il y a des objets dans le tombeau, ajouta Alice. Je peux te les montrer.

— Non ! cria-t-elle. Il n'est pas question que des gens viennent piétiner autour de cette tombe », expliqua-t-elle plus calmement.

Sur le point de lui dire que c'était un peu tard pour ça, Alice se ravisa. Elle n'avait aucune envie d'approcher encore les squelettes. Leurs orbites vides, les os brisés étaient encore trop présents devant ses yeux.

Shelagh se tenait à l'aplomb du tombeau qui affleurait le sol. La manière qu'elle avait de promener la lumière de sa torche sur les squelettes, de bas en haut comme si elle voulait les jauger, avait quelque chose de provocant. C'en était presque irrespectueux. Comme elle s'accroupissait en tournant le dos à Alice, le faisceau capta le couteau rouillé.

« Tu prétendais n'avoir touché à rien ? s'enquit-elle abruptement par-dessus son épaule. Comment se fait-il que tes pincettes soient ici ?

— Tu ne m'as pas laissé finir, rougit la jeune femme. J'allais justement te dire que j'ai pris un anneau sur un des squelettes, avec mes pincettes. Je l'ai fait tomber en vous entendant marcher dans le tunnel.

— Un anneau ? répéta Shelagh.

— Il a sans doute roulé quelque part.

— Eh bien, je ne le vois pas, déclara Shelagh en se redressant brusquement pour rejoindre Alice. Sortons d'ici. Il faut examiner tes blessures. »

Alice la regarda d'un air étonné. Ce n'était plus une amie, mais une étrangère qu'elle avait devant elle. Furieuse. Dure. Intraitable.

« Tu ne préfères pas…

— Grands dieux, Alice ! l'interrompit Shelagh en la saisissant par le bras. Tu ne crois pas en avoir fait assez comme ça ? Il faut partir ! »

Après l'opaque obscurité de la grotte, l'éclat de la lumière extérieure lui parut d'une rare intensité. Le soleil lui explosa au visage comme un feu d'artifice dans un ciel de novembre.

Désorientée à l'extrême, incapable de se situer dans le temps ou l'espace, Alice mit machinalement sa main en visière, avec l'impression que, pendant son bref séjour dans la grotte, le monde avait cessé de tourner. Le paysage était le même et cependant transformé.

Ou peut-être que je regarde tout ça avec des yeux différents ? se demanda-t-elle.

Les pics miroitants des Pyrénées dans le lointain lui apparaissaient avec moins de netteté. Le ciel, les arbres, la montagne elle-même avaient perdu de leur substance, de leur réalité. On aurait dit qu'il lui suffirait de toucher une chose pour la voir s'effondrer comme un décor de cinéma, révélant la réalité qui se trouvait de l'autre côté.

Shelagh gardait le silence. Elle descendait déjà la colline, le téléphone collé à l'oreille, sans se soucier du sort de son amie. Alice s'empressa de la rattraper.

« Attends, Shelagh, raccroche, lui dit-elle en la retenant par le bras. Je suis réellement navrée. Je n'ai pas réfléchi. Je n'aurais pas dû entrer dans cette grotte toute seule. »

Shelagh ignora ses paroles, ne prenant même pas la peine de se retourner. Elle referma son téléphone avec un claquement sec

« Ralentis, insistait Alice, je n'arrive pas à te suivre…

— Très bien, je m'arrête, lança Shelagh en pivotant brusquement.

— Enfin, que se passe-t-il ?

— C'est à toi à me le dire. Qu'attends-tu de moi, exactement ? Que je te félicite ? Tu veux peut-être que je te rassure, alors que tu as complètement débloqué ?

— Non, je…

— Parce que, vois-tu, en réalité, ça ne va pas du tout. C'était complètement, incroyablement idiot de ta part d'aller seule dans cet endroit. Tu as corrompu le site, et Dieu sait quoi encore. À quoi joues-tu, bordel ? »

Alice leva les mains

« Je sais, je sais. Et j'en suis sincèrement désolée, reconnut-elle, consciente que ses excuses étaient inadéquates.

— As-tu idée du pétrin où tu m'as fourrée ? J'ai plaidé en ta faveur. J'ai convaincu Brayling de t'accueillir parmi nous. Et parce que tu as voulu jouer les Indiana Jones, il est probable que la police interrompra les fouilles. Brayling m'en fera porter la responsabilité. Quand je pense à ce que j'ai entrepris pour être ici, pour participer à ses recherches, au temps que j'y ai consacré… »

Shelagh s'interrompit et passa ses doigts dans ses cheveux courts et décolorés.

Ce n'est pas juste.

« Attends un instant… » La colère de Shelagh était peut-être légitime, mais Alice n'était pas du genre à s'en laisser conter. « Tu es injuste avec moi. J'admets m'être conduite stupidement en entrant dans cette grotte. J'ai manqué de jugement, d'accord. Mais tu ne crois pas que tu exagères un peu ? Zut, après tout, je ne l'ai pas fait exprès, et il y a peu de chances que Brayling contacte la police. Je n'ai pratiquement rien touché, et personne n'est blessé. »

Shelagh libéra son bras avec tant de force qu'Alice faillit en perdre l'équilibre.

« Brayling contactera les autorités, persifla-t-elle, car comme tu le saurais si tu te donnais la peine de m'écouter, l'autorisation d'excaver nous a été accordée contre l'avis de la police, à condition que la découverte de restes humains soit immédiatement rapportée aux autorités. »

Alice sentit son estomac chavirer.

« Je pensais que c'était pour le principe. Personne n'a paru prendre la chose au sérieux. Tout le monde plaisantait à ce sujet.

— Il est certain que *toi*, tu n'as pas pris cet avertissement au sérieux. Mais en tant que professionnels respectueux de notre travail, nous autres, si ! » tempêta Shelagh.

C'est insensé, songea Alice.

« Pourquoi la police s'intéresserait-elle à un site archéologique ?

— Bon Dieu, Alice ! explosa l'archéologue, tu n'as encore pas compris ? Peu importe la raison. C'est comme ça, un point c'est tout. Il ne t'appartient pas de décider quelles règles tu dois suivre et lesquelles tu dois transgresser.

— Je n'ai jamais…

— Pourquoi faut-il toujours que tu fasses le contraire de ce qu'on te dit ? Tu penses toujours en savoir plus que les autres, pouvoir enfreindre les règles et te conduire différemment…

— C'est injuste ! tempêta à son tour Alice. Je ne suis pas comme ça et tu le sais. Seulement, je ne pensais pas que…

— C'est justement là où le bât blesse : tu ne penses à rien, sauf à toi-même et à obtenir ce que tu veux.

— C'est insensé, Shelagh. Pourquoi irais-je délibérément te compliquer la vie ? » Alice se força au calme en prenant de profondes inspirations. « Écoute, je vais dire à Brayling que tout est ma faute, seulement… Vois-tu, en temps normal, je ne serais jamais entrée là-bas de ma propre initiative, si ce n'est que… »

Elle s'interrompit de nouveau.

« Que quoi ?

— Ça va te sembler idiot, mais quelque chose m'a attirée. Je savais que cette grotte existait. Je ne peux l'expliquer, je le savais, c'est tout. Une impression de déjà-vu ; comme si j'y étais déjà allée !

— Et tu crois tout arranger avec ce genre d'argument ? ricana Shelagh. Bon sang, fiche-moi la paix. Une *impression*. C'est vraiment pitoyable ! »

Alice secoua la tête.

« C'est bien plus que ça…

— Quoi qu'il en soit, explique-moi d'abord ce que tu faisais à creuser là-haut ? Seule par-dessus le marché. Mais avec toi c'est comme ça : enfreindre les règles uniquement pour semer la pagaille.

— Non, protesta Alice. Ce n'est pas comme ça. Mon coéquipier n'était pas là. J'ai découvert un objet sous le rocher, et comme c'est mon dernier jour parmi vous, j'ai pensé bien faire. Je voulais savoir si ça valait vraiment la peine de creuser, avoua-t-elle, prenant conscience, trop tard, de sa bévue. Je n'avais pas l'intention de…

— Tu m'annonces que tu as découvert quelque chose, c'est le bouquet. Tu as trouvé quelque chose et tu n'as pas eu l'idée de partager ta découverte avec quelqu'un ?

— Je… »

Shelagh tendit la main.

« Donne-moi ça. »

Alice soutint un moment son regard, puis plongea la main dans la poche de son short d'où elle sortit son mouchoir. Elle n'osait même plus parler.

Shelagh déplia le carré d'étoffe sous l'œil attentif d'Alice. Quand la boucle apparut, la jeune femme ne put s'empêcher de tendre la main.

« Elle est belle, n'est-ce pas ? Regarde comme les incrustations de cuivre captent bien la lumière. » Elle hésita. « À mon avis, elle appartient à l'une des personnes qui se trouvent dans la grotte. »

Shelagh leva les yeux, transfigurée. Toute trace de colère avait disparu de son visage.

« Tu n'as pas idée de ce que tu as fait, Alice. Pas la moindre idée… Elle replia le mouchoir. Je l'emporte en bas.

— Je…

— Laisse tomber, Alice, je n'ai pas envie de discuter avec toi pour le moment. Tout ce que tu pourrais dire ne ferait qu'aggraver les choses. »

À quoi diable rime tout ce fatras ?

Alors que Shelagh s'éloignait, Alice demeurait immobile, frappée de stupéfaction. Partie de rien, l'altercation avait pris des proportions démesurées. Shelagh était capable de monter sur ses grands chevaux pour un rien. C'était précisément ce qui s'était passé.

Se laissant glisser contre un rocher, elle s'assit sur le sol et posa son poignet enflé sur son genou. Chaque centimètre de son corps la faisait souffrir ; elle était nauséeuse et exténuée. Alice savait que les fouilles, financées par des fonds privés, ne dépendaient d'aucune institution ou université. Comme elles n'étaient donc pas soumises aux restrictions qui régissent certaines expéditions, la concurrence pour être intégré à l'équipe avait été rude. Shelagh travaillait à Mas d'Azil, à quelques kilomètres au nord-ouest de Foix, quand elle avait eu connaissance de fouilles aux monts Sabarthès. À l'en croire, elle avait bombardé Brayling de lettres, d'e-mails et de références, pour finalement l'emporter, dix-huit mois auparavant. Il n'empêche qu'Alice ne comprenait toujours pas pourquoi Shelagh se mettait dans un tel état.

Alice regarda en contrebas. Son amie était presque hors de vue, sa silhouette élancée se fondant entre broussailles et genêts. L'eût-elle voulu qu'elle n'aurait eu aucune chance de la rattraper.

Elle soupira. Elle tournait à vide. *Comme toujours.* Se débrouillait toute seule. *C'est mieux comme ça.* De nature très indépendante, elle préférait ne compter sur personne. À cet instant, elle n'était cependant pas certaine d'être assez forte pour regagner le camp. Le soleil était trop fort et ses jambes trop faibles. Elle examina la plaie sur son bras. Elle s'était remise à saigner, encore plus qu'auparavant.

Alice parcourut du regard le paysage tourmenté des monts Sabarthès figés dans leur paix intemporelle. Un bref instant, cette vision la réconforta. Puis, tout à coup, à la sensation de bien-être se substitua une nouvelle sensation se traduisant par un picotement le long de la moelle épinière. Une prémonition, une attente. Une reconnaissance.

Tout s'achève ici.

Alice retint son souffle. Son cœur s'accéléra.

Tout s'achève là où tout a commencé.

Sa tête s'emplit soudain de murmures, de bruits dissonants, à la manière d'échos qui auraient traversé le temps. Les mots gravés dans la pierre, en haut des marches, lui revenaient en mémoire. *Pas a pas.* Ils tournoyaient dans sa tête comme un refrain revenu de sa prime enfance.

C'est impossible. Tu perds la tête, se dit-elle.

Ébranlée, Alice posa ses mains sur ses genoux et s'astreignit à se mettre debout. Elle devait regagner le camp. Migraine, déshydratation, elle avait besoin d'ombre, d'un peu d'eau à l'intérieur du corps.

Lentement, elle entama sa descente. Chaque bosse, chaque caillou lui rentraient dans le corps. Elle devait quitter ces lieux, s'éloigner des esprits qui les hantaient. Elle n'aurait su expliquer cette impulsion soudaine, mais elle devait fuir cet endroit.

Elle accéléra le pas, finissant presque par courir, indifférente aux pierres et aux rochers de silex qui la faisaient trébucher. Mais les mots persistaient dans son esprit, tournant sans cesse haut et clair, comme un mantra.

Pas à pas se fait notre chemin. Pas à pas.

12

Il était presque trois heures. Le thermomètre frôlait les trente-deux degrés à l'ombre. Sagement assise sous l'auvent de toile, Alice sirotait l'Orangina qu'on lui avait mis dans les mains. Les bulles tièdes lui chatouillaient la gorge et le glucose lui fouettait les sangs. Une puissante odeur de gabardine, de tentes et de phosphates régnait.

Son entaille à l'intérieur du coude avait été désinfectée et le pansement changé. Un bandage entourait son poignet aussi enflé qu'une balle de tennis. Ses écorchures aux coudes et aux genoux avaient fait l'objet des mêmes attentions.

C'est ta faute.

Elle s'examina dans le miroir accroché au poteau de tente. Un petit visage en forme de cœur, aux yeux bruns et intelligents la regardait. Sous les taches de rousseur, en dépit de son hâle, ses joues étaient pâles. Un vrai désastre. Ses cheveux ternes et poussiéreux laissaient apparaître quelques gouttes de sang séché à la limite du front.

Elle n'aspirait qu'à regagner son hôtel, à Foix, apporter ses vêtements crasseux chez le teinturier et prendre une longue douche froide. Après quoi elle descendrait sur la place, commanderait une bouteille de vin et ne bougerait plus le petit doigt jusqu'à la fin de la journée.

Et plus question de penser à ce qui lui était arrivé.

Il n'y avait guère de chance, quant à cela.

La police était là depuis une demi-heure. Dans le terrain de stationnement, des véhicules bleu et blanc aux couleurs officielles s'étaient ajoutés aux vieilles Citroën et autres Renault des archéologues. Une véritable invasion.

Alice avait présumé que l'on commencerait par s'adresser à elle. Or les policiers, se contentant de lui demander de confirmer qu'elle était l'auteur de la découverte et de la prévenir qu'ils l'interrogeraient en temps et lieu, l'avaient laissée tranquille jusque-là. Personne d'autre ne l'avait approchée. Alice compatissait : tout ce tumulte, ce désordre, ces bouleversements à cause d'elle. Il n'y avait pas grand-chose à en dire. Shelagh n'avait pas donné signe de vie.

La présence des policiers avait changé l'atmosphère du camp. On avait l'impression qu'il y en avait des dizaines, en chemises bleu ciel, en bottes noires à haute tige, avec des armes qui leur battaient la hanche. On aurait dit un essaim de guêpes qui virevoltaient à flanc de montagne, soulevant des nuages de poussière et se criaient des ordres dans un fort accent méridional, trop rapidement pour qu'elle comprît.

Un cordon de sécurité avait été établi, ruban de plastique orange interdisant l'entrée de la grotte. Le bruit de ces activités se transportait dans l'air paisible de la montagne. Alice entendait le bourdonnement des appareils photographiques rivalisant avec les stridulations des criquets.

Amenées par la brise, des voix lui parvinrent en provenance du parking. Alice se retourna et vit le docteur Brayling monter les marches, accompagné de Shelagh et d'un officier de police à forte corpulence qui semblait diriger les opérations.

« Il est évident que ces deux squelettes ne peuvent être ceux des personnes que vous recherchez, insistait Brayling. Ces ossements ont plusieurs centaines d'années. Quand j'ai prévenu les autorités de cette découverte, je n'imaginais pas un instant que cela aurait de telles conséquences. » Il eut un geste circulaire : « Avez-vous idée des dégâts que vos gens sont en train de causer ? Je vous assure que je suis loin d'être satisfait. »

Alice scruta le policier, un homme au teint mat, entre deux âges, à la silhouette râblée et pansue et au front largement dégarni. À bout de souffle, il souffrait manifestement de la chaleur. Il tenait dans sa main un mouchoir détrempé dont il s'épongeait le visage et le cou sans grand résultat. Malgré la distance, Alice distinguait la sueur qui auréolait ses aisselles et ses poignets.

« Je vous prie de m'excuser pour le dérangement, monsieur le directeur, dit-il dans un anglais aussi précautionneux qu'empreint de courtoisie. Mais comme ces fouilles sont privées, je suis convaincu que vous n'aurez aucun mal à expliquer la situation à vos commanditaires.

— Cela n'entre pas en ligne de compte que nous ayons la chance de relever de fonds privés et non publics. C'est la suspension de nos recherches pour une durée indéterminée qui est exaspérante, sans parler des désagréments qu'elle nous cause. Notre travail est de la plus haute importance.

— Docteur, soupira Noubel comme pour laisser entendre que cette conversation avait trop duré. J'ai les mains liées. Nous enquêtons sur une affaire de meurtre. Vous avez vu les photos des deux personnes disparues ? Alors, inconvénients ou pas, tant et aussi longtemps qu'il ne sera pas établi que les ossements trouvés n'appartiennent pas aux personnes que nous recherchons, les travaux seront suspendus.

— Ne soyez pas borné, capitaine. Il ne fait aucun doute que ces deux squelettes ont plusieurs centaines d'années.

— Les avez-vous examinés ?

— Eh bien, non, bredouilla Brayling, pas vraiment. Cela ne m'en paraît pas moins évident. En outre, vos gens de la police scientifique m'interdiraient d'entrer.

— J'en suis convaincu, docteur Brayling. Jusqu'à plus ample information, je n'ai rien à ajouter », conclut-il avec un haussement d'épaules.

Shelagh crut bon d'intervenir :

« Nous apprécions votre intervention, capitaine, mais pourriez-vous au moins nous dire quand vous en aurez terminé ?

— Bientôt. Il ne m'appartient pas d'en décider. »

Le docteur Brayling eut un geste pour exprimer sa contrariété.

« Dans ce cas, je me vois dans l'obligation d'en référer à vos supérieurs. Tout cela est parfaitement ridicule.

— Comme il vous plaira, répliqua Noubel. Entre-temps, je voudrais les noms des personnes qui sont entrées dans la grotte, incluant la jeune femme qui a découvert les squelettes. Une fois l'enquête préliminaire achevée, nous retirerons les ossements et vous pourrez reprendre librement vos activités. »

Alice observa le déroulement de la scène jusqu'à sa conclusion.

Brayling s'éloignait d'un air digne. Shelagh posa la main sur le bras du capitaine de police, puis la retira aussitôt. Une conversation s'entama. À un moment, ils lui tournèrent le dos pour regarder en direction du parking. Alice tenta de suivre leur regard, mais ne remarqua rien d'intéressant.

Une demi-heure s'écoula sans que personne vînt la voir.

Alice fouilla dans son sac à dos – rapporté par Stephen ou Shelagh, présuma-t-elle – et en tira un crayon et son carnet à dessin.

Imagine-toi devant la faille, en train de scruter l'intérieur du souterrain, se dit-elle.

Elle ferma les yeux et se revit, mains appuyées de part et d'autre de la paroi rocheuse. C'était lisse. Le rocher était étonnamment plat, comme poli ou érodé. Un pas de plus dans l'obscurité.

Ça descendait.

Elle se mit à dessiner à traits sûrs et rapides, car les proportions étaient encore dans sa mémoire. L'ouverture, le tunnel, la chambre funéraire. Sur une autre page, elle fit un croquis de ce qu'elle avait vu plus bas, des marches à l'autel et les squelettes entre les deux. En légende, elle inscrivit tous les objets qu'elle avait observés : le poignard, le sac de cuir, le fragment d'étoffe, l'anneau. L'extérieur de celui-ci était lisse et plat, d'une épaisseur surprenante, avec une très fine rainure sur le milieu. Étrange que la ciselure se trouvât à l'intérieur, où personne, excepté celui qui le portait, ne pouvait en soupçonner l'existence. Réplique miniature du labyrinthe gravé dans la paroi au-dessus de l'autel.

Alice s'adossa à son siège, inexplicablement réticente à retranscrire le motif sur le papier. Quelle taille avait cette gravure ? Deux mètres ? Plus, peut-être ? De combien de couloirs était-il composé ?

Elle commença par tracer un cercle aussi grand que la page, puis s'interrompit. Alors, combien ? Elle aurait incontestablement reconnu le motif au premier coup d'œil si elle l'avait revu. Mais que ce fût sur l'anneau ou sur le mur, il lui était apparu trop brièvement pour se le rappeler exactement.

Dans le dédale de son esprit, la réponse à ce qu'elle recherchait se trouvait quelque part. Dans ses cours d'histoire ou ses leçons de latin, dans les documentaires de la chaîne BBC qu'elle regardait avec ses parents, recroquevillée sur le canapé. Dans le meuble bibliothèque de sa chambre, parmi ses livres préférés. Notamment une encyclopédie illustrée sur les mythes anciens, parmi les pages toutes cornées pour avoir été si souvent feuilletées.

Il y avait, en effet, le dessin d'un labyrinthe, se dit-elle.

Mentalement, Alice ouvrit le livre à la bonne page.

Celui-là était différent. Elle plaça les deux images côte à côte, comme dans « Cherchez l'erreur » qui figure parfois dans la page des jeux des quotidiens.

Armée de son crayon, elle réessaya, résolue à faire mieux qu'un simple cercle. Elle en dessina donc un autre, à l'intérieur du premier, en s'efforçant de les relier. Sans succès. Après plusieurs tentatives tout aussi infructueuses, elle comprit que le problème résidait non seulement dans le nombre de cercles concentriques, mais aussi dans une erreur fondamentale dans la façon de les dessiner.

Alice s'évertua. À son enthousiasme succéda bientôt une grise déception, tandis qu'autour d'elle s'accumulaient les boules de papier froissé.

« Madame Tanner ? »

Alice sursauta, au point que sa mine ripa sur la page.

« Docteur…, corrigea-t-elle machinalement en se levant.

— Je vous demande pardon, docteur. Je m'appelle Noubel. Police judiciaire, département de l'Ariège. »

Sur ces mots, l'homme produisit sa carte de police. Alice feignit d'y jeter un regard, tout en se hâtant de ranger son carnet dans son sac. Il était exclu que le policier vît ses croquis ratés.

« Vous préférez parler anglais ?

— Oui, merci. »

Noubel était accompagné d'un policier en uniforme au regard inquisiteur, assez jeune pour passer pour un collégien. Il ne lui fut pas présenté.

Le gros homme prit place sur le siège de camping. Il y était tellement à l'étroit que ses cuisses débordaient de chaque côté de l'assise de toile.

« Eh bien, madame. Votre nom, je vous prie.

— Alice Grace Tanner.

— Date de naissance ?

— Le 7 janvier 1976.

— Mariée ?

— Quel rapport ? se cabra-t-elle.

— Seulement pour information, docteur, répondit-il d'un ton affable.

— Non.

— Adresse ? »

Alice lui donna celle de l'hôtel de Foix où elle était descendue, puis celle de son domicile en Angleterre, qu'elle dut épeler.

« N'est-ce pas un long chemin pour venir tous les jours de Foix ?

— Il n'y avait plus de place dans la maison allouée aux archéologues, alors…

— Bien. J'ai cru comprendre que vous étiez bénévole, n'est-ce pas ?

— C'est vrai. Shelagh… le docteur O'Donnell est une de mes vieilles amies. Nous étions ensemble à l'université avant que… » *Contente-toi de répondre à ses questions. Inutile de raconter ta vie.* « Je ne suis qu'une touriste. Le docteur O'Donnell connaît très bien la région. Quand il est apparu que je devais me rendre à Carcassonne pour y régler une affaire, elle m'a proposé de faire le détour pour passer quelques jours en sa compagnie. Des vacances de travail en quelque sorte. »

Noubel en prit bonne note sur son calepin.

« Vous n'êtes donc pas archéologue… »

Alice secoua la tête.

« Apparemment, il est courant de faire appel à des bénévoles, des amateurs ou des étudiants pour effectuer certains travaux de base.

— Combien y avait-il de bénévoles, à part vous ? »

Le visage de la jeune femme s'empourpra comme si elle avait été prise en flagrant délit de mensonge.

« En réalité, j'étais la seule. Tous les autres sont archéologues ou étudiants en archéologie. »

Noubel la fixa avec insistance.

« Vous êtes ici jusqu'à quand ?

— C'est mon dernier jour. Enfin, ça l'était avant… tout ceci.

— Et à Carcassonne ?

— Je dois assister à une réunion vendredi matin. J'y resterai jusqu'à dimanche pour visiter la région. Ensuite, je regagnerai l'Angleterre.

— Carcassonne est une belle ville, commenta Noubel.

— Je n'y suis jamais allée. »

Le policier soupira et épongea de son mouchoir son front congestionné.

« Cette réunion, en quoi consiste-t-elle ?

— Je ne sais pas exactement. Il s'agirait d'un parent qui aurait vécu en France et qui m'aurait laissé un bien en héritage, expliqua évasivement Alice, peu désireuse de donner des détails. J'en saurai plus après avoir rencontré le notaire. »

Nobel prit encore des notes sur son carnet. Alice aurait aimé en connaître la teneur, sauf qu'elle n'arrivait pas à lire à l'envers. Elle fut soulagée d'entendre l'inspecteur changer de sujet.

« Ainsi vous êtes docteur…

— Tout à fait, acquiesça-t-elle. Pas en médecine, cependant. Je suis enseignante, diplômée en littérature médiévale anglaise. » Puis, comme Noubel ne semblait pas comprendre : « Pas médecin. Je suis universitaire. »

L'homme poussa un soupir et griffonna quelques mots sur son calepin.

« Bien. Revenons à nos affaires, poursuivit-il sur un ton plus conventionnel. Vous travailliez donc seule, là-haut. Est-ce une pratique habituelle ? »

La question mit aussitôt Alice sur ses gardes :

« Non, répliqua-t-elle posément. Comme c'était mon dernier jour, j'ai eu envie de continuer, malgré l'absence de coéquipier. J'étais certaine qu'on trouverait quelque chose.

— Derrière le rocher qui obstruait le tunnel ? Pour ma gouverne, comment décide-t-on qui creuse où ?

— Les docteurs Brayling et O'Donnell prévoient ce qui doit être accompli durant un temps imparti. Ils divisent le site de fouilles d'un commun accord.

— Ainsi, c'est le docteur Brayling qui vous a envoyée là-haut ? Ou alors le docteur O'Donnell ? »

Mon instinct. Je savais que j'y trouverais quelque chose, songea-t-elle.

« Eh bien, non. Je suis montée un peu plus haut parce que j'étais convaincue d'y faire une découverte. » Elle hésita. « Comme je ne voyais pas le docteur O'Donnell pour avoir l'autorisation, j'ai... décidé d'y aller de mon propre chef. »

Noubel fronça les sourcils.

« Je vois. Ainsi, vous travailliez, le rocher s'est écroulé, et puis ? »

Alice avait de sérieux trous de mémoire, mais elle fit de son mieux. Noubel possédait un anglais convenable, quoique formaliste, et ses questions étaient franches et directes.

« C'est en entendant du bruit dans le tunnel que je... »

Les mots lui restèrent au fond de la gorge. Une pensée effacée de sa mémoire refit surface avec un choc, une sensation qui lui vrillait la poitrine comme si...

Comme si, quoi ?

Alice trouva la réponse en elle-même : *Comme si on m'avait poignardée.* C'est exactement ce qu'elle avait ressenti. Une lame qui lui transperçait le corps, nette et précise. Sans autre douleur qu'un souffle glacial et une indicible horreur.

Et ensuite ?

La lumière aveuglante, froide, immatérielle. Avec, en filigrane, un visage. Celui d'une femme.

La voix de Noubel creva la surface de ses souvenirs, les faisant voler en éclats.

« Docteur Tanner ? »

Aurais-je eu une hallucination ?

« Docteur Tanner, dois-je appeler quelqu'un ? »

L'espace d'un instant, Alice le fixa d'un regard vide.

« Non, non merci. Je vais bien. C'est simplement la chaleur.

— Vous disiez que le bruit vous avait fait un choc… »

Elle s'obligea à se concentrer.

« Oui. L'obscurité me désorientait. Je ne pouvais situer ce bruit qui m'effrayait tant. Je comprends maintenant qu'il ne s'agissait que de Shelagh et Stephen…

— Stephen ?

— Stephen Kirkland. K-i-r-k-l-a-n-d. »

Noubel lui présenta le calepin pour qu'elle vérifiât l'orthographe du nom.

« Shelagh a remarqué le rocher écroulé. Elle a décidé de monter pour comprendre ce qui s'était passé, poursuivit-elle. Je suppose que Stephen l'a suivie. Je ne suis pas très sûre de ce qui s'est passé ensuite, hésita-t-elle, avant de mentir, le plus naturellement du monde : j'ai dû trébucher sur les marches. La seule chose dont je me souvienne, c'est Shelagh qui m'appelait par mon prénom.

— Le docteur O'Donnell affirme vous avoir trouvée inconsciente.

— Je ne l'ai été que très peu de temps, une ou deux minutes, tout au plus. Du moins est-ce mon impression.

— Avez-vous des antécédents de ce genre, docteur Tanner ? »

Alice sursauta, alors que le souvenir de sa première et horrible perte de conscience jaillissait de sa mémoire.

« Non », mentit-elle encore.

Noubel ne remarqua pas à quel point elle avait pâli.

« Vous disiez qu'il faisait sombre et que c'est la raison pour laquelle vous êtes tombée. N'aviez-vous pas de quoi vous éclairer ?

— Si, un briquet. Je l'ai lâché en entendant du bruit. Et l'anneau. »

La réaction du policier fut immédiate.

« Un anneau ? reprit-il sèchement. Vous ne m'avez pas parlé de cet anneau.

— Il y avait un petit anneau de pierre au milieu des ossements, expliqua-t-elle, alarmée par l'expression du policier. Je l'ai récupéré à l'aide de mes pincettes pour y jeter un coup d'œil, mais avant de…

— Quelle sorte d'anneau ? la coupa Noubel. De quoi était-il fait ?

— Je ne sais pas. On aurait dit de la pierre, pas de l'or ni de l'argent. Je n'ai pas pu l'examiner.

— Est-ce que quelque chose était gravé dessus ? Des initiales, un sceau, un motif ? »

Alice ouvrit la bouche pour répondre, puis se ravisa. Brusquement, elle n'avait plus envie de donner de détails.

« Je suis navrée, tout est arrivé trop vite. »

Après l'avoir foudroyée du regard, Noubel fit signe à son jeune adjoint qui se tenait debout derrière lui. Le policier semblait partager la nervosité soudaine de son supérieur.

« Biau. On a trouvé quelque chose comme ça ?

— Je ne sais pas, mon capitaine.

— Dépêchez-vous, alors. Il faut le chercher… Et informez-en M. Authié. Allez ! Vite ! »

L'effet des analgésiques se dissipait, et Alice sentait sourdre derrière ses orbites une violente migraine.

« Avez-vous déplacé autre chose, docteur Tanner ? »

Alice massa ses tempes douloureuses.

« J'ai accidentellement heurté un des squelettes avec mon pied. À part cela et l'anneau, je n'ai rien touché du tout comme je vous l'ai déjà dit.

— Et l'objet que vous avez découvert sous le rocher ?

— La boucle ? Je l'ai remise au docteur O'Donnell après être sortie de la grotte, dit-elle en s'agitant un peu à ce souvenir. Je n'ai pas la moindre idée de ce qu'elle en a fait. »

Noubel ne l'écoutait déjà plus. Il affecta quelques instants de regarder par-dessus son épaule, puis referma brusquement son calepin.

« Vous serez assez aimable d'attendre ici, docteur Tanner. J'aurai peut-être d'autres questions à vous poser.

— Je n'ai rien à ajouter, tenta-t-elle de protester. Puis-je au moins me joindre aux autres ?

— Plus tard. Pour l'instant, il serait préférable que vous attendiez ici. »

Partagée entre l'ennui et la lassitude, Alice s'adossa à son siège, alors que Noubel quittait la tente et se dirigeait d'un pas lourd vers un groupe de policiers en uniforme en train d'examiner le rocher.

À son approche, le cercle s'ouvrit suffisamment pour laisser apparaître un civil de haute taille, campé en plein milieu.

Alice retint son souffle.

Vêtu d'un costume vert pâle du bon faiseur et d'une chemise d'un blanc éclatant, il lui apparut d'emblée comme l'homme de la situation. Son autorité était patente, celle d'un homme habitué à donner des ordres et à les voir exécuter sans délai. Comparé à lui, Noubel semblait inconsistant et peu soigné de sa personne. Alice ressentit un désagréable picotement.

Il ne se distinguait pas seulement par son élégance. Même à cette distance, sa personnalité et son charisme étaient perceptibles. Ses cheveux noirs coiffés en arrière au-dessus d'un large front accentuaient la pâleur de son visage et ses traits émaciés. Il avait quelque chose de monacal. Et de familier.

Ne sois pas stupide. Comment pourrais-tu le connaître ?

Alice alla se poster devant l'entrée de la tente, sans perdre de vue les deux hommes qui s'éloignaient du petit groupe. Ils parlaient. Du moins, Noubel parlait pendant que l'homme écoutait. Quelques instants plus tard, ce dernier se détourna et monta jusqu'à l'entrée du tunnel. Le policier en faction leva le cordon de sécurité, l'homme se pencha et le franchit.

Pour une raison incompréhensible, elle eut les mains moites d'appréhension. Les poils de sa nuque se hérissèrent comme lorsqu'elle avait entendu les bruits de pas dans la grotte. À peine pouvait-elle respirer.

Tout est ta faute. C'est toi qui l'as attiré ici.

Elle voulut couper court à ses pensées. *Mais qu'est-ce que tu racontes ?* La voix dans sa tête ne se tut pas pour autant.

Tu l'as attiré ici.

Elle leva les yeux vers l'ouverture dans la roche, fascinée au point d'être incapable de s'en détourner. Dire que cet homme était en train de profaner la grotte, après tout ce qui avait été fait pour garder le labyrinthe caché.

Il va le trouver.

Trouver quoi ? murmura-t-elle en son for intérieur. Elle n'en était pas sûre.

Elle regrettait seulement de ne pas avoir pris l'anneau quand l'occasion s'était présentée.

13

Au lieu d'entrer dans la grotte, Noubel attendit à l'ombre de la paroi rocheuse.

Il sait que quelque chose cloche, songeait Alice. De temps à autre, l'homme adressait un commentaire au policier en faction, tout en grillant cigarette sur cigarette. Histoire de tuer le temps, elle se coiffa de son casque pour écouter de la musique. Le groupe canadien Nickelback explosa dans ses oreilles, oblitérant les autres bruits environnants.

Un quart d'heure plus tard, l'individu en costume réapparut. Noubel et le policier en uniforme se redressèrent, en une sorte de garde-à-vous instinctif. Alice retira son casque d'écouteurs, remit la chaise longue dans sa position initiale, puis alla se poster à l'entrée de la tente.

Elle vit les deux hommes se diriger vers elle.

« Je commençais à croire que vous m'aviez oubliée, capitaine », lança-t-elle dès qu'ils furent à portée de voix.

Noubel bredouilla quelques mots d'excuses, le regard néanmoins fuyant.

« Docteur Tanner, je vous présente M. Authié. »

De près, l'impression de charisme et d'autorité qu'elle avait ressentie se trouva renforcée. L'homme avait un regard gris, à la fois distant et inquisiteur. Dès lors, elle fut sur ses gardes. Réprimant son antipathie, elle tendit une main qu'il serra après une brève hésitation. Ses doigts étaient froids, inconsistants. De quoi donner la chair de poule.

Elle retira sa main aussi vite que possible.

« Pouvons-nous entrer dans la tente ? demanda-t-il.

— Appartenez-vous aussi à la police judiciaire, monsieur Authié ? »

Une ombre passa dans le regard de ce dernier sans qu'il eût l'air de relever la question. Alice attendait une réponse en se demandant s'il était possible qu'il ne l'eût pas entendue. Noubel s'agita, mal à l'aise.

« M. Authié nous vient de l'hôtel de ville de Carcassonne.

— Vraiment ? » dit-elle, sans cacher son étonnement que Carcassonne et Foix pussent dépendre de la même juridiction.

Authié prit d'autorité possession du siège qu'elle occupait précédemment, ne lui laissant d'autre choix que de tourner le dos à l'entrée. Alice pensa que la prudence s'imposait.

L'homme affichait le sourire de circonstance, attentif et sans compromission du politicien chevronné, qui n'atteint jamais les yeux.

« J'ai une ou deux questions à vous poser, docteur Tanner.

— Il n'est pas certain que j'aie grand-chose à ajouter. J'ai dit tout ce que je savais à monsieur.

— Le capitaine Noubel m'a fait un résumé de votre déclaration, néanmoins, je voudrais que nous y revenions. Il y a quelques divergences, certains points qui méritent d'être éclaircis. Il se peut que quelques détails que vous pensiez sans importance vous aient échappé. »

Alice se mordit la lèvre.

« J'ai dit au capitaine tout ce que je savais », répéta-t-elle avec obstination.

Ignorant les protestations d'Alice, Authié joignit le bout de ses doigts. Son sourire convenu s'était soudainement effacé.

« Reprenons à partir du moment où vous êtes entrée dans la chambre funéraire, docteur. Pas à pas. »

Ces trois mots la secouèrent. « Pas à pas ? » Voulait-il tester ses réactions ? Son visage demeura inexpressif. Le regard d'Alice tomba sur le crucifix d'or qu'il portait au cou, puis revint sur les yeux gris toujours posés sur elle.

N'ayant d'autre choix, elle raconta de nouveau sa mésaventure. Authié l'écouta avec attention, en silence, avant de commencer l'interrogatoire. *Il va essayer de te coincer.*

« Les lettres que vous avez vues gravées dans la roche étaient-elles lisibles, docteur Tanner ? Avez-vous pris le temps de les lire ?

— La plupart étaient effacées, rétorqua-t-elle avec hauteur, comme pour le défier de la prendre en défaut. J'ai descendu les marches jusqu'à l'autel. Puis j'ai vu les deux squelettes.

— Y avez-vous touché ?

— Non. »

L'homme émit un grognement dubitatif, pour ensuite plonger la main dans la poche de son veston.

« Est-ce que ceci vous appartient ? » demanda-t-il en exhibant le briquet en plastique.

Alice voulut s'en saisir, mais l'homme se déroba.

« Pourrais-je l'avoir, s'il vous plaît ?

— Est-ce le vôtre, docteur Tanner ?

— Oui. »

Authié n'en remit pas moins l'objet dans sa poche.

« Vous prétendez n'avoir pas touché aux corps, et cependant, vous avez affirmé le contraire au capitaine Noubel.

— C'était par accident, bredouilla Alice. J'ai heurté un crâne avec mon pied, c'est vrai, sans le toucher pour autant.

— Docteur, ce serait plus simple si vous vous borniez à répondre à mes questions, objecta l'homme d'un ton glacial.

— Je ne vois pas ce que…

— De quoi avaient-ils l'air ? » la coupa-t-il sèchement.

Alice perçut chez Noubel une envie de réagir à la brutalité de cet interrogatoire, mais il ne dit mot. L'estomac noué, elle s'efforça de continuer du mieux qu'elle pouvait.

« Qu'avez-vous vu entre les corps ?

— Une dague, un petit sac, de cuir, je crois… » *Ne te laisse pas intimider.* « Je ne sais pas, puisque je n'ai touché à rien. »

Le regard d'Authié se fit plus aigu.

« Avez-vous regardé à l'intérieur du sac ?

— Je viens de vous dire que je n'ai touché à rien.

— Excepté l'anneau. » L'homme se pencha brusquement en avant comme un serpent prêt à mordre : « Voila ce que je trouve étrange, docteur Tanner. Je me demande pourquoi vous vous êtes intéressée à cet anneau au point de le prendre tout en ne le touchant pas. Vous comprenez mon embarras ? »

Alice soutint son regard.

« Il a attiré mon attention, c'est tout. »

Authié eut un sourire sardonique.

« Vous êtes dans cette caverne plongée dans le noir, et vous remarquez un objet aussi petit ? Quelle taille avait-il ? Celle d'une pièce d'un euro ? Plus grand, plus petit ? »

Ne lui dis rien.

« Je pensais que vous pourriez l'évaluer », répondit-elle froidement.

L'homme sourit et Alice eut la désagréable impression d'être un jouet entre ses mains.

« Si seulement c'était le cas, docteur, souffla-t-il. Mais nous touchons là au cœur du sujet : il n'y a pas d'anneau. »

Cette révélation lui glaça les sangs.

« Que voulez-vous dire ?

— Exactement ce que je dis. Il n'y a pas d'anneau. Le reste y est, plus ou moins comme vous l'avez décrit. Mais pas l'anneau. »

Alice eut un mouvement de recul, alors qu'Authié posait les mains sur le siège où elle était assise et rapprochait d'elle son visage pâle et anguleux.

« Qu'en avez-vous fait, Alice ? » murmura-t-il.

Ne te laisse pas malmener. Tu n'as rien fait de mal.

« Je vous ai décrit exactement ce qui s'est passé, affirma-t-elle en tentant de dissimuler sa frayeur. L'anneau m'a glissé des mains au moment où j'ai lâché le briquet. S'il ne s'y trouve plus, c'est que quelqu'un l'a pris. Et ce quelqu'un ce n'est pas moi. » Elle lança un coup d'œil à Noubel : « Si je l'avais pris, pourquoi en aurais-je parlé ?

— Personne d'autre que vous ne prétend avoir vu ce mystérieux anneau, reprit Authié, passant outre l'objection. Ce qui nous laisse deux possibilités : soit vous avez eu une hallucination, soit vous vous en êtes emparée. »

L'inspecteur Noubel se décida enfin à intervenir :

« Monsieur Authié, je pense vraiment que...

— Vous n'êtes pas payé pour penser, le coupa ce dernier sans lui accorder un regard. Je me borne à constater les faits », ajouta-t-il à l'adresse d'Alice.

La jeune femme comprit qu'elle était engagée dans un combat dont personne ne lui avait exposé les règles. Elle avait beau dire la vérité, elle ne voyait aucun moyen d'en convaincre Authié.

« De nombreuses personnes sont entrées dans cette grotte après moi, s'obstina-t-elle. Les gendarmes, le personnel de la police scientifique, le capitaine Noubel et vous-même, ajouta-t-elle avec un air de défi. D'ailleurs, vous vous y êtes longtemps attardé, me semble-t-il. Shelagh O'Donnell pourrait vous confirmer mes dires, pourquoi ne pas l'interroger ? »

L'homme produisit derechef son demi-sourire.

« Je ne m'en suis pas privé. Elle affirme ne rien savoir de cet anneau.

— Mais je lui en ai parlé ! se récria-t-elle. Elle a même cherché à le récupérer.

— Seriez-vous en train de me dire que le docteur O'Donnell a examiné le tombeau ? »

La frayeur affectait son jugement. Ses facultés l'abandonnaient. Elle ne parvenait même plus à se rappeler ce qu'elle avait révélé à Noubel et ce qu'elle lui avait tu.

« Est-ce le docteur O'Donnell qui vous a autorisée à travailler là-haut ?

— Cela ne s'est pas passé comme ça, lança-t-elle avec un sentiment de panique grandissant.

— Bien. A-t-elle fait quoi que ce soit pour vous empêcher de travailler sur ce coin de montagne ?

— Ce n'est pas aussi simple que ça. »

Authié se cala sur son siège.

« Dans ce cas, je crains de n'avoir pas le choix.

— Duquel parlez-vous ? »

Le regard de l'homme se porta sur le sac à dos d'Alice. Elle voulut l'attraper, mais Authié fut plus rapide et le tendit à l'inspecteur Noubel.

« Vous n'avez absolument pas le droit ! protesta-t-elle avec véhémence avant de s'adresser au policier : Il ne peut pas faire cela, n'est-ce pas ? Pourquoi n'intervenez-vous pas ?

— Pourquoi protestez-vous si vous n'avez rien à cacher ? rétorqua Authié.

— C'est une question de principe ! Vous n'êtes pas habilité à fouiller mes affaires !

— Monsieur Authié, je ne suis pas certain…

— Contentez-vous de faire ce que je dis, Noubel. »

Alice voulut récupérer son sac à dos, mais Authié l'en empêcha en lui saisissant le poignet. Ce contact la tétanisa. Ses jambes se mirent à trembler, de colère ou d'effroi, elle n'aurait su le dire.

Elle se libéra d'un mouvement brusque et se rassit, le souffle court, pendant que Noubel explorait les différentes poches du sac à dos.

« Continuez. Dépêchez-vous. »

Alice vit le policier ouvrir l'intérieur du sac, consciente qu'il trouverait le carnet de croquis d'un instant à l'autre. Ils échangèrent un regard. Ça le dégoûte, lui aussi, se dit-elle. Malheureusement, les réticences du policier n'échappèrent pas à l'attention d'Authié.

« Qu'y a-t-il, capitaine ?

— Pas de bague.

— Qu'avez-vous trouvé ? » insista l'homme en tendant la main.

À regret, Noubel lui remit le carnet. Authié commença par en feuilleter les pages d'un air condescendant. Puis il se concentra et Alice vit un court instant un véritable étonnement dans ses yeux avant qu'il ne baissât de nouveau ses lourdes paupières.

Contre toute attente, il referma le carnet.

« Merci de votre… collaboration, docteur Tanner », lâcha-t-il.

Alice se leva à son tour.

« Mes dessins, s'il vous plaît, demanda-t-elle, s'efforçant de garder un ton ferme.

— Nous vous les rendrons en temps voulu, rétorqua l'homme en glissant le carnet dans sa poche. Nous emportons aussi le sac. Le capitaine Noubel vous remettra un reçu au moment où vous signerez votre déclaration. »

Cette brutale conclusion prit Alice au dépourvu. Le temps pour elle de rassembler ses esprits, Authié avait quitté la tente en emportant le sac et ce qu'il contenait.

« Pourquoi n'intervenez-vous pas ? protesta-t-elle en se retournant vers Noubel. Croyez-vous que je vais me laisser faire sans réagir ? »

Le visage du policier se durcit.

« Vos effets vous seront rendus, docteur Tanner. Je vous conseille de poursuivre vos vacances et d'oublier tout ça.

— Cela ne se passera pas comme ça ! » fulmina-t-elle.

Mais Noubel était déjà parti, la laissant seule au milieu de la tente à se demander de quoi diable il retournait.

Elle fut désemparée pendant un moment. Elle était furieuse, autant contre elle-même que contre Authié, furieuse surtout de s'être laissé si facilement intimider. Cet homme-là est différent, pensa-t-elle. De sa vie elle n'avait jamais réagi avec une telle agressivité envers quelqu'un.

Son émotion se dissipa peu à peu. Comme il fallait se défendre, elle fut tentée de rapporter toutes affaires cessantes l'incident à Brayling ou même à Shelagh. Elle écarta aussitôt cette idée. Avec son nouveau statut de *persona non grata*, personne ne lui montrerait de la compassion.

Alice fut obligée de se contenter de rédiger mentalement une lettre de plainte, tout en cherchant à comprendre le sens de qui lui était arrivé. Un peu plus tard, un autre policier vint lui présenter la déclaration qu'elle devait signer. Alice en prit connaissance avec la plus grande attention, et, comme le document ne rapportait que des faits réels, elle apposa sans hésitation sa signature au bas du document.

Au moment où les ossements furent extraits de la grotte, les Pyrénées se nimbaient d'une douce lumière rosée.

La procession d'experts et de policiers cheminait dans un étrange silence vers les nombreuses voitures de police alignées dans le parking. Une femme se signa.

Alice alla se joindre aux autres, en haut de la colline, pour regarder les policiers charger le fourgon mortuaire. Personne ne soufflait mot. Les portières claquèrent et le véhicule démarra dans une gerbe de poussière et de gravillons. La plupart des archéologues descendirent préparer leurs bagages sous la surveillance des deux policiers chargés d'interdire l'accès au site après le départ du groupe. Alice fit quelques pas alentour, peu désireuse de rencontrer qui que ce fût, sachant qu'elle s'attirerait plus d'hostilité que de sympathie.

Perchée sur un tertre, elle observa le convoi officiel s'éloignant sur la route sinueuse qui plongeait vers la vallée, jusqu'à ce qu'il ne fût plus qu'un point sombre à l'horizon.

Le campement avait retrouvé son calme habituel. Comprenant qu'il était inutile de s'y s'attarder, elle s'apprêtait à partir, quand elle s'aperçut de la présence d'Authié. Elle se rapprocha. Le dos tourné, l'homme étalait son veston soigneusement plié sur la banquette arrière de sa luxueuse voiture métallisée. Après avoir claqué la portière, il sortit son téléphone portable de sa poche de poitrine. Alice entendait le tambourinement de ses doigts sur la tôle du véhicule, pendant qu'il attendait la communication.

Les quelques mots qu'il prononça furent aussi clairs que laconiques :

« Ce n'est plus là », dit-il simplement.

14

La grande cathédrale gothique de Notre-Dame de Chartres s'élançait par-dessus la mosaïque de toits et de pignons gris des maisons à colombages qui constituaient le centre historique de la ville. À l'ombre des bâtisses, en contrebas d'un dédale populeux de rues étroites et sinueuses, l'Eure errait dans la lumière pailletée de cette fin d'après-midi.

Les touristes se pressaient devant la porte ouest de la cathédrale. Des hommes brandissaient leurs caméras vidéo comme des armes à feu, préférant mitrailler plutôt qu'admirer le brillant kaléidoscope de couleurs dispensées par les trois verrières qui dominaient le Portail royal.

Jusqu'au XVIIIe siècle, les neuf entrées donnant accès à la nef pouvaient être condamnées en cas de danger. Si les grilles en avaient été depuis longtemps retirées, l'état d'esprit subsistait. Chartres restait une ville scindée en deux : la vieille ville et la ville nouvelle. Les rues parmi les plus fermées étaient celles qui conduisaient à la face nord du Cloître où se tenait autrefois l'évêché. Les pâles édifices de pierre s'orientaient résolument vers la cathédrale, dans un climat toujours appesanti du pouvoir séculaire de l'Église catholique.

L'hôtel particulier de la famille l'Oradore dominait la rue du Cheval-Blanc. Après avoir survécu à la Révolution, puis à l'Occupation, il s'érigeait aujourd'hui en symbole des vieilles fortunes françaises. Son heurtoir, sa boîte aux lettres de cuivre rutilaient, et les arbustes des bacs qui flanquaient la double porte d'entrée étaient irréprochablement taillés.

Cette porte accédait à un imposant vestibule. Au centre du parquet sombre et parfaitement ciré se dressait une table ovale, supportant un grand vase de cristal d'où jaillissaient des branches de lis fraîchement coupées. Le long des murs, des vitrines, munies de systèmes d'alarme discrets, offraient à la vue du connaisseur une inestimable collection d'objets d'art, acquise par la famille l'Oradore après le retour triomphant de Bonaparte de sa campagne d'Égypte. De fait, c'était l'une des plus importantes collections privées d'antiquités égyptiennes officiellement répertoriées.

Marie-Cécile de l'Oradore, actuel chef de famille, faisait commerce d'antiquités de toute époque, même si, à l'exemple de son grand-père, ses préférences allaient au Moyen Âge. Deux grandes tapisseries accrochées sur le mur lambrissé faisaient face à la porte d'entrée, l'une et l'autre acquises cinq ans plus tôt, après qu'elle eut hérité des biens ancestraux. Cependant, les pièces les plus recherchées, gravures, bijoux ou manuscrits, étaient tenues dans un coffre, au secret.

Dans la chambre à coucher des maîtres, qui prenait jour sur la rue du Cheval-Blanc, Will Franklin, dernier amant en date de Marie-Cécile, se prélassait dans le grand lit à baldaquins, le drap qui le recouvrait repoussé jusqu'à la taille.

Il gardait ses bras hâlés indolemment repliés derrière la nuque, et ses cheveux châtains, que les étés à

Martha's Vineyard[1] avaient striés de blond, encadraient un visage équilibré, étiré d'un sourire où s'attardait l'adolescence.

Marie-Cécile en personne se tenait près de la cheminée dans un fauteuil Louis XIV finement sculpté, dont la tapisserie indigo exaltait l'ivoire moiré de son négligé de soie. Elle croisait nonchalamment ses jambes fuselées.

De la famille l'Oradore elle possédait le profil distinctif, aquilin et pâle, quoique enorgueilli de lèvres généreusement ourlées et d'yeux verts et félins, bordés de longs cils noirs. Noires aussi les boucles de ses cheveux qui roulaient sur des épaules que n'auraient pas reniées les plus grands sculpteurs.

« Cette chambre est à votre image, appréciait Will, reposante, luxueuse, subtilement aménagée… »

Les diamants qui perçaient les oreilles de Marie-Cécile jetèrent un éclat quand elle se pencha pour écraser sa cigarette dans un cendrier.

« Elle est telle que mon grand-père me l'a laissée. »

Elle s'exprimait dans un anglais sans défaut, avec une pointe d'accent français dont son amant s'émouvait. Elle se leva et s'approcha du lit, le bruit de son pas étouffé par le tapis couleur de ciel.

Will eut un sourire attentiste, alors que lui parvenait l'odeur *sui generis* de sa maîtresse, mélange enivrant de stupre, de gauloises et de parfum Chanel.

« Retournez-vous, commanda-t-elle en agitant l'index. Allons, retournez-vous. »

Will s'exécuta sans barguigner. Marie-Cécile se mit alors à lui masser les épaules et le cou. Il sentait son

---

1. Haut lieu de vacances pour la bonne société de Nouvelle-Angleterre. *(N.d.T.)*

corps se détendre et se raidir tour à tour sous le toucher de sa maîtresse. Aucun d'eux ne prit garde au bruit de clé dans la serrure de la porte d'entrée. Will ne perçut même pas les murmures échangés dans le vestibule ni les pas montant quatre à quatre l'escalier.

On frappa à la porte un ou deux coups bruyants.

« Maman ? »

Le jeune homme se tendit.

« Ce n'est que mon fils, le rassura-t-elle. Oui ? Qu'est-ce que c'est ?

— Maman, je voudrais vous parler. »

Relevant la tête, Will chuchota :

« Je croyais qu'il ne serait pas de retour avant demain.

— Ce n'est pas le cas, apparemment.

— Maman ! insistait François-Baptiste. C'est important.

— Si je gêne… », hasarda Will.

Marie-Cécile poursuivait son massage comme si de rien n'était.

« Il ne doit pas me déranger et il le sait. Je lui parlerai plus tard, murmura-t-elle, avant de lancer à son fils : Pas maintenant, François-Baptiste. Le moment est… mal choisi », conclut-elle en anglais en adressant au jeune homme un regard de connivence.

Will roula sur le dos et, afin de cacher son embarras, se redressa pour s'adosser contre la tête de lit. Depuis trois mois qu'il connaissait Marie-Cécile, François-Baptiste et lui n'avaient toujours pas été présentés. Son année d'université achevée, il était, prétendait-elle, parti en vacances avec des amis. À présent, il avait le sentiment que cette éviction ne devait rien au hasard, qu'elle était, au rebours, dûment orchestrée par Marie-Cécile.

« N'allez-vous pas lui parler ?

— Si cela peut vous faire plaisir… »

Se glissant hors du lit, Marie-Cécile alla entrebâiller la porte. Il y eut un échange de paroles dont Will ne saisit pas le sens, puis un bruit de pas décroissant dans le couloir. Après avoir donné un tour de clé, Marie-Cécile se retourna vers son amant.

« Vous voilà rassuré ? » susurra-t-elle.

Lentement, elle s'approcha en l'observant à travers la frange de ses longs cils recourbés. Si Will décela dans ses mouvements une évidente affectation, ses sens n'y furent pas moins sensibles.

Le forçant à s'allonger, elle s'assit à califourchon, en laissant les mains en appui sur ses épaules. Ce dernier sentit les ongles de Marie-Cécile imprimer de légères marques dans sa peau, et contre ses côtes, ses genoux lui enserrer les hanches. Il laissa courir ses doigts sur les bras soyeux et, à travers le négligé, lui effleura les seins du revers de la main. Les fines bretelles tombèrent des épaules sculpturales.

Sur la table de chevet, le téléphone portable se mit à vibrer. Will choisit de l'ignorer et fit glisser le vêtement jusqu'à la taille.

« Si c'est important, on rappellera. »

Marie-Cécile eut néanmoins un regard pour le numéro affiché sur l'écran de l'appareil. Son humeur changea alors du tout au tout.

« Je dois répondre », déclara-t-elle. Will eut un geste pour l'interrompre, à quoi elle réagit en le repoussant sans ménagement :

« Pas maintenant… »

Rajustant son vêtement, elle saisit l'appareil et alla à la fenêtre :

« Oui, j'écoute… Trouvez-le, alors ! » conclut-elle quelques secondes plus tard en coupant la communication.

Le visage rouge de colère, elle alluma une cigarette d'une main tremblante.

« Un souci ? »

Le jeune homme crut d'abord qu'elle ne l'avait pas entendu. On aurait presque dit qu'elle avait oublié sa présence. Puis elle consentit à le regarder.

« Il s'est passé quelque chose », lâcha-t-elle.

Will attendit la suite, le temps de comprendre que c'était la seule explication qu'il obtiendrait, qu'elle attendait seulement de le voir s'en aller.

« Je suis navrée, dit-elle d'un ton conciliant. J'aimerais mieux rester avec vous, mais… »

Will enfila son pantalon avec une moue contrariée.

« On se voit au dîner ? »

Marie-Cécile fit la grimace.

« J'ai un engagement, pour affaire, souvenez-vous. Plus tard, oui ? proposa-t-elle avec un haussement d'épaules.

— Quand ça, plus tard ? Dix heures ? Minuit ? »

S'avançant vers lui, elle noua ses doigts à ceux de son amant.

« Je suis navrée. »

Will eut un mouvement de recul, qu'elle contint en le retenant par la main.

« C'est chaque fois la même chose, bougonna-t-il. Je ne suis jamais au courant de rien. »

Elle se rapprocha de sorte à appuyer ses seins contre le torse de son jeune amant, qui en fut excité malgré sa rancœur.

« Ce sont les affaires, murmura-t-elle. Il n'y a pas de quoi être jaloux.

— Je ne suis pas jaloux. »

Il avait perdu le compte du nombre de fois où cette conversation avait déjà eu lieu.

« Ce serait plutôt…

— Ce soir, trancha-t-elle en le relâchant. Je dois me préparer, maintenant. »

Sans lui laisser le temps de protester, elle disparut dans la salle de bains en refermant ostensiblement la porte derrière elle.

Marie-Cécile émergea de la douche, soulagée de constater que Will était parti, car elle n'aurait trouvé rien de surprenant à le voir toujours vautré sur son lit, avec son air boudeur d'enfant gâté.

En réalité, les récriminations du jeune homme commençaient à l'exaspérer. Les jours passant, il lui réclamait plus de temps et d'attention qu'elle n'était prête à lui consacrer. À croire qu'il se méprenait sur la nature de leur relation. Elle y mettrait bon ordre le moment venu.

Marie-Cécile écarta Will de ses pensées. Un bref regard lui apprit que la femme de ménage était venue. Ses vêtements étaient étalés sur le lit refait, avec, au pied, ses chaussures cousues main dorées.

Elle piocha une autre cigarette, consciente de trop fumer, si ce n'est que, ce soir, elle était particulièrement tendue. Habitude, parmi tant d'autres héritées de son grand-père, elle tapota sa cigarette sur le couvercle de l'étui avant de l'allumer.

Debout devant sa psyché, Marie-Cécile laissa sa sortie de bain glisser jusqu'à ses pieds. La tête inclinée sur le côté, elle contempla d'un œil critique sa longue silhouette d'une blancheur démodée, sa poitrine pleine et haut perchée, son épiderme sans défaut. Sa main s'attarda un instant sur les aréoles sombres de ses seins, puis suivit le contour de la hanche et de son ventre plat. Il y avait quelques ridules de plus au coin des lèvres et des yeux, hormis cela, le temps n'avait que peu d'emprise sur elle.

Le tintement de la pendule de chrysocale posée sur le marbre de la cheminée lui rappela qu'il était temps de s'apprêter. De sa penderie, elle sortit une longue robe diaphane à l'encolure échancrée en V, expressément conçue à son intention.

Son vêtement agrafé, nouées sur ses épaules les minces bretelles dorées, elle s'installa devant sa coiffeuse et commença à brosser ses cheveux, enroulant les boucles autour de ses doigts jusqu'à les voir briller comme du jais. Marie-Cécile adorait ces instants de métamorphose, quand elle cessait d'être elle-même pour devenir la *navigatairé*[1]. Ce processus la reliait à tous ceux qui avaient rempli cette fonction avant elle en des époques lointaines.

Marie-Cécile sourit. Seul son grand-père aurait pu comprendre le sentiment tout à la fois d'euphorie, d'exaltation et d'invincibilité qui était le sien à cet instant précis. Non pas ce soir, mais ses prochains préparatifs seraient pour se rendre là où s'étaient tenus ses ancêtres. Ses ancêtres, sauf son grand-père, hélas. Il était douloureux de penser à quel point la grotte était proche des excavations qu'il avait entreprises, un demi-siècle plus tôt. De tout temps, l'Oradore avait eu raison : à quelques kilomètres près, pour peu qu'il eût creusé plus à l'est, c'est à lui, et non à elle, que serait revenu l'éminent privilège de réécrire l'Histoire.

---

1. Navigatrice. *(N.d.T.)*

Après la mort de son aïeul, Marie-Cécile était devenue l'unique héritière de la fortune des l'Oradore, rôle auquel il l'avait préparée depuis fort longtemps. Et le fait que son père, qui était fils unique, eut été cause de grandes désillusions lui était aussi connu depuis sa prime enfance. Elle avait six ans à peine quand son grand-père avait décidé de prendre en charge son éducation, que ce fût d'un point de vue social, philosophique ou académique. L'homme était épris d'art de vivre et possédait un sens étonnant de la forme et de la couleur. Mobilier ancien, tapisseries, haute couture, littérature ou peinture, autant de domaines attestant de la perfection de son goût. Tout le savoir dont Marie-Cécile pouvait se targuer, c'est à lui qu'elle le devait.

L'Oradore lui avait également enseigné le pouvoir, comment l'exercer et comment le garder. Quand elle avait eu dix-huit ans et qu'il l'avait crue prête pour les tâches auxquelles il la destinait, il n'avait pas hésité à déshériter son propre fils au profit de sa petite-fille.

Seule ombre au tableau, une grossesse aussi inattendue que non souhaitée. En dépit de sa dévotion à la quête du Graal, l'invincible foi de l'Oradore en l'Église catholique était restée intacte et, partant, ne pouvait s'accommoder d'un enfant né hors mariage. Avorter était exclu. Le confier à la DASS également. Ayant compris que cette maternité n'affectait en rien la détermination de Marie-Cécile, qu'à l'inverse elle exacerbait – si tant est que cela fût possible – son ambition et son intransigeance, il lui permit enfin de regagner le giron familial.

Elle tira longuement sur sa cigarette, accueillant avec délectation la fumée dans sa gorge et ses poumons, contrariée par ce souvenir pesant. Même vingt ans après, le souvenir de son exil, son *excommunica-*

tion, ainsi qu'il l'avait appelé, la remplissait encore d'un désespoir glacial.

Le terme n'était pas exagéré, car, à ce moment-là, elle s'était sentie comme morte.

Marie-Cécile secoua la tête pour chasser ces pensées larmoyantes. Ce soir, rien ne devait altérer son humeur. Elle ne permettrait pas que quoi que ce fût vînt lui porter ombrage. Elle n'admettrait aucune erreur.

Revenant à son miroir, elle commença par appliquer un fond de teint clair, suivi d'une poudre dorée destinée à refléter la lumière. Ce fut ensuite le tour des sourcils et des paupières qu'elle souligna au moyen d'un eye-liner exaltant le noir de ses cils et de ses pupilles, puis d'ombre d'un vert irisé comme la queue d'un paon. Pour les lèvres, elle choisit un bâton couleur cuivre pailleté d'or, qu'elle fixa à l'aide d'un mouchoir en papier. Elle paracheva son maquillage en aspergeant l'air d'une brume de parfum qu'elle laissa retomber sur sa peau d'albâtre.

Trois écrins s'alignaient sur la coiffeuse, en cuir rouge avec des ferrures dorées étincelantes. Chacun recelait des bijoux de cérémonie, vieux de plusieurs centaines d'années et reproduits à partir de parures millénaires. Dans le premier, un diadème, presque une tiare avec sa forme conique. Dans le second, deux bracelets d'or en forme de serpent, incrustées d'émeraudes à l'emplacement des yeux. Dans le troisième, enfin, un collier en or massif avec le symbole de la *Noublessa* accroché au milieu. Les reflets de cette parure éveillaient en écho le souvenir imaginaire des sables brûlants de l'ancienne Égypte.

Une fois prête, Marie-Cécile alla à sa fenêtre. Les rues de Chartres se déployaient autour d'elle comme un décor de carte postale, avec leurs boutiques, leurs restaurants et leurs voitures immobiles à l'ombre de la grande cathédrale. Bientôt, des demeures environnantes sortiraient des femmes et des hommes priés au cérémonial prévu au cours de la nuit.

Elle ferma les paupières à cette vue familière, à l'horizon en train de s'assombrir. À présent, elle ne distinguait plus les pignons et les cloîtres, mais, dans son imagination, le monde entier pareil à une mappemonde scintillant à ses pieds.

À sa portée. Enfin.

15

Foix

Alice fut réveillée en sursaut par une agaçante sonnerie grésillant à son oreille.

Merde, où suis-je ? Le téléphone crème posé sur l'étagère au-dessus du lit persistait à sonner.

Bien sûr… À Foix, dans sa chambre d'hôtel. Elle était revenue du site de fouilles, avait commencé de boucler ses valises, puis pris une douche. Son dernier souvenir, c'était de s'être allongée pour quelques minutes.

Alice tâtonna en direction du combiné :

« Oui. Allô ? »

M. Annaud, propriétaire de l'hôtel, s'exprimait avec un fort accent méridional, voyelles brèves et consonnes nasillardes. Alice avait déjà grand mal à le comprendre *de visu*, mais alors au téléphone, sans le secours des gestes et des mouvements de sourcils, cela devenait impossible. L'on aurait cru entendre un personnage de dessins animés.

« Plus lentement, s'il vous plaît. Vous parlez trop vite. Je ne comprends pas… »

Il y eut une pause. Dans l'écouteur, elle perçut un bref murmure, jusqu'à ce que Mme Annaud intervînt pour lui expliquer que quelqu'un l'attendait à la réception.

« Une femme ? » espéra-t-elle.

À la maison dévolue au site archéologique, Alice avait laissé un mot pour Shelagh, et sur sa boîte vocale nombre de messages. Sans jamais obtenir de réponse.

« Non, c'est un homme, répondit Mme Annaud.

— Entendu, soupira-t-elle, déçue. Deux minutes. J'arrive. »

Après un coup de peigne sur ses cheveux humides, elle enfila à la hâte une jupe, un T-shirt et une paire d'espadrilles, puis descendit rapidement l'escalier en s'interrogeant sur l'identité de son visiteur.

L'équipe des chercheurs s'était installée dans une petite auberge, non loin du site de fouilles qu'elle avait quitté après avoir salué tous ceux qui y avaient consenti. Aucune autre personne ne savait qu'elle était descendue à cet hôtel, et depuis sa rupture avec Oliver, elle n'avait eu personne à qui l'annoncer.

La réception était déserte. Elle scruta la pénombre, s'attendant à voir Mme Annaud assise derrière son antique comptoir de bois. En vain. Un rapide coup d'œil dans le salon ne lui apprit rien de plus. Les vieux sièges étaient inoccupés, ainsi que les deux canapés de cuir installés à angle droit devant la cheminée décorée de harnais de chevaux et de divers témoignages de clients satisfaits. Le tourniquet bancal, avec ses cartes postales fanées flattant les attraits touristiques de l'Ariège et de Foix, était immobile dans son coin.

Alice revint à la réception et actionna la sonnette. En réponse, elle entendit s'agiter un rideau de buis, et M. Annaud apparut de son appartement privé.

« Il y a quelqu'un pour moi ?

— Là », dit-il en tendant le bras par-dessus le comptoir.

Alice secoua la tête.

« Il n'y a personne. »

Il contourna le comptoir pour s'en rendre compte par lui-même, puis haussa les épaules, étonné de voir le salon désert.

« Dehors, peut-être », suggéra-t-il en mimant un homme en train de fumer.

L'hôtel se trouvait dans une petite rue adjacente qui reliait l'avenue principale, avec ses bâtiments administratifs, ses restaurants « fast-food » et surtout son incontournable bureau de poste Art déco, au centre médiéval de Foix bien plus pittoresque, que se partageaient terrasses de cafés et boutiques d'antiquités.

Alice regarda à gauche puis à droite, mais personne ne l'attendait apparemment. À cette heure, les magasins étaient fermés et rares les voitures circulant encore dans les rues.

Désorientée, elle s'apprêtait à rentrer quand un homme apparut d'une porte cochère. Âgé d'à peine plus de vingt ans, il portait un costume d'été un peu trop grand pour lui. Sous les cheveux bruns et courts, de grosses lunettes noires dissimulaient ses yeux. Sa main tenait une cigarette.

« Docteur Tanner…

— Oui, fit-elle prudemment. Vous me cherchez ? »

L'homme fouilla dans la poche intérieure de sa veste.

« Pour vous. Tenez », dit-il en lui tendant une enveloppe.

Le jeune homme gardait les yeux rivés sur elle, manifestement inquiet que quelqu'un pût les apercevoir. Alice reconnut en un éclair le policier en uniforme qui accompagnait l'inspecteur Noubel.

« Je vous ai déjà rencontré, non ? Au pic de Soularac.

— S'il vous plaît, prenez ceci, la pressa-t-il en anglais.

— Vous étiez avec le capitaine Noubel ? » insista-t-elle.

Des gouttelettes de sueur perlaient au front du policier. Quelle ne fut pas la surprise d'Alice quand il lui saisit le poignet et la força à saisir l'enveloppe.

« Hé ! s'insurgea-t-elle. Qu'est-ce que ça veut dire ? »

Mais l'homme avait déjà disparu, avalé par une des nombreuses ruelles qui conduisaient au château.

Alice resta un moment immobile, à contempler l'espace vide de la rue, hésitant à se lancer aux trousses du policier. Mais elle se ravisa. Pour être tout à fait franche, il l'avait effrayée. Elle contempla l'enveloppe comme si elle allait lui sauter des mains puis, après une longue inspiration, la décacheta. Elle contenait une feuille de papier à lettres bon marché avec un simple « APPELEZ » griffonné en lettres capitales. En dessous, un numéro de téléphone : 02 68 72 31 26.

Alice fronça les sourcils : ce n'était pas un numéro de téléphone local. Le code régional de l'Ariège étant 05 et non 02.

Elle retourna brièvement la feuille au cas où s'y serait trouvée une autre indication. Rien. Tentée de s'en débarrasser, elle se dit qu'elle ne perdait rien à la garder pour l'instant. L'ayant glissée dans sa poche, elle alla ajouter l'enveloppe aux papiers gras d'une boîte à ordures, puis regagna l'hôtel, plus perplexe que jamais.

Elle ne prêta pas attention à l'homme qui sortait du café, de l'autre côté de la rue. Au moment où il récupéra l'enveloppe, elle avait déjà regagné sa chambre.

Ivre d'adrénaline, le policier Biau interrompit sa course et reprit, haletant, son souffle, les mains appuyées sur ses genoux.

Très au-dessus de lui, culminait le célèbre château de Foix dominant la ville du haut de son rocher depuis plus d'un millier d'années. C'était le dernier symbole de l'indépendance du pays d'oc, seule forteresse n'ayant pas succombé à la croisade contre le Languedoc, inexpugnable refuge pour les cathares et les combattants de la liberté venus des plaines et des cités.

Yves Biau n'ignorait pas qu'on l'avait suivi. Qui qu'ils pussent être, ils ne s'en étaient pas cachés. Il porta machinalement la main au baudrier pendu à son aisselle. Au moins s'était-il diligemment acquitté de la tâche que Shelagh lui avait confiée. Il pouvait dès à présent gagner la frontière andorrane ; avant que sa disparition ne fût éventée, il serait en sécurité. Car tenter d'interrompre des événements qu'il avait contribué à mettre en marche serait vain. Il avait exécuté tout ce qui lui avait été commandé, sauf qu'elle revenait à la charge, comme si, quoi qu'il fît, ce n'était jamais assez.

Il avait expédié l'objet à sa grand-mère par le dernier courrier. Elle saurait qu'en faire. C'était l'unique chose à laquelle il pouvait penser pour justifier ses actes.

Biau scruta les extrémités de la rue. Personne en vue.

Il sortit de la pénombre et reprit sa marche vers son domicile en suivant un trajet inhabituel, au cas où quelqu'un l'y attendrait. En venant de cette direction-là, il aurait une chance de voir avant d'être vu.

Alors qu'il traversait le marché couvert de la place Saint-Volusien, son subconscient enregistra, sans y prêter vraiment attention, la présence d'une Mercedes gris métallisé. Il n'entendit pas le moteur démarrer, ni le changement de vitesse tandis que la voiture commençait à rouler en douceur sur les pavés.

Au moment où il traversait la chaussée, la voiture accéléra violemment, catapultée comme un avion sur son aire d'envol. Il se retourna, pétrifié. Un choc violent. La puissante limousine le faucha au niveau des jambes avec un bruit sourd, et son corps alla heurter le pare-brise sur lequel il rebondit comme un pantin désarticulé. Il eut un bref instant la sensation de planer dans les airs, avant de heurter de plein fouet l'une des consoles d'acier soutenant la toiture du marché.

Il y resta suspendu comme un enfant dans une centrifugeuse de fête foraine, puis la loi de la pesanteur fit son œuvre, et il tomba pesamment sur le sol en laissant une traînée sanguinolente sur le noir du pilier.

La Mercedes ne freina pas.

Attirées par le bruit, les personnes attardées dans les bars firent irruption sur le trottoir. Quelques femmes se penchèrent à leur fenêtre. Après une courte apparition, le propriétaire du café PMU se précipita à l'intérieur de son établissement pour alerter la police. Une femme se mit à hurler, mais ses cris furent vite étouffés par l'attroupement qui s'était formé autour du blessé.

Au début, Alice ne prit pas garde aux sirènes, mais comme elles se rapprochaient, elle fit comme tout un chacun et alla se pencher à sa fenêtre.

Ça ne te concerne pas, songea-t-elle.

Elle n'avait aucune raison de s'y intéresser. Cependant, pour une inexplicable raison, elle se dirigeait vers la place du marché avant même d'avoir eu le temps d'y songer.

Le gyrophare en action, une voiture de police interdisait aux véhicules l'accès de la place. Sur le côté immédiatement opposé, des badauds s'étaient rassemblés en cercle autour de quelque chose ou quelqu'un étendu sur le sol.

« On est en sûreté nulle part, murmura une Américaine à son mari. Même pas en Europe. »

Le mauvais pressentiment qui taraudait Alice se renforça à mesure qu'elle s'approchait de l'attroupement. La pensée de ce qu'elle pourrait découvrir lui était insupportable, et pourtant, elle ne pouvait s'y dérober. Une seconde voiture de police apparut d'une rue adjacente et vint se joindre à la première dans un crissement de pneus. Les visages se retournèrent. Une brèche s'ouvrit parmi les curieux, assez longtemps pour qu'Alice eût la vision furtive du corps allongé sur le sol : costume clair, cheveux noirs, et, à quelques pas de là, des lunettes noires à monture dorée.

Ce ne peut pas être lui.

Alice se fraya un chemin, joua des coudes jusqu'au moment où le corps lui apparut entièrement. Yves Biau gisait, inerte, sur la chaussée. La main d'Alice alla machinalement toucher la feuille de papier qu'elle gardait dans sa poche. *Ce ne peut être une coïncidence.*

Atterrée, Alice eut un mouvement de recul. Une portière claqua. Elle se retourna au moment précis où le corpulent capitaine Noubel s'extrayait d'une voiture banalisée. Instinctivement, elle tenta de se fondre dans la masse. *Il ne faut pas qu'il te voie.* Elle s'éloigna en toute hâte du policier et traversa la place, la tête rentrée dans les épaules.

À peine eut-elle tourné le premier coin de rue qu'elle prit ses jambes à son cou.

« S'il vous plaît, criait Noubel en s'ouvrant un chemin parmi les curieux. Police. S'il vous plaît. »

Yves Biau gisait, bras en croix, sur l'impitoyable chaussée. Une jambe était repliée sous lui, affreusement brisée à en juger par la fracture ouverte que laissait voir son pantalon remonté. L'autre reposait étrangement à plat, comme jetée sur le côté. L'une de ses chaussures semblait s'être volatilisée.

Noubel s'accroupit pour lui tâter le pouls. Le jeune homme respirait encore, par à-coups ponctués de hoquets catarrheux, mais son teint était déjà livide et il gardait les yeux fermés. Noubel perçut au loin le secourable hululement d'une ambulance.

« S'il vous plaît, poussez-vous ! » hurla-t-il de nouveau.

Deux autres voitures de police arrivèrent. Le mot s'était donné entre les commissariats, et il y avait à présent plus de policiers que de curieux sur le lieu du drame. Des hommes en uniforme établirent un cordon de sécurité, pendant que d'autres faisaient le tri entre témoins et simples badauds. Si efficaces et méthodiques qu'ils fussent, une extrême tension se lisait sur les visages.

« Ce n'était pas un accident, inspecteur, déclara une Américaine. La voiture lui a foncé droit dessus. Il n'avait pas la moindre chance de l'éviter. »

Noubel la dévisagea avec insistance.

« Vous avez vu ce qui s'est passé, madame ?

— Absolument.

— Savez-vous quel genre de voiture c'était ? Sa marque de fabrication ? »

Elle secoua la tête.

« Elle était gris métallisé, sans plus, précisa-t-elle en tournant un regard interrogateur vers son mari.

— Une Mercedes, renchérit aussitôt ce dernier. Je ne l'avais pas vue. C'est en entendant le bruit de l'impact que je me suis retourné et que je l'ai aperçue.

« — Avez-vous relevé le numéro d'immatriculation ?

— Je crois qu'il se terminait par onze. C'est arrivé trop vite.

— Il n'y avait presque personne dans la rue, ajouta la femme comme si elle craignait qu'on ne la prît pas au sérieux.

— Avez-vous remarqué s'il y avait plusieurs passagers à bord du véhicule ?

— À l'avant, c'est certain. Mais je ne saurais dire s'il y en avait à l'arrière. »

Noubel dirigea le couple vers un autre policier pour qu'il recueillît sa déposition, puis alla vers l'ambulance dans laquelle Biau, couché sur un brancard, était hissé. Une minerve lui maintenait le cou ; le plastron de sa chemise était imprégné du sang qui suintait à travers le bandage entourant sa boîte crânienne.

Intubé, perfusé, il avait néanmoins un teint cireux qui laissait présager le pire.

« Il pourra s'en tirer ? »

L'urgentiste fit la grimace.

« Si j'étais vous, je contacterais ses proches », dit-il laconiquement en refermant les portes arrière de l'ambulance.

Quand le véhicule démarra, Noubel ne put s'empêcher de frapper rageusement la carrosserie du poing. Après avoir donné ses dernières instructions, il regagna sa voiture et s'assit au volant, accablé par les dramatiques décisions qu'il avait dû prendre au cours de la journée et le poids de ses cinquante ans. Il glissa son index dans le col de sa chemise pour desserrer le nœud de cravate qui l'étranglait.

Il aurait dû avoir une conversation avec le jeune policier. Sitôt arrivé au pic de Soularac, Biau n'avait plus été le même. D'ordinaire enthousiaste et plein de bonne volonté, il s'était montré anxieux, tendu, puis semblait s'être volatilisé le reste de l'après-midi.

Noubel tapota nerveusement le volant de sa voiture. Authié prétendait n'avoir jamais eu de message de Biau, au sujet de l'anneau. Quel intérêt aurait-il eu à mentir sur ce point en particulier ?

Penser à Paul Authié réveilla ses brûlures d'estomac. De la poche de son veston, il tira la boîte de pilules qui le soulageraient. Autre erreur de sa part, il n'aurait jamais dû permettre à l'avocat d'interroger Alice Tanner, sauf qu'il ignorait comment il aurait pu l'en empêcher. Noubel avait à peine appris la découverte des squelettes qu'il avait reçu l'ordre de lui laisser libre accès à la grotte, en lui apportant toute l'assistance qu'il demanderait. Encore maintenant, il ne savait comment Authié avait si vite été au courant de l'affaire, sans parler du subterfuge grâce auquel il était parvenu à localiser le site.

Si, avant ce jour, les deux hommes ne s'étaient jamais rencontrés, Noubel connaissait fort bien Authié de réputation, comme la plupart de ses collègues, d'ailleurs. Avocat connu pour son extrémisme religieux, il jouissait de relations privilégiées auprès d'une bonne moitié de la police judiciaire et de la gendarmerie du Midi. À preuve, un collègue de Noubel avait été appelé à témoigner à charge, lors d'une affaire que défendait Authié : deux membres d'un parti d'extrême droite accusés du meurtre d'un chauffeur de taxi algérien. L'on avait parlé d'abus de pouvoir et de manœuvres d'intimidation. Résultat, les deux inculpés avaient été acquittés, et plusieurs policiers contraints à une retraite anticipée.

Noubel contempla les lunettes de Biau, qu'il avait récupérées. Quelques instants plus tôt, il s'était senti

profondément contrarié. À présent, la situation lui
déplaisait plus encore.

La radio émit un crachotement à travers lequel il
mémorisa les informations qu'il avait demandées sur la
famille Biau. Il s'accorda encore quelques instants de
répit, avant de se mettre à téléphoner.

16

Il était onze heures quand Alice atteignit la banlieue toulousaine. Trop lasse pour se rendre jusqu'à Carcassonne, elle décida de poursuivre jusqu'au centre-ville, afin d'y trouver un endroit pour la nuit.

Le voyage s'était passé en un éclair. Dans sa tête, se bousculaient encore les images des squelettes et du couteau posé entre eux, du visage hâve qui l'observait dans une pâle lumière grise, du corps étendu devant l'église de Foix. Était-il mort ?

Et le labyrinthe... Elle finissait toujours par y revenir. Alice en était à se dire qu'elle souffrait de paranoïa, que tout cela n'avait rien à voir avec elle. *Tu étais seulement au mauvais endroit au mauvais moment.* Elle avait beau se le répéter, elle ne parvenait pas à y croire.

Elle se débarrassa de ses chaussures d'une secousse et s'étendit tout habillée sur son lit. La chambre respirait le bon marché : objets de plastique informes, meubles en faux bois, linoléum. Les draps, trop amidonnés, irritaient la peau comme du papier de verre.

De son sac à dos elle sortit la bouteille de « pur malt » dont il restait quelques doigts et, contre toute attente, sa gorge se serra. Elle avait gardé ce whisky pour sa dernière nuit sur le site. Elle tenta de joindre Shelagh. En vain. Son téléphone était toujours branché sur le répondeur. Réprimant son irritation, elle laissa un nouveau message en espérant que son amie finirait par cesser ce jeu idiot.

Alice prit deux comprimés d'analgésique qu'elle avala avec une gorgée de whisky, puis regagna son lit et éteignit la lampe. Malgré son extrême fatigue, elle était incapable de se détendre. Elle avait des élancements dans le crâne, son poignet était brûlant et enflé, tandis que son bras blessé la mettait au supplice.

La chambre ressemblait à une étuve. Après s'être cent fois retournée dans son lit, après que les cloches eurent sonné minuit, une heure, elle décida d'aller ouvrir la fenêtre, histoire de s'aérer un peu l'esprit. Peine perdue. Ses pensées ne cessaient de la harceler. Elle tenta d'imaginer des eaux turquoise et des plages de sable blanc, des baies aux Caraïbes et des couchers de soleil hawaiiens, quand son esprit la ramenait infailliblement au rocher gris, à l'air glacial du souterrain.

Elle craignait de s'endormir. Et si son rêve revenait ?

Les heures s'étirèrent. Elle avait la bouche sèche et son cœur vacillait sous l'effet du whisky. Elle dut attendre que l'aube se glissât entre les bords élimés du rideau pour que le sommeil prît enfin le dessus.

Cette fois, le rêve fut différent.

Elle parcourait un paysage de neige sur un cheval alezan, à la robe drue et luisante, dont la crinière et la queue étaient tressées de rubans rouges. Pour vêtement, elle portait sa plus belle tenue de chasse : une longue cape et sa pelisse, assorties d'une coiffe en poil d'écureuil, sans oublier les gants bordés de martre, qui lui montaient jusqu'aux coudes.

Un homme caracolait à ses côtés sur un hongre gris. Un animal bien plus grand et plus puissant que le sien, qui le contraignait à tenir la bride courte pour l'empêcher de galoper. Ses cheveux bruns lui descendaient jusqu'aux épaules et sa cape de velours bleu flottant au vent révélait la dague qu'il portait à la ceinture. À son cou, une chaîne ornée d'une pierre verte bringuebalait sur sa poitrine au rythme de sa monture.

Il observait sans cesse Alice avec un sentiment gonflé d'orgueil et de possession. Entre eux, le contact était fort, intime. Alice s'agita et sourit dans son sommeil.

Quelque part, le son du cor, aigu et long, montait dans le ciel hivernal, signalant que les chasseurs venaient de forlancer un loup. Alice savait que c'était en décembre, un mois bien particulier, et qu'elle était heureuse.

Puis la lumière changeait.

Elle se trouvait brusquement seule, au cœur d'une forêt inconnue et dense, aux arbres gigantesques. Leurs branches dénudées se contorsionnaient sur un ciel couleur d'étain comme les doigts d'un mourant. Quelque part derrière elle, invisible et menaçante, la meute gagnait du terrain, excitée par la promesse d'une curée.

Elle n'était plus la chasseresse, elle était la proie.

La forêt résonnait du galop effréné de mille sabots en train de se rapprocher. Maintenant elle entendait les exhortations des chasseurs. Ils se criaient les uns aux autres des mots qu'elle ne comprenait pas, mais elle savait qu'on la pourchassait.

Son cheval trébuchait. Désarçonnée, elle tombait de sa selle et heurtait durement le sol gelé. Elle percevait un craquement au niveau de l'épaule, suivi d'une atroce douleur. Horrifiée, elle constatait qu'une branche morte, aussi dure et aiguë qu'une pointe de lance, lui avait transpercé le bras.

Les doigts gourds, Alice tirait désespérément sur l'éclat de bois jusqu'à l'extraire de sa blessure. L'intense douleur lui faisait fermer les yeux. Le sang coulait à flots mais cela ne devait pas l'arrêter.

Épongeant le saignement avec le bord de sa cape, Alice se levait en titubant et se frayait un passage à travers les branches nues et les buissons pétrifiés. Les brindilles craquaient sous ses pas tandis que le froid mordant lui pinçait les joues et lui tirait des larmes.

À ses oreilles les sons devenaient plus intenses, plus insistants. Elle défaillait, aussi évanescente qu'un spectre.

Contre toute attente, la forêt s'évanouissait et elle se retrouvait debout sur le bord d'une falaise. Elle ne pouvait aller nulle part. À ses pieds béait un précipice abrupt et boisé. Devant elle, s'étiraient des montagnes enneigées, à perte de vue et pourtant si proches qu'elle aurait presque pu les toucher.

Alice se débattit dans son sommeil.

S'il vous plaît, laissez-moi me réveiller.

Elle lutta pour s'arracher à son rêve, sans y parvenir. Son cauchemar l'enserrait dans ses anneaux reptiliens.

Les chiens jaillissaient du couvert des bois en aboyant furieusement, emplissant l'air de leur haleine méphitique, les crocs rouges de bave sanguinolente. Les pointes des piques que brandissaient les chasseurs jetaient des éclairs dans l'aube naissante. Les regards brillaient d'excitation et de haine. Elle entendait les murmures, les railleries, les huées.

Hérétique, hérétique.

À cet instant, sa décision était prise. Si le temps était venu de mourir, ce ne serait pas de la main de tels hommes. Alors, ouvrant les bras, elle sautait et offrait son corps au vide.

Le monde devenait incontinent silencieux.

Le temps perdait toute signification, alors qu'elle flottait lentement dans l'espace, sa jupe verte virevoltant autour d'elle, et elle s'apercevait qu'un morceau d'étoffe en forme d'étoile était épinglé dans son dos. Non, pas une étoile, une croix. Une croix jaune, une *rouelle*. Alors qu'elle s'interrogeait sur le sens de ce mot inconnu d'elle, la croix se détachait et tournoyait près d'elle comme une feuille d'automne.

Le sol cessait de se rapprocher. Alice n'était plus effrayée. Les images de son rêve commençaient à se disloquer, tandis que son subconscient appréhendait ce que sa conscience ne comprenait pas : ce n'était pas elle, Alice, qui tombait, mais quelqu'un d'autre.

Et ce rêve n'en était pas un, c'était un souvenir. Le fragment d'une existence qu'elle avait vécu voilà très, très longtemps.

17

Carcassona

ULHET 1209

Brindilles et feuilles craquèrent, quand Alaïs changea de position.

Une entêtante odeur de mousse, de terre et de lichen lui emplissait les narines et la bouche. Quelque chose lui piqua le dos de la main, minuscule coup d'épingle qui la démangea aussitôt. Un moustique ou une fourmi. Elle sentait le venin se répandre dans son sang. Lorsqu'elle voulut chasser l'insecte, ce simple geste lui provoqua un haut-le-cœur.

Où suis-je ?

La réponse vint en écho : *Defòra*. Dehors.

Elle gisait face contre terre, la peau humide, fraîche de rosée. Aube ou crépuscule ? Son vêtement répandu autour d'elle était détrempé. En s'y prenant lentement, elle parvint à se mettre sur son séant et, pour ne pas perdre l'équilibre, s'adossa contre un hêtre.

Doçament. Doucement…

Entre les arbres qui se dressaient au sommet de la côte, elle voyait un ciel blanc virant au rose à l'horizon. Des nuages flottaient indolemment comme des moutons immobiles. Elle distinguait les contours obscurs des saules pleureurs. Derrière elle, poiriers et cerisiers étaient incolores et dénudés à cause de la saison avancée.

L'aube, donc. Alaïs tenta de scruter l'alentour qui lui semblait très lumineux, presque aveuglant malgré l'absence de soleil. Non loin, elle perçut le clapotis d'un ruisseau cascadant joyeusement sur les pierres et, dans le lointain, le hululement distinctif du grand duc rentrant de sa nuit de chasse.

Alaïs jeta un coup d'œil à ses bras, couverts de boursouflures et de morsures d'insectes, aux égratignures et aux entailles de ses mollets, à ses chevilles sur lesquelles s'étaient formées des croûtes de sang séché. En levant les mains, elle sentit que ses articulations tuméfiées étaient douloureuses. Entre chaque doigt il y avait des stries rougeâtres.

Un souvenir : celui d'être traînée, les bras raclant le sol.

Non, avant cela…

Je traversais la grande cour. Les lumières à la fenêtre.

La peur qui lui picotait la nuque. Les pas dans la nuit, la main calleuse sur sa bouche, puis le choc.

Perilhòs. Danger.

Elle porta la main à sa tête, libérant une plainte quand elle parvint à la masse compacte de cheveux et de sang agglutinés derrière l'oreille. Le souvenir des mains rampant sur elle comme des rats l'incita à fermer hermétiquement les paupières. Des mains d'hommes, empestant une même odeur de cheval, de paille et de bière.

Ont-ils trouvé le merel ?

Le fait de se mettre debout était une rude épreuve. Il lui fallait pourtant avertir son père de ce qu'il était advenu d'elle. Elle se souvenait qu'il allait partir pour Montpellier. Mais, auparavant, elle devait absolument lui parler. Elle voulut se lever, quand ses jambes se dérobèrent. Sa tête se mit à tourner, et elle sombra dans un impalpable sommeil. Ses tentatives pour rester consciente étaient vaines. Passé, présent et futur se fondaient dans un temps d'une infinie blancheur. Couleurs, sons et lumière avaient cessé d'exister.

18

Après un dernier regard par-dessus son épaule, Bertrand Pelletier franchit la porte orientale aux côtés du vicomte Trencavel. Qu'Alaïs ne fût point venue saluer son départ et lui souhaiter un bon voyage dépassait son entendement.

Pelletier chevauchait en silence, absorbé dans ses propres pensées, écoutant d'une oreille distraite l'inconséquent verbiage de ses compagnons de route. L'absence d'Alaïs à la cour d'honneur ne laissait de le troubler, le surprendre, voire le décevoir, si tant est qu'il pût s'y résoudre. Il regrettait de n'avoir pas dépêché François afin de la réveiller.

Malgré l'heure matinale, les rues étaient encombrées d'une presse venue voir le vicomte en grand équipage. Seuls les meilleurs chevaux avaient été sélectionnés. Les grands palefrois sur la vigueur desquels l'on pouvait compter, aussi bien que les hongres et les juments issues des écuries du château, réputés pour leur vitesse et leur endurance. Raymond-Roger montait son étalon favori, animal qu'il avait dressé lui-même quand ce n'était qu'un poulain. Sa robe avait la couleur du renard en hiver, et le chanfrein une tache blanche caractéristique, de la forme exacte, disait-on, des états des Trencavel.

Chaque bouclier était frappé aux armes de sa famille, de même que les oriflammes et le surcot que revêtait chaque chevalier par-dessus son armure de voyage. Le soleil levant faisait étinceler les heaumes, les armes et les harnais. Même le cuir des sacs de selle avait été astiqué jusqu'à ce que les écuyers pussent s'y mirer.

Beau temps avait été requis pour décider de l'importance de cet envoi. Trop restreint, Trencavel eût fait pauvre figure et un allié de peu de conséquence, sans parler des détrousseurs qui parcouraient les chemins. Trop fourni, cela aurait eu toutes les apparences d'une déclaration de guerre.

Finalement, seize chevaliers avaient été retenus, parmi lesquels Guilhem du Mas, en dépit des objurgations de Pelletier. Avec les écuyers, une poignée de servants et d'hommes d'Église, Jehan Congost et un maréchal-ferrant pour les chevaux en route, le vicomte et son arroi comptaient trente hommes en totalité.

Ils se rendaient à Montpellier, prééminente cité sur terres domaniales du vicomte de Nîmes, mais aussi ville natale de dame Agnès, épouse de Raymond-Roger. À l'instar de Trencavel, Nîmes était vassale de Pierre II d'Aragon. Ainsi, bien que Montpellier fût une ville catholique, et le roi d'Aragon, un inlassable chasseur d'hérétiques, l'on avait toutes les raisons de croire que le libre passage leur serait accordé.

Trois jours étaient prévus pour parvenir à destination. La gageure était prise, selon laquelle qui, de Trencavel ou du comte de Toulouse, arriverait le premier.

Au début, la troupe chevaucha vers l'est, suivant les rives de l'Aude vers le soleil levant. Arrivée à Trèbes, elle bifurqua au nord-ouest, en direction des terres du Minervois, empruntant l'ancienne route romaine qui traversait La Redorte, colline fortifiée de la cité d'Azille, avant de parvenir à Olonzac.

Les terres les plus fertiles étaient réservées aux canabières, champs de chanvre qui s'étendaient aussi loin que le regard pouvait porter. À leur droite, des vignobles, certains entretenus, d'autres laissés à l'abandon derrière d'infranchissables haies. À gauche s'étendait une mer de tiges émeraude des champs d'orges, qui seraient d'or au temps des moissons. Des manants, le visage obscurci sous de grands chapeaux de paille étaient déjà à leur rude labeur, moissonnant les derniers blés de la saison, dans le balancement pendulaire de leurs faux captant les premiers rayons du soleil.

Au-delà de la rive, bordées de chênes et de saules, se déployaient les profondes et silencieuses forêts survolées par les grands aigles. Le cerf, l'ours et le lynx y abondaient, ainsi que loups et renards au cœur de l'hiver. Surplombant les basses-terres et les halliers, verdoyaient les sombres étendues sylvestres de la Montagne Noire où le sanglier était roi.

Avec le ressort et l'optimisme propres à la jeunesse, le vicomte Trencavel se montrait d'une humeur joyeuse, échangeant de plaisantes anecdotes ou écoutant la narration d'exploits passés. Il palabrait avec ses hommes, quant à savoir, du lévrier ou du mastiff, lequel était meilleur chasseur, ergotait sur le prix d'une bonne reproductrice, cancanait à propos de qui avait gagé quoi aux fléchettes ou aux dés.

Nul n'évoquait l'objet de leur expédition, non plus ce qu'il adviendrait si le vicomte échouait dans sa tentative de conciliation auprès de son oncle.

Un cri rauque monté de l'arrière-garde incita Pelletier à se retourner, pour voir Guilhem du Mas chevauchant de front avec Alzeau de Preixan et Thierry Cazanon, chevaliers de Carcassonne et adoubés comme lui durant les fêtes de Pentecôte.

Conscient de l'opprobre muet que lui adressait l'intendant, Guilhem redressa la tête et, se rengorgeant, soutint insolemment le regard qui le scrutait. Les deux hommes s'affrontèrent quelques instants ainsi, puis le jeune homme se détourna, avec un hochement de tête de connivence affectée. Pelletier sentit son sang bouillir dans ses veines, d'autant qu'il ne pouvait que constater son impuissance.

Le vicomte et son arroi traversèrent les plaines durant de longues heures. Les conversations retombèrent et s'éteignirent complètement, alors qu'à l'exaltation qui les accompagnait au départ de Carcassonne succédait un silence lourd d'appréhension.

Le soleil montait toujours plus haut dans le ciel. En raison de leur robe de laine noire, les prélats souffraient le plus de la chaleur. L'évêque avait le front ruisselant de sueur, et le visage boursouflé de Jehan Congost avait tourné au rouge marbré qui n'était pas sans rappeler la couleur des digitales. Les criquets stridulaient dans les herbes brûlées ; les moustiques piquaient les poignets et les mains, et les mouches n'avaient de cesse de harceler les chevaux.

Le vicomte attendit que le soleil fût au zénith pour conduire sa troupe à l'écart du chemin et décider enfin une pause. L'on choisit une clairière non loin d'un cours d'eau, où les bêtes pouvaient paître et s'abreuver en toute sérénité. Les écuyers dessellèrent les montures et rafraîchirent les capes en les humectant à l'aide de feuilles de saule trempées dans l'eau. Des feuilles de patience et des cataplasmes de moutarde furent appliqués sur les coupures et les morsures d'insectes.

Retirant leurs bottes et leurs armures, les chevaliers se lavèrent le visage et les mains rendus poisseux par la sueur et la poussière. Un petit groupe de servants fut délégué auprès des fermes voisines pour faire provision de pain, de saucisses, de fromages de chèvre et d'olives, ainsi que de vin du cru.

Alors que se répandait la nouvelle du passage du vicomte, l'on vit affluer autour du campement improvisé fermiers et manants, vieillards et jeunes filles, tisserands et brasseurs, tous porteurs de victuailles en l'honneur de leur seigneur et maître : volailles, poissons, paniers de prunes et de cerises.

Pelletier s'en trouvait fort rebroussé. Tant de sollicitude les retardait, leur faisait perdre un temps précieux. Leur restait à parcourir encore un long chemin avant de voir les ombres s'étirer et d'établir le campement pour la nuit. Sauf qu'à l'exemple de ses parents, Raymond-Roger se plaisait à côtoyer ses sujets, et aurait tout à plein refusé de les renvoyer.

« C'est pour cela qu'il nous faut ravaler notre orgueil et tenter de nous raccommoder avec mon oncle, décréta-t-il posément. Afin de protéger toute la bonté, l'innocence et la sincérité qui régit nos coutumes, *è* ? Si cela se révèle nécessaire, alors nous nous battrons pour cela. »

À l'image des rois guerriers de jadis, le vicomte Trencavel tenait cour à l'ombre d'un grand chêne. Les offrandes adressées à son insigne personne étaient toutes acceptées de bonne grâce, avec charme et dignité.

Il n'était pas sans savoir qu'un jour comme celui-là entrerait dans l'histoire des bonnes gens du pays.

Une des dernières personnes à l'approcher fut une ravissante petite fille de cinq ou six ans, au teint mat et au regard noir et luisant comme le fruit du mûrier. Après une courte révérence, elle tendit d'une main tremblante un bouquet composé d'orchidées sauvages, de chèvrefeuilles et d'achillées.

Se penchant vers l'enfant, le vicomte tira un mouchoir de sa ceinture et, en guise de remerciement, le lui offrit. Même Pelletier ne put réprimer un sourire en voyant les petits doigts s'emparer timidement du carré de soie blanc.

« Quel est votre nom, *madomaisèla* ? demanda le vicomte.

— Ernestine, messire, bredouilla la fillette.

— Fort bien, *madomaisèla* Ernestine, ajouta-t-il en tirant une fleur rose du bouquet pour en piquer sa tunique. Je porterai ceci en guise de porte-bonheur, et pour me rappeler combien aimables sont des gens de Puicheric. »

Seulement après que le dernier visiteur eut quitté le campement, le vicomte se défit de son épée et prit place pour la déjeunée. Quand les appétits furent satisfaits, les hommes s'étendirent pour une méridienne, qui sous un arbre, qui sur un coin d'herbe ombreux, la panse emplie de vin, et la tête appesantie des touffeurs de l'après-midi.

Pelletier ne fut cependant pas de ceux-là. Assuré que, pour l'heure, le vicomte ne requerrait pas ses services, il alla promener le long de la rivière son besoin de solitude.

Des canotiers jouaient des rames, accompagnés de libellules aux couleurs chatoyantes plongeant et glissant dans la moiteur de l'air.

Quand il fut hors de vue du campement, l'intendant s'installa contre un tronc d'arbre mort et sortit de sa poche la lettre de Harif. Il ne la relut pas, non plus qu'il ne l'ouvrit, mais se borna à la garder entre ses doigts comme une sorte de porte-bonheur.

Ses pensées allaient sans cesse à Alaïs, balançant à la manière d'un pendule au centre de ses préoccupations. Un instant, il se prit presque à regretter de s'être confié à elle. Sinon qu'Alaïs exceptée, à qui aurait-il pu s'en ouvrir ? Il n'existait personne, autre qu'elle, qui fût digne de fiance. L'instant suivant, il en était à regretter de lui en avoir trop peu dit.

À Dieu plaise que tout aille pour le mieux. Si leur requête auprès du comte de Toulouse recevait son agrément, ils seraient revenus à Carcassonne avant la fin de juillet et accueillis en triomphe sans qu'une goutte de sang eût été versée. En ce qui le concernait, il retrouverait Siméon à Béziers, lequel lui révélerait l'identité de la « sœur » dont Harif faisait mention.

Si le destin en décidait ainsi.

Pelletier exhala un soupir. À la vue de la scène paisible qui se déroulait sous ses yeux, son esprit imagina l'opposé. À l'encontre du vieux monde, inchangeable et inchangé, il vit le chaos, la pestilence et la dévastation. La fin de toute chose.

Il inclina la tête. Il n'aurait pu faire autrement que ce qu'il avait fait. S'il ne revenait pas à Carcassonne, au moins serait-il mort avec le sentiment d'avoir agi au mieux pour protéger la trilogie. Alaïs accomplirait à sa place ses obligations, ferait siens les vœux qu'il avait prononcés. Ainsi, le secret ne se perdrait pas dans le fracas de la bataille ni ne pourrirait dans le cul-de-basse-fosse d'une geôle française.

Le bruit de la troupe se préparant à lever le camp le ramena à l'instant présent. Il était temps de partir. De longues heures de chevauchée les attendaient avant que le soleil ne fût à son nadir.

Pelletier rangea la missive dans sa poche et regagna hâtivement le camp, conscient que ces moments de paix et de contemplation pourraient se raréfier dans les jours à venir.

19

Quand elle reprit connaissance Alaïs ne gisait plus dans l'herbe, mais reposait entre des draps de coton frais. Les oreilles lui sifflaient comme le vent d'automne dans les branches des arbres et son corps lui semblait étrangement lourd, comme lesté d'un poids étranger. Elle avait rêvé qu'Esclarmonde était à son chevet, une main posée sur son front pour en chasser la fièvre.

La paupière frémissante, elle ouvrit les yeux et reconnut aussitôt son ciel de lit, les baldaquins indigo entre lesquels se glissaient des lueurs crépusculaires mordorées. Bien que suffocant, l'air était chargé des promesses rafraîchissantes de la nuit. Alaïs capta les émanations douceâtres de romarin et de lavande se consumant lentement dans le brûleur.

Des voix de femmes graves et éraillées lui parvenaient de l'intérieur de la chambre, à peine plus qu'un murmure, afin, sans doute, de ne pas l'éveiller. Certains mots sifflaient comme une goutte de graisse tombée dans un feu. Alaïs tourna lentement la tête et, prêtant l'oreille, reconnut les inflexions d'Alziette, épouse peu amène du maître palefrenier, ainsi que celle de Ranier, colporteuse de ragots efflanquée et rancunière, affligée d'un époux de la même farine. Fauteuses de troubles notoires, elles étaient accroupies près de l'âtre, pareilles à deux corbeaux. Oriane les chargeait parfois de quelques emplettes, mais étant donné la méfiance qu'elle nourrissait à leur endroit, Alaïs s'interrogeait sur leur présence dans sa chambre, *a fortiori* quand l'intendant leur en avait interdit l'accès.

Puis elle se souvint du départ de son père pour Saint-Gilles ou Montpellier, elle ne savait plus. Et de celui de Guilhem avec lui.

« Alors, où qu'y étaient ? persiflait Ranier, avide de commérages.

— Dans le verger, cachés sous les saules, près du ruisseau, expliquait Alziette. Même que c'est l'aînée de Mazelle qui les a vus. Fourbe comme elle l'est, elle a couru aussitôt le rapporter à sa mère. Après, Mazelle est sortie dans la cour en gesticulant, comme quoi c'était vergogne, et soi-disant qu'elle voulait point être de celles à m'apprendre la nouvelle.

— C'est qu'elle a toujours été jalouse de votre fille, *è*. Ses filles à elle, sont grasses comme des gorets et toutes ballonnées, en plus. C'est rien que des rustaudes, toutes autant qu'elles sont. » Ranier se rapprocha pour entendre la suite : « Alors, vous avez fait quoi, après ça ?

— Qu'est-ce que je pouvais faire d'autre que d'aller y voir moi-même ? À peine descendue que je les ai aperçus. Faut dire qu'y faisaient rien pour se cacher, ces chenapans. J'ai attrapé le Raoul par les cheveux – c'est qu'y a une sacrée tignasse, le bougre – et je lui ai frotté les oreilles. Fallait le voir retenir ses braies, et rouge comme une pivoine, tellement quinaud qu'y était. Mais le temps que je me retourne vers la Jeannette pour lui chanter pouilles, y m'a glissé entre les doigts et décampé sans demander son reste.

— Allons donc !

— Comme je vous le dis. Pendant ce temps, la Jeannette criait comme un goret en m'expliquant que le Raoul était entiché d'elle et qu'y voulait soi-disant la marier. À l'ouïr, on aurait cru qu'y avait point de fille avant elle pour se faire conter des bourdes.

— Mais peut-être que le Raoul, y a des intentions honnêtes, après tout…

— Y est point en situation de se marier, renâcla Alziette. Y a cinq frères plus âgés que lui, et rien que deux qui ont pris femme. Leur père passe son temps au cabaret. Chaque sol qu'y gagne va dret dans l'escarcelle de Gaston. »

Alaïs voulut se clore à ces commérages bassement terre à terre. On aurait cru des vautours se disputant une charogne.

« Mais alors, c'est bon heur, que les choses se soient passées comme ça. Si vous étiez point descendu là-bas, vous auriez point trouvé dame Alaïs. »

La jeune femme se tendit, sentant les regards des deux femmes converger sur son lit.

« Ça, c'est bien vrai, acquiesça Alziette. Et je veux croire que je serai bien récompensée quand son père sera de retour. »

Alaïs écouta le caquet des deux femmes, sans rien apprendre de plus. Les ombres s'étiraient, tandis qu'elle sombrait dans le sommeil, s'éveillait, puis se rendormait.

À un moment donné, une veilleuse, autre servante d'Oriane, vint remplacer Alziette et Ranier. Le bruit de la paillasse qu'elle amenait de sous le lit tira la jeune femme de son sommeil. Elle perçut le bruit mou de son corps s'affalant sur le grabat, et le crissement de la paille au moment où elle s'installa pour la nuit. Quelques instants plus tard, un ronflement nourri entrecoupé de grommellements lui apprit que la femme était endormie.

Alaïs fut soudain pleinement éveillée, l'esprit bourdonnant des recommandations que lui avait faites son père la veille de son départ, parmi lesquelles mettre en lieu sûr la planchette gravée du labyrinthe. S'asseyant silencieusement sur le bord du lit, elle chercha des yeux l'objet au milieu des morceaux d'étoffes et des bouts de chandelles.

La planchette n'y était plus.

Prenant soin de ne pas réveiller la femme, Alaïs explora l'intérieur du petit meuble qui faisait office de chevet, puis l'espace entre le bâti du lit et le matelas, au cas où la planchette s'y serait glissée.

Res. Rien.

Tout cela n'était pas pour lui plaire. Son père avait écarté l'idée, comme quoi son identité en tant que gardien des livres avait été éventée. Disait-il vrai, alors que la planchette et le *merel* avaient probablement disparu ?

Se glissant hors du lit, Alaïs alla à pas de loup jusqu'à la chaise où elle prenait place pour ses travaux d'aiguille. Sa cape y était posée. Quelqu'un avait tenté de la nettoyer, même si des croûtes de boue séchée subsistaient sur la capuche. Elle empestait l'aigre et l'écurie. Ainsi qu'elle s'y attendait, sa bourse n'y était plus et avec, le *merel* que lui avait remis son père.

Les événements se précipitaient. Les ombres familières prenaient soudainement un tour menaçant. Elle en était assaillie jusque par les grommellements qui s'élevaient au pied du lit.

Et si mes agresseurs se trouvaient encore au château ? Et s'ils décidaient de revenir ? songea-t-elle.

Alaïs se vêtit promptement. Saisissant la lampe à huile, elle en assura la combustion. La seule pensée de traverser la cour dans l'obscurité avait beau l'effrayer, elle ne pouvait pour autant rester assise dans sa chambre et attendre qu'un événement survînt.

Coratge. Courage.

Alaïs franchit en courant la cour d'honneur en direction de la Tour Pinte en protégeant la flamme de sa main. Elle devait instamment retrouver François.

Elle entrebâilla la porte de la chambre de son père et héla le secrétaire à voix basse, dans l'obscurité. N'obtenant pas de réponse, elle se glissa à l'intérieur.

« François ? » murmura-t-elle encore.

La lampe jetait une lueur pâle mais suffisante pour lui permettre de distinguer une silhouette couchée sur une paillasse étendue au pied du lit.

Posant la lampe sur le sol, elle s'en approcha et toucha du bout des doigts ce qui semblait être une épaule, pour retirer vivement la main comme sous l'effet d'une brûlure. Ce n'était pas une épaule.

« François ? »

Toujours pas de réponse. Alaïs empoigna le bord de la couverture, compta jusqu'à trois, et l'écarta d'un geste brusque.

Au lieu du domestique, elle découvrit de vieux vêtements disposés de sorte à faire croire à un homme endormi. Elle en fut soulagée et, dans le même temps, plongée dans un abîme de perplexité.

Un bruit en provenance du couloir la mit sur le qui-vive. Alaïs s'empressa de presser entre ses doigts la

mèche de sa lampe à huile, puis s'alla dissimuler derrière une tenture.

La porte s'ouvrit avec un grincement. L'intrus semblait hésiter, peut-être à cause de l'odeur d'huile brûlée, peut-être aussi en raison de la couverture qu'elle
avait déplacée. Elle le vit tirer sa dague.

« Qui est là ? gronda-t-il. Montrez-vous.

— François… souffla Alaïs avec un soupir de soulagement en apparaissant de derrière la tenture. C'est
moi. Vous pouvez serrer votre dague. »

Il la regardait d'un air abasourdi, plus qu'elle ne
l'était elle-même.

« Pardonnez-moi, dame, je ne savais point. »

Elle l'observa avec ostentation. L'homme haletait
comme après une course.

« La faute m'en revient. Où étiez-vous à cette heure ?
voulut-elle savoir.

— Je… »

Une femme, supposa-t-elle. Encore qu'elle n'eût
pas la moindre idée des raisons de son trouble. Elle eut
pitié de lui.

« Peu me chaut, en vérité, François. Je suis ici parce
que vous êtes la seule personne à qui je puis me fier
pour me dire ce qu'il est récemment advenu. »

Elle le vit pâlir.

« Je l'ignore, dame, répondit-il précipitamment
d'une voix étranglée.

— Allons, vous avez sûrement ouï des commérages,
des ragots dans les cuisines, n'est-ce pas ?

— Très peu, en vérité.

— Or sus, tâchons de reconstituer l'histoire
ensemble, l'encouragea-t-elle, intriguée néanmoins par
l'attitude du secrétaire. Je me rappelle avoir quitté la
chambre de mon père après qu'il m'a fait quérir par vos

soins. Ensuite de quoi, deux hommes m'ont assaillie, et je me suis éveillée aux petites heures du matin dans le verger, près du cours d'eau. Puis j'ai perdu connaissance pour me retrouver dans mes appartements.

— Reconnaîtriez-vous ces hommes, dame ? »

En réponse, Alaïs lui décocha un regard acéré.

« Que non pas, il faisait nuit et cela s'est passé trop rapidement.

— Vous a-t-on dérobé quelque chose ?

— Rien… de valeur, hésita-t-elle, réticente à mentir. Je sais qu'ensuite Aziette Baichère a donné les alarmes. Je l'ai même ouïe, tantôt, en faire des gorges chaudes. Cependant, je ne parviens pas à comprendre pourquoi c'est elle qui a veillé sur moi, et non Rixende ou l'une de mes autres servantes.

— Dame Oriane en a décidé ainsi. Elle a voulu prendre soin de vous personnellement.

— D'aucuns ont-ils fait des remarques à ce sujet ? s'enquit-elle, sachant que cela n'était pas dans le caractère de sa sœur. Dame Oriane n'est point reconnue pour de telles… dispositions d'esprit.

— C'est qu'elle a beaucoup insisté, dame », expliqua François tout en acquiesçant.

Alaïs secoua la tête. Des bribes d'images affleuraient à sa mémoire. Une vague réminiscence d'avoir été enfermée dans un espace confiné, fait de pierre ou de bois, l'odeur âcre d'urine et de déjections animales. Plus elle battait le rappel de ses souvenirs, plus ils la fuyaient.

Elle s'astreignit à revenir au sujet qui la préoccupait.

« Je présume que mon père est départi pour Montpelhièr.

— Voilà deux jours, dame, acquiesça François.

— Nous sommes donc mercredi », murmura-t-elle, consternée. Deux jours de perdus… Soucieuse, elle reprit : « À son départ, mon père ne s'est-il pas étonné de ce que je ne sois point venue lui souhaiter le bon voyage ?

— Si fait, dame, seulement… il m'a interdit de venir vous réveiller. »

Tout cela est insensé, se dit-elle.

« Et qu'en est-il de mon époux ? Ne lui a-t-il appris que je n'ai point regagné ma chambre, ce soir-là ?

— Il me semble que le chevalier du Mas a passé la nuit à la forge, dame. Après quoi, il a rejoint le vicomte à la chapelle pour une messe de bénédiction. Il est apparu aussi étonné de votre absence que l'intendant Pelletier, et cependant…

— Poursuivez, dites ce que vous avez en tête, François. Nul reproche ne vous sera adressé.

— Sauf votre respect, dame, je pense que le chevalier du Mas ne souhaitait point avoir l'air d'ignorer votre absence. »

Alors même que le valet s'exprimait, Alaïs s'avisa de la justesse de son propos. La mésentente qui divisait son père et son époux avait grandement empiré. Elle resta néanmoins bouche close, ne souhaitant pas acquiescer aux propos de François.

« Mes agresseurs ont pris un tel risque, dit-elle, revenant à l'attaque. M'assaillir ainsi dans l'enceinte du château relève de la pure démence. Sans parler de la félonie de me retenir captive… Comment espéraient-ils en réchapper ? »

Elle s'interrompit, appréhendant la portée de ses dires.

« Chacun était très occupé, dame. Le couvre-feu n'avait point sonné. Si la porte ouest était close, la porte est, elle, est restée ouverte toute la nuit. Rien de plus aisé pour deux hommes de vous transporter, après avoir dissimulé votre visage et votre vêtement. De nombreuses dames ont été vues, ce soir-là, des femmes… de toutes sortes. »

Alaïs réprima un sourire :

« La grand merci, François, j'entends bien ce que vous me dites… »

Elle reprit son air soucieux. Elle devait réfléchir aux décisions qu'elle allait prendre. Sa confusion d'esprit, le mystère qui recouvrait son agression et la façon dont elle s'était déroulée renforçaient sa frayeur. Il est bien malaisé d'affronter un ennemi sans visage.

« Il serait bon de répandre le bruit selon quoi je ne me rappelle rien de cette agression, François, reprit-elle après un silence. Ainsi, advenant qu'ils soient encore au château, mes assaillants ne se sentiront pas menacés. »

La simple idée de devoir derechef traverser la cour lui glaçait les sangs, sans parler du fait de devoir être veillée par la domestique d'Oriane, convaincue qu'elle était que sa présence n'avait d'autre dessein que de l'épier et rapporter à sa sœur le moindre de ses agissements.

« Je resterai céans jusqu'au matin », décida-t-elle sans ambages.

Quel ne fut pas son étonnement de voir une expression horrifiée se peindre sur le visage de François.

« Mais, dame, cela ne me semble pas…

— Je suis navrée de vous chasser de votre lit, l'interrompit-elle en accompagnant son ordre d'un sourire. Ma compagne de nuit ne me convient guère. Cependant, je vous saurais gré de rester à proximité, au cas où je requerrais vos services.

— Comme il vous plaira, dame », acquiesça le domestique sans lui rendre son sourire.

Alaïs garda un moment les yeux fixés sur lui, puis se dit qu'elle déduisait trop de choses de son attitude. Après lui avoir demandé d'allumer les lampes, elle lui donna congé.

François parti, Alaïs s'alla pelotonner dans le lit de son père. À se savoir derechef esseulée, elle se ressentit doublement du chagrin occasionné par l'absence de son époux. Elle tenta vainement de convoquer son visage, son regard énamouré, la ligne volontaire de son maxillaire, ses traits demeuraient flous, se refusaient à ses pensées. Comprenant que tout cela ne le devait qu'à sa rancœur, elle voulut se faire une raison, ressassant que Guilhem assumait ses devoirs de chevalier, qu'il n'avait commis d'impair ni ne s'était livré à quelque fausseté, que son attitude était conforme en tout point à ce que l'on attendait de lui. Qu'à la veille d'une mission de grande conséquence, ses devoirs allaient non pas à son épouse, mais à son seigneur et ceux qui l'accompagnaient. Et cependant, se le répéterait-elle mille fois, elle ne pouvait se soustraire à l'idée lancinante selon laquelle Guilhem ne l'avait pas protégée quand elle était en danger. Si injuste que cela pût paraître, elle lui en tenait grief.

Sa disparition eût-elle été découverte à temps que ses agresseurs auraient peut-être été appréhendés.

Et mon père ne m'aurait pas méjugée.

20

Dans une ferme abandonnée aux environs d'Aniane, dans les terres plates et fertiles à l'ouest de Montpellier, un parfait d'un âge avancé et huit autres *credentes*, des croyants, se tenaient accroupis dans un coin de la grange, derrière un enchevêtrement de vieux harnais de bœufs et de mulets.

L'un d'entre eux était gravement blessé. Les lambeaux de chair roses et gris pendaient des os éclatés qui constituaient autrefois son visage. Sous la violence du coup qui lui avait brisé la mâchoire, les yeux avaient jailli de leurs orbites. Le sang se coagulait autour d'une blessure béante. Quand la maison dans laquelle ils s'étaient rassemblés pour prier avait été prise d'assaut par un groupe de renégats dissidents de l'host, ses compagnons avaient refusé de l'abandonner.

Le blessé les avait considérablement ralentis et, partant, leur avait fait perdre l'avantage de leur connaissance de la contrée. Les croisés les avaient pourchassés toute la journée, et la faveur de la nuit ne leur avait pas permis de leur échapper. À présent, ils étaient cernés. Les cathares entendaient les vociférations de la soldatesque rassemblée dans la cour de la ferme, le crépitement du bois sec que l'on allumait. Un holocauste se préparait.

Le parfait n'ignorait pas que la fin était proche, qu'il n'y avait nulle mansuétude à attendre de ces soudards partagés entre haine, ignorance et bigoterie, tant il était vrai que sol chrétien n'avait oncques connu semblable armée. Le parfait ne l'aurait jamais cru s'il ne l'avait vu de ses propres yeux. Il voyageait vers le Sud, parallèlement à l'host, et avait aperçu les grandes barges peu maniables descendant le Rhône, transportant fournitures et équipement, ainsi que des coffres aspés de fer contenant les reliques censées bénir l'expédition. Et entendu les sabots de milliers de chevaux suivant le cours du fleuve dans un formidable nuage de poussière flottant continûment au-dessus de l'host.

D'emblée, citadins et villageois s'étaient remparés, observant à travers les croisées l'infini défilement de l'armée des Français en priant Dieu qu'elle passerait sans coup férir son chemin. Des histoires circulaient d'horreurs et d'indicibles violences. L'on rapportait des fermes incendiées, des représailles contre des paysans qui s'étaient opposés au pillage de leurs biens. À Puylaroque, des hérétiques cathares avaient été immolés sur un bûcher. La communauté juive de Montélimar dans son entièreté avait été passée au fil de l'épée, les têtes ensanglantées dressées sur des piques et livrées aux corbeaux freux.

À Saint-Paul-Trois-Châteaux, un parfait avait été crucifié par un petit contingent de *routiers*[1] gascons. De deux planches reliées par une corde, ils avaient improvisé une parodie de la Crucifixion. Les mains déchiquetées par le poids de son propre corps, l'homme n'avait pas pour autant renoncé à sa foi, refusant l'apostasie à laquelle on voulait le contraindre. Finalement, lassés

---

1. Soldats irréguliers du Moyen Âge. *(N.d.T.)*

par la lenteur de son trépas, les drilles l'avaient étripé et abandonné aux chiens.

Ces actes de barbarie et bien d'autres encore étaient soit déniés par l'abbé de Cîteaux, soit qualifiés d'actes isolés, imputables à quelques renégats. Mais rencogné dans la pénombre, le parfait n'ignorait pas que les propos des seigneurs, des prêtres ou même du légat du pape n'avaient plus cours en cet instant. Il pouvait presque sentir l'haleine pestilentielle des hommes assoiffés de sang qui les avaient traqués jusque ce coin de Terre, issue des œuvres du démon.

Il avait reconnu le Malin.

Ne lui restait plus à présent qu'à sauver les âmes de ses croyants aux fins qu'ils pussent se présenter à la face de Dieu. Sinon que le passage de ce bas monde à l'autre n'allait pas se révéler aisé.

Le blessé était encore conscient. S'il faisait entendre de faibles gémissements, la quiétude des derniers instants était descendue sur lui, et son visage empruntait déjà la lividité de la mort. Le parfait étendit les mains au-dessus du moribond pour lui administrer les derniers sacrements et prononcer les mots du *consolament*.

Les autres croyants joignirent leurs mains en cercle et se mirent à prier.

Père saint, Dieu juste des bons esprits, toi qui jamais ne trompas, ni ne mentis, ni n'erras, ni ne doutas, de peur que nous ne prenions la mort...

À présent, les soudards lançaient de violents coups de pied contre la porte de la grange avec ricanements et force jurons. Il ne se passerait pas beau temps avant que les fugitifs ne fussent découverts. La plus jeune parmi les femmes, âgée de quatorze ans à peine, éclata en sanglots. Des larmes silencieuses ruisselèrent lentement sur ses joues.

... prenions la mort dans le monde du dieu étranger – puisque nous ne sommes pas de ce monde et que ce monde n'est pas de nous – donne-nous à connaître ce que tu connais et à aimer ce que tu aimes.

Le parfait haussa la voix, cependant que la barre qui condamnait la porte se brisait en deux, projetant des échardes à travers la grange, et que les rustres se ruaient à l'intérieur. À la lueur du bûcher bâti dans la cour, il vit l'éclat sauvage et inhumain du regard des hommes. Il en compta dix, tous armés d'une épée.

Ses yeux se portèrent sur celui, entré à leur suite, qui les commandait. Un homme de haute taille, au faciès hâve et aux yeux dénués d'expression, aussi calme et maître de lui que ses hommes étaient exaltés. Se dégageait de sa personne une autorité cruelle, de celle propre aux hommes accoutumés à se faire obéir.

Sur son ordre, les fugitifs furent arrachés à leur refuge. Il leva son estramaçon et le planta dans la poitrine du parfait. Ce dernier soutint un instant le regard gris qui le contemplait avec froideur. Alors, brandissant derechef sa lourde épée, le capitaine de la troupe la plongea dans le crâne du vieillard, éclaboussant la paille de cervelle et de sang.

Le parfait occis, la panique s'empara des malheureux. Certains tentèrent de prendre la fuite, mais ils glissèrent sur la mare de sang en train de se former. Un soldat empoigna une femme par les cheveux et lui planta son épée dans le dos. Quand le père de la malheureuse tenta d'intervenir, le soldat se retourna brusquement et pourfendit le ventre du vieillard. Les yeux exorbités, ce dernier fixait sans la voir la lame que l'homme remuait dans ses entrailles, avant de la dégager en le repoussant du pied.

Le plus jeune soldat de la troupe se détourna et vomit dans la paille.

En quelques minutes, tous les hommes étaient morts, leurs cadavres éparpillés aux quatre coins de la grange. Le capitaine ordonna que les deux femmes fussent conduites au-dehors. Pour ce qui était de la jeune fille, il déciderait lui-même de son sort, de même que celui du jeune soldat qui avait vomi. Certaines choses se devaient d'être reprises en main.

L'adolescente s'écarta de lui, les yeux agrandis de terreur. L'homme esquissa un sourire. Rien ne pressait, d'autant qu'elle ne pouvait s'échapper. Il tourna quelques instants autour d'elle comme un loup se pourléchant de sa future proie puis, sans crier gare, frappa. D'un seul geste, il la saisit à la gorge et lui heurta violemment la tête contre le mur en lui déchirant la robe de haut en bas. L'adolescente poussa un hurlement et voulut se défendre bec et ongles. En réponse, l'homme lui lança son poing en plein visage, avec la délectable sensation de l'os qui éclatait.

Les jambes de la jeune fille fléchirent. Elle tomba à genoux, laissant sur le bois de la grange une traînée de sang. L'homme se pencha alors sur elle pour lui arracher son bustier. Quand il lui remonta ses jupes jusqu'à la taille, elle poussa un affreux gémissement.

« Ces ribaudes n'ont point le droit de mettre au monde des enfants qui leur seraient semblables », dit-il froidement en tirant son poignard.

L'homme n'avait nulle intention de se souiller en touchant une hérétique. Pointant sa lame, il l'enfonça jusqu'à la garde dans le ventre de la malheureuse et recommença, tout à la haine qu'il concevait pour les gens de sa race, jusqu'à ce qu'elle ne fût qu'un corps inerte étendu à ses pieds. En manière de profanation ultime, il la fit rouler sur le ventre et, de la pointe de son poignard, traça une croix de sang sur son dos dénudé. Des perles de sang, semblables à des rubis, jaillirent sur la peau blanche.

« Cela servira de leçon à tous ceux qui passeront en ces lieux, conclut-il posément. À présent, débarrasse-moi de ça. »

Ayant essuyé son poignard sur un lambeau d'étoffe, il se releva.

Le jeune homme sanglotait. Ses vêtements étaient maculés du sang de la malheureuse et de ses propres régurgitations. Il s'exécuta, avec trop de lenteur au gré de son capitaine.

Ce dernier le saisit à la gorge.

« Je t'ai dit de me débarrasser de ça. Hâte-toi, si tu ne veux pas connaître le même sort », gronda-t-il.

Il accompagna son ordre d'un coup de pied qui lui laissa sur le fondement une empreinte de poussière et de sang. De soldats au cœur fragile, il n'avait nulle utilité.

Le bûcher improvisé au milieu de la cour de ferme flambait avec violence, nourri par les vents nocturnes soufflant de la mer Méditerranée.

Les soldats se tenaient bien en retrait, les mains levées pour protéger leurs faciès grimaçants de la chaleur intense. Leurs chevaux attelés à l'entrée s'agitaient, nerveux, piaffant contre l'odeur de mort qui parvenait à leurs naseaux.

Après avoir été dévêtues, les deux femmes survivantes avaient dû s'agenouiller, pieds et poings liés devant leurs ravisseurs. Leurs visages, leurs seins, leurs épaules dénuées attestaient des exactions qui leur avaient été infligées, et cependant elles restaient coites. Quand le corps de la jeune fille fut jeté devant elles, on entendit un hoquet de stupeur.

Le capitaine alla vers le bûcher. Il était lassé, à présent, et sa hâte de partir accroissait sa nervosité. Tuer des hérétiques n'était pas la raison pour laquelle il s'était mis sous la croix. Ce raid brutal était un cadeau à l'usage de ses hommes. Il n'avait d'autre dessein que de les exercer, entretenir leurs aptitudes et mettre un terme à leurs querelles.

Autour de la lune pleine, le ciel s'était criblé d'étoiles. Le capitaine s'avisa qu'il devait être minuit et peut-être davantage. Or il entendait regagner le campement bien avant cela, au cas où signal lui serait donné.

« Les livrons-nous à la arde, messire ? »

Le capitaine ne répondit pas. Préférant tirer son épée, il trancha d'un coup sec la tête de la femme la plus proche. Le sang gicla du cou, éclaboussant ses jambes et ses pieds. Le crâne tomba sur le sol avec un bruit étouffé. Au corps agité de convulsions, il lança un coup de pied pour le faire choir en avant.

« Tuez cette catin d'hérétique et brûlez les corps. La grange, pareillement. Nous n'avons que trop délayé. »

21

Lorsque Alaïs s'éveilla, l'aurore s'insinuait dans la chambre.

Elle s'interrogea un instant sur les raisons qui l'avaient conduite à dormir dans le lit de son père. Elle s'assit, extirpa les derniers lambeaux de sommeil de ses membres engourdis, attendant que le souvenir du jour passé lui revînt pleinement à l'esprit.

À un moment donné, au cours des interminables heures entre minuit et l'aube, elle en était venue à une décision. Et, malgré une nuit entrecoupée d'éveils, ses pensées étaient aussi limpides que l'eau d'un torrent. Elle n'allait certes pas rester passivement assise en attendant le retour de son père, non plus qu'elle ne pouvait préjuger de chaque journée perdue. Quand il avait évoqué ses vœux envers la *Noublessa de los Seres* et le secret dont il était garant, il était clairement apparu que de l'accomplissement de ses devoirs sacrés dépendaient son honneur et sa réputation. Aujourd'hui, cette tâche lui incombait, à elle. Raison pourquoi elle devait le rejoindre, l'instruire de ce qui s'était passé, et lui permettre ainsi de prendre la décision qui s'imposait.

Mieux vaut agir que ne rien faire du tout.

Alaïs alla au jour nouveau ouvrir les croisées. Au loin, l'immuable Montagne Noire frémissait dans le

pourpre matutinal. Cette vision la renforça dans sa résolution. Le monde l'appelait à se joindre à lui.

Il était fort risqué pour une femme de voyager
sans escorte. Un signe d'entêtement aurait dit son
père. Mais elle était excellente cavalière, rapide et ins-
tinctive, et elle avait confiance en son habileté à éviter
les contingents de *routiers* et les hordes de maraudeurs.
Qui plus est, pour autant qu'elle le sût, aucune attaque
n'avait encore été rapportée sur les terres du vicomte
Trencavel.

Alaïs porta la main à l'ecchymose de sa nuque,
preuve palpable que quelqu'un lui voulait du mal. Si
l'heure de son trépas avait sonné, autant affronter la
mort l'épée à la main, au lieu d'attendre assise que
l'ennemi vînt encore la frapper.

Le reflet que lui renvoya la lampe de verre strié de
noir qu'elle prit dans ses mains était celui d'un visage
blafard, d'une peau couleur babeurre aux paupières
alourdies de lassitude, animée cependant d'une détermination qui ne s'y trouvait pas auparavant.

Elle eût aimé n'avoir pas à rejoindre sa chambre,
sauf qu'elle n'avait d'autre choix que de s'exécuter.
Enjambant François endormi dans le couloir, elle franchit la cour et se dirigea vers ses appartements sans
avoir rencontré âme qui vive.

Traversant les couloirs à pas de loup, elle croisa
Guirande, ombre cauteleuse d'Oriane, endormie à
même le seuil de sa maîtresse, son frais minois de
péronnelle reposé des mimiques dont elle était coutumière.

Le silence qui l'accueillit lorsqu'elle entra dans sa
chambre lui apprit incontinent que sa veilleuse n'y était

plus. Probablement s'était-elle éveillée et, découvrant l'absence d'Alaïs, avait décidé de quitter les lieux.

La jeune femme se mit au travail sans perdre un instant. Le succès de son industrie reposait sur son habileté à faire croire qu'elle était trop amoindrie pour se hasarder loin du château. Nul dans la maisonnée ne devait avoir connaissance de son intention de se rendre à Montpellier.

Parmi sa garde-robe, elle choisit sa tenue de chasse la plus légère, une pelisse rouge vin en peau d'écureuil, aux manches ajustées laissant néanmoins assez d'aisance sous les bras et finissant sur le poignet en pointe de diamant. Autour de sa taille, elle boucla une mince ceinture de cuir, à laquelle elle fixa sa dague et sa *borsa*, bourse de chasse.

De chasse aussi ses bottes montant jusqu'au genou où elle dissimula un second coutelas, avant de se revêtir d'une cape brune, dépourvue d'ornements.

Ainsi apprêtée, elle prit dans sa cassette ses bijoux et ses pierres précieuses, incluant son collier de topaze et sa parure de turquoise. Ils pourraient se révéler utiles pour s'assurer un passage ou un abri, dès lors qu'elle aurait franchi les limites du domaine de Trencavel.

Enfin satisfaite de n'avoir rien oublié, elle récupéra l'épée qu'elle gardait dissimulée derrière le lit et dont elle ne s'était plus servie depuis son mariage. Elle la leva à hauteur des yeux en la tenant fermement, jaugeant de la paume la qualité de son fil. Son manque d'usage n'avait en rien affecté son équilibre. Elle décrivit quelques huit dans l'espace, histoire de se remémorer son poids et son caractère. Elle sourit, contente de l'avoir bien en main.

Alaïs se faufila dans les cuisines et, à maître Jacques, quémanda du pain de seigle, des figues, du fromage et du poisson salé, un flacon de vin. Comme à son habitude, le cuisinier se montra d'une grande prodigalité, dont elle lui fut, cette fois, reconnaissante.

À Rixende, sa servante, elle murmura un message à l'intention de dame Agnès, alléguant qu'elle était mieux allante et qu'après tierce, elle irait au *solar*[1] rejoindre les dames de la maison. Si surprenante que fût la nouvelle, la servante n'émit aucun commentaire, car, en bonne vérité, Alaïs détestait se retrouver encagée parmi les dames du château pour pérorer à l'infini à propos de couture et de tapisserie. Cela faisait partie des tâches qui lui répugnaient et elle n'avait de cesse de trouver un bon prétexte pour s'y dérober. Mais aujourd'hui, sa décision servirait de preuve à ce qu'elle entendait revenir dans l'enceinte du château.

Elle espérait que son absence serait éventée le plus tard possible. Si la chance était de son côté, l'on s'apercevrait de sa disparition seulement quand les cloches sonneraient vêpres et l'alarme serait donnée.

À ce moment-là, je serai loin, se dit-elle.

« Ne rendez visite à dame Agnès qu'après la déjeunée, ajouta-t-elle à l'intention de Rixende. Attendez que les premiers rayons aient frappé le mur ouest de la cour, m'entendez-vous ? Avant cela, si quelqu'un me fait mander, fût-ce le serviteur de mon père, vous répondrez que je suis allée chevaucher dans les prés, du côté de Sant-Miquel. »

Les écuries se trouvaient dans un coin de la cour, entre la Tour des Casernes et la Tour du Major. À l'approche d'Alaïs, les bêtes dressèrent les oreilles et

---

1. Balcon de bois couvert orienté plein sud. *(N.d.T.)*

frappèrent le sol du sabot en faisant entendre un faible hennissement. S'arrêtant à la première stalle, elle caressa le chanfrein de sa jument à la crinière presque blanche en raison de son grand âge.

« Pas aujourd'hui, vieille compagne, lui murmura-t-elle, ce serait trop te demander. »

Sa seconde monture se trouvait dans la stalle attenante : une jument arabe de six ans que l'intendant lui avait offerte, à sa grande surprise, comme cadeau de mariage. Tatou avait une robe brun clair, le crin couleur de lin et des boulets blancs aux quatre extrémités. D'une hauteur de garrot identique à celle des épaules de sa cavalière, la bête arborait les signes distinctifs de sa race : une tête rectiligne et concave, des articulations basses et puissantes, un dos tendu, ainsi qu'une docilité à toute épreuve. Mais plus remarquables encore étaient son endurance et sa vélocité.

Au grand soulagement d'Alaïs, Amiel, fils aîné du maréchal-ferrant, était l'unique personne présente aux écuries. Gêné d'être surpris endormi dans la paille, il se redressa vivement et se confondit en excuses.

La jeune femme eut tôt fait d'y mettre un terme, lui enjoignant plutôt de préparer sa monture.

Amiel s'empressa d'en vérifier les fers puis, une fois le tapis de selle posé sur le dos de la bête, il lui mit son harnais et, à la demande d'Alaïs, une selle de voyage et non de chasse. Tout le temps que durèrent ces préparatifs, elle se sentait oppressée, sursautant au plus petit bruit, se retournant au moindre éclat de voix émanant de la cour.

Elle ne tira son épée de sous sa cape que lorsque la jument fut prête.

« La lame est émoussée », déclara-t-elle.

Leurs regards se croisèrent. Sans un mot, Amiel s'en saisit et l'emporta à la forge. Le feu brûlait, entretenu par des enfants se relayant nuit et jour, à peine plus grands que les bûches qu'ils transportaient d'un coin à l'autre de l'atelier.

Alaïs observait les gerbes d'étincelles jaillir de l'enclume, le dos musculeux du jeune homme alors qu'il abattait sa masse sur la lame de l'épée afin de l'affiner, la redresser et la rééquilibrer.

« C'est une bonne épée, dame Alaïs, dit-il en levant le ton pour être entendu. Elle vous fera bon usage cependant… je prie Dieu que vous n'ayez point à la tirer.

— *Ieu tanben*, moi tout autant », sourit-elle.

Il l'aida finalement à se mettre en selle et lui tint la bride jusqu'à la grande cour. Alaïs avait le cœur qui battait la chamade, craignant à tout moment d'être aperçue et de voir son projet anéanti.

Ils ne croisèrent personne et ne tardèrent pas à atteindre la porte orientale.

« Dieu vous garde, dame Alaïs », murmura le jeune homme, alors qu'elle lui glissait un sol dans la main.

Après que les gardes lui eurent ouvert la porte, Alaïs poussa sa jument sur le pont puis, le cœur toujours battant, à travers les rues de Carcassonne. La première étape s'était déroulée sans encombre.

Passé la Porte Narbonnaise, Alaïs lâcha la bride à Tatou.

Libertat. Liberté.

Comme elle chevauchait en direction du Levant, Alaïs se sentait en harmonie avec le monde. Ses cheveux flottaient au vent qui lui remettait également des couleurs sur les joues. Alors que Tatou galopait à travers les plaines, elle se demandait si, après son trépas, son âme éprouverait pareille sensation au cours du voyage de quatre jours qui la conduirait au Ciel[1], cette transcendance, cette impression de grâce divine où le concept de création se libère des contingences physiques pour n'être plus que pur esprit.

Alaïs esquissa un sourire. Les parfaits professaient la notion en vertu de laquelle le temps viendrait où toutes les âmes seraient sauvées et toute question trouverait sa réponse en Paradis. Pour l'heure, elle n'était préparée qu'à l'attente. Lui restait trop de choses à accomplir en ce bas monde pour songer à le quitter.

Avec son ombre pour seul poursuivant, ses pensées à propos d'Oriane et de sa demeure, toutes ses craintes s'étaient évanouies. Elle était libre. Derrière elle, l'ocre des murs et des tours de la Cité se fondait dans le Ponant, jusqu'à disparaître complètement.

---

1. Selon la croyance cathare, l'âme du défunt met quatre jours pour se séparer de son corps physique. *(N.d.T.)*

22

Toulouse

À l'aéroport de Blagnac, l'officier de la police de l'air était plus attentif aux jambes de Marie-Cécile qu'aux passeports des autres passagers.

Les têtes se tournaient tandis qu'elle traversait la grande et austère surface carrelée blanc et gris. Ses boucles noires symétriquement coiffées, son tailleur écarlate parfaitement ajusté, son chemisier d'un blanc immaculé, autant de signes qui attestaient de son importance, révélaient qu'elle n'était pas du genre à patienter ou à faire la queue.

L'allure compassée dans son costume noir, son chauffeur attitré l'attendait à la porte des arrivées, parmi les estivants en tenue débraillée et leurs parents venus les accueillir. Le temps de gagner leur voiture, elle s'enquit, souriante, de sa famille, même si ses pensées étaient de tout autre nature. Le téléphone portable qu'elle venait d'activer signalait un message émanant de Will. Elle l'effaça sans prendre la peine de l'écouter.

La voiture se glissa en douceur dans la circulation. Comme elle rejoignait la rocade qui encerclait Toulouse, Marie-Cécile se détendit enfin. La cérémo-

nie de la veille s'était révélée prodigieusement exal-
tante. Forte de l'idée que la grotte avait été mise au
jour, elle s'était sentie comblée, transfigurée par le
rituel, subjuguée par le pouvoir hérité de son grand-
père. Au moment où, levant les mains, elle avait prononcé les paroles incantatoires, de l'énergie à l'état pur
avait coulé dans ses veines.

Même la tâche de réduire au silence Tavernier,
impétrant s'étant révélé indigne de confiance, avait été
accomplie sans le moindre écueil. Partant du principe
que personne ne soufflerait mot – et elle était convaincue qu'il en serait ainsi – il n'y avait pas matière à
s'inquiéter. Marie-Cécile n'avait pas perdu de temps
en lui laissant la possibilité de se défendre. Pour autant
qu'elle le sût, et en ce qui la concernait, les transcriptions des interviews qu'il avait accordées à une journaliste suffisaient amplement à le condamner.

Quand bien même… Marie-Cécile ouvrit les yeux.

Certains points de l'affaire continuaient pourtant
de la préoccuper : la manière dont les indiscrétions de
Tavernier avaient été mises en lumière, la concision et
la précision des notes relevées par la journaliste, la disparition de cette même journaliste.

Mais plus que tout, c'était la coïncidence qui la troublait. Il n'y avait *a priori* aucune relation entre la découverte de la grotte au pic de Soularac et une sentence
prononcée de longue main à Chartres (au reste dûment
exécutée), et cependant, dans son esprit, les deux événements étaient irréfutablement liés.

La berline ralentit. Elle ouvrit les paupières et se
rendit compte que le chauffeur s'apprêtait à prendre
un billet d'entrée d'autoroute. Craignant de le voir
s'acquitter du trajet avec une carte bancaire, elle toqua
à la vitre qui les séparait :

« Pour le péage », expliqua-t-elle en produisant entre ses doigts manucurés un billet de cinquante euros.

Marie-Cécile avait une affaire à régler à Avignonet, environ trente kilomètres au sud-est de Toulouse. De là, elle partirait pour Carcassonne. Sa rencontre était prévue à neuf heures, mais elle entendait arriver plus tôt. La durée de son séjour à Carcassonne dépendait de l'homme avec qui elle devait s'entretenir.

Elle croisa ses longues jambes en ébauchant un sourire amusé. Elle avait hâte de voir s'il méritait sa réputation.

23

Carcassonne

Juste après dix heures, l'individu connu sous le nom de Audric Baillard quitta la gare de Carcassonne et prit le chemin de la ville, mince silhouette à l'allure stricte et distinguée, voire désuète, dans son costume clair de bon aloi. Il allait d'un pas pressé, tenant son bâton de marcheur comme un stick anglais. Le bord de son panama lui abritait les yeux de la lumière aveuglante.

Traversant le canal du Midi, Baillard passa devant le somptueux hôtel du Terminus, avec ses miroirs Art déco aux ornements surchargés et ses portes à tambour en acier poli. Carcassonne avait beaucoup changé et les exemples ne manquaient pas, tandis qu'il progressait dans le dédale des rues piétonnes qui traversaient le cœur de la Basse ville : boutiques de mode, pâtisseries, librairies et joailliers. Les temps étaient à la prospérité. Une fois encore, Carcassonne était une destination, une ville au centre des événements.

Les dalles blanches de la place Carnot brillaient sous le soleil. Encore une nouveauté. Les splendides fontaines XIXe avaient été restaurées, leurs bassins nettoyés. Les terrasses des cafés cernaient la place en pointillés colorés. Baillard eut un regard amusé pour le café

Félix et ses parasols élimés sous les tilleuls. Certaines choses, au moins, demeuraient immuables.

Il remonta une rue étroite et populeuse conduisant au Pont Vieux. Les antiques enseignes destinées à la Cité et ses fortifications étaient une autre indication de ce que les lieux étaient passés de la rubrique « *Vaut le détour* » du guide Michelin à celle de destination touristique internationale ajoutée de « *site protégé* » de l'Unesco.

Puis il se retrouva en terrain découvert et voilà, il y était : *La Ciutat*. Comme toujours, Baillard éprouva le pincement de cœur de celui qui revient chez lui, même si ce n'était plus tout à fait l'endroit qu'il avait quitté.

Une barrière décorative avait été installée à l'entrée du Pont Vieux afin d'en interdire l'accès à la circulation automobile. À une certaine époque, le piéton devait s'aplatir contre le parapet pour éviter d'être accroché par la cohorte ininterrompue de voitures, caravanes et autres motocyclettes qui s'y pressaient. Après quoi les ouvrages de pierre avaient présenté les premiers stigmates de décennies de pollution. Aujourd'hui, le parapet était immaculé. Un peu trop, peut-être. Mais le christ de pierre à demi rongé était toujours sur sa croix, à mi-chemin du pont, marquant ainsi la frontière entre la Bastide Saint-Louis, joyau de la ville actuelle, et la vieille ville fortifiée.

Tirant un mouchoir jaune de la pochette de son veston, il s'en tamponna le visage et ce que son chapeau laissait paraître de son front. Les bords de la rivière au loin étaient entretenus et brillaient d'une végétation luxuriante d'arbres et de buissons, entre lesquels sinuaient des chemins de promenade. Sur la rive nord, harmonieusement disséminés sur une pelouse immaculée, se dressaient des massifs de fleurs exotiques.

Assises sur des bancs de métal, des dames élégamment vêtues bavardaient en contemplant l'eau claire, pendant que leurs petits chiens haletaient patiemment auprès d'elles ou couraient sur les talons d'un éventuel jogger.

Le Pont Vieux et ses douze arches filaient en ligne droite vers le quartier de la Trivalle, lequel, de triste banlieue qu'il était jadis, avait été transformé en portail de la vieille Cité. Des barrières de métal jalonnaient la chaussée à intervalles réguliers afin d'empêcher les automobilistes de stationner. Des pensées violemment multicolores débordaient des jardinières en longues traînées comme une chevelure de fée. Chaises et tables chromées rutilaient à la terrasse des cafés, et des lampadaires de cuivre aux formes élaborées s'étaient ajoutés aux luminaires désuets. Même les banales gouttières en plastique, craquelées par les intempéries, avaient été remplacées par des tuyaux de métal brossé, dont les extrémités évasées évoquaient la bouche de poissons affamés.

La boulangerie et l'alimentation générale avaient survécu à ces bouleversements, ainsi que l'hôtel du Pont Vieux. En revanche la boucherie était remplacée par un magasin d'antiquités, et la mercerie par un bazar « nouvel âge », dispensant cristaux, cartes de tarots et ouvrages traitant de spiritualité et d'illumination.

Combien d'années s'étaient écoulées depuis la dernière fois qu'il était venu ici ? Il en avait perdu le compte.

Baillard bifurqua à droite vers la rue de la Gaffe, et là encore, reconnut les signes rampants d'un embourgeoisement. Davantage allée que voie, elle permettait à peine le passage d'une voiture. On y voyait à l'angle

La Maison du chevalier, galerie d'art dont les larges vitrines cintrées, défendues par les barreaux de métal, évoquaient une herse façon hollywoodienne. Six panneaux de bois peint les refermaient. L'anneau scellé au mur où, jadis, l'on attachait les chevaux était maintenant relégué aux chiens.

De nombreuses portes étaient fraîchement repeintes. Aux numéros de métal s'étaient substitués des carrés de céramique bleu et jaune bordés de brindilles et de petites fleurs. Carte routière et bouteille d'eau à la main, l'éventuel campeur s'arrêtait pour demander, dans un français haletant, la direction de la Cité, sinon, il n'y avait que peu de mouvement.

Jeanne Giraud occupait une maisonnette adossée aux pentes herbeuses qui escaladaient abruptement les remparts. Sur sa portion de rue, peu de logements avaient été rénovés. Certains étaient délabrés, d'autres condamnés. Un couple de vieillards avait sorti deux chaises de leur cuisine pour prendre le frais. Quand il passa devant eux, Baillard leva son chapeau pour saluer ces voisins de Jeanne qu'il avait fini, au fils des ans, par connaître vaguement.

Attendant impatiemment sa venue, Jeanne s'était installée à l'ombre, devant sa porte. Dans sa chemise à manches longues toute simple et sa sévère jupe noire, elle dégageait une impression de netteté et d'efficacité que ne contredisaient pas ses cheveux tirés en un chignon reposant sur la nuque. De fait, elle avait l'air de l'institutrice qu'elle avait été vingt ans plus tôt. Au cours des années où ils s'étaient connus, il ne l'avait jamais vue autrement que vêtue avec l'élégance stricte et parfaite qui la caractérisait.

Audric sourit au souvenir de la curiosité dont elle avait fait preuve lors de leur dernière rencontre : où vivait-il ? Où allait-il ? Que faisait-il durant les longs mois passés sans se voir ?

Il voyageait, avait-il répondu. Il recherchait et rassemblait des matériaux pour ses livres. Il rendait visite à des amis. Quels amis ? avait-elle voulu savoir.

Des compagnons. Ceux avec qui il étudiait et partageait les expériences. C'est là qu'il avait évoqué son amitié avec Grace.

Un peu plus tard, il avait consenti à révéler qu'il habitait un petit village des Pyrénées, non loin de Montségur. Mais il se livrait peu et, avec les décennies, elle avait fini par renoncer à l'interroger.

Jeanne était une chercheuse intuitive, méthodique, assidue, consciencieuse et pragmatique – autant d'inestimables qualités. Depuis trente et quelques dernières années, elle collaborait à chacun de ses livres et plus particulièrement au dernier, encore inachevé, biographie d'une famille cathare du Carcassonne médiéval.

Pour Jeanne, cela s'était révélé un véritable travail d'enquêteur pour Audric, un acte d'amour.

En le voyant arriver, elle leva la main pour le saluer.

« Audric, sourit-elle. Cela fait si longtemps… »

Ce dernier lui prit les mains.

« *Bonjorn.* »

Elle recula d'un pas pour l'examiner de la tête aux pieds.

« Tu as l'air bien.

— *Tè tanben.* Toi aussi.

— Tu n'as pas perdu de temps.

— Le train était à l'heure », acquiesça-t-il.

Jeanne affecta une mine scandalisée :

« Tu n'es pas venu de la gare à pied, tout de même ?

— Ce n'est pas si loin. Je voulais me rendre compte combien Carcassonne avait changé depuis la dernière fois que nous nous sommes rencontrés. »

Baillard la suivit dans la fraîcheur de la maison. Les carreaux de céramique beiges et bruns recouvrant uniformément les murs et le sol conféraient à toute chose un caractère sombre et désuet. Une petite table ovale trônait au milieu de la pièce, recouverte d'une toile cirée jaune et bleue ne laissant apparaître que le bout des pieds. Dans un coin, près d'une fenêtre à la française ouvrant sur une petite terrasse, il y avait un bureau surmonté d'un vieux modèle de machine à écrire.

Jeanne entra dans sa souillarde pour en rapporter un plateau chargé d'un cruchon d'eau fraîche, de biscuits salés, d'un bol rempli d'olives et d'un autre pour les noyaux. Après l'avoir précautionneusement posé sur la table, elle prit sur l'étagère, qui courait sur tout un pan de mur, une bouteille de guignolet, vermouth de cerise amer, que Baillard savait exclusivement destiné à ses rares visiteurs.

Les glaçons se craquelaient et tintèrent dans les verres tandis qu'on y versait l'alcool d'un rouge éclatant. L'homme et la femme observèrent un silence courtois comme ils l'avaient déjà fait si souvent. Des fragments de commentaires répétés en plusieurs langues leur parvenaient de temps à autre du petit train pour visiteurs qui poursuivait son circuit entre les murs de la Cité.

Audric reposa son verre avec un geste mesuré.

« Alors, dit-il, raconte-moi ce qui s'est passé.

— Comme tu le sais, commença Jeanne en rapprochant son siège, mon petit-fils, Yves, appartient à la police judiciaire de l'Ariège, cantonnée à Foix. Hier, il a été appelé à se rendre sur un site archéologique, dans les monts Sabarthès, près du pic de Soularac, où deux squelettes ont été découverts. Yves a eu la surprise de voir ses supérieurs considérer l'endroit comme les lieux d'un crime potentiel, même si, selon lui, ces squelettes étaient là depuis des temps immémoriaux. Naturellement, il n'a pas pu parler à la femme responsable de cette découverte, mais il était présent lors de son interrogatoire. Il a aussi une vague idée du travail que j'effectue pour toi, certainement assez en tout cas pour comprendre que cette découverte pouvait m'intéresser. »

Audric retenait sa respiration. Depuis des années, combien de fois avait-il tenté d'imaginer cet instant. Il avait toujours eu foi en ce que le temps viendrait enfin où il saurait la vérité à propos des dernières heures.

Les décennies se succédaient. Il observait le cycle éternel des saisons, le vert printemps le céder à l'or de l'été, la palette ocrée des automnes faire place à la blanche austérité de l'hiver, et au printemps, les premiers dégels des cours d'eau de montagne.

Pour autant, aucun mot ne lui était parvenu. *E ara ?* Et maintenant ?

« Yves est-il entré en personne dans la grotte ? » Puis, comme Jeanne acquiesçait, il enchaîna : « Et qu'a-t-il vu ?

— Il y avait un autel, et derrière, gravé dans le rocher, le symbole du labyrinthe.

— Et les corps, où étaient-ils ?

— Dans un tombeau. En fait, pas plus qu'une dépression dans le sol en face de l'autel. Il y avait différents objets entre les corps, mais aussi trop de monde pour pouvoir y regarder de plus près.

— Combien de corps ?

— Deux. Deux squelettes.

— Mais c'est… » Il s'interrompit : « Aucune importance, Jeanne, continue.

— Sous… l'un d'eux, il est quand même parvenu à récupérer ceci… »

Jeanne posa sur la table un petit objet.

Baillard, lui, n'osait esquisser un geste. Après si longtemps, cela lui faisait presque peur.

« Yves m'a téléphoné de la poste de Foix, hier, dans la soirée. La ligne était mauvaise et je n'entendais pas tout ce qu'il disait. Il m'a expliqué qu'il s'était emparé de l'anneau parce que les personnes qui le voulaient ne lui inspiraient pas confiance. Il semblait inquiet… Non, pas inquiet, Audric, plutôt effrayé. Quelque chose n'allait pas ; la procédure ne se déroulait pas normalement. Bon nombre de gens qui n'y avaient pas leur place se trouvaient sur le site. Il murmurait comme s'il craignait qu'une autre personne ne fût en train de l'écouter.

— Qui sont les gens qui savent qu'il est entré dans la grotte ?

— Je l'ignore. Ses collègues ? Son supérieur ? D'autres personnes aussi, probablement. »

Baillard observa quelques instants l'anneau posé sur la table, puis le prit entre ses doigts et le fit rouler entre le pouce et l'index. Quand il le porta à la lumière, il distingua clairement le motif du labyrinthe délicatement gravé sur la face intérieure.

« Est-ce son anneau ? » voulut savoir Jeanne.

Audric n'osait répondre. Il songeait à la chance qui avait mis l'anneau entre ses mains, se demandant si c'était vraiment une chance.

« Yves a-t-il dit où les corps ont été emmenés ? »

Jeanne eut un signe de dénégation.

« Pourrais-tu le lui demander ? Et, si c'est possible, la liste des personnes sur le site, hier, quand la grotte a été ouverte.

— Je n'y manquerai pas. Je suis certaine qu'il fera de son mieux. »

Baillard glissa l'anneau à son pouce.

« S'il te plaît, transmets mes remerciements à Yves. Il a dû beaucoup lui en coûter de s'emparer de ceci. Il n'a pas idée à quel point sa vivacité d'esprit pourrait se révéler déterminante pour l'avenir. A-t-il évoqué d'autres objets qu'on aurait découverts auprès des corps ?

— Une dague, un petit sac de cuir vide, une lampe sur…

— *Vuèg ?* s'exclama-t-il, incrédule. Vide ? C'est impossible…

— Il semblerait qu'en interrogeant la femme le capitaine Noubel, son supérieur, se soit montré particulièrement insistant, sur ce point. D'après Yves, elle a été formelle : à part l'anneau, elle n'a touché à rien.

— Et ton petit-fils pense-t-il qu'elle dit la vérité ?

— Il ne me l'a pas précisé.

— Si… quelqu'un d'autre a dû le prendre, murmurat-il dans sa barbe en fronçant les sourcils. Que t'a raconté Yves, à propos de cette femme ?

— Très peu de chose. Elle est anglaise, entre vingt et trente ans. C'est une sorte de bénévole, non une archéologue. Elle est à l'hôtel, à Foix, sur l'invitation d'une amie responsable des recherches.

— T'a-t-il dit son nom ?

— Taylor, je crois… Jeanne se reprit : non, pas Taylor, Tanner. Oui, c'est cela, Alice Tanner. »

Le temps parut suspendre son cours. *Es vertat ?* Étaitce possible ? Ce nom résonnait dans sa tête comme un gong. « *Es vertat ?* » répéta-t-il pour lui-même dans un murmure.

Avait-elle pris le livre ? L'avait-elle reconnu ? Il voulut mettre un terme à ses cogitations. Cela n'avait aucun sens. Si elle avait pris le livre, pourquoi pas l'anneau ?

Baillard posa les mains à plat sur la table pour s'empêcher de trembler. Puis il leva les yeux sur Jeanne.

« Pourrais-tu demander son adresse à Yves ? S'il sait où *Madomaisèla*... » Il se tut, incapable de continuer.

« Bien sûr, répondit Jeanne. Est-ce que ça va, Audric ?

— Un peu fatigué, sans plus, répondit-il en esquissant un sourire.

— Je m'attendais à plus... d'enthousiasme de ta part. C'est, du moins, cela pourrait être le couronnement d'années de travail.

— C'est que le poids est énorme.

— Tu sembles plus troublé qu'enchanté par ces nouvelles. »

Baillard imagina de quoi il devait avoir l'air : mains tremblantes, visage défait, yeux hagards...

« Je suis très heureux, rectifia Baillard, et très reconnaissant envers Yves et toi, bien sûr. Mais... » Il prit une profonde inspiration : « Si tu lui téléphonais, j'aimerais m'entretenir avec lui ; peut-être même le rencontrer. »

Jeanne quitta la table et alla décrocher le téléphone posé sur le guéridon qui se trouvait dans le hall d'entrée, au pied de l'escalier.

De la fenêtre, Baillard contempla les pentes qui escaladaient les murs de la Cité. L'image de Jeanne en train de fredonner tout en vaquant à ses tâches ménagères revint dans ses pensées, puis celle de la lumière tombant à travers le feuillage comme des éclats de miroir posés sur de l'eau claire. Jeanne entourée des sons et des odeurs du printemps, de broussailles piquetées de jaune, de rose et de bleu, des fortes senteurs de terre et de l'entêtant parfum des buis qui jalonnaient le chemin rocailleux. La promesse de la douceur des jours d'été à venir.

Quand Jeanne vint l'arracher aux couleurs de son passé, il ne put s'empêcher de sursauter.

« Il ne répond pas », lui apprit-elle.

24

Chartres

Dans la cuisine de la demeure de la rue du Cheval-Blanc, Will Franklin buvait directement au goulot le lait censé chasser l'odeur de fiel et d'alcool qui frelatait son haleine.

La gouvernante avait dressé la table du petit déjeuner tôt le matin, avant de prendre congé. La cafetière italienne était sur le fourneau, prête à chauffer. Will se dit que ces attentions étaient principalement destinées à François-Baptiste, sachant qu'en l'absence de Marie-Cécile elle ne se mettait jamais en peine pour lui. Il supposa que le jeune homme devait encore dormir, car rien n'avait été touché. Le couvert était mis pour deux, avec du miel et plusieurs sortes de confitures. Will souleva une serviette blanche étalée sur une coupe et vit qu'elle contenait des pêches, des nectarines, des pommes et un melon.

Will n'avait pas grand appétit. La veille, pour tuer le temps en attendant le retour de Marie-Cécile, il s'était octroyé un verre, puis deux, puis trois. Elle n'était réapparue que bien après minuit et, à ce moment-là, il était dans un état d'ébriété avancé. Ce constat l'avait mise de méchante humeur. Une querelle nourrie s'était ensuivie, et ils n'étaient allés se coucher qu'à l'aube.

Ses doigts se refermèrent rageusement sur le mot qu'elle lui avait laissé, sans se donner la peine de le rédiger elle-même. Cette fois encore, c'était sa gouvernante qui avait eu la tâche de le prévenir que ses affaires la contraignaient à partir pour plusieurs jours, et qu'elle espérait être de retour avant le week-end.

Ils s'étaient rencontrés au printemps, lors d'un vernissage destiné à lancer une nouvelle galerie, par le truchement d'amis français de ses parents. Il entamait un congé sabbatique de six mois en Europe, et Marie-Cécile était l'une des commanditaires de la galerie. Parmi les hommes présents, elle avait jeté son dévolu sur lui. Attiré, flatté par tant d'attention, il s'était pris à lui raconter sa vie, tandis qu'ils vidaient une bouteille de champagne. Ils avaient quitté la galerie ensemble et ne s'étaient plus quittés depuis.

Du moins en théorie, songeait-il amèrement. Il alla s'asperger le visage de l'eau fraîche du robinet. Un peu plus tôt, il lui avait téléphoné sans savoir ce qu'il voulait lui dire, mais son appareil était coupé. Avec elle, il ne savait jamais à quoi s'en tenir, et ses incessants va-et-vient commençaient à le lasser.

Will regarda par la fenêtre qui donnait sur la cour arrière. Comme le reste de la demeure, l'endroit était net et parfaitement aménagé. Rien de naturel, cependant : posés sur un lit de galets gris clair, des jardinières de terre cuite, alternant citronniers et orangers, s'alignaient contre le mur orienté plein sud ; accrochés à la fenêtre, des bacs à fleurs débordant de géraniums déjà éclos et sur le portillon en fer forgé, un rideau de lierre vieux de plusieurs centaines d'années. Chaque chose évoquait la durée, la pérennité, et y serait encore bien après le départ de Will.

L'impression l'habitait de marcher dans un rêve et de découvrir que le monde n'était pas celui qu'il avait imaginé. La décision la plus sage aurait été de dénouer sans heurts ses attaches et de poursuivre son chemin. Mais si décevante que fût sa relation avec Marie-Cécile, force lui était de reconnaître qu'elle s'était toujours montrée aimable et généreuse envers lui. Pour être honnête, elle avait rempli sa part du marché. Seules ses espérances irréalistes propres à sa jeunesse étaient responsables de son abattement. En ce qui la concernait, elle n'avait rien à se reprocher, n'ayant brisé aucune promesse.

Will ne se rendait compte qu'aujourd'hui de l'ironie du sort qui l'avait conduit à passer les trois derniers mois dans une demeure en tous points semblable à celle où il avait grandi et qu'il avait voulu fuir, aux États-Unis. Hormis les différences culturelles, l'atmosphère, élégante et stylée, lui rappelait celle de chez ses parents, une résidence davantage conçue pour les mondanités que pour la vie de famille. Là-bas comme ici, il avait passé le plus clair de son temps à errer tout seul d'une pièce à l'autre.

Pour Will, ce voyage avait été prétexte à réfléchir et décider de ce qu'il ferait de son existence. Le projet, au départ, consistait à voyager en France et en Espagne afin de rassembler des éléments d'inspiration en vue du livre qu'il projetait d'écrire. Or, depuis son arrivée à Chartres, c'est à peine s'il avait couché une ligne sur le papier. L'ouvrage qu'il voulait entreprendre traiterait de rébellion, de colère et d'anxiété, les trois inavouables composantes de la vie américaine. Aux États-Unis, les motifs pour exprimer sa colère ne lui manquaient pas, ici, en revanche, elle s'était calmée faute de combustible. Son seul objet de préoccupation était à présent Marie-Cécile, et elle était inaccessible.

Ayant vidé la bouteille de lait, il alla la jeter dans la poubelle. Après un dernier coup d'œil sur la table, il finit par décider de prendre son petit déjeuner dans un quelconque café. La seule pensée de devoir faire la conversation à François-Baptiste lui retournait l'estomac.

Will traversa le couloir. Dans le vestibule à haut plafond, l'on n'entendait que le tic-tac de la vieille pendule à balancier.

À la droite du grand escalier, une petite porte accédait aux caves généreusement pourvues en grands crus. Will enfilait son blouson denim quand il remarqua qu'une tapisserie était légèrement inclinée. Le défaut, imperceptible, était cependant choquant dans le parfait alignement des panneaux de noyer dont était recouvert le pourtour du vestibule.

Will tendit la main pour redresser la tapisserie, puis hésita. Un mince filet de lumière filtrait sous les panneaux de bois verni. Il leva machinalement les yeux vers la fenêtre de la cage d'escalier, tout en sachant que le soleil n'entrait pas dans le vestibule à cette heure de la journée.

La lumière semblait plutôt provenir de l'intérieur, de l'autre côté des murs lambrissés. Troublé, il écarta la tapisserie. Une petite porte était dissimulée par les panneaux auxquels elle était parfaitement intégrée, de façon à la rendre presque indécelable. Un petit verrou de laiton encastré dans la masse en assurait la fermeture, ainsi qu'une poignée ronde et plate, très discrète, un peu semblable à celle d'une porte de court de squash.

Will actionna le verrou. Comme il était bien huilé, il coulissa sans bruit. Un petit grincement, et la porte s'ouvrit toute grande devant lui, révélant des odeurs de cave et de renfermé. Appuyé sur le dormant, il explora la pénombre et décela immédiatement l'ampoule nue qui pendait sous le rampant d'escalier, éclairant un second escalier qui plongeait dans l'obscurité.

Sa main tâtonna sur le côté et découvrit deux interrupteurs superposés. L'un commandait l'ampoule nue, l'autre une série d'appliques jaunes en forme de chandeliers, réparties sur la droite, le long de la descente d'escalier. De part et d'autre, des cordages bleus maintenus par des anneaux de métal faisaient office de main courante.

Will descendit la première marche. Le plafond, bas, constitué d'un aggloméré d'ardoise, de pierre et de vieille brique, ne ménageait que quelques centimètres au-dessus de sa tête. Quoique confiné, l'endroit respirait la fraîcheur et la propreté : il n'était manifestement pas déserté.

Plus il descendait, plus il y faisait froid. Vingt marches en tout. Aucune trace d'humidité, et cependant pas de ventilateurs, rien qui pût laisser supposer une aération artificielle, comme si l'endroit disposait d'une arrivée d'air frais autre que le vestibule.

En bas, Will se retrouva dans une antichambre aux murs nus, avec simplement l'escalier derrière et une porte devant lui qui tenait la largeur et la hauteur du couloir. Une lueur jaunâtre éclairait les lieux.

Saisi d'une soudaine fébrilité, il s'approcha de la porte.

La grosse clé d'un autre âge tourna dans la serrure sans difficulté. Une fois le seuil franchi, l'atmosphère changea du tout au tout. Un épais tapis bourgogne qui absorbait le bruit de ses pas avait remplacé le sol de ciment. Des appliques de métal ornementales remplaçaient l'éclairage sommaire du couloir. Mélange de brique et de pierre, les murs avaient beau offrir la même rusticité, ils étaient cependant tendus de tapisseries médiévales illustrant des scènes de chevalerie, des femmes au teint de porcelaine et des prêtres en aube blanche en train de prêcher.

Des effluves flottaient dans l'air. De l'encens, odeur suave et entêtante qui lui rappelait les noëls et les pâques de son enfance qu'il avait depuis longtemps oubliés.

Un coup d'œil par-dessus son épaule à l'escalier encore visible par la porte laissée ouverte le rassura. Devant lui, la petite pièce finissait en cul-de-sac, butant sur un rideau de velours pendu à une tringle de métal, sur lequel étaient brodés des symboles dorés, mélange de hiéroglyphes et de signes zodiacaux.

Il tira le rideau.

Une autre porte y était dissimulée, beaucoup plus ancienne, constituée de panneaux de bois embrevés, semblables à ceux du vestibule, dont les coins s'ornaient de volutes et de motifs sculptés. Les panneaux centraux étaient nus. Si l'état vermoulu du bois attestait de son ancienneté, aucune serrure ni poignée n'étaient décelables.

Le linteau de porte était de pierre et non de bois, lui aussi richement sculpté. Will le parcourut du bout des doigts espérant trouver le système d'ouverture caché, sachant qu'il devait forcément y en avoir un. Il fit ainsi soigneusement le tour de l'encadrement, tâtonnant d'abord d'un côté, puis de l'autre, pour finalement découvrir une petite dépression au bas de l'encadrement, au ras du sol.

S'accroupissant, il appuya fortement dans le renfoncement. Un déclic se produisit, suivi d'un bref raclement évoquant un bloc de marbre frottant contre du ciment. Un mécanisme se déclencha et la porte s'ouvrit enfin.

Will se redressa, les mains moites, le souffle un peu précipité, les poils des bras et de la nuque hérissés. Encore quelques minutes, et il sortirait d'ici, se promit-il. Il ne voulait que jeter un bref coup d'œil. Il n'y avait pas de quoi fouetter un chat. Il mit la main à plat sur la porte et poussa fermement.

À l'intérieur, l'obscurité était totale, encore qu'il eût la perception d'un espace plus vaste, une cave, peut-être. L'odeur d'encens y était très présente.

Will tâtonna à la recherche d'un interrupteur, mais n'en trouva point. Puis l'idée lui vint qu'en maintenant le rideau relevé, le peu de lumière provenant de l'antichambre suffirait à l'éclairer. Aussi l'accrocha-t-il à l'embrasse en y faisant un gros nœud, avant de se retourner pour voir ce qui se trouvait devant lui.

La première chose qui lui apparut fut son ombre s'étirant dans un rectangle de lumière. Mais alors que ses yeux s'accoutumaient à la pénombre, il commença à distinguer le lieu.

C'était une longue pièce rectangulaire au plafond bas et voûté. Des bancs semblables à ceux des églises occupaient les murs les plus longs, aussi loin que ses yeux pouvaient le constater. À la jonction des murs et du plafond courait une frise constituée de symboles et de hiéroglyphes identiques à ceux qu'il avait aperçus sur la tenture.

Will essuya ses mains moites sur son pantalon de toile à coutures renforcées. Devant lui, en plein centre de la salle, se dressait une imposante masse de pierre offrant toutes les caractéristiques d'un tombeau. Il en fit précautionneusement le tour, laissant glisser sa main sur la pierre parfaitement polie, n'eût été un grand motif circulaire gravé au centre. En l'examinant de plus près, il reconnut une succession de cercles concentriques qu'il suivit du bout des doigts. Cela faisait un peu penser à Saturne et ses anneaux.

Comme sa vision s'améliorait, il aperçut aussi des lettres gravées sur chaque face du bloc de pierre. E en bout, O, à l'opposé, S et N sur les plus longs côtés. Les quatre points cardinaux ?

Pour finir, le bloc de pierre, trente centimètres de haut, au pied du sépulcre, aligné sur la lettre E. Son centre présentait un léger creux qui lui conférait des allures de billot.

Tout autour, la couleur du sol était plus sombre que le reste de la pièce, peut-être à cause de l'humidité qui s'en dégageait, comme s'il avait été lessivé. Il en eut la confirmation après l'avoir touché et porté ses doigts à son nez. Une forte odeur de désinfectant, un peu âcre comme de l'eau de Javel. Sous un coin de la pierre quelque chose était coincé. Will le dégagea en grattant avec ses ongles.

Il s'agissait d'un minuscule morceau d'étoffe, du coton ou du lin effiloché, ce qui portait à croire qu'il avait été arraché. Un coin présentait de minuscules taches sombres et dures. On eût dit des éclaboussures de sang séché.

Pris de panique, il lâcha le morceau de tissu et s'enfuit, claquant la porte, baissant le rideau derrière lui, à peine conscient de ses gestes. Traversant le couloir au pas de charge, il franchit l'autre porte, monta quatre à quatre l'escalier jusqu'à retrouver la clarté du vestibule.

Plié en deux, mains sur les cuisses, il s'astreignit à reprendre son souffle. Puis il comprit que, quoi qu'il pût s'être passé, il ne pouvait prendre le risque d'être découvert, que quelqu'un s'aperçût de son intrusion. Les doigts tremblants, il éteignit les lumières, referma soigneusement la porte sous l'escalier et replaça la tapisserie, de manière à ne laisser aucune trace de son passage.

Il resta un instant immobile. L'horloge de parquet lui apprit qu'à peine vingt minutes s'étaient écoulées.

Il contempla ses mains, les tournant et retournant comme si elles lui étaient devenues étrangères. Frottant ses doigts contre son pouce, il les porta ensuite à son nez. L'odeur ressemblait à celle du sang.

25

Toulouse

Alice s'éveilla avec une atroce migraine. Un instant, elle ne sut même plus où elle était. Elle loucha du côté de sa bouteille d'eau vide, posée sur la table de nuit.

Bien fait pour toi.

Roulant sur le côté, elle attrapa sa montre-bracelet.

Onze heures moins le quart.

Elle se laissa retomber sur son oreiller avec un grognement. Elle avait dans la bouche l'amertume d'un cendrier de comptoir et la langue lourde des rémanences du whisky qu'elle avait avalé.

Il me faut de l'aspirine, se dit-elle. Et de l'eau.

Alice tangua jusqu'à la salle de bains. Le miroir lui renvoya une image aussi piteuse que l'état dans lequel elle se trouvait. Son front était un kaléidoscope d'ecchymoses vert, jaune et violet. De larges cernes bleuissaient le contour de ses yeux. Des bribes de rêves lui revenaient en mémoire, faites de bosquets, de givre et de brindilles sèches. Un labyrinthe imprimé sur un morceau d'étoffe ? Elle n'en était pas sûre.

Son voyage de la veille, depuis Foix, demeurait flou. Elle ne pouvait pas même se rappeler les raisons qui l'avaient incitée à se rendre à Toulouse plutôt qu'à

Carcassonne, comme elle l'avait initialement prévu. Alice émit un nouveau grognement. Foix, Carcassonne ou Toulouse, il n'était pas question d'aller où que ce fût, avant d'avoir récupéré. Elle s'allongea sur le lit, et attendit que l'aspirine produisît son effet.

Vingt minutes plus tard, elle se sentait encore fragile, mais les élancements de ses orbites s'étaient mués en une douleur diffuse. Elle s'attarda sous la douche jusqu'à ce que la réserve d'eau chaude fût épuisée. Elle pensa à Shelagh et aux autres, se demandant à quoi ils étaient occupés à l'heure présente. D'ordinaire, l'équipe se rendait à huit heures sur le terrain des fouilles et y restait jusqu'à la nuit tombée. Ils ne vivaient que pour cela. Alice imaginait leur désarroi, face à leur inactivité forcée.

Avec pour seul vêtement la minuscule serviette fournie par l'hôtel, Alice consulta sa messagerie : rien, pas le plus petit mot de Shelagh. Si, la veille, elle en avait conçu quelque dépit, ce matin, cet état de fait l'exaspérait. Au cours de leurs dix années d'amitié, Shelagh s'était plus d'une fois cantonnée dans un silence rancunier qui durait parfois des semaines. Alice prit conscience de son ressentiment en songeant que, chaque fois, elle était l'artisan de leur réconciliation.

Cette fois, laisse-lui faire le premier pas.

Dans sa trousse de maquillage, elle alla puiser le fond de teint qu'elle utilisait en de rares occasions, grâce auquel elle masqua le plus gros de ses ecchymoses. Ajoutés à cela un trait d'eye-liner et une trace de rouge à lèvres, et elle retrouva figure humaine. Revêtue de sa jupe et d'un chandail ras de cou, elle plia bagage et descendit régler sa note à la réception, avec l'intention de visiter Toulouse.

À vrai dire, elle se sentait plutôt vaseuse, mais pas assez pour qu'un bol d'air frais et de café bien chaud ne pussent en venir à bout.

Son bagage rangé dans le coffre de sa voiture, Alice décida simplement de se promener au hasard des rues. Le système de climatisation de son véhicule de location laissant à désirer, l'idée consistait à attendre que le thermomètre descendît un peu avant de prendre la route pour Carcassonne.

Déambulant à l'ombre des platanes, devant les vitrines de vêtements et de parfums, elle se sentit redevenir elle-même. Le souvenir de sa conduite de la veille la plongeait dans un certain embarras. Elle avait réagi d'une manière excessive, relevant de la paranoïa. L'idée que quelqu'un pût être à ses trousses lui semblait à présent absurde.

Ses doigts se portèrent sur le numéro de téléphone qu'elle avait dans sa poche. *Tu n'as pourtant pas rêvé.* Alice repoussa cette pensée. Elle devait se monter « positive », aller de l'avant. Profiter pleinement de son passage à Toulouse.

Elle musa dans les ruelles et les passages de la vieille ville, n'ayant pour seul guide que ses pas. Les façades élaborées de briques roses lui parurent élégantes et discrètes. Les noms des rues, des fontaines et des monuments évoquaient le passé glorieux de la cité : chefs militaires, saints médiévaux, poètes du XVIIIe, défenseurs modernes de la liberté, autant de témoins de son noble passé, depuis l'époque romaine jusqu'aux plus récentes heures.

Alice entra dans la cathédrale de Saint-Étienne, partie pour se mettre à l'abri du soleil, partie pour la visiter. Elle appréciait la paisible atmosphère des cathédrales et des églises, héritage des visites qu'elle faisait dans son enfance, sous la houlette de ses parents. Ainsi, elle passa une agréable demi-heure en promenade, à lire les ex-voto et contempler les vitraux.

La faim qui commençait à la tenailler l'incita à terminer sa visite par les cloîtres, puis à se mettre en quête d'un lieu pour déjeuner. À peine avait-elle fait quelques pas qu'elle entendit un enfant pleurer. Elle se retourna : personne. Vaguement embarrassée, elle poursuivit sa marche, mais les sanglots redoublèrent d'intensité. Un murmure s'éleva, une voix masculine persiflant à son oreille.

Hérétique, hérétique.

Alice se retourna en sursaut :

« Oui ? Il y a quelqu'un ? »

Personne. Pourtant, pareille à un murmure mal intentionné, la voix ne cessait de répéter : *Hérétique, hérétique...*

Elle se plaqua les mains sur les oreilles, alors que, sur les murs et les piliers, des visages lui apparaissaient. Des bouches torturées, des mains tendues vers elle l'appelaient à l'aide, jaillissaient du moindre recoin.

Enfin elle eut devant elle la vision furtive d'une personne. Une femme en robe verte recouverte d'une cape pourpre apparaissait puis disparaissait dans l'ombre. Elle tenait un panier d'osier à la main. Alice poussa un cri pour attirer son attention, quand trois hommes, des moines, apparurent de derrière les piliers. La femme poussa un cri, tandis qu'ils se saisissaient d'elle et l'entraînaient malgré ses efforts désespérés.

Alice voulut derechef attirer leur attention, mais aucun son ne monta à ses lèvres. Seule la femme semblait l'entendre car elle se retourna et garda les yeux ostensiblement fixés sur les siens. À présent, les moines encerclaient complètement la femme, étendant au-dessus d'elle leurs bras immenses comme des ailes noires.

« Laissez-la ! » cria Alice en se précipitant vers eux.

Plus elle se rapprochait plus les personnages s'éloignaient, jusqu'à disparaître tout à fait, comme s'ils s'étaient dissous dans l'épaisseur des murs.

Frappée de stupéfaction, Alice laissa ses mains errer sur la pierre, cherchant à droite et à gauche une explication à ce mystère, sauf que l'endroit restait désespérément désert. La panique finit par prendre le dessus. Elle courut vers la sortie, s'attendant à se voir poursuivie, terrassée par les hommes en robe noire.

À l'extérieur, tout était comme auparavant.

Ça va. Tout va bien, se rassura-t-elle. Haletante, Alice s'appuya contre un mur. Alors qu'elle retrouvait la maîtrise de ses émotions, elle eut conscience d'éprouver non pas de la peur, mais du chagrin. Aucun livre d'histoire n'était nécessaire pour comprendre que ce lieu avait été le théâtre de tragiques événements, que la souffrance et les stigmates dont il était porteur ne pouvaient être occultés par des murs de pierre ou de béton. Les fantômes racontaient leur propre histoire. En portant les mains à son visage, elle s'aperçut qu'elle pleurait.

Sitôt que ses jambes purent la soutenir, elle prit le chemin du centre-ville, n'ayant d'autre désir que de s'éloigner au plus vite de la cathédrale. Certes, expliquer ces étranges phénomènes lui était impossible, mais cela ne signifiait pas pour autant qu'elle était prête à renoncer.

Rassurée par la banalité de la vie qui l'entourait, Alice se retrouva au centre d'une placette piétonne, à droite de laquelle un auvent rose cyclamen ombrait une brasserie proposant une terrasse de tables et de chaises chromées.

À peine installée à l'unique place disponible, elle passa commande et fit un réel effort pour se détendre. Deux verres d'eau avalés coup sur coup, elle s'abandonna contre le dossier de son siège et offrit son visage à la caresse du soleil. Cela ne lui ressemblait pas de se laisser si facilement impressionner, se dit-elle après avoir bu une gorgée de vin rosé frappé.

Quoique sur le plan émotionnel, ce ne soit pas la grande forme.

Il est vrai qu'elle tournait à vide depuis le début de l'année. D'abord, elle avait mis un terme à la relation qu'elle entretenait depuis des années avec son fiancé. Malgré son soulagement de se retrouver seule, cette rupture n'en avait pas été moins éprouvante pour autant. Elle s'était sentie blessée dans son orgueil autant que dans son cœur. Pour oublier sa peine, elle avait redoublé d'ardeur dans son travail comme dans tout ce qu'elle entreprenait, n'importe quoi pour ne pas remâcher les raisons de cette séparation. Deux semaines en France étaient censées recharger ses batteries, lui permettre de retrouver un semblant de stabilité.

Alice fit la grimace. Des vacances, tu parles…

L'arrivée du garçon mit fin à son introspection. L'omelette, parfaite, baveuse comme elle les aimait, croulait sous le persil et les champignons. Alice la dévora avec une féroce concentration. Elle sauçait l'huile d'olive qui restait au fond de son assiette, quand elle se demanda à quoi elle pourrait consacrer le reste de l'après-midi.

Au moment où le café lui fut servi, elle avait trouvé.

La bibliothèque de Toulouse est un grand bâtiment de pierre carré. À l'assistant qui la reçut d'un air désabusé, elle présenta sa carte de la British Library Reader's Room. Après s'être maintes fois égarée dans un dédale d'escaliers, elle se retrouva dans la section largement consacrée à l'histoire générale. De part et d'autre de l'allée centrale, s'alignaient des pupitres de bois verni, surmontés d'une rampe d'éclairage. En ce suffocant après-midi de juillet, peu étaient occupés.

À l'autre extrémité, embrassant la largeur de la salle, se trouvait ce qu'Alice recherchait : une rangée de terminaux d'ordinateurs. S'étant enregistrée à la réception, elle prit connaissance du mot de passe et alla s'installer au poste de travail qu'on lui avait alloué.

Dès qu'elle fut connectée, elle tapa dans la fenêtre de recherche le mot « labyrinthe ». La barre de téléchargement défila rapidement. Parmi les centaines de sites proposés, elle avait espoir de trouver le labyrinthe qu'elle recherchait, plutôt que de se fier à sa seule mémoire. Cela lui semblait si évident qu'elle ne comprenait pas pourquoi elle n'y avait pas pensé plus tôt.

D'entrée, la différence entre les labyrinthes traditionnels et le motif de la grotte tel qu'elle s'en souvenait lui sauta aux yeux. Un labyrinthe est normalement constitué de cercles concentriques interrompus par des murs, et dont les couloirs conduisent toujours au centre, alors qu'elle restait convaincue que celui qu'elle avait aperçu au pic de Soularac était une combinaison de courbes et de segments revenant sur eux-mêmes sans jamais mener nulle part. C'était plutôt un dédale.

Les véritables origines du symbole labyrinthique et des mythologies qui s'y rattachaient étaient complexes et difficiles à retracer. Les premiers remontaient à plus de trois mille ans, lisait-on. On en découvrit gravés dans le bois, la roche, la terre cuite et la pierre, mais aussi sur des travaux de tapisserie ou des espaces naturels comme le gazon ou un jardin.

Les premiers labyrinthes découverts en Europe remontaient à l'âge de bronze et au début de l'âge de fer, entre mille deux cents et cinq cents ans avant Jésus-Christ, autour des principaux centres d'échanges commerciaux de la Méditerranée. Des gravures datées entre neuf cents et cinq cents ans avant Jésus-Christ étaient apparues à Val Camonica, dans le nord de l'Italie, ainsi qu'en Galicie, à Pontevedra, et à l'extrême nord-ouest de l'Espagne, à Cabo Fisterra Finisterre. Alice observait attentivement ces dernières illustrations. Jusqu'à présent, c'étaient celles qui se rapprochaient le plus du motif qu'elle avait vu dans la grotte. Elle inclina la tête sur le côté. Se rapprochaient, certes, mais sans plus.

Il y avait tout lieu de croire que le symbole avait voyagé vers l'est, avec les marchands et les négociants venus d'Égypte et des confins de l'Empire romain, et s'était adapté, transformé du fait de son interaction avec d'autres civilisations. Il n'était pas interdit de penser non plus que le labyrinthe, à l'évidence symbole préchrétien, avait été usurpé par cette même chrétienté, et que les églises romanes et byzantines étaient concurremment coupables de s'être approprié ces mythes et ces symboles au profit de leur propre doctrine.

De nombreux sites étaient dédiés au plus célèbre d'entre eux : celui de Knossos, sur l'île de Crète où, selon la mythologie, le Minotaure, créature mi-homme, mi-taureau avait été enfermé. Alice les écarta aussitôt, instinctivement persuadée que cela ne conduisait nulle part. Le seul détail qui méritait qu'on s'y arrêtât résidait dans le fait que le labyrinthe de Minos avait été érigé sur le site de l'ancienne cité égyptienne d'Avaris, datant de mille cinq cent cinquante ans avant Jésus-Christ, tout comme le temple de Kom Ombo, près d'Assouan, en Égypte, et celui de Séville, en Espagne.

Alice enregistra l'information dans un coin de sa mémoire.

À partir des XIIe et XIIIe siècles, des symboles labyrinthiques étaient apparus régulièrement dans les palimpsestes et les manuscrits médiévaux qui circulaient entre les monastères et les cours d'Europe, ornés d'enluminures et d'illustrations, créant ainsi leur propre marque de représentation.

Au début du Moyen Âge, un labyrinthe mathématiquement parfait, à quatre radians, onze couloirs, et douze murs, était devenu le plus célèbre d'entre tous. Alice observa la reproduction de l'un d'eux, qui orne le mur de l'église du XIIIe siècle de Saint-Pantaleon, à Arceca, au nord de l'Espagne, puis un autre, à peine plus récent, à la cathédrale de Lucca, en Toscane. Elle cliqua sur une carte indiquant les cas d'églises, de chapelles et de cathédrales d'Europe recelant un labyrinthe.

C'est extraordinaire, se dit-elle.

Alice n'en croyait pas ses yeux. Il se trouvait plus de labyrinthes en France qu'en Italie, Belgique, Allemagne, Espagne, Angleterre et Irlande réunies : Amiens, Saint-Quentin, Arras, Saint-Omer, Caen et Bayeux au nord de la France, Poitiers, Orléans, Sens, Auxerre dans le centre, Toulouse et Mirepoix dans le sud-ouest, et la liste n'en finissait pas.

Le plus célèbre labyrinthe élaboré sur un pavement se trouvait à Chartres, en plein centre de la nef de la première et la plus impressionnante des cathédrales gothiques.

Alice abattit sa main sur la table, s'attirant des regards réprobateurs. Bien sûr… Comment avait-elle pu être aussi sotte ? Chartres était jumelée à sa ville natale de Chichester, sur la côte sud de l'Angleterre. Chartres qui, du reste, avait fait l'objet de son premier voyage scolaire, à l'âge de onze ans. Elle en gardait le vague souvenir d'un climat très pluvieux, d'une humidité glaciale descendant des voûtes qui l'avait contrainte à s'emmitoufler dans son imperméable. Aucun de son labyrinthe, cependant.

La cathédrale de Chichester ne possédait pas de labyrinthe, sauf que la ville était aussi jumelée à celle de Ravenne en Italie. Alice fit courir ses doigts sur l'écran jusqu'au moment où elle trouva ce qu'elle recherchait. Sertie dans le marbre qui constituait le pavement de l'église de San Vitale, se trouvait un labyrinthe. S'il fallait en croire la légende, il était quatre fois plus petit que celui de Chartres, mais remontait à une époque plus ancienne, peut-être aussi loin que le ve siècle. Il n'empêche qu'il en existait un.

Alice acheva de sélectionner le texte qui l'intéressait et appuya sur la touche *Imprimer*. Pendant ce temps, elle entreprit une recherche avec *cathédrale de Chartres* pour mots clés.

Bien que le site connût de premières édifications dès le viiie siècle, la cathédrale de Chartres datait du xiiie. Depuis, sa construction avait fait l'objet de nombreuses théories et croyances à caractère ésotérique. Des rumeurs avaient couru au sujet d'un secret d'une très grande portée recelé dans ses voûtes. En dépit des efforts soutenus de l'Église catholique, ces croyances avaient perduré.

Pour exemple, nul ne savait sur l'ordre de qui le labyrinthe avait été créé, ni quel en était le dessein.

Alice sélectionna les paragraphes dont elle avait besoin, puis quitta le site.

La dernière page imprimée, la machine se tut. Les personnes autour d'elle se préparaient à partir. Le réceptionniste à face de carême lui adressa un signe en tapotant de manière explicite sa montre-bracelet.

Alice acquiesça d'un hochement de tête. Ayant rassemblé ses documents, elle se mit en file pour s'acquitter du prix de son impression. La queue progressait lentement. La poussière dansait dans les rayons obliques du soleil tombés des fenêtres sur les échelles de Jacob.

La femme qui la précédait avait les bras chargés de livres et semblait devoir formuler une requête pour chacun d'entre eux. Alice se prit à penser à tout le mal qu'elle s'était donné au cours de l'après-midi. Se pouvait-il que parmi les centaines d'images qu'elle avait observées, les milliers de mots qu'elle avait lus, se trouvât la concordance exacte du labyrinthe qu'elle avait vu au pic de Soularac ?

Possible, mais peu probable.

L'homme qui était derrière elle la collait d'un peu trop près, comme quelqu'un dans le métro qui essaie de lire le journal par-dessus l'épaule de son voisin. Alice se retourna pour le foudroyer du regard. L'autre recula d'un pas. Elle eut l'impression que son visage lui était étrangement familier.

« Merci », dit-elle en s'acquittant du montant des feuilles imprimées. Presque trente en tout.

Au moment où elle sortait sur l'escalier de la bibliothèque, les cloches de Saint-Étienne sonnaient sept heures. Elle s'était attardée plus qu'elle ne le pensait.

Désireuse de prendre la route, Alice se hâta de regagner sa voiture, garée de l'autre côté de la Garonne. Elle était si absorbée dans ses pensées qu'elle ne remarqua pas l'homme de la bibliothèque qui la suivait à distance respectable, le long des quais. Pas plus qu'elle ne le vit tirer de sa poche un téléphone, lorsque, au volant de sa voiture, elle se mêla à la circulation.

Les gardiens des livres

26

Besièrs

JULHET 1209

Quand Alaïs atteignit les plaines environnant la ville de Coursan, le crépuscule s'épaississait.

Elle avait mené bon train, ayant suivi l'ancienne route romaine qui traversait le Minervois en direction de Capestang, parmi la mer mouvante et émeraude des champs d'orge, les *canabières*.

Chaque jour, depuis son départ de Carcassonne, elle avait chevauché aussi longtemps que le soleil n'était pas trop ardent. Puis, dans un coin ombreux, Tatou et elle avaient pris du repos, avant de se remettre en route jusqu'à la tombée de la nuit, parmi les nuées d'insectes, les chauves-souris et les cris des oiseaux de nuit.

Le premier soir, elle avait trouvé un gîte dans la ville fortifiée d'Azille, où Esclarmonde avait des amis. À mesure de sa progression vers l'Est, dans les champs et les villages les rencontres s'étaient raréfiées, et les gens qu'elle rencontrait lui faisaient grise mine, le regard assombri par la méfiance qu'inspirait l'inconnue qu'elle était. Elle avait eu vent d'atrocités perpétrées par des bandes renégates de soldats français ou bien par des *routiers*, des mercenaires ou des bandits. Chacune d'elles s'était révélée plus sanglante, plus cruelle que la précédente.

Alaïs mit sa monture au pas, hésitant entre gagner Coursan et chercher un proche abri. Les nuages défilaient rapidement dans des cieux gris de colère, cependant que l'air demeurait étrangement immobile. Des confins de l'horizon, lui parvenait de temps à autre un roulement de tonnerre, grondant comme un ours tiré de son hibernation. Alaïs avait souci de ne pas se retrouver en terrain découvert quand la tempête s'abattrait sur la contrée.

Tatou montrait des signes de nervosité. Alaïs le ressentait par la tension des rênes sur les tendons de ses bras. À deux occasions, la bête fit un écart au passage d'un lièvre ou d'un renard détalant dans les fourrés.

Au-devant d'elle, Alaïs distingua un hallier de frênes et de chênes. Il n'était pas assez dense pour abriter un animal de grande taille comme un lynx ou un ours. Mais les arbres étaient hauts et leur feuillage suffisamment fourni, semblable à des doigts entremêlés, pour lui servir d'abri. En fait, un sentier sinueux, rendu aride à force d'être emprunté, laissait supposer que les gens du cru s'en servaient comme raccourci pour se rendre à la ville.

Tatou eut un mouvement de tête lorsqu'un éclair lézarda brusquement la masse obscure des nuages.

Cela incita Alaïs à prendre sa décision : elle attendrait à couvert la fin de la tourmente.

Avec un murmure d'encouragement, elle poussa son coursier dans l'étreinte vert sombre des bois.

Les hommes avaient perdu leur traque depuis peu, et seule la menace d'un déluge les empêchait de rebrousser chemin et regagner le campement.

Après plusieurs semaines de chevauchée, leur peau de nordique exposée au cuisant soleil du Sud avait emprunté le hâle profond des gens de la contrée. Leurs armures et leurs surcots frappés aux armes de leur maître étaient cachés dans les fourrés. De leur mission avortée, ils espéraient encore retirer quelque bénéfice.

Un bruit. Le craquement d'une branche morte sous le pas d'un cheval, le bruit métallique d'un sabot ferré heurtant occasionnellement une pierre.

Un homme au visage déformé par un rictus de dents gâtées rampa pour y voir d'un peu plus près. À quelques toises de là, il reconnut la silhouette d'un petit pur-sang arabe se frayant un chemin à travers le taillis. Une lueur mauvaise éclaira ses yeux. Cette sortie n'aurait peut-être pas été vaine, après tout. Le cavalier était simplement vêtu, rien qui vaille de ce point de vue-là, mais d'une jument de cette race, il tirerait sûrement un bon prix.

Il lança une pierre en direction de son acolyte tapi de l'autre côté du sentier.

« Lève-toi ! chuchota-t-il avec un mouvement de tête en direction d'Alaïs. Regarde !

— Regardez-moi ça, murmura l'autre. Une femme. Et seule.

— Es-tu certain qu'elle est seule ?

— J'entends personne à part elle. »

Les deux hommes saisirent les extrémités de la corde dissimulée sous les feuilles mortes, en travers du sentier, et guettèrent l'arrivée de leur proie.

Plus Alaïs s'enfonçait dans le sous-bois, plus son courage s'effilochait.

Le sol, humide en surface, était très sec en dessous. Les feuilles mortes bruissaient sous le pas de Tatou. Alaïs tenta de se rassurer en se concentrant sur le chant des oiseaux, sans parvenir à réprimer les frissons qui lui hérissaient l'échine. Le silence n'était pas paisible mais, au contraire, menaçant.

C'est encore l'effet de ton imagination.

Tatou le sentait aussi. Sans crier gare, quelque chose jaillit du sol en produisant le bruit d'une flèche fendant l'air.

Un coq de bruyère ? Un serpent ?

Se dressant sur ses pattes arrière, la jument se cabra sauvagement en hennissant de terreur. Alaïs n'eut pas le temps de réagir. Son capuchon retomba sur ses épaules et ses mains lâchèrent les rênes tandis qu'on la projetait en bas de sa selle. Une violente douleur irradia son épaule au point de lui couper le souffle. Haletante, elle roula sur le côté et tenta de se relever, n'ayant d'autre pensée que de retenir sa jument qui risquait de détaler.

« Tatou, *doçament*, cria-t-elle, chancelante. Tatou ! »

Elle hasarda quelques pas, puis s'immobilisa. Debout au milieu du sentier, un homme lui barrait le chemin. Son sourire révélait ses chicots noirs. Il tenait un couteau à la lame rouillée.

À sa droite, Alaïs perçut un mouvement. Un rapide coup d'œil lui révéla la présence d'un second individu, la joue fendue d'une balafre qui partait du coin de l'œil et descendait jusqu'à la bouche. Il tenait Tatou par la bride et brandissait un gourdin.

« Non, laissez-la ! » s'entendit-elle crier.

Malgré la douleur à son épaule, sa main trouva la poignée de son épée. *Donne-leur ce qu'ils veulent et peut-être ne te feront-ils aucun mal.* Comme le soudard avançait d'un pas, elle tira son épée, fendant l'air en décrivant un grand arc. Puis, sans quitter son agresseur des yeux, elle fouilla dans son escarcelle et lui lança une poignée de monnaie.

« Prenez. Je n'ai rien d'autre qui vaille. »

L'homme baissa un instant les yeux sur les pièces éparses, puis cracha dédaigneusement dessus. S'essuyant la bouche du revers de la main, il fit un autre pas. Alaïs leva son épée.

« Je vous préviens, n'approchez pas ! lui cria-t-elle en faisant tournoyer son arme pour l'empêcher d'approcher.

— Ceinture-la », ordonna-t-il à son acolyte.

Alaïs était glacée d'effroi. Un bref instant, son courage fléchit. Ces hommes étaient des soldats français, et non des bandits. Les histoires qu'on lui avait rapportées au cours du voyage se bousculaient dans sa tête.

Se ressaisissant, elle brandit derechef son épée.

« Ne vous approchez pas ! vociféra-t-elle d'une voix vibrante de frayeur. Je vous aurai occis avant de… »

Tournant brusquement les talons, elle se rua sur le second homme qui tentait de la contourner. D'un coup d'épée, elle fit voler le gourdin de ses mains. Avec un rugissement de fauve, l'homme tira de sa ceinture un coutelas et se jeta sur elle. Empoignant son arme à deux mains, Alaïs la leva au-dessus de sa tête et la plongea de haut en bas dans le bras du soldat, comme pour un ours au moment de l'hallali. Le sang gicla.

Elle s'apprêtait déjà à porter un second coup, quand des milliers d'étoiles explosèrent dans sa tête. Elle tituba sous la violence du choc. Les yeux brouillés de larmes, elle sentit qu'on la saisissait par les cheveux pour l'empêcher de tomber. Puis elle éprouva le contact glacial d'une lame appuyée contre sa gorge.

« Putain…, grinça le blessé en la frappant de sa main ensanglantée.

— Laisse tomber. »

Acculée, Alaïs lâcha son épée que l'homme expédia un peu plus loin d'un coup de pied, avant de tirer une cagoule de sa ceinture pour la lui passer sur la tête. Alaïs se débattit. L'odeur aigre et poussiéreuse dont était imprégné le tissu lui déclencha une quinte de toux. Elle continua pourtant de se démener, jusqu'au moment où un coup de poing dans le ventre la projeta, cassée en deux, sur le sentier.

À bout de forces, incapable de résister plus longtemps, elle se laissa ligoter les mains derrière le dos.

« Reste là… »

Les deux hommes s'éloignèrent. Alaïs entendit le claquement des cuirs pendant qu'ils fouillaient ses sacoches de selle et jetaient sur le sol ce qu'elles contenaient. Ils échangeaient des propos, se querellaient, peut-être. Elle n'aurait su le dire, tant leur langage était rude.

Pourquoi ne m'ont-ils point tuée ?

Aussitôt, la réponse prit possession d'elle comme un esprit malfaisant : *Ils veulent d'abord abuser de moi.*

Alaïs tenta alors désespérément de se libérer de ses liens, même en sachant qu'au cas où elle y parviendrait, elle ne pourrait aller bien loin. À présent, elle les entendait rire. Et boire. Rien ne les pressait.

Des larmes de désespoir lui montèrent aux yeux. Exténuée, elle laissa mollement retomber sa tête sur le sol.

Au début, elle ne parvint pas à définir l'origine du grondement. Puis elle comprit. Des chevaux. Des sabots de chevaux ferrés galopant dans la plaine. Elle colla son oreille au sol : cinq, peut-être six chevaux se dirigeaient vers les bois.

Le tonnerre gronda au loin. La tempête se rapprochait. Au moins y avait-il une chose qu'elle pouvait tenter : si elle réussissait à s'éloigner de ses agresseurs, peut-être aurait-elle une chance de rester en vie.

Lentement, aussi imperceptiblement que possible, elle s'employa à s'écarter du sentier jusqu'à sentir des brindilles lui érafler les jambes. Se redressant tant bien que mal sur les genoux, elle commença de secouer la tête de haut en bas en espérant faire glisser la cagoule. *Sont-ils en train de m'observer ?*

Aucun cri de protestation ne s'éleva. Le cou tendu, elle opéra un mouvement de gauche à droite de plus en plus accéléré. Après une dernière secousse, la cagoule consentit à tomber sur son épaule. Elle inhala quelques grandes goulées d'air, puis essaya de rassembler ses esprits.

Elle se trouvait à la limite du champ de vision des deux reîtres, à qui il suffisait toutefois de tourner la tête pour l'apercevoir. Quand bien même elle prendrait ses jambes à son cou, ils auraient tôt fait de la rattraper. Une fois encore, Alaïs colla son oreille au sol. Les cavaliers arrivaient de Coursan. Était-ce des chasseurs ? Des éclaireurs ?

Le craquement du tonnerre résonna dans le sous-bois, faisant fuir les oiseaux perchés dans les plus hauts nids. Ils battirent l'air de leurs ailes affolées, avant de plonger sous le couvert des frondaisons. Tatou hennit et se mit à piaffer.

Priant le Ciel que le tonnerre continuerait de couvrir le galop des chevaux jusqu'à ce qu'ils se fussent suffisamment rapprochés, Alaïs rampa vers les fourrés dans les cailloux et les brindilles.

« *Ohé !* »

Alaïs se figea. Les hommes l'avaient vue. Elle retint un hurlement de terreur, tandis qu'ils se ruaient vers l'endroit où elle tentait de se cacher. Un nouveau grondement leur fit lever les yeux, où Alaïs entrevit une lueur affolée. *Ils ne sont pas habitués à nos violentes tempêtes.* Même à cette distance, elle sentait l'odeur de peur que dégageait leur peau.

Profitant de cet instant d'hésitation, Alaïs s'empressa de se relever pour prendre ses jambes à son cou.

Elle ne fut pas assez rapide. Le balafré se précipita sur elle et la renversa en la frappant à la tête.

« Hérétique ! » brailla-t-il en se relevant précipitamment pour la clouer au sol du talon.

Alaïs voulut le renverser mais il était trop lourd et ses jupons étaient pris dans les ronces. Alors qu'il lui enfonçait le visage dans la terre, elle sentit l'odeur du sang qui coulait de son bras blessé.

« Je t'avais dit de te tenir tranquille, putain ! »

La respiration haletante, il déboucla son ceinturon et la poussa sur le côté. *Fasse le Ciel qu'il n'ait point ouï les cavaliers.* Elle se débattit encore, vainement car l'homme l'écrasait de tout son poids. Un grand cri s'échappa de sa poitrine, n'importe quoi pourvu qu'il n'entendît pas l'approche des chevaux.

Un autre coup sur le visage lui fendit la lèvre. Un goût de sang envahit sa bouche.

« Putain. »

Soudain, d'autres voix :

« *Ara, ara !* »

Elle perçut confusément la vibration de la corde d'un arc, le bourdonnement d'une flèche, suivie de plusieurs autres, fendant l'air et s'abattant dans les fourrés, le bruit mat de l'écorce qui éclatait quand l'une d'elles se fichait dans un tronc.

« *Avança ! Ara, avança !* »

Le Français se releva au moment même où une flèche lui transperça la poitrine avec une telle force qu'elle le fit tournoyer comme une toupie. Il resta un instant suspendu dans les airs, puis tituba, le regard fixe pareil à celui d'une statue. Un filet de sang jaillit au coin de sa bouche et ruissela sur son menton.

Ses jambes fléchirent, il tomba à genoux en une vaine prière, pour finalement basculer comme une masse, face contre terre. Alaïs recouvra ses esprits et roula sur le côté *in extremis* pour éviter d'être écrasée sous son poids.

« *Aval !* En avant ! »

Les cavaliers foncèrent sur le second soldat. Il courait, cherchant un abri sous le couvert des bois. Les flèches volèrent. La première l'atteignit à l'épaule, la deuxième à la cuisse. La troisième, dans les reins, le terrassa. Le corps, tombé dans les taillis, eut quelques soubresauts, puis s'immobilisa.

La même voix fit entendre un commandement :

« *Arèst !* Cessez le tir ! » Finalement, la troupe des chasseurs apparut. « Cessez le tir ! »

Alaïs se dressa péniblement sur ses jambes. *Amis ou ennemis ?* Sous sa cape, le chef portait une tunique de chasse bleu cobalt, toutes deux d'excellente facture. Ses bottes, rutilantes, son ceinturon et son carquois étaient de ce cuir clair en vogue dans la région. À ses manières pondérées, à l'assurance qui émanait de sa personne, Alaïs reconnut un homme du Midi.

Elle était toujours ligotée. Manifestement, elle n'était pas en position de force. En outre, sa lèvre saignait et son vêtement était maculé de terre.

« Seigneur, je vous suis reconnaissante pour ce service, déclara-t-elle d'une voix mal assurée. Levez votre garde-vue, je vous prie, en sorte que je puisse voir le visage de mon libérateur.

— Est-ce là toute la gratitude que je peux espérer, dame ? » répondit-il en s'exécutant.

Alaïs fut soulagée de voir qu'il souriait. L'homme démonta en tirant un couteau de chasse de sa ceinture. La jeune femme eut un mouvement de recul.

« Pour trancher vos liens », la rassura-t-il d'un ton léger.

Alaïs rougit et, se retournant, tendit ses poignets.

« Assurément, *mercé*... »

L'homme s'inclina légèrement.

« Je me nomme Amiel de Coursan. Ces bois appartiennent à mon père. »

Elle fit entendre un soupir de soulagement :

« Pardonnez mon outrecuidance, mais je devais m'assurer que...

— Étant donné les circonstances, on ne saurait vous en faire grief. Et qui êtes-vous, dame ?

— Alaïs de Carcassona, fille de l'intendant Pelletier, au service du vicomte Trencavel, et épouse du chevalier Guilhem du Mas.

— Je suis honoré de faire votre connaissance, dame Alaïs, dit alors Coursan en lui baisant la main. Êtes-vous blessée ?

— Je ne souffre que d'écorchures et de quelques entailles, cependant, l'épaule me douloit conséquemment à ma chute de cheval.

— Où est donc votre escorte ? »

Alaïs eut un instant d'hésitation :

« Je voyage seule. »

Coursan la contempla d'un air étonné.

« Nous vivons d'étranges heures pour voyager sans protection, dame. Ces plaines grouillent de soldats français.

— Je n'entendais point chevaucher si tardivement. Je cherchais seulement à m'abriter de la tourmente. »

Alaïs leva les yeux pour s'apercevoir que pas une goutte de pluie n'était encore tombée.

« Ce ne sont que les cieux qui nous donnent la complainte, reprit le jeune homme, devinant sa pensée. Il ne s'agit que d'un simulacre de tempête, rien de plus. »

Pendant qu'elle s'employait à calmer sa jument, les hommes de Coursan furent enjoints de dépouiller les soldats de leurs armes et de leurs vêtements. Ils découvrirent, cachées dans les fourrés auprès de leurs chevaux, leurs armures et leur blason. De la pointe de l'épée, Coursan souleva un coin de l'étoffe, révélant sous une fine couche de poussière, un coin argenté sur fond vert.

« Chartres, déclara-t-il avec mépris. Ce sont les pires. De véritables loups, tous autant qu'ils sont. On nous a rapporté des actes... »

Il s'interrompit brusquement.

« Des actes de quelle sorte ? voulut savoir Alaïs.

— Cela n'a point d'importance, dit-il hâtivement. Si nous regagnions la cité ? »

Ils quittèrent les bois et atteignirent enfin la plaine.

« Quel est l'objet de votre présence dans la contrée, dame Alaïs ?

— J'entends rejoindre mon père qui accompagne à Montpelhièr le vicomte Trencavel. J'ai pour lui des nouvelles de grande conséquence qui ne sauraient attendre son retour à Carcassona. »

Une ombre passa dans le regard de Coursan.

« Qu'est-ce ? Qu'avez-vous appris ? s'alarma-t-elle.

— Vous passerez la nuit chez nous, dame Alaïs, lui répondit laconiquement le jeune homme. Après que l'on aura soigné vos blessures, mon père vous fera part des nouvelles qui nous sont parvenues. À la pique du jour, je vous escorterai personnellement jusqu'à Besièrs. »

Alaïs se retourna, étonnée :

« À Besièrs, messire ?

— Si les rumeurs qui nous sont parvenues sont avérées, c'est à Besièrs que vous retrouverez votre père et le vicomte Trencavel. »

27

Sur son étalon ruisselant de sueur, le vicomte Trencavel conduisait sa troupe vers Béziers à brides avalées, poursuivi par des roulements de tonnerre.

L'écume blanchissait les harnais des chevaux, et la salive coulait abondamment de leurs bouches. Les flancs et les encolures étaient striés de sang, car les éperons et les fouets n'avaient de cesse de les pousser à travers la nuit profonde. La lune, apparue entre les nuages noirs et bas qui se bousculaient par-delà l'horizon, éclaira un instant la tache si singulière que portait sur le chanfrein la monture du vicomte.

Pelletier chevauchait sans mot dire à ses côtés. Leur affaire à Montpellier s'était fort mal passée. Eu égard aux dissensions qui opposaient l'oncle et le neveu, il n'attendait pas que Toulouse se fît l'allié du vicomte, nonobstant les liens familiaux et seigneuriaux qui les unissaient. Cependant, il avait tout du moins espéré que le comte intercéderait en faveur de son neveu.

Mais en la circonstance, Toulouse n'avait pas même accepté de le recevoir. L'injure était délibérée et sans équivoque. Trencavel avait été prié de quitter le camp français, jusqu'à ce que le mot fût passé, laissant entendre qu'une audience lui serait finalement accordée.

Permission lui avait été donnée de s'adjoindre Pelletier et seulement deux de ses chevaliers. Ensuite de quoi, les quatre hommes avaient été conduits dans la tente de l'abbé de Cîteaux pour y déposer leurs armes, ce qui fut aussitôt fait. Mais, au lieu de l'abbé, ce furent deux légats du pape qui reçurent le vicomte.

C'est à peine si Raymond-Roger avait été autorisé à s'exprimer, tandis que les légats l'agonissaient de leur opprobre, se fondant sur ce que l'hérésie se répandait librement sur ses terres avec son consentement. Ils flétrirent sa politique qui permettait aux juifs d'accéder aux plus hautes fonctions de sa ville. De nombreux exemples furent cités, à l'aune desquels se mesurait l'étendue de son laxisme, face à la conduite séditieuse et perfide des évêques cathares au sein même de ses états.

Finalement, pour conclure leur diatribe, ils reléguèrent le vicomte Trencavel au rang insignifiant de propriétaire terrien, sans égard pour le rang ni le titre qui étaient les siens. Pelletier sentait son sang bouillir, rien que d'y penser.

Grâce aux espions diligentés par l'abbé de Cîteaux, les légats avaient été fort bien informés. Chacune des accusations, quoique inexacte et présentée sous un faux jour, correspondait à des faits et était confirmée par des témoins oculaires. Cela (et bien plus que l'injure préméditée infligée au vicomte) ne laissait aucun doute, dans l'esprit de Pelletier, sur ce que Trencavel devenait l'ennemi à abattre. Pour l'host, guerroyer devenait une nécessité. Et l'infamante capitulation du comte de Toulouse faisait de lui un adversaire tout désigné.

Ils avaient quitté séance tenante le camp des croisés, dressé aux abords de Montpellier. Observant la lune, Pelletier se disait qu'en maintenant l'allure ils atteindraient Béziers aux premières lueurs du jour. L'intention de Trencavel était de prévenir personnellement les Biterrois de ce que l'armée des Français, cantonnée à guère plus de quinze lieues de leur ville, se préparait à en découdre. La voie romaine qui courait de Montpellier à Béziers était grande ouverte et il n'existait aucun moyen de la barrer.

Il exhorterait les pères de la cité à se préparer à un siège et, concurremment, requerrait des renforts pour appuyer la garnison de Carcassonne. Plus l'host serait retenu à Béziers plus il disposerait de temps pour aménager ses fortifications. Son dessein était en outre d'accorder refuge à tous ceux parmi les plus exposés à la vindicte française : les juifs, les quelques commerçants sarrasins venus d'Espagne, mais également les *Bons Homes*. Toutefois, ses motivations ne procédaient pas uniquement de ses devoirs seigneuriaux : l'administration et la prospérité de Béziers reposaient pour leur plus grande part sur des diplomates et des négociants d'obédience judaïque. Aussi, menace de guerre ou pas, ne pouvait-il se départir brutalement de si nombreux et dévoués serviteurs.

La décision de Trencavel facilitait la tâche à Pelletier. Sa main effleura la poche qui recelait la lettre de Harif. Une fois parvenu à Béziers, il n'aurait qu'à s'absenter, le temps de retrouver Siméon.

Un soleil blafard se levait sur l'Orb quand la troupe, rompue, atteignit le grand pont de pierre arqué.

Béziers se dressait fièrement très au-dessus d'eux, grandiose et apparemment inexpugnable derrière ses vieux remparts. Les spires de la cathédrale et des grandes églises dédiées à Santa-Magdalena, Sant-Jude et Sant-Maria scintillaient dans les timides rayons du soleil.

Malgré sa lassitude, Raymond-Roger Trencavel n'avait rien perdu de son autorité ou de sa prestance, alors qu'il poussait sa monture dans l'enchevêtrement de ruelles abruptes qui conduisaient aux cinq portes entourant la Circulade. Le tintement des fers sur le pavé tirait de leur sommeil les paisibles bourgs entourant les fortifications.

Ayant mis pied à terre, Pelletier héla le guet pour que les portes leur fussent ouvertes et l'accès donné. La progression fut lente en raison de la rumeur déjà répandue, qui annonçait la venue du vicomte. Ils parvinrent néanmoins à la résidence du consul de la cité.

Raymond-Roger éprouvait pour ce dernier une réelle affection. C'était un ami de longue main, un diplomate et un administrateur avisé, loyal envers la maison Trencavel. Pelletier attendit que les hommes eussent échangé les civilités et les marques d'estime en usage dans le Midi. Cela fut fait avec une hâte inaccoutumée, à l'issue de quoi Trencavel s'empressa de venir à son propos. Le consul l'écoutait avec une inquiétude grandissante. À peine le vicomte eut-il fini d'exposer la situation qu'il envoya des émissaires afin de réunir le conseil de la cité.

Pendant ce temps, une table avait été dressée au milieu de la salle, sur laquelle des servantes avaient déposé du pain, des viandes, du fromage, des fruits et du vin.

« Messire, dit le consul, me ferez-vous l'honneur d'accepter mon hospitalité en attendant que les membres du conseil soient rassemblés ? »

Pelletier vit là l'occasion qu'il attendait pour s'éclipser. S'approchant de son maître, il lui murmura à l'oreille :

« Puis-je disposer, messire ? Je voudrais m'assurer de ce que les hommes ont ce dont ils ont besoin. Leur recommander de garder bouche close et l'esprit en éveil. »

Trencavel leva des yeux étonnés.

« À cet instant, Bertrand ?

— Avec votre permission, messire.

— Je ne doute pas que nos chevaliers soient bien traités, répondit-il avec un sourire en direction de leur hôte. Vous devriez plutôt vous restaurer et prendre un peu de repos.

— Sauf votre respect, je me permettrai d'insister. »

Raymond-Roger scruta un instant le visage de l'intendant pour y lire une explication, mais Pelletier demeurait impénétrable.

« Fort bien, condescendit-il enfin en dépit de sa perplexité. Je vous accorde une heure. »

Les rues de Béziers devenaient plus bruyantes et populeuses au fur et à mesure que la rumeur courait. Une foule s'était rassemblée sur la grand-place devant la cathédrale.

Pour y être maintes fois venu par le passé en compagnie du vicomte, Pelletier connaissait bien la ville. Allant à contre-courant de la presse, seules sa stature et son autorité lui évitèrent de se faire piétiner. Sitôt atteint le quartier juif, il demanda aux passants, la lettre de Harif serrée dans sa main, s'ils ne connaissaient pas Siméon. Quelques instants plus tard, une petite fille à la prunelle aussi noire que ses cheveux le tira par la manche.

« Je sais où se trouve son logis, messire. Veuillez me suivre, s'il vous plaît. »

La fillette le conduisit dans le quartier des commerces, où les prêteurs sur gages avaient leurs affaires, puis dans un dédale de rues, succession de boutiques et de demeures peu reconnaissables les unes des autres, pour s'arrêter enfin devant une porte sans signe distinctif apparent.

Après en avoir attentivement examiné le pourtour, Pelletier trouva ce qu'il recherchait : un sigle de relieur gravé au-dessus des initiales de Siméon. Il eut un sourire soulagé : c'était le bon endroit. Il renvoya la gamine, non sans l'avoir préalablement remerciée d'une pièce de monnaie, puis, par trois fois, souleva le heurtoir de laiton massif.

Cela faisait longtemps, plus de quinze ans. La cordiale affection qui les unissait avait-elle survécu ?

La porte s'ouvrit à peine pour laisser entrevoir une femme au regard noir et soupçonneux, encadré d'un voile vert qui lui dissimulait la tête et le reste du visage. À son ample saroual, resserré aux chevilles, et sa longue tunique jaune qui tombait jusqu'aux genoux, l'on reconnaissait la tenue caractéristique des femmes juives de Terre sainte.

« J'aimerais voir Siméon », déclara Pelletier sans détour.

La femme répondit par un signe de dénégation. Comme elle allait refermer l'huis, Pelletier le coinça avec son pied.

« Remettez-lui ceci, ajouta-t-il en lui tendant l'anneau qu'il portait au pouce. Dites-lui bien que Bertrand Pelletier aimerait prendre langue avec lui. »

En entendant ce nom, la femme émit une sorte de hoquet, puis, ouvrant la porte, s'effaça pour l'inviter à franchir une tenture rouge frangée de médailles dorées.

« Attendez », dit-elle en lui enjoignant d'un geste à ne pas aller plus loin.

La femme disparut au fond d'un couloir, dans le tintement clair des bracelets qu'elle portait aux chevilles et aux poignets.

Si, vue de l'extérieur, la maison semblait étroite, Pelletier se rendait compte à quel point les apparences sont parfois trompeuses. Des chambres s'ouvraient de part et d'autre du couloir. Bien que le temps pressât, Pelletier prit celui de s'extasier devant le carrelage de céramique bleu et blanc et les admirables tapis exposés sur les murs. Cela lui rappelait les élégantes demeures de Jérusalem. En dépit des années, couleurs, matières et odeurs de ces terres lointaines étaient encore présentes à son esprit.

« Bertrand Pelletier… Par le sacré nom de notre vieille Terre fatiguée ! »

L'intendant se retourna et vit une mince silhouette revêtue d'un surcot violet se hâter vers lui, bras tendus. Son cœur bondit à la vue de son vieil ami dont les yeux d'obsidienne brillaient plus que jamais. Pelletier avait beau dépasser Siméon d'une bonne tête, il fut frappé par la vigueur de ses bras.

« Bertrand, Bertrand, reprit Siméon dont la voix grave se répercutait dans le silence du couloir. Qu'est-ce qui vous a retenu si longtemps ?

— Siméon, mon vieil ami, s'esclaffa Pelletier en lui donnant du plat de la main sur l'épaule. Cela fait chaud au cœur de vous trouver si bien allant, répondit-il en fixant la longue barbe noire dont Siméon tirait grande vanité. Un peu grisonnant, ici et là, mais toujours aussi jeune. La vie vous a-t-elle bien traité ?

— Cela aurait pu être mieux, cela aurait pu être pire, répondit ce dernier avec philosophie. Et qu'en est-il de vous, Bertrand ? Quelques rides sur le visage, certes, mais le regard est toujours aussi vif et les épaules aussi vigoureuses. Toujours fort comme un bœuf », conclut-il en lui tapotant le torse.

Entourant l'épaule de son ami, Pelletier se laissa entraîner vers une petite pièce surplombant un patio. Deux grands divans jonchés de coussins de soie multicolores se la partageaient, séparés par des tables d'ébène sur lesquelles étaient disposés des vases de fleurs et des coupes de biscuits aux amandes.

« Entrez, et retirez vos bottes, Esther nous servira le thé. » Debout, Siméon dévisageait Pelletier en secouant la tête : « Bertrand Pelletier... Après tant d'années, je n'en crois pas mes yeux. À moins que vous ne soyez un fantôme, le fruit de l'imagination d'un homme décati ? »

Pelletier ne sourit pas.

« J'eusse aimé vous revoir en de meilleurs augures, Siméon.

— Cela va de soi, acquiesça ce dernier. Venez, Bertrand, prenez place.

— J'accompagne le seigneur Trencavel pour prévenir les gens de cette ville de l'approche d'une armée venue du Nord. Oyez les cloches appelant au conseil les pères de la cité.

— Comment ignorer vos cloches chrétiennes, quand elles ne sonnent guère pour notre bénéfice ! répliqua Siméon en jouant éloquemment du sourcil.

— Vous n'ignorez point que l'affaire qui nous préoccupe affecte autant les juifs, sinon plus, que ceux que l'on nomme hérétiques.

— Il en va toujours ainsi... L'host est-il aussi fourni qu'on le prétend ?

— Vingt mille hommes, peut-être davantage. Nous ne pouvons les affronter en combat ouvert, Siméon. Ils sont trop nombreux. Si Bésièrs peut retenir un temps l'envahisseur, il nous sera possible de lever une armée et préparer la défense de Carcassona. Tous ceux qui le souhaitent pourront y trouver refuge.

— J'ai été heureux céans. La cité m'a – nous a – bien traités.

— Bésièrs n'est plus sûre. Ni pour vous ni pour les livres.

— Je le sais. Cependant, je serai navré de la quitter, soupira Siméon.

— À Dieu plaise que ce ne soit point pour long-temps. » Pelletier observa un silence, confus face au stoïcisme résigné de son ami. « C'est une guerre injuste, Siméon, fondée sur des mensonges et des trom-peries. Comment pouvez-vous l'accepter avec un tel fatalisme ? »

Siméon étendit les mains.

« Accepter, dites-vous ? Qu'attendez-vous que je fasse ? Qu'espérez-vous donc que je dise ? Un de vos saints, François, a prié Dieu de lui donner la force d'accepter ce qui ne peut être changé. Advienne que pourra, que je le veuille ou non. Aussi vous répondrai-je : oui, je l'accepte. Pour autant, cela ne signifie point que cela me séduit ou que je ne souhaite qu'il en soit autrement. »

» Toute colère est inutile, poursuivit Siméon, alors que Pelletier acquiesçait songeusement. Vous devez avoir la foi. Et croire en quelque chose de plus grand au-delà de notre existence et de notre compréhension requiert un bond dans notre foi. Toutes les grandes reli-gions, saintes Écritures, Coran, Torah, enseignent leur propre histoire aux fins de mettre un sens à notre vie.

Les *Bons Homes*, eux, ne cherchent point d'explication à tout le mal qui se répand sur Terre. Leurs croyances se fondent sur le concept selon lequel la Terre n'est point l'œuvre de Dieu, sa parfaite création, mais au rebours, le royaume de l'imparfait et de la corruption. Ils n'aspirent point à qu'amour et bonté triomphent de l'adversité. Que cela est impossible au cours de nos existences temporelles. Cependant, vous êtes céans, Pelletier, tout étonné de vous voir confronté au Mal. Voilà qui est plutôt étrange, ne trouvez-vous pas ? »

Pelletier secoua la tête comme s'il avait été percé à jour. Siméon savait-il ? Comment aurait-il su ?

Siméon comprit la pensée de son ami, et se garda d'y faire allusion :

« À l'inverse, ma religion m'enseigne que le monde est l'œuvre de Dieu, qu'il est parfait dans chacune de ses particularités, qu'il suffit, toutefois, que l'homme se détourne des paroles des grands prophètes pour que l'équilibre soit rompu entre Dieu et lui, et que le châtiment s'ensuive aussi sûrement qu'au jour succède la nuit. »

Pelletier ouvrit la bouche pour parler, puis la referma.

« Cette guerre n'est point de notre ressort, Bertrand, et cela, malgré vos devoirs envers le vicomte Trencavel. Vous et moi sommes voués à une cause plus vaste. Nous sommes liés par les vœux que nous avons prononcés, et cela uniquement doit guider nos pas et infléchir nos décisions. Aussi, mon ami, gardez votre épée et votre courroux pour les batailles que vous pouvez remporter, conclut-il avec une tape affectueuse sur l'épaule de Pelletier.

— Comment le savez-vous ? Avez-vous ouï quelque chose ? voulut savoir ce dernier.

— Que vous êtes un adepte de l'Église nouvelle ? Nenni, je n'ai rien ouï à cet effet. Nous en reparlerons dans l'avenir, plaise à Dieu, mais point ce jour d'hui. Quel que soit mon plaisir à parler théologie, nous avons à débattre d'affaires plus pressantes. »

La venue de la servante portant le thé à la menthe et les biscuits sucrés suspendit leur conversation. Après avoir posé le plateau de cuivre sur une table basse, elle se retira dans un coin de la pièce.

« Ne vous inquiétez point de sa présence, déclara Siméon, devinant les réticences de Pelletier à être entendu. Esther m'a suivi depuis Chartres, elle ne parle qu'hébreu et quelques bribes de français. Elle n'entend mot à la langue d'oc.

— Fort bien, acquiesça l'intendant en exhibant la lettre que Harif lui avait fait parvenir.

— J'en ai reçu une semblable à Chavouot[1], le mois dernier, déclara Siméon après en avoir pris connaissance. Elle stipulait d'attendre votre venue, bien que, je le confesse, vous ayez été plus long à venir que je le pensais. »

Pelletier replia la lettre et la remit dans sa poche.

« Ainsi, les livres sont toujours en votre possession, Siméon ? Céans, dans cette demeure ? Il vous faut… »

Des coups violemment frappés à la porte interrompirent leur discussion. Esther se leva d'un bond, décontenancée. Sur un signe de son maître, elle se précipita dans le couloir.

« Les livres sont toujours en votre possession, n'est-ce pas ? Ils ne sont point égarés, le pressa l'intendant, devant son expression troublée.

1. Pentecôte juive. *(N.d.T.)*

— Ils ne le sont point, mon ami, commença-t-il à déclarer au moment où la servante s'en revenait.

— Une dame demande à être reçue, maître, annonça cette dernière dans un hébreu rauque et précipité que Pelletier ne comprit pas, pour ne l'avoir plus parlé depuis fort longtemps.

— Quel genre de dame ?

— Je l'ignore, maître, ajouta Esther en secouant la tête. Elle souhaite prendre langue avec votre hôte, l'intendant Pelletier. »

Le trio se retourna d'un seul élan quand des pas résonnèrent dans le couloir.

« Vous l'avez laissée seule ? » s'étonna Siméon en se levant pesamment.

Comme Pelletier l'imitait, la dame en question fit irruption dans la pièce. Il battit des paupières, tant il n'en croyait pas ses yeux. Ses soucis les plus pressants s'évanouirent tandis qu'il regardait Alaïs, debout sur le seuil de la pièce. Il observa sa fille, rougissante, dans les yeux de laquelle se lisaient à la fois repentir et détermination.

« Veuillez pardonner mon intrusion, déclara-t-elle, son regard naviguant entre son père et Siméon. Je craignais de me faire éconduire par votre servante. »

Traversant la pièce en deux enjambées, Pelletier prit sa fille dans ses bras.

« Ne soyez point courroucée contre moi, bredouilla-t-elle. Il fallait que je vous voie.

— Puis-je savoir qui est cette charmante personne ? » intervint Siméon.

En réponse, l'intendant prit sa fille par la main et la conduisit au centre de la pièce.

« Naturellement, je manque à tous mes devoirs. Siméon, je vous présente Alaïs, ma fille. Quant à savoir

comment et pourquoi elle est arrivée jusqu'à Besièrs,
je ne saurais le dire ! » Alaïs esquissa une révérence :
« Et voici mon très cher et très vieil ami Siméon, de
Chartres, originaire de la ville sainte de Jérusalem. »

Siméon se confondit alors en sourires.

« Ainsi, vous êtes Alaïs, la fille de Bertrand. Soyez
la bienvenue dans ma demeure », ajouta-t-il en lui prenant les mains.

28

« Me parlerez-vous de votre amitié ? » s'enquit Alaïs, sitôt assise près de son père. Elle se tourna vers Siméon : « Lorsque je l'ai questionné à votre sujet, il n'avait point l'esprit à la confidence. »

Siméon était plus âgé qu'elle l'avait cru. Ses épaules étaient affaissées et son visage quadrillé de rides, la carte géographique d'une existence sillonnée de chagrins et de pertes, autant que de rires et d'instants de grand bonheur. Sous le sourcil broussailleux, luisait un regard pétillant d'intelligence. Si ses cheveux bouclés étaient presque entièrement gris, sa longue barbe, ointe et parfumée, demeurait aussi noire qu'une aile de corbeau. Alaïs comprenait à présent le désarroi de son père concernant le cadavre retrouvé dans l'Aude.

En observant discrètement les mains de Siméon, elle conçut un frisson de satisfaction. Elle ne s'était pas trompée : le pouce gauche exhibait un anneau identique à celui de son père.

« Or sus, Bertrand, disait le juif. Elle mérite de savoir. Elle a chevauché assez longtemps pour cela, me semble-t-il ! »

Lèvres pincées, Pelletier semblait vouloir se clore à toute explication. Alaïs l'observa à la dérobée.

Il prend conscience de mes actes, et s'en trouve fort courroucé.

« Vous n'avez pas fait le voyage de Carcassona sans escorte ? s'enquit-il enfin. Vous n'auriez pas commis pareille folie ? C'eût été terriblement risqué.

— Je...

— Répondez à ma question.

— Il m'a semblé plus sage...

— Plus sage ! éructa Pelletier. Par tous les...

— Le caractère toujours aussi bouillant, à ce que je voie ! » s'esclaffa Siméon.

Alaïs réprima un sourire et posa une main rassurante sur le bras de son géniteur.

« *Paire*, articula-t-elle patiemment. Vous pouvez constater que je suis sauve, qu'il n'est rien advenu à votre fille. »

Comme l'intendant examinait ses mains écorchées, elle s'empressa de les dissimuler sous sa cape.

« C'est peu de chose, une simple égratignure...

— Étiez-vous armée ?

— Assurément, acquiesça-t-elle.

— Mais alors où...

— J'ai pensé qu'il ne serait point avisé d'aller par les rues de Besièrs avec mon attirail. »

En disant cela, elle le regardait d'un air innocent.

« En effet, murmura-t-il dans sa barbe. Rien de grave n'est survenu ? Vous n'avez aucun mal ? »

Quoique se ressentant de son épaule blessée, Alaïs soutint son regard.

« Je ne souffre point », mentit-elle.

Bien qu'apparemment apaisé, l'intendant fronça les sourcils.

« Comment saviez-vous que vous me trouveriez céans ?

— Je l'ai appris par Amiel de Coursan, le fils du seigneur, lequel m'a fort courtoisement fourni une escorte. »

Siméon acquiesça :

« C'est un homme très admiré par nos contrées.

— Rendez grâce à votre bonne fortune, déclara Pelletier, à l'évidence peu enclin à changer de propos. Car votre initiative relève de la folie. Vous auriez pu être tuée. Je n'ose croire que vous…

— Vous vous apprêtiez à faire la narration de notre rencontre, Bertrand, intervint Siméon d'un air entendu. Les cloches ont cessé de sonner, et le conseil a dû commencer. Le temps nous est compté. »

Un court instant, Pelletier parut se renfrogner. Puis ses épaules s'affaissèrent et son visage prit une expression résignée.

« Fort bien, fort bien, puisque c'est ce que vous voulez… »

Alaïs échangea un regard avec Siméon.

« Il porte le même anneau que vous, *paire*. »

L'intendant sourit.

« Siméon fut, tout comme moi, recruté par Harif en Terre sainte, un peu auparavant, cependant, et nos routes ne se sont jamais croisées. Alors que la menace de Saladin et de ses armées se faisait plus probante, Harif renvoya Siméon dans la ville de Chartres. Je l'y suivis quelques mois plus tard, en emportant les parchemins. Le voyage dura plus d'une année, mais au moment où je parvins à Chartres, Siméon m'y attendait, comme Harif me l'avait promis. » À ce souvenir, l'intendant esquissa un sourire : « Combien j'ai détesté l'humidité glaciale de cette cité après la lumière et la chaleur de Jérusalem, je ne saurais le dire, tant elle me semblait morne et désolée. Par bonheur, Siméon et moi, nous nous sommes entendus dès le premier instant. Sa tâche consistait à colliger les parchemins en trois livres distincts. Alors qu'il s'attelait à l'ouvrage, j'ai pu apprécier sa sapience et son commerce agréable.

— Vraiment, Bertrand... », protesta le vieil homme, mais Alaïs perçut à quel point il était sensible au compliment.

— Néanmoins, poursuivit Pelletier, il faudra lui demander vous-même ce qu'il vit dans le soldat inculte et illettré que j'étais. Il ne m'appartient point d'en juger.

— Vous aviez soif de savoir, mon ami, intervint aimablement Siméon. Cela transparaissait dans l'expression de votre foi.

— J'ai toujours su que les livres devaient être séparés, reprit Pelletier. Sitôt que Siméon eut parachevé son ouvrage, je fus enjoint de me rendre dans ma ville natale pour y prendre la charge d'intendant auprès du jeune vicomte Trencavel. Rétrospectivement, je trouve étrange de ne m'être point soucié des deux autres manuscrits. Je présumai que Siméon avait la garde de l'un, quoique je ne l'eusse jamais tenu pour certain. Quant au troisième, je n'y songeais point. J'éprouve quelque vergogne, à présent, pour mon absence de curiosité. Je me bornai à garder le livre qui m'avait été confié, et pris la route du Sud.

— Vous ne devez éprouver nulle honte, assura Siméon. Vous vous êtes acquitté de votre mission avec cœur et confiance.

— Avant que votre apparition n'écartât les pensées que j'avais à l'esprit, nous parlions justement des livres, Alaïs », déclara Pelletier.

Siméon s'éclaircit la voix :

« Du livre, corrigea-t-il. Je n'en ai qu'un en ma possession.

— Comment cela ? s'insurgea l'intendant. La missive de Harif… Je tenais pour acquis que vous déteniez les deux. À tout le moins, que vous saviez où ils se trouvaient. »

Siméon fit un signe de dénégation.

« Fut un temps, assurément. Mais cela remonte à loin. Le *Livre des nombres* est céans. Pour ce qui est de l'autre, je m'attendais de votre part à quelques éclaircissements.

— Si vous n'en êtes pas le détenteur, qui l'est ? le pressa Pelletier. Je présumais qu'en quittant Chartres, c'étaient les deux que vous aviez emportés.

— En effet.

— Mais… »

Alaïs posa la main sur le bras de son père pour l'inciter au calme.

« Laissez donc Siméon s'expliquer. »

Pelletier parut, l'espace d'un instant, prêt à perdre son sang-froid. Il se contint toutefois :

« Fort bien, poursuivez…

— Comme votre fille vous ressemble, mon ami, commenta Siméon avec un bref éclat de rire. Peu après votre départ de Chartres, un mot me parvint du *navigatairé*, m'apprenant qu'un gardien viendrait quérir le second livre, le *Livre des potions*, sans que me fût précisée l'identité de la personne en question. Je m'y préparai, et attendis sa venue. Le temps passa, je vieillis, mais personne ne se présenta. Puis, en votre année de 1194, peu avant le terrible incendie qui détruisit la cathédrale et une grande partie de la cité, un homme apparut, un chevalier chrétien du nom de Philippe de Saint-Mauré.

— Son nom ne m'est pas inconnu. Il se trouvait en Terre sainte en même temps que moi, bien que nous ne nous fussions jamais encontrés, intervint Pelletier. Pourquoi a-t-il attendu si longtemps ?

— C'est la question que je me suis posée, mon ami. Saint-Mauré me présenta le *merel* de la manière convenue. Il portait l'anneau tout comme vous et ceux à qui cet honneur est échu. Je n'avais nulle raison de douter de lui, cependant… je lui trouvai un air cauteleux. Son regard était fuyant comme celui du renard. Je ne me fiais donc point à lui. Il ne m'apparaissait point comme un homme que Harif aurait élu car je ne décelais dans sa personne nul sens de l'honneur. C'est pourquoi je décidai, malgré les signes de reconnaissance, de le mettre à l'épreuve.

— De quelle façon ? demanda aussitôt Alaïs, à qui la question avait échappé.

— Alaïs… s'insurgea Pelletier.

— Laissez donc, Bertrand. Je décidai de feindre l'incompréhension. Je tendis humblement les mains et lui demandai de me pardonner, en alléguant qu'il devait me confondre avec une autre personne. Il tira aussitôt son épée.

— Ce qui vous renforça dans votre conviction, selon quoi il n'était pas celui qu'il prétendait être.

— Il se rua sur moi en me menaçant, mais mes serviteurs intervinrent et il n'eut d'autre choix que de se retirer. » Siméon baissa le ton jusqu'à ce que sa voix ne fût plus qu'un murmure : « Après m'être assuré qu'il s'en était allé, j'enveloppai les livres dans un morceau d'étoffe et courus me réfugier chez des amis chrétiens qui avaient toute ma fiance. Cependant, je ne savais que faire, car je n'avais nulle certitude quant à l'individu. Était-ce un imposteur ? Ou un gardien dont la convoitise et la soif de pouvoir avaient corrompu l'âme ? Imposteur, le véritable gardien ne manquerait point de venir à Chartres sans pouvoir me joindre. Un traître à notre confrérie ? il m'incombait alors de découvrir de quoi il retournait. J'ignore encore aujourd'hui si j'ai pris la décision qui s'imposait.

— Vous avez fait ce qui vous semblait juste, commenta Alaïs, ignorant le regard de mise en garde que lui lançait son père. Nul homme n'aurait pu faire mieux.

— Juste ou non, je m'attardai deux jours de plus chez mes amis. Puis le corps d'un homme fut retrouvé flottant dans l'Eure. Les yeux énucléés et la langue coupée. La rumeur se répandit affirmant qu'il s'agissait d'un chevalier au service du fils aîné de Charles d'Évreux, dont les terres se situent non loin de Chartres.

— Philippe de Saint-Mauré.

— Ce meurtre fut incontinent imputé aux juifs, poursuivit Siméon avec un signe d'assentiment. Dès lors commencèrent les représailles. J'étais le bouc émissaire tout indiqué. On laissa entendre qu'on allait se saisir de moi. Des témoins affirmaient avoir vu Saint-Mauré à ma porte, prêts à jurer que nous avions échangé insultes et horions. Ma décision fut prise. Peut-être Saint-Mauré était-il vraiment celui qu'il prétendait être. Peut-être était-ce un honnête homme, peut-être pas, cela importait peu. Il était mort, pensai-je alors, à cause de ce qu'il savait sur la trilogie du labyrinthe. Son trépas et la façon dont on l'avait occis me convainquirent de ce que d'autres que lui étaient impliqués dans le complot. Et que le secret du Graal avait bel et bien été trahi.

— Comment en avez-vous réchappé ? voulut savoir Alaïs.

— Mes domestiques avaient déjà quitté les lieux sains et saufs, du moins l'espérais-je. Je restai caché jusqu'au lendemain matin et, après m'être rasé la barbe, je franchis les portes de la cité, déguisé en vieille femme. Esther m'accompagnait.

— Ainsi, vous n'étiez plus à Chartres au moment où l'on conçut le labyrinthe de la nouvelle cathédrale ? répliqua Pelletier d'un air narquois, sous le regard intrigué de sa fille. Vous ne l'avez point vu.

— Qu'est-ce ? » demanda la jeune femme.

Siméon eut un autre rire bref, avant de s'adresser à Pelletier :

« Nenni, encore que j'aie ouï dire qu'il sert fort bien son propos. Maintes gens sont attirées par ce cercle de pierre. Ils observent, ils cherchent, sans comprendre que ce qui gît sous leurs pieds n'est autre qu'un faux secret.

— En quoi consiste ce labyrinthe ? » insista Alaïs.

Les deux hommes continuèrent de l'ignorer.

« Pourquoi n'êtes-vous point venu vous réfugier à Carcassona ? Je vous aurais offert abri et protection.

— Croyez-moi, Bertrand, rien ne m'eût été plus agréable. Mais vous semblez oublier combien le Nord est différent du pays d'oc quand il s'agit de tolérance et d'hospitalité. Il m'était impossible de voyager librement, mon ami. La vie était bien malaisée pour les juifs, à cette époque. Nous étions soumis au couvre-feu, nos commerces se voyaient régulièrement attaqués et rançonnés. En outre, je ne me serais jamais pardonné de les avoir conduits, qui qu'ils fussent, jusqu'à vous. En fuyant Chartres, cette nuit-là, je n'avais nulle idée de l'endroit où je pourrais me réfugier. La seule initiative qui me parût sensée consistait à disparaître en attendant que les troubles se fussent apaisés. En bonne vérité, la crainte du bûcher avait chassé de moi toute autre pensée.

— Comment êtes-vous parvenu à Besièrs ? demanda Alaïs qui n'en démordait pas. Est-ce Harif qui vous y a mandé ?

— C'est ma seule bonne fortune, répondit Siméon en secouant la tête. J'allai d'abord en Champagne pour y passer l'hiver. Puis, dès les premières fontes de neige, je pris la route du Sud. J'eus l'heur de rencontrer un groupe de juifs d'Angleterre, fuyant les persécutions dont ils étaient victimes dans leur propre pays. Ils allaient à Bésièrs, bonne destination s'il en fut. La cité était réputée pour sa tolérance, et les juifs y jouissaient de positions leur conférant confiance et autorité. Notre savoir et nos talents y étaient considérés. Sa proximité de Carcassona induisait que je serais aisément accessible si Harif requerrait mes services. Dieu sait combien il me fut douloureux de penser que vous n'étiez qu'à quelques jours de cheval, mais la prudence commandait qu'il en fût ainsi. »

» En outre, il y eut ces ballades et ces lais qui circulaient dans les cours du Nord. En Champagne, trouvères et ménestrels chantaient à l'envi l'existence d'une coupe magique, d'un élixir de longue vie, trop proches de la vérité pour être ignorés. »

Pelletier acquiesça. Des échos lui étaient parvenus à propos de ces lais. Siméon poursuivit :

« Ayant pesé cela en de fines balances, je jugeai préférable de me tenir en retrait. Je ne me serais oncques pardonné de les avoir conduits jusqu'à vous, mon ami. »

Pelletier exhala un long soupir.

« Je crains, Siméon, qu'en dépit de vos efforts nous n'ayons été trahis, bien que je n'en détienne aucune preuve tangible. Certaines gens savent que des liens nous rapprochent, j'en ai la conviction. Quant à dire qu'elles en connaissent aussi la nature, je ne saurais l'affirmer.

— Un événement est-il survenu qui vous incline à penser ainsi ?

— Voici une semaine environ, Alaïs vint à découvrir le cadavre d'un homme flottant dans l'Aude, un juif. Il avait été égorgé, le pouce de la main gauche lui avait été tranché, sauf que rien ne lui avait été dérobé. J'avais toutes les raisons de croire que c'était vous, tout du moins, qu'on l'avait pris pour vous. Avant cela, j'avais relevé d'autres indices. Aussi ai-je transmis une part de mes responsabilités à Alaïs, au cas où malheur m'arriverait qui m'aurait empêché de rejoindre Carcassona. »

C'est le moment de lui dire pourquoi tu es venue.

« Père, puisque vous… »

Pelletier l'interrompit d'un geste.

« Y a-t-il quelque indication qui donnerait à penser que l'on a retrouvé votre trace ? Que ce soit les gens de Chartres ou d'autres personnes ?

— Jusqu'à ce jour, non. Plus de quinze ans se sont écoulés depuis ma fuite, et je puis vous assurer que, durant tout ce temps, il n'y eut point de jour sans que je vécusse dans la crainte de me faire égorger. Cependant, rien ne s'est passé qui sortît de l'ordinaire. »

Alaïs ne pouvait rester coite plus longtemps.

« Ce que j'ai à dire, père, est justement d'à-propos. Je dois vous relater ce qu'il est advenu depuis votre départ de Carcassona. »

Au moment où Alaïs eut achevé sa narration, le visage de son père était cramoisi. Elle craignit qu'il ne s'abandonnât à quelque emportement parce que ni elle ni Siméon n'auraient su l'arrêter.

« La trilogie est éventée, fulmina-t-il. Il n'y a aucun doute à ce sujet.

— Calmez-vous, Bertrand, le tança Siméon. Votre courroux obscurcit votre jugement. »

Alaïs se tourna vers la fenêtre, consciente du bruit croissant qui montait de la rue. Pelletier aussi, car après une brève hésitation, il leva la main.

« Les cloches se sont remises à sonner. Je dois m'en retourner. Le vicomte m'attend. Il me faut pareillement réfléchir à ce que vous m'apprenez, Alaïs, et à ce qui doit être entrepris. Pour l'heure, nous devons songer à notre départ. » Il s'adressa à Siméon : « Vous nous accompagnez, mon ami. »

Pendant que l'intendant s'exprimait, Siméon était allé ouvrir un coffre de bois sculpté, installé à l'extrémité de la pièce. Alaïs se rapprocha. Le couvercle s'ornait de velours pourpre, froncé comme les tentures entourant un lit.

Siméon secoua la tête.

« Je ne voyagerai point avec vous. Je vous suivrai plutôt en compagnie des miens. C'est pourquoi, pour plus de sûreté, vous devrez emporter ceci. »

Alaïs vit le vieil homme glisser la main vers la base du coffre. Il y eut un déclic qui fit apparaître un tiroir secret. Quand le juif se redressa, il tenait un objet entouré d'une jaquette en peau de mouton.

Les deux hommes échangèrent un regard, puis Pelletier s'empara du livre et l'enfouit sous sa cape.

« Dans sa lettre, Harif fait mention d'une sœur à Carcassona, déclara Siméon.

— Une amie de la *Noublesso*, selon mon interprétation. Je ne pense point que cela signifie davantage.

— C'est pourtant bien une femme qui est venue quérir le second livre, Bertrand, objecta doucement le vieil homme. Sur le moment, j'ai présumé comme vous qu'elle n'était qu'un émissaire. Mais à la lumière de la lettre que Harif vous a fait parvenir... »

Pelletier balaya l'argument de la main :

« Je ne peux concevoir que Harif ait pressenti une femme pour gardien, quelles que soient les circonstances. Il ne prendrait point un tel risque. »

Alaïs se mordit la langue pour s'empêcher d'intervenir.

« Nous devons néanmoins envisager cette possibilité, insista Siméon avec un haussement d'épaules.

— Dans ce cas, quel genre de femme était-ce ? demanda impatiemment Pelletier. Une personne décemment habilitée à garder un si précieux objet ?

— Pour parler franc, non, répondit Siméon. Elle n'était ni de haute lignée ni de basse extraction. Elle n'avait plus l'âge de porter des enfants, bien qu'un jeune garçon l'accompagnât. Elle se rendait à Carcassona en passant par Servian, la ville où elle demeure. »

À ces mots, Alaïs se redressa sur son siège.

« Ce sont là de bien maigres informations, se plaignit Pelletier. Ne vous a-t-elle point dit son nom ?

— Nenni, non plus que je ne le lui ai demandé, dès lors qu'elle était porteuse d'une lettre de Harif. Elle s'en retourna après que je lui eus fait provisions de pain, de fromage et de fruits pour le voyage. »

Le trio atteignait à présent la porte accédant à la rue.

« Il ne me plaît guère de vous abandonner, déclara abruptement Alaïs, soudain remplie de craintes pour le vieil homme.

— Tout ira bien, mon enfant, lui assura Siméon. Esther se chargera d'empaqueter les objets que je désire emporter. Je voyagerai anonymement dans la foule. Ce sera plus sûr pour nous tous.

— Le quartier juif se trouve à l'est de Carcassona, au bord de l'Aude, non loin du bourg de Sant-Vicens. Sitôt arrivé, faites-moi tenir un mot.

— Je n'y manquerai point. »

Les deux hommes se donnèrent l'accolage, puis Pelletier sortit dans la rue à présent populeuse. Alaïs s'apprêtait à lui emboîter le pas, quand Siméon la retint par le bras.

« Vous êtes une personne de grand courage, Alaïs. Votre diligence à l'égard de votre père et de la *Noublesso* vous honore. Veillez sur lui. Je crains que ses emportements ne l'écartent de sa voie, alors que les temps s'annoncent rudes et les choix malaisés. »

Regardant par-dessus son épaule, la jeune femme baissa le ton pour n'être pas entendue de son père :

« Quelle était la nature du livre emporté par la femme de Carcassona ? Celui qui n'a pas encore été retrouvé ?

— Le *Livre des potions*, répondit spontanément Siméon. Une liste d'herbes et de plantes. À votre père, il a été confié le *Livre des mots* et à moi-même le *Livre des nombres*. »

À chacun ses aptitudes.

« Je pense que cela vous éclaire sur ce que vous vouliez savoir, ajouta Siméon en la regardant d'un air entendu sous ses sourcils broussailleux. Ou alors cela renforce-t-il peut-être votre pensée.

— *Benlèu*. Peut-être... », dit-elle en souriant.

Alaïs lui baisa la joue puis courut rejoindre son père.

Des provisions de voyage. Une planchette aussi, peut-être.

Elle résolut de garder par-devers elle cette pensée, jusqu'au moment où elle serait confirmée, bien qu'en ce qui avait trait au troisième livre, elle fût certaine de l'endroit où il se trouvait. Les liens serrés qui tissaient leurs existences comme une toile d'araignée s'éclairaient soudain. Toutes de perceptions et d'énigmes non élucidées pour n'y avoir pas songé.

29

Alors que Pelletier et sa fille s'empressaient à travers la ville, il apparut que l'exode avait indubitablement commencé.

Juifs et Sarrasins se hâtaient vers les portes, qui à pied, qui sur sa charrette chargée de ses biens, livres, cartes, mobilier. Des financiers à cheval portant paniers, coffres et balances, rouleaux de parchemins. Alaïs observa quelques familles chrétiennes parmi la foule des migrants.

La cour de la demeure du consul éclatait de blancheur sous le soleil matutinal. Tandis qu'ils la franchissaient, Alaïs vit une expression soulagée se peindre sur le visage de son père, quand il se rendit compte que le conseil n'était pas achevé.

« Quelqu'un est-il au fait de votre présence dans la cité ? »

Alaïs sentit son esprit se figer, horrifiée à l'idée d'avoir ignoré la présence de Guilhem.

« Nenni, je suis tout dret venue vous retrouver. »

La lueur de satisfaction qui passa dans le regard de son père eut le don de l'irriter.

Il acquiesça.

« Attendez ici. Je vais de ce pas informer le vicomte de votre présence et requérir permission de vous faire

voyager avec nous. Votre époux devra en être pareillement avisé. »

Alaïs le regarda disparaître à l'intérieur de la demeure.
Abandonnée, elle parcourut la cour du regard. Indifférents aux vicissitudes humaines, des animaux s'étiraient
dans l'ombre, le corps collé aux murs frais. Malgré les
épreuves qu'elle avait connues et les atrocités rapportées par Coursan, il semblait inconcevable, en ce paisible palais, que la menace fût aussi imminente qu'on
le prétendait.

Les portes s'ouvrirent brutalement derrière elle pour
livrer passage à une marée humaine qui, dévalant des
marches du parvis, se répandit dans la grande cour.
Alaïs se réfugia derrière un pilier pour n'être pas emportée.

Dès lors, ce ne fut plus qu'une éruption de cris,
de commandements, d'ordres donnés et exécutés,
d'écuyers se hâtant vers les chevaux de leurs maîtres.
En un clin d'œil, de bâtiments officiels qu'ils étaient,
les lieux s'étaient mués en quartier général de garnison.

Dans le tumulte, Alaïs entendit quelqu'un qui l'appelait : Guilhem. Elle sentit son cœur chavirer. Se retournant, elle chercha des yeux d'où provenait la voix.

« Alaïs ! s'exclama le jeune homme incrédule. Que
faites-vous céans ? »

À présent elle le voyait, se frayant un chemin dans
la presse, jusqu'à la prendre dans ses bras et la serrer si
fort que le souffle lui manqua. Un court instant, la vue,
l'odeur de son époux évinça toute autre pensée. Tout
fut oublié, tout fut pardonné, encore qu'elle conçût
quelque gêne au plaisir qu'il éprouvait à la retrouver.
Paupières closes, elle s'imagina miraculeusement revenue avec lui au Château comtal, comme si les tribula-

tions des derniers jours n'avaient été qu'un mauvais rêve.

« Comme vous m'avez manqué », disait Guilhem en lui baisant le cou, la gorge, les mains…

Alaïs tressaillit.

« Qu'y a-t-il, *mon còr* ?

— Ce n'est rien », s'empressa-t-elle de répondre.

Soulevant la cape, il découvrit alors l'épaule tuméfiée de son épouse.

« Comment cela, rien ? Par Sant-Foy, que se…

— J'ai fait une chute, avoua-t-elle. Et mon épaule en souffre plus qu'il n'y paraît. De grâce, ne vous tourmentez point. »

L'explication laissa Guilhem dubitatif, partagé entre inquiétude et perplexité.

« Est-ce à cela que vous passez votre temps lorsque je suis absent ? demanda-t-il en reculant d'un pas pour la scruter d'un air soupçonneux. Pourquoi êtes-vous céans ?

— Pour apporter un message à mon père », balbutia-t-elle.

Elle venait à peine de prononcer ces mots qu'elle prit conscience de sa bévue. La joie suscitée par ces retrouvailles fit place à une vive anxiété.

« Quel message ? » se rembrunit Guilhem.

Alaïs eut un blanc. Qu'aurait répondu son père, à sa place ? Quelle excuse pourrait-elle invoquer ?

« Je…

— Quel message, Alaïs ? »

Elle retint son souffle. À cet instant, elle eût aimé qu'un climat de confiance s'installât de nouveau entre eux, sauf qu'elle s'était engagée auprès de son père.

« Pardonnez-moi, messire, je ne puis rien vous révéler. Ce message n'était destiné qu'à l'intendant.

« — Vous ne pouvez ou vous ne voulez ?

— Je ne puis, Guilhem, assura-t-elle sur un ton de regret. Je le dirais s'il en était autrement.

— A-t-il mandé quelqu'un pour venir vous quérir ? regimba-t-il encore. Vous a-t-il envoyé chercher sans m'en faire la requête ?

— Nenni, larmoya-t-elle. Personne n'a été mandé. Je suis céans de mon propre chef.

— Et cependant vous refusez de me révéler à quelle fin...

— Je vous en conjure, mon époux. Ne me demandez point de trahir la parole que j'ai donnée à mon père. De grâce, essayez de m'entendre. »

La saisissant par les bras, il la secoua rudement.

« Ainsi vous ne me direz rien ! ricana-t-il amèrement. Et moi qui croyais en vous épousant avoir droit de regard sur vous ! Fallait-il que je sois niais ! »

Alaïs voulut le retenir, alors que, s'éloignant, il se mêlait déjà à la foule.

« Guilhem, attendez !

— Que se passe-t-il ? »

Elle se retourna et vit son père qui la rejoignait.

« Mon époux est offensé par mon refus de lui confier les raisons de ma venue à Besièrs.

— Lui avez-vous dit que je vous l'ai interdit ?

— J'ai voulu le faire, mais il a refusé de m'entendre.

— Il n'a nulle autorité pour vous enjoindre de trahir votre parole », grommela l'intendant.

Alaïs ne l'entendait pas de cette oreille et sentait sourdre en elle un sentiment de colère.

« Sauf votre respect, *paire*, il a, au rebours, toute autorité. Il est mon époux, et à ce titre, il est en droit d'attendre de moi obéissance et loyauté.

— Vous n'êtes point déloyale envers lui, rétorqua Pelletier avec un geste d'impatience. Son courroux passera. Ce n'est ni l'heure ni le lieu pour en débattre.

— C'est un homme sensible. Il se ressent profondément des injures qui lui sont faites.

— Comme chacun d'entre nous, trancha-t-il. Nous sommes tous profondément touchés par les événements. Cela n'induit point pour autant que nos émotions doivent l'emporter sur notre bon sens. Venez, Alaïs, oubliez tout cela. Guilhem est céans pour servir notre seigneur, non pour gourmander son épouse. Sitôt à Carcassone, je suis convaincu que ce malentendu sera vitement dissipé. À présent, allez quérir Tatou, il faut nous préparer à départir », conclut-il en déposant un baiser sur le front de sa fille.

Comme à regret, elle se détourna et suivit son père jusqu'aux écuries.

« Peut-être serait-il bon d'interroger Oriane sur l'agression dont je fus l'objet au château. Elle en sait sûrement quelque chose, j'en suis persuadée. »

Pelletier balaya l'argument d'un geste.

« Vous méjugez votre sœur à cause de la discorde qui vous oppose depuis fort longtemps, et dont je ne me suis guère soucié en croyant que cela se passerait.

— Pardonnez-moi, *paire*, mais vous ne semblez point connaître sa véritable personnalité. »

Pelletier ignora le commentaire.

« Vous inclinez à juger votre sœur trop sévèrement, Alaïs. Je suis certain qu'elle s'est chargée de veiller sur vous avec les meilleures intentions. L'avez-vous seulement interrogée ? À votre visage, je constate que non. Elle est votre sœur, Alaïs. Vous lui devez de meilleurs sentiments. »

L'opprobre inique dont elle se sentait victime mit le feu à la colère qui bouillait dans sa poitrine.

« Ce n'est point moi qui…

— *Si* l'occasion m'en est donnée, je parlerai à Oriane », déclara Pelletier sur un ton ne laissant place à aucune tergiversation.

Alaïs se sentit rougir, mais garda le silence. Elle se savait depuis toujours la préférée de son père, cependant, elle comprenait aussi que le sentiment de culpabilité qui pouvait en résulter le conduisait fréquemment à pardonner les écarts de conduite de sa fille aînée. Sans doute avait-il pour sa cadette de plus hautes aspirations.

Dépitée, Alaïs lui emboîta le pas.

« Tenterez-vous de savoir qui s'est emparé du *merel* que vous m'avez confié ?

— Il suffit, Alaïs. Rien ne peut être entrepris avant notre retour à Carcassona. Pour l'heure, puisse Dieu nous accorder bonne fortune et vélocité pour atteindre le château dans les plus courts délais. » Pelletier s'immobilisa pour observer l'alentour : « Et prions pour que Besièrs ait la force de soutenir le siège qui se prépare. »

30

Carcassonne

En quittant Toulouse, Alice retrouva le moral.

L'autoroute déboucha abruptement dans un paysage de champs de cultures quadrillés de vert et de brun. De temps à autre, elle voyait une vaste étendue de tournesols, leurs corolles offertes au soleil déclinant. La plus grande partie du voyage s'était passée à longer des rails de sécurité. Après les montagnes et les vallées ondoyantes de l'Ariège, le paysage lui semblait moins sauvage, plus hospitalier.

Au sommet des collines, les maisons se rassemblaient en petits villages. D'autres s'isolaient, volets clos, découpant leur *cloche-mur* sur un ciel rosissant. Alice se plaisait à lire les noms des villes défilant sur le bas-côté : Avignonet, Castelnaudary, Saint-Papoul, Bram, Mirepoix… autant de mots qui roulaient sous la langue comme le vin du pays, chacun promettant des secrets cachés sous les pavés ou des histoires enfouies au cœur de la pierre.

L'entrée d'Alice dans le département de l'Aude lui fut signalée par un panneau brun : *Vous êtes en pays cathare*. Elle sourit. Elle avait vite appris que la région se définissait autant par son passé que par son présent. Non seulement celle de Foix, également celle de Toulouse, de Béziers et de Carcassonne, grandes villes du Sud-Ouest vivant encore à l'ombre d'événements survenus huit siècles auparavant. Livres, souvenirs, cartes postales, cassettes vidéo, une véritable industrie touristique s'y était développée. De la même manière que les ombres vespérales s'étiraient vers l'est, les panneaux de signalisation semblaient l'attirer inéluctablement vers la cité de Carcassonne.

À neuf heures, Alaïs franchit le péage et mit le cap sur le centre-ville. Elle traversa les zones industrielles et commerciales, à la fois émue et surexcitée, étrangement angoissée, habitée par l'impression de toucher au but.

Lorsque le feu tricolore passa au vert, Alice avança dans le flot de la circulation, contournant les ronds-points et franchissant les ponts, pour se retrouver contre toute attente en rase campagne : haies à l'abandon le long de la rocade, mauvaises herbes, arbres déracinés par le vent.

Après le sommet de la colline, Alice arriva à destination.

La cité médiévale investissait le paysage, plus étendue, plus achevée, autrement imposante qu'elle l'avait imaginée. Avec la distance et les montagnes mauves qui se détachaient en arrière-plan, on eût dit un royaume imaginaire flottant dans les nuages.

Alice fut immédiatement subjuguée.

Elle se gara sur le bas-côté et sortit de la voiture. Deux lignes de remparts ceinturaient la cité, la seconde étant à l'intérieur de la première. Elle reconnut la cathédrale, le Château comtal et sa tour rectangulaire, fine et élancée, qui dominait l'ensemble.

La Cité se dressait sur une colline verdoyante, dont les pentes glissaient doucement vers des rues bordées de toits de tuile rouge. En bas, la plaine se partageait entre vignobles, figuiers, oliviers, et plants de tomates alignés.

Réticente à se rapprocher de crainte que le charme ne se brisât, Alice contempla le soleil dépouillant peu à peu toute chose de ses couleurs. Elle frissonna, le vent du soir soudain froid sur ses bras nus.

Sa mémoire lui rappela les vers qu'elle recherchait : « *Et le terme de notre quête sera d'arriver là d'où nous étions partis.* »

Et pour la première fois aussi, Alice comprit exactement ce qu'Eliot[1] avait voulu dire.

---

1. Extrait du poème de T. S. Eliot « *Little Gidding* », traduction de Pierre Leyris. *(N.d.T.)*

31

Le cabinet de Paul Authié était situé au cœur de la Basse ville de Carcassonne.

Durant les deux dernières années, son affaire s'était développée, et son adresse professionnelle reflétait sa réussite : un immeuble de verre et d'acier, conçu par un architecte de renom, une cour intérieure et un atrium paysagé séparant les couloirs des espaces de travail. C'était discret et chic.

Authié se trouvait dans son bureau du quatrième étage, dont l'immense baie vitrée donnait sur la cathédrale Saint-Michel et la caserne du 3ᵉ R.P.I.MA. La pièce était l'exact reflet de sa personnalité, nette, dégageant une atmosphère d'aisance mesurée et de bon goût dans sa plus stricte acception.

Les stores refermés au soleil couchant occultaient le mur de façade entièrement vitrée. Les trois autres étaient tapissés de photographies et toutes sortes de documents encadrés : diplômes, cartes d'époque des différentes croisades, au papier jauni et aux encres délavées, illustrations exposant les frontières fluctuantes de l'ancien Languedoc.

Un imposant bureau expressément conçu pour l'espace tournait le dos à la grande baie. Sur le plan de travail, un sous-main de cuir et quatre photographies encadrées, dont une de son ex-femme et de ses deux enfants, qui tendait à promouvoir les valeurs familiales auxquelles il était attaché, mais qu'il n'exposait là que par pur clientélisme.

La seconde était un portrait de lui à vingt et un ans, peu de temps après sa remise de diplôme de l'ENA, serrant la main de Jean-Marie Le Pen, le chef du Front national. L'autre le montrait à Saint-Jacques de Compostelle et la dernière, la plus récente, en compagnie, entre autres personnalités, de l'abbé de Cîteaux, lors de l'importante donation qu'il venait de faire à la Compagnie de Jésus.

Chacune de ces photos lui rappelait sa réussite.

Le téléphone de son bureau se mit à bourdonner.

« Oui ? »

Sa secrétaire lui annonça que ses visiteurs étaient arrivés. « Faites entrer. »

Javier Domingo et Cyrille Braissard étaient, l'un et l'autre, d'anciens policiers. Braissard avait été démis de ses fonctions en 1999 pour usage intempestif de la force au cours d'un interrogatoire. Domingo l'avait imité un an plus tard pour subornation et corruption. Seuls les talents d'avocat d'Authié leur avaient évité d'être incarcérés. Depuis, ils étaient à son service.

« Eh bien, commença ce dernier. Si vous avez une explication, c'est le moment de m'en faire part. »

La porte refermée, les deux hommes restèrent devant le bureau sans souffler mot.

« Alors ? reprit-il, vous n'avez rien à me dire ? Il ne vous reste plus qu'à prier que Biau ne se réveille pas en se rappelant qui conduisait la voiture qui l'a renversé.

— Ça n'arrivera pas, monsieur.

— Vous voilà médecin, tout à coup, Braissard ?

— Son état se détériore de jour en jour. »

Authié leur tourna le dos et, les mains sur les hanches, alla se poster devant la baie, face à la cathédrale.

« Alors, qu'avez-vous à m'annoncer ?

— Biau lui a fait passer un mot, déclara Domingo.

— Lequel a disparu et la fille avec, enchaîna Authié d'un ton sarcastique. Pourquoi êtes-vous ici, Domingo ? Si vous n'avez rien à dire, vous tenez à me faire perdre mon temps ? »

Ce dernier rougit violemment.

« Nous savons où elle se trouve, monsieur. Santini l'a repérée à Toulouse, pas plus tard qu'aujourd'hui.

— Et après ?

— Elle a quitté Toulouse il y a une heure à peu près, renchérit Braissard. Après avoir passé l'après-midi à la Bibliothèque nationale. Santini nous a faxé la liste des sites Internet qu'elle a visités.

— Avez-vous posé un émetteur espion sur sa voiture ou est-ce trop vous demander ?

— Oui. Elle est en route pour Carcassonne. »

Authié reprit place dans son fauteuil et observa les deux hommes toujours plantés devant son bureau.

« Vous allez donc l'attendre à son hôtel, n'est-ce pas, Domingo ?

— Oui, monsieur, à quel hôtel...

— De l'autre côté de la porte Narbonnaise. Je ne veux pas que vous soyez repérés. Trouvez sa chambre, sa voiture, tout ce qui la concerne, mais qu'elle ne se doute surtout de rien.

— Y a-t-il autre chose, à part le mot et l'anneau, que nous devions rechercher, monsieur ?

— Un livre relié, refermé par des cordelettes de cuir. Il est très fragile et de très grande valeur. » Tirant une photographie d'un tiroir, il la lança sur le bureau : « Similaire à celui-là. » Il laissa Domingo la contempler quelques instants, puis la replaça dans son tiroir. « Si nous en avons terminé…

— Une infirmière de l'hôpital nous a remis ceci, annonça alors Braissard en exhibant un récépissé. C'était dans la poche de Biau. »

Authié s'en empara. C'était en effet le récépissé d'une enveloppe envoyée du bureau de poste de Foix, le lundi en fin d'après-midi, à une adresse à Carcassonne.

— Qui est cette Jeanne Giraud ?

— La grand-mère maternelle de Biau.

— Nous y voilà, murmura-t-il en actionnant l'interphone : Aurélie, il me faut le plus tôt possible des informations sur une dénommée Jeanne Giraud habitant rue de la Gaffe. » Il se tourna vers Braissard : « Est-elle au courant de ce qui est arrivé à son petit-fils ? »

Le silence de Braissard suffit pour répondre à sa question.

« Tâchez de vous renseigner, ordonna-t-il. Réflexion faite, allez discrètement rôder du côté de chez elle, pendant que Domingo rend visite au docteur Tanner. Je vous retrouverai au parking de la porte Narbonnaise. » Il consulta sa montre. « Dans une demi-heure. »

L'interphone fit encore entendre son bourdonnement.

« Qu'attendez-vous ? » ajouta-t-il en congédiant d'un geste les deux hommes. Il attendit de voir la porte se refermer avant de répondre :

« Oui, Aurélie ? » Il porta machinalement la main au crucifix qu'il portait au cou, tout en prêtant l'oreille.

« A-t-elle dit pourquoi elle voulait que notre rendez-vous soit avancé d'une heure ? Bien sûr que c'est ennuyeux… »

Coupant court aux excuses de sa secrétaire, il consulta le téléphone qui se trouvait dans la poche de son veston, s'étonna que sa cliente ne lui eût pas laissé de message, alors qu'elle avait l'habitude de communiquer directement avec lui.

« Je dois sortir, Aurélie. Vous laisserez le rapport sur Mme Giraud à mon appartement après avoir quitté le bureau. Il me le faut avant huit heures ce soir. »

Authié attrapa son veston posé sur le dossier de son fauteuil, prit la paire de gants qu'il gardait dans son tiroir, et sortit.

Audric Baillard était installé devant le petit bureau de la chambre d'amis. Les volets mi-clos dessinaient des rectangles de lumière sur le petit lit ancien aux bois sculptés, tendu de draps de coton blanc.

Cela faisait des années que cette chambre lui était exclusivement réservée. Touchante attention, Jeanne y avait adjoint tous les ouvrages qu'il avait écrits, soigneusement alignés sur l'unique étagère accrochée au-dessus du lit.

Baillard n'y gardait que peu de chose : quelques vêtements de rechange et son matériel d'écriture. Au début de leur association, elle l'avait un peu taquiné à propos de son penchant pour la plume et le papier de lin. Mais il avait souri, arguant qu'il était trop âgé pour changer ses habitudes.

Aujourd'hui, il s'interrogeait. Aujourd'hui, certains changements lui semblaient inévitables.

Il se cala dans son siège, pensant à Jeanne et à tout ce que leur amitié signifiait pour lui. Aux différentes saisons de sa vie, il avait toujours rencontré des hommes et des femmes disposés à l'aider, sinon que Jeanne avait des dons particuliers. C'est grâce à elle qu'il avait eu connaissance de l'existence de Grace Tanner, même si les deux femmes ne s'étaient jamais rencontrées.

Un bruit de casseroles le ramena à la réalité. Baillard saisit sa plume et sentit aussitôt que les ans le quittaient, comme une absence soudaine de son âge et de son expérience qui le rajeunirait.

Les mots lui vinrent aisément et il se mit à écrire. La lettre était claire et concise. Séchée à l'aide de son papier buvard, il la plia en forme d'enveloppe. Ne restait plus pour l'expédier qu'à y inscrire l'adresse, sitôt qu'il la connaîtrait.

Après cela, tout reposerait sur elle. Elle seule pouvait décider.

Si es atal es atal. Advienne que pourra.

Le téléphone sonna. Baillard ouvrit les yeux. Il entendit Jeanne décrocher, pousser un cri aigu. Il crut d'abord qu'il émanait de la rue. Puis il y eut le bruit du combiné tombant sur le sol.

Sans savoir comment, il se retrouva debout, sensible au changement de climat qui venait de s'opérer à l'intérieur de la maison. Il se tourna vers le bruit de pas montant précipitamment l'escalier.

« *Qu'es ?* demanda-t-il aussitôt. Que se passe-t-il, Jeanne ? la pressa-t-il. Qu'est-il arrivé ? Qui a téléphoné ? »

Elle le regarda d'un air absent.

« C'est Yves. Il est blessé. »

Audric la regarda à son tour, horrifié.

« *Quora ?* Quand cela s'est-il passé ?

— La nuit dernière. Une voiture l'a renversé. On a prévenu Claudette. C'est elle qui vient d'appeler.

— Comment va-t-il ? »

Jeanne ne parut pas l'entendre.

« On envoie quelqu'un pour me conduire à Foix.

— Qui ? Est-ce Claudette qui a organisé ce trans-port ? »

Jeanne secoua la tête.

« Non, la police.

— Veux-tu que je t'accompagne ?

— Oui », acquiesça-t-elle après une brève hésitation.

Puis, comme un somnambule, elle regagna le palier. Baillard entendit la porte de la chambre se refermer.

Impuissant, désemparé, il regagna la sienne. Il savait que ce n'était pas une coïncidence. Il aperçut la lettre qu'il avait écrite et esquissa un pas pour s'en saisir, se disant qu'il pouvait encore mettre un terme à l'inévitable enchaînement des événements pendant qu'il était encore temps.

Mais sa main retomba le long du corps. Détruire cette lettre reviendrait à anéantir tout ce pour quoi il s'était battu, tout ce qu'il avait enduré.

Il devait aller jusqu'au bout du chemin.

Baillard tomba à genoux et se mit à prier. Au début, les anciennes paroles lui vinrent difficilement. Puis elles jaillirent en un flot ininterrompu, le rattachant à tous ceux qui les avaient prononcées avant lui.

Un coup de klaxon le ramena au présent. Il se mit péniblement debout, écrasé de lassitude et de tension nerveuse. Glissant la lettre dans la poche de sa chemise, il décrocha son veston et alla prévenir Jeanne qu'il était temps de partir.

Authié alla garer sa voiture dans un des grands parkings municipaux et anonymes qui jouxtaient la porte Narbonnaise. Des hordes d'étrangers armés de guides touristiques et de caméras vidéo essaimaient partout. Cette exploitation de l'Histoire à des fins commerciales pour le plaisir des Japonais, des Américains et des Anglais ne lui inspirait que mépris. Tout comme il abhorrait ces murs restaurés, ces tours aux toits d'ardoise dépourvus d'authenticité, ce passé imaginaire organisé pour les idiots et les mécréants.

Braissard l'attendait comme convenu, et lui fit son rapport en termes succincts : la maison, déserte, était d'un accès aisé côté jardin. Selon les voisins, une voiture de police était venue chercher Mme Giraud un quart d'heure plus tôt. Un homme âgé la soutenait.

« Qui est cet homme ?

— On l'a déjà aperçu auparavant, mais personne ne semble connaître son nom. »

Ayant congédié Braissard, Authié descendit la colline. La maison se trouvait aux trois quarts du chemin des berges de l'Aude. La porte avait beau en être verrouillée et les volets fermés, elle avait toutes les apparences d'une demeure occupée à l'année.

Il poursuivit jusqu'au bout de la rue, tourna à gauche rue Barbacane, puis longea la place Saint-Gimer. Quelques riverains se prélassaient, assis devant leurs maisons. Des garçons à bicyclette, leur torse nu tanné par le soleil, traînaillaient sur les marches de l'église. Authié ne leur prêta pas attention. Il se hâta vers la ruelle qui longeait les façades arrière de la rue de la Gaffe, puis bifurqua sur la droite et emprunta un sentier qui sinuait le long des pentes, en contrebas des murs de la Cité.

Authié ne tarda pas à apercevoir la maison de Jeanne Giraud côté jardin. Les murs étaient peints du même jaune poudreux que celui de la façade. Un portillon donnait accès à un jardinet partiellement pavé. Un énorme figuier chargé de fruits gorgés de sucre dissimulait aux trois quarts la terrasse. Les dalles étaient teintées de mauve aux endroits où les figues tombées de l'arbre avaient éclaté.

Des portes vitrées s'ouvraient sur une pergola recouverte de vigne vierge. Authié nota qu'elles étaient verrouillées de l'intérieur, et que la clé était encore dans la serrure. Ne voulant laisser aucune trace d'effraction, il chercha une autre issue.

Près des portes-fenêtres, le volet abattant du fenestron de la cuisine était entrebâillé. Enfilant ses gants de latex, Authié glissa la main et débloqua le mécanisme. Quand il souleva le panneau, les charnières gémirent.

Un pied sitôt posé dans la souillarde, une surprenante fraîcheur saturée d'odeurs de saumure et de pain aigri l'accueillit. Les étagères étaient encombrées de bouteilles et de toutes sortes de bocaux : moutarde, cornichons, confitures. Les fromages vieillissaient dans un garde-manger grillagé. Sur la table, il y avait une planche à pain parsemée de miettes pudiquement recouvertes d'une serviette. Des abricots dans une passoire posée au fond de l'évier attendaient d'être lavés. Deux verres retournés séchaient sur l'égouttoir.

Authié alla dans la salle de séjour. Dans un coin se dressait un bureau, surmonté d'une machine à écrire électrique. Il glissa une feuille de papier dans le rouleau et appuya sur quelques touches. Les lettres apparurent, grasses et noires sur une ligne.

Puis il fouilla dans le casier où Jeanne Giraud, en femme ordonnée qu'elle était, rangeait ses documents : dans la première section, des factures, des lettres personnelles, dans la seconde, des polices d'assurances et des documents de sa caisse de retraite, dans la troisième, différents prospectus et circulaires.

Comme cela n'offrait aucun intérêt, il se tourna vers les tiroirs. Les deux premiers ne contenaient que des feuilles et des articles de bureau ; quant au troisième, il était verrouillé. Saisissant un coupe-papier, il le glissa délicatement dans l'interstice du tiroir et le fit coulisser jusqu'au moment où le pêne céda.

À l'intérieur, il découvrit une enveloppe renforcée, assez grande pour contenir un anneau, sûrement pas le livre qu'il recherchait. Sur le dessus le cachet de poste attestait qu'elle avait été postée dans l'Ariège, le 4 juillet 2005, à 18 h 20.

Elle ne contenait rien, si ce n'est le récépissé confirmant que Jeanne Giraud l'avait reçue le lendemain à 8 h 20. Il correspondait en tout point à l'exemplaire que lui avait remis Domingo au cours de la journée.

Il décida de se l'approprier.

Rien ne prouvait encore que Biau s'était emparé de l'anneau et l'avait expédié à sa grand-mère, sinon que les indices pointaient dans cette direction. Aussi décida-t-il de poursuivre ses recherches. Une fois inspecté le rez-de-chaussée, il monta à l'étage. La porte de la chambre principale était devant lui. Claire, féminine, parfaitement rangée, c'était indéniablement celle de Jeanne Giraud. Ses doigts experts fouillèrent penderies et tiroirs pour n'y trouver que des vêtements et de la lingerie de bonne qualité, imprégnés d'une subtile odeur d'eau de rose.

Sur la coiffeuse, près du miroir, un coffret à bijoux recelait quelques broches, un rang de perles jaunies et un bracelet en or auquel se mêlaient de nombreuses boucles d'oreilles et une croix d'argent. Bague de fiançailles et alliance luisaient dans leur écrin de velours pourpre comme s'ils étaient rarement portés.

La seconde chambre, tournée vers la façade, offrait un contraste saisissant de simplicité. Elle n'avait pour tout mobilier qu'un lit, un bureau installé sous la fenêtre, et une lampe sur pied. Authié hocha la tête en manière d'approbation : cela lui rappelait les austères cellules de l'abbaye.

Quelques signes révélaient une récente occupation : un verre d'eau à moitié plein posé sur la table de chevet, près d'un livre de poésie occitane de René Nelli. Authié alla inspecter le bureau. Il s'y trouvait un vieux porte-plume et un encrier parmi de nombreuses feuilles d'un papier étonnamment épais, ainsi qu'un buvard très peu utilisé.

Il n'en croyait pas ses yeux. Quelqu'un s'était assis à ce bureau et avait écrit à Alice Tanner. Bien qu'à l'envers, le nom était parfaitement lisible sur le buvard.

Encouragé, il tenta ensuite de déchiffrer la signature à demi visible sur le bord du buvard. La calligraphie était d'un style ancien et certaines lettres se chevauchaient, mais il persévéra jusqu'à se faire une idée approximative du nom de son propriétaire.

Le buvard alla rejoindre le récépissé dans sa poche de poitrine. Alors qu'il s'apprêtait à sortir, son regard s'immobilisa sur un morceau de carton, coincé entre la porte et son dormant. Un ticket de chemin de fer. La destination, Carcassonne, était lisible, mais il manquait le nom de la gare où il avait été émis.

Les cloches de Saint-Gimer égrenant les heures lui rappelèrent qu'il lui restait peu de temps pour son rendez-vous. Après s'être assuré que tout était à la place où il l'avait trouvé, il sortit par où il était entré.

Vingt minutes plus tard, il était installé à son balcon du quai de Paicherou, dominant la rivière et la cité médiévale. Sur la table, devant lui, une bouteille de Château Villerambert-Moureau ; sur ses genoux, le dossier de Jeanne Giraud apporté par sa secrétaire. Un autre dossier concernait les résultats préliminaires du légiste à propos des squelettes retrouvés dans la caverne.

Authié réfléchit un instant, puis retira quelques feuillets du dossier Giraud. Ayant refermé l'enveloppe qui le contenait, il se servit un verre de vin et attendit la venue de son visiteur.

32

Le long du quai de Paicherou, hommes et femmes installés sur des bancs regardaient l'Aude couler en contrebas. Les pelouses entretenues des jardins publics se partageaient entre sentiers et massifs de fleurs dans une débauche de lilas, coquelicots, delphiniums et autres géraniums, dont les couleurs criardes s'ajoutaient à celles, tout aussi tapageuses, des aires de jeux.

Marie-Cécile jeta un regard appréciatif à l'immeuble où habitait Authié. Il correspondait en tout point à ce à quoi elle s'attendait. Le quartier était calme et discret. De ceux où les gens parlent à voix basse et au sein desquels se côtoient immeubles de luxe et pavillons anciens. Tandis qu'elle observait les environs, une cycliste passa, vision fugace d'un foulard mauve et d'une chemise d'un rouge flamboyant.

Elle se rendit compte qu'on l'observait. Sans tourner la tête, elle leva subrepticement les yeux et aperçut un homme accoudé au balcon du second étage en train de contempler la limousine. Reconnaissant Authié d'après les photographies qu'on lui avait procurées, elle esquissa un sourire. À cette distance, elles ne lui rendaient pas justice.

Comme son chauffeur allait sonner à la porte de l'immeuble, elle le vit disparaître derrière ses portes-fenêtres. L'homme lui ouvrait la portière qu'Authié était déjà en bas, prêt à l'accueillir.

Marie-Cécile avait choisi sa tenue avec le plus grand soin : une robe de lin beige sans manches avec veste assortie. Le tout très simple et élégant.

De près, sa première impression se vit renforcée. De haute taille, Authié avait belle allure. Il portait un costume sport bien coupé sur une chemise blanche unie. Les cheveux coiffés en arrière mettaient en exergue la finesse et la pâleur de ses traits. Son regard déroutant laissait entrevoir, au-delà de son urbanité, la détermination et la pugnacité d'un battant implacable.

Dix minutes plus tard, Marie-Cécile savait assez précisément à qui elle avait affaire. Toujours souriante, elle se pencha pour écraser sa cigarette dans le cendrier de cristal.

« Bien, venons-en à nos affaires. Nous serions mieux à l'intérieur », décida-t-elle.

Authié s'effaça pour l'introduire au salon, vaste pièce au style impersonnel où, sur un tapis de couleur claire, des fauteuils à haut dossier entouraient une épaisse dalle de verre faisant office de table basse.

« Puis-je vous proposer quelque chose à boire ?

— Volontiers, un Ricard, si vous avez. »

Marie-Cécile prit place dans un des fauteuils de cuir crème disposés en équerre de part et d'autre d'une table d'angle, et observa Authié s'affairant à la préparation de la boisson anisée.

Après lui avoir apporté son verre, il alla s'installer sur le fauteuil qui lui faisait face.

« Merci, dit-elle. Alors, Paul, j'aimerais que vous m'exposiez de façon très précise la chronologie des événements. »

Si ce ton péremptoire déplut à Authié, il n'en laissa rien paraître. Tandis qu'il énonçait les faits un à un, Marie-Cécile l'écouta avec une grande attention. Le rapport était net et précis, conforme à ce qu'il lui avait précédemment appris.

« Et qu'en est-il des squelettes ? Les a-t-on transportés à Toulouse ?

— Tout à fait. Au pavillon médico-légal du département.

— Quand pensez-vous avoir des nouvelles de ce côté-là ? »

En guise de réponse, il lui fit passer l'enveloppe qu'il avait posée devant lui sur la table basse. *Un certain goût du spectacle*, constata-t-elle.

« Déjà ? C'est du travail rapide…

— Un service que l'on m'a rendu.

— Merci, dit Marie-Cécile en posant l'enveloppe sur ses genoux, je la lirai plus tard. Pourquoi ne pas me la résumer, car vous en avez pris connaissance, n'est-ce pas ?

— Ce n'est qu'un rapport préliminaire en attendant des résultats d'analyses plus approfondies.

— Je comprends, acquiesça-t-elle en se calant au dossier.

— Les ossements sont ceux d'un homme et d'une femme. On estime qu'ils datent d'entre sept et neuf cents ans. Le squelette de l'homme porte des traces de plaies non cicatrisées au bassin et au fémur, suggérant qu'elles lui ont été infligées peu avant sa mort. On a également relevé des traces de blessures, plus anciennes, celles-là, au bras droit et à la nuque.

— Quel âge avaient-ils ?

— Entre vingt et soixante ans. Les analyses à venir nous donneront plus de précisions. Même topo en ce qui concerne la femme : la boîte crânienne comporte une fracture sur le côté, provoqué par un coup ou une chute. Elle a porté au moins un enfant. Il y a aussi des marques d'une fracture guérie au pied droit, et une autre non guérie au cubitus gauche.

— La cause de la mort ?

— Le légiste n'est pas prêt à se prononcer à ce stade-ci de l'analyse, même si, selon lui, il sera difficile d'établir un diagnostic définitif. Vu la période à laquelle ont vécu ces gens, ils sont sans doute morts de leurs blessures, d'hémorragie et de faim tout à la fois.

— Pense-t-il qu'ils vivaient encore au moment où on les a conduits dans la grotte ? »

Même si Authié se borna à hausser les épaules, Marie-Cécile remarqua une étincelle d'intérêt dans ses yeux gris. Elle prit une cigarette dans son étui, et la fit rouler entre ses doigts d'un air songeur.

« Et qu'en est-il des objets trouvés entre les corps ? s'enquit-elle en se penchant vers la flamme que lui tendait Authié.

— Toujours la même incertitude. On les situe entre la fin du XIIe et le milieu du XIIIe siècle. La lampe trouvée sur l'autel est peut-être plus ancienne. Elle serait d'origine arabe ou espagnole, cela reste à déterminer. Le couteau n'offre aucune caractéristique particulière, sinon qu'il comporte des traces de sang. Les analyses diront s'il s'agit de sang humain. Le sac de cuir est typique de la région du Languedoc, tel qu'il se fabriquait à l'époque. Aucun indice permettant d'établir ce qu'il a pu contenir, si ce n'est qu'on y a relevé des particules de métal et de peau de mouton.

— Quoi d'autre ? demanda encore Marie-Cécile du ton le plus monocorde possible.

— Le docteur Tanner, la personne qui a découvert la grotte, a aussi trouvé une fibule d'argent, coincée sous le rocher qui en condamnait l'entrée. Elle remonte à la même époque et semble avoir été fabriquée dans la région ou peut-être en pays d'Aragon. Vous en trouverez une photographie dans l'enveloppe. »

Marie-Cécile balaya l'air de la main.

« Cette broche n'offre aucun intérêt, Paul, dit-elle en soufflant la fumée de sa cigarette. En revanche, je veux savoir pourquoi vous n'avez pas trouvé le livre. »

Elle vit les doigts de l'homme se crisper sur l'accoudoir.

« En réalité, nous n'avons aucune preuve qu'il s'y trouvait, déclara-t-il sans se départir de son calme. Bien que le sac de cuir soit suffisamment grand pour en contenir un de la dimension que vous recherchez.

— Et l'anneau ? Doutez-vous qu'il s'y trouvait, aussi ? »

Une fois encore, Authié ne se laissa pas désarçonner :

— J'en suis convaincu, au contraire.

— Et alors ?

— Quelqu'un s'en est emparé entre le moment où la grotte a été découverte et mon arrivée.

— Vous n'en avez pas non plus la preuve, assena-t-elle d'une voix tendue. Si je vous suis bien, vous n'êtes en possession ni du livre ni de l'anneau. »

Marie-Cécile le vit alors produire un feuillet tiré de la poche de son veston.

« Le docteur Tanner s'est montrée d'une extrême ténacité au point qu'elle a dessiné ceci, déclara-t-il en brandissant la feuille arrachée au carnet à dessin. C'est succinct, je l'admets, mais cela ressemble assez à ce que vous m'avez décrit. Qu'en pensez-vous ? »

Elle s'empara du feuillet pour l'examiner. La forme et les proportions n'y étaient pas, c'était au demeurant assez proche du dessin du labyrinthe qu'elle détenait dans son coffre, à Chartres. Personne d'autre que la famille l'Oradore n'avait vu ce motif depuis huit cents ans. Ce ne pouvait être que celui-là.

« Une véritable artiste, murmura-t-elle. Est-ce le seul dessin qu'elle ait exécuté ? »

Les yeux gris de l'homme la fixèrent sans un battement de cils.

« Il y en a d'autres, mais c'est le seul qui mérite qu'on s'y attarde.

— Je préfère en juger par moi-même, répliqua-t-elle posément.

— Je suis navré, madame de l'Oradore, je n'ai emporté que celui-ci. Les autres m'ont paru dénués d'intérêt, expliqua Authié avec un mouvement d'épaules pour s'excuser. En outre, le capitaine Noubel, l'officier chargé de l'enquête, était déjà très méfiant à mon égard.

— La prochaine fois…, commença-t-elle en écrasant rageusement sa cigarette. Vous avez fouillé les effets du docteur Tanner, je suppose ?

— L'anneau n'y était pas, acquiesça-t-il.

— L'objet est petit. Elle aurait pu aisément le dissimuler quelque part.

— En effet, admit Authié. Dans ce cas, pourquoi, alors, y aurait-elle fait allusion ? De plus, pourquoi aurait-elle éprouvé le besoin de le dessiner si elle avait été en possession de l'original ?

— C'est étonnamment précis pour un dessin exécuté de mémoire.

— J'en conviens.

— Où est-elle, en ce moment ?

— Ici, à Carcassonne. Elle a apparemment demain rendez-vous chez un notaire.

— Concernant ?

— Un héritage ou quelque chose du genre. Il est prévu qu'elle reparte dimanche pour l'Angleterre. »

Plus il parlait, plus les doutes que nourrissait Marie-Cécile depuis la trouvaille de la veille se trouvaient renforcés. Quelque chose ne collait pas.

« Comment le docteur Tanner a-t-elle été intégrée à l'équipe ? A-t-elle fait l'objet d'une recommandation particulière ? »

La question surprit visiblement Authié.

« Le docteur Tanner ne fait pas partie de l'équipe, corrigea-t-il. Je suis certain de l'avoir mentionné.

— Pas du tout, rétorqua-t-elle, les lèvres pincées.

— Navré, j'en étais pourtant persuadé. Le docteur Tanner n'était que bénévole. Comme la plupart des fouilles reposent sur le bénévolat et qu'elle n'avait aucune raison d'être déboutée, sa proposition de se joindre à l'équipe a été favorablement accueillie.

— Qui en a formulé la requête ?

— Shelagh O'Donnell, je crois, répondit-il évasivement. Le numéro deux de l'équipe.

— Le docteur Tanner serait donc une amie d'O'Donnell ? demanda-t-elle en tentant de cacher sa surprise.

— Manifestement. D'ailleurs, j'ai songé un instant qu'elle aurait pu lui remettre l'anneau. Malheureusement, je n'ai pas eu la possibilité de l'interroger lundi, et aujourd'hui, elle semble s'être volatilisée.

— Elle semble quoi ? Depuis quand ? Et qui vous l'a dit ?

— Hier soir, O'Donnell se trouvait dans la maison allouée au site. Elle a reçu un appel téléphonique, et est partie peu après. Personne ne l'a revue depuis. »

Marie-Cécile alluma une autre cigarette pour cacher sa nervosité.

« Pourquoi n'ai-je pas été prévenue plus tôt ?

— Je ne pensais pas qu'un détail annexe puisse présenter un quelconque intérêt. Vous m'en voyez désolé.

— La police a-t-elle été informée de cette disparition ?

— Pas encore. Le docteur Brayling, responsable du site, a accordé à l'équipe quelques jours de congé. Il pense possible, même probable, qu'O'Donnell est tout simplement partie sans prévenir personne.

— Je ne veux pas que la police s'intéresse à cette affaire. Ce serait extrêmement préjudiciable.

— J'approuve entièrement, madame l'Oradore. Le docteur Brayling n'est pas idiot. S'il pense qu'O'Donnell a subtilisé un objet sur le site, il n'a pas intérêt à ce que les autorités y mettent le nez.

— Pensez-vous qu'O'Donnell se soit approprié l'anneau ? »

Authié préféra éluder la question.

« Je pense que nous devrions la retrouver.

— Vous n'avez pas répondu à ma question. Et le livre ? Pensez-vous qu'elle l'ait dérobé ?

— Comme je vous l'ai dit, je reste circonspect sur le fait que le livre ait pu ou non se trouver dans la grotte. Dans l'affirmative, je ne suis pas convaincu qu'elle ait pu l'emporter hors du site à l'insu de tous. Pour ce qui est de l'anneau, c'est une tout autre histoire.

— Eh bien, quelqu'un l'a pourtant fait, rétorqua-t-elle, ulcérée.

— À condition qu'il s'y soit trouvé… »

Contre toute attente, Marie-Cécile se leva d'un bond et, contournant la table basse, vint se planter devant Authié. Pour la première fois, elle vit une lueur d'inquiétude au fond de ses yeux gris. Se penchant en avant, elle posa la main sur la poitrine de l'homme.

« Je sens les battements de votre cœur, souffla-t-elle. Et il bat très fort. Me direz-vous pourquoi, Paul ? » Sans le quitter des yeux, elle le repoussa contre son fauteuil. « Je ne tolère pas les erreurs. Et je déteste qu'on ne me tienne pas au courant. Me fais-je bien comprendre ? »

Authié ne répondit pas. Elle n'en fut pas étonnée.

« Vous n'avez pas autre chose à faire qu'à m'expédier les objets comme vous me l'avez promis. Je vous paie pour cela. Retrouvez-moi cette Anglaise, négociez avec Noubel si nécessaire ; le reste vous regarde, je ne veux pas en entendre parler.

— Si j'ai fait quelque chose qui ait pu vous donner l'impression… »

Elle posa les doigts sur ses lèvres et le sentit tressaillir à ce contact physique.

« Je ne veux plus en entendre parler. »

Relâchant sa pression, elle s'écarta de lui et retourna sur le balcon. Le soir avait absorbé toutes les couleurs, ne laissant des maisons et des ponts qu'une silhouette se découpant sur l'obscurcissement du ciel.

Un instant plus tard, Authié la rejoignit.

« Je ne doute pas de vos capacités, Paul. » Il posa sa main près de celle de Marie-Cécile et leurs doigts se frôlèrent. « Naturellement, il y a, à Carcassonne, d'autres membres de la *Noublesso Véritable*, qui nous serviraient aussi bien que vous. Mais étant donné votre implication dans l'affaire qui nous occupe… »

Elle laissa la phrase en suspens. À voir le raidissement de ses épaules et de son dos, elle savait que l'avertissement avait porté. Elle fit signe au chauffeur qui attendait en bas.

« Je voudrais me rendre au pic de Soularac.

— Vous restez à Carcassonne ?

— Pour quelques jours, acquiesça-t-elle en retenant un sourire.

— J'avais cru comprendre que vous n'entendiez pas entrer dans la grotte avant la cérémonie…

— J'ai changé d'idée, trancha-t-elle, puisque je suis ici… En outre, j'ai d'autres affaires à régler. Si vous venez me chercher à une heure, j'aurai eu le temps de lire votre rapport. Je suis descendue à l'hôtel de la Cité. »

Marie-Cécile regagna le salon, s'empara de l'enveloppe et la mit dans son sac à main.

« Bien. À demain, Paul. Dormez bien. »

Consciente du regard braqué sur elle pendant qu'elle descendait l'escalier, Marie-Cécile ne pouvait qu'admirer le sang-froid d'Authié. Mais comme elle montait à bord de la limousine, elle entendit avec jubilation un verre se briser contre un mur, deux étages au-dessus, dans l'appartement d'Authié.

Le bar salon de l'hôtel s'épaississait de fumée de cigare. Les noctambules en robe du soir et costume d'été se prélassaient dans de profonds fauteuils de cuir, à la faveur de la lumière discrètement tamisée des boxes d'acajou verni.

Marie-Cécile monta l'escalier d'un pas lent sous le regard de photographies en noir et blanc évoquant les grandes fêtes qui s'étaient déroulées dans l'hôtel au tournant du XIXe siècle.

Dans sa chambre, elle troqua ses vêtements contre une sortie de bain et, comme à son habitude avant d'aller se coucher, s'observa sans complaisance dans le miroir, comme pour expertiser une œuvre d'art. Une peau diaphane, des pommettes haut perchées, autant de traits caractéristiques des l'Oradore.

Elle laissa glisser ses doigts sur son visage et son cou. Les injures du temps n'atteindraient pas son inaltérable beauté. Si tout se passait bien, elle parviendrait à réaliser le rêve que son grand-père avait toujours caressé. Elle surmonterait la vieillesse. Et elle tromperait la mort.

Elle se rembrunit : à condition de retrouver le livre et l'anneau. Décrochant le téléphone, elle demanda au standard de joindre un numéro. Puis, animée d'un sentiment tout neuf, elle alluma une cigarette et s'approcha de la fenêtre pour contempler les jardins en attendant la communication. Des bribes de conversation nocturnes montaient jusqu'à elle depuis la terrasse. Au-delà des fortifications de la Cité, par-delà la rivière, les lumières orange et blanches de la Basse ville clignotaient comme de dérisoires décorations de Noël.

« François-Baptiste, c'est moi. Quelqu'un a-t-il téléphoné depuis vingt-quatre heures sur mon numéro privé ? Non ? Vous a-t-elle appelé ? On m'a parlé d'un problème. » Ses doigts tambourinaient son avant-bras pendant qu'elle écoutait. « Y a-t-il du nouveau concernant l'autre affaire ? »

La réponse ne fut pas ce qu'elle espérait.

« National ou local ? Tenez-moi au courant. Et rappelez-moi s'il y a du nouveau, sinon, je serai rentrée jeudi soir. »

Après avoir raccroché, Marie-Cécile s'attarda mentalement sur l'autre homme de la maison. Will était charmant, aimable en tout point, mais leur relation avait fait son temps. Il se montrait trop accaparant et sa jalousie d'adolescent commençait à l'exaspérer. Il la harcelait de questions. Et elle n'avait nul besoin de complications en ce moment.

En outre, elle avait besoin de sa demeure pour son fils et elle exclusivement.

Allumant la lampe de chevet, elle s'installa pour lire le rapport que lui avait remis Authié au sujet des squelettes, ainsi que celui qu'elle avait demandé sur Authié, lors de sa cooptation, deux ans plus tôt, à la *Noublesso Véritable*.

Elle parcourut le document, bien qu'elle en connût déjà la teneur. Deux accusations d'agressions sexuelles quand il était étudiant. On avait sans doute suborné les deux femmes car, chaque fois, les poursuites avaient été abandonnées. Il y avait aussi ces allégations concernant une autre agression à l'endroit d'une femme algérienne lors d'une manifestation en faveur des musulmans. Là encore, aucune charge n'avait été retenue contre lui. Des preuves de son implication, à l'université, dans des publications antisémites, des présomptions d'exactions perpétrées sur son ex-femme, lesquelles n'avaient abouti à rien.

Plus probante était la munificence dont il faisait régulièrement preuve à l'égard de la compagnie de Jésus. Au cours des dernières années, son engagement auprès de groupes orthodoxes s'opposant à Vatican II et la modernisation de l'Église catholique s'était intensifié.

Dans l'esprit de Marie-Cécile, un tel radicalisme religieux était peu compatible avec son adhésion à la *Noublesso*. Authié avait offert ses services à la confrérie et, jusqu'à cette heure, s'était révélé fort utile. Il avait prouvé son efficacité en tant que maître d'œuvre occulte des fouilles, au pic de Soularac, tout comme de leur clôture, d'ailleurs. C'est également à lui, par le truchement d'une de ses relations, que l'on devait la divulgation de la trahison de Chartres. Ses renseignements étaient toujours fiables et précis.

Il n'inspirait pourtant aucune confiance à Marie-Cécile. Il était trop ambitieux, et ses succès passés se trouvaient quelque peu flétris par les échecs des deux derniers jours. Elle ne le croyait pas assez stupide pour chercher à s'approprier l'anneau ou le livre, mais il n'était pas non plus du genre à se laisser escamoter quelque chose sous le nez.

Elle hésita, puis passa un second coup de fil :

« J'ai une mission pour vous. Je recherche un livre, de vingt centimètres sur dix environ, relié de cuir et refermé par des lacets. Également un anneau d'homme, en pierre, avec une ligne sur le pourtour et un motif gravé sur l'intérieur. Il pourrait y avoir une sorte de jeton de la grosseur d'un euro avec. » Elle s'interrompit. « À Carcassonne. Un appartement quai de Paicherou et un bureau rue de Verdun. Tous deux au nom de Paul Authié. »

33

L'hôtel d'Alice était situé en face des portes princi-
pales donnant accès à la Cité. Niché dans de charmants
jardins, il était invisible de la route.

La chambre du premier étage qu'on lui avait assignée était confortable. À peine entrée, Alice ouvrit
la fenêtre au monde extérieur. Des odeurs de viande
grillée, d'ail, de vanille et de cigare s'introduisirent aussitôt dans la pièce.

Son installation expédiée, elle prit une douche puis
tenta de joindre Shelagh, davantage par réflexe que
par nécessité. Toujours pas de réponse. Elle haussa les
épaules. Personne ne pourrait lui reprocher de n'avoir
pas essayé.

Munie du guide touristique acheté dans une station-
service lors de son voyage à Toulouse, elle quitta l'hôtel
et traversa la route pour emprunter la direction de la
Cité. Un escalier raide menait à un petit parc bordé de
haies, de conifères et de platanes. À l'extrémité des jardins se dressait un manège du XIXe siècle brillamment
éclairé, dont les ornementations surchargées étaient
déplacées dans le décor médiéval environnant. Le cha-
piteau rayé brun et blanc, bordé d'une frise de chevaliers, de dames et de chevaux surplombait des chars
féeriques, des soucoupes tournantes et des chevaux de
bois, le tout en rose et doré. Même le kiosque à billets

ressemblait à une baraque de fête foraine. Une cloche tinta et les enfants se mirent à hurler de joie quand le manège s'ébranla lentement au son d'un limonaire.

Au-delà, Alice entr'aperçut, à travers une rangée d'ifs et de cyprès, l'extrémité des croix et des pierres tombales dépassant du mur du cimetière. À droite des portes, des hommes jouaient à la pétanque.

Elle s'immobilisa quelques instants face à l'entrée de la Cité, comme pour se préparer mentalement à y pénétrer. À main droite, se dressait un pilier de pierre, du haut duquel une gargouille, récemment restaurée, la regardait fixement sans complaisance.

SUM CARCAS. Je suis Carcas.

Dame Carcas, princesse musulmane et épouse du roi Balaack, à qui la ville doit le nom de Carcassonne, après avoir résisté à un siège de cinq ans contre Charlemagne[1].

Alice franchit enfin l'étroit pont-levis couvert, constitué de pierre et de bois. Les planches grinçaient sous ses pas. Dans les douves asséchées croissait de l'herbe piquetée de fleurs blanches.

Ce pont débouchait sur les *Lices*, aire ouverte de terre sèche et aride séparant le double anneau des fortifications. Un peu partout, des enfants escaladaient les murs pour se livrer bataille à coups d'épées en plastique. Droit devant était la porte Narbonnaise. Au moment où elle en franchit l'arche, Alice leva les yeux. Une statue de la Vierge Marie posait sur elle un regard compatissant.

---

1. Elle fit gaver un porc de grain et le jeta aux assiégeants laissant croire ainsi que la cité disposait de ressources inépuisables. Puis elle fit sonner les cloches pour parlementer avec Charlemagne. « Carcas te sonne ! Carcas te sonne ! » Carcassonne… *(N.d.T.)*

Une fois les portes franchies, toute notion d'espace cessa d'exister. La rue Cros-Mayrevieille, artère principale de la vieille ville, était étroite et raide, les maisons si serrées les unes contre les autres qu'il suffisait de se pencher à sa fenêtre pour toucher la main de son voisin.

Les bruits de toutes sortes y restaient emprisonnés : cris, rires, langages divers, protestations quand un véhicule se frayait un chemin, ne laissant à la foule guère plus d'une main pour le laisser passer. Des boutiques déversaient leurs marchandises, tourniquets chargés de cartes postales et de guides touristiques, un mannequin en tenue d'époque annonçant le musée de l'Inquisition, savonnettes parfumées, coussins et nappes, des répliques d'épées et de boucliers. Des enseignes de bois pendues à des consoles scellées dans les murs annonçaient *L'éperon médiéval*, proposant à la fois des poupées de porcelaine et des épées, ou *À Saint Louis*, boutique dans laquelle se vendaient indifféremment des savonnettes, des nappes et des souvenirs.

Alice laissa ses pas la conduire jusqu'à la place Marcou. Place principale, elle se signalait par son étroitesse et ses nombreux restaurants, sur les terrasses desquels la voûte entremêlée des platanes, complétée d'auvents brillamment colorés, posait une ombre propice. En haut de ces mêmes auvents, des enseignes aux noms évocateurs : Le Marcou, le Trouvère, le Ménestrel.

Poursuivant sa marche sur les pavés, Alice se retrouva à l'intersection de la rue Cros-Mayrevieille et de la place du Château où un triangle de boutiques, de crêperies et de restaurants cernait une colonne de pierre surmontée du buste de Jean-Pierre Cros-Mayrevieille, historien du XIXe siècle, avec en partie basse, une bordure de bronze figurant des fortifications.

Elle s'avança jusqu'à se retrouver devant un déploiement de murs semi-circulaires qui protégeait le Château comtal. Derrière les imposantes portes verrouillées, s'élevaient les tourelles et les remparts. *Une forteresse dans la forteresse.*

Elle s'arrêta, comprenant que, depuis le commencement, là était sa destination. Le Château comtal, demeure familiale des Trencavel.

Elle scruta les lieux à travers les hautes barrières de bois. Tout ce qu'elle y voyait lui semblait familier, comme si elle revenait après y avoir vécu en des temps si lointains qu'elle les avait oubliés. De part et d'autre de l'entrée, des guichets vitrés affichaient les heures de visite. Au-delà, une aire poussiéreuse et nue, recouverte de gravillons, conduisait à un pont étroit, large de deux mètres à peine.

Alice s'éloigna en se promettant de revenir à la première heure le lendemain. Bifurquant à droite, elle suivit les panneaux de signalisation vers la porte de Rodez, énorme entrée dont les tours basses et recouvertes de tuiles se singularisent par leur forme en fer à cheval. Elle descendit les larges marches de pierre érodées par d'innombrables pas.

Ici, dans cette partie des fortifications appelée Lices basses, la différence d'époque entre le mur intérieur et le mur extérieur était flagrante. Et pour cause, puisque presque un millier d'années séparaient leur construction. Édifiées à la fin du XIIIe siècle et restaurées au cours du XIX[e][1], les fortifications extérieures étaient constituées de blocs de pierre de taille relativement régulière, ce qui n'avait pas manqué de susciter une controverse à propos de l'inadéquation des restaurations. Mais Alice s'en

---

1. Par Viollet-Leduc. *(N.d.T.)*

moquait. C'était l'esprit des lieux, demeuré intact, qui l'émouvait. Quant au mur intérieur, y compris le mur ouest du Château comtal, il offrait un curieux mélange de gros appareillage médiéval et de petits moellons gallo-romains.

Après le fourmillement de la Cité, Alice éprouva un sentiment de paix, d'appartenance, aussi, parmi ces cieux et ces montagnes. Accoudée aux créneaux, elle contempla la rivière, imaginant la fraîcheur de l'eau autour de ses chevilles.

Elle se résolut à regagner la Cité seulement après que les derniers débris du jour eurent fait place au crépuscule.

34

Carcassona

JULHET 1209

Aux approches de Carcassonne, la troupe se mit sur une seule file, Raymond-Roger Trencavel en tête, suivi de près par Bertrand Pelletier. Le chevalier Guilhem du Mas fermait la marche.

Alaïs, elle, voyageait à l'arrière, avec le clergé.

Moins d'une semaine s'était écoulée depuis son départ précipité de Carcassonne, et cependant, beaucoup plus dans son esprit. Le moral de la troupe était au plus bas. Malgré des oriflammes intactes flottant au vent et l'absence de pertes dans ses rangs, le vicomte affichait une mine contristée attestant de son échec.

Arrivés à proximité des portes, ils mirent les bêtes au pas. Alaïs se pencha pour flatter l'encolure de Tatou. La jument était fourbue. Elle avait même perdu un fer, pourtant, sa vigueur n'en était pas affectée.

Une foule nombreuse s'était rassemblée au passage
du cortège sous les armes des Trencavel, accrochées
entre les deux tours de la porte Narbonnaise. Les
enfants couraient à côté des chevaux et lançaient des
fleurs en poussant des cris de joie. À leur fenêtre, les
femmes agitaient banderoles et fanchons, tandis que le
vicomte prenait la direction du château.

Comme ils traversaient le petit pont pour franchir les
portes de l'Est, Alaïs ne ressentait rien, sinon du soulagement. La cour d'honneur résonnait des cris et des
acclamations. Les écuyers se précipitèrent pour panser
les chevaux de leurs maîtres, les servantes coururent
aux étuves pour y préparer les bains, cuisiniers et marmitons se hâtèrent vers les cuisines, un seau d'eau
dans chaque main, en vue du festin qui leur serait commandé.

Dans la forêt de bras mouvants et de visages souriants, Alaïs aperçut Oriane et, non loin, François. Elle
rougit en pensant à la manière dont elle l'avait dupée
en s'éclipsant à son insu.

Elle la vit qui scrutait la foule. Ses yeux s'immobilisèrent brièvement sur Congost pour le dévisager
d'un air méprisant, avant de s'attarder sur Alaïs. Mal
à l'aise, cette dernière affecta de ne pas la remarquer,
consciente, malgré la foule, du regard insistant que
sa sœur faisait peser sur elle. Quand elle se retourna,
Oriane avait disparu.

Alaïs démonta en prenant soin de ne pas heurter son
épaule blessée et tendit les rênes à Amiel qui conduisit aussitôt le pur-sang vers les écuries. Le bien-être
qu'elle avait éprouvé à retrouver sa demeure s'était
déjà évaporé pour faire place à une mélancolie aussi
grise qu'un brouillard d'hiver. Autour d'elle, chacun
avait une personne à serrer dans ses bras, épouse, mère,

tante ou sœur. Elle chercha Guilhem des yeux et ne le vit nulle part. *Déjà aux étuves.* Même l'intendant n'était pas visible.

Dans un besoin subit de solitude, elle alla errer dans la petite cour. Un vers de Raymond de Mirval lui tournait dans la tête sans qu'elle pût s'en défaire, quand bien même il aggraverait sa morosité : *Res contr'Amor non es guirens, lai on sos poders s'atura.* Rien contre l'amour ne peut qui son pouvoir s'attira…

Quand Alaïs avait entendu ce lai pour la première fois, les émotions qu'il exprimait lui étaient méconnues. Assise dans la cour d'honneur, entourant de ses bras ses genoux d'enfant, elle avait néanmoins écouté le *trouvère* chantant épithalames et cœurs brisés, et assez bien appréhendé le sentiment que recelaient ces mots.

Des larmes lui jaillirent aux coins des yeux, qu'elle écrasa rageusement du revers de la main. Plutôt que de s'apitoyer sur elle-même, elle s'alla asseoir à l'ombre, sur un banc retiré.

Aux jours précédant leurs épousailles, Guilhem et elle s'étaient fréquemment promenés dans la cour du Midi. Puis les arbres avaient emprunté des teintes cuivrées, changeant bientôt le sol en un tapis ocré. Du bout de sa botte, elle y esquissa un dessin, se demandant par quel biais Guilhem et elle pouvaient se réconcilier : elle n'avait pas la manière ; il n'en avait point envie.

Il advenait qu'Oriane n'adressât plus la parole à son époux des jours durant. Aussi vite que son mutisme lui était venu, elle se montrait ensuite envers lui douce et attentionnée, jusqu'à la querelle suivante. Le peu de souvenirs qu'elle gardait de ses parents comportaient des périodes similaires d'ombre et de lumière.

Ce n'était pourtant pas ainsi qu'Alaïs avait imaginé son destin. Dans la chapelle, à la lueur des chandelles rouges de la Saint-Michel, qui jetaient des ombres joyeuses sur l'autel ruisselant d'aubépines en fleur, elle s'était présentée devant le prêtre, sous son voile écarlate, pour prononcer ses vœux de mariage. À cet instant, elle avait cru du fond du cœur, et y croyait encore, en un amour qui durerait jusqu'à la consommation des temps.

Son amie Esclarmonde était sans cesse sollicitée pour préparer potions et philtres aptes à raviver ou captiver l'affection. Feuilles de vigne moulues avec de la menthe et des panais, myosotis pour garder l'amour fécond, bouquets de primevères jaunes... Fors le respect qu'elle professait pour les talents de son mentor, Alaïs avait toujours tenu pareilles conduites pour sottises et superstitions, ne pouvant se résoudre à ce que l'amour fût si aisément acquis et manipulé.

Il y en avait d'autres, elle le savait, qui proposaient des magies plus obscures pour ensorceler ou châtier le compagnon infidèle. Esclarmonde l'avait mise en garde contre ces nébuleuses pratiques qui procédaient, assurait-elle, de l'omnipotence du Démon sur la Terre. Rien de bon n'en pouvait sortir.

À cette heure, toutefois, et pour la première fois de sa vie, Alaïs avait une vague compréhension de ce qui incitait une femme à recourir à des mesures si désespérées.

« *Filha...* »

Alaïs sursauta.

« Où étiez-vous donc ? demandait Pelletier, hors d'haleine. Je vous cherchais partout.

— Je ne vous avais point entendu, *paire*.

— Les travaux de préparation pour la *Ciutat* commenceront sitôt que le vicomte aura salué son fils et son épouse. Nous aurons peu de temps pour nous reposer dans les jours à venir.

— Pour quand attendez-vous l'arrivée de Siméon ?

— Dans un jour ou deux, répondit gravement l'intendant. J'eusse aimé le convaincre de voyager avec nous. Mais il pensait attirer moins l'attention en étant parmi les siens. Sans doute disait-il vrai.

— Et quand il sera céans, le pressa-t-elle, déciderez-vous de ce qui doit être fait ? J'ai une idée de… »

Alaïs s'interrompit, comprenant qu'il serait préférable de vérifier ses présomptions avant de se ridiculiser aux yeux de son père. *Et de lui.*

« Une idée, disiez-vous ?

— Ce n'est rien, ajouta-t-elle précipitamment. Je m'apprêtais à vous demander la permission d'être présente lors de votre entretien avec Siméon. »

Un court instant, Pelletier eut l'air déconcerté, comme s'il ne parvenait pas à prendre une décision.

« Étant donné les services que vous m'avez rendus, concéda-t-il enfin, vous pourrez y assister. Cependant, ajouta-t-il, le doigt levé en guise d'avertissement, il est bien entendu que vous ne serez là qu'en tant qu'observatrice. Toute participation active de votre part demeure exclue. Je refuse de vous savoir derechef exposée. »

Une bouffée d'excitation la saisit. *Je saurai vous convaincre du contraire, le temps venu.*

Paupières baissées, elle croisa sagement les mains sur ses genoux.

« Bien sûr, je vous obéirai, *paire.* »

Pelletier lui décocha un regard dubitatif, mais ne poursuivit pas dans cette voie.

« J'ai une autre faveur à vous demander, Alaïs : le vicomte entend célébrer notre retour sains et saufs à Carcassona, pendant que la nouvelle de notre échec auprès de Toulouse ne s'est pas encore répandue. Au lieu de la chapelle, dame Agnès ira ce soir aux vêpres à la cathédrale Sant-Nasari. J'entends que vous y assistiez, ainsi que votre sœur. »

Alaïs était abasourdie. Bien qu'elle assistât de temps à autre à l'office de la chapelle du Château comtal, son père n'avait pas soulevé d'objection à sa décision de ne jamais aller prier à la cathédrale.

« Vous êtes lasse, je le sais. Pour l'heure, le vicomte pense toutefois important qu'aucune critique ne puisse être élevée quant à sa conduite et celle de ceux qui lui sont proches. S'il se trouve des espions dans les murs de la *Cuitat* – et je ne doute pas un instant qu'il y en ait –, nous ne souhaitons pas que les égarements de notre piété, comme on ne manquera pas de le mentionner, parviennent aux oreilles de nos ennemis.

—. Ma lassitude n'y est pour rien, protesta véhémentement la jeune femme. L'évêque Rochefort et ses prélats ne sont que des pharisiens, car ils agissent au rebours de ce qu'ils prêchent. »

Le visage de Pelletier s'embrasa, de colère ou d'embarras, elle n'aurait su le dire.

« Dans ce cas, y assisterez-vous aussi ? » voulut-elle savoir.

Pelletier évita son regard.

« Sachez que je serai occupé auprès du vicomte.

— Fort bien, déclara-t-elle enfin, sans quitter son père des yeux. Je ferai comme vous en avez décidé, *paire*. Cependant, n'espérez pas que je m'agenouille et me mette à prier devant un homme brisé, cloué sur une croix de bois ! »

Elle pensa un instant avoir été trop franche. Mais, à son étonnement, Pelletier se mit à rire dans sa barbe.

« C'est, ma foi, tout à fait juste, dit-il. Je n'en attendais guère moins de vous. Soyez prudente, néanmoins, Alaïs. Évitez d'exprimer inconsidérément votre point de vue. On pourrait vous ouïr. »

Les quelques heures qui suivirent, Alaïs les passa dans sa chambre à préparer une potion de marjolaine fraîche pour son épaule endolorie, tout en écoutant le joyeux babillage de sa servante Rixende.

Selon cette dernière, les opinions sur les raisons de la disparition de sa maîtresse étaient partagées. Certains ne cachaient pas leur admiration pour sa grandeur d'âme et sa bravoure. D'autres, parmi lesquelles Oriane, la condamnaient sévèrement : en agissant aussi étourdiment, elle avait, au premier chef, ridiculisé son époux. Qui pis est, elle avait mis en péril le succès de la mission. Alaïs aimait à croire que Guilhem ne souscrirait pas à de telles allégations, encore qu'elle le craignît fortement, car son époux avait une fâcheuse tendance à suivre les sentiers rebattus. Plus souvent qu'à son tour, il se sentait blessé dans son orgueil. Alaïs savait d'expérience son besoin d'être louangé par les gens du château, son inclination à dire et faire des choses contraires à sa véritable nature. Pour peu qu'il se sentît humilié, nul n'aurait su préjuger de sa réaction.

« Ils ne peuvent plus rien dire de tel, poursuivait la servante en ôtant la compresse de l'épaule d'Alaïs. La troupe est rentrée saine et sauve. Si cela ne prouve point que Dieu est de notre bord, alors que leur faut-il ! »

Alaïs esquissa un pâle sourire. Rixende verrait les choses sous un éclairage différent, une fois que la conjoncture, telle qu'elle l'était véritablement, serait portée à la connaissance de la Cité.

Les cloches clamaient vêpres, le blanc et le rose se disputaient les cieux, alors que la procession quittait le Château comtal et cheminait vers Sant-Nasari. En tête marchait un prêtre revêtu d'une aube blanche et portant haut une croix dorée. Curés, nonnes et moines suivaient.

Puis venaient dame Agnès et les épouses des consuls, escortées des dames d'atour. Alaïs ne put faire autrement que marcher auprès de sa sœur.

En bien ou en mal, Oriane ne lui adressa pas le plus petit mot mais, comme à son habitude, s'attira les regards envieux de la populace. Elle portait une robe pourpre soutachée d'or et de noir, dont la ceinture dorée mettait en valeur la minceur de sa taille et la courbe voluptueuse de ses hanches. Ses mains, jointes en signe de piété, exhibaient avec ostentation la bourse d'aumône qui pendait à son poignet.

Alaïs présuma que cette bourse lui avait été offerte par un courtisan. Un admirateur fortuné à en juger par les perles et le fil d'or de la devise dont elle était brodée.

Sous la pompe et le cérémonial, Alaïs percevait cependant un sentiment d'appréhension et de suspicion. Elle ne vit François qu'après qu'il lui eut tapoté le bras.

« Esclarmonde est revenue, lui murmura-t-il à l'oreille. Je m'en viens justement de chez elle.

— Lui avez-vous parlé ? sursauta-t-elle.

— Pas vraiment », hésita-t-il.

Déjà, elle quittait la procession.

« J'y vais de ce pas.

— Puis-je vous suggérer d'attendre plutôt la fin de l'office ? souffla le domestique avec un regard pour les trois moines scrutant d'un œil sévère qui s'y rendait et qui ne s'y rendait pas. Les conséquences de votre absence pourraient rejaillir sur votre père et sur dame Agnès. Elle prouverait votre adhésion à l'Église nouvelle.

— J'entends bien, dit Alaïs d'un air songeur. Faites néanmoins savoir à Esclarmonde que j'irai la visiter sitôt que je le pourrai. »

Alaïs trempa ses doigts dans l'eau du bénitier et se signa, au cas où on l'observerait.

Elle parvint à trouver une place parmi les ouailles massées dans le transept nord, aussi loin que possible d'Oriane, sans attirer l'attention. La flamme des chandeliers vacillait très au-dessus de la nef. Du sol, l'on aurait cru voir d'immenses roues de fer pendues à des chaînes, prêtes à tout moment à écraser les pécheurs qui se trouvaient au-dessous.

Quoique étonné par une telle presse, surtout après avoir connu sa cathédrale si longtemps désertée, l'évêque s'exprima d'une voix éteinte, inconsistante, à peine audible par la foule haletante, écrasée de chaleur. Quelle différence avec la simplicité de l'église d'Esclarmonde.

D'Esclarmonde et de son père, aussi.

Les *Bons Homes* plaçaient la foi intérieure au-dessus des manifestations de ferveur. Ils n'avaient nullement besoin d'édifices consacrés, d'aucun rite, d'aucune humiliante soumission vouée à écarter l'homme de Dieu. Ils n'adoraient pas d'icônes ni ne se prosternaient devant des idoles ou des instruments de torture. Pour les *Bons Chrétiens*, le pouvoir de Dieu résidait dans le

Verbe. Il ne leur fallait que des livres et des prières, des mots prononcés à haute voix. Leur salut ne reposait pas sur l'aumône, les reliques ou les prières récitées dans un langage que seuls les prêtres comprenaient.

À leurs yeux, tous les êtres de la Création étaient dans la grâce du Père saint, qu'ils fussent juifs ou sarrasins, hommes ou femmes, bêtes des champs ou oiseaux dans le ciel. Il n'y avait pas d'enfer, non plus que de Jugement dernier, parce que tous seraient sauvés par la grâce de Dieu, même si nombreux étaient ceux voués à revivre maintes existences avant de rejoindre le royaume des cieux.

À vrai dire, Alaïs n'assistait pas au culte, car Esclarmonde et elle étaient coutumières de leurs rites et de leurs prières. L'important, c'était qu'en ces temps obscurs les *Bons Chrétiens* fussent des hommes bons et tolérants, célébrant un dieu de lumière, au lieu de redouter le courroux d'un dieu cruel et vengeur.

Enfin, Alaïs entendit le *Benedictus*. Pour elle, le moment était venu de s'éclipser. Tête basse et mains pieusement jointes, très lentement pour ne pas éveiller les soupçons, elle recula jusqu'à la porte.

Quelques instants plus tard, elle était libre.

35

La demeure d'Esclarmonde se blottissait à l'ombre de la tour du Balthasar, près des Lices hautes.

Alaïs hésita un moment avant de frapper à la croisée, observant les allées et venues de son amie par la grande fenêtre qui donnait sur la rue. Elle portait une robe verte et sobre. Ses cheveux, striés de mèches grises, étaient rassemblés en chignon.

Je sais que je suis dans le vrai.

Un élan d'affection la transporta, convaincue qu'elle était que son intuition s'avérerait. Esclarmonde leva les yeux et lui adressa aussitôt un sourire lumineux en guise de bienvenue.

« Alaïs, comme je suis heureuse de vous voir ! Vous nous avez beaucoup manqué, à Sajhë et à moi. »

À peine avait-elle fait un pas dans l'unique pièce du rez-de-chaussée qu'une odeur connue d'herbes et d'épices lui frappa les narines. Une marmite d'eau bouillait au-dessus d'un petit feu bâti au centre de la pièce. Dans un coin se dressaient une table, deux chaises et un banc.

Une lourde tenture ménageait l'espace où Esclarmonde donnait ses consultations. En l'absence de patients, elle était relevée, laissant apparaître quantité de récipients en terre crue, alignés sur de longues étagères. Des bouquets d'herbes et de fleurs séchées pendaient du plafond. Sur une table était posée une lanterne, ainsi qu'un mortier et un pilon de granit semblables à ceux qu'Esclarmonde avait offerts à Alaïs en cadeau de mariage.

Une échelle se hissait jusqu'à une rochelle faisant office de chambre à coucher pour la grand-mère et son petit-fils. Sajhë s'y trouvait, justement, et, reconnaissant Alaïs, poussa un cri de joie. Glissant le long des barreaux, il se précipita sur la jeune femme et lui entoura la taille de ses bras. Puis, sans plus attendre, il se lança dans la narration de tout ce qu'il avait fait, vu et entendu depuis la dernière fois qu'ils s'étaient rencontrés.

Sajhë avait la faconde du conteur. Ses propos étaient pleins de verve et de détails colorés. Une lueur passionnée pétillait au fond de sa prunelle ambrée.

« Je voudrais que tu ailles porter un ou deux messages pour moi, *manhac*, intervint Esclarmonde, estimant qu'il avait assez jasé. Dame Alaïs pardonnera ton absence. »

Le garçon s'apprêtait à élever une objection, quand l'expression sévère de sa grand-mère l'en dissuada.

« Tu n'en as point pour longtemps. »

Alaïs lui ébouriffa les cheveux.

« Tu es bon observateur, n'est-ce pas, Sajhë ? Et très à l'aise avec les mots. Peut-être seras-tu poète quand tu seras grand ?

— C'est chevalier que je voudrais être, dame. Je veux combattre.

— Sajhë, intervint encore sa grand-mère d'un ton autoritaire. Ois-moi, à présent. »

Elle lui donna les noms des personnes chez qui il devait se rendre pour annoncer la venue d'Albi de deux *parfaits* au bourg de Sant-Miquel, dans les trois jours à venir.

« Es-tu certain d'avoir bien compris le message ? Bien. Et souviens-toi, ajouta-t-elle en posant un baiser sur le front de l'enfant. Seulement à ceux dont je t'ai donné le nom. Plus tôt tu seras départi, plus tôt tu seras revenu pour raconter tes histoires à dame Alaïs.

— Craignez-vous une indiscrétion ? s'enquit cette dernière, alors qu'Esclarmonde refermait la porte.

— Sajhë est un enfant sensé. Il sait qu'il ne doit parler qu'aux personnes à qui le message est destiné. » Elle alla à la fenêtre refermer les croisées. « Quelqu'un est-il au courant de votre présence ici ?

— Seulement François. C'est lui qui m'a appris votre retour. »

Une étrange lueur apparut dans les yeux d'Esclarmonde, qui n'émit toutefois aucun commentaire.

« Cela vaut mieux ainsi, *è*. »

Elle prit place à la table en invitant Alaïs à se joindre à elle.

« À présent, dites-moi, Alaïs, votre voyage à Besièrs a-t-il été couronné de succès ?

— Vous êtes donc au fait…, rougit la jeune femme.

— Toute la ville de Carcassona l'est. Les bavardages sont allés bon train. » Son visage devint grave. « J'étais très inquiète en apprenant, peu après mon retour, l'agression dont vous fûtes victime au château.

— Vous savez cela, aussi ? Comme vous ne m'aviez point envoyé de mot, je vous pensais partie.

— Loin s'en faut. Je suis venue au château le jour même où l'on vous a retrouvée, mais le même François m'en a interdit l'entrée. Conformément aux ordres de votre sœur, nul ne pouvait vous voir sans sa permission.

— Il ne m'a rien dit de tel, s'étonna Alaïs, troublée par l'excessive attention dont elle avait fait l'objet. Non plus qu'Oriane, d'ailleurs, quoique cela me surprenne moins.

— Comment cela ?

— Elle n'a cessé d'épier mes faits et gestes sous couleur d'affection. Pardonnez-moi de ne m'être point confiée à vous, Esclarmonde, mais le peu de temps dont je disposais entre ma décision et sa mise en application ne me le permettait point. »

La femme écarta les excuses d'un geste.

« Laissez-moi vous relater ce qui est advenu en votre absence : quelques jours après votre départ du château, un homme est survenu en demandant à voir Raoul.

— Qui est Raoul ?

— Le garçon qui vous a trouvée inanimée dans le verger. » Esclarmonde grimaça un sourire. « Il a acquis une grande notoriété après votre agression. Il s'est donné tant de lustre qu'à l'entendre parler, il aurait mis en déroute les armées de Saladin aux fins de vous sauver.

— Je n'ai aucun souvenir de lui, déclara Alaïs en secouant la tête. Pensez-vous qu'il ait aperçu quelque chose ? »

Esclarmonde haussa les épaules.

« J'en doute. Vous êtes disparue plus d'une journée avant que l'alarme ne soit donnée. Si Raoul avait été témoin de l'agression, il en aurait parlé plus tôt. Quoi qu'il en soit, cet étranger a accosté Raoul et l'a conduit à la *Taberna Sant Joan dels Évangèlis*. Il l'a flatté tout en l'abreuvant de bière. Raoul n'est qu'un hâbleur et un crâneur, doublé d'un esprit médiocre. Tant et si bien qu'au moment où Gaston fermait son établissement, Raoul ne pouvait mettre un pied devant l'autre, tant il était ivre. Son compagnon lui proposa de le raccompagner jusqu'à son logis.

— Eh bien ?

— Il n'y est oncques arrivé, et nul ne l'a revu depuis.

— Et qu'en est-il de l'homme ?

— Volatilisé comme s'il n'avait jamais existé. Aux gens de la taverne, il a affirmé venir d'Alzonne. Je m'y suis rendue pendant que vous étiez à Besièrs ; nul ne le connaît.

— Ainsi, nous n'apprendrons rien de ce côté-là. »

Esclarmonde fit un signe de dénégation.

« Comment se fait-il que vous étiez dans la cour, à cette heure de la nuit ? » s'enquit-elle d'une voix qui se voulait sereine, mais ne laissait planer aucun doute sur l'importance qu'elle attachait à sa question.

Alaïs lui relata sa soirée. Quand elle eut terminé, Esclarmonde resta un long moment songeuse.

« Deux questions se posent, déclara-t-elle enfin. Primo, qui savait que votre père requérait votre présence ? Car je ne pense point que vos agresseurs aient été là fortuitement. Secundo, à supposer qu'ils ne fussent point les instigateurs du complot, par qui étaient-ils mandatés ?

— Je n'en ai parlé à personne, comme mon père me l'avait commandé.

— François vous a bien apporté son message.

— Bien entendu, admit Alaïs. Cependant, je ne puis croire que François…

— Nombre de serviteurs ont pu le voir venir dans votre chambre et ouïr ce qu'il vous a dit. Pourquoi avoir suivi votre père à Besièrs ? » demanda Esclarmonde en dardant sur la jeune femme un regard brillant de perspicacité.

La question était si soudaine, si inattendue, qu'elle prit Alaïs par surprise.

« J'étais…, commença-t-elle en songeant qu'au lieu d'obtenir les réponses espérées, elle se retrouvait assaillie de questions. Il m'avait remis un signe de reconnaissance. Un *merel* avec un labyrinthe gravé dessus, précisa-t-elle sans quitter Esclarmonde des yeux. C'est ce qui m'a été dérobé. À cause de ce que mon père m'avait appris, je craignais que chaque jour qui passait ne risquât de compromettre le… »

Elle se tut, ne sachant si elle devait poursuivre. Mais voilà qu'au lieu de s'alarmer, Esclarmonde lui souriait.

« Lui avez-vous parlé de la planchette, Alaïs ? demanda-t-elle doucement.

— Si fait. Le soir même, juste avant… l'agression. Il a semblé très troublé, surtout après que je lui eus assuré en ignorer la provenance… Comment saviez-vous que…

— Sajhë l'a aperçue au moment où vous achetiez vos fromages au marché. C'est lui qui m'en a parlé. Comme vous l'avez constaté, c'est un enfant très observateur.

— Je trouve étrange qu'un enfant de onze ans remarque ce genre de détail.

— Il sait l'importance que cela revêt à mes yeux.

— Tout comme le *merel*… »

Les deux femmes échangèrent un regard.

« Nenni, hésita la femme en pesant ses mots. Pas exactement.

— Vous l'avez ? » lança Alaïs.

Esclarmonde acquiesça :

« Pourquoi ne me l'avoir point demandée ? Je vous l'aurais remise volontiers.

— Sajhë se trouvait là, le soir de votre disparition pour en faire justement la requête. Il a attendu votre retour et, ne vous voyant pas revenir, il est entré dans votre chambre et s'en est emparé. Compte tenu des circonstances, on ne saurait l'en blâmer.

— La planchette est donc en votre possession ? »

Esclarmonde opina de la tête.

Alaïs était triomphante, fière d'avoir vu juste au sujet de son amie, le dernier gardien.

J'ai observé le dessin. Il m'a parlé.

« Répondez donc à cette question, Esclarmonde, ajouta-t-elle avec un enthousiasme précipité. Si cette planchette vous appartient, comment se fait-il que mon père ne le sache point ?

— Pour la même raison qu'il ignore pourquoi elle est en ma possession, sourit-elle. Harif en a décidé ainsi pour la sauvegarde de la trilogie. »

Alaïs n'osait plus proférer une parole.

« Fort bien. À présent que nous nous sommes comprises, il vous incombe de me raconter tout ce que vous savez. »

Esclarmonde écouta attentivement jusqu'à ce qu'Alaïs eût achevé sa narration.

« Ainsi, Siméon est en route pour Carcassona ?

— Oui, mais il a confié le livre à mon père pour qu'il le mette en sûreté.

— Sage précaution, acquiesça-t-elle. Je veillerai à son installation. Il m'est toujours apparu comme un homme du meilleur bien.

— Je l'ai infiniment apprécié, ajouta Alaïs. À Besièrs, mon père a semblé désappointé de ce qu'il fût en possession d'un livre seulement. Il espérait les deux. »

Esclarmonde s'apprêtait à répondre, lorsque des coups violents retentirent à la porte et sur les volets.

Les deux femmes se levèrent d'un bond.

« *Atencion ! Atencion !*

— Qu'est-ce ? Que se passe-t-il ? s'alarma Alaïs.

— Ce sont des soldats ! Ils ont effectué maintes fouilles en l'absence de votre père.

— Que cherchent-ils ?

— Des criminels, prétendent-ils. En vérité, des *Bons Homes*.

— Sur les ordres de qui agissent-ils ? Les consuls ?

— Que non pas. Sur ceux de Bérenger de Rochefort, notre noble évêque, ainsi que ceux du moine espagnol Domingo de Guzman et ses coreligionnaires. Les légats, peut-être, aussi. Allez donc savoir ; ils ne se donnent point la peine de s'annoncer.

— Ceci va à l'encontre de nos lois... »

Esclamonde posa son index sur ses lèvres.

« Chut. Il est possible qu'ils passent leur chemin. »

Au même instant, des éclats de bois volèrent à travers la pièce. La serrure céda et la porte se rabattit violemment contre le mur. Deux hommes d'armes, le visage à demi dissimulé sous leur heaume, firent irruption dans la maison.

« Je suis Alaïs du Mas, fille de l'intendant Pelletier, s'insurgea Alaïs. J'exige de savoir qui vous donne autorité pour agir de la sorte. »

Les deux hommes n'en baissèrent pas leur épée pour autant ni ne remontèrent leur visière.

« J'exige que... »

Il y eut un éclair rouge dans l'embrasure de la porte et Oriane apparut devant Alaïs, pétrifiée.

« Ma sœur ! Qu'est-ce qui vous conduit céans en telles façons ?

— Je viens vous reconduire au château sur la requête de notre père. Votre départ quelque peu hâtif après vêpres est parvenu à ses oreilles. Craignant que quelque autre calamité ne se soit abattue sur vous, il m'a mandée vers vous. »

Vous mentez.

« Pareille idée ne lui serait jamais venue à l'esprit si vous n'y aviez instillé quelque fausseté », rétorqua-t-elle aussitôt. Elle toisa les deux soldats. « Est-ce aussi son idée de vous faire accompagner par des gardes armés ?

— Nous avons votre sécurité à cœur, répondit Oriane avec un sourire fielleux. J'admets néanmoins qu'ils se sont montrés un peu trop zélés.

— Tout cela ne vous concerne en rien. Je regagnerai le Château comtal seulement quand je l'aurai décidé. »

Alaïs vit soudain que sa sœur ne lui prêtait plus attention, tout intéressée qu'elle était par les lieux qu'elle découvrait. Une impression de vertige la saisit. Se pouvait-il qu'Oriane eût écouté leur conversation avant que les gardes ne fissent irruption dans la maison ?

Elle décida de changer de tactique :

« À bien y penser, peut-être vais-je vous accompagner. Mon affaire céans est achevée.

— De quelle affaire parlez-vous, ma sœur ? »

Sur ces mots, Oriane se mit à rôder dans la pièce, laissant sa main errer sur la table et le dossier des chaises. Elle ouvrit un coffre, puis en laissa retomber bruyamment le couvercle, sous le regard anxieux d'Alaïs.

Elle alla finalement se camper devant le réduit où Esclarmonde donnait ses consultations.

« Que manigancez-vous donc dans cet obscur galetas, *sorcière* ? lança-t-elle avec dédain, avec l'air de découvrir la présence d'Esclarmonde. Des potions ?

des philtres pour les pauvres d'esprit ? » Elle avança un instant la tête avec une mine dégoûtée, puis la retira. « Nombreux sont ceux qui vous traitent de sorcière, Esclarmonde de Servian ; une *faitilhièr*, comme vous nomme le petit peuple.

— Comment osez-vous lui parler ainsi ! se récria Alaïs.

— Vous êtes la bienvenue céans, dame Oriane, et pouvez contempler tout ce qu'il vous plaît, si tel est votre bon plaisir », répondit Esclarmonde sans trahir la moindre émotion.

Oriane saisit brutalement Alaïs par le bras.

« Il suffit ! déclara-t-elle en prenant plaisir à lui enfoncer les ongles dans la peau. Vous vous disiez prête à regagner le château. Eh bien, allons-y ! »

Sans même s'en rendre compte, la jeune femme se retrouva dans la rue. Les soldats la serraient de si près qu'elle sentait leur haleine dans son cou. Le souvenir lui revint un instant de remugles de bière et d'une main calleuse plaquée contre sa bouche.

« Promptement », la pressa Oriane en la poussant dans le dos.

Dans l'intérêt d'Esclarmonde, Alaïs n'avait d'autre issue que de se plier aux injonctions de sa sœur. Arrivée au coin de la rue, elle parvint à jeter un dernier coup d'œil par-dessus son épaule. Esclarmonde, du seuil de sa maison, porta furtivement son index à ses lèvres, afin de la mettre en garde de ne souffler mot à quiconque de leur conversation.

36

Au donjon, Pelletier se frottait les yeux et étirait ses membres engourdis.

Cela faisait plusieurs heures que des chevaucheurs partis du château avaient été dépêchés auprès des soixante vassaux du vicomte qui n'étaient pas encore en route pour Carcassona. De tout temps, les plus puissants d'entre eux se signalaient par leur insubordination à l'endroit de leur suzerain, aussi Pelletier s'inquiétait-il de ce qu'en l'occurrence, Trencavel fût plus persuasif qu'autoritaire. Chacune des missives faisait état sans équivoque de la menace qui pesait sur eux. Les Français s'amassaient aux frontières et se préparaient à une invasion comme le Midi n'en avait jamais connu. La garnison de Carcassona devait être renforcée. Raison pourquoi ces vassaux devaient honorer leur allégeance et venir en aide à Carcassonne en rassemblant autant d'hommes qu'ils le pouvaient.

« *A la parfin*. Enfin », soupira le vicomte en posant son sceau sur la dernière missive

Pelletier se joignit à lui, avec un signe d'acquiescement à l'adresse de Jehan Congost. Si, à l'ordinaire, il n'accordait que peu d'attention à son gendre, il devait aujourd'hui admettre que ses scribes et lui s'étaient acquittés de leur tâche avec diligence et célérité. Cependant qu'un serviteur délivrait la dernière missive au chevaucheur, l'intendant donna aux *escrivans* la permission de se retirer. Imitant Congost, ils se levèrent l'un après l'autre pesamment, qui se frottant les paupières, qui faisant craquer ses doigts, roulèrent leurs parchemins, rassemblèrent plumes et encriers. Pelletier attendit qu'ils eussent enfin quitté les lieux pour s'adresser au vicomte :

« Vous devriez prendre du repos afin de ménager vos forces, messire.

— *Força e vertu*, répondit Trencavel avec un rire bref, reprenant ainsi les paroles qu'il avait prononcées à Béziers. Force et courage. Ne vous tourmentez pas, Bertrand, je n'ai oncques été aussi bien allant. En revanche, il serait bon que vous vous délassiez un peu, vieil ami, ajouta-t-il en posant la main sur l'épaule de son homme lige.

— J'avoue que l'idée est plutôt séduisante, messire, admit Pelletier, ivre de fatigue après des nuits de veille.

— Ce soir, chacun de nous pourra dormir dans son lit, Bertrand, mais je crains qu'il ne nous faille encore différer cet instant. » Son beau visage se fit solennel : « Il est essentiel que je réunisse les consuls le plus tôt et en plus grand nombre possible.

— Avez-vous des instructions particulières à leur intention ?

— Même si tous les vassaux répondent à mon appel en amenant avec eux un bon contingent de soldats, il nous faudra plus d'hommes encore pour défendre la place.

— Souhaitez-vous voir les consuls créer un fonds de guerre ?

— Nous devons nous entourer des services de mercenaires expérimentés d'Aragon ou de Catalogne. Le plus tôt sera le mieux.

— Envisagez-vous la levée de nouveaux impôts ? Augmenter la gabelle et le champart, peut-être ?

— Il est encore trop tôt pour cela. Pour l'heure, je préférerais me borner à une contribution volontaire. Si cette initiative échoue, alors je me résoudrai à prendre des mesures plus draconiennes. Comment vont les travaux de fortifications ?

— Tous les maçons et les charpentiers de la *Ciutat*, de Sant-Vincens et de Sant-Miquel ont été pressentis, ainsi que ceux des villages du Nord. Les travaux de démontage des bancs de la cathédrale et du réfectoire des prêtres vont bon train.

— Bérenger de Rochefort ne doit point s'en réjouir ! sourit le vicomte.

— L'évêque n'a qu'à s'y soumettre, grommela Pelletier. De grandes quantités de bois sont nécessaires pour la construction des *ambans*[1] et des *cadefalcs*[2]. Or, son palais et les cloîtres sont les seules sources de ce matériau qui nous soient données. »

Raymond-Roger leva les mains en signe de fausse reddition :

« Je ne contesterai point cette décision, dit-il en souriant. Le fournissement en matériaux est plus important que le confort de notre évêque. Dites-moi, Bertrand, Pierre-Roger de Cabaret est-il arrivé en notre bonne ville ?

— Pas encore, messire. Bien que nous l'attendions d'un instant à l'autre.

---

1. Passages couverts.
2. Barricades mobiles. *(N.d.T.)*

« — Pressez-le de venir me voir, Bertrand. Si cela est possible, je voudrais m'entretenir avec lui avant de réunir les consuls, car ces derniers le tiennent en grande estime. A-t-on du nouveau de Termenès ou de Foix ?

— Nenni, messire. »

Peu après, Pelletier, mains sur les hanches, se tenait dans la cour d'honneur, satisfait de constater le rapide avancement des travaux de fortifications. Autour de lui, ce n'était que bruits de scie et de marteaux, grondements de charrettes apportant bois, clous et goudron, ronflement des feux dans les forges fonctionnant à plein régime.

Du coin de l'œil, il aperçut Alaïs qui traversait la cour en courant dans sa direction. Il fronça les sourcils.

« Pourquoi avez-vous dépêché Oriane pour requérir ma présence ? demanda-t-elle sans ambages.

— Comment cela ? Je ne vous entends point, s'étonna-t-il.

— Je visitais mon amie, Esclarmonde de Servian, dans les quartiers sud de la *Ciutat*, quand Oriane est apparue, suivie de deux soldats, en prétendant être mandée par vous. Disait-elle la vérité ? »

En prononçant ces mots, elle scrutait le visage de son père pour y déceler une quelconque réaction, mais n'y vit que de la consternation.

« Je n'ai point aperçu Oriane.

— Lui avez-vous parlé de sa conduite en votre absence, comme vous me l'aviez promis ?

— L'occasion ne s'est point présentée.

— Gardez-vous de la sous-estimer, père. Elle est au fait de certaines choses qui pourraient vous causer grand tort. J'en suis convaincue.

— Je ne vous permets point d'accuser ainsi votre sœur, s'emporta Pelletier. Cela est…

— La planchette au labyrinthe appartient à Esclarmonde », l'interrompit Alaïs.

Pelletier se figea, abasourdi.

« Comment cela ? Que voulez-vous dire ?

— Siméon la lui a remise, souvenez-vous. Elle est la gardienne du troisième livre.

— Cela ne se peut, protesta-t-il avec tant de véhémence qu'Alaïs recula d'un pas.

— Elle est le troisième gardien, insista-t-elle précipitamment, de crainte de se voir interrompue, la sœur de Carcassona à laquelle Harif faisait allusion dans sa missive. Elle sait également à propos du *merel*.

— Est-ce Esclarmonde qui vous l'a dit ? Parce que si c'est le cas, elle…

— Je ne lui ai point posé la question de façon directe, mais cela tombe sous le sens, *paire*. Elle est précisément la personne que Harif aurait choisie. Que savez-vous d'elle ?

— Je connais sa réputation de sagesse, et j'ai toutes les raisons de lui être reconnaissant pour l'affection et l'attention qu'elle vous a démontrées. Elle a un petit-fils, disiez-vous ?

— Si fait, messire. Il se nomme Sajhë et a onze ans. Esclamonde est originaire de Servian. Elle est venue vivre à Carcassona alors que Sajhë n'était qu'un nourrisson. Cela concorde en tout point avec ce que Siméon vous a rapporté.

— Messire l'intendant. »

Ils se retournèrent tandis qu'un serviteur se dirigeait rapidement vers eux.

« Messire, le seigneur Trencavel requiert instamment votre présence. Pierre-Roger de Cabaret est arrivé dans nos murs.

— Où est mon valet François ?

— Je l'ignore, messire. »

Pelletier lui lança un regard très contrarié.

« Dites au seigneur Trencavel que je me rends auprès de lui toute affaire cessante, répondit-il sèchement. Puis tâchez de trouver François et faites-lui savoir que je requiers son service. Depuis quelque temps, il n'est jamais où il devrait être. »

Voyant que son père s'apprêtait à partir, Alaïs le retint par le bras.

« Parlez au moins à Esclarmonde, et écoutez ce qu'elle a à vous dire. Je prendrai langue avec elle. »

Après avoir hésité, Pelletier concéda enfin :

« J'attendrai la venue de Siméon, en suite de quoi j'irai ouïr votre chère amie. Une dernière chose, ajouta-t-il en s'éloignant : comment Oriane a-t-elle pu savoir où vous vous trouviez ?

— Elle m'aura suivie à la sortie des vêpres. Cependant... » Alaïs venait de comprendre que sa sœur n'aurait jamais pu aller chercher des soldats, puis revenir et faire irruption chez Esclamonde en si peu de temps. « Je ne sais, admit-elle. Mais je suis convaincue que... »

Pelletier s'en était déjà allé. En traversant la cour, elle s'avisa qu'Oriane était hors de vue et en fut soulagée. Puis elle se figea.

Et si elle y était retournée ?

Soulevant ses jupons, elle courut en direction des Lices basses.

Alaïs n'avait pas plus tôt tourné le coin de rue qu'elle comprit que ses craintes étaient fondées. Les volets de la maisonnette ne semblaient tenir que par un fil et la porte avait été arrachée de ses gonds.

« Esclarmonde ! appela-t-elle, alarmée. Êtes-vous céans ? »

En entrant dans la demeure, quelle ne fut pas sa stupéfaction de voir le terrible saccage dont elle avait fait l'objet. Les meubles étaient renversés, les chaises démembrées, le coffre retourné et son contenu répandu sur le sol. Une fumée grise montait des braises que les soldats avaient éparpillées à grands coups de pied.

Montant quelques degrés à l'échelle, Alaïs se rendit compte que la rochelle avait subi le même sort. Paille et plumes jaillies des matelas éventrés jonchaient pêle-mêle le plancher. Des traces de pique et d'épée étaient visibles un peu partout sur les étoffes déchiquetées.

Le pire restait à découvrir. Le réduit où Esclarmonde préparait ses potions n'était plus qu'un amas de pots brisés, de liquides répandus sur la terre battue auxquels se mêlaient, en une innommable bouillie, des bouquets d'herbes et de fleurs séchées.

Esclarmonde était-elle dans sa demeure au moment de sa mise à sac ? Alaïs se précipita à l'extérieur dans l'espoir qu'un voisin lui dirait ce qu'il était advenu de son amie. Mais, autour d'elle, portes et volets demeuraient hermétiquement clos.

« Dame Alaïs… »

Elle crut d'abord être victime de son imagination.

« Dame Alaïs…

— Sajhë ? murmura-t-elle. Où es-tu ?

— Là-haut, dame… »

Alaïs sortit de l'ombre de la maisonnette et leva les yeux. À la lueur crépusculaire, elle reconnut une touffe de cheveux hirsutes et une paire d'yeux ambrés émergeant de la faîtière.

« Sajhë, prends garde de ne pas te rompre le cou !

« — Que non pas, répliqua le gamin, rassurez-vous, j'ai l'habitude des toits. Le plus souvent, c'est par là que j'entre et sors du Château comtal !

— Eh bien, descends, tu me donnes le tournis. »

Alaïs retint son souffle, tandis que l'enfant sautait lestement sur le sol pour atterrir devant elle.

« Qu'est-il survenu à Esclarmonde ? Où est-elle ?

— *Menina* est saine et sauve. C'est elle qui m'a dit de vous attendre. Elle savait que vous reviendriez. »

Après un coup d'œil furtif par-dessus son épaule, la jeune femme l'entraîna vers le seuil de la maison.

« Que s'est-il passé ? » le pressa-t-elle.

Sajhë fixait ses pieds d'un air embarrassé.

« Les soldats sont revenus. J'ai tout entendu de l'extérieur. *Menina* savait qu'ils le feraient après que votre sœur vous aurait reconduite au château. C'est pourquoi elle a rassemblé en toute hâte ses objets les plus précieux et nous nous sommes cachés dans la cave. Nous les avons entendus interroger les voisins pour savoir où nous étions. Ils marchaient au-dessus de nos têtes en faisant trembler le plancher. Fort heureusement, ils n'ont point découvert la trappe. Ils ont tout brisé. Toutes les potions de *menina* sont gâchées, conclut-il d'une voix éteinte.

— Je le sais, j'ai vu tout cela, dit doucement Alaïs.

— Ils ne cessaient de vociférer. Ils prétendaient chercher des hérétiques, mais je crois qu'ils mentaient. Ils ne posaient pas les questions habituelles. »

Alaïs lui souleva le menton pour le forcer à la regarder.

« Ceci est très important, Sajhë : étaient-ce les mêmes soldats que ceux qui étaient venus précédemment ? Les as-tu vus ?

— Je crains que non.

« — Tant pis, s'empressa-t-elle d'ajouter, voyant l'enfant au bord des larmes. Tu as fait montre de courage. Ce doit être un grand réconfort pour Esclarmonde que de t'avoir à ses côtés. Sais-tu si quelqu'un accompagnait ces soldats ?

— Je ne le pense pas, répondit l'enfant d'un air malheureux. Je n'ai pas pu les empêcher de saccager notre demeure. »

Alors que la première larme coulait sur sa joue, Alaïs l'entoura de son bras.

« Allons, allons, ne te mets pas en peine, tu as fait de ton mieux, et aussi bien que n'importe qui d'entre nous. Où se trouve Esclarmonde, à présent ?

— Dans une maison, à Sant-Miquel. Elle dit que nous devons y rester et attendre que vous nous annonciez la visite de l'intendant Pelletier. »

Alaïs se raidit.

« Est-ce bien ce qu'Esclarmonde a dit, Sajhë ? Qu'elle attend un message de mon père ?

— Pourquoi ? Se serait-elle fourvoyée ? demanda l'enfant, troublé.

— Nenni, nenni, c'est que je ne vois point comment… Peu importe, Sajhë. Mon père ne souhaite point voir ta grand-mère avant de s'être entretenu avec un autre… ami venu de Besièrs.

— Siméon », acquiesça Sajhë.

Alaïs ne cacha pas son étonnement.

« En effet, Siméon, souriait-elle, maintenant. Dis-moi, Sajhë, y a-t-il quelque chose que tu ignores ? »

L'enfant parvint à sourire.

« Peu de chose.

— Préviens Esclarmonde que j'aviserai mon père de ce qu'il est advenu de votre demeure. En attendant, il serait bon que ta grand-mère et toi demeuriez à Sant-Miquel. »

En guise de réponse, Sajhë la prit par la main.

« Vous le lui direz vous-même. Elle sera heureuse de vous voir. Ainsi, vous pourrez bavarder longuement. *Menina* affirme aussi que vous avez dû départir alors que vous aviez encore maintes choses à vous révéler. »

Alaïs se pencha sur le regard ambré, brillant d'enthousiasme, du garçon.

« Viendrez-vous ? insista-t-il.

— Pour te voir, Sajhë ? Bien entendu. Point maintenant, toutefois, c'est par trop dangereux. Je vous ferai parvenir un mot. »

Sajhë acquiesça, puis disparut aussi vite qu'il était apparu.

« *Deman al vèspre* », lança-t-il.

37

Jehan Congost avait à peine entr'aperçu son épouse après son retour de Montpellier. Oriane ne l'avait pas accueilli comme il était en droit d'attendre, n'exprimant ainsi aucun regret quant aux épreuves et aux indignités qu'elle lui avait infligées. De son côté, Congost n'avait rien oublié de sa conduite avilissante, dans leur chambre, peu avant son départ.

Grommelant dans sa barbe, il traversa la cour à grandes enjambées pour gagner ses appartements. Le secrétaire de Pelletier venait à sa rencontre. Encore un en qui il n'avait nulle confiance tant il le croyait imbu de ses prérogatives, toujours en train de fureter çà et là pour rapporter à son maître ce qu'il voyait ou entendait. À preuve, sa présence incongrue dans les appartements, à cette heure de la journée.

Quand François lui adressa un salut, l'*escrivan* l'ignora superbement.

Au moment où il atteignit son logis, son état d'indignation était à son comble. Le temps était venu de donner une leçon à Oriane. Une désobéissance aussi délibérée que provocatrice ne pouvait rester impunie, aussi fit-il irruption dans la chambre sans se donner la peine de frapper.

« Oriane, où êtes-vous ? J'ai à vous parler. »

Les lieux étaient déserts. De colère, il balaya la table de tout ce qui s'y trouvait. Les bols volèrent, le chandelier alla se fracasser sur le sol. Ouvrant les coffres, il en sortit des brassées de vêtements qu'il lança à travers la pièce. Pour finir, il arracha les couvertures du lit, libérant des odeurs inappropriées.

Furieux, Congost s'affala sur une chaise et contempla son œuvre. Toute la faute en revenait à Oriane. Seule son intolérable conduite était cause de ce gâchis.

Il se mit à la recherche de Guirande pour lui ordonner de ranger la chambre, tout en se demandant par quelles voies il pourrait mettre bon ordre à sa calamiteuse union.

Guilhem sortit des étuves dans un air saturé d'humidité pour se heurter à Guirande qui l'attendait, un sourire posé sur ses lèvres purpurines. Son humeur s'en trouva aussitôt affectée.

« Que voulez-vous ? »

La servante fit entendre un gloussement et se mit à l'observer à travers ses paupières à demi fermées.

« Eh bien ? ajouta-t-il d'une voix âpre. Si vous avez quelque chose à dire, dites-le ou bien passez votre chemin. »

En réponse, Guirande se hissa sur la pointe des pieds pour lui murmurer quelques mots à l'oreille.

« Que me veut-elle ? demanda-t-il.

— Je ne saurais dire, messire. Ma dame ne me confie point l'objet de ses désirs.

— Vous faites une piètre menteuse, Guirande.

— Avez-vous un message que je doive lui rapporter ? »

Il hésita un instant.

« Avertissez votre maîtresse que je la verrai incessamment. Et tâchez de tenir votre langue », conclut-il en lui tendant une pièce de monnaie.

Il la regarda s'éloigner puis, traversant la cour, alla s'asseoir sous l'orme. Rien ne le contraignait à exaucer les vœux d'Oriane. En outre, pourquoi se laisserait-il induire en tentation ? Cela était par trop dangereux. *Elle* était dangereuse.

Il n'avait jamais souhaité que les choses allassent si loin. Tout cela à cause d'une nuit d'hiver, d'un corps dénudé enveloppé de fourrures, des sangs fouettés par le vin et l'euphorie des retours de chasse. Une sorte de folie s'était emparée de lui. Elle l'avait ensorcelé.

Au matin, il s'était éveillé, taraudé de remords, en se jurant que cela ne se reproduirait plus. Aux premiers mois qui avaient suivi ses épousailles, il avait tenu parole. Puis l'occasion s'était représentée, puis une autre, puis une quatrième. Elle le subjuguait, le retenait captif par les sens.

À cette heure, sachant où en étaient les choses, il se désespérait, chaque jour un peu plus, qu'une indiscrétion fît éclater le scandale. Aussi devait-il se montrer prudent et mettre un terme à cette tocade avec diplomatie. Il n'irait à ce rendez-vous que pour lui signifier la fin de leur liaison.

Pendant qu'il s'en sentait le courage, il se leva et alla au verger. Arrivé au portillon, il s'immobilisa, hésitant à poursuivre plus avant. Puis il la vit, debout sous le saule, mince silhouette dans le jour déclinant. Son cœur bondit dans sa poitrine. Avec ses cheveux de jais répandus sur les épaules, on eût dit un ange noir.

Guilhem inspira profondément. Il pouvait encore s'en retourner. Mais à cet instant, comme si elle percevait ses atermoiements, Oriane fit volte-face et le couvrit de son regard envoûtant. Après avoir ordonné à son écuyer de surveiller l'alentour, il poussa le portillon et se dirigea vers elle.

« Je craignais de ne point vous voir venir, lui dit-elle quand il l'eut rejointe.

— Je ne puis m'attarder. »

Il sentit alors les doigts d'Oriane effleurer les siens, puis lui saisir doucement le poignet.

« Alors, je vous demande pardon de vous avoir dérangé, murmura-t-elle en se serrant contre lui.

— Quelqu'un pourrait nous voir », souffla-t-il en tentant de se détacher d'elle.

Oriane inclina la tête. Ses parfums capiteux éveillèrent chez Guilhem une flambée de désir qu'il tenta d'ignorer.

« Pourquoi êtes-vous si cruel envers moi ? demanda-t-elle langoureusement. Nul ne peut nous voir. J'ai placé une domestique à l'entrée du verger. En outre, les gens du château sont bien trop à leurs affaires pour nous prêter attention.

— Ils ne le sont point autant que vous le pensez, objecta-t-il. Chacun observe, épie, écoute son voisin, en espérant tirer quelque avantage de ce qu'il pourrait apprendre.

— Que de méchantes pensées vous avez là, murmura-t-elle en lissant ses cheveux. Oubliez tout le reste, et ne pensez qu'à moi. » Oriane était si proche qu'il percevait les battements de son cœur. « Pourquoi tant de froideur à mon endroit, messire ? Ai-je tenu des propos qui vous aient offensé ? »

Les sens en ébullition, du Mas sentait s'effriter ses bonnes résolutions.

« Nous commettons un péché, Oriane, vous ne pouvez l'ignorer. Nous trahissons votre époux et mon épouse par notre…

— Amour ? l'interrompit-elle avec un petit rire clair qui lui chavira le cœur. L'amour n'est pas un péché, car il a la vertu de rendre bon ce qui est mauvais, et meilleur ce qui est bon s'il faut en croire les troubadours. »

Du Mas se surprit à entourer de ses mains le visage de la jeune femme.

« Cela n'est que chanson. Les vœux qui nous lient vous et moi participent d'un tout autre propos. À moins que vous ne vous soyez méprise sur mes intentions ? » Il prit une profonde inspiration. « J'essaie de vous dire qu'il ne faut plus nous revoir. »

Oriane se tint alors immobile dans ses bras.

« Ainsi, vous ne me désirez plus, messire, murmura-t-elle à travers l'écran de cheveux qu'elle laissait à dessein retomber sur son visage.

— De grâce…, souffla-t-il, alors que toute résolution abandonnait ses pensées.

— Y a-t-il quelque chose que je puisse faire pour vous prouver mon sentiment ? susurra-t-elle d'une voix éraillée. Si je vous ai déplu en quelque façon, dites-le-moi, messire.

— Vous ne m'avez déplu en rien, murmura-t-il en mêlant ses doigts à ceux de son amante. Vous êtes si belle, si… »

Il se tut, ne trouvant plus les mots idoines. Le fermoir de la cape s'ouvrit, et le vêtement soyeux se répandit aux pieds de la jeune femme comme une flaque d'un bleu vibrant. Elle semblait soudainement si vulnérable et fragile, qu'il ne pouvait se dérober à l'étreinte de ses bras.

« Non, protesta-t-il faiblement, je ne puis… »

Guilhem essaya de se remettre en mémoire le visage d'Alaïs, d'imaginer son regard serein, son sourire confiant. Au rebours des hommes de son rang, il croyait aux liens du mariage, et ne souhaitait pas la trahir. De nombreuses nuits, aux premiers jours de leur union, il l'avait regardée dormir dans la quiétude de leur chambre, et avait compris que, grâce à l'affection qu'elle lui portait, il serait, il pouvait devenir un homme meilleur.

Il voulut, une fois encore, se libérer de l'emprise d'Oriane, sinon qu'il n'entendait plus que sa voix rauque et sensuelle, à laquelle s'ajoutaient les persiflages vipérins de la maisonnée, lui rappelant l'avanie que lui avait infligée Alaïs en le suivant à Béziers. Dans sa tête, le bourdonnement allait croissant jusqu'à étouffer la voix claire de son épouse. L'image d'Alaïs s'estompa, se dilua. Elle s'éloignait de lui, l'abandonnait seul, face à ses tentations.

« Je vous adore », murmurait Oriane en lui effleurant l'aine de sa main.

Malgré qu'il en eût, il ferma les yeux, incapable de résister au timbre ensorcelant de sa voix, aérienne comme le vent dans les arbres.

« Je vous ai à peine entrevu depuis votre retour de Besièrs. L'on raconte que de tous les chevaliers au service du vicomte Trencavel, vous êtes le préféré », minauda-t-elle.

Guilhem était à quia. Les mots se brouillaient. Son sang lui battait bruyamment les tempes, submergeant toute autre sensation.

Il l'étendit lentement sur le sol.

« Contez-moi ce qui s'est passé entre le vicomte et son oncle, s'enquit-elle dans un souffle. Dites-moi ce qui est advenu à Besièrs, et comment votre bonne fortune vous a abandonnés. »

Guilhem émit une sorte de hoquet lorsqu'elle l'entoura de ses jambes pour l'attirer sur elle.

« Ce sont des informations qu'il m'est impossible de partager », haleta-t-il, uniquement conscient des mouvements du corps de son amante contre le sien.

Oriane lui mordit la lèvre.

« Pas même avec moi ? »

Guilhem poussa un cri, sans se préoccuper de qui pouvait l'entendre ou l'apercevoir. La lueur de satisfaction qui passa dans les yeux verts d'Oriane, il ne la vit pas, non plus que le sang, son sang, qui rougissait ses lèvres.

Pelletier laissa son regard errer autour de lui, irrité de constater que ni Oriane ni Alaïs ne partageaient sa soupée.

Bien que les préparatifs de guerre allassent bon train, une manière de banquet se donnait dans le grand vestibule, pour célébrer le retour sain et sauf du vicomte et son arroi.

L'entretien avec les consuls s'était passé au mieux, et Pelletier ne nourrissait aucun doute sur ce qu'ils lèveraient les fonds espérés. Chaque heure voyait arriver un chevaucheur des châteaux avoisinants. Jusqu'à maintenant, aucun vassal ne s'était soustrait à ses devoirs d'allégeance quant à pourvoir la Cité en hommes et en pécunes.

Sitôt que le vicomte et dame Agnès se furent retirés, Pelletier s'excusa auprès de ses proches commensaux et sortit s'aérer. Une fois encore, ses incertitudes pesaient lourdement sur ses vieilles épaules.

Votre frère vous attend à Besièrs, votre sœur à Carcassona.

La bonne fortune avait fait réapparaître Siméon et le second livre plus promptement qu'il ne le pensait. À présent, si les présomptions d'Alaïs s'avéraient, il semblait que le troisième livre était à portée de main.

Celle de Pelletier se porta au niveau du cœur, sur lequel reposait le livre que Siméon lui avait confié.

Alaïs fut arrachée à son sommeil par un bruit de volets claquant contre le mur. Le cœur agité de battements précipités, elle se mit sur son séant. Son rêve l'avait ramenée dans les bois de Coursan, mains liées, cherchant désespérant à se libérer de la cagoule de toile grossière qui l'étouffait.

Saisissant un oreiller imprégné de sommeil, elle le serra contre sa poitrine. L'odeur de corps de Guilhem lui rappela qu'il n'avait partagé son lit depuis plus d'une semaine.

Le volet de bois alla derechef heurter la pierre. La bourrasque balayait les toits en virevoltant entre les tours. Son souvenir le plus récent était d'avoir demandé à Rixende quelque nourriture afin de se restaurer.

La servante frappa à la porte, puis entra timidement dans la chambre.

« Pardonnez-moi, dame. Je ne voulais point vous éveiller, mais il a insisté.

— Qui donc ? Guilhem ?

— Que non pas, votre père, répondit-elle en secouant la tête. Il requiert que vous vous rendiez au guet de la porte orientale.

— À cette heure ? N'est-il pas minuit passé ?

— Les cloches n'ont point encore sonné, dame.

— Pourquoi vous a-t-il mandée, vous, plutôt que François ?

— Je l'ignore, dame. »

Abandonnant Rixende dans la chambre, Alaïs jeta sa cape sur ses épaules et s'empressa vers l'escalier. Au moment où, ayant traversé la cour, elle rejoignit son père, le tonnerre roula longuement au-dessus des montagnes.

« Où allons-nous ? cria-t-elle dans les rafales de vent, tandis qu'ils se hâtaient vers la porte est.

— À Sant-Nasari. Là où se cache le *Livre des mots*. »

Tel un chat, Oriane s'étirait langoureusement sur son lit en écoutant le vent.

Guirande avait bien œuvré, d'abord en remettant bon ordre dans la chambre, ensuite en lui relatant les dégâts que Congost y avait occasionnés. Quant aux raisons de cette rage soudaine, elle n'avait pas idée, non plus qu'elle en avait cure.

Tous les hommes, qu'ils fussent courtisans, scribes, prêtres ou chevaliers, étaient semblables sous la peau. Pour ce qui touchait à leur honneur, leurs bonnes résolutions se brisaient comme brindilles en hiver. La première trahison était la plus malaisée. Après cela, c'était un étonnement toujours renouvelé que de voir avec quel empressement leurs bouches félonnes révélaient leurs secrets, à quel point leurs actes pouvaient abjurer ce qu'ils disaient cher à leurs yeux.

Oriane en avait appris plus qu'elle l'avait espéré. Ironie de la chose, du Mas n'avait pas moindrement conscience de l'importance des faits qu'il lui avait relatés. Elle avait pressenti qu'Alaïs entendait rejoindre leur père à Béziers, et elle ne s'était pas fourvoyée. Elle savait aussi que la discorde régnait entre les deux époux depuis le départ de Guilhem pour Montpellier.

L'unique raison qui l'avait incitée à veiller sur sa sœur était l'espoir d'induire Alaïs en trahison aux yeux de leur père, sans obtenir, hélas, le résultat escompté. Seul fait notable, la détresse qu'Alaïs avait exprimée au cours de son délire à propos de la planchette. Jusqu'à ce jour, toutes ses tentatives pour retrouver celle-ci s'étaient soldées par un échec.

Oriane étira longuement ses bras au-dessus de sa tête. Même dans ses rêves les plus insensés, elle n'aurait jamais imaginé que son père possédât un objet d'une valeur telle que des hommes étaient prêts à payer une rançon de roi pour se l'approprier. Ne lui restait qu'à s'armer de patience.

Après ce que Guilhem venait de lui révéler, il apparaissait que la planchette était de moindre importance qu'elle avait d'abord cru. Aurait-elle disposé d'un peu plus de temps qu'elle aurait arraché à Guilhem le nom de l'homme chez qui son père s'était rendu à Béziers, à condition qu'il le sût.

Oriane se redressa. François devait le connaître, lui. Elle frappa dans ses mains et Guirande apparut aussitôt.

« Apportez ceci à François. Et que personne ne vous voie. »

38

La nuit était tombée sur le camp des croisés.

Guy d'Évreux essuya ses mains graisseuses sur le linge que lui tendait fébrilement un valet. Il vida sa coupe d'un trait, puis observa à la dérobée l'abbé de Cîteaux, assis à l'extrémité de la table, afin de voir s'il était prêt à se lever.

Il ne l'était pas.

Infatué et arrogant dans son aube blanche, Arnaud Amalric se tenait entre le duc de Bourgogne et le comte de Nevers. L'opiniâtre lutte de rang qui s'était instaurée entre les deux hommes et leur suite avait commencé avant même que l'host eût quitté Lyon.

À en juger par leur expression figée, il était clair qu'Amalric était encore en train de les morigéner. Hérésie, feux de l'enfer et autres dangers vernaculaires, autant de sujets sur lesquels le légat pouvait tympaniser un auditoire des heures durant.

Évreux n'avait d'estime pour aucun d'eux. Il jugeait leurs ambitions pitoyables : quelques pièces d'or, du vin et des ribaudes, quelques échauffourées, puis un retour glorieux dans ses états pour avoir servi la quarantaine[1]. Seul Montfort, assis un peu plus loin,

---

1. Les armées se mettant sous la croix étaient tenues de servir quarante jours, à l'issue desquels elles pouvaient être déliées de leur serment. *(N.d.T.)*

semblait prêter l'oreille. Son regard étincelait d'un zèle inquiétant avec lequel ne pouvait rivaliser que le fanatisme exacerbé de l'abbé.

Évreux connaissait Monfort pour sa seule réputation, bien qu'ils fussent proches voisins. Il avait hérité de terres giboyeuses au nord de Chartres, et la conjonction d'un mariage arrangé et d'impôts répressifs avait favorisé un accroissement constant des biens familiaux au cours des cinquante dernières années. Il n'avait aucun frère pour lui disputer son titre et son endettement était anodin.

Le domaine de Monfort s'étendait aux environs de Paris, à moins de deux jours de cheval des états d'Évreux. Il était notoire que Monfort s'était mis sous la croix à la requête expresse du duc de Bourgogne, et tout aussi connus son caractère ambitieux, sa vaillance et sa piété. Il avait déjà participé aux campagnes de Syrie et de Palestine, et faisait partie des quelques croisés ayant refusé de prendre part au siège de Zara, lors de la quatrième croisade.

Nonobstant ses quarante ans, Monfort était fort comme un bœuf. Lunatique, peu loquace, il inspirait à ses hommes une loyauté proche de la dévotion, sans pour autant être aimé par nombre de barons qui ne voyaient en lui, au-delà de son statut, qu'un personnage cupide et cauteleux. Évreux n'éprouvait pour lui que mépris, tout comme il honnissait ceux qui clamaient que leur action participait de l'œuvre de Dieu.

Évreux s'était joint aux croisés pour un seul motif. Sitôt sa mission accomplie, il regagnerait Chartres, emportant avec lui les livres, à la recherche desquels il avait consacré la moitié de sa vie. Il n'avait nulle intention de périr sur l'autel de la foi de ses condisciples.

« Qu'est-ce ? gronda-t-il au serviteur apparu dans son dos.

— Un messager pour vous, monseigneur.

— Où est-il ? s'enquit-il sèchement en dardant sur l'homme un regard austère.

— Il attend à l'entrée du campement. Il a refusé de dire son nom.

— Vient-il de Carcassonne ?

— Il ne me l'a point annoncé, monseigneur. »

Après une brève courbette à l'adresse de ses commensaux, Évreux grommela quelques mots d'excuses, et se retira, son visage d'ordinaire pâle soudainement empourpré. D'un pas vif il franchit tentes et enclos pour joindre la clairière qui s'étendait à la limite du camp.

D'abord il ne distingua que quelques silhouettes dissimulées dans l'ombre. Puis il reconnut le serviteur d'un espie qu'il avait à Béziers.

« Eh bien ? » fit-il d'un ton âpre où perçait sa déception.

Le messager tomba à genoux.

« Nous avons retrouvé leurs cadavres dans les bois, non loin de Coursan.

— Coursan ? Leur mission était de suivre Trencavel. Qu'allaient-ils faire à Coursan ?

— Je ne saurais le dire, monseigneur », bégaya le serviteur.

Sur un simple regard d'Évreux, deux hommes sortirent du bois et s'avancèrent, la main effleurant la poignée de leur épée.

« Qu'a-t-on trouvé sur les lieux ?

— Rien, monseigneur. Les cottes, les armes, même les flèches qui les ont occis leur ont été enlevées. Les corps étaient nus ; tout a été emporté.

— Leur identité est-elle connue ?

— Au *castellum*, l'on ne parle que de la bravoure d'Amiel de Coursan, rien n'est dit, toutefois, sur l'identité des deux hommes. Avec lui se trouvait une femme, Alaïs du Mas, fille de l'intendant du vicomte Trencavel.

— Voyageait-elle seule ?

— Je l'ignore, monseigneur, sinon que Coursan l'a escortée personnellement jusqu'à Besièrs. Elle y a retrouvé son père dans le quartier juif. Ils y restèrent quelque temps, dans une demeure privée.

— Vraiment, murmura Évreux pour lui-même en esquissant un sourire. Et qui est le juif qui demeurait dans ladite demeure ?

— Son nom n'a point été rapporté.

— Est-il de la troupe partie pour Carcassonne ?

— Il en est, monseigneur. »

Évreux en conçut un vif soulagement, encore qu'il ne le montrât point, mais se mit plutôt à triturer la dague qui pendait à sa ceinture.

« Qui d'autre que vous est au fait de tout cela ?

— Personne, monseigneur, je puis le jurer. »

Sans crier gare, Évreux tira son poignard et le plongea droit dans la gorge du messager. Les yeux exorbités, ce dernier se mit à hoqueter comme si ses râles de mort s'échappaient de sa blessure, tandis qu'un flot de sang se répandait à ses pieds. Le malheureux s'affaissa sur lui-même, les mains lacérées pour s'être désespérément agrippées au poignard, puis tomba face contre terre.

Le corps fut quelques instants agité de soubresauts, puis, après un dernier tressaillement, s'immobilisa à jamais.

Le visage d'Évreux ne reflétait aucune émotion. Il attendit, paume en l'air qu'un des soldats eût récupéré la dague pour la lui restituer. Il l'essuya sur le corps de sa victime et la remit dans son fourreau.

« Débarrassez-vous de lui, commanda-t-il en repoussant le cadavre du bout du pied. Je veux que ce juif soit retrouvé. Je veux savoir s'il est encore à Béziers ou s'il est déjà en route pour Carcassonne. En attendant, à moins que vous n'ayez du nouveau, je ne veux plus être dérangé. »

39

Carcassonne

À la piscine de l'hôtel, Alice parcourut vingt longueurs de bassin ; ensuite elle prit son petit déjeuner sur la terrasse en regardant le soleil percer la voûte des arbres. À neuf heures et demie, elle faisait déjà la queue devant l'entrée du Château comtal. En s'acquittant du prix de l'entrée, elle reçut un dépliant rédigé dans un anglais approximatif relatant sommairement l'histoire du château.

Des plates-formes de bois avaient été dressées sur les deux parties des remparts, à la droite de la porte et sur le pourtour supérieur des tours des Casernes, pareilles à un nid de corbeau bâti sur une nef.

Un sentiment d'apaisement l'envahit quand elle franchit les impressionnantes portes de bois et de fer du guet oriental, accédant à la grande cour.

La majeure partie de la cour d'honneur était à l'ombre. De nombreux visiteurs la parcouraient comme elle, partagés entre lecture et contemplation. À l'époque des Trencavel, s'y dressait, disait-on, un orme sous lequel trois générations de vicomtes avaient rendu la justice. Aujourd'hui, aucune trace n'en subsistait ; à sa place, deux platanes parfaitement symétriques, projetant une ombre propice sur le mur ouest de la cour, tandis que le soleil poindrait par-dessus les remparts opposés.

Le coin nord de la cour d'honneur était déjà illuminé. Quelques pigeons nichaient dans les anfractuosités des murs et des arches laissés à l'abandon de la tour du Major et la tour du Degré. Alice eut une fulgurante réminiscence lorsqu'elle toucha les échelles de bois, des étais guirlandés de cordes, alors qu'elle passait d'un étage à l'autre.

Alice leva la tête pour faire la distinction entre ce que voyaient ses yeux et les images qui lui venaient à l'esprit par le simple contact de ses doigts.

Il y en avait peu.

Un sentiment de détresse la saisit; le chagrin se referma sur son cœur comme un poing.

C'est ici qu'il repose. C'est ici qu'elle l'avait pleuré.

Deux lignes de bronze frappées d'une inscription marquaient l'endroit où s'était tenu un bâtiment. S'accroupissant, Alice apprit qu'il s'agissait de la chapelle du Château comtal, dédiée à *Santa-Maria*, Sainte-Marie.

Il n'en subsistait rien.

Désorientée par la puissance de ses émotions, elle secoua la tête. Le monde qui avait existé huit siècles auparavant sous ce ciel azuréen affleurait sous la réalité d'aujourd'hui. La sensation d'une présence derrière son épaule était très forte, comme si les frontières du temps se dissolvaient peu à peu.

Paupières closes, elle occulta les couleurs, les bruits et les formes du monde contemporain, afin d'imaginer les gens qui avaient vécu en ces lieux, de mieux entendre ce qu'on voulait lui transmettre.

Il y faisait bon vivre, autrefois. Rouges chandeliers illuminant l'autel, aubépines en fleur, mains jointes pour une cérémonie de mariage…

La voix des visiteurs la ramena au présent, et, comme elle reprenait son parcours, le passé s'évanouit. Elle se trouvait à présent à l'intérieur du château, et les galeries de bois érigées le long des créneaux étaient à ciel ouvert sur la partie arrière. Découpées dans l'épaisseur des murs, se dessinaient les mêmes ouvertures carrées qu'elle avait observées la veille au soir, autour des Lices. Le dépliant expliquait qu'elles faisaient la jonction entre les différents niveaux.

Alice consulta sa montre-bracelet et constata avec plaisir qu'elle avait le temps de visiter le musée avant d'aller à son rendez-vous. Les salles des XIIe et XIIIe siècles de la bâtisse originale recelaient une collection de chandeliers de pierre, de colonnes, de corbeaux, de fontaines et de tombeaux datant depuis l'Antiquité romaine jusqu'au XVe siècle.

Elle déambula avec un intérêt mitigé. L'écrasante impression qu'elle avait ressentie dans la cour était passée, la laissant vaguement irritée. Elle suivit les flèches indicatrices jusqu'au cœur du bâtiment, la Chambre ronde qui, comme son nom ne l'indique pas, était de forme rectangulaire[1].

Sous le plafond voûté s'étiraient deux longues parois où subsistaient deux peintures murales illustrant une scène de bataille. Une plaque stipulait que Bernard-Aton Trencavel avait pris part à la première croisade

---

1. Elle tient son nom du fait qu'on y siégeait en rond, autour du seigneur. *(N.d.T.)*

contre les Maures en Espagne et que la fresque avait été exécutée à sa demande, à la fin du xie siècle. Parmi les oiseaux et les créatures fabuleuses qui ornaient la frise, l'on reconnaissait un léopard, un zébu, un cygne, un taureau, et un animal qui ressemblait à un chameau.

Alice admira le plafond d'un bleu céruléen qui, bien que pâli et craquelé, avait conservé sa fraîcheur et sa beauté. Sur le panneau de gauche, deux chevaliers s'affrontaient, l'un vêtu de noir et tenant un écu, s'apprêtant à être désarçonné par la lance de son adversaire. Sur le mur opposé, une bataille se déroulait entre Francs et Sarrasins. Cette fresque étant mieux conservée que la précédente, Alice s'y attarda plus longuement. Le motif central consistait, là encore, en un affrontement entre deux chevaliers, l'un monté sur un alezan crin lavé, l'autre, le chrétien, chevauchait un cheval blanc et brandissait un bouclier en forme de triangle arrondi. Inconsciemment, Alice tendait la main pour le toucher, lorsqu'un geste de semonce du gardien l'en dissuada.

Le dernier lieu qu'elle visita avant de quitter le château fut le petit jardin à l'écart de la cour du Midi. À l'abandon, il n'attestait de son passé que par les hautes fenêtres cintrées qui le surplombaient. Le lierre et autres plantes grimpantes se vrillaient autour des colonnes et le long des murs fissurés dans un air de grandeur surannée.

Tandis qu'elle déambulait dans le jardin ombreux, Alice fut gagnée d'un sentiment non plus de chagrin, mais de regret.

Quand Alice sortit du Château comtal, les rues de la Cité étaient encore plus animées.

Il lui restait quelque temps avant son rendez-vous chez le notaire, aussi emprunta-t-elle la direction opposée à celle de la veille, pour se retrouver place Saint-Nazaire que dominait la basilique du même nom. Cependant, c'est la façade fin de siècle de l'hôtel de la Cité, aussi noble que discrète, qui capta son premier regard. Avec son lierre grimpant, ses grilles de fer forgé, ses baies cintrées entièrement vitrées et ses auvents écarlates, le bâtiment respirait l'aisance des villes bien nanties.

Alors qu'elle contemplait les détails de façade, les portes coulissèrent et une femme apparut. Grande, la pommette saillante, elle arborait une chevelure d'un noir d'ébène encadrant un visage à demi caché par des lunettes de soleil à monture dorée. On aurait dit que son chemisier et son pantalon écrus reflétaient la lumière pendant qu'elle se déplaçait. Avec son bracelet d'or et le collier qui lui serrait le cou, elle faisait penser à une reine égyptienne.

Alice eut aussitôt l'impression de l'avoir déjà vue. Dans une revue, un film, à la télévision, peut-être ?

La femme monta à bord d'une limousine. Alice l'observa jusqu'à ce que le véhicule fût hors de vue, puis prit le chemin de la basilique. Une mendiante se tenait à l'entrée, à laquelle elle donna une pièce de monnaie.

Elle se figea, la main sur la poignée, comme pour s'apprêter à entrer dans un tunnel où soufflait un air glacial.

Ne sois pas sotte.

Une fois encore elle se força à franchir le seuil, refusant de céder aux sentiments irrationnels – cette même terreur qui s'étaient emparée d'elle dans la cathédrale Saint-Étienne, à Toulouse – et qui la retenaient.

Bredouillant quelques excuses aux personnes qui la suivaient, elle quitta la file, pour aller se rencogner dans l'ombre, près de la porte septentrionale.

Que diable m'arrive-t-il ?

Ses parents lui avaient enseigné les vertus de la prière. Quand elle avait eu l'âge de s'interroger sur l'existence du Mal, et qu'elle avait compris que l'Église ne pourrait lui fournir de réponses suffisantes, elle s'était abstenue de prier. Elle se rappelait toutefois le sens de la vie que confère la religion : la certitude, la promesse d'un salut par-delà les nuages ne l'avaient jamais totalement abandonnée. À l'exemple de Larkin[1], elle entrait dans une église dès qu'elle le pouvait, avec le sentiment de s'y trouver chez elle. À ses yeux, les églises conféraient à l'Histoire son véritable sens, et évoquaient un passé s'exprimant par leur nef, leur achitecture, leurs vitraux.

Pas ici.

Dans ces églises du Midi, elle ne ressentait pas de paix, une menace, plutôt. La pestilence du mal semblait suinter des briques. Alice leva les yeux vers les hideuses gargouilles qui la regardaient fixement, la bouche grimaçant un rire sardonique.

Elle se leva promptement du banc sur lequel elle s'était recueillie et quitta la place Saint-Nazaire. En s'éloignant, elle ne cessait de regarder par-dessus son épaule. Elle pouvait bien se répéter que son imagination lui jouait des tours, la pensée que quelqu'un la suivait ne la quittait pas.

Quittée la Cité, descendue la rue Trivalle pour se rendre au centre-ville, son cœur continuait de battre la

---

1. Philip Larkin, poète, critique et romancier anglais mort en 1985. *(N.d.T.)*

chamade. Plus elle tentait de se raisonner, plus se renforçait l'idée qu'on épiait ses faits et gestes.

L'étude de Daniel Delagarde était située rue Georges-Brassens. La plaque de cuivre rutilante, scellée près de l'entrée, en attestait. Étant un peu en avance, Alice prit le temps de lire les noms qui y étaient gravés. Le bureau de Karen Fleury, le clerc avec qui elle avait rendez-vous, se trouvait au premier étage.

Alice monta l'escalier, poussa la double porte de verre et rejoignit un hall entièrement carrelé. Après s'être présentée au comptoir d'acajou de la réceptionniste, elle fut conduite dans la salle d'attente. Le silence y était oppressant. Un quinquagénaire aux allures pastorales la salua d'un hochement de tête. Des revues étaient soigneusement empilées sur une table basse. De part et d'autre du manteau de cheminée, une horloge en chrysocale et un grand vase de cristal débordant de tournesols rivalisaient d'éclat.

Alice opta pour un fauteuil près de la fenêtre et se mit à feuilleter un magazine.

« Mademoiselle Tanner ? Je suis Karen Fleury, enchantée de faire votre connaissance. »

Alice se leva, sous le coup d'une impression favorable. La trentaine, portant tailleur et chemisier blanc, Mme Fleury respirait la compétence. Ses cheveux blonds étaient tirés sur la nuque. À son cou pendait une croix d'or.

« Je suis en deuil, expliqua-t-elle, remarquant le coup d'œil de sa cliente. Mes vêtements sont plutôt chauds pour la saison.

— J'imagine. »

Elle retint la porte pour inviter Alice à la suivre.

« Je vous en prie.

— Depuis combien de temps êtes-vous employée dans cette étude ? demanda Alice, pendant qu'elles parcouraient un dédale de couloirs.

— Nous avons emménagé depuis quelques années. Mon mari est français. De nombreux Anglais s'installent dans la région, et tous font appel à des notaires. Les affaires vont plutôt bien pour les gens de notre profession. »

Elle introduisit sa cliente dans un petit bureau.

« C'est une bonne chose que vous soyez venue en personne. Je craignais que notre affaire ne puisse se conclure que par téléphone.

— À vrai dire, les circonstances s'y sont prêtés. Juste après avoir reçu votre lettre, une amie qui travaillait dans les environs de Foix m'a invitée à lui rendre visite. L'occasion était trop belle pour la laisser passer. En outre, vu la nature et l'importance du legs, la moindre des choses était que je fasse le déplacement.

— Bien, répliqua Karen en souriant. À mon point de vue, cela facilitera la procédure et nous pourrons conclure plus rapidement, déclara-t-elle en tirant un dossier vers elle. D'après notre conversation téléphonique, vous ne semblez pas savoir grand-chose de votre tante.

— Je n'en avais jamais entendu parler auparavant, expliqua Alice en esquissant une grimace. J'ignorais que mon père avait de la famille en vie, encore moins une demi-sœur. J'avais l'impression que mes parents étaient tous deux enfants uniques. Du reste, je n'ai jamais vu le moindre oncle ou la moindre tante partager avec nous un Noël ou un anniversaire. »

Karen compulsa ses notes :

« Vous les avez perdus depuis un certain temps.

— Ils sont morts dans un accident de voiture, en 1993, quand j'avais dix-huit ans, juste avant que j'intègre l'université.

— Cela a dû être dramatique. »

Qu'ajouter ? Alice acquiesça.

« Vous n'avez ni frères ni sœurs ?

— Je présume que mes parents s'y sont pris un peu tard. À ma naissance, ils avaient déjà quarante ans passés.

— Bien. Étant donné les circonstances, je crois préférable de faire simplement état des biens immobiliers ayant appartenu à votre tante, et de vous instruire de ses dernières volontés. Cela fait, nous pourrons aller voir la maison si vous le souhaitez. Elle se trouve à Sallèles-d'Aude, à environ une heure de voiture d'ici.

— Cela me convient parfaitement.

— Ce que nous avons là, poursuivit le clerc en consultant le dossier, sont les informations habituelles, noms, dates, etc. Je suis convaincue que vous vous représenterez mieux sa personnalité quand vous aurez vu la maison et ses affaires. Ensuite, vous pourrez décider de ce que vous voulez faire de cet héritage. Combien de temps comptez-vous rester parmi nous ?

— Jusqu'à dimanche, en principe ; mais j'ai envie de prolonger mon séjour. Rien de bien urgent ne me contraint à regagner l'Angleterre. »

Karen opina de la tête, tout en se replongeant dans son dossier.

« Commençons par un récapitulatif succinct : Grace Alice Tanner était donc la demi-sœur de votre père. Elle est née à Londres, en 1912, elle est la dernière et unique survivante de cinq enfants. Ses deux sœurs sont mortes en bas âge, et ses deux frères ont été tués au cours de la Première Guerre mondiale. Sa mère est

décédée, voyons… » Karen fouilla dans ses papiers.
« … en 1928 des suites d'une longue maladie, ce qui
provoqua l'éclatement de la famille. Grace avait entre-
temps quitté le domicile de ses parents et son père avait
quitté la région pour se remarier. De ce second mariage
est né, l'année suivante, votre père. D'après les documents que je détiens, il y eut peu ou pas de contact
entre Mlle Tanner et son père, votre grand-père pater-
nel.

— J'ignorais tout cela. À votre avis, mon père
savait-il qu'il avait une demi-sœur ?

— Aucune idée. Je suppose que non.

— En revanche, Grace avait entendu parler de lui,
non ?

— En effet. Comment elle l'a appris, je l'ignore
aussi. Mieux encore, votre existence ne lui était pas
inconnue. À telle enseigne qu'elle a modifié son testament en 1993, après la mort de vos parents, en vous
désignant comme unique légataire. Entre-temps, elle
avait vécu quelques années en France. »

Alice fronça les sourcils.

« Si elle connaissait mon existence et le décès de
mes parents, je ne comprends pas qu'elle ne se soit pas
manifestée.

— Il est possible qu'elle ait craint d'être mal reçue.
Comme nous ignorons les raisons qui ont provoqué
l'éclatement de la famille, on peut supposer qu'elle a
peut-être cru que votre père vous avait montée contre
elle. Dans des cas de ce genre, l'on présume souvent
– parfois avec raison – que toute tentative de réconciliation serait vouée à l'échec. Une fois les relations rom-
pues, les dégâts sont souvent difficiles à réparer.

— Ce n'est pas vous qui avez enregistré ses dernières volontés, n'est-ce pas ?

— Non, répondit Karen, cela s'est passé bien avant mon arrivée. Mais, j'ai eu un entretien avec le clerc en question. Bien qu'à la retraite, il se rappelle très bien votre tante. C'était une femme pragmatique, sans manières ni sensiblerie, qui savait exactement ce qu'elle voulait, en l'espèce, vous léguer la totalité de ses biens.

— Vous ne connaissez donc pas les raisons qui l'ont poussée à venir habiter la région…

— Je crains que non. De notre point de vue, l'affaire est relativement claire. C'est pourquoi, comme je vous le disais, il serait bon que vous alliez visiter la maison. Si vous entendez prolonger votre séjour, je vous invite à nous retrouver dans la semaine. Demain et vendredi, je suis retenue au palais de justice, mais je serai heureuse de vous accompagner samedi, si cela vous agrée. » Le clerc se leva, main tendue. « Laissez un message à mon assistant pour me faire part de votre décision.

— Puisque je suis ici, j'aimerais aller me recueillir sur sa tombe.

— Naturellement. Je m'en occupe tout de suite. Si ma mémoire est bonne, les circonstances de son enterrement sont plutôt insolites. » Alors qu'elle raccompagnait Alice, le clerc fit une courte halte devant le bureau de son assistant :

« Dominique, peux-tu me trouver le numéro de la tombe de Mme Tanner, au cimetière de la Cité, merci.

— En quoi sont-elles inhabituelles ? voulut savoir Alice.

— Mme Tanner n'a pas été enterrée au cimetière de Sallèles-d'Aude, mais ici, à Carcassonne, dans le caveau de famille d'une amie. » Karen s'empara du document que lui tendait son assistant. « C'est bien cela, je me souviens, à présent. Il s'agit de Jeanne

Giraud, une femme du pays, bien qu'il n'existe aucune preuve que les deux femmes se soient connues. Sur le document que voici, outre le numéro du lot, vous trouverez également l'adresse de cette dame.

— Merci, je ne manquerai pas de vous contacter.

— Dominique vous reconduit, sourit-elle. Tenez-moi au courant. »

40

Ariège

Paul Authié s'était attendu à ce que Marie-Cécile mît à profit son voyage en Ariège pour poursuivre leur récente discussion ou, du moins, l'interroger sur le rapport qu'elle lui avait demandé. Mais hormis quelques banalités, elle ne disait rien.

L'espace fermé de la voiture lui faisait prendre physiquement conscience de sa proximité. Ses parfums, l'odeur de sa peau captivaient son odorat. Ce matin, elle portait un ensemble beige, pantalon et chemisier. Si des lunettes noires masquaient son regard, elles ne dissimulaient rien de l'incarnat de ses lèvres, assorti à son vernis à ongles.

Étirant le bras, Authié découvrit discrètement sa montre-bracelet. Deux ou trois heures sur le site, plus le voyage retour, et ils ne seraient sans doute pas revenus à Carcassonne avant la fin de l'après-midi. C'était extrêmement frustrant.

« Des nouvelles d'O'Donnell ? » demanda-t-elle.

Authié fut étonné de l'entendre exprimer à haute voix sa propre pensée.

« Pas encore.

— Et le policier ? insista-t-elle en se tournant vers lui.

— Ce n'est plus un problème.

— Depuis quand ?

— Tôt ce matin.

— Avez-vous appris autre chose sur lui ?

— Non.

— L'important, c'est qu'on ne remonte pas jusqu'à vous, Paul…

— Cela ne se produira pas. »

Elle resta un moment silencieuse, puis reprit :

« Et au sujet de l'Anglaise ?

— Elle est arrivée hier soir à Carcassonne. J'ai mis quelqu'un en filature.

— Ne pensez-vous pas qu'elle soit allée à Toulouse pour y déposer le livre et l'anneau ?

— À moins qu'elle ne les ait donnés à une personne travaillant à l'hôtel, non. Elle n'a pas eu de visiteur et n'a parlé à personne, que ce soit dans la rue ou à la bibliothèque. »

Ils arrivèrent au pic de Soularac peu après une heure de l'après-midi. Une palissade de bois avait été dressée autour du parking, et un cadenas en interdisait l'entrée. Comme convenu, personne n'était témoin de leur venue.

Authié ouvrit le portail et conduisit la voiture à l'intérieur. Après la fébrilité du lundi après-midi, les lieux semblaient inhabituellement calmes. Un air d'abandon pesait sur toutes choses. Les tentes étaient démontées, les divers contenants dûment étiquetés et les outils rangés.

« Où se trouve l'entrée ? »

Authié pointa du doigt l'endroit que cernait un ruban plastique flottant encore au vent.

Munis de la lampe torche qui se trouvait dans la boîte à gants, ils escaladèrent les premières pentes en silence sous la chaleur oppressante de l'après-midi qui commençait. Authié indiqua le rocher, couché sur le côté comme une idole déchue, puis conduisit Marie-Cécile jusqu'à l'entrée du souterrain.

« J'aimerais y entrer seule », décréta-t-elle.

Si irrité que fût Authié, il ne le montra pas. Il était convaincu qu'elle n'y découvrirait rien, puisqu'il avait lui-même passé la grotte au peigne fin.

« Comme il vous plaira », répondit-il simplement en lui tendant la torche.

Il la regarda s'engager dans le tunnel, suivit des yeux le halo de la lampe jusqu'à ce qu'il disparût tout à fait.

S'éloignant de quelques pas, il s'assura qu'on ne pouvait l'entendre.

Être si près de la grotte sans y entrer le rendait furieux. Il porta la main à la croix pendue à son cou, comme pour exorciser le mal dont les lieux étaient imprégnés.

« Au nom du Père, du Fils et du Saint-Esprit », dit-il en se signant. Il attendit que sa respiration redevînt normale, puis appela son bureau.

« Alors, qu'avez-vous trouvé ? »

Tandis qu'il écoutait, la satisfaction se peignit sur son visage.

« À l'hôtel ? Se sont-ils parlé ? Très bien, ne la lâchez pas et surveillez bien ses agissements. »

Un sourire aux lèvres, il coupa la communication. Encore une chose à porter sur la liste des questions qu'il comptait poser à O'Donnell.

Étonnamment, sa secrétaire n'avait obtenu que peu d'éléments au sujet de Baillard : l'individu ne possédait ni voiture ni passeport. Il ne figurait même pas sur les listes d'état civil. Pas de numéro de téléphone ni de sécurité sociale. Officiellement, il n'existait pas. C'était un homme sans passé.

L'idée lui effleura l'esprit que Baillard pouvait être un membre déchu de la *Noublesso Véritable*. Son grand âge, ses antécédents, son intérêt pour l'histoire cathare et sa connaissance des hiéroglyphes le rattachaient à la trilogie du labyrinthe.

Authié savait qu'il existait une relation entre Baillard et la chambre funéraire. Il ne restait plus qu'à la définir. N'eût été le fait qu'il ne possédait pas encore les manuscrits, il aurait détruit la grotte séance tenante, sans la moindre hésitation. Il était l'instrument de Dieu par qui quarante siècles d'hérésie seraient éradiqués de la surface de la Terre. Il n'agirait que lorsque les livres sacrilèges auraient regagné la grotte. Dès lors, il livrerait tout et chacun aux flammes de l'enfer.

La pensée qu'il ne lui restait que deux jours pour trouver les manuscrits l'incita à passer à l'action. Une lueur déterminée au fond de son regard gris, il donna un nouveau coup de fil.

« Demain matin, dit-il laconiquement. Tenez-la prête. »

Audric Baillard n'entendait que le pas de Jeanne Giraud marchant silencieusement à ses côtés dans les couloirs de l'hôpital de Foix.

Le linoléum était gris, tout le reste blanc : les vêtements, les uniformes, les murs et même les semelles de chaussures. Effondré, échevelé, le capitaine Noubel arpentait les abords de la zone stérilisée, l'air d'être resté plusieurs jours sans changer de chemise.

Une infirmière poussait un chariot dans leur direction, ses roues couinant douloureusement dans le silence ambiant. Ils s'effacèrent pour la laisser passer, ce dont elle les remercia par un hochement de tête muet.

Jeanne était traitée avec des égards particuliers et Baillard le voyait bien. À la compassion qu'on lui témoignait, indubitablement sincère, se mêlait l'inquiétude à propos de la façon dont elle accuserait le choc. Il lui adressa un pâle sourire. Les jeunes avaient souvent tendance à oublier que Jeanne en avait vu bien plus qu'eux : la Guerre, l'Occupation, la Résistance. Elle était de ceux qui s'étaient battus, qui avaient tué des ennemis et vu mourir leurs proches. De ces gens endurcis que rien ne pouvait surprendre, sauf, peut-être, les ressorts insoupçonnables de l'esprit humain.

Noubel s'immobilisa devant une large porte qu'il ouvrit aussitôt pour leur livrer passage. Un air frais, accompagné d'une puissante odeur de désinfectant, leur frappa les narines. Baillard ôta son chapeau pour le tenir contre sa poitrine.

On avait débranché toutes les machines. Au centre de la chambre, dans un lit installé sous la fenêtre, reposait un corps entièrement recouvert d'un drap blanc.

« Tout ce qui est humainement possible a été tenté, murmura Noubel.

— Mon petit-fils a-t-il été assassiné, inspecteur ? »

C'étaient les premiers mots que Jeanne prononçait depuis qu'on lui avait appris qu'elle arrivait trop tard.

Baillard vit le policier se tordre nerveusement les mains.

« C'est trop tôt pour le dire, madame Giraud, cependant...

— Cette mort vous apparaît-elle comme suspecte, oui ou non, inspecteur ?

— Oui.

— Merci, dit-elle d'une voix atone. C'est tout ce que je voulais savoir.

— Si vous n'avez pas d'autres questions, déclara Noubel en allant vers la porte, je vous laisse vous recueillir auprès de votre petit-fils. Et si vous avez besoin de moi, je serai dans la salle réservée aux familles, en compagnie de Mme Claudette. »

La porte se referma sur lui avec un déclic. Jeanne s'approcha du lit, le visage exsangue, les lèvres pincées mais le buste toujours aussi raide.

Elle repoussa le drap, et une quiétude sépulcrale se glissa dans la pièce. Baillard se rendit compte à quel point Yves était mort jeune. Son visage blafard ne montrait aucune ride. Le bandage qui lui enveloppait le crâne laissait apparaître des mèches de cheveux noirs. Les mains, couvertes d'ecchymoses rougeâtres, étaient jointes à la manière d'un prince égyptien.

Baillard regarda Jeanne se pencher sur le jeune homme pour lui baiser le front. Puis, d'une main qui ne tremblait pas, elle lui recouvrit le visage et se détourna pour glisser son bras sous celui de son ami.

« Nous pouvons partir. »

Ils traversèrent le couloir désert. Après un coup d'œil à droite et à gauche, il la conduisit vers une rangée de chaises fixées au mur. Le silence oppressant les incita à baisser instinctivement le ton, bien que personne ne pût les entendre.

« Cela faisait quelque temps que je m'inquiétais pour lui, Audric. Il avait beaucoup changé. Je le trouvais anxieux, renfermé.

— L'avais-tu interrogé à ce sujet ?

— Oui. Il prétendait que ce n'était rien, le stress, un peu de surmenage.

— Il t'aimait beaucoup, Jeanne, affirma Baillard en posant une main affectueuse sur son bras. Peut-être était-ce vrai ou pas. S'il s'est compromis dans une sombre histoire, c'est vraiment à son corps défendant. Sa conscience était troublée. En fin de compte, au moment crucial, il a pris la décision qui s'imposait. Il t'a envoyé l'anneau, sans égard pour les conséquences.

— Le capitaine Noubel m'a questionnée à ce sujet. Il voulait savoir si j'avais eu une conversation avec Yves, lundi dernier.

— Que lui as-tu répondu ?

— Non, ce qui est vrai », rétorqua-t-elle. Baillard poussa un soupir de soulagement. « Mais tu penses qu'Yves était payé pour transmettre des informations, n'est-ce pas, Audric ? Réponds-moi. Je préfère connaître la vérité. »

Le vieil homme leva les mains en signe d'impuissance.

« Comment pourrais-je la dire, si je ne la connais pas ?

— Alors, dis-moi le fond de ta pensée. Il n'y a rien de pire que de ne pas savoir. »

Baillard se prit à imaginer l'instant où le rocher était tombé devant l'entrée de la grotte, leur interdisant toute fuite. Sans savoir ce qu'il advenait d'elle. L'odeur d'étable, le rugissement des flammes, les soldats hurlant à leur poursuite. Des lieux et des images à demi oubliés. L'ignorance : était-elle morte ou vivante ?

« *Es vertat*, c'est vrai, répondit-il doucement. Ne pas savoir est une chose insupportable. » Il exhala un soupir : « Très bien. Je pense, en effet, que Yves était payé pour fournir des informations ; à l'origine, à propos de la trilogie, mais aussi sur d'autres sujets. J'imagine que cela a dû lui sembler anodin, au début. Un appel téléphonique ici et là, des détails sur l'endroit où quelqu'un pourrait se trouver, à qui ils pourraient s'adresser. Mais bientôt, ils ont dû lui demander plus qu'il ne voulait en donner.

— Tu dis *ils*. Sais-tu de qui il s'agit ?

— Il ne s'agit que d'hypothèses, rien de plus. La nature humaine ne change guère, Jeanne, même si en apparence, nous sommes différents. Nous évoluons, nous édictons de nouvelles règles, de nouveaux critères de vie. Chaque génération instaure de nouveaux préceptes en reniant les anciens, sous couleur d'évolution et de sagesse. Nous nous donnons l'air d'avoir peu de choses en commun avec nos prédécesseurs. Mais, sous notre enveloppe de chair, le cœur bat toujours de la même façon. Convoitise, soif de pouvoir, peur de la mort, aucun de ces sentiments n'a changé. Par bonheur, les bonnes choses de la vie ne changent pas non plus : l'amour, le courage, la charité, la volonté de conduire sa vie selon ses propres convictions.

— Cela finira-t-il un jour ?

— Je prie pour que cela survienne », hésita Baillard.

Au-dessus de leurs têtes, l'horloge marquait le passage du temps. À l'extrémité du couloir, des chuchotements, des bruits de pas, le couinement de semelles gommées sur le carrelage déchirèrent brièvement le silence. Puis plus rien.

« Ne vas-tu pas parler aux policiers ? demanda finalement Jeanne.

— Je ne pense pas que ce serait prudent.

— Le capitaine Noubel ne t'inspire donc pas confiance ?

— Peut-être. La police t'a-t-elle rendu les effets personnels d'Yves ? Ses vêtements, le contenu de ses poches ?

— Ses vêtements étaient… irrécupérables. Pour ce qui est du reste, Noubel affirme qu'il n'avait rien sur lui, à part un portefeuille vide et ses clés.

— Comment cela, rien ? Pas de carte d'identité, pas de papiers, pas de téléphone ? N'a-t-il pas trouvé cela étrange ?

— Il ne m'en a rien dit.

— Et son appartement ? Y a-t-on trouvé quelque chose ? Des documents ?

— Je l'ignore. J'ai demandé à l'un de ses collègues de me faire parvenir la liste des personnes présentes au pic de Soularac, lundi après-midi. Mais elle est incomplète, déclara-t-elle en exhibant un morceau de papier avec quelques noms griffonnés dessus.

— Et ceci ? s'enquit Baillard en montrant le nom d'un hôtel.

— Tu voulais savoir où la jeune Anglaise était descendue. » Jeanne s'interrompit. « C'est l'adresse qu'elle a donnée à Noubel.

— Le docteur Alice Tanner », murmura le vieil homme dans sa barbe. Après si longtemps, elle venait enfin à lui. « C'est donc à cette adresse que je dois envoyer ma lettre.

— Je pourrais la déposer en rentrant chez moi.

— Non », refusa-t-il avec une sécheresse qui étonna Jeanne. Il se reprit : « Pardonne-moi. C'est très aimable à toi de me le proposer mais… il serait prudent que tu ne rentres pas chez toi. Du moins pour l'instant.

— Pourquoi ça ?

— Ils ne tarderont pas à découvrir que Yves t'a envoyé l'anneau, si ce n'est déjà fait. Je t'en prie, va habiter chez une amie. Pars quelques jours avec Claudette. N'importe où. Tu n'es pas en sécurité en restant chez toi. »

À la surprise de Baillard, Jeanne ne souleva pas d'objection.

« Depuis que nous sommes dans la région, tu n'as eu de cesse de veiller sur moi. »

Le vieil homme eut un sourire sibyllin. Il pensait avoir mieux caché ses inquiétudes.

« Et toi, Audric ?

— Pour moi, c'est différent, répondit-il. J'attendais ce moment depuis… plus longtemps que je saurais dire, Jeanne. Les choses se passent conformément aux prédictions, pour le meilleur ou pour le pire. »

La vieille dame s'absorba un instant dans ses réflexions avant de poser sa question :

« Cette jeune Anglaise, qui est-elle, Audric ? pourquoi revêt-elle autant d'importance à tes yeux ? »

Baillard sourit sans répondre. « Où comptes-tu aller en partant d'ici ? » finit-elle par demander.

Baillard retint son souffle. Une image de son village comme il l'était jadis, lui vint à l'esprit.

« *Oustâou*, répliqua-t-il à mi-voix. Je rentre chez moi. Enfin. »

41

Shelagh avait fini par s'habituer à l'obscurité.

On la retenait captive dans une écurie ou un quel-conque enclos pour animaux, imprégné des odeurs irrespirables d'urine, d'excréments et de paille, aggra-vées de celles, douceâtres et écœurantes, de viandes avariées. Un rai filtrait à travers les lattes du plancher, mais elle était incapable de déterminer si c'était le matin ou l'après-midi, ni même quel jour on était.

La corde qui l'immobilisait lui mettait les chevilles à vif. Ses mains liées étaient accrochées à un des nom-breux anneaux scellés dans le mur.

Shelagh chercha une position moins inconfortable. Elle était couverte de piqûres tant les insectes la harce-laient. Ses poignets étaient irrités par le frottement de ses liens et ses épaules ankylosées parce que ses mains étaient attachées derrière le dos depuis des jours. Elle avait fini par s'habituer aux souris et aux rats qui se disputaient les quatre coins de l'endroit, de même qu'à la douleur.

Si seulement elle avait téléphoné à Alice. Une erreur de plus. Elle se demandait si son amie tentait toujours de la joindre ou si elle y avait renoncé. À force de ne pas obtenir de réponse, elle aurait dû finir par s'inquié-ter, n'est-ce pas ? Et où était passé Yves ? Brayling avait-il signalé sa disparition à la police… ?

Ses yeux s'embuèrent de larmes. Il était plus vraisemblable que personne ne s'était rendu compte de rien. Nombre de ses collègues avaient exprimé leur intention de prendre quelques jours de vacances. Peut-être pensait-on qu'elle les avait imités.

Cela faisait quelque temps déjà que la faim avait cessé de la tenailler, mais elle avait toujours grand soif. Chaque fois qu'elle déglutissait, elle avait l'impression d'avaler de la toile émeri. La petite quantité d'eau qu'on lui avait laissée était épuisée, et elle avait tellement léché ses lèvres qu'elles s'étaient craquelées. Elle essaya de se rappeler combien de temps une personne normalement constituée peut rester sans boire. Un jour ? Une semaine ?

Elle perçut des craquements sur le gravier. Son cœur se serra et une montée d'adrénaline afflua, comme chaque fois qu'un bruit lui parvenait. Jusqu'à présent, personne ne s'était manifesté.

Elle s'assit avec difficulté tandis qu'on ouvrait le cadenas. S'ensuivit un sinistre bruit de chaîne glissant en spirales sur le sol, puis celui d'une porte pivotant sur ses gonds. Shelagh détourna brusquement le visage, agressée par la lumière qui s'engouffrait dans l'étable, alors qu'apparaissait sur le seuil une silhouette massive. Malgré la chaleur, l'homme portait un veston et ses yeux s'abritaient derrière des lunettes noires. Instinctivement, Shelagh se rencogna, humiliée par la frayeur que lui inspirait cette apparition.

L'individu traversa l'espace qui les séparait en deux enjambées. Empoignant la corde, il la força à se mettre debout, puis sortit un couteau.

Shelagh chancela, tenta un mouvement de recul.

« Non, bredouilla-t-elle, je vous en prie… »

Elle détesta le ton implorant de sa voix mais ne pouvait l'empêcher, car la terreur avait supplanté sa fierté.

Il leva un instant la lame vers la gorge de Shelagh avec un rictus révélant une denture jaunie par la nicotine. Puis, passant derrière elle, il trancha les liens qui la fixaient à l'anneau et la poussa sans ménagement. Faible et désorientée, Shelagh perdit l'équilibre et tomba pesamment à genoux.

« Je ne peux pas marcher. Vous devez me détacher les pieds. »

L'homme hésita, puis se mit à couper l'épaisse corde avec acharnement.

« *Debout, vite !* »

Il leva la main comme s'il voulait la frapper, mais se borna à tirer sur la longe improvisée pour la forcer à avancer. Les jambes engourdies, Shelagh avait trop peur pour se rebeller. Ses chevilles saignaient ; chaque pas éveillait de furieux élancements dans ses mollets.

Le sol tangua et se déroba sous elle, tandis qu'elle s'approchait d'un pas chancelant vers la lumière. Un soleil cuisant lui brûlait la rétine. L'humidité ambiante semblait s'appesantir sur la cour de ferme et les bâtiments environnants.

Comme elle s'éloignait de sa prison improvisée – une étable désaffectée – Shelagh s'efforça d'observer les environs, sachant que c'était sa seule possibilité de se faire une idée de l'endroit où on la retenait prisonnière. *Qui*, ajouta-t-elle dans son for intérieur. En dépit de tout, elle n'était sûre de rien.

Cela avait commencé en mars. Il s'était montré charmant, flatteur, presque navré de l'aborder. Il était au service d'une personne qui souhaitait garder l'anonymat, expliquait-il. Tout ce qu'il attendait d'elle consistait en de simples appels téléphoniques. Des informations, rien de plus. Pour cela, il était prêt à payer le prix fort. Mais, peu après, la donne avait changé : moitié pour l'information, le reste à la livraison. Rétrospectivement, Shelagh ne se rappelait plus le moment où elle avait commencé à avoir des doutes.

Le client ne correspondait pas au profil du naïf collectionneur enclin à débourser sans poser de questions. Tout d'abord, il avait l'air trop jeune, contrairement aux chasseurs de reliques, pour la plupart superstitieux, stupides, vétilleux et obnubilés. Non, le personnage n'était rien de tout cela. Et cela aurait dû suffire à éveiller ses soupçons.

Avec le recul, il lui semblait absurde de ne s'être jamais demandé pourquoi, si l'anneau et le livre ne revêtaient qu'une valeur sentimentale, il était prêt à courir de tels risques.

Tout scrupule concernant le vol et la revente d'objets avait abandonné Shelagh depuis des années. Elle en avait suffisamment bavé auprès de conservateurs de musée vieux jeu et d'institutions universitaires élitistes pour les croire plus habilités à être les dépositaires de précieuses antiquités que les collectionneurs privés. Elle prenait leur argent, ils obtenaient ce qu'ils voulaient. Tout le monde s'en trouvait satisfait. Ce qui se passait après ne la concernait pas.

En y repensant, elle se rendit compte qu'elle avait été effrayée bien avant le second appel téléphonique, certainement des semaines avant d'avoir invité Alice au pic de Soularac. Puis, quand Yves Biau l'avait contactée et qu'il avait comparé leur version de l'histoire… Le nœud qui lui serrait la poitrine se fit plus douloureux.

S'il arrivait malheur à Alice, ce serait de sa faute.

Ils atteignirent le bâtiment de ferme, construction de taille moyenne, cernée d'annexes délabrées, d'un

garage et d'une cave vinicole. La peinture de la porte
et des fenêtres s'écaillait au soleil près d'ouvertures
béantes. À part deux voitures garées sur le devant, les
lieux semblaient totalement abandonnés.

À l'entour ce n'était que montagnes et vallées. Au
moins était-elle encore dans les Pyrénées. Cela lui
redonna espoir.

La porte d'entrée était ouverte comme s'ils étaient
attendus. À l'intérieur, régnait une agréable fraîcheur
dans un décor d'auberge ou de gîte rural. Une pellicule de poussière recouvrait un comptoir de réception
au-dessus duquel était accroché un panneau muni de
crochets qui, selon toute apparence, avaient porté des
clés.

L'homme tira sur la corde pour l'inciter à se hâter.
De près, il empestait la sueur, le tabac gris et l'après-
rasage bon marché. Shelagh perçut des voix en provenance d'une pièce, sur sa gauche. La porte était
légèrement entrebâillée. Un coup d'œil à la dérobée
lui révéla la présence d'un homme debout devant une
fenêtre, lui tournant le dos. Chaussures de cuir rutilantes et pantalon de lin.

Elle fut forcée de monter l'escalier, puis de suivre un
couloir, avant d'être entraînée vers un autre escalier,
plus étroit, débouchant sur un grenier qui occupait la
quasi-totalité de la surface du bâtiment.

Il y avait une porte accédant à l'avant-toit, dont
l'homme tira les verrous avant de la pousser avec
rudesse à l'intérieur d'un réduit. Shelagh tomba pesamment, heurtant le sol du coude, pendant que son geôlier
refermait le ventail derrière lui. Malgré la douleur, elle
s'élança et se mit à le marteler de ses poings, en poussant des cris désespérés. En vain. La porte était solide
et des équerres de métal en renforçaient les coins.

De guerre lasse, elle inspecta les lieux. Il y avait un matelas contre un mur, sur lequel on avait posé une couverture. Face à la porte, une petite fenêtre armée de barreaux. Shelagh traversa la pièce et comprit qu'elle se trouvait à l'arrière de la maison. Éprouvant la solidité des barreaux, elle se rendit compte qu'ils étaient profondément scellés et qu'ils décourageaient toute tentative d'évasion. Même dans le cas contraire, la fenêtre était bien trop haute pour lui permettre de sauter.

Dans un coin de la pièce se trouvait un minuscule lavabo. Elle s'y soulagea et, après des efforts répétés, parvint à ouvrir le robinet. La tuyauterie trembla, toussa comme un fumeur invétéré puis, après quelques faux départs, un mince filet d'eau apparut. Les mains en coupe, elle but à grandes gorgées jusqu'à en avoir des crampes d'estomac. Elle fit ensuite un semblant de toilette, et lava les croûtes de sang séché autour de ses chevilles et de ses poignets.

Un peu plus tard, son geôlier lui apporta à manger. Plus généreusement que ce à quoi elle s'attendait.

« Pourquoi me retenez-vous ici ? Pourquoi je suis là ?

— Il te le dira, rétorqua l'homme en posant le plateau au milieu de la pièce.

— Qui veut me parler ? »

Il fit un geste vers le plateau de nourriture.

« Mange.

— Il faudra que vous me détachiez. Qui ? » répéta-t-elle.

En réponse, l'homme poussa le plateau du pied.

« Mange… »

L'individu parti, Shelagh se jeta sur son repas, dont elle ne laissa rien, pas même un pépin de pomme. Puis elle alla se poster devant la fenêtre. Les rayons du soleil fusaient au-dessus de la cime des montagnes, illuminant le paysage.

Elle entendit au loin le bruit d'une voiture qui se rapprochait lentement de la ferme.

42

Les indications de Karen étaient exactes. Une heure après avoir quitté Carcassonne, Alice se retrouva dans les environs de Narbonne. Elle suivit les panneaux indicateurs en direction de Cuxac-d'Aude et de Capestang par une route pittoresque bordée de roseaux et de hautes herbes ondulant sous le vent et abritant des champs cultivés. Le paysage lui apparut très différent des montagnes de l'Ariège ou des garrigues des Corbières.

Quand elle parvint à Sallèles-d'Aude, il était presque deux heures. Elle se gara sous les tilleuls et les platanes qui se dressaient le long du canal du Midi, puis sinua à travers de charmantes petites rues jusqu'à trouver la rue des Burgues.

Enorgueillie de roses trémières écarlates encadrant porte et fenêtres, l'étroite maisonnette de trois étages s'élevait brusquement au coin de la rue. La serrure était rouillée, aussi Alice dut-elle redoubler d'efforts pour faire tourner la lourde clé de laiton. Après quelques solides poussées, la porte consentit à s'ouvrir avec des craquements de vieux bois, repoussant du même coup sur le carrelage à damier les nombreux prospectus qui la bloquaient de l'intérieur.

Elle donnait directement accès à une pièce unique, ménageant sur la droite un coin cuisine, une salle de séjour de l'autre côté. Y régnaient la froide humidité et l'odeur de renfermé propres aux demeures restées long-temps inoccupées. Alice s'essaya à actionner l'inter-rupteur, mais l'électricité était coupée. Rassemblant prospectus et circulaires, elle les posa sur la table puis, se penchant au-dessus de l'évier, ouvrit la fenêtre et poussa les volets en prenant soin de les plaquer contre le mur à l'aide des crochets.

Une bouilloire et un antique fourneau avec un gril de fonte accroché à la hauteur des yeux étaient les seules commodités modernes que sa tante avait tolérées. Aucune assiette ni ustensile de cuisine sur l'égouttoir, et l'évier semblait immaculé, malgré la présence de vieilles éponges ratatinées, coincées derrière les robi-nets.

Traversant la pièce, Alice alla ouvrir la grande fenêtre de la salle de séjour et repoussa les lourds volets. Le soleil s'engouffra, et la pièce en fut aussitôt transfigurée. La jeune femme se pencha vers le parfum capiteux des roses, et s'oublia un instant à la caresse du soleil, histoire de dissiper le malaise qu'elle éprouvait à fureter dans la vie d'une personne sans y avoir été invitée.

Deux hauts fauteuils dressaient leurs oreilles de part et d'autre de la cheminée, dont le manteau s'ornait de quelques porcelaines empoussiérées. L'âtre recelait encore les restes d'un feu qu'elle remua du bout du pied en soulevant un nuage de cendres grises. Accro-chée au mur adjacent, une peinture à l'huile avait pour thème une maison au toit de tuiles rouges fortement pentu, entourée de vignes et de tournesols. Sur le coin droit, la signature de son auteur : Baillard.

Une table de salle à manger, quatre chaises occu-paient le fond de la pièce. Dans le buffet attenant, elle découvrit un ensemble nappe et napperons illustrés de différentes cathédrales françaises, une pile de serviettes de coton, et un coffret d'argenterie. Le service de porcelaine fine consacré aux grandes occasions occupait la largeur d'une étagère.

Des deux portes qui perçaient dans la pièce, l'une se trouva être un placard de rangement contenant les habituels ustensiles ménagers, l'autre masquait l'escalier accédant aux étages.

Elle monta dans la pénombre, accompagnée du couinement de ses sandales de caoutchouc. Sur le palier, se trouvait une salle de bains carrelée de rose, sobrement aménagée, avec une savonnette desséchée oubliée sur le coin du lavabo, un gant de toilette pendu près du miroir.

La chambre de Grace Tanner se situait à sa gauche. Une épaisse couette recouvrait le lit à une place. Sur la table de nuit, un flacon de lait de magnésie et, pour livre de chevet, une biographie d'Aliénor d'Aquitaine d'Alison Weir.

La vision du signet ancien glissé entre les pages lui serra le cœur. Elle imagina sa tante éteignant la lampe avant de s'endormir en se promettant de lire la suite le lendemain. Mais le temps avait continué son cours, et elle était morte sans avoir eu la possibilité d'achever sa lecture. Dans un accès de sentimentalité, elle mit l'ouvrage de côté pour l'emporter.

Dans le tiroir de la table de nuit, il y avait un sachet de lavande au ruban d'un rose fané, ainsi qu'une ordonnance et une boîte de mouchoirs en papier. La niche du dessous recelait de nombreux livres. S'accroupissant, Alice inclina la tête pour en lire le dos, incapable, comme à son habitude, de résister à l'envie de voir ce que les gens gardaient sur leurs étagères. Elle ne fut pas déçue : outre quelques œuvres de Mary Stewart, deux ou trois ouvrages de Joanna Trollopes et une vieille édition de guilde du livre de *Peyton Place*, se trouvait un mince ouvrage sur les Cathares. Le nom de l'auteur apparaissait lisiblement : Audric Baillard. Alice sourcilla : s'agissait-il de celui qui avait peint la toile ? La page de garde mentionnait un traducteur du nom de Jeanne Giraud.

La quatrième de couverture résumait la bibliographie de l'auteur : une traduction des évangiles de saint Jean en occitan, de nombreux ouvrages sur l'ancienne Égypte, une biographie primée de Jean-François Champollion.

En un éclair, Alice se revit mentalement à la bibliothèque de Toulouse, devant l'écran d'ordinateur où défilaient des cartes, des diagrammes et des photographies la ramenant, encore et toujours, à l'Égypte des pharaons.

La jaquette s'illustrait d'un château en ruine, fondu dans une brume mauve infusant un piton rocheux. Alice reconnut le château de Montségur qu'elle avait vu sur des cartes postales.

Le livre s'ouvrit naturellement aux deux tiers pour révéler un feuillet sur lequel était couché un texte manuscrit :

« La citadelle fortifiée de Montségur se dresse sur un piton rocheux, à une heure d'escalade du village portant le même nom. Souvent cachés par les nuages, trois de ses côtés ont été creusés à flanc de montagne. Il s'agit là d'une exceptionnelle place forte naturelle. Ce qu'il en reste n'appartient pas au XIII siècle mais à des guerres d'occupation plus récentes. Néanmoins, l'atmosphère des lieux persiste à rappeler au visiteur la tragédie passée.*

Les légendes associées à Montségur, le mont sûr, sont légion. Certains l'érigent en temple solaire, d'autres allèguent que Wagner l'associa au mont Munsalvaesche, demeure du Saint-Graal, dans son œuvre majeure, Parsifal, *allant jusqu'à prétendre que le Graal s'y trouve encore. D'aucuns suggèrent même que les cathares furent les gardiens de la coupe du Christ, de même que de nombreux trésors provenant du temple de Salomon ou peut-être l'or de Wisigoths et d'autres richesses indéterminées.*

Bien que l'on prétende que le fabuleux trésor des cathares a été subrepticement sorti de la citadelle assiégée en janvier 1244, peu avant sa capitulation, on ne le retrouva jamais. Les rumeurs selon lesquelles les précieux objets furent égarés ne reposent sur rien*. »

Se référant à l'astérisque, Alice lut la note de bas de page et découvrit une citation sibylline tirée des évangiles de Jean, chapitre huit, verset trente-deux : *Vous connaîtrez la vérité, et la vérité fera de vous des hommes libres.*

Alice eut un mouvement de sourcil intrigué : la citation ne semblait pas pertinente eu égard au texte manuscrit.

L'ouvrage rejoignit ceux qu'elle avait précédemment décidé d'emporter.

Dans une chambrette attenante, elle découvrit une machine à coudre, incongrûment anglaise dans ce décor français. Sa mère en avait possédé une semblable, emplissant des heures durant la maison du staccato lénifiant du pied-de-biche en mouvement.

Alice effleura de la main sa surface poussiéreuse. Elle semblait en état de marche. Elle en ouvrit tour à tour les compartiments, trouvant des bobines de fil, des aiguilles, des épingles, des morceaux de dentelles et

de rubans, une carte de vieux boutons-pression métalliques, une boîte pleine de toutes sortes de fermoirs.

Elle alla ensuite au petit bureau de chêne appuyé
contre une fenêtre qui prenait jour sur la cour arrière
de la maison. Entièrement vides, les deux premiers
tiroirs ne laissaient apparaître que le papier peint dont
ils étaient tapissés. Le troisième était fermé à clé, mais,
étrangement, sa clé était encore dans la serrure.

Non sans difficultés, elle parvint à débloquer le tiroir
où se trouvait une boîte à chaussures qu'elle posa aussitôt sur le bureau.

Outre une pile de photographies rattachées par un
élastique, il y avait une lettre adressée à Mme Tanner.
Le cachet de la poste montrait qu'elle avait été expédiée de Carcassonne le 16 mars 2005, avec la mention
« prioritaire ». Au dos, aucune adresse de retour ne figurait près du nom de l'expéditeur : Audric Baillard.

Contre toute attente, l'enveloppe ne contenait pas de
lettre, seulement quelques vers manuscrits rédigés en
occitan :

> *Bona nuèit, bona nuèit...*
> *Braves amics, pica miéja-nuèit*
> *Cal finir velhada*
> *Ejos la flassada*[1].

Ces quelques mots ne manquèrent pas de rappeler
à Alice ceux gravés sur le mur de la grotte. Malgré les
siècles séparant les deux écrits et sa méconnaissance

---

1. Bonne nuit, bonne nuit…
Braves amis, il est minuit
La veillée jamais ne dure
Tirez la couverture. *(N.d.T.)*

de la langue occitane, elle était prête à jurer qu'il s'agissait du même langage.

Elle scruta encore le cachet de la poste : le 16 mars, soit quelques jours seulement avant le décès de sa tante. Cette dernière avait-elle personnellement rangé le poème dans le carton à chaussures, ou quelqu'un d'autre s'en était-il chargé ? Baillard peut-être ?

Remettant cette interrogation à plus tard, elle examina les photographies. Il y en avait en tout et pour tout dix, en noir et blanc, classées dans l'ordre chronologique. La date et le lieu où elles avaient été prises étaient écrits au dos. La première représentait un garçonnet à la mine grave et aux cheveux soigneusement coiffés, en uniforme de collégien. Frédéric William Tanner, septembre 1937, lut-elle machinalement.

Soudain, avec un sursaut, elle se souvint. Le même portrait de son père trônait sur le manteau de la cheminée, près de la photographie de mariage de ses parents, et d'une autre d'elle-même, à six ans, en tenue de fête. Si émouvant qu'il fût, ce portrait ne prouvait rien d'autre que Grace connaissait l'existence d'un demi-frère, même s'ils ne s'étaient jamais rencontrés.

Alice mit la photographie de côté et examina méthodiquement les neuf autres. La première qu'elle trouva de sa tante était relativement ancienne puisque prise en juillet 1958, au cours d'une fête votive.

Entre la tante et la nièce, l'air de famille était confondant. Tout comme Alice, Grace était menue et possédait des traits délicats, toutefois encadrés par une chevelure grise, dont la coupe résolument courte ne laissait place à aucune fantaisie. Elle regardait droit dans l'objectif et tenait fermement son sac comme un bouclier.

La dernière qui retint l'attention montrait encore Grace, quelques années plus tard, debout près d'un homme âgé. Ce visage ne lui était pas inconnu. Alice battit le rappel de ses souvenirs, et se rapprocha de la lumière pour un examen plus minutieux.

Grace et son compagnon se tenaient devant un vieux mur de pierre. Leur attitude un peu contrainte laissait entendre qu'ils se connaissaient peu ou pas du tout. À en juger par leurs vêtements, ce devait être la fin du printemps ou le début de l'été. Elle portait une robe à manches courtes serrée à la taille. Dans son costume clair, l'homme semblait grand et mince. L'ombre d'un panama lui cachait une partie du visage mais les taches brunes sur ses mains décharnées révélaient son âge avancé.

Accroché au mur, un panneau de rue en lettres blanches sur fond bleu était partiellement visible. Après un examen attentif, Alice parvint à en déchiffrer le nom : rue des Trois Degrés. Celui de la ville lui fut donné par la main de Baillard, ayant noté au dos de la photographie : *AB et GT, junh 1993, Chartres*.

Encore Chartres… Audric Baillard et Grace Tanner pour *AB et GT*, sans aucun doute. 1993, c'était la date de la mort de ses parents.

Réservant également cette photographie, Alice tira de la boîte à chaussures le dernier objet : un petit livre à la couverture de cuir bordée d'une fermeture à glissière oxydée, avec « La sainte Bible » imprimé en lettres dorées.

Après plusieurs tentatives, elle parvint à l'ouvrir. À première vue, cela ressemblait à une banale version King James de la Bible, et ce n'est qu'après être arrivée aux trois quarts du livre qu'elle découvrit dans l'épaisseur des pages une découpe rectangulaire d'environ sept centimètres par cinq.

À l'intérieur, il y avait plusieurs feuilles de papier qu'Alice déplia avec précaution. Un petit disque de pierre blanc, pas plus gros qu'une pièce de monnaie, s'en échappa et atterrit sur ses genoux. Pour de la pierre, il était très plat, très mince. Surprise, elle le tritura quelques instants, s'interrogea sur les lettres NS gravées sur une face. Des points cardinaux ? Les initiales de son propriétaire ? Peut-être une ancienne pièce de monnaie.

L'autre face lui révéla un labyrinthe, en tout point semblable à celui de l'anneau qu'elle avait observé, puis malencontreusement égaré.

Le bon sens lui soufflait qu'une telle coïncidence portait forcément en elle sa propre explication, sauf qu'*a priori*, elle n'en voyait aucune. Elle contemplait avec appréhension les feuilles pliées, se demandant quelle mauvaise surprise elles risquaient de lui réserver. Mais, une fois encore, la curiosité prit le dessus.

Tu ne peux plus t'arrêter maintenant.

Avec un soupir de soulagement, elle se rendit compte que ces feuillets recelaient un arbre généalogique comme l'indiquait d'ailleurs le premier. L'encre, en grande partie de couleur noire, était délavée. Mais si certains mots demeuraient indéchiffrables, d'autres apparaissaient clairement. Sur la seconde ligne, un nom, Alaïs Pelletier-du Mas *(1193-)* était écrit à l'encre rouge. Alice ne parvint pas à déchiffrer celui qui lui était accoté, mais sur la ligne d'en dessous, en vert et légèrement décalé vers la droite, elle lut celui de Sajhë de Servian.

Ces deux noms étaient adjoints d'un sceau, un labyrinthe dessiné en doré.

Alice prit le galet, le posa à côté du symbole de la page : ils étaient identiques.

Elle tourna les pages une à une, jusqu'à la dernière. On y avait transcrit le nom de Grace, la date de sa mort inscrite dans une couleur différente, et juste au-dessous, celle de ses parents. Le tout dernier n'était autre que le sien, Alice Helena *(1976-)* à l'encre rouge et adorné du labyrinthe.

Assise sur le sol, les jambes repliées sous le menton, Alice perdit la notion du temps durant lequel elle resta dans la maison abandonnée. Enfin elle comprit. Le passé refaisait surface pour la solliciter. Que cela lui plût ou non.

43

Le voyage de retour se passa en un éclair. Au moment où elle gagna le hall de l'hôtel, de nouveaux arrivants s'y pressaient tant et si bien qu'elle dut elle-même récupérer la clé de sa chambre sur son crochet. Elle montait l'escalier sans que personne l'eût remarquée.

Au moment de déverrouiller la porte, elle se rendit compte qu'elle était entrebâillée.

Alice hésita. Ayant posé ses livres et sa boîte à chaussures près de l'entrée, elle ouvrit grand la porte d'un geste précautionneux.

« Il y a quelqu'un ? »

Elle balaya la pièce d'un regard circulaire. Tout semblait comme elle l'avait laissé. Non sans appréhension, elle avança d'un pas, puis se figea brusquement. Une odeur de vanille et de tabac mêlés lui parvenait.

Derrière la porte, elle perçut un mouvement. Son cœur tressaillit et elle se retourna juste à temps pour voir dans le miroir le reflet d'une veste grise et d'une chevelure noire, avant d'être violemment projetée en arrière. Sa tête heurta la porte de l'armoire avec tant de force que les cintres qui se trouvaient à l'intérieur se décrochèrent avec un bruit de billes tombant sur une plaque de métal.

La pièce s'enveloppa de brouillard. Autour d'elle, tout se mit à danser. Alice battit des paupières. Elle entendit son agresseur s'enfuir dans le couloir.

Vas-y. Vite !

Elle se mit tant bien que mal debout, et se lança à la poursuite de l'intrus. Dévalant l'escalier, elle se retrouva dans le hall, parmi une foule de touristes majoritairement italiens qui en obstruaient l'entrée. Affolée, elle tourna les yeux au moment précis où l'individu franchissait la porte d'entrée annexe donnant sur les jardins.

Elle se fraya un chemin parmi les grappes de gens, enjamba des bagages, puis se précipita à ses trousses dans le jardin. Il était déjà au bout de l'allée. Rassemblant ses dernières forces, elle courut, mais l'homme était beaucoup plus rapide qu'elle.

Quand elle arriva dans la rue, il n'y avait plus aucun signe de lui. Il s'était fondu dans la foule des touristes qui revenaient de la Cité. Elle s'arc-bouta contre un mur afin de reprendre son souffle puis, se redressant, tâta la bosse qui grossissait déjà sur son occiput.

Après un dernier regard sur la route, Alice regagna la réception. Tout en bredouillant quelques mots d'excuses aux personnes qui faisaient la queue, elle alla directement au comptoir de réception.

« Pardon, mais vous l'avez vu ? »

La préposée semblait dépassée par le nombre des nouveaux arrivants.

« Je m'occuperai de vous dès que j'en aurai fini avec ce monsieur.

— Cela ne peut attendre, je le crains. Quelqu'un était dans ma chambre. Il vient de s'enfuir il y a quelques instants à peine, protesta Alice.

— Vraiment, madame, si vous pouviez patienter... »

Alice décida alors d'élever le ton de manière à être entendue par les personnes présentes.

« Il y avait quelqu'un dans ma chambre. Un voleur. »

Un silence tomba. Les yeux agrandis de stupeur, la jeune fille quitta son poste et disparut. Une minute plus tard, le propriétaire de l'hôtel apparut. Il prit Alice en aparté.

« Quel est le problème ? » s'enquit-il discrètement.

Alice s'expliqua.

« La serrure n'a pas été forcée, madame, » constata-t-il quand ils furent devant la chambre.

Pendant que l'homme se cantonnait sur le seuil, elle vérifia que rien ne manquait. À sa grande confusion, c'était bien le cas : son passeport était toujours dans le bas de l'armoire, même s'il avait été déplacé, ainsi que le contenu de son sac à dos. En conclusion, tous ses effets s'y trouvaient, sauf qu'ils n'étaient plus exactement à l'endroit où elle les avait laissés et qu'elle ne pouvait le prouver.

C'est en entrant dans la salle de bains, qu'elle trouva ce qu'elle cherchait à démontrer.

« Monsieur, s'il vous plaît, lança-t-elle en pointant le lavabo du doigt. Regardez. »

Une forte odeur de lavande s'élevait de la savonnette émiettée. Le tube de pâte dentifrice était fendu dans le sens de la longueur, et son contenu répandu dans le lavabo.

« Voilà. Comme je vous ai dit. »

Bien que déconcerté, l'homme demeurait dubitatif. Madame souhaitait-elle signaler l'incident à la police ?

Il pourrait évidemment interroger les occupants de l'hôtel, mais comme rien ne lui avait été dérobé…

Avec un choc, elle comprit enfin qu'il ne s'agissait pas d'un vulgaire cambriolage. Quelle que fût l'identité du voleur, il cherchait un objet bien précis. Quelque chose qu'elle aurait pu détenir.

Qui pouvait savoir qu'elle était à Carcassonne ? Excepté Noubel, Paul Authié, Shelagh, Karen Fleury et son assistant, personne à sa connaissance.

« Non, inutile de prévenir la police, décida-t-elle précipitamment. Puisque rien n'a été volé… Mais je veux changer de chambre. »

L'homme éleva quelques protestations, arguant que l'hôtel était complet puis, devant le regard éloquent d'Alice, concéda enfin :

« Je vais voir ce que je peux faire. »

Vingt minutes plus tard, Alice s'installait dans une autre partie de l'hôtel.

Elle était anxieuse. Pour la énième fois, elle alla vérifier si sa porte était verrouillée et la fenêtre fermée. Elle s'assit sur son lit, entourée de ses effets, indécise quant à l'attitude à adopter. Puis elle arpenta la chambre, en demandant s'il n'était pas préférable de changer d'hôtel.

Et s'il revenait au cours de la nuit ?

Une sonnerie la fit sursauter, avant qu'elle ne comprît que c'était son téléphone, laissé dans la poche de sa veste.

« Allô, oui ? »

La voix de Stephen, l'un des collègues de Shelagh, la rassura.

« Bonjour, Steve. Non, j'arrive à peine et je n'ai pas eu le temps de consulter mes messages. Que se passe-t-il ? »

Elle pâlit en entendant l'archéologue lui annoncer la clôture définitive des fouilles.

« Mais pourquoi ? Quelles raisons Brayling a-t-il invoquées ?

— Il affirme que la décision ne relève pas de lui.

— À cause des squelettes ?

— Les policiers ne l'ont pas précisé. »

Son cœur se mit à tambouriner.

« Étaient-ils présents quand Brayling a annoncé ça ?

— Ils étaient surtout là à cause de Shelagh. Je me demandais si tu n'avais pas eu de ses nouvelles, depuis ton départ.

— Plus depuis lundi dernier. J'ai tenté de la joindre à plusieurs reprises, hier, sans résultat. Pourquoi cette question ? »

Déjà debout, elle attendait impatiemment la réponse de Stephen.

« Apparemment elle a disparu, répliqua enfin ce dernier. Brayling a tendance à interpréter cela de façon plutôt infamante. En fait, il la soupçonne d'avoir volé quelque chose sur le site archéologique.

— Shelagh est incapable de ce genre de chose, se récria Alice. Elle n'est pas du genre à... »

Tout en parlant, elle se rappela ses emportements aussi excessifs qu'injustifiés. Cela semblait déloyal, eu égard à leur longue amitié, il n'empêche que le doute venait de s'insinuer dans son esprit.

« Est-ce aussi l'avis de la police ? ajouta-t-elle.

— Je l'ignore. Mais c'est quand même étrange, remarqua-t-il évasivement. Un policier qui se trouvait sur le site, lundi dernier, a été blessé à mort, à Foix, par une voiture non encore identifiée. C'était dans les journaux. Il semblerait que Shelagh et lui se connais-saient. »

Alice se laissa tomber sur le lit.

« Désolée, Steve. Cela me paraît difficile à admettre. Quelqu'un a-t-il essayé de la retrouver ? De faire quoi que ce soit ?

— Il y a quelque chose à tenter, hasarda l'archéologue. Je l'aurais fait moi-même si je ne partais pas demain à la première heure. Je n'ai aucune raison de m'attarder.

— De quoi s'agit-il ?

— Je sais qu'avant le début des fouilles Shelagh a rendu visite à des amis, à Chartres. L'idée m'est venue qu'elle aurait pu y retourner sans prévenir personne. »

Aux yeux d'Alice, c'était de l'histoire ancienne. Mieux que rien, cependant.

« Je leur ai donc téléphoné. Le garçon qui m'a répondu m'a assuré que le nom d'O'Donnell lui était inconnu. Pourtant, je suis certain du numéro que Shelagh m'a communiqué. Je l'ai enregistré dans mon téléphone. »

Alice s'empara d'un crayon et d'une feuille de papier.

« Donne-le-moi, j'irai les voir », décida-t-elle.

Sa main se crispa.

« Excuse-moi, Steve, veux-tu répéter, s'il te plaît ? reprit-elle d'une voix qui lui semblait étrangère.

— C'est le 02 68 72 31 26, répéta-t-il. Préviens-moi si tu as des nouvelles. »

Alice n'en croyait pas ses oreilles. Le numéro de téléphone était le même que celui que Biau lui avait communiqué.

« Laisse-moi faire, dit-elle distraitement. Je te tiendrai informé. »

Alice savait qu'elle aurait dû avertir Noubel, lui parler du faux cambriolage et de sa rencontre avec Biau.

Elle hésitait, pourtant. Elle n'était pas sûre de pouvoir se fier au policier. Il n'avait pas levé le petit doigt pour arrêter Authié.

Elle fouilla dans son sac pour y prendre sa carte routière.

C'est une idée folle. Cela représente au moins huit heures de voiture.

Une pensée faisait son chemin. Elle alla consulter les documents qu'elle avait imprimés à la bibliothèque de Toulouse.

Parmi les monceaux d'informations recueillies sur la cathédrale de Chartres figurait une allusion au Saint-Graal. Là-bas aussi il y avait un labyrinthe. Elle retrouva le paragraphe qui en faisait mention. Elle le lut deux fois afin de s'assurer d'en avoir bien saisi le sens, puis s'installa devant l'écritoire et ouvrit le livre de Baillard à la page marquée.

...allant même jusqu'à prétendre que le Graal s'y trouve encore. D'aucuns suggèrent même que les cathares furent les gardiens de la coupe du Christ...

Ainsi, on avait bien enlevé le trésor cathare de Montségur. Pour le pic de Soularac ? Alice consulta la carte routière : Montségur n'était pas si loin des monts Sabarthès. Et si le trésor s'y trouvait ?

Quels liens existent entre Chartres et Carcassonne ?

Elle perçut au loin les premiers grondements du tonnerre. La chambre était à présent nimbée de l'étrange lueur orange dispensée par les lampadaires repoussant les ténébreux assauts des nuages. Le vent s'était levé, secouant les croisées et balayant les parkings de leurs détritus.

Comme Alice tirait les rideaux, des gouttes de pluie grosses comme des pois vinrent s'écraser sur les vitres.

Elle aurait aimé partir, sauf qu'il se faisait tard et qu'elle n'avait aucun désir d'affronter les éléments.

S'étant assurée que toutes les ouvertures étaient bien verrouillées, elle régla son réveil et s'allongea tout habillée sur le lit pour attendre le matin.

Au début tout était semblable, familier, apaisant. Elle flottait dans un monde sans substance, transparent et silencieux. Puis, comme une trappe s'ouvrant sous un gibet, elle avait un sursaut et tombait à pic à travers le ciel vers le flanc de montagnes boisées.

Elle savait où elle était : à Montségur, au début de l'été.

Dès que ses pieds touchaient le sol, elle se mettait à courir sur un layon abrupt et caillouteux, entre des arbres denses dont la cime culminait très au-dessus d'elle. Elle s'agrippait aux branches pour ralentir sa course, mais ses mains ne saisissaient que des lambeaux de feuilles, ne laissant que quelques traces vertes sur le bout de ses doigts.

Sous ses pas, le sentier devenait plus escarpé. Alice se rendait compte que la pierre et la roche avaient remplacé le lit de mousse et de brindilles sur lequel elle avait atterri. Autour d'elle, tout demeurait silencieux. Pas un appel, pas de chant d'oiseau. Rien d'autre que le halètement précipité de sa respiration.

Le layon tournait sur lui-même en de nombreux méandres, l'envoyant ici et là, jusqu'à ce qu'à un détour, elle vît se dresser devant elle un rideau de feu lui interdisant d'avancer. Elle levait les mains pour protéger son visage des flammes multicolores qui tournoyaient dans l'air comme les algues d'un torrent.

Le rêve changeait. Cette fois, au lieu d'une multitude de visages prenant forme dans les flammes, elle n'en voyait plus qu'un, celui d'une jeune femme à l'expression douce autant que volontaire, qui s'efforçait de reprendre le livre qu'Alice tenait entre ses mains.

Elle chantait d'une voix enchanteresse.

Bona nuèit, bona nuèit...

Pas d'étreinte glaciale autour de ses chevilles pour l'attirer vers le bas, cette fois. Le feu ne la réclamait plus. Puis, elle montait dans les airs comme une spirale de fumée, emportée par les bras minces et vigoureux de la jeune femme. En sûreté.

Braves amics, pica miéja-nuèit...

Alice souriait, alors qu'elles s'élevaient ensemble vers la lumière, abandonnant ce bas monde au-dessous d'elles.

44

Carcassona

Julhet 1209

Alaïs fut réveillée dès potron-jaquet par les bruits de scies et de coups de marteau qui montaient de la cour. De sa fenêtre, elle vit les coursives et les parapets de bois en construction sur les murailles du Château comtal.

L'impressionnante carcasse prenait rapidement forme. Pareilles à un promenoir couvert suspendu en plein ciel, ces coursives constituaient un point névralgique du haut duquel les archers pouvaient décocher une pluie de flèches sur l'ennemi, dans le cas hypothétique où il parviendrait à ouvrir une brèche dans les murs de la Cité.

Après s'être promptement vêtue, Alaïs descendit dans la cour. Dans les forges, les feux rugissaient. Marteaux et enclumes résonnaient des épées que l'on façonnait. Les forgerons s'interpellaient par de brèves interjections alors que les haches, les cordes et les contrepoids des *pèireras* – les catapultes – et des trébuchets, étaient prêts à être assemblés.

Devant les écuries, elle aperçut Guilhem et en eut le cœur mortifié. *Regardez-moi.* Il ne la vit pas, ni même se retourna. Elle esquissa un geste pour lui faire signe, mais le manque de courage l'incita à laisser retomber son bras. Elle ne s'abaisserait pas à quémander son affection quand il la lui refusait.

L'agitation industrieuse du Château comtal n'avait d'égale que celle de la Cité. Des pierres venues des Corbières étaient empilées haut sur la grand-place pour l'approvisionnement des catapultes et des trébuchets. Une odeur âcre d'urine montait de la tannerie où des peaux étaient préparées afin de protéger les coursives du feu des archers. Une colonne ininterrompue de charrettes entrait par la porte Narbonnaise, apportant vivres et provisions en vue du siège annoncé : viandes salées de La Piège et du Lauragais, vins de Carcassès, orge et blé des plaines, haricots et lentilles des marchés de Sant-Miquel et de Sant-Vicens.

Un sentiment de détermination et de fierté sustentait l'ensemble de ces activités. Seuls les funestes nuages noirs qui venaient de la rivière et des paluds, dont les moulins et les cultures avaient été brûlés sur l'ordre de Trencavel, rappelaient l'imminence de la menace pesant sur les habitants.

Alaïs attendait Sajhë à l'endroit convenu, l'esprit taraudé des questions qu'elle entendait poser à Esclarmonde, qui virevoltaient dans sa tête comme une volée de moineaux. Lorsque l'enfant apparut, l'impatience lui nouait la gorge.

Elle le suivit dans des rues sans noms, à travers le bourg Sant-Miquel, jusqu'au moment où ils parvinrent à un étroit passage ouvert à même les murs extérieurs. Le vacarme produit par les manœuvriers occupés à creuser autour des murailles le fossé qui devait les garantir des attaques ennemies était si intense que Sajhë dut crier pour être entendu.

« *Menima* vous attend à l'intérieur, déclara-t-il avec solennité.

— N'entres-tu pas avec moi ?

— Elle m'a demandé de vous accompagner jusqu'ici, puis d'aller quérir l'intendant Pelletier au Château comtal.

— Cherche-le dans la cour d'honneur.

— Entendu, acquiesça l'enfant. Nous nous reverrons plus tard. »

Alaïs poussa la porte, se manifesta de la voix en cherchant des yeux Esclarmonde, puis s'avança d'un pas précautionneux. Dans la pénombre, elle distingua une silhouette, assise dans un coin de la pièce.

« Entrez donc, dit Esclarmonde d'une voix où perçait son sourire. Je crois que vous connaissez déjà Siméon.

— Siméon ? Si tôt ? s'écria-t-elle joyeusement en se précipitant pour lui prendre les mains. Quelles sont les nouvelles ? Quand êtes-vous arrivé à Carcassona ? Où logez-vous ?

— Que de questions ! s'esclaffa brièvement le vieil homme. Et que de précipitation ! Lors de notre dernière rencontre, votre père me disait justement qu'enfant, vous n'aviez de cesse de poser des questions. »

Alaïs admit le fait d'un sourire. Elle prit place devant la table et accepta le gobelet de vin que lui tendait Esclarmonde, tout en écoutant les propos qu'adressait le vieux juif à son hôtesse. Des liens d'affection semblaient déjà s'être noués entre eux.

C'était un conteur né, aussi se laissa-t-elle captiver par les souvenirs de ses existences successives en Terre sainte, à Chartres et à Besièrs. Le temps passait, cependant qu'il évoquait les collines de Judée au printemps, les plaines de Séphal où, parmi les amandiers en fleur, le blanc muguet avoisinait le violet et le jaune des iris, leur faisant un tapis s'étendant aux confins de la Terre. Alaïs était captivée.

Les ombres avançaient, tandis que l'atmosphère se transformait, sans qu'Alaïs en comprît la raison. Elle avait sur le cœur un poids qui le devait à l'attente des événements à venir. Elle se demanda si son père et Guilhem partageaient cette même impression à la veille d'une bataille, celle du temps brusquement suspendu.

Elle porta son regard sur Esclarmonde, les mains croisées sur son giron, le visage empreint de sagesse et de sérénité.

« Je suis convaincue que mon père viendra bientôt, affirma-t-elle, comme pour s'excuser de son absence. Il me l'a promis.

— Nous le savons bien, répondit Siméon en lui tapotant les mains de ses mains parcheminées.

— Nous ne pourrons quand même point nous attarder bien longtemps, objecta Esclarmonde avec un regard vers la porte qui demeurait résolument close. Les occupants de cette demeure seront de retour avant longtemps. »

Les regards entendus qu'échangèrent Esclarmonde et Siméon n'échappèrent pas à Alaïs. N'y tenant mais, elle se pencha en avant pour poser la question qui lui brûlait les lèvres :

« Vous n'avez pas répondu à la question que je vous ai posée hier, Esclarmonde, s'enquit-elle, étonnée de s'entendre une voix si calme. Êtes-vous aussi un gardien ? Le troisième livre que recherche mon père est-il en votre possession ? »

Ses paroles demeurèrent un instant en suspens, comme si personne n'en était concerné. Puis, à la surprise d'Alaïs, Siméon eut un rire contenu.

« Que vous a dit précisément votre père au sujet de la *Noublesso* ? demanda-t-il, le regard brillant de malice.

— Qu'il existait toujours cinq gardiens désignés pour assurer la protection de la trilogie.

— Vous a-t-il expliqué pourquoi il y en avait cinq ? » Devant l'ignorance de la jeune femme, il ajouta : « Celui que l'on nomme le *navigatairé* est toujours assisté de quatre initiés. Ensemble, ils symbolisent les cinq points vitaux du corps humain, ainsi que les pouvoirs inhérents au chiffre cinq. Chaque gardien est choisi pour son courage, sa détermination, sa loyauté. Qu'il soit chrétien, juif ou sarrasin, c'est sa force d'âme qui importe, non son rang, sa naissance ou sa race. Il doit pareillement refléter la nature du secret qu'il est destiné à protéger, lequel appartient à toutes les croyances, à aucune en particulier. Bien que sous des noms différents, la *Noublesso de los Seres* existe depuis plus de deux mille ans aux seules fins de protéger le secret. Parfois notre existence a été celée, parfois elle fut révélée au grand jour. »

Alaïs se tourna vers Esclarmonde :

« Mon père se refuse à croire que vous soyez un gardien. Il semble ne pouvoir s'y résoudre.

— Cela va à l'encontre de ce à quoi il s'attendait.

— Il en a toujours été ainsi avec Bertrand, dit Siméon en souriant.

— Il n'avait pas songé que le cinquième gardien serait une femme, s'insurgea Alaïs pour défendre son père.

— Cet état de fait était moins inhabituel, autrefois, poursuivit le vieil homme. L'Égypte, l'Assyrie, Rome, Babylone, ces anciennes civilisations dont nous avons ouï dire, accordaient plus de respect à la condition féminine qu'en ces temps d'obscurantisme qui sont les nôtres. »

Alaïs réfléchit un instant.

« Pensez-vous que Harif ait raison de croire que les livres seront en sûreté dans les montagnes ? » demanda-t-elle enfin.

Siméon leva les mains en signe de défense.

« Il ne nous appartient pas de juger ou de nous interroger sur ce qui doit ou ne doit point être accompli. Notre tâche consiste seulement à garder les livres à l'abri des esprits malveillants, de nous assurer de leur disponibilité au moment requis.

— C'est la raison pour laquelle Harif a choisi votre père plutôt que l'un d'entre nous, enchaîna Esclarmonde. Sa position fait de lui l'*envoi* le plus approprié. Il a accès aux hommes et aux chevaux et dispose d'une mobilité que nous n'avons point. »

Alaïs hésita, soucieuse de ne pas se montrer déloyale envers son père.

« Il répugne à quitter le vicomte. Il est déchiré entre ses engagements passés et ses devoirs présents.

— Nous connaissons tous, à un moment donné, de tels conflits intérieurs. C'est un dilemme malaisé que de choisir le meilleur chemin. Votre père a eu l'heur de vivre assez longtemps sans être confronté à une telle alternative. Cependant, il ne peut se soustraire à son devoir, Alaïs, ajouta Siméon en prenant les mains de la jeune femme. Nous devons l'exhorter à s'acquitter de ses responsabilités. Que Carcassona ne soit jamais tombée n'induit point qu'elle ne tombera jamais. »

Les regards des gardiens étaient rivés sur elle, tandis qu'elle se levait pour faire quelques pas vers la cheminée. Le cœur lui battait, cependant qu'une idée germait au fond de son esprit.

« Est-il concevable qu'un autre que lui s'en acquitte à sa place ? » demanda-t-elle d'une voix claire.

Esclamonde comprit aussitôt.

« Je ne pense point que votre père y souscrirait. Vous lui êtes par trop précieuse, Alaïs.

— Pourtant, avant de départir pour Monpelhièr, il m'en pensait capable. Il m'en a donné la permission implicitement, faute de quoi, il ne m'aurait rien révélé.

— Cela est vrai, approuva Siméon. Mais notre situation évolue de jour en jour. À mesure que les Français s'approcheront des terres du vicomte, les chemins seront plus dangereux, ainsi que j'ai pu le constater. Il ne passera point beau temps avant que nous ne puissions plus du tout les fréquenter. »

Alaïs s'accrochait cependant à son idée.

« Les montagnes se trouvent dans la direction opposée… Mais vous n'avez point répondu à ma question. Si les préceptes de la *Noublesso* n'interdisent point pareille pratique, alors je suis prête à offrir mes services, et accomplir cette mission à la place de mon père. Je suis grandement apte à me défendre. En plus d'être excellente cavalière, je connais parfaitement le maniement de l'épée et de l'arc. Nul ne me soupçonnera si… »

Siméon l'interrompit d'un geste.

« Vous vous méprenez sur notre réticence, mon enfant. Je ne doute point de votre vaillance ni de votre détermination.

— S'il en est ainsi, donnez-moi votre bénédiction. »

Le vieil homme se tourna alors vers Esclarmonde en soupirant :

« Et vous, ma sœur, qu'en dites-vous ? À condition que Bertrand accède à cette requête, naturellement...

— Je vous en conjure, Esclarmonde, plaida Alaïs. Donnez-moi votre accord. Je connais mon père.

— Je ne puis rien promettre, répliqua enfin la gardienne. Je ne m'y opposerai point non plus. Cependant, vous devrez vous soumettre à sa décision, quelle qu'elle soit. S'il ne consent point à ce que vous le remplaciez, vous devrez vous y résoudre. »

Il ne peut refuser. Je m'y emploierai.

« À l'évidence, je lui obéirai », déclara-t-elle.

La porte s'ouvrit brusquement sur Sajhë, suivi de Bertrand Pelletier.

Ce dernier serra sa fille dans ses bras, congratula chaleureusement Siméon et eut un salut plus conventionnel à l'adresse d'Esclarmonde. Alaïs et Sajhë s'affairaient à les servir de pain et de vin, pendant que Siméon exposait l'objet de la conversation qui avait eu lieu en son absence.

À sa grande surprise, la jeune femme vit son père écouter sans faire de commentaire. D'abord attentif à ce qui se disait, Sajhë commença à s'assoupir et alla se blottir contre sa grand-mère. Alaïs se garda d'intervenir, sachant qu'Esclarmonde et Siméon plaideraient sa cause mieux qu'elle-même. Néanmoins, elle observait de temps à autre son père à la dérobée.

Il avait le teint blafard et son air hésitant semblait ajouter à son immense lassitude.

Les mots vinrent à manquer, et un silence plein d'expectatives s'installa dans la petite pièce, chacun atermoyant, incertain quant à la voie sur laquelle s'engager.

Alaïs se racla la gorge :

« Or donc, *paire*, quelle est votre décision ? M'accorderez-vous la permission de départir ?

— Je me refuse à vous exposer, soupira Pelletier.

— Cela, je ne l'ignore point, et je vous sais gré de l'affection que vous me portez. Mais je veux vous assister, j'en suis fort capable.

— Je ferai une suggestion qui pourrait tous deux vous satisfaire, hasarda Esclarmonde. Permettez que votre fille emporte la trilogie seulement sur une partie du chemin, disons jusqu'à Limoux. J'y ai des amis sûrs qui lui pourvoiront un logis. Sitôt vos tâches auprès du vicomte accomplies, il vous sera loisible de la rejoindre et d'achever avec elle le voyage vers les montagnes.

— Je ne vois point en quoi cela nous aiderait, regimba Pelletier. La folie d'un tel voyage en ces temps incertains ne manquera pas d'attirer l'attention, ce qui me semble la première chose à éviter. En outre, j'ignore combien de temps le vicomte me retiendra à Carcassona.

— Cela est aisé, intervint Alaïs avec flamme. Il me suffirait d'annoncer que je m'en vais honorer un vœu que j'aurais fait lors de mes épousailles. Je pourrais prétendre vouloir faire un don à l'abbaye de Sant-Hilaire, laquelle est toute proche de Limoux.

— Cette démonstration impromptue de piété ne leurrera personne, objecta, non sans humour, Pelletier. Votre époux moins que tout autre.

— Je pense, à l'inverse, que l'idée est excellente, intervint derechef Siméon en agitant l'index. Nul ne contestera la pertinence d'un tel pèlerinage en pareille conjoncture. Outre cela, Alaïs se trouve être la fille de l'intendant de Carcassona. Nul n'osera douter de ses intentions. »

Le visage obstinément fermé, Pelletier s'agita sur son siège.

« Mon opinion demeure que la trilogie sera mieux protégée céans, entre les murs de la *Ciutat*. Harif ne peut appréhender la situation mieux que nous. Et Carcassona ne tombera point.

— Toute citadelle, pour inexpugnable qu'elle soit, peut tomber un jour, vous le savez bien. Le *navigataïré* nous enjoint de lui délivrer les manuscrits dans les montagnes. Je conçois que vous répugniez à abandonner le vicomte en un pareil instant. Vous vous êtes exprimé en la matière, et nous vous entendons. À tort ou à raison, vous écoutez la voix de votre conscience. Cependant, si ce n'est vous, permettez alors que quelqu'un y aille à votre place. »

Alaïs devinait, chez son père, le dur combat que se livraient ses pensées contradictoires. S'approchant, elle posa sa main sur la sienne. L'intendant ne dit mot, répondant à son geste par une simple pression des doigts.

« *Aquo es vòstre*, souffla-t-elle. La décision vous appartient. »

Pelletier exhala un long soupir.

« Vous vous mettez en grand péril, *filha*. Persistez-vous dans cette voie ?

— Ce sera un honneur pour moi que de servir votre cause. »

Siméon vint poser la main sur l'épaule de son ami.

« C'est une fille résolue et pleine de hardiesse que vous avez là. Elle est semblable à vous, mon ami. »

Sentant proche la décision finale, Alaïs osait à peine respirer.

« Mon cœur s'y oppose, déclara enfin l'intendant, quand la raison me dit tout autrement. » Il s'interrompit, comme s'il redoutait les mots qu'il s'apprêtait à prononcer. « Si votre époux et dame Agnès vous y autorisent et si Esclarmonde accepte de vous chaperonner, alors je vous accorde ma permission. »

Alaïs se pencha sur son père pour lui baiser la joue.

« Vous prenez une sage décision, déclara Siméon, rayonnant de joie.

— Combien d'hommes en armes pouvez-vous nous allouer, messire l'intendant ? voulut savoir la gardienne.

— Quatre, six tout au plus.

— Et combien de temps leur faudra-t-il pour les préparatifs de voyage ?

— Moins d'une semaine, répondit Pelletier. Agir trop hâtivement attirerait l'attention. Il me faut obtenir l'agrément de dame Agnès, et vous, Alaïs, celle de votre époux. » Cette dernière songea à répondre que Guilhem remarquerait à peine son départ, mais elle se ravisa. « Pour que notre stratagème ne soit pas éventé, *filha*, il nous faut respecter l'étiquette », poursuivit son père qui se leva pour se retirer, toute indécision bannie de son visage. « Alaïs, retournez au château et trouvez François. Instruisez-le de vos intentions en termes succincts, et dites-lui que je requiers sa présence séance tenante.

— Ne venez-vous point ?

— Tantôt.

— Fort bien. Dois-je emporter avec moi le livre que détient Esclarmonde ? »

Pelletier eut un sourire amusé.

« Étant donné que dame Esclarmonde ci-présente doit vous accompagner, je pense que le livre est en sécurité en sa possession pour quelque temps encore.

— Loin de moi l'idée… »

Pelletier tapota la poche dissimulée sous son manteau.

« Néanmoins, le livre de Siméon. » Il produisit le livre recouvert de peau qu'Alaïs avait entrevu à Besièrs, au moment où Siméon l'avait remis à l'intendant. « Emportez-le au château, et cousez-le à l'intérieur de votre manteau de voyage. Plus tard, je vous ferai parvenir le *Livre des mots*. »

Alaïs s'empara du manuscrit et le rangea au fond de son sac.

« La grand merci, *paire*, pour la fiance que vous m'accordez », bredouilla-t-elle en levant sur lui un regard attendri.

Pelletier en eut le rouge au front. Sajhë choisit cet instant pour se réveiller.

« Je suis assuré que dame Alaïs nous reviendra saine et sauve », déclara-t-il.

Chacun se mit à rire.

« Puisse le ciel t'entendre, *gentilòmo*, lui dit Pelletier en lui tapotant le dos. Tous nos espoirs reposent sur ses épaules. »

« Je retrouve en elle toutes vos qualités, disait Siméon alors qu'ils cheminaient vers les portes accédant à Sant-Miquel. Elle est vaillante, obstinée, loyale. Elle ne cède point aisément. Votre fille aînée vous ressemble-t-elle aussi ?

— Oriane tient davantage de sa mère, répondit laconiquement Pelletier. Elle a le port de Marguerite et son tempérament.

— Il survient souvent que des enfants héritent entièrement le caractère d'un de leurs parents. Elle a épousé le scribe du vicomte, me semble-t-il.

— Cela n'est point une union heureuse, soupira l'intendant. Congost n'est plus très jeune et il réprouve ses façons de se comporter. Il n'en reste pas moins un homme de grande valeur pour notre maison. »

Absorbés dans leurs propres pensées, ils firent quelques pas.

« Si elle ressemble à Marguerite, elle doit être très belle.

— Oriane possède le charme et la grâce qui captent le regard. Nombre d'hommes se plairaient à la courtiser. Au reste, d'aucuns n'en font point un secret.

— Vos filles doivent être d'un grand réconfort.

— Surtout Alaïs. » Pelletier hésita, avant d'ajouter : « La faute m'en revient assurément, mais j'oserais dire que la compagnie d'Oriane m'est moins… J'essaie de me montrer impartial, cependant, je crains qu'il n'y ait très peu d'affection entre elles.

— Cela est regrettable », murmura Siméon.

Ils arrivaient aux portes. Pelletier s'immobilisa.

« J'aimerais vous convaincre de prendre logis à la *Ciutat*, à Sant-Miquel, à tout le moins. À l'extérieur des murs, je ne pourrais vous protéger si l'ennemi surgissait. »

Siméon posa la main sur celle de son ami.

« Vous vous tourmentez trop, mon ami. Ma tâche est achevée, à présent. Je vous ai remis le livre qui m'a été confié. Les deux autres sont dans ces murs ; Alaïs et Esclarmonde sont là pour vous prêter la main. Pourquoi viendrait-on me chercher noise ? » Il fixa Pelletier de son regard de braise. « Ma place est auprès de mon peuple. »

Les inflexions de voix de Siméon alarmèrent Pelletier.

« Je ne me résoudrai point à ce que cette tractation mette un point final à quoi que ce soit. Nous trinquerons ensemble avant la fin du mois, je vous en donne ma parole.

— Ce n'est point votre parole dont je me défie, mon ami, mais de l'estramaçon du Français.

— D'ici au printemps prochain, je gage que tout sera achevé. Les Français seront boutés hors de nos terres et rentrés dans leurs états la queue entre les jambes. Le comte de Toulouse aura conclu de nouvelles alliances, et vous et moi évoquerons notre jeunesse perdue au coin du feu.

— *Pas a pas, se va luènh*, conclut Siméon en lui donnant l'accolade. Et transmettez mes salutations à Harif. Dites-lui que j'attends toujours le jeu d'échecs qu'il m'a promis voilà plus de trente années ! »

Pelletier leva la main en manière de salut, tandis que Siméon franchissait les portes. Sans un regard en arrière pour son ami.

« Intendant Pelletier ! »

Ce dernier continuait de regarder la foule qui descendait vers la rivière, où Siméon avait déjà disparu.

« Messire ! répéta le messager hors d'haleine.

— Que se passe-t-il ?

— Vous êtes requis à la porte Narbonnaise, messire. »

45

Alaïs entra dans sa chambre en coup de vent.

« Guilhem ? »

Malgré son besoin de solitude, elle fut déçue de trouver la chambre vide, même si elle n'espérait pas qu'il en serait autrement.

Après avoir soigneusement verrouillé la porte, elle s'installa à la table et tira du sac pendu à sa ceinture le livre qui lui avait été confié. Il avait la taille d'un psautier de femme. La reliure de bois était tendue de cuir dépourvu de toute enluminure et un peu élimé sur les coins.

Alaïs en défit les cordelettes et le livre s'ouvrit entre ses mains à la manière d'un papillon déployant ses ailes. Étincelant comme un joyau sur le fin parchemin, un calice imprimé à la feuille d'or adornait la page de garde, pas plus grand que le motif du *merel* qu'elle avait brièvement eu en sa possession.

Sur la première page, quatre lignes élégamment manuscrites en son milieu étaient encadrées par une frise continue d'oiseaux et d'autres animaux, ainsi que de silhouettes aux longs bras et aux doigts effilés. Alaïs retint son souffle.

Ces mêmes silhouettes qui hantent mes rêves.

Elle tourna les feuilles une à une, chaque belle page couchée d'un texte serré, l'autre laissée vierge. Elle reconnaissait parfois les mots de la langue de Siméon, quoiqu'elle n'en comprît pas le sens. Sinon, l'ensemble de l'écrit était en langue d'oc, chaque lettrine s'adornant d'enluminures, où des filets d'or rehaussaient le jaune, le rouge, le bleu. Nulle illustration dans les marges, non plus que d'espaces ou de signes de ponctuation entre les mots pour indiquer où commençait l'un et où l'autre finissait.

Alaïs s'empara du parchemin plié au milieu des feuilles. Plus sombre et bien plus épais, il faisait penser à de la peau de chagrin plutôt qu'à du vélin. Il ne comportait que peu de mots, dépourvus de symboles ou d'illustrations, et accompagnés de rangées de chiffres et de mesures. On eût dit une sorte de carte.

Les flèches qui pointaient en différentes directions étaient à peine visibles. Quelques-unes étaient dorées, la plus grande part noires.

Elle tenta de la lire de haut en bas et de gauche à droite, sans résultat. Alors, elle essaya de bas en haut, puis de droite à gauche comme l'on ferait devant un miroir. La lecture d'une ligne sur trois ne fut pas plus concluante.

Cherche les secrets qui se cachent au-delà du visible.

Alaïs s'abîma dans de profondes cogitations. Chaque livre était assigné à un gardien selon ses aptitudes et ses connaissances. Ainsi, à Esclarmonde qui possédait le don de soigner et de guérir, Harif avait confié le *Livre des potions*. À Siméon, aguerri aux systèmes numériques anciens, le *Livre des nombres*.

Mais qu'est-ce qui avait incité le *navigataïré* à faire de l'intendant le gardien du *Livre des mots* ?

Absorbée dans ses pensées, Alaïs alluma la lampe à huile et alla chercher de quoi écrire. Fort de leur importance acquise en Terre sainte auprès de Harif, Pelletier avait eu à cœur d'enseigner à ses filles la lecture et l'écriture. Néanmoins, Oriane s'était attachée aux enseignements traditionnels propres aux dames de bon lignage : danse, chant, broderie et oisellerie, répétant à l'envi que la science de l'écriture était affaire de vieillards et d'hommes d'Église. Alaïs, en revanche, avait saisi l'occasion à bras-le-corps et promptement appris. Quoique les circonstances ne lui permissent pas souvent d'exercer ses connaissances, elle ne les avait pas oubliées pour autant.

Alaïs disposa sur la table plume d'oie, parchemin et encrier. Si elle ne pouvait comprendre ce qu'elle avait sous les yeux ni espérer en reproduire fidèlement le caractère artistique, au moins avait-elle la possibilité d'en transcrire l'essentiel.

Cela prit du temps, mais elle parvint à achever ce qu'elle avait commencé. Alors qu'elle attendait que l'encre eût fini de sécher, elle se rappela que son père pouvait survenir d'un instant à l'autre pour lui remettre le *Livre des mots*. Replaçant l'ouvrage dans sa protection de peau, elle s'employa à le dissimuler dans son vêtement comme son père le lui avait recommandé.

En raison de la fragilité de l'étoffe, sa cape rouge préférée ne lui parut pas appropriée, aussi lui préféra-t-elle un épais manteau de laine. Certes, c'était un vêtement d'hiver qu'elle ne portait que pour la chasse, pourtant celui-là seul semblait convenir. De ses doigts agiles, Alaïs décousit la passementerie qui ornait le devant du vêtement en ménageant une ouverture assez grande pour y glisser le livre. Puis, à l'aide du fil que Sajhë lui avait offert au marché et qui était de couleur similaire à celui du vêtement, elle referma la poche secrète.

Elle tint un instant le manteau à bout de bras, pour le glisser ensuite sur ses épaules. Le poids du livre le faisait s'affaisser sur le côté, mais sitôt qu'elle aurait cousu celui que lui remettrait son père sur l'autre pan, le vêtement serait équilibré.

Ne restait qu'une seule tâche dont elle devait s'acquitter. Abandonnant la cape sur le dossier d'une chaise, elle alla voir si l'encre du parchemin avait séché. Avec la crainte d'être surprise à tout moment, elle le plia soigneusement, et le glissa dans un coussinet de lavande qu'elle recousit avec soin avant de le glisser sous son oreiller.

Elle regarda autour d'elle, satisfaite de l'ouvrage accompli, puis se mit à ranger ses outils de couture.

On frappa à la porte. Pensant que c'était son père, Alaïs s'empressa d'aller ouvrir. Elle découvrit Guilhem sur le seuil, se demandant manifestement s'il était le bienvenu, avec son éternel demi-sourire et son regard d'enfant perdu.

« Puis-je entrer, dame ? » murmura-t-il.

Le premier réflexe de la jeune femme fut de se jeter à son cou, mais la prudence l'en empêcha. Trop de paroles avaient été prononcées, trop peu pardonnées.

« Puis-je ?

— C'est aussi votre chambre, répliqua-t-elle avec détachement. Je ne saurais vous en interdire l'entrant.

— Vous êtes si distante, commenta-t-il en refermant la porte derrière lui. J'eusse aimé que ce fût par plaisir et non par devoir que vous me répondiez ainsi.

— Je suis heureuse de vous voir, messire.

— Vous me semblez lasse », dit-il avec un geste pour lui effleurer la joue.

Comme il aurait été aisé de renoncer, de s'abandonner entièrement à lui...

Elle ferma les paupières, sentant presque les doigts de Guilhem glisser sur sa peau. Une caresse, aussi légère qu'un murmure, aussi naturelle qu'une respiration. Alaïs s'imagina se penchant vers lui pour lui permettre de la prendre dans ses bras. Sa présence la troublait, lui donnait le sentiment d'être faible et sans volonté.

Je ne peux. Je ne dois.

Elle se força à ouvrir les yeux et recula d'un pas.

« Non, balbutia-t-elle, de grâce, non. »

Guilhem lui prit alors la main pour la garder dans les siennes, lui faisant ainsi ressentir l'intensité de son émotion.

« Bientôt, à moins d'une intervention divine, nous devrons affronter les Français. Le temps venu, Alzeau, Thierry et les autres, nous partirons au combat et pourrons n'en point revenir.

— Si fait, dit-elle simplement, espérant voir un peu de vie éclairer son visage.

— Depuis notre retour de Besièrs, je me suis méconduit envers vous, sans cause ni raison. J'en suis navré et viens vous en demander pardon. Trop souvent, je me montre jaloux, et cette jalousie me conduit à tenir des propos que je regrette ensuite. »

Alaïs soutint le regard de son époux, incertaine quant à ses sentiments, aux paroles qu'elle voulait prononcer.

Guilhem se rapprocha.

« Il ne vous déplaît point de me revoir, cependant...

— Vous avez été absent si longtemps, Guilhem, que je ne sais que penser, lui dit-elle en souriant.

— Souhaitez-vous que je vous quitte ? »

Alaïs sentit des larmes sourdre dans ses yeux, qui lui donnèrent le courage de tenir bon. La dernière chose qu'elle souhaitait, c'était qu'il la vît pleurer.

« Je crois que ce serait préférable, en effet. » De son corsage elle sortit un carré de coton qu'elle serra dans sa main. « Il nous reste encore du temps pour nous raccommoder.

— Le temps, c'est justement ce qui nous fait défaut, petite Alaïs. À moins que Dieu ou les Français ne s'y opposent, je reviendrai demain. »

Alaïs songeait aux livres et aux responsabilités qui venaient de lui échoir. Son départ était imminent. *Il se pourrait que je ne le revoie oncques plus.*

Son cœur capitula. Après une dernière hésitation, elle se précipita contre lui et l'étreignit violemment, comme pour garder sur elle les marques de son corps.

Puis elle se retira avec le même emportement.

« Nous sommes tous entre les mains de Dieu, dit-elle. À présent, laissez-moi, je vous prie.

— À demain ?

— Nous verrons cela. »

Immobile comme une statue, mains jointes pour les empêcher de trembler, elle attendit que l'huis se refermât. Songeuse, elle retourna ensuite à la table, s'interrogeant sur les raisons qui avaient poussé Guilhem à venir lui parler. L'affection ? Les regrets ? Ou autre chose ?

46

Siméon leva les yeux vers le ciel. De sombres nuages s'y disputaient la préséance pour obscurcir le soleil. Il avait déjà parcouru une distance appréciable depuis son départ de la Cité, et espérait regagner son logis avant la tourmente qui se préparait.

Une fois atteinte l'orée du bois qui séparait les plaines de la rivière, il ralentit le pas. Le souffle lui manquait, bien trop vieux qu'il était pour faire pareil périple à pied. Il prit pesamment appui sur son bâton de marcheur et délaça le col de sa tunique. Il n'était plus bien loin maintenant. Esther lui aurait sans doute concocté un repas, peut-être agrémenté d'un peu de vin. Cette pensée le revigora. Qui sait ? Peut-être Pelletier disait-il vrai ? Peut-être qu'au printemps prochain, la guerre serait oubliée…

Siméon n'entendit pas les deux hommes qui venaient d'apparaître derrière lui, sur le sentier, ni ne vit le bras brandissant une massue au-dessus de sa tête. Il ne sentit qu'un choc, avant d'être emporté par les ténèbres.

Un attroupement s'était formé à la porte Narbonnaise quand Pelletier arriva.

« Laissez-moi passer ! » tempêta-t-il en bousculant sans ménagement la foule des curieux.

Un homme se tenait à quatre pattes sur le sol, le sang coulant d'une blessure qu'il avait au front.

Le dominant de leur hauteur, deux hommes d'armes pointaient leurs piques sur sa nuque. C'était, à n'en pas douter, un ménestrel. Près de lui, son tambourin gisait percé, et son flûtiau brisé en deux, comme un os de poulet.

« Par le nom de Sant-Foy, que se passe-t-il, céans ? Quel crime a commis cet homme ? éructa l'intendant.

— Il a refusé d'obtempérer comme il lui a été ordonné, rétorqua le plus ancien des soldats, au visage couvert de cicatrices. Il n'avait nulle autorisation pour entrer. »

Pelletier s'accroupit près du musicien.

« Je suis Bertrand Pelletier, intendant du vicomte. Qu'est-ce qui vous amène à Carcassona ? »

L'homme battit des paupières.

« Intendant Pelletier ? haleta-t-il en s'agrippant désespérément à lui.

— Soi-même, parlez, mon ami.

— *Besièrs es presa*. Béziers est tombé. »

Une femme, tout près, poussa un cri et se plaqua la main sur la bouche, épouvantée.

Profondément ébranlé, Pelletier se releva machinalement.

« Vous, commanda-t-il. Cherchez des renforts pour vous remplacer, et aidez cet homme à se rendre au château. S'il ne recouvre point la parole à cause de vos mauvais traitements, il vous en cuira. » Puis il harangua la foule. « Entendez bien ce que je dis, vous tous ! Nul ne doit ébruiter ce dont vous venez d'être témoins ! Nous saurons bien assez tôt de quoi il retourne exactement ! »

Arrivé au château, Pelletier ordonna que le musicien fût conduit aux cuisines pour y être soigné, pendant qu'il instruirait le vicomte de la terrible nouvelle. Quelque temps plus tard, par les vertus conjuguées du miel et du vin sucré, l'homme était en mesure de monter au donjon.

Bien qu'affaibli, il avait la maîtrise de ses mouvements. Craignant toutefois que ses jambes ne pussent le soutenir, Pelletier ordonna qu'on lui apportât un siège, afin d'entendre son témoignage dans de bonnes conditions.

« Dites-nous votre nom, *amic*.

— Je m'appelle Pierre de Murviel, messire. »

Le vicomte était assis au centre, ses conseillers en demi-cercle autour de lui.

« *Benvenguda*, Pierre de Murviel. Vous êtes porteur de nouvelles », me dit-on.

Le visage exsangue, les mains posées sur les genoux, l'homme s'éclaircit la voix et se mit à parler. Il était originaire de Béziers, quoiqu'il eût passé les dernières années à la cour de Navarre et d'Aragon. Musicien de son état, son art lui venait de nul autre que Raimon de Mirval, le plus su des troubadours du Midi. Sa notoriété lui avait valu une invitation du consul de Béziers. Y voyant une possibilité de revoir sa famille, il avait accepté.

Il s'exprimait d'une voix si basse, que l'auditoire devait tendre l'oreille pour saisir ses paroles.

« Parlez-nous de Besièrs, reprit le vicomte. N'omettez aucun détail.

— L'armée des Français est arrivée au pied des murs de la cité, la veille de la fête de Santa Maria Magdalena, et a dressé aussitôt son campement sur la rive gauche de l'Orb. Tout près, s'étaient rassemblés pèlerins, mercenaires, mendiants et malheureux, des loqueteux allant pieds nus avec, pour toute fortune, les haillons qu'ils avaient sur le dos. Les couleurs rouge, vert et or des évêques et des barons français flottaient haut dans les cieux. Ils érigèrent des hampes pour leurs oriflammes et abattirent des arbres pour enclore leurs animaux.

— Qui fut mandé pour parlementer ?

— L'évêque de Besièrs, Renaud de Montpeyroux.

— On affirme que c'est un traître, messire, murmura Pelletier à l'oreille du vicomte. Qu'il est d'ores en avant sous la croix.

— L'évêque Montpeyroux est revenu dans la cité, porteur d'une liste de soi-disant hérétiques, dressée par les légats du pape. J'ignore quel en était le nombre exact, messire, plusieurs centaines assurément. S'y trouvaient les noms des personnes parmi les plus nobles et les plus influentes de la cité de Besièrs, ainsi que celui des adeptes de l'Église nouvelle, ceux que l'on accuse d'être *Bons Chrétiens*. Si les consuls acceptaient de leur livrer ces hérétiques, la ville serait épargnée. Dans le cas contraire…

— Quelle a été la réponse des consuls ? s'enquit Pelletier, songeant que c'était là un premier pas vers une possible alliance contre les Français.

— Qu'ils préféraient mourir noyés la tête dans la saumure que de se rendre ou de livrer leurs concitoyens. »

À ces mots, Trencavel retint un soupir.

« L'évêque eut tôt fait de quitter la ville, accompagné d'un petit nombre de prêtres catholiques. Le commandant de la place, Bernard de Servian, entreprit aussitôt d'organiser la défense. »

Le musicien s'interrompit, la gorge serrée. Même Congost, plongé dans ses parchemins, leva les yeux pour le regarder.

« Au matin du vingt-deuxième jour de juillet, tout était encore quiet. Le soleil ardait, dès les petites heures du matin. Une poignée de croisés, pas même des soldats, s'en allèrent à la rivière sous les fortifications sud de la cité du haut desquelles des jeunes gens les observaient. Des injures furent échangées. L'un des routiers alla même jusqu'au pont en proférant menaces et jurons. Cela suffit pour enflammer les esprits des garçons qui, armés de piques et de massues, décidèrent de châtier les Français. Avant que qui oncques ne comprît quoi ou qu'est-ce, ils dévalèrent les pentes et, en un instant, trucidèrent le routier. Puis, s'emparant de son cadavre, ils le jetèrent dans la rivière. »

Pelletier observa le vicomte à la dérobée. Il était pâle comme un linge.

« Du haut des murs, les citadins exhortaient les jeunes gens à revenir derrière les murs de la cité, continua le musicien. Mais ils étaient trop ivres de victoire pour entendre raison. Leurs vociférations attirèrent l'attention du capitaine des mercenaires, le *Roi*, ainsi que ses hommes le surnommaient. En voyant la porte ouverte, il donna l'ordre d'attaquer. Finalement, les jeunes écervelés prirent enfin conscience du danger, trop tard, hélas. Les routiers les taillèrent en pièces. Les rares qui en réchappèrent tentèrent de refermer la porte, sinon que, plus alertes et mieux armés, les mercenaires les en empêchèrent et, s'engouffrant dans la place, parvinrent à la maintenir ouverte.

» En quelques instants, les Français passèrent à l'attaque, enfonçant les portes à coups de bélier, dressant des échelles pour escalader les murailles. Bernard de Servian déploya toutes ses énergies pour défendre les remparts et tenir la position, mais les événements s'étaient précipités, et les mercenaires tinrent l'accès de la porte.

» Une fois les croisés dans les murs, le carnage commença. L'on voyait des corps partout, morts ou mutilés ; l'on marchait dans un bain de sang. Des enfants furent arrachés des bras de leur mère et empalés sur des piques et des épées. Les têtes furent tranchées et dressées sur les murailles pour être livrées aux corbeaux. L'on eût cru une rangée de gargouilles de chair et de sang, hurlant notre défaite. Tout ce qui se présentait fut impitoyablement massacré, sans égard pour l'âge ou le sexe. »

Le vicomte ne pouvait rester silencieux plus longtemps.

« Comment se fait-il que les légats du pape ou les barons français n'aient point mis un terme à pareil carnage. En avaient-ils connaissance ? »

Murviel redressa la tête.

« Entièrement, messire.

— Le massacre d'innocents est contraire à tout sens de l'honneur, à toute convention de guerre, intervint Pierre-Roger de Cabaret. Je ne puis croire que l'abbé de Cîteaux, si zélé et haineux qu'il soit à l'endroit des hérétiques, pût cautionner le meurtre de femmes et d'enfants chrétiens en état de péché.

— L'on raconte que, lorsqu'on demanda à Arnaud Amalric comment séparer les chrétiens des hérétiques, il aurait répondu : "Tuez-les tous, Dieu reconnaîtra les siens." D'après la rumeur qui circule à tout le moins. »

Trencavel et Cabaret échangèrent un regard atterré.

« Poursuivez, commanda Pelletier, achevez votre narration.

— Les grandes cloches de la cathédrale sonnaient le tocsin. Femmes et enfants s'étaient rassemblés dans les églises de Sant-Jude et de Santa Maria Magdalena. Ils étaient des milliers, entassés comme des animaux dans un enclos. Les prêtres catholiques tentèrent de s'investir et se mirent à entonner le requiem. Les croisés enfoncèrent les portes et les massacrèrent jusqu'au dernier.

» En quelques heures, la cité entière s'était changée en un abominable charnier. Puis le sac commença. Les plus belles demeures furent livrées à la barbarie et à la rapacité. Dès lors, les barons voulurent intervenir – non par esprit de conscience, seulement parce que gagnés d'une égale cupidité – et tentèrent de contenir les routiers. En réponse, ils se heurtèrent à leur fureur de se voir spoliés de ce qu'ils estimaient avoir bien gagné, c'est pourquoi, contre l'intérêt de tous et chacun, ils allumèrent des incendies. Les maisons de bois des bas quartiers s'enflammèrent comme des torches. Les poutres de la cathédrale s'embrasèrent et le toit s'effondra, retenant prisonniers ceux qui s'y étaient réfugiés. Le brasier était si féroce que les murs de la cathédrale se fendirent par le milieu.

— Dites-moi ceci, *amic*, combien ont survécu? demanda le vicomte.

Le musicien baissa piteusement le front.

« Pas un, messire. Tous sont morts, excepté quelques-uns d'entre nous qui sommes parvenus à prendre la fuite.

— Vingt mille âmes massacrées en l'espace d'une matinée, murmura Raymond-Roger, consterné. Comment cela se peut-il? »

Personne ne répondit. Aucun vocable n'était assez fort pour qualifier une telle horreur.

« Vous avez assisté à des événements qu'aucun homme ne devrait voir, Pierre de Murviel. En venant nous apporter la triste nouvelle, vous avez fait montre de grand courage. Carcassona est votre débitrice et je veillerai à ce que vous soyez récompensé. Avant de vous retirer, répondez cependant à cette ultime question : le comte de Toulouse a-t-il pris part au sac de la cité ?

— Je ne le crois pas, messire ; l'on rapporte qu'il s'est cantonné dans le campement des Français. »

Trencavel s'adressa à Pelletier :

« C'est toujours bon à entendre.

— Au cours de votre voyage jusqu'à la Cité, n'avez-vous vu personne sur les routes ? voulut savoir l'intendant. La nouvelle du massacre s'est-elle répandue ?

— Je ne saurais dire, messire. J'ai évité les grands chemins pour suivre les gorges de Lagrasse, et n'y ai aperçu nul soldat. »

Le vicomte interrogea du regard les consuls, au cas où ils auraient quelque question à ajouter. Aucun ne demanda la parole.

« Fort bien, conclut-il à l'intention du musicien. Vous pouvez vous retirer. Une fois encore, nous vous remercions. »

Murviel parti, Trencavel se tourna vers Pelletier :

« Comment se fait-il que nous n'en ayons rien su ? Qu'aucune rumeur ne nous soit parvenue défie l'entendement. Quatre jours se sont écoulés depuis cette abomination.

— Si Murviel dit vrai, qui d'autre que lui aurait pu colporter la nouvelle ? répliqua amèrement Cabaret.

— Quand bien même, objecta le vicomte en balayant l'argument de la main. Mandez sur-le-champ des batteurs d'estrade, aussi nombreux que vous le pourrez. Nous devons savoir si l'host entend occuper Besièrs ou s'il marche déjà vers l'Ouest. Sa victoire pourrait l'inciter à progresser plus promptement. »

Chacun s'inclina révérencieusement quand il se leva.

« Que les consuls répandent la macabre nouvelle à travers la *Ciutat*. Je me rends de ce pas à la chapelle Santa-Maria. Dites à mon épouse de m'y retrouver. »

Pelletier eut la sensation que ses jambes étaient enserrées dans une armure, lorsqu'il monta l'escalier conduisant à ses appartements. Une sorte d'étau lui comprimait la poitrine dans un carcan l'empêchant de respirer librement.

À sa porte, Alaïs l'attendait.

« Avez-vous apporté le livre ? » demanda-t-elle impatiemment. Devant la mine décomposée de son père, elle ajouta : « Que se passe-t-il ? Qu'est-il advenu ?

— Je ne suis point allé à Sant-Nasari, ma fille. De bien tristes nouvelles nous ont été rapportées, répondit-il en se laissant tomber sur une chaise.

— Quelle sorte de nouvelles ?

— Besièrs est tombée voilà trois ou quatre jours. Nul n'y a survécu. »

Alaïs tituba vers un banc.

« Ils ont tous… trépassé ? bégaya-t-elle, horrifiée. Femmes et enfants ?

— Nous touchons là aux confins de la perdition, déclara Pelletier. Si l'on peut perpétrer de telles atrocités sur des innocents…

— Que va-t-il advenir, à présent ? » s'enquit-elle en prenant place auprès de lui.

Pour autant qu'il s'en souvînt, jamais Pelletier n'avait perçu pareille frayeur dans la voix de sa fille.

« Nous ne pouvons qu'attendre, lâcha-t-il avec un geste d'impuissance.

— Cependant, cela ne change rien à notre accord, n'est-ce pas ? demanda-t-elle précautionneusement. J'ai toujours votre agrément pour aller mettre la trilogie en lieu sûr.

— La situation a changé.

— Sauf votre respect, père, se cabra Alaïs, plus décidée que jamais, nous avons, au rebours, toutes les raisons de départir. Si nous ne le faisons point, les manuscrits seront pris entre les murs de la Cité et cela, vous ne pouvez le souhaiter. » Elle s'interrompit. Il ne répondit rien. « Après tous les efforts que Siméon, Esclarmonde et vous-même avez déployés pour garder les livres en sûreté, il est exclu de vous soustraire à la tâche qui vous est impartie.

— Le malheur qui a frappé Besièrs ne surviendra point céans, rétorqua l'intendant avec fermeté. Carcassona peut soutenir un siège, et elle le fera. Les livres sont en lieu sûr entre ses murailles.

— Je vous conjure de ne point revenir sur votre parole, implora-t-elle en lui prenant la main.

— *Arèst*, Alaïs, en voilà assez, trancha-t-il. Nous ignorons où se trouve l'host. La tragédie qui a frappé Besièrs appartient jà à l'Histoire. De nombreux jours se sont écoulés, même si la nouvelle vient à peine de nous parvenir. Une avant-garde est peut-être à quelques lieues de la *Ciutat*. Vous laisser départir reviendrait à signer votre arrêt de mort.

— Cependant…

— Je vous l'interdis ; le péril est trop grand.

— Je suis disposée à prendre le risque.

— Non, Alaïs ! vitupéra-t-il, davantage par peur que par colère. Je refuse de vous sacrifier. Cette mission est la mienne, et non la vôtre !

— S'il en est ainsi, accompagnez-moi ! s'écria-t-elle. Prenons les livres et partons pendant qu'il en est encore temps !

— Le péril est trop grand, répéta obstinément Pelletier.

— Pensez-vous que je ne le sache point ? Il se peut, assurément, que notre voyage s'achève sur le fil de l'épée du Français. Mais mieux vaut périr en ayant tout tenté que de laisser la crainte de ce qui risque d'advenir prendre le pas sur notre courage ! »

Étonnamment, et au grand dam d'Alaïs, Pelletier esquissa un sourire.

« Votre grandeur d'esprit vous honore, *filha*, dit-il, non sans amertume. Mais les livres demeureront dans la Cité. »

Alaïs fixa son père d'un air consterné, puis, tournant les talons, s'enfuit de la chambre.

47

Besièrs

Au cours des deux journées qui suivirent leur victoire inattendue, les croisés se cantonnèrent dans les prairies fertiles entourant la cité. Pareil exploit avec si peu de pertes relevait du miracle. Dieu n'aurait pu s'exprimer pu clairement quant à la justesse de leur cause.

Au-dessus d'eux subsistaient les ruines fumantes de ce qui, naguère, avait été une grande citadelle. Des nuages de cendres grises s'élevaient dans un ciel indécemment azuréen, et que les vents répandaient sur le pays vaincu. De temps à autre, leur parvenait le grondement sourd d'une toiture ou d'un pan de mur en train de s'écrouler.

Le lendemain, l'host leva le camp et fit route vers le Sud en direction de la cité romaine de Narbonne. Flanqué des légats du pape, chevauchait en tête l'abbé de Cîteaux, fort de l'autorité accrue que lui conférait sa victoire dévastatrice sur ceux qui avaient osé le braver. Qu'elle fût blanche ou dorée, chaque croix paraissait scintiller comme la plus belle des parures sur le dos des combattants de Dieu. Chaque crucifix resplendissait comme un brillant soleil.

L'armée conquérante progressait en longs méandres, tel un interminable serpent, à travers salins, marais et les immenses étendues broussailleuses balayées par la tramontane. Oliviers, vignes et amandiers sauvages croissaient au bord du chemin.

Les soldats français, peu aguerris aux chaleurs méridionales, n'avaient jamais progressé sur un tel terrain, preuve sans conteste, songeaient-ils en se signant, qu'ils entraient dans une terre abandonnée de Dieu.

Une délégation, conduite concomitamment par l'archevêque et le vicomte de Narbonne, parlementa avec les croisés le vingt-cinquième jour de juillet.

Le cœur de la cité avait beau se trouver à l'intérieur des terres, Narbonne n'en restait pas moins un port de commerce des plus prospères de la mer Méditerranée. La tête encore pleine des horreurs perpétrées à Béziers, pouvoirs temporel et spirituel étaient prêts à tous les sacrifices, fût-ce au prix de leur honneur et de leur indépendance, pour que la ville et ses habitants ne connussent pas le même sort. Raison pourquoi, en présence de témoins, l'évêque et le vicomte de Narbonne s'agenouillèrent devant Amalric et renouvelèrent leur allégeance à l'Église catholique. Ils livreraient aux légats tous les hérétiques, juifs ou cathares, connus comme tels, procéderaient à la confiscation de leurs biens, iraient même jusqu'à accepter de verser un tribut de guerre aux croisés.

Quelques heures suffirent pour que les termes de l'accord fussent ratifiés. Narbonne serait donc épargnée. De mémoire de croisé, jamais trésor de guerre n'avait été aussi aisément constitué.

Si Amalric et ses légats furent déconcertés par la promptitude des Narbonnais à renoncer à leurs droits innés, ils n'en laissèrent rien paraître. Et si les hommes qui marchaient sous la bannière azur et vermillon du comte de Toulouse se virent tant soit peu contrits par la couardise de leurs voisins, nul n'en fit état.

Les plans de bataille furent modifiés. L'host dresserait le camp pour la nuit aux abords de Narbonne, puis, au matin, marcherait sur Olonzac. Ensuite de quoi, atteindre Carcassonne serait affaire de quelques jours.

Le lendemain, la cité fortifiée d'Azille se rendait, ouvrant grand ses portes à l'envahisseur. Sous couleur d'hérésie, de nombreuses familles furent sacrifiées en holocauste sur un bûcher hâtivement dressé sur la place du marché. L'on vit une fumée noire tournoyer dans les rues étroites et pentues, puis s'élever au-dessus des murailles et se répandre jusque dans la plaine.

Les uns après les autres, villages et châteaux capitulèrent sans qu'une épée fût tirée du fourreau. La proche ville de la Redorte suivit l'exemple d'Azille, de même que les hameaux environnants. Certaines places fortes furent purement et simplement abandonnées.

Pour subvenir à son approvisionnement l'host n'avait qu'à se servir dans les greniers pleins à craquer et dans les caves regorgeant des fruits de l'été. Quand il se heurta à quelque résistance, les représailles furent sévères et promptement exécutées. La sinistre réputation de l'armée des Français allait grandissant et étendait autour d'elle son ombre maléfique. Ainsi se brisèrent, les uns après les autres, les liens pourtant étroits qui unissaient les Trencavel à l'est du pays languedocien.

La veille de la fête de Sant-Nasari, une semaine après la chute de Béziers, l'avant-garde de l'host, qui avait deux jours d'avance sur le gros de la troupe, parvint à Trèbes.

C'était l'après-midi et à la touffeur de l'été s'ajoutait une humidité de plus en plus oppressante. La lueur déjà trouble vira au gris obscur. De violents éclairs déchiraient les cieux, suivis des grondements du tonnerre. Comme les croisés franchissaient les portes béantes de la cité, les premières gouttes de pluie se mirent à tomber.

Les rues étaient sinistrement désertes. Pareils à des fantômes, ses habitants semblaient s'être volatilisés. L'horizon n'offrait plus qu'une étendue de nuages noirs s'amoncelant à l'infini. Quand la tourmente s'abattit sur les plaines entourant la cité, les éclairs craquèrent avec une telle violence qu'on eût cru que les cieux allaient se désintégrer.

Les chevaux piaffaient et glissaient sur le pavé mouillé. En quelques instants, passages et allées se changèrent en torrents. Une pluie diluvienne martelait furieusement les casques et les boucliers. Les rats s'agglutinaient sur les marches des églises pour n'être pas emportés. Le beffroi fut frappé par la foudre. Par bonheur, il ne prit pas feu.

Les soldats tombèrent alors à genoux en se signant, priant Dieu de les épargner. Qu'ils fussent beaucerons, champenois ou bourguignons, ils n'avaient jamais connu d'intempéries aussi extrêmes.

Contre toute attente, la tempête s'éloigna aussi vite qu'elle avait frappé. L'atmosphère s'en trouva agréablement rafraîchie. Les croisés perçurent d'un monastère voisin le tintement des cloches rendant grâce aux cieux. Signe que le pire était passé, ils quittèrent leur abri et se mirent à l'ouvrage. Les écuyers partirent en quête de pâturages pour les chevaux, tandis que les serviteurs déballaient les effets de leurs maîtres ou faisaient du feu.

Le campement prit peu à peu forme.

Le crépuscule descendit sur un ciel ensanglanté. Alors que s'éloignaient les dernières hardes des nuées, les armées venues du Nord eurent un aperçu des tours de Carcassonne soudain révélées.

La Cité semblait sortie de terre, forteresse de pierre contemplant avec hauteur le monde des humains. Rien de ce qu'avaient ouï dire les croisés de leur prochaine conquête ne les avait préparés à semblable vision. Aucun mot n'existait pour rendre justice à sa splendeur.

Carcassonne leur apparaissait. Magnifique, majestueuse, inexpugnable.

48

Quand il revint à lui, Siméon était dans une étable, non plus dans les bois. Il se souvenait d'avoir voyagé longtemps, ballotté sur une selle qui lui avait endolori les côtes.

Une odeur pestilentielle infestait l'endroit, mélange de sueur, de suint, de paille humide et de quelque chose qu'il ne parvenait pas à identifier, mais tout aussi nauséabonde qui n'était pas sans rappeler celle de fleurs pourries. De nombreux harnais pendaient à un clou et une fourche était appuyée dans un coin, non loin d'une porte basse. Sur le mur qui lui faisait face, cinq ou six anneaux scellés dans le mur pour y attacher des bêtes de somme.

Siméon baissa les yeux. La cagoule dont on lui avait recouvert la tête gisait près de lui sur le sol de terre battue. Ses bras et ses jambes étaient entravés par des liens.

Toussant, s'efforçant de recracher les fibres de tissu restées au fond de sa gorge, il se redressa jusqu'à se mettre sur son séant. Il surmonta l'engourdissement de ses membres et recula en direction de la porte. Cela prit du temps, mais quel ne fut pas son soulagement de pouvoir enfin reposer ses épaules et son dos. Patiemment, il réussit à se mettre debout et, alors que sa tête touchait presque le plafond, lança quelques bourrades contre la porte. Le bois craqua, gémit, sans lui laisser plus d'espoir. Condamnée de l'extérieur, la porte ne céderait pas.

Siméon n'avait pas notion de l'endroit où il se trouvait, près de Carcassonne ou plus loin dans la campagne. Il ne se rappelait qu'avoir traversé les bois, puis de grands espaces découverts. D'après le peu qu'il connaissait de la région, il supposa que ce devait être aux environs de Trèbes.

Un filet de lumière bleutée filtrait sous la porte, preuve qu'il ne faisait pas encore nuit. Au moment où il colla l'oreille au sol, il entendit ses ravisseurs murmurer à proximité.

Ils attendaient manifestement quelqu'un. Cette idée le glaça, tant cela prouvait que l'embuscade ne devait rien au hasard.

Il regagna le fond de l'étable où il finit par sombrer dans un sommeil agité, entrecoupé de réveils en sursaut.

Des éclats de voix le tirèrent de sa léthargie. Sur le qui-vive, il entendit ses gardiens se lever précipitamment, puis le raclement de la barre de bois que l'on retirait d'en travers la porte.

Des ombres apparurent, simples silhouettes se découpant sur un lumineux contre-jour. Siméon cligna des yeux, incapable de distinguer quoi que ce fût.

« Où est-il ? »

Froide, impérieuse, la voix s'exprimait dans un français de bon aloi. Après un instant d'hésitation, quelqu'un leva une torche, révélant Siméon rencogné, clignant des yeux apeurés.

« Qu'on l'amène jusqu'à moi. »

À peine eut-il le temps de reconnaître le principal auteur de l'embuscade, qu'il était empoigné par le bras et jeté aux pieds du Français.

Il leva lentement les yeux. Un visage maigre, empreint de cruauté, l'observait à travers un regard ardoise dénué d'expression. Son vêtement, qui ne portait aucun signe distinctif de titre ou de rang, était de bonne coupe et confirmait son appartenance nordique.

« Où est-il ? demanda-t-il d'emblée.

— Je ne comprends point », balbutia Siméon en hébreu.

Le coup le prit par surprise. Il sentit une côte craquer, et tomba en arrière, une jambe repliée sous lui. Des mains l'empoignèrent rudement pour le remettre d'aplomb.

« Je sais qui tu es, juif, poursuivit l'homme. Te livrer à ce jeu avec moi ne te conduira nulle part. Je te le demande encore : où est le livre ? »

Siméon leva derechef la tête sans souffler mot. Cette fois, l'homme s'en prit au visage. La tête du vieil homme explosa de douleur. Les dents craquèrent à l'intérieur de sa bouche ouverte, alors que sur la langue lui parvenait le goût de son propre sang.

« Je t'ai pourchassé comme un animal, juif. Je t'ai traqué à Chartres et à Béziers. Tu m'as fait perdre un temps inestimable, et ma patience est à bout. » Il s'avança d'un pas afin que Siméon pût voir toute la haine que recelait son regard gris : « Une dernière fois : où se trouve le livre ? L'as-tu donné à Pelletier ? Est-ce cela ? »

Deux pensées vinrent simultanément à l'esprit de Siméon : la première qu'il n'en réchapperait pas ; la seconde, qu'il devait protéger ses amis. Il en avait le pouvoir. De ses yeux clos parce que tuméfiés coulaient des larmes de sang.

« J'ai le droit de connaître le nom de mon tourmenteur, parvint-il à articuler malgré sa mâchoire brisée. Je prierai pour vous.

— Ne te méprends pas, tu avoueras où le livre est caché », répondit l'homme avec un signe à l'adresse de ses hommes.

Siméon fut forcé à se mettre debout. On lui arracha ses vêtements, ensuite de quoi on le jeta à plat ventre sur une charrette en lui immobilisant les pieds et les mains. Il perçut le claquement de la ceinture avant que la boucle ne lui déchirât le dos en le faisant tressauter de douleur.

« Où est-il ? »

Siméon gardait les yeux hermétiquement clos, tandis que la lanière de cuir s'abattait une fois encore sur lui.

« Se trouve-t-il jà à Carcassonne ou est-il encore en ta possession, juif ? vociférait l'homme. Tu finiras par me le dire ! Si ce n'est toi, ce sera eux ! »

Le sang coulait à flots de ses lacérations. Afin de juguler sa souffrance, Siméon se mit à prier à haute voix dans la langue sacrée de ses pères.

« Où – est – le – livre ? » répétait inlassablement son bourreau en ponctuant d'un coup chacun de ses mots.

Ce fut les dernières paroles que Siméon entendit avant d'être englouti par les ténèbres.

49

Venue de Trèbes, l'avant-garde des croisés parvint en vue de Carcassonne le jour de la fête de Sant-Nasari. Sur les créneaux de la tour Pinte, les gardes allumèrent des feux et les cloches sonnèrent le tocsin.

Au soir du premier jour du mois d'août, le campement des Français, installé sur la rive opposée de l'Aude, avait pris les proportions d'une seconde cité, constituée de tentes, d'oriflammes, de bannières et de croix d'or miroitant au soleil. Barons venus du Nord, mercenaires gascons, hommes de pié beaucerons, bourguignons ou parisiens, sapeurs, archers, hommes d'Église et tout ce qu'une armée entraîne dans son sillage s'y trouvaient.

À vêpres, le vicomte Trencavel, adjoint de Pierre-Roger de Cabaret, de Bertrand Pelletier et de quelques autres, monta sur le chemin des remparts. Au loin, la fumée des feux de camp s'élevait en spirales dans l'air immobile. L'Aude paressait en un ruban argenté.

« Ils sont extrêmement nombreux.

— Guère plus que ce à quoi l'on s'attendait, messire, répondit Pelletier.

— Combien de temps encore, pensez-vous, avant l'arrivée du gros de la troupe ?

— Je ne saurais le dire. Une armée d'une telle ampleur progresse lentement. En outre, la chaleur les ralentit.

— Certes, mais elle ne les arrêtera point.

— Nous sommes prêts à les affronter, messire. La Cité est bien approvisionnée. Les hourds sont achevés et protégeront nos murs des sapeurs. Toutes les ouvertures ont été obstruées et les points faibles des murailles renforcés. Des archers sont postés en haut de chaque tour. Les haussières qui retiennent les moulins dans la rivière ont été tranchées et les récoltes brûlées. Les Français auront grand mal à s'approvisionner. »

Des éclairs dans le regard, Trencavel s'adressa à Cabaret :

« Ordonnons le boute-selle et faisons une sortie. Avant la tombée de la nuit, quatre cents de nos meilleurs cavaliers bien armés chasseront ces Français de nos coteaux. En outre, nous profiterons de l'effet de surprise. Qu'en dites-vous ? »

Pelletier partageait ce désir de frapper le premier. Il savait aussi qu'un tel acte relevait de la pure folie.

« Il se trouve maints bataillons dans les plaines, messire, ainsi que de petits contingents de routiers, issus de l'avant-garde », objecta l'intendant.

Cabaret vint ajouter sa voix à celle de Pelletier :

« Ne sacrifiez point vos hommes, messire.

— Cependant, si nous frappions les premiers…

— Nous sommes préparés pour un siège, messire, non pour une bataille en terrain découvert. La garnison est fortement armée. Les plus preux de vos chevaliers sont dans nos murs, attendant de vous prouver leur vaillance.

— Néanmoins ?

— Vous ne sauriez les sacrifier en vain, répondit fermement Cabaret.

— Votre peuple vous aime et a foi en vous, renchérit Pelletier. Il est prêt à sacrifier sa vie sur votre seule requête. Nonobstant, il nous faut attendre. Laissons les Français engager le combat les premiers.

— Je crains que la situation qui nous préoccupe ne le doive qu'à mon orgueil, dit Trencavel d'une voix éteinte. J'étais loin de m'attendre à ce qu'elle prît pareille tournure, et surtout en un si court délai. Vous a-t-on relaté comme ma mère se plaisait à emplir le château de danses et de chants, messire Bertrand ? Les troubadours et les jongleurs les plus courus venaient se produire pour son bon plaisir : Aiméric de Pegulham, Arnaud de Carcassès et même Guilhem Fabre et Bernat Alanham de Narbonne. Le temps s'écoulait en fêtes et célébrations.

— J'ai, en effet, ouï dire que c'était la plus belle cour du pays d'oc, et elle le sera encore », sourit Pelletier en posant une main affectueuse sur l'épaule de son maître.

Les cloches s'étaient tues et tous les visages étaient tournés vers le vicomte Trencavel.

Quand ce dernier reprit la parole, l'intendant eut plaisir à constater que toute trace d'atermoiement avait disparu de sa voix. Ce n'était plus le garçonnet évoquant ses enfances, mais un chef à la veille d'une bataille :

« Que les poternes soient closes et les portes condamnées, messire Bertrand, et faites quérir au donjon le commandant de garnison. Nous devrons être apprêtés quand les Français arriveront.

— Peut-être serait-il bon d'envoyer quelques renforts à Sant-Vicens, messire, suggéra Cabaret. C'est par là que l'host attaquera en premier lieu. Et nous ne pouvons renoncer à l'accès à la rivière. »

Trencavel acquiesça d'un signe de tête.

Resté seul, Pelletier s'attarda sur les remparts et laissa son regard errer sur le paysage, comme pour en graver l'image au fond de sa mémoire.

Au nord, les murs de Sant-Vicens péchaient par leur hauteur limitée, et leurs rares tours n'offraient qu'une défense relative. Si l'envahisseur parvenait à gagner le bourg, ses demeures constitueraient un abri idéal pour ses archers. Le bourg sud de Sant-Miquel était apte, quant à lui, à tenir plus longtemps.

Il était vrai que Carcassonne était prête pour soutenir un siège. Les provisions ne manquaient pas, si ce n'est que les réfugiés en surnombre posaient un grave problème qui ne laissait d'inquiéter Pelletier, à savoir celui de l'eau. Moyennant quoi, un garde avait été posté, sur son ordre, devant chaque puits afin de la rationner.

Alors qu'il sortait de la tour Pinte pour traverser la cour, il se prit de nouveau à songer à Siméon. Par deux fois, il avait envoyé François aux nouvelles, et chaque fois, le domestique était revenu bredouille. Aussi son anxiété ne faisait-elle que croître à mesure que les jours passaient.

Après un regard circulaire, il décida que quelques heures sans sa présence ne pouvaient nuire.

Il alla aux écuries.

Pelletier coupa directement à travers prairies et bois, éminemment conscient de l'host qui campait au loin.

Bien que ses rues fussent animées, le quartier juif se révéla d'un calme et d'un silence inhabituel. L'angoisse et la peur se lisaient sur chaque visage, qu'il fût jeune ou vieux. Tous savaient que les combats commenceraient bientôt. Comme l'intendant progressait dans les ruelles, femmes et enfants lui décochèrent des regards anxieux, espérant recueillir quelque raison d'espérer.

Pelletier n'avait qu'un visage fermé à leur offrir en réponse.

Personne n'avait eu vent de Siméon. S'il trouva aisément son logis, la porte en était, hélas, condamnée. Mettant pied à terre, il alla frapper à la maison voisine.

« Je recherche un homme nommé Siméon, annonça Pelletier après qu'une femme lui eut frileusement ouvert la porte. Savez-vous de qui je veux parler ?

— Il est venu avec les autres de Besiers, acquiesçat-elle.

— Vous rappelez-vous la dernière fois que vous l'avez aperçu ?

— Cela remonte à plusieurs jours. Avant que ne nous parvienne la nouvelle de Besiers, il s'en est allé à Carcassona. Un homme s'était présenté à son logis.

— Quelle sorte d'homme était-ce ? se renfrogna Pelletier.

— Le serviteur d'une personne de haute lignée, fit la femme avec une moue qui lui tordit le nez. Il était roux. Siméon semblait le bien connaître. »

L'intendant était consterné. La description était celle de François, sinon que ce dernier alléguait n'être jamais parvenu à joindre le vieil homme.

« C'est la dernière fois que je l'ai vu.

— Voulez-vous dire que Siméon n'est jamais revenu de Carcassona ?

— Le bon sens l'aura incité à y demeurer. Il y est bien plus en sûreté que céans.

— Est-il possible que Siméon soit revenu sans que vous l'ayez aperçu ? s'enquit désespérément Pelletier. Vous auriez pu sommeiller ou bien n'avoir point remarqué son retour.

— Voyez par vous-même, répliqua la femme en désignant le logis du doigt. Cette demeure est inoccupée. »

50

Longeant les couloirs, Oriane alla silencieusement pousser la porte de sa sœur.

« Alaïs ? »

Cette dernière était encore avec leur père. Guirande le lui avait assuré, mais on n'est jamais trop prudent.

« *Sòrre ?* »

N'obtenant pas de réponse, elle entra et, avec les gestes rapides et sûrs d'un cambrioleur, se mit aussitôt à fourrager dans les effets personnels de sa sœur : bouteilles, bols et pots, placards, coffres contenant étoffes, parfums et herbes aromatiques. En déplaçant un oreiller elle découvrit un coussinet de lavande qu'elle écarta aussitôt. Elle inspecta pareillement le dessous, puis l'arrière du lit, n'y découvrant que des insectes morts et des toiles d'araignée.

Comme elle se retournait pour observer les lieux, une lourde cape brune, posée sur le dossier d'une chaise, puis du fil et des aiguilles oubliés sur la table à ouvrage captèrent son attention. Que faisait là ce vêtement d'hiver en cette période de l'année ? se demandat-elle avec un tressaillement d'excitation. Et pourquoi Alaïs ravaudait-elle ses vêtements de sa propre main ?

À peine s'en saisit-elle qu'une anomalie lui sauta aux yeux. Le vêtement, déséquilibré, pendait d'un côté. Il suffit à Oriane d'en soulever un pan pour comprendre que quelque chose était cousu dans l'ourlet.

Soudain fébrile, elle en défit la couture et plongea ses doigts à l'intérieur pour en extraire un objet rectangulaire, enveloppé dans un carré de coton.

Elle s'apprêtait à le sortir de son emballage quand un bruit dans le couloir l'en retint. Vive comme l'éclair, elle dissimula son larcin sous son vêtement et alla replacer la cape là où elle l'avait trouvée.

Une main se posant avec rudesse sur son épaule la fit sursauter.

« Que faites-vous donc ?

— Guilhem…, hoqueta-t-elle, les mains pressées contre sa poitrine. Vous m'avez effrayée.

— Que faites-vous dans la chambre de mon épouse, Oriane ? »

La jeune femme redressa fièrement le menton.

« Je pourrais vous poser la même question. »

Dans la pénombre grandissante, elle vit son expression se durcir, comprit que le trait avait porté.

« J'ai tous les droits de me trouver céans, alors que vous… » Son regard alla de la cape au visage d'Oriane : « Qu'étiez-vous en train de faire ? »

Elle soutint son regard.

« Rien qui vous concerne. »

Guilhem referma violemment la porte en la repoussant du talon.

« Vous vous égarez, dame, gronda-t-il en lui saisissant le poignet.

— Ne vous conduisez donc point comme un sot et ouvrez cette porte, répondit-elle à voix basse. Si quelqu'un nous surprenait, cela pourrait fort mal se passer.

— Et vous, ne vous gaussez point de moi ; je n'en ai point le goût. Je ne vous laisserai repartir qu'après que vous m'aurez dit ce qui vous amène céans. Est-ce lui qui vous a mandé ? »

Oriane le dévisagea avec un réel désarroi.

« J'ignore de qui vous voulez parler, messire. Je vous en donne ma parole. »

Du Mas n'en gardait pas moins les doigts plantés dans l'avant-bras de son amante.

« Pensiez-vous que je ne l'avais point remarqué ? Je vous ai vus ensemble, Oriane. »

Une bouffée de soulagement mit un terme à sa confusion. Elle comprenait à présent son acrimonie : Guilhem s'était mépris sur l'identité de l'homme qui l'accompagnait. Puisqu'il en était ainsi, autant tourner ce malentendu à son propre avantage, songea-t-elle.

« Laissez-moi m'en retourner, regimba-t-elle en tentant de se libérer de la poigne qui l'étreignait. Pour votre gouverne, messire, je vous rappelle que c'est vous qui avez décidé que nous ne nous reverrions plus. » Elle rejeta sa chevelure en arrière, le regard étincelant de défi. « Or, s'il me plaît de chercher auprès d'un autre quelque réconfort, cela ne vous regarde en aucune façon. Vous n'avez aucun droit sur moi.

— Qui est-il ? »

Oriane y songea hâtivement. Il lui fallait avancer un nom apte à le satisfaire.

« Avant que je ne vous révèle son nom, vous devez me promettre de ne rien entreprendre d'insensé, plaidat-elle afin de gagner du temps.

— À cette heure, vous n'êtes guère en position de poser des conditions, dame.

— Allons donc ailleurs. Dans ma chambre, dans la cour, peu importe le lieu. Si Alaïs venait à apparaître… »

À l'expression désorientée de son amant, Oriane comprit qu'il craignait par-dessus tout qu'Alaïs n'apprît son infidélité, et, dès lors, qu'elle était le seul maître du jeu.

« Fort bien », concéda-t-il avec une rudesse forcée.

Ouvrant la porte de sa main libre, il la conduisit, mi-tirant mi-poussant, à travers les couloirs. Au moment où ils atteignirent la chambre, Oriane avait rassemblé ses esprits.

« Parlez, dame », ordonna-t-il.

Tête basse et regard piteux, elle avoua alors avoir succombé aux assiduités du fils d'un vassal du vicomte, lequel était, selon ses dires, un de ses plus anciens admirateurs.

« Est-ce la vérité ?

— Je le jure sur ma vie », murmura-t-elle, en l'observant à travers ses cils humectés de larmes.

Si le regard de l'homme demeurait soupçonneux, Oriane ne manqua pas d'y déceler une ombre d'hésitation.

« Cela ne me dit point ce que vous faisiez dans la chambre de mon épouse.

— J'y sauvegardais tout bonnement votre réputation en y rapportant un objet qui vous appartient.

— De quel objet s'agit-il ?

— Mon époux a trouvé une boucle dans ma chambre, expliqua-t-elle en esquissant sa forme de ses mains. De cette dimension, en cuivre et en argent.

— J'ai en effet égaré une telle boucle, admit-il.

— Jehan était décidé à en découvrir le propriétaire et à divulguer son nom. Sachant que c'était vous, j'ai pensé que le mieux serait de vous la rapporter.

— Pourquoi ne me l'avoir point remise en mains propres, dans ce cas ?

— Vous m'évitiez, messire, lui rappela-t-elle. J'ignorais à quel moment je pourrais vous revoir, si tant est que cela fût possible. En outre, si l'on nous avait aperçus ensemble, la preuve eût été faite de ce qui nous rapprochait. Vous pouvez juger de l'inconséquence de mes actes, mais ne doutez point de mes bonnes intentions. »

Oriane devinait qu'il n'était pas convaincu, cependant, elle se garda d'argumenter plus avant. Elle le vit porter la main à sa dague.

« Si vous en soufflez un seul mot à Alaïs, je vous tuerai, Oriane. Dieu m'en est témoin.

— Elle n'apprendra point votre félonie de ma bouche, déclara-t-elle avec un demi-sourire. À moins, bien sûr, qu'aucun autre choix ne me soit laissé. Vous devez comprendre que je dois avant tout me protéger. C'est pourquoi… » Elle marqua une pause, pendant que Guilhem prenait une grande inspiration. « C'est pourquoi, en pareille occurrence, je requiers une faveur de vous.

— Et si je n'y étais point disposé ?

— Je voudrais savoir si mon père a confié à Alaïs un objet de grande valeur, rien de plus.

— C'est épier mon épouse que vous me demandez là, dit-il d'un ton à la fois incrédule et outré. Je ne me livrerai point à de telles manigances, Oriane, et vous ne ferez rien qui puisse lui nuire non plus.

— Oh, que si ! Seule votre crainte d'être démasqué motive ce soudain accès de chevalerie. C'est bien vous, pourtant, qui l'avez bafouée au cours des nuits passées en ma compagnie. Je ne veux qu'un renseignement, et je l'obtiendrai, avec ou sans votre aide. Cependant, si l'envie vous prenait d'y faire obstacle… »

Elle laissa la menace en suspens.

« Vous n'oseriez point.

— Ce serait peu de chose pour moi que de relater à Alaïs ce que nous avons vécu ensemble, les serments que vous m'avez murmurés, les présents que vous m'avez offerts. Elle me croira, messire, car les turpitudes de votre âme se lisent sur votre visage. »

Dégoûté, autant d'Oriane que de lui-même, Guilhem alla ouvrir la porte.

« Que le diable vous emporte, Oriane ! » tempêta-t-il en quittant brusquement les lieux.

La jeune femme sourit. Elle le tenait dans ses rets.

Alaïs avait passé l'après-midi à quérir son père, sans que personne l'eût aperçu. Elle s'était aventurée dans la Cité, espérant tout du moins s'entretenir avec Esclarmonde, mais la gardienne et Sajhë avaient quitté Sant-Miquel sans regagner leur demeure pour autant.

Partagée entre inquiétude et épuisement, elle finit par regagner sa chambre. Trop anxieuse pour espérer s'endormir, elle alluma une lampe et s'assit à sa table sur laquelle elle finit néanmoins par s'assoupir.

Les cloches sonnaient à peine la première heure lorsque des pas à sa porte l'arrachèrent à son sommeil. Levant la tête d'entre ses bras repliés, elle tourna un regard chassieux en direction du bruit.

« Rixende, murmura-t-elle, est-ce vous ?

— Nenni, ce n'est point Rixende, répondit une voix masculine.

— Guilhem ? »

Ce dernier sortit de l'ombre, un sourire mal assuré sur les lèvres.

« Pardonnez-moi. J'avais promis de ne point vous importuner, je le sais, mais… Puis-je ? »

Alaïs se redressa.

« J'étais à la chapelle, expliqua-t-il. J'ai prié. Je crains pourtant que ma supplique n'ait été entendue. »

Le jeune homme alla prendre place au pied du lit. Alaïs hésita un instant, puis alla l'y rejoindre, comprenant qu'une pensée hantait son esprit.

« Attendez, souffla-t-elle. Laissez-moi vous aider. »

Après lui avoir retiré ses bottes, elle le débarrassa de ses harnais et de son ceinturon, qui churent sur le sol avec un bruit de métal.

« Que pense le vicomte des événements à venir ? » s'enquit-elle.

Guilhem se laissa tomber sur le dos pour répondre, paupières closes :

« Que l'host attaquera Sant-Vicens en premier lieu, puis ce sera le tour de Sant-Miquel, afin de se rapprocher autant que possible des murs de la *Ciutat*. »

Alaïs s'assit à côté de lui et lui écarta les cheveux du visage. Le seul contact de sa peau lui tira un frisson.

« Vous devriez dormir, messire. Toutes vos forces seront nécessaires pour la bataille qui s'en vient. »

Ouvrant les yeux, Guilhem lui sourit paresseusement.

« Vous pourriez m'y aider. »

Alaïs sourit à son tour et s'empara d'un flacon d'une décoction de romarin posé sur une table proche. À genoux sur le lit, elle entreprit d'en masser les tempes de son époux.

« En cherchant mon père tantôt, je suis passée près de la chambre de ma sœur. Il m'a semblé qu'elle n'y était point seule.

— Congost l'y avait sans doute rejointe, répondit précipitamment le jeune homme.

— Je ne le pense point. Il a pris ses quartiers à la tour Pinte, avec ses scribes, au cas où le vicomte ferait appel à lui. J'ai cru ouïr des éclats de voix », ajouta-t-elle après un court instant.

Guilhem posa le doigt sur sa bouche pour lui intimer le silence.

« C'en est assez d'Oriane », murmura-t-il en lui entourant la taille pour l'attirer contre lui. Elle perçut un goût de vin sur ses lèvres. « Vous embaumez le miel et la camomille. » Il dénoua ses cheveux qui tombèrent en spirales autour de son visage. « *Mon còr...* »

Elle sentit les poils de sa nuque se hérisser sous son toucher, au contact intime et enfiévrant de leurs épidermes. Lentement, précautionneusement, sans la quitter un instant du regard, il lui dénuda les épaules, puis la poitrine jusqu'à la taille. Alaïs changea de position, en sorte que le vêtement tomba sur le sol comme une vieille mue.

Guilhem tira la courtepointe pour qu'elle pût se glisser dessous, puis l'installa sur les oreillers encore imprégnés de sa propre odeur. Ils demeurèrent un instant ainsi, côte à côte, hanche contre hanche, pied froid contre peau brûlante. Enfin, il se pencha sur elle, son souffle lui caressant la peau comme une brise d'été. Ses lèvres la parcoururent, sa langue erra, descendit jusqu'aux seins. Alaïs retint son souffle quand il prit un mamelon dans sa bouche et se mit à le titiller.

Il releva la tête, un demi-sourire flottant sur le visage.

Entre ses jambes nues il s'insinua, tandis qu'elle le regardait au fond des yeux, l'air grave, sans un battement de cils.

« *Mon còr* », répéta-t-il.

Et il entra en elle doucement, peu à peu, jusqu'à ce qu'elle l'eût entièrement accepté, et y resta immobile, contenu, comme pour y trouver son repos.

Alaïs en concevait un sentiment de puissance qui lui donnait l'impression de pouvoir tout entreprendre, se substituer à n'importe qui. Une chaleur suffocante tétanisait ses membres, l'emplissait tout entière jusqu'à oblitérer ses sens. Le lancinement de ses pulsations martelait son cerveau. Elle perdait toute notion de temps et d'espace. N'existaient plus que Guilhem et les ombres tremblotantes de la lampe.

Il commença à se mouvoir.

« Alaïs… »

Les mots lui coulaient des lèvres.

Sur son dos, elle posa ses mains en étoile. Elle pouvait capter son énergie, la vigueur de ses bras et de ses cuisses, sentir son torse velu contre sa poitrine, la langue qui lui fouillait la bouche, brûlante, humide, affamée.

Transporté par le désir, son souffle s'accéléra. Alaïs le retint, tandis qu'il criait son nom. Un long tressaillement, et ce fut l'apaisement.

Lentement, le rugissement qu'elle entendait dans sa tête s'effaça pour ne laisser place qu'au silence feutré de la chambre.

Plus tard, après qu'ils se furent épuisés en promesses nocturnes, ils sombrèrent dans le sommeil. L'huile de la lampe acheva de se consumer. La flamme oscilla et mourut. Alaïs et Guilhem n'y prirent pas garde. Ils ne furent pas conscients de la course argentée de la lune dans le ciel ni des lueurs violacées de l'aube se glissant par la fenêtre. Ils n'étaient plus que deux êtres dormant dans les bras l'un de l'autre, une femme et son époux, de nouveau amants.

Réconciliés. En paix.

51

MARDI 7 JUILLET 2005

Alice s'éveilla, quelques instants à peine avant la sonnerie du réveil, et se retrouva étendue en travers du lit, parmi des feuilles de papier répandues autour d'elle.

L'arbre généalogique de la famille se trouvait juste sous ses yeux, avec les documents rassemblés à Toulouse. Elle sourit : un peu comme autrefois quand, étudiante, elle s'endormait sur son bureau.

Ce constat ne lui fut pas désagréable. Malgré le cambriolage et l'agression dont elle avait été victime, elle se sentait, ce matin, dans les meilleures dispositions d'esprit. Satisfaite, pour ne pas dire heureuse.

Après avoir étiré ses membres et son cou, elle alla pousser les volets. Le ciel se partageait en de pâles stries de lumière et des traînées de nuages blancs. Les coteaux de la Cité étaient encore dans l'ombre, et les talus herbeux, par-delà les murs, scintillants de rosée. Tours et tourelles s'érigeaient dans un azur de soie, cependant que, d'un toit à l'autre, l'alouette et le roitelet se donnaient la réplique. Les traces de l'orage étaient visibles partout : débris de toutes sortes adhérant aux rails de sécurité, cartons détrempés à l'arrière de l'hôtel, feuilles de journaux collés aux réverbères.

L'idée de quitter Carcassonne rendait Alice mal à l'aise, comme si son départ devait précipiter quelque événement. Mais elle devait réagir et, à ce stade, Chartres demeurait la seule piste susceptible de la conduire à Shelagh.

C'était une belle journée pour entreprendre un tel voyage.

Alors qu'elle rangeait ses papiers, elle estima qu'elle était raisonnable. Il n'était pas question d'attendre passivement le retour de son monte-en-l'air.

À la réceptionniste, elle expliqua qu'elle s'absenterait pour la journée, mais qu'elle souhaitait conserver sa chambre.

« Une personne vous attend, madame, lui apprit la jeune fille en lui indiquant le bar salon. Je m'apprêtais à appeler votre chambre.

— Ah ? s'étonna Alice en se retournant. Vous a-t-elle dit ce qu'elle me veut ? »

La réceptionniste secoua la tête.

« Très bien, merci.

— Ceci est également arrivé pour vous ce matin », ajouta-t-elle en tendant une enveloppe par-dessus son comptoir.

Alaïs examina le cachet de la poste. La lettre avait été expédiée de Foix la veille. L'écriture lui était inconnue. Elle s'apprêtait à l'ouvrir quand la personne en question apparut.

« Docteur Tanner ? s'enquit-elle d'un air tendu.

— Oui ? répondit Alice en glissant machinalement l'enveloppe dans sa poche.

— J'ai un message à vous transmettre de la part de M. Audric Baillard. Il aimerait que vous le rejoigniez au cimetière. »

Le visage de la femme ne lui était pas inconnu, cependant, elle ne parvenait pas à le resituer.

« Nous nous connaissons ? demanda-t-elle.

— Oui, j'appartiens à l'étude de Daniel Delagarde », répliqua-t-elle précipitamment, après un instant d'hésitation.

Alice l'observa encore. Elle ne se la rappelait pas, mais il est vrai que l'étude comptait de nombreux employés.

« M. Baillard vous attend près de la tombe des Giraud-Biau.

— Vraiment ? s'étonna-t-elle. Pourquoi n'est-il pas venu lui-même ?

— Je dois partir, maintenant. »

Sur ces mots, la femme fit volte-face et disparut, laissant Alice abasourdie. Au regard interrogateur qu'elle adressa à la réceptionniste, celle-ci répondit par un haussement d'épaules désabusé.

Elle consulta sa montre-bracelet. Elle avait envie de partir ; un long trajet l'attendait. Sauf que quelques minutes plus tôt ou plus tard ne changeraient rien à l'affaire.

« À demain », lança-t-elle à la réceptionniste, déjà replongée dans ses occupations.

Elle fit le détour jusqu'à sa voiture pour y déposer son sac à dos puis, vaguement irritée, prit le chemin du cimetière.

Sitôt franchies les hautes grilles de fer qui cernaient les lieux, l'atmosphère changea du tout au tout. Au bourdonnement de la Cité en train de s'éveiller se substitua une surprenante quiétude.

Sur sa droite, un petit bâtiment blanchi à la chaux, au mur duquel étaient suspendus quantité d'arrosoirs de plastique verts ou noirs. Par la fenêtre, Alice remarqua un vieux veston posé sur le dossier d'une chaise, ainsi que, sur la table, un journal déplié, comme si quelqu'un venait de quitter brusquement l'endroit.

Soudain sur le qui-vive, elle suivit l'allée centrale. Le climat y était oppressant. Pierres tombales sculptées serties de camées en porcelaine, épitaphes sur granit noir indiquant noms et dates, dernières demeures pour familles désireuses de marquer *ad vitam aeternam* leur passage en ce bas monde.

Des photographies de personnes prématurément décédées le disputaient à celles d'augustes vieillards. Au pied de nombreuses tombes, des fleurs, parfois naturelles et fanées, d'autres en soie, en matière plastique ou en porcelaine.

Suivant les directives de Karen Fleury, Alice n'eut aucune difficulté à trouver celle des Giraud-Biau. Large dalle de granit surélevée, située au bout de l'allée centrale, elle était surmontée d'un ange de pierre aux bras étendus et aux ailes déployées.

Un regard circulaire ne lui permit pas de déceler la présence du dénommé Baillard.

Elle laissa courir ses doigts sur le granit poli. Ci gisaient de nombreux membres de la famille de Jeanne Giraud, personne dont elle ne savait rien, sinon qu'elle faisait le lien entre Baillard et sa tante Grace. Elle ne prit conscience de l'étrangeté du choix de cet espace pour mettre sa tante en terre qu'au moment où elle examina les noms gravés sur la stèle.

Un bruit émanant d'une allée transversale attira son attention. Elle tourna la tête, s'attendant à voir le vieil homme de la photographie se diriger vers elle.

« Docteur Tanner ? »

Deux hommes de type méditerranéen, portant costume d'été et lunettes de soleil s'approchèrent d'elle.

« Oui ? »

Le plus petit produisit une plaque.

« Police. Nous aimerions vous poser quelques questions. »

Alice sentit son estomac chavirer.

« À quel propos ?

— Nous n'en avons que pour quelques minutes, madame.

— J'aimerais voir une pièce d'identité. »

De la poche intérieure de son veston l'individu sortit une carte. Alice ne put se faire d'opinion quant à son authenticité, mais l'arme dans son baudrier semblait bien réelle. Son pouls s'accéléra.

Elle affecta de l'examiner, tout en jetant un coup d'œil furtif aux environs. Où que ce fût, il n'y avait pas âme qui vive.

« De quoi s'agit-il ? reprit-elle, d'une voix qu'elle voulait sereine.

— Si vous voulez bien nous suivre… »

Ils ne peuvent rien tenter en plein jour.

Alice comprit, hélas trop tard, pourquoi la femme porteuse du message lui semblait familière. Elle ressemblait étrangement à l'homme qu'elle avait entr'aperçu dans sa chambre, la veille au soir. *Cet homme-là.*

Du coin de l'œil, elle repéra une volée de marches conduisant à une section de pierres tombales récemment aménagée. Au-delà, un portillon.

L'homme lui posa la main sur le bras.

« Maintenant, docteur Tan… »

Alice se propulsa comme un sprinter sur ses blocs de départ. Surpris, les deux hommes tardèrent à réagir.

Un cri s'éleva, mais elle avait déjà sauté les marches et, franchissant le portillon, arrivait chemin des Anglais.

Une voiture, qui s'essoufflait à monter la colline, freina brusquement. Alice ne s'arrêta pas. Elle se rua vers une porte de bois délabrée et se retrouva dans un champ de vigne parcouru de sillons qu'elle traversa en trébuchant. Non contents d'être toujours à ses trousses, les deux hommes semblaient gagner du terrain. Le sang martelait ses oreilles, et les muscles de ses jambes étaient tendus comme des cordes de piano, sans que cela la ralentît pour autant.

L'extrémité du champ était clôturée par une grille de métal, trop haute pour être enjambée. Saisie de panique, elle scruta fébrilement les lieux et découvrit, à l'angle opposé, une trouée. Se jetant sur le sol, elle rampa sur le ventre, des cailloux pointus lui écorchant les paumes et les genoux. Quand elle se glissa sous le grillage, les pointes de métal accrochèrent sa veste, la retinrent comme une mouche dans une toile d'araignée. Elle tira, s'évertua et, au prix d'un ultime effort, parvint à se libérer, abandonnant sur place un morceau de tissu.

Elle se retrouva dans un potager, où des tuteurs de bambous soutenaient des plants d'aubergines, de courgettes et de haricots verts, qui la mettaient à l'abri des regards. Le dos courbé, elle zigzagua à travers les différentes parcelles, cherchant un abri derrière les bâtiments de ferme. Au moment où elle tourna un coin, un mastiff attaché à une chaîne bondit, babines retroussées, en aboyant furieusement. Alice recula précipitamment en étouffant un cri.

L'entrée principale de la ferme accédait directement à une rue très fréquentée qui longeait le pied de la colline. Ce n'est qu'une fois sur la chaussée qu'elle regarda par-dessus son épaule. Il n'y avait personne. Un espace silencieux s'étendait derrière elle. Selon toute apparence, les hommes avaient abandonné la poursuite.

Haletante, exténuée autant que soulagée, Alice s'astreignit à reprendre son souffle et attendit que cessât le violent tremblement de ses jambes et de ses bras. Déjà, son esprit se remettait en marche.

Que vas-tu faire, maintenant? Les deux hommes allaient à coup sûr retourner à l'hôtel et guetter sa venue. Elle ne pouvait donc s'y réfugier. En fouillant dans ses poches, elle fut soulagée de constater que, malgré son affolement, ses clés de voiture n'étaient pas égarées. Quant à son sac à dos, il l'attendait dans le véhicule, coincé derrière le siège du conducteur.

Tu dois avertir Noubel.

Elle revit en pensée le morceau de papier où le policier avait griffonné son numéro de téléphone, rangé dans son sac à dos, avec l'essentiel de ses effets. Elle s'épousseta. Son blue-jean était poussiéreux et présentait un vilain accroc au niveau du genou. Sa seule chance était de regagner son véhicule en priant le ciel que les deux prétendus policiers ne l'y attendent pas.

Alice suivit d'un pas pressé la rue Barbacane, détournant la tête chaque fois qu'une voiture la croisait. Passé l'église, elle emprunta un raccourci vers une petite route sur la droite nommée rue de la Gaffe.

Qui les a envoyés?

Elle continua son chemin avec la même hâte, sur le côté ombragé de la chaussée. Dans leur alignement serré, les maisons semblaient empiéter les unes sur les autres, au point qu'il eût été difficile de dire où finissait l'une et où l'autre commençait. Un picotement dans la nuque l'incita brusquement à s'arrêter, pour contempler, à sa droite, une jolie maisonnette jaune, avec le sentiment que quelqu'un, debout sur le devant de porte, aurait pu l'observer. Cependant, portes et fenêtres étaient rigoureusement fermées. Après une courte hésitation, elle reprit sa progression.

Devait-elle changer ses projets à propos de son voyage à Chartres ?

Elle prit conscience en tout cas que d'avoir la confirmation d'être en danger, de n'être pas victime de son imagination, la renforçait dans sa décision. Plus elle y songeait plus s'installait en elle la certitude qu'Authié était l'instigateur du complot qui la menaçait. Il était convaincu qu'elle avait dérobé l'anneau, et semblait manifestement déterminé à le récupérer.

Téléphone à Noubel.

Là encore, elle ignora les conseils que le bon sens lui dictait. Jusqu'à plus ample information, le policier n'avait pas bougé le petit doigt. Son subalterne était mort. Shelagh avait disparu. Mieux valait ne se fier qu'à soi-même.

Elle venait d'atteindre les marches d'escalier qui reliaient la rue Trivalle à l'arrière du parking de l'hôtel, pensant que, si on la guettait, ce serait vraisemblablement à l'entrée principale.

Les degrés étaient raides, en outre, un mur élevé interdisait toute vue sur l'aire de stationnement. En revanche, une personne en train de l'observer d'une fenêtre n'aurait pas manqué d'attirer son attention.

Il n'y a qu'une façon de le savoir.

Puisant son courage dans une profonde inspiration, elle monta rapidement les marches, galvanisée par

l'adrénaline qui courait dans ses veines. Dès qu'elle fut
en haut, elle scruta le parking. Il n'y avait que quelques
voitures et autocars et très peu de gens.

Son véhicule de location se trouvait à l'emplacement
où elle l'avait laissé. Quand elle s'y installa ses mains
tremblaient tant elle craignait encore de voir surgir les
deux hommes à travers le pare-brise. Leurs cris mena-
çants résonnaient encore dans sa tête. Ayant verrouillé
les portières, elle tourna la clé de contact.

Son regard anxieux pointait dans toutes les directions à la fois, et ses phalanges étaient blanches de trop
étreindre le volant. Elle attendit que le gardien soulevât
la barrière afin de laisser passer une caravane pour se
propulser à sa suite vers la sortie. Le gardien sauta en
arrière en poussant un cri de protestation, sans qu'Alice
y prît garde.

Elle poursuivit sa route.

52

Sur le quai de la gare de Foix en compagnie d'Audric, Jeanne attendait le train qui la conduirait en Andorre.

« Il reste dix minutes, dit-elle en consultant sa montre-bracelet. Il est encore tant de changer d'avis et de m'accompagner. »

Son insistance lui tira un sourire.

« Tu sais bien que c'est impossible. »

Elle eut un geste d'impatience.

« Tu as consacré trente ans à relater leur histoire, Audric. Alaïs, sa sœur, son père, son mari… Tu as passé ton existence en leur compagnie. » Elle se radoucit : « Mais qu'en est-il de ta propre vie ? »

— Leur vie est la mienne, Jeanne, dit-il avec une tranquille dignité. Les mots constituent les seules armes contre les mensonges de l'Histoire. Nous devons nous assurer d'être les témoins de la vérité, à défaut de quoi ceux que nous aimons meurent deux fois. » Il se tut un instant. « Je ne trouverai de paix qu'après que la fin me sera révélée, ajouta-t-il.

— Huit siècles plus tard ? Il se peut que la vérité soit trop profondément enterrée. » Elle hésita : « Et peut-être est-ce mieux ainsi, il est parfois préférable que certains secrets demeurent celés. »

Le regard de Baillard se perdit vers les montagnes.

« Tu sais combien je déplore le chagrin que j'ai apporté dans ta vie.

— Ce n'est pas ce que je voulais dire, Audric.

— Découvrir la vérité et l'étaler au grand jour est la tâche à laquelle j'ai voué mon existence, Jeanne, poursuivit-il comme s'il ne l'avait pas entendue.

— La vérité, dis-tu? Qu'en est-il de ceux contre qui tu luttes, Audric? Que cherchent-ils? La vérité? Permets-moi d'en douter.

— Non, reconnut-il. Je pense pas que ce soit leur dessein.

— Alors quoi? s'impatienta-t-elle. Je pars, comme tu me l'as recommandé. Quel mal peut-il y avoir à tout me raconter? »

Le vieil homme hésitait, cependant.

Jeanne revint à la charge :

« La *Noublesso Véritable* et la *Noublesso de los Seres*, bien que de noms différents, appartiennent-elles à la même organisation?

— Non. » Le mot s'échappa de sa bouche plus sèchement qu'il l'aurait voulu. « Non...

— Mais encore. »

Audric soupira :

« La *Noublesso de los Seres* était la gardienne attitrée des parchemins du Graal, et durant des milliers d'années, elle assuma son rôle, jusqu'à ce que les manuscrits fussent divisés. » Il s'interrompit, afin de choisir soigneusement ses mots. « À l'opposé, la *Noublesso Véritable* fut créée voilà cent cinquante ans, à un moment où le langage perdu des parchemins commença d'être décrypté. Le terme *"Véritable"* était une tentative délibérée pour conférer à l'organisation sa légitimité.

— Par conséquent, la *Noublesso de los Seres* n'existe plus… »

Audric secoua la tête.

« Une fois la trilogie séparée, l'existence de gardiens ne se justifiait plus.

— N'ont-ils pas cependant cherché à retrouver les parchemins égarés ?

— Au début, certes, sans y parvenir. À ce moment-là, il devenait hasardeux de persévérer dans cette tâche, et risquer de sacrifier le dernier parchemin en essayant de retrouver les deux autres. En outre, comme l'aptitude à déchiffrer ces textes était perdue pour tous, le secret ne pouvait être révélé. La seule personne… » Baillard hésita encore, sentant les yeux de Jeanne rivés sur lui. « L'unique personne capable de lire les parchemins décida de ne pas transmettre son savoir.

— Qu'est-ce qui changea ?

— Rien durant des centaines d'années. Puis, en 1778, le général Bonaparte vogua vers l'Égypte, entraînant dans le sillage de son armée des savants et des érudits. Là-bas, ils découvrirent les vestiges d'une civilisation qui avait régi le pays des milliers d'années auparavant. Des centaines d'œuvres d'art, de tables sacrées et de pierres furent ramenées en France. Dès lors, ce ne fut qu'une question de temps avant que les anciennes écritures – démotique, cunéiforme, hiéroglyphique – fussent déchiffrées. Comme tu le sais, Jean-François Champollion fut le premier à comprendre que les hiéroglyphes devaient être lus non pas en tant que symboles figurant des concepts ou des écrits, mais bien en tant qu'écriture phonétique. En 1822, il décrypta le code. Aux yeux des Égyptiens de l'Antiquité, l'écriture était un don des dieux, de même que le hiéroglyphe était le propos du divin.

— Mais si les parchemins du Graal sont rédigés dans le langage de l'Égypte ancienne… » Elle laissa sa phrase en suspens. « Si vous vous dites ce que je pense que vous êtes… Qu'une société telle que la *Noublesso* ait pu exister, soit. Que la trilogie prétende receler d'anciens secrets, soit aussi. En revanche le reste me semble inconcevable. »

Audric sourit.

« N'est-il pas préférable de protéger un secret derrière un autre secret ? S'approprier, assimiler les idées et les puissants symboles appartenant à d'autres est le moyen par lequel survivent les civilisations.

— Qu'entends-tu par là ?

— Que les peuples sont à la recherche de vérités. Ils pensent les avoir trouvées et s'y arrêtent sans imaginer un instant qu'elles peuvent receler une vérité plus stupéfiante encore. L'Histoire regorge de religions, de rites et de symboles empruntés à une société aux fins d'en bâtir une autre. J'en veux pour exemple le jour de Noël, censé célébrer la naissance de Jésus de Nazareth, alors que le 25 décembre n'est autre que la fête du *Sol Invictus*[1], ainsi que celle du solstice d'hiver. La croix chrétienne, tout comme le Graal, n'est en réalité qu'un avatar de l'*ankh*, investi et modifié par l'empereur Constantin. *In hoc signo vinces* – par ce signe tu vaincras – sont des mots qui lui furent prêtés à la vue de ce symbole apparaissant dans le ciel. Plus récemment, les instigateurs du IIIe Reich s'approprièrent le swastika, quoiqu'en en inversant le sens, et en firent leur sym-

---

1. Soleil invaincu, issu du culte de Mithra. Correspondant à la naissance d'un jeune dieu solaire, surgissant d'un rocher ou d'une grotte sous la forme d'un nouveau-né. *(N.d.T.)*

bole. En vérité, il s'agit, là encore, d'un avatar d'un très ancien symbole hindou de renaissance.

— Le labyrinthe, dit Jeanne d'un air entendu.

— *L'antica simbol del Miègjorn.* L'ancien symbole du Midi. »

Jeanne se plongea dans un silence songeur, mains jointes sur son giron.

« Et qu'en est-il d'aujourd'hui ? s'enquit-elle enfin.

— Une fois la grotte révélée, ce n'était plus qu'une question de temps, Jeanne. Et je ne suis pas le seul à le savoir.

— Pourtant, les monts Sabarthès furent occupés par les nazis durant la guerre, objecta-t-elle. Leurs chercheurs du Graal connaissaient la rumeur selon laquelle le trésor cathare était enfoui quelque part dans les montagnes. Ils passèrent des années à excaver des sites présentant un possible intérêt ésotérique. Si cette grotte est si importante, comment est-il possible qu'ils ne l'aient pas découverte ?

— Nous avons fait en sorte que cela n'arrive pas.

— Tu y étais donc ? s'exclama-t-elle sans cacher sa surprise.

— Il existe de nombreux conflits, au sein de la *Noublesso Véritable*, répondit-il, éludant la question. Le dirigeant de cette organisation est une femme du nom de Marie-Cécile de l'Oradore. Elle croit en l'existence du Graal et tente de se l'approprier. Elle a foi en la Quête. » Baillard s'interrompit, avant d'ajouter, le visage assombri : « Il en est malheureusement d'autres à l'intérieur de cette même organisation, dont les desseins sont différents.

— Tu devrais en parler à l'inspecteur Noubel, lança-t-elle péremptoirement.

— Et s'il se révélait être à leur solde, lui aussi ? Le risque est bien trop grand. »

Le sifflement du train vint rompre la quiétude ambiante. Ils se tournèrent vers la locomotive entrant en gare dans des crissements de freins. La conversation arrivait à son terme.

« Je ne veux pas te laisser seul, Audric.

— Je le sais, répondit-il en prenant la main de sa vieille amie. Mais cela devait finir ainsi.

— Finir ? »

Elle ouvrit la fenêtre pour lui tendre la main.

« Fais attention à toi, je t'en prie. Ne cours pas de risques inutiles. »

Les portières des wagons se refermèrent une à une, et le train démarra, d'abord lentement, puis gagna de la vitesse, jusqu'à ce qu'il eût disparu dans les replis de la montagne.

53

Shelagh sentait qu'une autre personne qu'elle se tenait dans le réduit où elle était enfermée.

Malgré sa nausée, elle s'efforça de relever la tête. Elle avait la bouche sèche et sa tête bourdonnait d'un ronronnement monotone, comme si un climatiseur s'y était logé. Elle était incapable de bouger. Quelques secondes lui furent nécessaires pour comprendre qu'elle était ligotée sur une chaise, les mains derrière le dos, les chevilles liées aux pieds de son siège.

Elle perçut un faible mouvement, le craquement sur le plancher d'une personne changeant de position.

« Qui est là ? »

Ses paumes étaient moites de peur. Une traînée de sueur coulait dans ses reins. Elle s'employa à ouvrir les yeux, sans y voir pour autant. Elle paniqua, secoua la tête, battit précipitamment des paupières, s'évertuant à capter la lumière jusqu'à ce qu'elle comprît qu'on lui avait passé une cagoule sur la tête. Cela sentait la terre et le moisi.

Était-elle toujours dans le bâtiment de ferme ? Elle se rappela la seringue, la douloureuse surprise de la piqûre qu'on lui administrait. Le même homme qui lui avait apporté à manger. Il se trouvait sûrement quelqu'un pour venir la délivrer, non ?

« Qui est là ? »

Personne ne répondait quand bien même elle percevrait une présence proche. L'air était visqueux, saturé d'odeurs d'après-rasage et de cigarette.

« Que me voulez-vous ? »

La porte s'ouvrit. Des pas. Shelagh ressentit un changement dans l'atmosphère. L'instinct de conservation l'incita un instant à se débattre pour tenter de se défaire de ses liens. Les nœuds se resserrèrent, contraignant plus encore ses épaules endolories.

La porte se referma avec un bruit sourd de mauvais augure.

Elle se tint immobile. L'espace d'un instant, elle n'entendit que le silence, ensuite le bruit de quelqu'un se rapprochant de plus en plus près. Elle se tassa sur son siège, alors que, qui que ce fût, il s'immobilisait devant elle. Son corps se contracta, comme si, sous son épiderme, des milliers de fils la tiraient vers l'intérieur. Tel un prédateur tournant autour de sa proie, il fit plusieurs fois le tour de la chaise, puis laissa tomber ses mains sur les épaules de sa prisonnière.

« Qui êtes-vous ? Je vous en prie, retirez-moi cette cagoule, au moins.

— Nous devons avoir un autre entretien, docteur O'Donnell. »

Une voix qu'elle connaissait, froide et assurée, tranchante comme une lame de scalpel. Elle prit conscience que c'était celui qu'elle attendait. Celui qu'elle redoutait.

Brusquement, il bascula la chaise en arrière.

Shelagh poussa un cri et se sentit tomber sans pouvoir s'y soustraire. Elle n'atteignit pas le sol, car l'homme l'immobilisa à quelques centimètres du plancher, en sorte qu'elle se retrouva presque à l'horizontale, la tête rejetée en arrière, les pieds en suspension dans les airs.

« Vous n'êtes pas en situation de demander quoi que ce soit, docteur O'Donnell. »

Il la maintint dans cette position durant ce qui parut des heures. Puis, sans crier gare, il redressa violemment le siège. Sous le choc, la tête fut projetée en avant. Elle commençait à perdre le sens de l'orientation, comme au jeu de colin-maillard.

« Pour qui travaillez-vous, docteur O'Donnell ?

— Je ne peux pas respirer », geignit-elle.

L'homme ignora sa plainte. Elle perçut un claquement de doigts, puis une chaise que l'on posait devant elle. Il s'assit et se rapprocha de manière à appuyer ses genoux contre les cuisses de sa prisonnière.

« Revenons à lundi après-midi. Pourquoi avez-vous permis à votre amie de se rendre de ce côté du site ?

— Alice n'a rien à voir dans cette affaire, sanglota-t-elle. Je ne lui ai rien permis du tout. Elle y est allée à mon insu, de sa propre initiative. Il s'agit d'une méprise ; elle n'est au courant de rien.

— Dans ce cas, dites-moi ce que vous, vous savez, Shelagh. »

Le seul fait de s'entendre appeler par son prénom résonna comme une menace.

« Je ne sais rien, larmoya-t-elle. Je vous ai dit lundi tout ce que je savais, je vous le jure. »

Surgi de nulle part, le soufflet l'atteignit sur la joue droite, projetant sa tête en arrière. Un goût de sang envahit sa bouche, qui glissa sur sa langue et jusqu'au fond de la gorge.

« Votre amie a-t-elle emporté l'anneau ? demanda-t-il en élevant la voix.

— Non, non, je jure que non…

— Comment en êtes-vous si sûre ?

— Ce n'est pas elle, c'est impossible, larmoya-t-elle. Beaucoup de gens sont entrés dans cette grotte, et n'importe qui aurait pu s'en emparer. Le docteur Brayling, les policiers. »

Elle s'interrompit.

« Les policiers, comme vous dites. N'importe lequel aurait pu prendre l'anneau. Yves Biau, par exemple. »

Shelagh se figea. Elle entendait son ravisseur respirer, calmement, sans hâte. Il savait.

« L'anneau n'y était pas. »

Il exhala un soupir.

« Biau vous a-t-il remis l'anneau pour le transmettre à votre amie ?

— J'ignore de quoi vous voulez parler », parvint-elle à articuler.

Il la frappa encore, cette fois avec le poing et non du plat de la main. Le sang gicla du nez et ruissela sur son menton.

« Ce que je ne comprends pas, reprit-il comme si de rien n'était, c'est pourquoi il ne vous a pas remis le livre avec, docteur O'Donnell.

— Il ne m'a rien remis du tout, articula-t-elle d'une voix étranglée.

— Le docteur Brayling affirme qu'en partant, lundi soir, vous portiez un sac.

— Il ment.

— Pour qui travaillez-vous ? demanda-t-il d'un ton presque affable. Il faut en finir. Si votre amie n'est pas impliquée, il n'y a pas de raison pour que nous lui voulions du mal.

— Elle ne l'est pas, geignit-elle. Alice ne sait rien. »

Shelagh tressaillit quand il lui posa la main sur la gorge, la caressant d'abord avec une tendresse affectée, avant de serrer de plus en plus fort, jusqu'à ce qu'elle sentît un étau lui broyer la trachée. Elle se débattit d'un côté à l'autre pour aspirer un peu d'air, mais la prise était trop forte.

« Biau et vous travailliez pour elle, n'est-ce pas ? »

Au moment précis où elle allait perdre conscience, il la relâcha. Elle sentit vaguement qu'il lui déboutonnait son chemisier.

« Que faites-vous ? gémit-elle, frissonnant au contact de ses doigts secs et froids.

— Personne ne vous regarde, rassurez-vous. » Elle perçut un déclic, suivi d'une odeur de gaz de briquet. « Personne ne viendra.

— Je vous en prie, ne me faites pas de mal…

— Biau et vous travailliez ensemble ? »

Elle hocha la tête.

« Pour Mme de l'Oradore. »

Elle acquiesça encore.

« Pour son fils, parvint-elle à répondre. François-Baptiste. Je n'ai parlé qu'à lui… »

Elle sentait la chaleur de la flamme près de sa peau.

« Et le livre ?

— Je ne l'ai pas trouvé. Yves non plus.

— Alors, pourquoi Biau est-il allé à Foix ? Saviez-vous qu'il s'est rendu à l'hôtel du docteur Tanner ? »

Shelagh essaya de secouer la tête, mais cela provoqua une nouvelle vague de douleur dans tout son corps.

« Il lui a fait passer quelque chose, n'est-ce pas ?

— Ce n'était pas le livre », bredouilla-t-elle.

Elle allait ajouter quelque chose quand la porte s'ouvrit et des murmures lui parvinrent du couloir, en même temps que les relents de sueur et de lotion après-rasage qu'elle connaissait bien.

« De quelle manière deviez-vous remettre le livre à Mme de l'Oradore ?

— Par l'intermédiaire de son fils. Je devais le retrouver au pic de… J'avais un numéro de téléphone pour le joindre. » Elle se recroquevilla au contact de sa main. « S'il vous plaît…

— Vous voyez comme c'est plus facile quand vous vous montrez coopérative. Dans quelques minutes, vous ferez cet appel pour moi. »

Shelagh secoua désespérément la tête.

« S'ils apprennent que je vous l'ai révélé, ils me tueront, hoqueta-t-elle, terrorisée.

— Et si vous ne le faites pas, c'est moi qui vous tuerai, ainsi que Mlle Tanner. À vous de choisir », répliqua-t-il, le plus calmement du monde.

Shelagh n'avait aucun moyen de savoir si Alice était libre ou s'il la retenait prisonnière.

« Il s'attend à ce que vous le rappeliez sitôt que vous aurez le livre en votre possession. Est-ce exact ? »

Elle n'avait plus le courage de mentir, aussi acquiesça-t-elle muettement. Elle se rendit compte, horrifiée, qu'elle venait de lui révéler le seul fait qu'il ignorait.

« Ils s'intéressent davantage à un petit disque de la taille de l'anneau, qu'à l'anneau lui-même.

— À quoi sert ce disque ? demanda-t-il.

— Je l'ignore. »

Shelagh poussa un cri de douleur quand la flamme du briquet lui lécha la peau.

« À quoi sert-il ? »

Dans la voix de l'homme il n'y avait aucune trace d'émotion. Elle était tétanisée. L'odeur, douceâtre et écœurante, de sa chair brûlée lui parvenait. Le sens de ses propres mots lui échappait. Elle se sentait basculer, tomber ; sa tête s'affaissait.

« Nous la perdons. Ôtez-lui la cagoule. »

On la lui retira aussitôt en écorchant au passage les plaies de son visage.

« Il s'insère dans l'anneau… »

Le son de sa voix était assourdi comme s'il lui avait maintenu la tête sous l'eau.

« Comme une clé. Pour le labyrinthe…

— Qui d'autre est au courant de ce détail ? » aboya-t-il soudainement.

Elle comprit qu'il ne pouvait plus l'atteindre. Son menton retomba sur sa poitrine. Il lui renversa la tête en arrière. Un œil, tuméfié, demeurait fermé, l'autre s'efforçait de rester ouvert. Les visages flous apparaissaient puis disparaissaient de son champ de vision.

« Elle ne sait pas…

— Qui ne sait pas ? Mme de l'Oradore ? Jeanne Giraud ?

— Alice », balbutia-t-elle.

54

Alice arriva à Chartres en fin d'après-midi. Après avoir choisi un hôtel, elle acheta une carte de la ville et se rendit à l'adresse correspondant au numéro de téléphone communiqué par Biau, obtenue grâce aux bons offices de France Télécom. Elle eut la surprise de découvrir un élégant hôtel particulier aux marches et fenêtres fleuries, assez peu conforme à un endroit où Shelagh aurait pu séjourner.

Que répondras-tu si quelqu'un vient t'ouvrir ?

Prenant une profonde inspiration, elle alla sonner à la porte. Comme personne ne répondait, elle fit un pas en arrière, leva les yeux vers les fenêtres, puis fit une autre tentative. En composant le numéro de téléphone, elle entendit une sonnerie à l'intérieur.

Elle était à la bonne adresse. C'était déjà ça.

Ce fut une déception et, pour être honnête, un soulagement aussi. La confrontation – si confrontation il devait y avoir – était remise à plus tard.

Des cohortes de touristes armés de caméras envahissaient la place devant la cathédrale, accompagnés de leurs guides brandissant haut drapeaux et parapluies multicolores. Allemands disciplinés, Anglais à l'allure compassée, Italiens charmeurs, Japonais sereins, Américains débridés, alors que tous les enfants affichaient la même expression ennuyée.

À un moment donné, au cours du voyage, Alice avait cessé d'imaginer que le labyrinthe de Chartres pourrait lui apprendre quelque chose. Il semblait si étroitement lié à la grotte de Soularac, à Grace, à elle-même – trop. Au point qu'une part d'elle-même sentait qu'on l'avait aiguillée sur une fausse piste.

Elle acheta néanmoins un billet, et se joignit à la visite guidée en anglais prévue dans cinq minutes. La guide, femme entre deux âges, efficace et arrogante, s'exprimait d'un ton sec.

« Les cathédrales apparaissent à nos yeux comme des édifices gris et élevés, voués à la foi et à la dévotion. Pourtant, au Moyen Âge, elles étaient brillamment colorées, à l'image des temples indous ou thaïlandais. À Chartres comme ailleurs, les statues et le tympan qui adornaient le grand portail étaient polychromes. » La guide pointa la façade de son parapluie : « Observez attentivement, et vous décèlerez les fragments de rose, de bleu et de jaune qui subsistent dans les lézardes des statues. »

Autour d'Alice, les personnes acquiescèrent docilement. La guide enchaîna :

« En 1194, un incendie dévasta presque entièrement Chartres ainsi que la cathédrale. Au commencement, on pensa que sa principale relique, la *sancta camisia*, robe qu'était censée porter Marie à la naissance du Christ, avait disparu dans les flammes. Mais on la découvrit trois jours plus tard dans la crypte, où les moines l'avaient dissimulée. La nouvelle fut perçue comme un miracle, le signe que la cathédrale devait être reconstruite. L'édifice, tel qu'il se présente à vous, fut achevé en 1223. En 1260, il fut consacré cathédrale de l'Assomption de Notre-Dame, première cathédrale en France dédiée à la Vierge Marie. »

Alice n'écouta qu'à moitié, jusqu'au moment où ils parvinrent au transept nord de l'édifice. La guide désigna alors une succession de rois et de reines issus de l'Ancien Testament, sculptés au-dessus du portail.

Là, elle éprouva un tressaillement d'excitation.

« Il s'agit là de l'unique représentation de l'Ancien Testament dans l'enceinte de la cathédrale, expliquait la guide en engageant les touristes à se rapprocher. Beaucoup croient que la sculpture que vous voyez sur ce pilier montre l'Arche d'alliance, rapportée de Jérusalem par Ménélik, fils de Salomon et de la reine de Saba, bien que des historiens allèguent que l'Europe n'a découvert l'existence de Ménélik qu'à partir du XVe siècle. Et ici, ajouta-t-elle en baissant un peu le bras, réside un autre mystère : ceux parmi vous qui ont assez bonne vue pourront lire en latin HIC AMICTUR ARCHA CEDERIS... » Elle scruta le petit groupe avec un sourire malicieux. « Les érudits que vous êtes comprendront qu'une telle inscription n'a pas de sens. Certains manuels touristiques traduisent ARCHA CEDERIS par *"Tu es chargé d'œuvrer par l'Arche"*. Aussi l'entière inscription signifierait-elle : *"Ici les choses prennent leur cours, tu es chargé d'œuvrer par l'Arche."* Cependant, si l'on considère CEDERIS comme une déformation de FOEDERIS, ainsi que le suggèrent certains exégètes, on pourrait traduire par *"Ici est l'Arche d'alliance"*.

» Cette porte, parmi d'autres choses encore, explique partiellement le nombre de mythes et de légendes entourant la cathédrale. Contrairement à la règle établie, le nom des principaux maîtres d'œuvre de cet édifice demeure inconnu. Il est possible, pour une obscure raison, qu'aucun registre n'ait été établi et que les noms aient simplement été oubliés. Néanmoins, ceux qui ont une imagination, disons plus... scabreuse ont interprété cette absence d'information de manière différente. D'après la rumeur la plus répandue, la cathédrale aurait été édifiée par les descendants des Chevaliers pauvres de Salomon, à savoir les Templiers, comme un livre de pierre codifié, un gigantesque puzzle déchiffrable uniquement par des initiés. Nombreux sont ceux qui pensent que les ossements de Marie-Madeleine sont enterrés sous le labyrinthe, ou même le Saint-Graal.

— Quelqu'un est-il allé vérifier ? » demanda Alice en regrettant aussitôt ses paroles devant les regards réprobateurs braqués sur elle comme des projecteurs.

Le guide haussa les sourcils.

« Certainement. Plus d'une fois. La plupart d'entre vous ne seront pas surpris d'apprendre que l'on n'a rien trouvé. Encore un mythe. Si nous poursuivions vers l'intérieur ? »

Mal à l'aise, Alice suivit le groupe vers la porte ouest et se mit en ligne pour entrer dans la cathédrale. Aussitôt, chacun baissa le ton, tandis que l'odeur magique de pierre et d'encens faisait son œuvre. Dans les chapelles latérales comme près du grand portail, des rangées de chandelles tremblotaient dans la pénombre.

Elle rassembla ses forces pour affronter une réaction ou des visions semblables à celles qui l'avaient assaillie à Toulouse et Carcassonne. Rien de tel ne se produisit, aussi se détendit-elle. Elle avait beau savoir, d'après ses recherches, que la cathédrale de Chartres était réputée posséder les plus beaux vitraux du monde, elle n'était pas préparée à une vision aussi éblouissante. Un merveilleux arc-en-ciel de couleurs miroitantes illuminait l'intérieur de l'édifice, dépeignant des scènes de la vie quotidienne et des événements bibliques : le vitrail

à la Rose, le vitrail de la Vierge bleue, le vitrail de
Noé, montrant le Déluge et les animaux montant deux
à deux à bord de son arche. Pendant qu'elle déambulait, Alice tenta d'imaginer l'aspect des murs lorsqu'ils
étaient peints de fresques et les piliers tendus de somp-
tueuses tapisseries, étoffes de l'Est et bannières de soie
cousues d'or. Aux yeux de l'homme du Moyen Âge, le
contraste entre les splendeurs du temple de Dieu et le
monde extérieur devait être étourdissant. Preuve, peut-
être, de la gloire du Seigneur.

« Nous voici enfin, dit la guide, devant le célèbre
labyrinthe à onze circuits. Achevé en 1200, c'est le
plus grand d'Europe. Si la pièce centrale a disparu
depuis longtemps, le reste est demeuré intact. Pour
les chrétiens du Moyen Âge, ce labyrinthe était prétexte à un pèlerinage spirituel, en lieu et place de
celui de Jérusalem. Du fait que les labyrinthes de sol,
opposés à ceux découverts sur les murs des églises et
des cathédrales, sont souvent perçus en tant que *chemin de Jérusalem*, celui-ci *est* la route ou le chemin
de Jérusalem. Les pèlerins empruntent le circuit jusqu'au centre, parfois plusieurs fois de suite, symbole
d'accroissement de la connaissance ou de rapproche-
ment de Dieu. Il est fréquent que les pénitents achèvent
leur voyage à genoux, parfois plusieurs jours durant. »

Alice s'approcha, le cœur en émoi, son subconscient
n'appréhendant que maintenant qu'elle avait repoussé
cet instant.

C'est le moment.

Elle prit une longue inspiration. La symétrie du dessin était brisée par les rangées de chaises réparties pour
l'office de part et d'autre de la nef. Malgré cela, et le
fait qu'elle en connût les dimensions par le biais de ses

recherches, l'étendue du labyrinthe la déconcerta. Il occupait la quasi-totalité de la largeur de la cathédrale.

Lentement, comme tout un chacun, elle en entreprit le cheminement, radian après radian comme dans le jeu « suivez le guide », jusqu'à parvenir au centre.

Elle ne ressentit rien. Pas de frisson le long de la moelle épinière, aucune illumination ni transcendance. Rien. Elle se mit à croupetons pour toucher le sol. La pierre en était fraîche et douce, mais ne lui parlait pas.

Alice eut un sourire ironique. *À quoi t'attendais-tu ?*

Elle n'avait même pas besoin de sortir de son sac le dessin du labyrinthe de Soularac pour comprendre qu'elle n'avait rien à faire en ce lieu. Sans une hésitation, elle s'excusa auprès de ses proches voisins et s'éclipsa.

Après la chaleur accablante du Midi, le soleil discret du Nord soulagea Alice qui visita le pittoresque centre historique de la ville, cherchant, sans trop de conviction, le lieu où sa tante Grace et Audric Baillard avaient posé pour la photographie.

Il semblait ne plus exister ou, tout du moins, ne se trouvait pas dans la partie circonscrite dans sa carte. La plupart des rues avaient emprunté le nom des pratiques qu'on y exerçait jadis : horlogers, tanneurs, équarrisseurs, papetiers, autant de témoignages de l'importance de Chartres comme centre de manufacture de papier et de reliure au cours des XIIe et XIIIe siècles. Mais pas de « rue des Trois Degrés ».

En fin de compte, Alice revint à son lieu de départ, face à la porte ouest de la cathédrale. Elle s'assit sur le muret adossé aux grilles. Aussitôt, son regard fut capté par le coin de rue opposé. Elle courut alors lire le nom de la rue : RUE DE L'ÉTROIT DEGRÉ, DITE AUSSI RUE DES TROIS DEGRÉS (DES TROIS MARCHES).

Ainsi, la rue avait changé de nom. Sourire aux lèvres, elle recula d'un pas pour en avoir un meilleur aperçu et se heurta à un homme plongé dans la lecture de son journal.

« Pardon, dit-elle en s'écartant.

— Non, c'est moi, assura l'homme avec un agréable accent américain. C'est de ma faute, je ne regardais pas où j'allais. Ça va ?

— Très bien, merci. »

Elle fut surprise de l'intensité avec laquelle il la regardait.

« Est-ce que…

— Vous êtes Alice, n'est-ce pas ?

— Oui ? répliqua-t-elle prudemment.

— Alice, bien sûr. Bonjour, poursuivit-il en ratissant son épaisse chevelure brune. Quelle surprise !

— Je suis navrée, mais…

— William Franklin, se présenta-t-il, main tendue. Will, pour les amis. Nous nous sommes rencontrés à Londres, en 95 ou 96. Nous étions tout un groupe. Vous fréquentiez un garçon. Comment s'appelait-il, déjà ? Oliver. C'est cela, Oliver. Je rendais visite à mon cousin. »

Alice avait à présent le vague souvenir d'un après-midi dans un appartement rempli d'amis d'université d'Oliver. Elle se rappelait un jeune Américain, aimable, avenant, encore qu'à cette époque-là, elle fût éprise d'Oliver au point de n'avoir d'yeux que pour lui.

C'est lui ?

« Vous avez une excellente mémoire, sourit-elle en lui serrant la main. Cela remonte à longtemps.

— Vous n'avez guère changé, répondit-il en lui rendant son sourire. Comment va Oliver ? »

Alice esquissa une grimace.

« Nous nous sommes séparés.

— Dommage. » Il y eut un petit silence qu'il finit par rompre : « Qui est sur la photo ? »

Alice baissa les yeux. Elle avait oublié qu'elle la tenait encore entre ses mains.

« Ma tante. Je suis tombée dessus en triant ses affaires, et comme je me trouvais dans le coin, j'ai voulu voir l'endroit où elle a été prise. Ça s'est révélé plus difficile que vous pouvez l'imaginer. »

Will se pencha par-dessus l'épaule d'Alice.

« Et qui est l'homme ?

— Un ami écrivain. »

Nouveau silence, comme s'ils voulaient poursuivre la conversation sans trop savoir que dire. Will observa de nouveau la photographie.

« Jolie femme.

— Vous trouvez ? Elle me donne l'impression d'être très obstinée. Enfin, je n'en sais rien, puisque je ne l'ai jamais rencontrée.

— Vraiment ? Alors comment se fait-il que vous ayez cette photo sur vous ? »

Alice rangea la photographie dans son sac.

« C'est compliqué.

— Je sais ce que ça signifie… » répliqua-t-il. Il hésita. « Écoutez, que diriez-vous d'aller prendre un café ? Si vous n'avez rien de mieux à faire, bien sûr. »

Alice fut étonnée, même si elle avait eu la même idée.

« Avez-vous l'habitude d'aborder les femmes seules ?

— Pas du tout. La vraie question est de savoir si vous avez l'habitude d'accepter. »

Alice avait l'impression d'assister à la scène du dehors : un homme, accompagné d'une femme qui lui ressemblait, entrant dans une pâtisserie à l'ancienne et défilant devant des comptoirs réfrigérés regorgeant de gâteaux et de viennoiseries.

Je n'arrive pas à y croire.

Visions, odeurs, bruits. Les serveurs apportant, remportant des arômes amers de café, sifflement du percolateur quand ils faisaient chauffer du lait, tintement des couverts sur les assiettes. Tout était extrêmement net, surtout Will et sa façon de sourire, son mouvement de tête, la manière dont ses doigts trituraient sa chaîne quand il parlait.

Ils s'installèrent à une table, dehors, les flèches de la cathédrale émergeaient à peine des toits. Une sorte de gêne les saisit une fois qu'ils furent assis. Ils parlèrent en même temps. Alice se prit à rire, Will à s'excuser.

Prudemment, ils commencèrent, hésitants, à se raconter leur vie depuis leur dernière rencontre, neuf ans auparavant.

« Vous sembliez vraiment captivé, dit-elle en tournant le journal de sorte à pouvoir en lire les manchettes. Vous savez, quand nous nous sommes télescopés au coin de la rue.

— Oui, j'en suis navré, s'excusa-t-il encore. D'habitude, les journaux du cru ne sont pas très intéressants. Mais un homme a été retrouvé dans l'Eure, en plein centre-ville. On l'a poignardé dans le dos, il était pieds et poings liés. La radio en a fait tout un plat. Il semblerait que ce soit une sorte de meurtre rituel lié à la disparition d'une journaliste qui avait écrit un article sur les pratiques des sociétés secrètes. »

Le sourire jusqu'alors accroché aux lèvres d'Alice s'effaça de son visage.

« Puis-je y jeter un coup d'œil ?

— Naturellement. Allez-y. »

Une sorte de malaise afflua, tandis qu'elle prenait connaissance de certains noms. La *Noublesso Véritable*. Celui-là ne lui était pas étranger.

« Ça va ? »

Levant les yeux du journal, Alice se rendit compte que Will l'observait.

« Désolée, dit-elle. J'avais l'esprit ailleurs. J'ai vécu quelque chose de semblable récemment. La coïncidence m'a donné un choc.

— Coïncidence ? Vous m'intriguez.

— C'est une longue histoire.

— Je ne suis pas pressé », répondit Will en s'accoudant sur la table avec un sourire engageant.

Après avoir été si longtemps captive de ses propres pensées, Alice était tentée par l'occasion qui lui était donnée de s'en ouvrir enfin à quelqu'un. En quelque sorte, ils se connaissaient. *Tu n'as qu'à lui dire uniquement ce que tu juges nécessaire.*

« Eh bien, je ne suis pas certaine que cela vous semblera sensé, commença-t-elle. Voici quelque mois, j'ai découvert une tante dont je n'avais jamais entendu parler. Elle venait de mourir en me léguant tous ses biens, y compris la maison qu'elle occupait en France.

— La dame de la photo…

— Elle s'appelait Grace Tanner, acquiesça-t-elle. Comme je devais venir en France pour rendre visite à une amie qui travaillait sur un site archéologique, dans les Pyrénées, j'ai décidé de faire d'une pierre deux coups. Et puis quelque chose s'est passé sur le lieu des fouilles. Je ne vous ennuierai pas avec les détails, sauf que j'ai eu l'impression… enfin, peu importe. Hier, après mon entrevue avec le notaire, je suis allée chez

ma tante et j'y ai trouvé un… motif que j'avais déjà vu
sur le site. » Elle bafouilla : « Il y avait aussi un livre
écrit par un certain Audric Baillard qui est, j'en suis
convaincue, l'homme sur la photo.

— Est-il encore en vie ?

— Pour autant que je le sache. Je n'ai jamais réussi
à le joindre.

— Était-il en relation avec votre tante ?

— Je n'en suis pas sûre. J'espérais qu'il me le dirait.
C'est mon seul lien avec ma tante. Et avec d'autres
choses encore. »

*Le labyrinthe, mon arbre généalogique, mes rêves
récurrents.*

Lorsqu'elle leva les yeux, elle s'aperçut que Will
semblait troublé, mais attentif.

« J'avoue que je ne suis pas très avancé, sourit-il.

— C'est que je ne m'exprime pas très bien, admit-
elle. Parlons de choses moins compliquées : vous ne
m'avez pas encore dit ce que vous faites à Chartres.

— La même chose que tous les Américains : écrire.

— D'habitude, ça se passe plutôt à Paris, ironisa-
t-elle.

— C'est par là que j'ai commencé. Mais j'ai trouvé
que c'était impersonnel, si vous voyez ce que je veux
dire. De plus, mes parents ont des amis à Chartres.
La ville m'a plu, et j'ai fini par y séjourner quelque
temps. »

Alice acquiesça, espérant qu'il poursuivrait dans
cette voie. Au lieu de quoi, il revint sur des propos
qu'elle avait tenus peu auparavant.

« Ce motif, dont vous parliez, que vous avez vu sur
le site archéologique et chez votre tante, qu'est-ce qu'il
a de si particulier ?

— C'est un labyrinthe, hésita-t-elle.

— C'est donc la raison qui vous a conduite jusqu'à Chartres ? Pour aller voir celui de la cathédrale ?

— Il n'est pas tout à fait le même. » Elle s'interrompit par prudence. « En partie aussi parce que j'espérais y retrouver Shelagh, une amie. Il est… possible qu'elle se trouve à Chartres. » Elle fouilla dans son sac pour y trouver l'adresse obtenue grâce aux services de télécommunications et la tendit à Will. « J'y suis allée un peu plus tôt, pour trouver porte close. Alors, j'ai décidé de visiter la cathédrale et d'y retourner dans une heure. »

La pâleur soudaine de Will lui produisit un choc. Il semblait frappé de stupéfaction.

« Ça va ? s'enquit-elle.

— Qu'est-ce qui vous fait penser qu'elle s'y trouve ? demanda-t-il d'une voix blanche.

— Je ne suis sûre de rien, répondit-elle, troublée par le changement d'attitude du jeune homme.

— Est-ce que c'est la même amie à qui vous avez rendu visite sur le site de fouilles ? »

Elle opina du chef.

« Je suppose qu'elle a vu le labyrinthe, tout comme vous…

— Je le pense, en effet, même si elle n'y a jamais fait allusion. Elle semblait davantage préoccupée par un objet que j'ai découvert et qui… » Elle s'interrompit, pendant que Will se levait brusquement.

« Que faites-vous ? demanda-t-elle, déconcertée par l'expression de son visage tandis qu'il lui prenait la main.

— Venez avec moi. J'ai quelque chose à vous montrer. »

« Où me conduisez-vous ? » redemanda-t-elle en s'efforçant de le suivre.

À peine avaient-ils tourné un coin de rue qu'Alice s'aperçut qu'ils se trouvaient à l'autre extrémité de la rue du Cheval-Blanc. Will se dirigea vers la demeure des l'Oradore et en monta précipitamment les marches.

« Vous perdez la tête. Si quelqu'un venait ?

— Ça n'arrivera pas.

— Comment le savez-vous ? »

À son grand étonnement, Alice le vit sortir une clé de sa poche et ouvrir la porte. « Dépêchez-vous avant que quelqu'un ne nous voie.

— Vous avez la clé de cette maison, bredouilla-t-elle, incrédule. Je suppose que vous allez m'expliquer ce qui se passe. »

En réponse, Will redescendit précipitamment les marches pour lui saisir la main.

« Dans cette maison, il existe une autre représentation de votre labyrinthe, la pressa-t-il. Alors, vous venez ? »

Et si c'était encore un piège ?

Après ce qu'elle avait vécu les derniers jours, c'eût été en effet une folie de le suivre. Le risque était bien trop grand. Sauf qu'une fois encore, la curiosité l'emporta sur le bon sens. Elle observa le visage du jeune homme, à la fois impatient et anxieux.

Elle décida de lui faire confiance.

55

Alice se retrouva dans le grand hall d'entrée évoquant davantage un musée qu'une résidence particulière. Will alla directement soulever la tapisserie accrochée face à la porte d'entrée.

« Qu'est-ce que vous faites ? »

L'ayant rejoint, elle vit une minuscule poignée encastrée dans les panneaux lambrissés. Will la manipula, poussa, puis se retourna, ulcéré.

« Bon sang, elle est verrouillée.

— C'est une porte ?

— Absolument.

— Et le labyrinthe dont vous parlez se trouve en bas ?

— Il suffit de descendre une volée de marches et d'emprunter un couloir qui conduit à une salle plutôt bizarre, avec des symboles égyptiens dessinés aux murs et un tombeau sur lequel est gravé un labyrinthe semblable à celui que vous décrivez. En plus… » Il marqua un temps d'arrêt. « Il y a cet article dans le journal et le fait que votre amie ait cette adresse en sa possession.

— Vos présomptions ne reposent pas sur grand-chose », objecta-t-elle.

Déjà, Will relâchait la tapisserie et se dirigeait vers une pièce à l'extrémité du vestibule. Alice hésita, puis le suivit.

« Que faites-vous ? » chuchota-t-elle comme il ouvrait la porte.

Entrer dans la bibliothèque fut comme remonter dans le temps. Très conventionnel, l'endroit rappelait les clubs masculins anglais. Les volets à demi fermés laissaient passer par bandes une lumière jaune s'étirant sur les tapis comme un tissu doré. Un air de permanence, un parfum d'antiquité et de cire d'abeille s'en dégageaient.

Des rayonnages de livres occupaient la hauteur de trois pans de murs, dont la partie la plus élevée était accessible grâce à des échelles coulissantes. Will paraissait savoir exactement ce qu'il faisait, car il alla vers une section d'ouvrages consacrés à Chartres, volumes illustrés traitant de l'architecture et de l'évolution historique et sociale de la ville.

Lançant des regards anxieux vers la porte, Alice, cœur battant, le vit choisir un livre à la couverture armoriée, qu'il apporta sur la table. Il le feuilleta rapidement. Penchée par-dessus son épaule, elle eut la vision furtive de plans anciens, de photographies, de dessins à la plume et à la mine de plomb, jusqu'à ce que le jeune homme parvînt au chapitre qu'il recherchait.

« Qu'est-ce que c'est ?

— Un ouvrage sur la demeure des l'Oradore. Celle-ci. La famille vit ici depuis sa construction qui remonte à des centaines d'années. Il existe des plans et des élévations de chaque étage. »

Will feuilleta encore quelques pages avant de trouver celle qu'il voulait montrer à Alice.

« Voilà, déclara-t-il en orientant le livre vers la jeune femme. Est-ce bien celui-là ?

— Mon Dieu ! » murmura Alice, le souffle coupé.

C'était la parfaite réplique du labyrinthe de Soularac.

Le bruit de la porte d'entrée se refermant les fit sursauter.

« Will, nous avons oublié de refermer la porte ! »

Elle perçut des murmures dans le hall, celui d'un homme et d'une femme.

« Ils viennent ici ! » souffla-t-elle.

Will lui mit le livre entre les mains.

« Vite, dit-il en désignant le grand canapé installé sous la fenêtre. Laissez-moi m'en occuper. »

Raflant son sac au passage, elle alla se tapir dans l'étroit espace entre le mur et le sofa. Des odeurs piquantes de vieux cuir, de cigare et de poussière lui chatouillèrent le nez. Elle entendit Will refermer la porte vitrée du meuble bibliothèque au moment où la porte s'ouvrit.

« Qu'est-ce que vous foutez là ? »

Une voix de jeune homme. En inclinant un peu la tête, elle en entrevit le reflet dans les portes à petits bois. Le garçon, grand, avait presque la même taille que Will, quoique plus anguleux. Des cheveux noirs et bouclés, un front large, un profil de patricien. Il lui rappelait quelqu'un, songea-t-elle, sourcils froncés.

« Salut, François-Baptiste, lança Will d'un air enjoué qui sonnait parfaitement faux même aux oreilles d'Alice.

— *What the fuck are you doing here ?* » répéta le jeune l'Oradore.

Will brandit la revue dont il venait de s'emparer.

« Je suis passé prendre quelque chose à lire. »

Après un bref coup d'œil sur le titre, François-Baptiste eut un rire sarcastique.

« Ce n'est pas tellement votre genre de lecture.

— Vous seriez surpris. »

Le garçon fit un pas dans la direction de Will.

« Vous n'en avez plus pour longtemps, déclara-t-il d'une voix basse et âpre. Elle se lassera et vous virera comme les autres. Vous ne saviez même pas qu'elle était en voyage, n'est-ce pas ?

— Ce qui se passe entre votre mère et moi ne vous regarde pas. Alors, si ça ne vous dérange pas… »

François-Baptiste se campa devant Will.

« Vous êtes pressé ? »

Il posa la main sur le torse de l'Américain pour lui interdire le passage.

Will repoussa le bras du garçon : « Ne me touchez pas.

— Qu'est-ce que vous comptez faire ?

— Ça suffit. »

Les deux jeunes gens se retournèrent. Alice tendit le cou pour voir la nouvelle venue, mais elle était trop loin.

« Que se passe-t-il ? voulut-elle savoir. Encore en train de vous chamailler comme des gamins. François-Baptiste ? William ?

— Rien, maman. Je lui demandais… »

Abasourdi, Will comprit enfin qui venait d'entrer avec François.

« Marie-Cécile… Je ne savais pas… J'ignorais que vous étiez déjà de retour. »

La femme entra alors dans la pièce, et Alice eut alors la vision très claire de son visage.

Ce n'est pas possible.

Aujourd'hui, elle était vêtue de façon plus classique que la fois où elle l'avait aperçue dans son ensemble écru. Ses cheveux lui tombaient librement sur les épaules, au lieu d'être noués par un foulard. Mais c'était incontestablement la femme qu'elle avait croisée devant l'hôtel de ville de Carcassonne : Marie-Cécile de l'Oradore.

Ses yeux naviguèrent de la mère au fils. Ils se ressemblaient beaucoup. Même profil, même expression impérieuse. La jalousie du jeune homme et l'antagonisme qui l'opposait à Will prenaient tout leur sens.

« Il n'empêche que mon fils a raison, reprit la femme. Que faites-vous ici ?

— Je… cherchais quelque chose à lire. Je me sentais un peu… seul, loin de vous. »

Alice eut un gémissement rentré tant l'argument semblait peu convaincant.

« Esseulé ? Ce n'est pas ce que me dit votre visage, Will », constata la femme.

Marie-Cécile s'avança pour embrasser son amant sur la bouche. Alice sentit un certain malaise s'installer dans la pièce. Le jeune Américain serrait les poings.

Il est gêné que j'assiste à cette scène.

Cette pensée, pour surprenante qu'elle fût, lui vint le temps d'un battement de cil.

Marie-Cécile relâcha son étreinte, une lueur de satisfaction au fond de sa prunelle.

« Nous nous verrons plus tard, Will. Pour l'instant, je crains que François-Baptiste et moi n'ayons quelques affaires à régler. Désolée. Si vous voulez bien nous excuser…

— Ici ? Dans cette pièce ? »

Trop précipité. Trop évident.

Le regard de Marie-Cécile se fit aigu.

« Pourquoi pas ?

— Je disais ça comme ça, répondit-il sèchement.

— Maman, il est déjà six heures.

— J'arrive, déclara-t-elle avec un coup d'œil soupçonneux à l'adresse de Will.

— Mais je ne…

— Va le chercher », trancha-t-elle.

Alice entendit le garçon sortir en coup de vent, avant de voir Marie-Cécile prendre Will par la taille pour l'attirer contre elle. L'incarnat de ses ongles ressortait violemment sur le blanc du tee-shirt. Alice eût aimé détourner le regard, mais elle en fut incapable.

« À bientôt, décida Marie-Cécile.

— Vous ne venez pas avec moi ? » demanda Will.

Au son de sa voix, Alice comprenait son affolement de devoir la laisser, coincée dans la bibliothèque.

« Je vous verrai tout à l'heure. »

Impuissante, Alice ne put qu'écouter Will quitter la pièce.

Les deux jeunes gens se croisèrent dans l'embrasure de la porte sans échanger un regard.

« Tenez, dit François en tendant à sa mère le même quotidien que Will lisait avant de rencontrer Alice.

— Comment se fait-il qu'ils aient eu vent de l'affaire si rapidement ?

— Je n'en ai pas la moindre idée, répondit-il d'un air maussade. Par Authié, je suppose. »

Alice se raidit. S'agissait-il du même Authié ?

« Pensez-vous vraiment ce que vous dites, François-Baptiste ? demandait Marie-Cécile.

— Eh bien, quelqu'un a forcément dû les prévenir. Mardi, la police a envoyé des plongeurs dans l'Eure, à l'endroit précis où se trouvait le cadavre. Elle savait ce qu'elle cherchait. Réfléchissez : qui a annoncé le premier qu'il y avait une fuite à Chartres ? Authié. A-t-il seulement produit une preuve que Tavernier avait fait des révélations à la journaliste ?

— Tavernier ?

— L'homme retrouvé dans l'Eure, expliqua-t-il d'un ton acerbe.

— Ah, bien sûr… » Marie-Cécile alluma une cigarette. « Le rapport mentionne nommément la *Noublesso Véritable*.

— Authié aurait pu la citer aux policiers.

— Tant que rien ne permettra d'établir un lien entre Tavernier et cette demeure, il n'y a pas de problème, déclara-t-elle d'un ton las. Autre chose ?

— J'ai fait tout ce que vous m'avez demandé.

— Tout est prêt pour samedi ?

— Oui. Si ce n'est que, sans l'anneau et le livre, je ne vois pas pourquoi nous nous donnons tant de mal. »

Un sourire flotta sur les lèvres écarlates de Marie-Cécile.

« Eh bien, vous le verrez. C'est la raison pour laquelle Authié nous est encore utile en dépit de la méfiance qu'il vous inspire. Il prétend avoir, ô miracle, retrouvé l'anneau.

— Pourquoi ne me l'avez-vous pas appris plus tôt ? regimba le jeune homme.

— Je vous l'apprends maintenant, répliqua-t-elle. Il affirme que ses hommes l'ont récupéré dans la chambre de l'Anglaise, la nuit dernière, à Carcassonne. »

Alice se sentit soudain glacée. *C'est impossible.*

« Pensez-vous qu'il mente ?

— Ne soyez donc pas stupide, François-Baptiste. C'est l'évidence même. Si Tanner avait été en possession de l'anneau, il ne lui aurait pas fallu quatre jours pour remettre la main dessus. En outre, j'ai fait fouiller ses bureaux et son appartement.

— Donc… »

Elle ne lui laissa pas poursuivre :

« Si, je dis bien si, Authié détenait vraiment l'anneau, ce dont je doute fortement, il l'aurait obtenu soit de la grand-mère de Biau, soit depuis le tout début. Dès l'instant où il a visité la grotte.

— Mais pourquoi s'en soucier ? »

La sonnerie du téléphone retentit, importune. La terreur se saisit d'Alice.

« Répondez », commanda Marie-Cécile.

Le jeune homme obtempéra aussitôt.

« Oui. »

Alice osait à peine respirer de crainte de trahir sa présence.

« Oui, je comprends. Attends. C'est O'Donnell, déclara-t-il en recouvrant le combiné de sa main. Elle prétend avoir le livre.

— Demandez-lui pourquoi elle n'a plus donné de nouvelles.

— Où étais-tu passée depuis lundi ? Quelqu'un d'autre est-il au courant ? OK. À vingt-deux heures, demain soir ? »

Il raccrocha.

« Êtes-vous certain que c'était elle ?

— J'ai reconnu sa voix. Elle connaissait les dispositions.

— Il devait écouter la conversation.

— Que voulez-vous dire ? hésita-t-il. Qui écoutait ?

— À l'entendre parler si fort dans l'appareil, qui croyez-vous ? Authié, naturellement.

— Je…

— Shelagh O'Donnell a disparu pendant plusieurs jours. Et à peine suis-je de retour à Chartres, hors du chemin, la voilà qui réapparaît ! D'abord l'anneau, le livre ensuite. »

François-Baptiste finit par sortir de ses gonds.

« Mais à l'instant vous le défendiez ! protesta-t-il avec véhémence. Vous me reprochiez de sauter aux conclusions. Si vous saviez qu'il travaillait contre nous, pourquoi ne m'avoir pas prévenu au lieu de me ridiculiser ? Qui plus est, pourquoi ne l'arrêtez-vous pas ? Vous êtes-vous demandé pourquoi il tient tant à ce livre ? Pour le vendre au plus offrant, peut-être ?

— Je sais exactement pourquoi il veut s'approprier les livres, répliqua-t-elle d'un ton glacial.

— Pourquoi faites-vous toujours cela ? Vous n'avez de cesse de m'humilier !

— La discussion est close, décréta-t-elle. Nous partons demain. Cela vous laissera tout le temps pour votre rendez-vous avec O'Donnell, et à moi, celui de me préparer. La cérémonie se déroulera à minuit, comme prévu.

— Vous voulez quand même que je la rencontre ? s'étonna François-Baptiste, incrédule.

— Absolument. Je veux ce livre. »

Pour la première fois, Alice percevait une trace d'émotion dans sa voix.

« Et si Authié ne l'a pas ?

— Dans ce cas, je ne crois pas qu'il se donnerait tant de mal. »

Elle entendit François-Baptiste ouvrir la porte de la bibliothèque.

« Et lui ? s'enquit-il d'une voix un peu plus enthousiaste. Vous ne pouvez le laisser ici et...

— Je m'occupe de Will. Cela non plus ne vous concerne pas. »

Will était allé se cacher dans un placard près de la cuisine. Il s'y trouvait à l'étroit, submergé par des odeurs de chaussures et de vêtements de cuir, mais c'était le seul endroit qui lui permettait de surveiller la porte de la bibliothèque et du bureau attenant. Il vit donc François-Baptiste quitter le premier la bibliothèque et entrer dans le bureau, suivi de près par Marie-Cécile. Il attendit que la porte se fût refermée sur eux pour se précipiter dans la bibliothèque.

« Vite, Alice, murmura-t-il. Nous devons sortir d'ici. » Il y eut un léger bruit, puis elle apparut hors de sa cachette. « Je suis navré, tout est de ma faute. Ça va ? »

Livide, elle acquiesça tout de même. Will lui tendit la main qu'elle refusa de prendre.

« Que signifie tout cela, Will ? Vous vivez ici. Vous connaissez ces gens et cependant vous êtes prêt à tout gâcher pour une personne qui vous est étrangère. Cela n'a aucun sens. »

Il aurait aimé lui avouer qu'il ne la considérait pas comme telle, mais il s'en abstint.

« Je... »

En fait, il ne savait que dire. La pièce où ils se trouvaient sembla se réduire à rien. Il ne voyait que le visage en forme de cœur et une prunelle noisette qui le regardait sans un battement de cil comme pour lire au tréfonds de son cœur.

« Pourquoi ne m'avoir pas dit que vous... et elle... Que vous viviez ici ? »

Il fut incapable de croiser le regard d'Alice, qui, après l'avoir fixé un certain temps, traversa la pièce sans l'attendre et gagna le hall.

« Que comptez-vous faire, maintenant ? demanda-t-il d'un air désespéré.

— Eh bien, je sais à présent ce qui relie Shelagh à cette maison. Elle travaille pour eux.

— Eux ? reprit-il, abasourdi, en ouvrant la porte d'entrée pour sortir avec elle. Que voulez-vous dire ?

— Elle n'est pourtant pas ici. Mme de l'Oradore et son fils la recherchent, eux aussi. D'après ce que j'ai entendu, je crois comprendre qu'elle se trouverait quelque part, aux environs de Foix. »

En bas des marches, Alice se retourna, soudain affolée.

« J'ai oublié mon sac à dos dans la bibliothèque, déclara-t-elle, horrifiée. Derrière le canapé, avec le livre. »

Ce que Will eût aimé par-dessus tout, c'était l'embrasser. Sauf que le moment était on ne peut plus mal choisi, qu'ils étaient empêtrés dans une situation qu'il ne comprenait pas, et qu'il n'inspirait à Alice qu'une confiance mitigée. Malgré cela, l'instant lui semblait opportun.

Aussi, Will se rapprocha-t-il instinctivement pour lui effleurer le visage dont il sentit la douce fraîcheur, tout en ayant l'impression d'avoir fait ce geste un millier de fois. Puis le souvenir de la manière dont elle s'était dérobée dans le café y mit un frein, et sa main s'immobilisa à un cheveu de la joue d'Alice.

« Je suis navré », commença-t-il comme si Alice lisait dans ses pensées.

Elle le regardait avec insistance, avant qu'un sourire ne se substituât un court instant à la tension de son visage.

« Je n'avais pas l'intention de vous offenser, bredouilla-t-il. C'est…

— Aucune importance », l'interrompit-elle quoique sans brusquerie.

Will eut un soupir de soulagement, pensant qu'elle avait tort, car c'était au contraire très important à ses yeux. Enfin, elle n'était pas furieuse contre lui, c'était déjà ça.

« Will, reprit-elle, cette fois un peu plus sèchement. Et mon sac ? Toutes mes notes s'y trouvent.

— Oui, bien sûr, répondit-il, empressé. Désolé, je vais le récupérer. Où êtes-vous descendue ? Je vous le rapporterai.

— À l'hôtel Petit Monarque , place des Épars.

— Très bien, lança-t-il en remontant les marches d'escalier. Accordez-moi une demi-heure. »

Will attendit qu'elle fût hors de vue avant de regagner la demeure. Une mince ligne de lumière filtrait sous la porte du bureau.

La porte s'ouvrit brusquement sur François-Baptiste qui prit le chemin de la cuisine, alors que Will se plaquait entre le mur et ladite porte. Il entendit le mouvement de va-et-vient de celle de l'office, puis plus rien.

Il alla coller son œil dans le mince entrebâillement afin de pouvoir observer Marie-Cécile. Assise à son bureau, elle examinait un objet, quelque chose qui captait la lumière et étincelait chaque fois qu'elle le déplaçait.

Will oublia sa promesse à Alice quand il vit Marie-Cécile se lever pour faire pivoter un tableau accroché au mur derrière le bureau. C'était sa toile préférée, lui avait-elle confié aux premiers jours de leur liaison. On y voyait des soldats de Bonaparte admirant les obélisques et les mastabas de l'Égypte antique. « En train de contempler les sables du temps, 1798 », se rappela-t-il.

Derrière la toile se trouvait un coffre-fort scellé dans le mur auquel était adjoint un pavé numérique qui en commandait l'ouverture. Marie-Cécile tapa six chiffres et la porte émit un déclic. De l'intérieur du coffre, elle tira deux emballages noirs qu'elle déposa avec soin sur le bureau. Will changea de position, désespérant de voir ce qu'ils contenaient, fasciné au point de ne pas entendre des pas dans son dos.

« Ne bougez pas.

— François-Baptiste, je… »

Will éprouva la pression d'une arme contre ses côtes.

« Et gardez vos mains bien en vue. »

Il voulut se retourner quand, l'empoignant par la nuque, François-Baptiste lui heurta violemment le visage contre le mur.

« Que se passe-t-il ? » lança Marie-Cécile.

Le jeune homme réitéra son geste.

« Je m'en occupe », répondit-il.

Pour la énième fois, Alice consulta sa montre-bracelet.

Il ne viendra pas.

Elle se tenait dans la réception de l'hôtel, les yeux fixés sur les portes vitrées comme pour exhorter Will à apparaître. Presque une heure s'était écoulée depuis qu'elle avait quitté la rue du Cheval-Blanc. Elle était désemparée. Son portefeuille, son téléphone et ses clés de voiture se trouvaient dans la poche de sa veste. Toutes ses autres affaires se trouvaient dans son sac à dos.

Aucune importance. Fiche le camp d'ici.

Plus le temps passait, plus ses doutes grandissaient quant aux motivations de Will, au fait qu'il fût apparu comme par magie. Alice retraça mentalement la chronologie des événements.

Leur rencontre inopinée était-elle vraiment due à une coïncidence ? Elle n'avait pourtant dit à personne qu'elle se rendait à Chartres.

Comment aurait-il su ?

À huit heures et demie, elle décida qu'elle avait suffisamment attendu. À la réceptionniste, elle expliqua qu'elle n'avait plus besoin de la chambre. Et, après avoir griffonné un mot à l'intention de Will en communiquant son numéro de téléphone portable, elle partit.

C'est en jetant sa veste sur le siège passager qu'elle remarqua l'enveloppe qui dépassait de la poche. La lettre qu'on lui avait remise à l'hôtel et dont elle avait oublié l'existence. Elle la posa sur le tableau de bord de la voiture en se promettant d'en prendre connaissance à la première pause.

La nuit tombait alors qu'elle faisait route vers le Sud. Les phares des véhicules venant en sens inverse l'éblouissaient, lui brouillaient l'esprit. Tels des fantômes, arbres et fourrés surgissaient de l'obscurité. Orléans, Poitiers, Bordeaux… les panneaux défilaient.

Repliée dans son monde clos, Alice se posait au fil des kilomètres les mêmes questions. Chaque fois, elle leur trouvait une réponse différente.

Pourquoi ? Pour sa propre gouverne. Chose certaine, elle leur avait mis entre les mains tout ce qu'ils attendaient : ses notes, ses dessins, la photographie de Grace et de Baillard.

Il t'avait promis de te montrer la chambre au labyrinthe.

Elle n'en avait rien vu. Si ce n'est une image dans un livre. Alice secoua la tête. Elle refusait d'y croire.

Alors, pourquoi l'avait-il aidée à s'enfuir ? Parce qu'il avait eu ce qu'il voulait ou, tout du moins, ce que Mme de l'Oradore voulait.

Afin qu'ils puissent te suivre.

56

Carcassona

Les Français attaquèrent Sant-Vicens à l'aube du troisième jour du mois d'août. C'était un lundi.

Alaïs escalada les échelles de la tour du Major pour rejoindre son père sur le chemin des remparts. Elle chercha des yeux Guilhem dans la multitude, mais ne le vit point.

À présent, couvrant le ferraillement des épées et les cris des soldats se portant à la défense des murailles basses, elle entendait s'élever un chant descendu dans la plaine des hauteurs de la colline de Gravèta :

Veni creator spiritus
Mentes tuorum visita !

« Les prêtres ! s'exclama Alaïs, consternée. Ils chantent le Seigneur quand ils viennent nous trucider ! »

Le bourg commençait à brûler. Alors qu'au-delà des murs bas, s'élevait la fumée des maisons incendiées, humains et animaux fuyaient, apeurés, dans toutes les directions.

Des grappins étaient lancés plus vite que les assiégés ne parvenaient à les neutraliser. Des échelles, dressées par dizaines contre les murs, certaines furent repoussées, d'autres incendiées, mais quelques-unes parvinrent à être maintenues. Les hommes de pié français grouillaient comme des fourmis ; les repousser semblait en attirer plus encore.

De chaque côté des fortifications, morts et blessés étaient empilés comme un tas de bûches pour un grand brasier. Au fil des heures, les pertes s'aggravaient.

Les croisés installèrent une catapulte et commencèrent à pilonner les fortifications. Insensibles à la grêle de flèches et de projectiles que les assiégés faisaient pleuvoir sur eux, les trébuchets lançaient inlassablement d'énormes blocs de pierre qui secouaient Sant-Vicens jusque dans ses fondations.

Les murs commencèrent à céder.

« Ils sont passés ! s'écria Alaïs. Ils ont franchi nos lignes de défense ! »

Trencavel et ses hommes attendaient l'ennemi de pied ferme. Brandissant haches et épées, ils chargèrent par deux et trois de front. Les sabots des destriers piétinaient tout sur leur passage, broyant de leurs fers les crânes comme des melons trop mûrs, écrasant membres et corps en une effroyable bouillie de chair, d'os et de sang. Entre rues et venelles, la bataille se répandit dans le bourg, se rapprochant toujours plus des murs de la

Cité. Alaïs pouvait voir la foule terrorisée courir vers la porte de Rodez pour trouver refuge dans la Cité, vieillards, infirmes, femmes et enfants. Chaque homme valide, apte à se défendre, s'empressait d'appuyer la garnison. La plupart furent aussitôt massacrés, massues et gourdins dérisoires face à l'estramaçon du croisé.

La défense combattit vaillamment, mais à un contre dix, ils étaient hélas en sous-nombre. Telle une déferlante brisant tout sur son passage, les Français firent une brèche dans les fortifications et s'y engouffrèrent pour entreprendre sans délayer la démolition des murs.

Trencavel et ses chevaliers se battaient désespérément pour conserver l'accès à la rivière, jusqu'au moment où, renonçant à ce vain espoir, le vicomte fit sonner la retraite.

Sous les cris triomphants des Français, on ouvrit les herses de la porte de Rodez afin de permettre aux survivants de se réfugier derrière les murs de la Cité. Comme le vicomte Trencavel conduisait sa troupe vaincue vers le Château comtal, Alaïs, horrifiée, regardait les scènes de carnage et de dévastation qui se déroulaient en contrebas. Elle avait déjà vu la mort en quelques occasions, jamais à pareille échelle. Elle se sentait souillée par les réalités de la guerre et tout le gâchis qu'elle entraînait.

Déçue, pareillement. Elle comprenait à présent comme étaient mensongères les chansons de geste de ses enfances. Il n'y avait nulle noblesse à guerroyer, de la souffrance uniquement.

Quittant le chemin des remparts, Alaïs descendit dans la cour se joindre aux autres femmes, priant le Ciel que Guilhem se trouvât parmi les survivants.

Revenez-moi sain et sauf.

Se firent enfin entendre les sabots des chevaux martelant furieusement le pont. Alaïs aperçut Guilhem au premier coup d'œil et ses esprits firent un bond. Son visage et son armure étaient maculés de cendres et de sang, alors que son regard étincelait encore de la fureur de la bataille. Par bonheur, il n'avait aucun mal.

« Votre époux a combattu avec vaillance, dame Alaïs, déclara le vicomte en la voyant. Il ôta bien des vies et en sauva plus encore. Nous lui sommes reconnaissants de son adresse et de son courage… Dites-moi, où se trouve votre père ? »

Rougissante, Alaïs désigna le coin nord-est de la cour.

« Nous observions la bataille du haut des *ambans*, messire. »

Entre-temps, Guilhem avait démonté et tendait les rênes à son écuyer.

Alaïs s'approcha timidement, incertaine de l'accueil qu'elle recevrait.

« Messire… »

Lui prenant la main, Guilhem la porta à ses lèvres.

« Thierry est tombé, annonça-t-il d'une voix éteinte. L'on s'affaire à le ramener ; il est grièvement blessé.

— J'en suis fort marrie, messire.

— Nous étions comme frères, poursuivit-il. De même qu'Alzeau. Nous étions presque du même âge ; nous nous soutenions l'un l'autre, et nous avons travaillé de concert pour acquitter nos hauberts et nos épées. Nous avons été adoubés ensemble à Pentecôte.

— Je sais tout cela, souffla-t-elle en posant son front contre le sien. Venez, laissez-moi vous aider, en suite de quoi je verrai ce que je puis faire pour Thierry. »

Elle entrevit les larmes qui perlaient aux coins de ses yeux, aussi se hâta-t-elle, sachant qu'il ne souhaitait pas qu'elle le vît pleurer.

« Venez, Guilhem, souffla-t-elle. Conduisez-moi à lui. »

Thierry avait été transporté auprès des grands blessés alignés sur trois rangs dans le grand vestibule. Alaïs et les autres femmes firent du mieux qu'elles purent. Avec ses cheveux nattés, tombant sur les épaules, on aurait dit une enfant.

Au fil des heures, l'air devenait pestilent, et les mouches plus nombreuses dans la salle surpeuplée. La plupart du temps, Alaïs et les autres œuvraient sans mot dire, animées d'une constante détermination, sachant qu'elles ne disposeraient que d'un très bref répit avant le prochain assaut. Les prêtres enjambaient les rangées de soldats, blessés ou agonisants, écoutant des confessions, dispensant les derniers sacrements. Derrière le déguisement de leur robe sombre, deux *parfaits* administraient le *consolament* aux Cathares.

Les blessures de Thierry étaient gravissimes, les coups ayant atteint maints endroits de son corps. Il avait la cheville brisée, et le fémur éclaté par la lance qui avait pourfendu sa cuisse. Il avait perdu trop de sang pour être sauvé. Néanmoins, pour l'amour de Guilhem, Alaïs fit tout ce qui était en son pouvoir. Elle mit à chauffer dans de la cire une décoction de racines et de feuilles de consoude pour en faire une compresse qu'elle appliqua, refroidie, sur la plaie.

Le confiant aux attentions de Guilhem, Alaïs alla se consacrer à ceux dont la survie était moins compromise. Dans de l'eau de cardes, elle fit dissoudre de la poudre de racine d'angélique et, assistée des marmitons venus des cuisines, administra la potion à ceux qui pouvaient l'avaler. Si elle parvenait à écarter l'infection et à garder leur sang pur, peut-être alors leurs blessures auraient-elles une chance de guérir.

Elle retournait voir Thierry aussi souvent que possible pour rafraîchir sa compresse, même s'il apparaissait que ses efforts demeuraient vains. Le jeune homme avait perdu connaissance et son teint avait déjà emprunté la lividité du trépas. Elle posa une main sur l'épaule de son époux.

« Le cœur me douloit, murmura-t-elle. Il n'en a guère pour longtemps. »

Guilhem se borna à opiner tristement du chef.

Elle se dirigeait vers l'autre extrémité de la salle, quand un jeune chevalier, à peine plus âgé qu'elle, poussa un cri. S'immobilisant, elle s'agenouilla aussitôt près de lui. La douleur et le désarroi lui déformaient les traits du visage, ses lèvres étaient fendues et ses yeux, autrefois bruns, exorbités d'effroi.

« Chut, lui souffla-t-elle. N'avez-vous donc nulle famille ? »

Il tenta de secouer la tête. Alaïs posa un instant la main sur son front, puis souleva le linge qui recouvrait le bras portant l'écu, pour le laisser retomber incontinent. Le garçon avait l'épaule broyée. Des fragments d'os perçaient la peau, telle une barque naufragée à marée basse. Sur son flanc une blessure béait, d'où le sang s'écoulait sans discontinuer, étendant autour de lui une flaque toujours plus grande.

Sa main droite restait crispée sur le pommeau de son épée. Alaïs voulut l'en détacher mais ses doigts refusèrent de céder. Déchirant un carré d'étoffe de ses jupons, elle en fit un pansement qu'elle plongea dans la blessure. De sa bourse, elle tira une fiole de teinture de valériane dont elle versa deux mesures entre les lèvres du garçon aux fins d'apaiser sa douleur. C'était là l'unique remède qu'elle pouvait lui prodiguer.

La mort ne fut point compatissante, car elle vint lentement. Peu à peu, les râles d'agonie devinrent plus sonores et le souffle plus laborieux. Alors que la nuit descendait sur ses yeux, sa terreur atteignit son paroxysme et il poussa un hurlement. Alaïs l'accompagna en lui fredonnant une chanson, lui caressa le front jusqu'à ce que son âme eût quitté son corps meurtri.

« Que ton âme aille à Dieu », murmura-t-elle en lui fermant les yeux.

Elle recouvrit son visage et passa au suivant.

Alaïs œuvra sans répit, administrant potions, pansant les blessures au point que ses yeux devinrent douloureux et ses mains rouges de sang. En fin de journée, les lueurs du ponant s'engouffrèrent par les hautes fenêtres du grand vestibule. Les morts avaient été emportés. Les vivants réconfortés autant que leurs blessures le leur permettaient.

Elle était ivre de lassitude, mais ses pensées de la précédente nuit, allongée dans les bras de son époux, la sustentaient. Si douloureux que fussent ses os, si roide son dos tant elle était restée longtemps accroupie, ces maux lui semblaient anodins en regard de ce qu'elle avait vécu.

Tirant avantage de la frénésie qui s'était emparée du Château comtal, Oriane gagna sa chambre pour y attendre son espion.

« Il était grand temps, lança-t-elle d'un ton cinglant. Dites ce que vous avez à m'apprendre.

— Le juif est trépassé en révélant peu de chose, encore que mon seigneur soit d'ores et déjà convaincu qu'il a déjà confié le livre aux soins de votre père. »

Oriane eut un lent sourire, sans néanmoins souffler mot. Nul n'était au fait qu'elle l'avait retrouvé dans la cape d'Alaïs.

« Qu'en est-il d'Esclarmonde de Servian ?

— Elle fit montre de grand courage, et révéla finalement où le livre pouvait être trouvé. »

Les yeux verts d'Oriane lancèrent des éclairs.

« L'avez-vous ?

— Point encore.

— Se trouve-t-il dans les murs de la *Ciutat* ? Monseigneur d'Évreux sait-il cela ?

— Il se fie à vous pour lui fournir pareille information. »

Oriane demeura un instant songeuse.

« Ainsi, la vieille femme est trépassée ? Et l'enfant aussi ? Elle ne peut donc plus contrecarrer nos plans ni prendre langue avec mon père ? »

L'homme produisit un sourire contraint.

« La femme est morte. Le gamin est parvenu à s'enfuir, mais il ne saurait porter grand préjudice. Je me chargerai de lui sitôt que je le reverrai. »

Oriane approuva d'un hochement de tête.

« Avez-vous parlé au seigneur d'Évreux de mes… intérêts ?

— Si fait, dame. Il est fort honoré que vous envisagiez de lui rendre pareil service.

— Et qu'en est-il de mes conditions ? Me délivrera-t-il un sauf-conduit pour quitter la *Ciutat* ?

— Il le fera dans la mesure où vous délivrerez le manuscrit, dame. »

Elle se leva pour arpenter la chambre.

« Bien, tout cela m'agrée fort. Pourrez-vous pareillement vous charger de mon époux ?

— Il suffira de m'instruire de l'instant et du lieu donné, dame, et rien ne sera plus aisé. Le coût en sera toutefois plus élevé que précédemment. Malgré ces temps troublés, les risques demeurent considérablement élevés. Il s'agit tout de même de l'*escrivan* du vicomte, un homme d'importance.

— J'en suis fort consciente, l'interrompit-elle d'un ton glacial. Combien ?

— Le triple de ce dont vous vous acquittâtes pour le dénommé Raoul.

— Cela est impossible ! protesta-t-elle immédiatement. Je ne puis accéder à une telle quantité d'or.

— Nonobstant, dame, tel est mon prix.

— Et pour retrouver le manuscrit ? »

Cette fois, l'homme se fendit d'un grand sourire.

« Ceci fera l'objet d'une tout autre négociation, dame. »

57

Le pilonnement reprit et se poursuivit au cours de la nuit, bruits sourds de projectiles constitués de pierres et de rochers qui soulevaient dans les airs un nuage de poussière chaque fois que l'un d'eux atteignait son but.

De sa fenêtre, Alaïs observait les demeures dans les plaines, réduites en amas de ruines fumantes. Un nuage nocif planait sur les frondaisons comme un sombre brouillard agrippé à leurs branches. Si certains habitants accourus de la plaine avaient pu se réfugier à Sant-Vicens puis, de là, à l'intérieur de la Cité, ils avaient, pour la plupart, été impitoyablement massacrés pendant leur fuite.

Sur l'autel de la chapelle, des chandelles avaient été allumées.

À l'aube du quatre août, le vicomte et son intendant montèrent sur les remparts.

Le camp des Français se nimbait des brumes venues de la rivière. Tentes, enclos, bêtes, oriflammes, une véritable ville venait de prendre racine. Pelletier leva les yeux vers le ciel. Encore une journée torride qui s'annonçait. La perte de la rivière à ce stade-ci du siège était rien de moins que catastrophique. Sans eau, ils ne tiendraient pas longtemps. La soif aurait raison d'eux, si tant est que les Français ne l'eussent pas fait avant.

La veille, Alaïs l'avait instruit du premier cas de dysenterie, rapporté du *quartier* de la porte de Rodez, par où étaient entrés la plupart des réfugiés venus de Sant-Vicens. Aussitôt l'intendant y était allé voir par lui-même, et malgré le démenti du consul, il craignait fort qu'Alaïs ne fût dans le vrai.

« Je vous vois bien pensif, mon ami. »

Pelletier se retourna pour faire face à son maître.

« Pardonnez-moi, messire. »

Trencavel écarta l'excuse d'un geste.

« Regardez-les donc, Bertrand ! Ils sont trop nombreux pour que nous puissions les vaincre… et nous n'avons point d'eau.

— Il paraît que Pierre d'Aragon se trouve à peine à un jour de cheval. Vous êtes son vassal, messire ; il vous doit assistance et protection. »

Pelletier n'ignorait pas qu'invoquer l'aide du roi ne serait pas chose aisée : outre fervent catholique, Pierre II était aussi le beau-frère de Raymond VI, comte de Toulouse même s'il était notoire que les deux hommes ne s'appréciaient guère. Il n'en restait pas moins que les liens historiques qui unissaient la maison Trencavel à celle d'Aragon demeuraient inaliénables.

« Les ambitions politiques du roi sont étroitement liées au sort de Carcassona, messire. Il n'a nul désir de voir le pays d'oc sous la tutelle des Français. Pierre-Roger de Cabaret ainsi que vos alliés soutiennent cette action. »

Le vicomte posa les mains sur le mur en face de lui.

« C'est ce qu'ils affirment, en effet.

— Puisqu'il en est ainsi, dépêcherez-vous un émissaire ? »

Répondant à la requête du vicomte, le roi fit son entrée le vendredi de la même semaine, en fin d'après-midi.

« Ouvrez les portes ! Que l'on ouvre les portes pour le *rèi* ! »

Ce fut fait sans délai. Attirée par le vacarme, Alaïs alla à sa fenêtre, puis descendit voir de quoi il retournait. Elle entendait simplement interroger quelques personnes quand, levant les yeux vers les fenêtres du grand vestibule, elle se dit qu'elle avait trop souvent accès à des nouvelles de deuxième ou troisième main. La curiosité l'emportant, elle décida, cette fois, de prendre connaissance *de visu* des événements en cours.

Un petit espace séparait le brise-bise de la porte qui séparait le grand vestibule des appartements privés du vicomte. Alaïs ne s'y était plus cachée depuis son enfance, quand elle allait indiscrètement prêter l'oreille aux allocutions de son père. Elle n'était pas même assurée que cet intervalle serait suffisant pour lui permettre de s'y cacher.

Elle monta néanmoins sur un banc qui bordait la cour du Midi pour atteindre une des fenêtres basses de la tour Pinte. Elle s'y hissa, se tortilla sur le rebord et parvint à se glisser à travers l'étroite ouverture.

La chance était avec elle : il n'y avait pas âme qui vive dans l'antichambre. Alaïs sauta sur le sol, puis dans le plus grand silence, ouvrit en tapinois la porte et se coula dans l'espace dissimulé par la tenture. Elle se trouvait si près de l'endroit où se tenait le vicomte, qu'en tendant le bras elle aurait pu toucher ses mains jointes derrière le dos.

Elle arrivait juste à temps. À l'extrémité du grand vestibule, les portes s'ouvrirent pour livrer passage à l'intendant, précédant le roi d'Aragon et nombre d'alliés de Carcassonne, incluant les seigneurs de Lavaur et de Cabaret.

Aussitôt, le vicomte s'agenouilla devant son suzerain.

« Point n'est utile de vous incliner », déclara le roi en l'invitant à se relever.

Physiquement, les deux hommes étaient on ne peut plus différents, ne fût-ce qu'en raison des années qui les séparaient, étant donné que le souverain avait le même âge que l'intendant. Grand, massif comme un taureau, son visage portait les traces des nombreuses campagnes militaires qu'il avait soutenues au cours de son règne. Ses traits lourds au teint mat affichaient une expression taciturne accentuée par une épaisse moustache noire. Ses cheveux d'un noir tout aussi intense laissaient apparaître quelques fils d'argent.

« Priez vos gens de se retirer, nous souhaitons vous entretenir privément.

— Comme il vous plaira, sire roi. Me permettrez-vous cependant de garder mon intendant à mes côtés ? Ses conseils me sont précieux. »

Le roi hésita, puis acquiesça.

« Je ne trouve point de mots pour vous exprimer ma gratitude, commença Trencavel.

— Nous ne sommes point venus vous soutenir, mais vous aider à saisir l'étendue de vos erreurs de jugement. C'est vous et vous seul, qui vous êtes fourvoyé dans une telle situation en refusant de vous opposer à l'hérésie qui sévit dans vos états. Vous disposiez de quatre ans – quatre années ! pour circonscrire pareil désordre et, à ce jour, vous n'avez encore rien fait. Vous consentez que les évêques cathares prêchent ouvertement dans vos villes et vos cités. Vos vassaux soutiennent les *Bons Homes* sans la moindre vergogne.

— Aucun de mes vassaux…

— Niez-vous les agressions perpétrées sur les hommes d'Église qui restèrent impunies ? Les humiliations qu'ils doivent endurer ? Sur vos terres, les hérétiques se livrent ouvertement à leur culte impie. Vos alliés leur accordent protection. Il est notoirement connu que le comte de Foix insulte les saintes reliques en refusant de se prosterner devant elles, et que sa propre sœur s'est dévoyée de la grâce divine au point de faire vœu de *parfaite* ; cérémonie à laquelle le comte a tenu du reste à assister.

— Je ne puis répondre en lieu et place du comte de Foix.

— Il demeure cependant votre vassal et votre allié, rappela le roi. Pourquoi permettez-vous que de tels agissements se perpètrent en vos états ? »

Alaïs sentit le vicomte retenir son souffle.

« Sire, vous répondez vous-même à cette question. Nous vivons côte à côte avec ceux que vous nommez hérétiques. Nous avons grandi ensemble et nos proches parents en font partie. Les *parfaits* vivent une existence honnête et leurs ouailles ne vont que grandissant. Je ne puis les pourchasser non plus que je ne puis empêcher le soleil de se lever ! »

Ces paroles n'émurent guère le roi d'Aragon.

« Votre unique espoir réside en une réconciliation avec notre sainte mère l'Église. Vous êtes l'égal de n'importe lequel de ces barons du Nord que s'est adjoints l'abbé de Cîteaux, et vous serez traité comme tel si vous acceptez de vous amender. Mais si vous lui donnez un seul instant à croire que vous soutenez les croyances de ces hérétiques, par le cœur ou par les actes, alors, c'en sera fait de vous. » Le roi soupira :

« Pensez-vous vraiment pouvoir les affronter, messire ? Vous vous battez à un contre cent.

— Nous avons quantité de nourritures.

— De nourritures, certes, mais point d'eau. Vous avez perdu l'accès à la rivière. »

Alaïs vit son père observer furtivement le vicomte, craignant manifestement de le voir perdre son sang-froid.

« Je n'ai nulle intention de vous défier non plus que de passer outre vos bons offices, mais ne voyez-vous point que les Français guerroient pour notre terre et non pour nos âmes ? Ce combat ne se place point sous l'égide de Dieu et de sa gloire ; en bonne vérité, il ne le doit qu'à la convoitise des hommes. L'host est une armée d'occupation, sire. Si j'ai failli à mes devoirs envers l'Église, si je vous ai offensé, j'implore votre pardon. Cependant, je ne dois allégeance au comte de Nevers, ni même à l'abbé de Cîteaux. Spirituel ou temporel, ils n'ont aucun droit sur mes terres. Je ne livrerai point mon peuple à ces loups français pour une si basse cause. »

Alaïs se sentit envahie d'une bouffée de fierté, et à en juger par l'expression de son visage, son père partageait ce sentiment. Pour la première fois depuis le début de l'entretien, le courage et l'esprit dont faisait montre Trencavel semblèrent toucher le roi.

« Ces propos vous honorent, vicomte, mais ne vous aident en rien. Pour le salut du peuple que vous aimez, laissez-moi, à tout le moins, dire à l'abbé de Cîteaux que vous êtes prêt à ouïr ses conditions. »

Trencavel alla vers la fenêtre pour interroger son homme lige à voix basse.

« Disposons-nous d'assez d'eau pour nos gens à l'intérieur de la *Ciutat* ?

— Assurément non. »

Seules les jointures blanchies de ses mains crispées sur l'appui de fenêtre révélèrent combien lui en coûtaient les mots qu'il s'apprêtait à prononcer.

« Fort bien. J'écouterai ce que l'abbé a à dire. »

Après le départ du roi, Trencavel resta un moment à regarder sans souffler mot le soleil décliner dans les cieux. Au moment où l'on vint allumer les chandelles, Pelletier ordonna que l'on fît apporter des cuisines à boire et à manger.

Alaïs n'osait bouger, de crainte que sa présence ne fût éventée. Elle avait des crampes aux jambes et aux bras ; les murs semblaient se refermer sur elle mais elle était impuissante.

Dans l'interstice des tentures, elle voyait son père arpenter nerveusement les abords du dais, percevait de temps à autre les murmures des conversations.

Pierre II ne réapparut que tard dans la soirée. En voyant sa mine défaite et contristée, Alaïs comprit que sa démarche avait failli. Son esprit sombra dans une profonde détresse : la dernière chance de transporter la trilogie hors des murs de la cité avant le début du siège à proprement parler était anéantie.

« Quelles sont les nouvelles, sire ? s'enquit Trencavel en se levant pour le recevoir.

— Il n'en est aucune que nous puissions vous transmettre, vicomte, répliqua le roi. Ce serait faire offense à nous-même que de rapporter d'aussi ignominieux propos. » Il accepta la coupe qu'on lui tendait et la vida d'un trait. « L'abbé de Cîteaux permet en substance à vous et douze hommes de votre choix de quitter le château cette nuit même, sains et saufs, avec ce qu'il vous plaira d'emporter. »

Alaïs vit Raymond-Roger serrer les poings.

« Qu'en sera-t-il de Carcassona ?

— La *Ciutat* et tout ce qu'elle recèle en biens et personnes passent entre les mains de l'host. Après le sac de Besièrs, les barons français espèrent leur récompense. »

Le silence tomba à l'issue de ces mots. Puis, tout d'un coup, Trencavel donna libre cours à sa fureur et lança sa coupe contre le mur.

« Comment ose-t-il nous faire proposition aussi insultante ? rugit-il. Comment ose-t-il offenser notre honneur et notre fierté ! Je n'abandonnerai pas un seul de mes sujets aux mains de ces chacals !

— Messire… », murmura Pelletier.

Trencavel restait debout, mains sur les hanches, haletant, attendant que sa rage se fût dissipée. Il s'adressa enfin au roi :

« Je vous suis reconnaissant, sire, pour vos bons offices et pour avoir intercédé en notre faveur. Cependant, si vous ne voulez ou ne pouvez combattre à nos côtés, mieux vaut alors nous séparer et commencer à départir. »

Pierre II opina du chef, sachant qu'il n'y avait rien à ajouter.

« Puisse Dieu être avec vous, conclut-il tristement.

— Je pense qu'Il l'est », répondit le vicomte avec un air de défi.

Alors que les deux hommes raccompagnaient le roi jusqu'à son équipage, Alaïs en profita pour s'éclipser.

Les fêtes de l'Assomption se passèrent sans incident notoire, les camps adverses n'ayant accompli, de part et d'autre, que peu de progrès. Trencavel continua de faire pleuvoir sur l'occupant flèches et projectiles, cependant que les perrières poursuivaient leur œuvre de sape contre les murs de la Cité. Des hommes tombaient des deux côtés sans que terrain fût gagné ou perdu.

Les plaines ressemblaient à un charnier. Les corps, boursouflés par la canicule, pourrissaient sur place, dont se repaissaient faucons, milans et corbeaux qui planaient sans cesse au-dessus du champ de bataille pour ne laisser que des os blanchissant au soleil.

Le vendredi du sept août, les croisés lancèrent une attaque contre le bourg Sant-Miquel. Ils parvinrent un moment à investir les fossés en contrebas des murs, mais une grêle de flèches et de pierres s'abattit sur eux. Après maintes heures de piétinement, les Français se retirèrent sous les quolibets nourris et les cris de triomphe des Carcassonnais.

Le lendemain, à l'aube, alors que le monde frémissait dans les lueurs matutinales argentées, et qu'un léger brouillard flottait au-dessus des coteaux où se tenaient plus d'un millier de croisés, une nouvelle attaque fut lancée contre Sant-Miquel.

Heaumes et boucliers, piques et épées, regards, tout étincelait dans le pâle soleil. Chaque homme portait une croix, blanche aux couleurs de Nevers, Bourgogne, Chartres et Champagne.

Trencavel en personne avait pris position pour épauler les siens, afin de repousser l'attaque.

Archers et *dardasiers*[1] s'apprêtaient, armes à la main. En contrebas, hommes de pié portant haches, piques et épées avaient pris position, au cas où l'ennemi ferait une percée, et au-delà, à l'abri des murs de la Cité, se

_____
1. Lanciers. *(N.d.T.)*

tenaient les chevaliers attendant que l'ordre de charger leur fût donné.

Au loin, les sinistres battements des tambours français résonnèrent. Les épieux se mirent à frapper le sol en cadence, leur bruit sourd et saccadé se répercutant sur la campagne en sursis.

Voilà, c'est commencé.

Alaïs se tenait près de son père, son attention partagée entre son époux et la multitude des croisés dévalant des collines.

Sitôt l'host à portée de flèches, Trencavel donna le signal et une volée de projectiles obscurcit le ciel.

Les hommes tombaient des deux côtés. La première échelle était déjà dressée contre les murs. Le carreau d'une arbalète fendit l'air et alla se ficher dans le bois, le faisant voler en éclats. L'échelle oscilla, puis bascula lentement avant de prendre de la vitesse et projeter les hommes sur le sol dans un éclaboussement de sang, d'os et de bois.

Au prix de grands efforts, les croisés parvinrent à installer une *gata*, chariot à quatre roues, tendu de peaux de bœuf, à l'abri duquel des experts en la matière devaient creuser une cavité et saper ainsi la partie basse des remparts.

Trencavel ordonna que l'on détruisît l'engin, ce que firent incontinent les assiégés en lançant quantité de projectiles enflammés. Le ciel se zébra de fumées noires et de traits en feu, jusqu'à ce que le chariot s'embrasât, et que ses occupants, transformés en torches vivantes, se missent à courir dans toutes les directions pour tomber, quelques pas plus loin, sous les flèches des archers.

C'était déjà trop tard. Du haut des créneaux, les défenseurs des murs ne pouvaient à présent que constater, impuissants, les sapeurs survivants poser dans la cavité qu'ils étaient parvenus à creuser la charge de poudre noire et de salpêtre que les croisés préparaient depuis longtemps. Une violente déflagration retentit. Alaïs se protégea le visage, alors que, parmi les flammes, une gerbe de pierres et de cailloux s'élevait dans les airs.

Les croisés s'engouffrèrent à grand fracas dans la brèche, le rugissement de l'incendie allant jusqu'à couvrir les hurlements des femmes et des enfants fuyant cet enfer.

Les herses séparant Sant-Miquel de la Cité furent aussitôt levées aux fins que les chevaliers pussent lancer leur première attaque. *Veillez sur lui*, se prit à murmurer Alaïs, comme si sa supplique pouvait détourner de son époux la flèche ennemie.

Les hommes de pié français lançaient à présent les têtes des cadavres qu'ils venaient de décapiter par-dessus les murailles, semant ainsi la panique chez les Carcassonnais. Les hurlements de terreur allaient croissant, tandis que le vicomte conduisait ses hommes au cœur de la bataille. Il fut ainsi le premier à verser le sang, repoussant de sa botte l'ennemi dont il venait de trancher le col.

Guilhem le suivait de près dans cette charge farouche, poussant son destrier dans la foule des attaquants, terrassant tous ceux qui obstruaient son chemin.

Alaïs vit avec horreur la monture d'Alzeau de Preixan trébucher, non loin de son époux, lequel tourna bride sur-le-champ pour lui porter secours. Affolé par l'odeur de sang et le ferraillage des armes, le puissant destrier de Guilhem se cabra, piétinant les croisés sous ses sabots, permettant ainsi à Alzeau de se relever et de se mettre momentanément hors danger.

L'ennemi était largement en surnombre. Sur son chemin, des multitudes d'hommes blessés, de femmes et d'enfants terrifiés fuyaient vers la Cité. L'host avançait sans relâche, investissant chaque rue.

À la fin, Alaïs entendit le cri :

« Repli ! Repli ! »

Sous le couvert de la nuit, une poignée d'assiégés s'insinua dans les faubourgs dévastés. Massacrant les quelques soldats chargés de faire le guet, ils incendièrent les dernières demeures, privant ainsi l'ennemi d'un couvert quand reprendrait le pilonnement de la Cité.

La réalité n'en était pas moins rude.

Les bourgs de Sant-Vicens et de Sant-Miquel étaient tombés aux mains de l'ennemi. Carcassonne était isolée.

58

Sur les instances de Trencavel, des tables avaient été dressées dans le grand vestibule. Le vicomte et dame Agnès allaient de l'un à l'autre, remerciant les hommes pour les services rendus et pour ceux qu'ils rendraient encore.

Pelletier se sentait de plus en plus mal. La salle était saturée des odeurs de sueur, de cire brûlée, de nourritures refroidies et de bière éventée, et il ne pensait pas pouvoir endurer tout cela bien longtemps. Les douleurs qui lui fouaillaient le ventre ne laissaient de le tourmenter.

Comme il tentait de se mettre debout, ses jambes le trahirent sans autre avertissement. Agrippé à la table, il piqua subitement du nez, faisant voler autour de lui plats, coupes et ce qu'ils contenaient. On eût cru qu'une bête sauvage lui dévorait le ventre.

Trencavel se retourna. Quelqu'un se mit à hurler. C'est à peine si Pelletier eut conscience des servantes s'empressant autour de lui, et d'une voix réclamant Alaïs à cor et à cri.

Il eut la sensation de mains qui le soulevaient pour le transporter hors de la salle. Le visage de François apparut dans son champ de vision, pour disparaître l'instant suivant. Il crut aussi reconnaître Alaïs lançant des injonctions, bien que le son de sa voix lui parvînt de très loin et qu'elle s'exprimât dans une langue qu'il ne comprenait pas.

« Alaïs…, appela-t-il, la main tendue dans les ténèbres de ses yeux clos.

— Je suis céans, père. Nous vous conduisons à votre chambre. »

Il sentit les bras vigoureux qui le hissaient, l'air nocturne sur son visage pendant qu'il franchissait la cour d'honneur.

La progression fut lente. Les spasmes qui lui tordaient les entrailles étaient plus violents, plus douloureux que le précédent. Il sentait déjà la pestilence faire en lui son œuvre, frelatant son souffle et ses humeurs.

« Alaïs… », murmura-t-il, des accents de peur dans la voix.

Sitôt arrivés dans les appartements de son père, Alaïs donna l'ordre à Rixende d'aller chercher François et de lui rapporter les potions qu'elle gardait dans sa propre chambre. À deux autres servantes elle demanda de l'eau devenue si précieuse.

L'intendant fut allongé sur son lit. De ses vêtements maculés de nourritures, Alaïs fit un tas pour être brûlé. La puanteur qui entourait son père semblait sourdre par les pores de sa peau. Les crises de dysenterie devenaient plus fréquentes et sévères, sang et purulence prenant le dessus. Alaïs eut beau commander de faire brûler lavande et romarin, rien ne masquait la gravité de son état.

Rixende revint promptement avec les potions et prêta la main à la préparation d'une fine pâte constituée d'eau chaude et de myrtille séchée. Ayant recouvert son père d'un drap blanc, elle versa une cuillerée de liquide entre ses lèvres blafardes.

À la première tentative, l'intendant régurgita violemment. S'il parvint à avaler la seconde, ce fut au prix de terribles spasmes qui le secouèrent tout entier.

Le temps avait perdu son sens, ni précipité ni lent, alors qu'Alaïs s'évertuait à retarder la progression de la maladie. À minuit, le vicomte apparut dans les appartements.

« Quelles sont les nouvelles, dame ?

— Il est fort mal allant, messire.

— Vous faut-il de l'aide, celle d'un apothicaire ou d'un médecin ?

— Seulement de l'eau si cela est possible. J'ai mandé Rixende afin de quérir François, mais à cette heure, il n'est point venu.

— Nous y veillerons. »

Trencavel lança un regard en direction du lit.

« Comment un tel mal a-t-il pu si promptement s'emparer de lui ?

— Il est malaisé de savoir pourquoi telle maladie frappe durement l'un et affecte à peine l'autre, messire. Son séjour en Terre sainte l'a, m'a-t-on dit, amoindri et rendu très vulnérable aux embarras gastriques. Dieu fasse que ce mal ne se répande point, ajouta-t-elle après une brève hésitation.

— Vous pensez donc qu'il survient conséquemment au siège que nous subissons ? » Comme Alaïs acquiesçait, il ajouta : « J'en suis fort marri. Dépêchez quelqu'un auprès de moi s'il survient quelque changement dans sa condition. »

Tandis que les heures se succédaient, se relâchait l'emprise de l'intendant sur sa propre vie. Il avait quelques moments de lucidité, au cours desquels il semblait comprendre la gravité de son état. Le reste du temps, il demeurait inconscient.

Peu avant l'aube, son souffle devint saccadé. Alaïs, qui somnolait à son chevet, en fut immédiatement alertée.

« *Filha...* »

En lui touchant le front et les mains, elle comprit que la fin était imminente. La fièvre l'avait abandonné, lui laissant la peau glaciale.

Son âme lutte pour se libérer.

« Aidez-moi... à m'asseoir », parvint-il à souffler.

Avec l'aide de Rixende, Alaïs le mit sur son séant. L'espace d'une nuit, la maladie l'avait métamorphosé en vieillard.

« Ne parlez point, murmura-t-elle. Préserver vos forces vous faut.

— Alaïs, l'admonesta-t-il doucement. Vous savez que mon heure est venue. »

Tandis qu'il s'efforçait de respirer, sa poitrine s'éclaboussait de ses expectorations. Des cernes jaunes entouraient ses orbites devenues creuses, et des boursouflures brunâtres se formaient sur son cou et ses mains.

« Irez-vous quérir un *parfait* ? Je voudrais une bonne fin, chuchota-t-il en s'efforçant de garder les yeux ouverts.

— Souhaitez-vous être consolé, *paire* ? » s'enquit-elle avec précaution.

Pelletier se ménagea un faible sourire et, durant un bref instant, resplendit l'homme qu'il avait été.

« J'ai bien ouï les paroles des *Bons Chrétiens*. J'ai appris les mots du *melhorer*[1] et du *consolament*... Je

---

1. Sorte de génuflexion que le croyant faisait devant le parfait. *(N.d.T.)*

suis né chrétien et mourrai comme tel, mais non point dans l'étreinte corrompue de ceux qui portent la guerre sous nos murs en invoquant le nom de Dieu. Par la grâce de notre Seigneur, si je vécus en homme de bien, je me joindrai en Paradis à la glorieuse assemblée des esprits. »

Une quinte de toux le submergea, cependant qu'Alaïs laissait errer sur la chambre un regard désespéré. À une servante elle ordonna de prévenir le vicomte que l'état de son père avait empiré. Sitôt la jeune fille partie, elle héla Rixende.

« Je veux que vous alliez quérir un *parfait*. J'en ai aperçu quelques-uns dans la cour un peu plus tôt. Dites-leur qu'il y a céans un homme qui désire recevoir le *consolament*. »

Le visage de la servante prit aussitôt une expression terrifiée.

« Nul ne saura vous blâmer d'avoir porté un message, la rassura-t-elle. Et il ne sera point utile de revenir avec eux. Hâtez-vous, Rixende, le temps presse. »

Un mouvement de l'intendant attira l'attention d'Alaïs.

« Qu'y a-t-il, *paire* ? Je suis près de vous. »

Il voulait parler, mais les mots semblaient se morceler dans sa gorge sans lui laisser le temps de les prononcer. Alaïs lui versa un peu de vin dans la bouche qu'elle essuya délicatement avec un linge humide.

« Le Graal est la parole de Dieu, Alaïs. C'est ce que Harif tenta de m'enseigner, sans que je l'eusse oncques compris. Sans le *merel*… la vérité du labyrinthe est un faux chemin.

— Qu'en est-il de ce *merel* ? le pressa-t-elle pour tenter de comprendre ce que son père voulait dire.

— Vous étiez dans le vrai, *filha*. Je fus trop obstiné. J'aurais dû vous laisser départir pendant que l'occasion nous était encore donnée. »

Alaïs se débattait intérieurement pour tenter de comprendre ces propos sibyllins.

« Quel chemin, père ?

— Je ne l'ai point vue, murmurait-il, et ne la verrai point. La grotte… rares sont ceux qui l'ont vue. »

Au désespoir, Alaïs se tourna vers la porte.

Que fait Rixende ?

Dans le couloir retentirent soudain des bruits de pas précipités. Rixende apparut, suivie de deux *parfaits*. Pour l'avoir aperçu chez Esclarmonde, Alaïs reconnut le plus âgé, avec sa grande barbe et ses yeux pleins de bonté. Les deux hommes étaient revêtus d'une robe indigo serrée à la taille par des cordons ornés d'une boucle en forme de poisson.

Il s'inclina.

« Dame Alaïs, est-ce votre père, l'intendant Pelletier, qui requiert le *consolament* ? » Comme la jeune femme acquiesçait : « A-t-il le souffle pour parler ?

— Il en trouvera la force. »

Des bruits confus se firent encore entendre dans le couloir alors que le vicomte apparaissait sur le seuil de la chambre.

« Messire, bredouilla Alaïs, alarmée. Mon père a demandé la présence de *parfaits*. Il souhaite mourir sereinement. »

Une lueur d'étonnement passa dans l'œil du vicomte. D'un signe, il enjoignit un domestique de refermer la porte.

« Quoi qu'il en soit, je resterai. »

Alaïs soutint son regard jusqu'à ce que le *parfait* officiant auprès de son père s'adressât à elle :

« L'intendant Pelletier est en grande douleur, mais son esprit est fort et son courage persiste. Aurait-il nui à notre église ? Lui est-il redevable de quelque manière ?

— C'est un protecteur de tous les amis de Dieu. »

Alaïs et le vicomte se tinrent en retrait, alors que le *parfait* s'approchait du lit pour se pencher sur le mourant. Les paupières de Pelletier battirent précipitamment pendant que, dans un souffle, il psalmodiait le *melhorer*.

« Faites-vous le vœu d'observer les préceptes de justice et de vérité, de vous consacrer à Dieu et à l'Église des *Bons Chrétiens* ?

— J'en… fais le vœu », parvint à articuler l'intendant.

Le *parfait* posa alors sur le front du moribond un parchemin où était écrit le Nouveau Testament.

« Puisse Dieu vous bénir, puisse-t-il faire de vous un bon chrétien et vous conduire à une juste fin. »

À l'issue de quoi, il récita le *benedicite* puis, par trois fois l'*adoremus*.

Alaïs était émue par la simplicité de la cérémonie. Quant au vicomte, il regardait fixement devant lui, faisant à l'évidence un grand effort de volonté pour maîtriser ses émotions.

« Bertrand Pelletier, êtes-vous prêt à recevoir le don de prière de notre Seigneur ? »

L'intendant murmura son assentiment.

D'une voix haute et claire, le *parfait* récita par sept fois le *pater noster*, ne s'interrompant que pour permettre à Pelletier de produire les réponses appropriées.

« Ceci est la prière que Jésus-Christ apporta sur Terre et enseigna aux *Bons Homes*. Ne jamais manger ni boire sans dire cette prière. Et si vous faillez à votre devoir, il vous faudra alors faire pénitence. »

Pelletier s'efforça d'acquiescer. Le sifflement creux qui montait de sa poitrine s'était amplifié comme le vent d'automne soufflant dans les arbres morts.

Le *parfait* se mit à lire l'évangile selon Jean[1] :

« *Au commencement était le Verbe, et le Verbe était tourné vers Dieu. Et le verbe était Dieu. Il était au commencement tourné vers Dieu.* » La main de Pelletier eut un mouvement saccadé, alors que le *parfait* poursuivait sa psalmodie : « *...et tu connaîtras la vérité et la vérité fera de toi un homme libre.* »

Brusquement, Pelletier ouvrit grand les yeux.

« *Vertat*..., murmura-t-il. Oui... la vérité... »

Alaïs lui saisit la main, éperdue, mais il s'éloignait, la lumière abandonnait son regard. À peine eut-elle conscience du ton précipité du *parfait*, qui semblait craindre de manquer de temps pour parachever la cérémonie.

« Il doit prononcer les derniers mots, pressa-t-il Alaïs. Assistez-le.

— *Paire*, il vous faut... »

La douleur lui ôtait la voix.

« Pour les péchés... que j'ai commis... en paroles ou en actes... je demande pardon... à Dieu... à l'Église... à tous ceux ci présents. »

Avec un visible soulagement, le *parfait* posa les mains sur la tête de Pelletier et lui donna le baiser de paix. Alaïs retenait son souffle. Par la grâce du *consolament* descendant sur lui, le visage de son père avait emprunté les douceurs de la sérénité. L'instant était à la transcendance, à la compréhension. À cette heure, son esprit était au renoncement de son corps malade et à la Terre qui l'y retenait.

---

1. Seul évangile reçu par les cathares. *(N.d.T.)*

« Son âme est prête », annonça le *parfait*.

Alaïs acquiesça et vint s'asseoir près de son père pour lui tenir la main. Le vicomte prit place de l'autre côté du lit. Bien qu'à peine conscient, Pelletier semblait sentir leur présence.

« Messire ?

— Je suis céans, Bertrand.

— Carcassona ne doit point tomber.

— Je vous donne ma parole, au nom de l'amour et des obligations que nous avons partagées durant de si nombreuses années, que je ferai tout ce qui est en mon pouvoir. »

Pelletier tenta de lever la main.

« Ce fut un honneur que de vous servir. »

Alaïs vit les yeux du vicomte se remplir de larmes.

« De cela, je dois vous rendre grâce, mon vieil ami.

— Alaïs ?

— Je suis près de vous, père », s'empressa-t-elle de répondre.

Toute couleur avait quitté le visage de Pelletier. Sa peau s'affaissait en replis cendrés sous ses yeux.

« Nul homme n'eut de fille semblable à vous. »

La vie quitta son corps dans un dernier soupir. Puis, le silence.

L'espace d'un instant, Alaïs ne bougea, ne respira, ne réagit d'aucune façon. Puis une indicible douleur grandit en elle, la submergea, la posséda jusqu'à la faire éclater en de longs sanglots.

59

Un soldat apparut.

« Seigneur Trencavel…

— Que se passe-t-il ?

— L'on a appréhendé un homme place du Plô, messire, au moment où il tentait de soutirer de l'eau. »

D'un signe, le vicomte fit comprendre au soldat qu'il irait châtier l'impudent, puis s'adressa à Alaïs :

« Je dois m'en retourner, dame. »

Exténuée par les larmes qu'elle venait de verser, la jeune femme acquiesça.

« Je veillerai à ce qu'il soit dignement enterré et que lui soient rendus les honneurs qui seyent à son rang. Ce fut un homme vaillant, un loyal conseiller et un ami fidèle.

— Son appartenance à notre Église ne requiert rien de tout cela, messire. Sa chair n'est plus rien car son esprit s'en est jà allé. Il souhaiterait que vous vous préoccupiez des vivants, déclara Alaïs.

— S'il en est ainsi, voyez-y de ma part un acte d'égoïsme, car j'entends que mes derniers respects soient à la mesure de l'affection et l'estime dans lesquelles je le tenais. Je ferai transporter sa dépouille à la *capèla* Sant-Maria.

— Il sera honoré par un tel témoignage d'affection, messire.

— Puis-je mander quelqu'un à vos côtés ? Votre époux, je ne puis, hélas, mais votre sœur, peut-être, ou bien une dame pour veiller près de vous ? »

Alaïs redressa la tête, prenant conscience qu'en ces instants difficiles elle n'avait pas un seul instant songé à Oriane, allant jusqu'à omettre de l'avertir que son père était gravement malade.

Elle ne l'aimait point.

Alaïs intima le silence à ses pensées. Elle avait failli à ses devoirs, vis-à-vis de son père tout autant qu'envers sa sœur. Elle se leva.

« J'irai voir ma sœur, messire. »

Comme le vicomte quittait la chambre, elle s'inclina révérencieusement puis se retourna vers son père. Ne pouvant se résoudre à se séparer de lui, elle décida de se consacrer à la préparation du corps. Des servantes tendirent le lit de draps frais, ceux sur lesquels Pelletier avait trouvé la mort étant destinés à être brûlés. Assisté de Rixende, Alaïs prépara le linceul et les huiles funéraires avant de procéder à la toilette du corps de sorte qu'il apparût dans la mort l'homme qu'il avait été de son vivant.

Elle s'attarda quelque peu sur le visage absent de son père. *Tu ne peux rester plus longtemps.*

« Informez le vicomte que le corps de mon père peut être emmené à la *capèla*, Rixende. Je dois aller prévenir ma sœur. »

Comme à l'accoutumée, Guirande dormait sur le seuil de sa maîtresse. Alaïs l'enjamba et ouvrit la porte qui, cette fois, n'était pas verrouillée. Oriane était étendue dans son lit, tentures repoussées. Tout en contemplant sa peau laiteuse et ses boucles noires répandues sur l'oreiller, Alaïs s'extasia que sa sœur parvînt à dormir.

« Ma sœur ! »

Oriane ouvrit d'un seul coup ses grands yeux félins, son visage affichant, tour à tour, inquiétude et étonnement, puis l'expression arrogante qui lui était coutumière.

« J'ai de mauvaises nouvelles à vous annoncer, commença Alaïs d'une voix blanche.

— Cela ne pouvait-il point attendre ? Prime n'a point encore sonné.

— Nenni. Notre père… »

Comment de telles paroles pouvaient-elles être vraies ?

Elle inspira longuement pour contrôler son émotion.

« Notre père est trépassé. »

Oriane accusa très brièvement le choc, car son visage eut tôt fait de retrouver son air habituel.

« Qu'avez-vous dit ? s'écria-t-elle, les yeux étrécis.

— Notre père nous a quittés, ce matin, peu avant l'aube.

— Comment ? De quelle façon est-il mort ?

— Est-ce tout ce que vous trouvez à dire ? » protesta Alaïs.

Oriane se leva d'un bond.

« Dites-moi de quoi il est trépassé.

— D'une maladie qui s'est promptement saisie de lui.

— Étiez-vous en sa compagnie à l'heure de son trépas ? » Alaïs acquiesça. « Et vous n'avez point jugé utile de m'en informer.

— J'en suis fort marrie, bredouilla-t-elle. Tout cela est survenu si rapidement. Je n'ignore point que j'aurais dû…

— Qui autre que vous se trouvait à son chevet ?

— Le seigneur Trencavel et… »

Oriane perçut le sens de cette hésitation.

« Notre père a-t-il confessé ses péchés et reçu les derniers sacrements ? Est-il mort chrétiennement ?

— Il a reçu l'absolution de ses péchés, répondit Alaïs en pesant ses mots avec soin. Il s'en est allé dans la paix de Dieu. »

Elle a compris.

« Et puis qu'importe ? se récria-t-elle, atterrée par l'impassibilité de sa sœur. Il est mort, ma sœur, cela ne signifie donc rien pour vous ?

— Vous avez failli à votre devoir, rétorqua Oriane en pointant un index accusateur. C'est moi qui aurais dû veiller sur ses derniers instants. Comme aînée, c'est un droit qui m'était échu. En outre, si je viens à apprendre que des hérétiques se sont penchés sur son agonie, sachez bien que je ferai en sorte que vous le regrettiez.

— N'éprouvez-vous donc nul chagrin ni peine ? »

La réponse se lisait intelligiblement sur le visage d'Oriane.

« Son trépas ne me touche guère plus que celui d'un chien dans la rue. Il ne m'aimait point ; j'en ai accepté l'augure voilà maintes années. Pourquoi devrais-je le pleurer, à présent ? Son affection n'allait qu'à vous, car c'est en vous qu'il se reconnaissait. » Elle eut un sourire acerbe. « C'est à vous qu'il se confiait, à vous qu'il livrait ses plus profonds secrets. »

Malgré le froid qui lui figeait le corps, Alaïs sentit le feu lui monter aux joues.

« Que voulez-vous dire ? s'enquit-elle en redoutant d'avance la réponse de sa sœur.

— Vous m'avez fort bien entendue, persifla-t-elle. Pensez-vous que je ne sache rien de vos conversations nocturnes ? Sans la protection de notre père, votre existence va changer, petite sœur. Voilà bien trop longtemps que vous n'en faites qu'à votre tête. » Elle saisit brusquement Alaïs par le poignet : « Dites-moi où est le troisième livre.

— Je n'entends point votre requête. »

Oriane frappa alors Alaïs en plein visage.

« Où est-il ? gronda-t-elle. Je sais qu'il est en votre possession.

— Laissez-moi.

— Ne vous livrez point à ces petits jeux avec moi, ma sœur. Il vous l'a forcément remis ; il n'avait nulle autre personne à qui se fier. Dites-moi où il se trouve. Il me le faut. »

Un tressaillement parcourut Alaïs.

« Vous ne pouvez agir, quelqu'un peut survenir.

— Qui donc ? Vous semblez oublier que notre père ne peut vous protéger, à présent.

— Guilhem le peut.

— À l'évidence, s'esclaffa Oriane. J'oubliais que vous vous êtes raccommodée avec votre cher époux. Savez-vous ce qu'il pense de vous ? L'imaginez-vous seulement ? »

À cet instant, la porte s'ouvrit violemment.

« Il suffit ! » tempêta Guilhem en faisant irruption dans la chambre.

Oriane s'empressa de relâcher Alaïs, alors que celle-ci se précipitait dans les bras de son époux.

« *Mon còr*, je suis venu sitôt que j'ai appris la triste nouvelle. J'en suis fort contristé.

— Quelle scène touchante ! s'exclama Oriane d'une voix âpre. Demandez-lui ce qui l'a ramené dans votre couche, chère sœur ! assena-t-elle dédaigneusement en fixant Guilhem. À moins que vous ne redoutiez trop d'ouïr ses paroles, interrogez-le, Alaïs. Il n'y a en lui nul amour ni même désir. Votre réconciliation ne le doit qu'au manuscrit et à rien d'autre.

— Je vous préviens, tenez votre langue !

— Pourquoi ? Redoutez-vous tant ce que je puis révéler ? »

Alaïs ressentit le climat de tension qui régnait entre eux, aboutissement d'inavouables complicités, et comprit aussitôt.

Non, cela ne se peut.

« Ce n'est point vous qu'il désire, Alaïs, mais le livre. C'est ce qui l'a ramené dans votre chambre. Est-il possible d'être aveugle à ce point ? »

Alaïs recula d'un pas pour s'éloigner de Guilhem.

« Dit-elle la vérité ? »

Guilhem se retourna pour adresser à Alaïs un regard désespéré.

« Elle ment, je le jure sur ma vie. Ce livre m'importe peu et je ne lui ai rien révélé. Comment l'aurais-je pu ?

— Il a fouillé votre chambre durant votre sommeil ; il ne peut le nier.

— Cela est faux ! vitupéra le jeune homme.

— Cependant, vous connaissiez l'existence d'un tel livre… »

La lueur affolée qu'elle lut dans ses yeux lui confirma la réponse qu'elle craignait d'entendre.

« Elle a voulu se livrer à un chantage, mais j'ai refusé, répliqua-t-il d'une voix brisée. J'ai refusé, Alaïs…

— Quelle emprise a-t-elle donc pour exiger pareille chose de vous ? » murmura Alaïs.

Il tendait la main pour la toucher ; elle se déroba.

Comme j'aimerais encore l'entendre nier.

« Une fois, oui…, avoua-t-il en laissant retomber sa main. Pardonnez-moi.

— Il est un peu tard pour avoir des remords, inter-vint Oriane.

— Êtes-vous épris d'elle ? » voulut savoir Alaïs, ignorant la remarque de sa sœur.

Guilhem secoua désespérément la tête.

« Ne voyez-vous point qu'elle cherche à vous dres-ser contre moi, Alaïs ? »

La jeune femme était effondrée à l'idée qu'elle ne pourrait jamais plus accorder sa confiance à son mari. Il tendit derechef la main.

« Je vous en prie, Alaïs. Je ne suis épris que de vous.

— En voilà assez, s'interposa Oriane. Où est le manuscrit ?

— Il n'est point en ma possession.

— De qui, alors ? insista-t-elle d'une voix mena-çante.

— Pourquoi vous le faut-il ? répliqua Alaïs, peu encline à céder. Pourquoi a-t-il autant d'importance à vos yeux ?

— Répondez, et nous en resterons là, fit Oriane d'un ton cinglant.

— Et si je refuse ?

— Un mal peut fort bien s'emparer de vous. Vous avez veillé notre père. Peut-être que celui qui l'a tué est déjà en vous... » Oriane s'adressa à Guilhem : « Entendez-vous ce que je dis, messire ? Au cas où vous voudriez vous retourner contre moi.

— Je ne permettrai point que vous lui portiez tort !

— Vous n'êtes guère en position de me menacer, ricana Oriane. Je dispose d'assez de preuves pour vous conduire au gibet.

— L'unique preuve que vous ayez, c'est votre parole ! vociféra Guilhem. Le vicomte ne vous croira jamais.

— Si vous pensez que j'ai laissé place à quelque doute, vous me sous-estimez, messire. Prendriez-vous un tel risque ? Dites-moi où est caché le manuscrit ou je livre la vérité au vicomte », répéta-t-elle à sa sœur.

Alaïs déglutit douloureusement. Quel outrage autre que la tromper avait donc commis Guilhem ? Ses pensées battaient la campagne. En dépit de son légitime courroux, elle ne pouvait se résoudre à ce qu'il fût dénoncé.

« Notre père a remis le livre à François », avoua-t-elle enfin.

Une lueur de désarroi passa dans le regard d'Oriane, disparaissant aussi vite qu'elle lui était venue.

« Fort bien. Je vous préviens, ma sœur : si vous m'avez menti, je vous le ferai regretter, conclut-elle en allant vers la porte.

— Où allez-vous, ainsi ?

— Où pensez-vous ? M'apprêter pour payer mes respects à mon père. Néanmoins, je tiens auparavant à ce que vous soyez en sûreté dans votre chambre.

— Cela ne sera point nécessaire, répliqua Alaïs en défiant sa sœur du regard.

— Cela me semble, à l'inverse, indispensable. Si François ne peut me prêter son concours, au moins me sera-t-il loisible de m'entretenir derechef avec vous. »

Guilhem hasarda une nouvelle tentative de persuasion.

« Elle ment. Je n'ai commis aucun acte répréhensible.

— Ce que vous avez ou n'avez point fait n'est plus de mon ressort, Guilhem, lui répondit Alaïs. Vous saviez ce que vous faisiez en vous ébattant auprès d'elle. À présent, laissez-moi, je vous prie. »

Tête haute, Alaïs regagna sa chambre, Oriane et Guirande sur ses talons.

« Je reviendrai tantôt, après m'être entretenue avec François.

— Comme il vous plaira. »

Oriane quitta la chambre en fermant la porte à clé comme le redoutait Alaïs. Dans le couloir, la querelle entre sa sœur et Guilhem se poursuivait.

Elle tenta de se clore à leurs voix, aux images avilissantes qui lui empoisonnaient l'esprit. Elle ne pouvait s'empêcher de songer à Guilhem et Oriane dans les bras l'un de l'autre ni se soustraire à l'idée qu'il avait murmuré à sa sœur des mots qu'elle ne croyait destinés qu'à elle seule, des perles qu'elle chérissait au tréfonds de son cœur.

Alaïs posa sur sa poitrine une main tremblante. Trahi, bafoué, ce même cœur cognait violemment contre ses côtes. Elle déglutit avec peine.

Ne pense point à ton sort.

Elle ouvrit les yeux et laissa tomber ses bras le long du corps, poings serrés de détresse. Elle ne pouvait s'autoriser la moindre faiblesse, faute de quoi, Oriane lui aurait enlevé tout ce qui faisait d'elle une personne de valeur. Le temps des récriminations et des regrets viendrait un jour ; pour l'heure, la promesse à son père de mettre le manuscrit en sûreté revêtait un caractère autrement important que son cœur brisé. Pour malaisé que cela fût, elle devait s'ôter Guilhem de l'esprit. Elle s'était laissé docilement enfermer dans sa chambre en raison de ce qu'Oriane avait évoqué. *Le troisième livre.* Elle voulait savoir où était caché le troisième livre.

Elle se précipita sur sa cape, toujours posée sur le dossier de la chaise et, après quelques rapides tâtonnements, s'avisa que le livre qu'elle y avait cousu avait disparu.

Submergée de désespoir, elle s'effondra sur un siège. Oriane détenait le manuscrit de Siméon. Bientôt, son mensonge à propos de celui de son père serait éventé et Oriane reviendrait l'interroger.

Et qu'en est-il d'Esclarmonde ?

Elle s'aperçut qu'entre-temps, dans le couloir, les échanges fielleux entre Guilhem et Oriane avaient cessé.

Sont-ils ensemble ?

Elle ne savait plus qu'en penser. En vérité, peu importait. Il l'avait trahie une fois et recommencerait. Elle devait refouler ses sentiments au fond de son cœur meurtri, et songer plutôt à fuir, pendant que l'occasion lui en était donnée.

Elle déchira le coussinet de lavande afin de retrouver la copie qu'elle avait exécutée du parchemin qui se trouvait dans le *Livre des Nombres*, puis promena un regard circulaire sur la chambre qu'elle croyait être sienne à jamais.

Elle comprit qu'elle n'y reviendrait jamais.

Debout devant la bière à la lueur hésitante des chandelles, Oriane n'éprouvait rien.

Enjoignant aux veilleuses de se retirer, elle se pencha vers son père en affectant de lui baiser le front, tandis que sa main faisait subrepticement glisser l'anneau labyrinthique qu'il portait encore au pouce, n'osant croire qu'Alaïs fût assez stupide pour négliger de s'en emparer quand elle en avait eu la possibilité.

Elle se redressa et glissa l'anneau dans sa poche. Réajustant son vêtement, elle fit une génuflexion, se signa, puis se mit en quête de François.

60

Alaïs se hissa sur le rebord de la fenêtre. L'idée de ce qu'elle allait entreprendre lui donnait le vertige.

Tu vas tomber.

Et quand bien même, quelle importance, à présent ? Son père était mort ; Guilhem à jamais perdu. Tout compte fait, le jugement que l'intendant portait sur son gendre s'était avéré.

Qu'ai-je à perdre de plus ?

Retenant son souffle, elle se laissa glisser, jusqu'au moment où elle sentit le toit en contrebas sous son pied. Là, murmurant une prière, elle joignit bras et jambes et se laissa tomber. Elle atterrit avec un bruit sourd. Comme ses pieds glissaient sur les tuiles, elle rampa, tout en cherchant désespérément un objet, une tuile brisée, n'importe quoi pour s'y agripper.

Cela lui sembla durer une éternité. Voilà qu'après un choc violent, elle s'immobilisa. L'ourlet de sa robe s'était accroché à un clou. Elle demeura un instant immobile, n'osant faire un geste. Elle sentit la tension de l'étoffe prête à céder à tout moment.

Elle observa le clou. Parviendrait-elle à l'atteindre qu'il lui faudrait ses deux mains pour décrocher l'ourlet entortillé autour de la pointe de métal. Un risque impossible à prendre. La seule solution consistait à renoncer à son vêtement et tenter de remonter jusqu'à la faîtière qui reliait le mur extérieur du Château comtal au côté occidental. De là, elle pourrait se glisser entre les planches des hourds. Les ouvertures dans les murs de défense étaient étroites, mais elle était mince. Cela valait la peine d'essayer.

Évitant les mouvements brusques, elle se glissa jusqu'au clou et tira sur le tissu jusqu'à ce qu'il commençât à se déchirer. Elle s'évertua, d'abord d'un côté, puis de l'autre. Enfin un coin de sa jupe s'arracha qu'elle abandonna au clou. Elle était libre, sans être tirée d'affaire pour autant.

Plaquée contre la toiture, elle se mit à ramper sur les coudes et les genoux. Des gouttes de sueur perlaient sur son front et sa poitrine, où elle avait dissimulé la copie du parchemin. Le rude contact des tuiles lui écorchait la peau.

Elle se hissa ainsi peu à peu, jusqu'à atteindre les *ambans*, auxquels elle s'agrippa avec un indicible sentiment de soulagement. Puis elle ramena les genoux pour se retrouver presque accroupie sur le toit, coincée dans le coin entre les créneaux et le mur. L'ouverture était plus étroite qu'elle l'avait escompté, pas plus profonde qu'un empan et peut-être large de trois. Elle étendit néanmoins une jambe, passa la seconde pour s'assurer un appui, puis se faufila à travers l'ouverture. La bourse qu'elle portait à la taille avait beau entraver ses mouvements, elle poursuivit sa progression.

Faisant fi de ses membres endoloris, elle se releva promptement et chemina le long de la barricade. Bien qu'elle fût convaincue que les gardes ne la trahiraient pas auprès d'Oriane, elle n'en avait pas moins hâte de quitter le Château comtal et gagner Sant-Nasari.

Après avoir vérifié que personne ne se trouvait en
bas, elle descendit prestement l'échelle et, sans attendre
de toucher le sol, sauta. Ses jambes se dérobèrent sous
elle, et elle tomba pesamment sur le dos, le souffle
coupé.

Elle jeta un coup d'œil à la chapelle : aucun signe
d'Oriane ou de François. Rasant les murs, elle traversa
les écuries et s'arrêta à la stalle de Tatou. Alaïs mourait
de soif. Elle aurait aussi aimé abreuver sa jument, mais
le peu d'eau qui restait était réservé aux chevaux de
combat.

Les réfugiés avaient envahi les rues. Alaïs se couvrit la bouche et le nez pour se garantir des puanteurs
ambiantes de souffrance et de maladie qui se répandaient par les rues comme un brouillard empoisonné.
Des blessés, hommes et femmes, des dépossédés serrant leurs enfants dans leurs bras, la regardaient passer
d'un œil vide et désespéré.

Sur le parvis de Sant-Nasari, une presse inaccoutumée l'incita à lancer un coup d'œil par-dessus son
épaule pour s'assurer que personne ne la suivait. Elle
se glissa à l'intérieur de la cathédrale. Des gens dormaient dans la nef. Tout à leur détresse, ils ne prêtèrent
guère attention à elle.

Des chandelles brûlaient sur l'autel. Alaïs franchit le
transept nord et se hâta vers la chapelle peu fréquentée
où son père l'avait récemment emmenée. Des souris
coururent se réfugier dans leur trou, raclant les dalles
de leurs ongles. Alaïs s'agenouilla ainsi que le lui avait
montré son père et glissa la main derrière l'autel. Une
araignée, dérangée, jaillit sur sa peau puis disparut. Elle
tâtonna.

Il y eut un déclic, Alaïs descella le moellon qu'elle repoussa sur le côté pour libérer une cavité. Elle y trouva la longue et mince clé que l'absence d'usage avait ternie et la glissa dans la serrure d'une porte lattée. Les gonds gémirent tandis que le bois raclait douloureusement le sol.

À cet instant, Alaïs ressentait pleinement la présence de son père. Elle se mordit la lèvre pour ne pas fondre en larmes.

C'est tout ce que tu peux faire pour lui, maintenant.

Elle s'empara du coffret qui s'y trouvait comme il le lui avait montré. Pas plus grand qu'une cassette à bijoux, il n'avait pour tout ornement qu'un fermoir. En soulevant le couvercle, elle découvrit le manuscrit, rangé dans sa peau de mouton. Elle soupira, soulagée, ne comprenant que maintenant à quel point elle avait redouté que sa sœur ne l'eût précédée.

Consciente du peu de temps dont elle disposait, elle dissimula rapidement l'ouvrage sous sa robe et remit tout le reste exactement à la même place. Si Oriane ou Guilhem connaissaient la cachette, au moins l'idée que le manuscrit s'y trouvait encore les retarderait.

Elle retraversa la cathédrale en courant, le visage dissimulé sous sa capuche, puis se perdit dans la foule des malheureux disséminés sur la place. La maladie à laquelle son père avait succombé semblait se propager rapidement. Les ruelles n'étaient plus qu'un amoncellement de carcasses en putréfaction – moutons, chèvres, et parfois des bovins, leurs corps boursouflés dégageant un gaz méphitique dans l'air déjà fétide.

À peine Alaïs eut-elle conscience de se diriger vers la demeure d'Esclarmonde. Elle n'avait guère plus d'espoir de la trouver aujourd'hui que les jours précédents, sauf qu'elle ne pouvait imaginer d'autre refuge.

La plupart des maisons des quartiers sud étaient closes et condamnées, et celle d'Esclarmonde aussi. Alaïs frappa à sa porte.

« Esclarmonde ? »

Elle recommença, tenta de l'ouvrir, mais elle était verrouillée.

« Sajhë ? »

Cette fois elle entendit un bruit de pas, puis celui d'une bobinette qui choit.

« Dame Alaïs ?

— Sajhë, grâce au Ciel. Vite, laisse-moi entrer. »

L'huis ne s'ouvrit que le temps de la laisser se glisser à l'intérieur.

« Qu'étiez-vous devenus ? demanda-t-elle en l'étreignant entre ses bras. Que s'est-il passé ? Où est Esclarmonde ? »

L'enfant glissa sa main dans celle d'Alaïs.

« Venez avec moi. »

Soulevant un rideau, il l'entraîna vers une chambre à l'arrière de la maison. Une trappe était ouverte dans le plancher.

« Êtes-vous restés tout ce temps dans cette cave ? s'enquit-elle en scrutant les ténèbres entourant le bas de l'échelle où brûlait une *calèlh*. Ma sœur serait-elle revenue…

— Ce n'était point elle, répondit Sajhë d'une voix tremblante. Hâtez-vous, dame. »

Alaïs descendit la première, pendant qu'à sa suite, le garçon refermait la trappe par-dessus leur tête.

« Par ici », dit-il en sautant lestement sur le sol.

Il la conduisit à travers un tunnel humide jusqu'à une cavité, puis leva la lampe afin qu'Alaïs pût voir

Esclarmonde gisant inanimée sur un empilement de peaux et de couvertures.

« Non ! » hoqueta-t-elle en se précipitant à son chevet.

La gardienne avait la tête et une partie du visage bandées. Soulevant un coin de pansement, Alaïs se plaqua la main sur la bouche pour ne pas crier. L'œil gauche n'était plus qu'une masse sanguinolente. La compresse qui recouvrait la blessure ne dissimulait pas la flaccidité des chairs autour de l'orbite fracturée.

« Pouvez-vous l'aider ? » demanda Sajhë.

Alaïs souleva la couverture et en eut l'estomac chaviré. Des traces de brûlures striaient la poitrine d'Escarmonde, lui laissant des boursouflures jaunes et noires là où la flamme avait été maintenue.

« Esclarmonde, c'est moi, Alaïs, m'entendez-vous ? murmura-t-elle, penchée sur la blessée. Qui vous a fait cela ? »

Elle crut percevoir un mouvement sur le visage de la femme dont les lèvres bougèrent imperceptiblement. Elle s'adressa à Sajhë :

« Comment l'as-tu descendue jusqu'ici ?

— Gaston et son frère m'ont prêté la main.

— Que s'est-il passé ? » s'enquit-elle en revenant à la blessée.

Le garçon exprima son ignorance en secouant la tête.

« N'a-t-elle rien dit ?

— Elle… » L'enfant parut sur le point de perdre le contrôle de ses émotions. « Elle ne peut parler… Sa langue… »

Alaïs blêmit.

« Non… », murmura-t-elle, horrifiée, puis, raffermissant sa voix : « Raconte-moi tout ce que tu sais. »

Pour le bien d'Esclarmonde, ils devaient se montrer forts.

« En apprenant la chute de Besièrs, *menina* s'est inquiétée de ce que l'intendant Pelletier pourrait changer d'idée à propos de la trilogie et vous interdire de l'apporter à Harif comme convenu.

— Elle était dans le vrai, grimaça Alaïs.

— *Menina* pensait aussi que vous tenteriez de le convaincre, tout en sachant que Siméon était la seule personne dont l'intendant accepterait le conseil. Je voulus l'en empêcher, mais elle a tenu quand même à se rendre dans le quartier juif. Je l'y ai suivie de loin pour ne pas me faire repérer, et, en arrivant dans les bois, j'ai perdu sa trace. J'étais très effrayé. J'ai attendu jusqu'au crépuscule puis, comme je craignais qu'elle s'en retournât et qu'elle se rendît compte que je lui avais désobéi, j'ai regagné notre demeure. C'est là que… » Il s'interrompit, le regard brûlant dans son petit visage pâle. « J'ai tout de suite su que c'était elle. Elle s'était effondrée, non loin des portes. Ses pieds saignaient comme si elle avait parcouru un long chemin. J'ai songé à venir vous chercher, dame, mais je n'ai point osé. Avec l'aide de Gaston, je l'ai conduite céans. J'ai tenté de me rappeler comment elle agirait à ma place, de quels onguents elle aurait fait usage. J'ai agi au mieux, conclut-il avec un haussement d'épaules.

— Et tu as très bien agi, répondit résolument Alaïs. Esclarmonde sera fière de toi. »

Un mouvement de la blessée les incita à se retourner d'un même élan.

« Esclarmonde, m'entendez-vous ? Nous sommes près de vous. Vous êtes en sûreté, à présent.

— Elle essaie de dire quelque chose. »

Alaïs la regardait agiter fébrilement les mains.

« Je crois qu'elle veut écrire. »

Avec l'aide de son petit-fils, l'aïeule parvint à griffonner un mot.

« Elle a écrit *François*, je pense, se rembrunit Alaïs.

— Qu'est-ce à dire ?

— Je ne sais. Peut-être est-il en mesure de nous venir en aide. Entends-moi bien, Sajhë : j'ai de mauvaises nouvelles. Siméon est probablement décédé. Mon père… est mort, lui aussi. »

Le garçon lui prit la main. Alaïs trouva le geste si attentionné que des larmes lui vinrent aux yeux.

« J'en suis marri… »

Alaïs se mordit la lèvre pour mettre la bride à ses larmes.

« Aussi, pour l'amour de lui, de Siméon et d'Esclarmonde, je me dois de tenir parole et tenter de rejoindre Harif. Je n'ai… Je déplore seulement n'avoir que le *Livre des mots* ; le *Livre des nombres* que nous a remis Siméon a disparu.

— L'intendant Pelletier vous l'avait pourtant confié.

— Ma sœur s'en est emparée. Car mon époux l'a laissée entrer dans ma chambre. Il… lui a donné son cœur, et je ne puis plus avant lui accorder ma fiance, Sajhë. Voilà pourquoi il m'est impossible de regagner le château. Mon père trépassé, rien ne saurait les arrêter. »

Sajhë posa les yeux sur sa grand-mère, puis revint sur Alaïs.

« Survivra-t-elle ? s'enquit-il d'un ton posé.

— Ses blessures sont graves, Sajhë. Elle a perdu l'œil gauche, mais je n'ai point décelé d'infection. C'est un esprit fort. Elle guérira si elle en décide ainsi. »

L'enfant acquiesça avec la gravité d'un adulte.

« Avec ta permission, j'emporterai avec moi le manuscrit qui a été confié à ta grand-mère, Sajhë. »

Ce dernier la regarda un instant comme s'il allait enfin céder à ses larmes.

« Ce livre-là est aussi perdu, dit-il enfin.

— Oh, non ! Comment ?

— Ceux qui… ils le lui ont pris. *Menina* l'avait sur elle en allant au quartier juif. Je l'ai vu l'emporter.

— Ne reste plus qu'un seul manuscrit, bredouilla Alaïs, en retenant un sanglot. Ainsi, tout est perdu. Nos efforts ont été vains. »

Les cinq jours qui suivirent, ils vécurent une étrange existence.

Alaïs et Sajhë s'aventurèrent à tour de rôle dans les rues à la faveur de la nuit. Il apparut que, selon toute vraisemblance, il n'existait aucun moyen de quitter Carcassonne sans être aperçu. Le siège ne comportait aucune faille. Chaque poterne, chaque porte, chaque tour étaient gardées par des soldats armés jusqu'aux dents. Catapultes et trébuchets pilonnaient les murs jour et nuit sans désemparer, tant et si bien que les habitants de la Cité ne savaient plus s'ils entendaient le bruit des projectiles ou s'ils les imaginaient.

C'était un soulagement que de regagner les tunnels humides où le temps était immobile car absent de lumière tout autant que d'obscurité.

61

Guilhem se tenait à l'ombre du grand orme qui trônait au centre de la cour d'honneur.

Sur les instances d'Arnaud Amalric, le comte d'Auxerre avait chevauché jusqu'à la porte Narbonnaise et offert un sauf-conduit aux fins de parlementer. Fort de cette étonnante proposition, le vicomte Trencavel avait retrouvé son optimisme naturel. Cela semblait évident eu égard à l'expression de son visage et la manière dont il s'adressait aux gens de sa maison, ses espérances et sa grandeur d'âme allant jusqu'à déteindre sur les personnes qui l'entendaient.

Les raisons de ce soudain revirement chez l'abbé de Cîteaux prêtaient à controverse. Les croisés n'avaient guère gagné de terrain, encore que le siège n'eût commencé que depuis un peu plus d'une semaine, ce qui n'était, à vrai dire, rien. Les motifs de l'abbé revêtaient-ils quelque importance ? Trencavel prétendait que non.

Guilhem écoutait à peine, emprisonné dans l'inextricable écheveau de ses agissements sans y voir d'issue, que ce fût par le truchement des mots ou celui de l'épée. Il marchait sur le fil du rasoir. Alaïs avait disparu depuis cinq jours. Il avait eu beau dépêcher quelques discrets informateurs à la Cité et au Château comtal, il n'était pas près de savoir où Oriane retenait sa sœur captive. Sa duplicité se retournait contre lui.

Il avait fort bien compris, hélas trop tard, à quel point Oriane avait adroitement préparé le terrain. S'il n'exécutait pas ce qu'elle exigeait de lui, elle le dénoncerait comme félon, et Alaïs en pâtirait.

« Or donc, amis, conclut Trencavel, lequel d'entre vous m'accompagnera dans ce voyage ? »

Guilhem sentit le doigt qu'Oriane lui enfonçait rudement dans les côtes, et s'avança aussitôt d'un pas pour s'agenouiller, la main sur la garde de son épée pour proposer ses bons offices. La honte lui mit le feu aux joues quand Raymond-Roger lui tapa sur l'épaule pour lui exprimer sa gratitude.

« Vous avez droit à toute notre reconnaissance, Guilhem. À présent, qui vous accompagnera ? »

Six autres chevaliers suivirent son exemple. Se glissant entre eux, Oriane alla révérencieusement s'incliner devant le vicomte.

« Avec votre permission, messire. »

Congost n'avait pas remarqué son épouse perdue dans la foule des hommes. Il rougit violemment et, décontenancé, agita les bras comme pour chasser d'un champ un invisible vol de corbeau.

« Retirez-vous, dame, martela-t-il de sa voix aiguë. Ici n'est point votre place. »

Oriane ignora d'autant plus la semonce que le vicomte l'invitait à approcher.

« Qu'avez-vous à nous dire, dame ?

— Pardonnez-moi, messire, honorables chevaliers et amis… mon époux. Avec votre permission et par la grâce de Dieu je requiers le privilège de me joindre à votre délégation. J'ai déjà perdu un père et, semblerait-il, une sœur également. Pareille douleur est un faix lourd à porter, aussi, si mon époux m'y autorise, j'aimerais, par cet acte, racheter cette perte et vous témoigner mon attachement, messire. C'est ce que mon père eût souhaité. »

Congost, lui, eût aimé que la terre s'ouvrît sous ses pieds et qu'elle l'avalât tout entière. Le vicomte ne cachait pas sa surprise, cependant que Guilhem gardait le front piteusement baissé.

« Sauf votre respect, dame Oriane, ceci ne relève point des compétences d'une femme.

— Dans ce cas, je me propose comme otage volontaire, messire. Ma présence démontrera l'honnêteté de vos intentions, indication claire s'il en est, que Carcassona respectera les termes de l'accord à venir. »

Trencavel réfléchit un instant avant de s'adresser à Congost :

« Elle est votre épouse. Pouvez-vous l'y autoriser pour notre cause ? »

Congost atermoyait en essuyant consciencieusement ses mains moites sur sa tunique. Il eût aimé opposer une fin de non-recevoir, sinon qu'aux yeux du vicomte, la proposition d'Oriane ne manquait pas de panache.

« Mon désir le plus cher est de vous servir », bredouilla-t-il.

Trencavel invita Oriane à se relever.

« Votre défunt père, et mon très estimé ami, eût été fier de vous, ce jour d'hui. »

La jeune femme l'observa à travers ses longs cils noirs.

« Me permettrez-vous d'emmener le serviteur François avec moi. Lui aussi, unis comme nous le sommes pour pleurer un homme si méritant, serait heureux de servir la cause de Carcassona. »

Pour Guilhem, écœuré à l'extrême, il était inconcevable que l'assistance pût être convaincue par les démonstrations d'amour filial d'Oriane. Or, c'était le cas. Les visages affichaient une égale admiration. Hor-

mis Congost et lui-même qui connaissaient sa perfidie,
toutes les personnes présentes étaient dupes, fascinées
par sa beauté et ses paroles mielleuses, tout comme il
l'avait été.

Nauséeux jusqu'au tréfonds de l'âme, Guilhem dirigea son regard vers François qui, impassible, attendait
non loin.

« Si vous pensez que cela puisse servir notre cause,
vous avez ma permission, dame, répondit le vicomte.

— La grand merci, messire, dit-elle en s'inclinant
révérencieusement.

— Que l'on prépare les montures. »

Oriane avait à cœur de se tenir près de Guilhem,
alors qu'ils chevauchaient dans la campagne dévastée
vers la tente du comte de Nevers où devaient se tenir
les négociations. Ceux qui en avaient encore la force
étaient montés sur les murs de la Cité et regardaient,
silencieux, la troupe s'éloigner.

À peine étaient-ils entrés dans le camp qu'Oriane
s'éclipsa. Ignorant les objurgations des soldats, elle suivit François à travers un dédale de tentes colorées, jusqu'à ce qu'ils eussent atteint celle de Chartres, dressée
un peu à l'écart, aux oriflammes vertes et argentées.

« Par là, dame », murmura François en désignant
l'endroit.

À leur approche, les soldats se tinrent sur le qui-vive
et croisèrent leurs piques pour en interdire l'entrée.
Reconnaissant le domestique, l'un d'eux lui adressa un
hochement de tête.

« Dis à ton maître que dame Oriane, fille de feu
l'intendant de Carcassona, demande audience auprès
du seigneur d'Évreux. »

Oriane savait combien le risque était grand d'entreprendre une telle démarche. François lui avait décrit sa

cruauté et son caractère ombrageux. Les enjeux étaient de taille.

« À quel propos ? voulut savoir le soudard.

— Ma maîtresse entend parler au seigneur d'Évreux et à nul autre. »

L'homme hésita, puis s'engouffra dans la tente. Il réapparut quelques instants plus tard pour les inviter à les suivre.

La première vision qu'eut Oriane de Guy d'Évreux ne dissipa en rien ses craintes. Quand elle entra dans la tente, il lui tournait le dos. Il fit aussitôt volte-face. Avec ses yeux d'un gris ardoise au regard fulgurant, ses cheveux noirs coiffés en arrière à la française, il avait l'air d'un faucon prêt à fondre sur sa proie.

« J'ai maintes fois entendu parler de vous, dame, commença-t-il d'un ton calme où perçait une froideur métallique. Je ne m'attendais point au plaisir de vous encontrer personnellement. Que puis-je pour vous ?

— J'aimerais qu'il soit davantage question de ce que moi, je puis faire pour vous, monseigneur », répondit-elle.

Elle n'eut même pas le temps de se rendre compte qu'Évreux l'avait saisie par le poignet.

« Je ne saurai trop vous conseiller de ne point jouer les finaudes avec moi, dame Oriane. Vos façons de paysanne du Sud n'ont point cours en ces lieux. Avez-vous quelque chose à m'apprendre, oui ou non ? À présent parlez. »

Oriane, sentit que François, debout derrière elle, s'efforçait de ne pas réagir.

« Que voilà une méchante façon de recevoir une personne qui apporte ce que vous désirez par-dessus tout », déclara-t-elle en soutenant le regard du comte.

Ce dernier leva un bras menaçant.

« Je pourrais tout aussi bien vous rouer de coups, plutôt que d'attendre et de perdre un temps précieux.

— Si tel était le cas, vous ne sauriez que partie de ce que j'entends vous révéler, rétorqua-t-elle avec toute l'assurance dont elle était capable. Vous vous êtes grandement investi dans la recherche de la trilogie du labyrinthe. Je suis en mesure de vous apporter ce que vous désirez. »

Évreux la fixa de son regard ardoise, puis se résolut à baisser le bras.

« Vous avez grand courage, dame Oriane, je vous le concède. Pour ce qui est de la sagesse, cela reste à démontrer. »

Sur un claquement de ses doigts, un serviteur vint apporter du vin. Oriane se sentait toutefois trop tremblante pour en accepter une coupe.

« Non, grand merci à vous, monseigneur.

— À votre guise, lâcha-t-il en l'invitant d'un geste à s'asseoir. Alors, que voulez-vous, madame ?

— Si je vous délivrais ce que vous recherchez, je souhaiterais que vous m'emmeniez vers le Nord, au moment où vous départirez. »

À la mine d'Évreux, Oriane eut plaisir à constater qu'elle était finalement parvenue à le surprendre.

« En tant qu'épouse, poursuivit-elle.

— Vous avez jà un époux, objecta le comte en cherchant un assentiment dans le regard de François. Le scribe du vicomte, m'a-t-on dit. N'est-ce point le cas ?

— À mon grand regret, mon époux est décédé, écrasé par un pan de mur en œuvrant à ses tâches, déclara-t-elle sans un battement de paupières.

— Acceptez mes condoléances, dit Évreux en joignant les doigts en ogive. Ce siège peut durer des années, qu'est-ce qui vous assure que je regagnerai le Nord ?

— Ma conviction, seigneur d'Évreux, répliqua Oriane en pesant bien ses mots, est que votre présence en ces lieux ne le doit qu'à un seul et unique propos. Si, avec mon aide, vous concluez vos affaires dans le Sud promptement, je ne vois point de raison qui vous contraigne à y rester au-delà des quarante jours. »

Évreux produisit une ébauche de sourire.

« Vous n'avez donc point foi en votre seigneur Trencavel et son pouvoir de persuasion ?

— Sauf votre respect et celui de tous ceux qui marchent sous votre bannière, monseigneur, je ne pense point que le très révéré abbé de Cîteaux entende conclure l'engagement en cours par des voies diplomatiques. »

Oriane retenait son souffle, alors qu'Évreux continuait de l'observer intensément.

« Vous jouez fort bien votre main, fit-il en lui tendant une coupe qu'elle accepta enfin.

— Je voudrais formuler une dernière requête, monseigneur, demanda-t-elle. Parmi l'équipage du vicomte Trencavel se trouve un chevalier du nom de Guilhem du Mas qui n'est autre que l'époux de ma sœur. Il serait avisé, si cela est en votre pouvoir, de prendre des mesures pour contenir son influence.

— Définitivement ? »

Oriane hocha la tête.

« Il pourrait contrecarrer la bonne marche de nos plans, aussi serait-il bon de mettre la bride à son emprise. Il a la faveur du vicomte, et mon père décédé… »

Évreux acquiesça et, d'un signe, dépêcha François.

« À présent, dame Oriane, reprit-il sitôt qu'ils furent seuls. Plus de faux-fuyants, et dites-moi ce que vous avez à offrir. »

62

« Alaïs ! Alaïs ! Éveillez-vous ! »

Quelqu'un lui secouait l'épaule. Ce n'était pas de son goût car elle était assise au bord de la rivière, dans la lumière sereine et tachetée de sa clairière. L'eau fraîche lui chatouillait la plante des pieds, et le délicat toucher du soleil lui caressait la joue. Elle avait sur la langue le goût puissant et corsé du vin de Corbières et dans le nez l'arôme enivrant du pain chaud qu'elle portait à sa bouche.

Derrière elle, Guilhem était paresseusement endormi dans l'herbe.

La terre était verte, le ciel bleu.

Elle s'éveilla en sursaut pour se retrouver encore dans la pénombre humide des tunnels. Sajhë la regardait du haut de ses onze ans.

« Il faut vous lever, dame. »

Alaïs s'assit hâtivement.

« Que s'est-il passé ? Esclarmonde est-elle bien allante ?

— Le vicomte Trencavel a été pris.

— Pris ? reprit-elle, abasourdie. Pris où et par qui ?

— L'on parle de trahison. Certains affirment que les Français l'ont attiré dans leur camp ; d'autres qu'il s'est livré afin d'épargner la *Ciutat*. Et… »

Sajhë se tut. Malgré l'obscurité, Alaïs le vit rougir.
« Qu'y a-t-il ?

— L'on dit aussi que dame Oriane et le chevalier du Mas faisaient partie de la délégation. Eux non plus ne sont point revenus. »

Alaïs se leva et se tourna vers Esclarmonde qui sommeillait calmement.

« Elle se repose. Nous pouvons la laisser seule quelque temps. Viens, nous devons savoir ce qu'il est advenu. »

Remontant le tunnel, ils atteignirent l'échelle sur laquelle ils se hissèrent. Alaïs ouvrit la trappe, entraînant le garçon à sa suite.

Dehors, les rues étaient surpeuplées, pleines d'une foule désemparée, ne sachant plus où aller.

« Que se passe-t-il ? » cria-t-elle à un homme qui passait en courant.

En réponse, ce dernier secoua la tête et poursuivit son chemin. Sajhë prit alors Alaïs par la main et l'entraîna vers une petite maison proche, de l'autre côté de la rue.

« Gaston nous le dira. »

En la voyant, le cabaretier et Pons, son frère, se levèrent.

« Dame Alaïs.

— Est-il vrai que le vicomte a été capturé ? s'enquit-elle sans préalable.

— Hier matin, le comte d'Auxerre apparut pour proposer une rencontre entre le vicomte Trencavel et le comte de Nevers en présence de l'abbé de Cîteaux. Il s'y rendit en petit équipage, votre sœur en faisait partie. Ce qu'il advint après cela, dame Alaïs, nul ne le sait. Soit le vicomte s'est rendu de son propre gré pour épargner la Cité, soit il fut trahi, expliqua Gaston.

— Quoi qu'il en soit, nul n'est revenu, ajouta Pons.

— Il n'y aura point de combat, renchérit posément Gaston. La garnison a rendu les armes. Les Français ont jà investi les portes et les tours.

— Est-ce possible ! s'exclama Alaïs, incrédule. Quels sont les termes de cette reddition ?

— Que tous les citoyens cathares, juifs et catholiques sont autorisés à quitter Carcassona sans craindre pour leur vie, en n'emportant que les effets qu'ils portent sur le dos.

— Nul ne sera soumis à la question ? Personne jeté au bûcher ?

— Il semblerait que non. La population entière sera exilée sans qu'il lui soit fait le moindre mal. »

Alaïs prit place sur une chaise pendant que ses jambes pouvaient encore la porter.

« Qu'est-il arrivé à dame Agnès ?

— Il lui sera délivré, ainsi qu'à son fils, un sauf-conduit pour trouver refuge auprès du comte de Foix, à condition toutefois qu'elle renonce à ses droits et à ceux de son héritier. Je suis navré pour la perte de votre époux et celle de votre sœur, dame Alaïs, conclut Gaston d'une voix enrouée.

— Quelqu'un a-t-il eu vent du sort réservé à nos hommes ? » s'enquit Alaïs.

Pons fit un signe de dénégation.

« Il s'agit d'une ruse, n'est-ce pas ? lança-t-elle furieusement.

— Nous n'avons nul moyen de le savoir, dame. Après que l'exode aura commencé, nous verrons alors ce que vaut la parole du Français.

— Chacun devra franchir la porte d'Aude, au crépuscule, quand les cloches sonneront.

— C'en est donc fait de nous, murmura-t-elle. La *Ciutat* s'est rendue. »

Au moins mon père n'aura-t-il point vécu pour voir le vicomte aux mains des Français.

« La condition d'Esclarmonde va chaque jour s'améliorant, néanmoins elle est encore très faible. Puis-je abuser de votre charité en vous demandant de la conduire hors des murs de la *Ciuta* ? Pour des raisons que je n'ose vous confier, dans votre intérêt comme celui d'Esclarmonde, il serait sage que nous voyagions séparément.

— Vous redoutez que ceux qui lui ont infligé ses affreuses blessures la recherchent encore ? » demanda Gaston.

Alaïs le regarda sans cacher sa surprise.

« Si fait, admit-elle.

— Ce sera un honneur que de vous assister, dame Alaïs. Votre père… était un homme du meilleur bien.

— Il l'était », approuva-t-elle.

Quand les braises d'un soleil agonisant enflammèrent les murs du Château comtal, la cour, les chemins de ronde et le grand vestibule demeurèrent silencieux, vides, abandonnés.

À la porte d'Aude, une foule apeurée était rassemblée comme un troupeau, s'efforçant désespérément de ne pas perdre de vue un être cher, évitant le regard méprisant des Français en train de les examiner comme s'ils étaient moins qu'humains, la main posée sur le pommeau de l'épée, n'attendant qu'un prétexte pour la tirer du fourreau.

Alaïs espérait que son déguisement suffirait à faire illusion. Elle se faufila, s'abritant derrière l'homme qui la précédait, un peu gauche dans des bottes d'homme beaucoup trop grandes pour elle. Pour dissimuler la saillie de ses seins, elle s'était enveloppé la poitrine d'une bande, où elle avait caché manuscrit et parchemins. Avec ses braies, sa chemise et son banal chapeau de paille, elle ressemblait à un garçon comme un autre. Elle gardait dans la bouche de petits cailloux qui modifiaient la forme de son visage, et ses cheveux coupés étaient frottés de boue censée les rendre plus foncés.

La colonne progressait. Alaïs gardait les yeux baissés, de crainte de croiser un regard qui aurait pu la reconnaître et de se voir ainsi dénoncée. À mesure qu'elle s'approchait des portes, la file s'amenuisait. Quatre croisés, la mine atrabilaire, montaient la garde, forçant parfois certaines personnes à se dévêtir pour montrer qu'elles ne dissimulaient rien de précieux.

Alaïs se rendit compte que les gardes avaient arrêté le brancard sur lequel reposait Esclarmonde. Une étoffe de coton pressée contre la bouche, Gaston expliquait que sa mère était fort mal allante. Le garde tira la couverture qui la recouvrait et eut aussitôt un mouvement de dégoût. Alaïs contint un sourire. Elle avait cousu de la viande avariée dans une vessie de porc et bandé le pied de la gardienne de bandages sanguinolents. Le garde leur fit signe de se hâter.

Sajhë voyageait bien en arrière en compagnie de *Sénher* et *Na* Couza et leurs six enfants, lesquels n'étaient pas sans ressemblance avec lui, après qu'elle eut, à lui aussi, assombri les cheveux avec de la boue. La seule chose qu'elle n'avait su déguiser était la couleur de ses yeux, aussi avait-il pour consigne de ne jamais les lever sans y être contraint.

Le défilement reprit. *C'est mon tour.* Il était entendu qu'au cas où quelqu'un lui adresserait la parole, elle affecterait de ne comprendre mot.

« Toi, manant ! qu'est-ce que tu portes là ? »

Elle s'astreignit à demeurer tête basse, résistant à l'envie de porter la main à son bandage.

« Hé, toi ! »

La pique fendit l'air. Alaïs se recroquevilla, s'attendant à un coup qui ne vint pas. La jeune fille qui la précédait, elle, tomba brutalement sur le sol. À quatre pattes, elle récupéra son chapeau dans la poussière, puis leva un visage apeuré vers son tourmenteur.

« *Canhòt.*

— Que dit-elle ? grommela le garde. Je n'entends un traître mot à ce galimatias.

— Un chien. C'est un petit chien. »

Avant que quiconque y comprît quoi ou qu'est-ce, le garde lui avait arraché l'animal des bras et l'avait embroché sur son épieu, éclaboussant de sang la robe de la jeune fille.

« Allez, vite ! »

L'adolescente était bien trop commotionnée pour esquisser un geste. Alaïs l'aida à se relever et l'encouragea à avancer jusqu'à franchir la porte, refrénant son envie de se retourner pour voir où en était Sajhë. Bientôt, elle fut hors des murs de la Cité.

Je les vois, à présent.

Sur un tertre surplombant la porte d'Aude se tenaient alignés les barons français. Non pas les plus titrés, puisque ceux-là devaient attendre la fin de l'évacuation pour entrer en triomphe dans Carcassonne, mais les chevaliers portant des couleurs de Bourgogne, de Nevers et de Chartres.

Près du sentier, au bout de la rangée, un homme grand et mince montait un puissant destrier gris. Son visage avait gardé une blancheur laiteuse en dépit des longs étés du Midi. À côté de François qui se trouvait près de lui, Alaïs reconnut la robe écarlate qu'Oriane se plaisait à porter.

Guilhem demeurait invisible.

Continue de marcher en gardant les yeux baissés.

Alaïs était maintenant si près qu'elle pouvait presque humer le cuir des selles et des harnais. Elle eut l'impression que le regard scrutateur d'Oriane l'incendiait.

Un vieil homme en détresse aux yeux larmoyants vint lui tapoter le bras, afin de requérir son aide pour monter le raidillon. Alaïs lui prêta d'autant plus volontiers son épaule que c'était la chance qu'elle attendait. Ayant l'air, aux yeux du monde, du petit-fils aidant son aïeul, elle passa près d'Oriane sans être démasquée.

Le sentier semblait ne jamais aboutir. Ils parvinrent enfin au pied des pentes en terrain plat, jusqu'aux zones ombreuses des bois et des paluds. Après que son éphémère compagnon de route eut retrouvé son fils et sa bru, Alaïs s'écarta de la colonne et courut se mettre à couvert sous les arbres.

Sitôt hors de vue, elle cracha les cailloux qu'elle avait dans la bouche en frottant son maxillaire endolori. Retirant son chapeau, elle lissa ses cheveux en broussailles, lesquels, devenus aussi secs que de la paille, lui picotaient désagréablement le cou.

Un cri montant de la porte attira son attention.

Oh, non... pas lui...

Un soldat tenait Sajhë par le collet. Elle le vit se débattre pour tenter de se libérer. Sous son bras, il tenait serrée une petite boîte.

Alaïs crut que son cœur allait cesser de battre. Elle ne pouvait que constater son impuissance car revenir à la porte était inconcevable. *Na* Couza voulut palabrer avec le soldat lequel, en réponse, la frappa à la tête avec tant de violence qu'elle roula dans la poussière. Mettant cet instant à profit, Sajhë s'arracha à l'emprise du soudard, et, prenant ses jambes à son cou, courut vers le raidillon tandis que *Sénher* Couza aidait sa femme à se relever.

Alaïs retenait son souffle. Elle crut même un instant que tout se passerait bien car le soldat semblait apparemment se désintéresser du garçon, lorsqu'un cri de femme s'éleva. C'était Oriane qui, pointant Sajhë du doigt, ordonnait aux gardes de se saisir de lui.

Elle l'a reconnu.

Sajhë n'était assurément pas Alaïs, mais sa capture était parmi les meilleures choses qui pussent advenir.

Ces injonctions suscitèrent aussitôt une grande agitation. Deux gardes dévalèrent du tertre pour se lancer à la poursuite de Sajhë. C'était sans compter sur la vélocité du garçon. Sûr de lui, ce dernier possédait une parfaite connaissance du terrain. Lestés de leurs armes et de leur haubert, les deux soudards n'auraient su rivaliser contre un enfant de onze ans. Cachée derrière un arbre, Alaïs l'observa, l'exhorta silencieusement à se hâter alors qu'il filait comme une flèche, sautait, bondissait par-dessus les irrégularités du terrain jusqu'à atteindre les sous-bois.

Comprenant que les soldats allaient perdre sa trace, Oriane décida de lancer François à sa poursuite. La monture du valet félon s'engagea sur le sentier en frappant du sabot. Glissant dans la poussière, trébuchant dans les cailloux, elle parvint néanmoins à regagner le terrain perdu. Sajhë se rua dans les broussailles, talonné par François.

Alaïs comprit que Sajhë entraînait son poursuivant vers les marécages, là où l'Aude se divisait en de nombreux ruisselets. Le sol y était d'un vert intense, semblable à celui des prairies au printemps, mais aussi traîtreusement mortel, à telle enseigne que les gens du cru s'en tenaient toujours éloignés.

Elle décida de grimper sur un arbre, ce qui lui donnerait une meilleure vue de la situation. Soit François ne perçut pas le guet-apens que lui tendait le garçon, soit il n'en eut cure, parce qu'il éperonna sa monture. *Il gagne du terrain.* Sajhë tituba, faillit perdre l'équilibre, sans interrompre sa course pour autant, zigzaguant à travers les taillis, parmi chardons et mûriers.

Soudain, François poussa un hurlement de colère, qui se mua incontinent en un cri de frayeur. La lise verte retenait captives les jambes de son cheval. L'animal terrifié fit entendre d'affreux hennissements en battant l'air de ses jambes avant cependant que chaque tentative hâtait sa descente dans les sables mouvants.

Se jetant en bas de sa selle, François s'essaya à nager jusqu'au bord du marécage. Mais, aspiré par la vase, son corps continua de s'enfoncer jusqu'à ne laisser paraître que le bout de ses doigts.

Puis ce fut le silence. Alaïs avait l'impression que les oiseaux eux-mêmes avaient cessé de chanter. Terriblement inquiète sur le sort de Sajhë, elle sauta sur le sol au moment même où il réapparut. Il avait un visage couleur de cendres et sa lèvre inférieure tremblait de l'effort qu'il avait soutenu. Toutefois, il n'avait pas lâché sa précieuse cassette.

« J'ai voulu l'entraîner vers les paluds, haleta-t-il.

— Je m'en suis aperçue. C'était très rusé de ta part.

— Était-ce un traître, lui aussi ?

— Je pense que c'est ce qu'Esclarmonde tentait de nous donner à comprendre », acquiesça-t-elle.

Alaïs pinça les lèvres en songeant à la félonie de François, après tout ce que l'intendant avait fait pour lui, puis chassa la pensée de son esprit.

« Qu'avais-tu en tête, Sajhë ? Pourquoi diable transportes-tu cette cassette ? Tu as failli être tué !

— *Menina* m'a demandé de la garder en sûreté. »

Le garçon étira les mains de part et d'autre du coffret afin d'appuyer simultanément sur les côtés. Il y eut un déclic qui révéla un tiroir secret très plat, d'où il tira un carré d'étoffe.

« C'est une carte. *Menina* m'a assuré que vous en auriez besoin. »

Alaïs comprit sur-le-champ.

« Elle n'entend pas nous accompagner », articula-t-elle lentement en ravalant ses larmes.

Sajhë secoua la tête.

« Pourquoi ne me l'a-t-elle point dit ? poursuivit-elle d'une voix tremblante. Ne se fie-t-elle donc point à moi ?

— Vous auriez refusé de l'abandonner. »

Alaïs appuya la tête contre l'arbre où elle s'était adossée, submergée par l'ampleur de la tâche qui l'attendait. Sans son mentor, elle se demandait comment elle trouverait la force d'accomplir la mission qu'on lui avait confiée.

Devinant ses pensées, Sajhë déclara :

« Je veillerai sur vous. Le voyage ne durera guère. Sitôt que le *Livre des mots* sera entre les mains de Harif, nous reviendrons la chercher. *Si es atal es atal.* Advienne que pourra.

— Puissions-nous tous être aussi sages que toi.

— Voici l'endroit où il nous faut nous rendre, expliqua-t-il en désignant la carte. Ce village n'apparaît nulle part. *Menina* le nomme Los Seres. »

À l'évidence. Non content d'être le nom des gardiens, c'était aussi celui de l'endroit où ils se retrouvaient.

« Voyez-vous ? ajoutait l'enfant. Là, dans les monts Sabarthès.

— Si fait, si fait, acquiesça-t-elle. Je pense voir enfin. »

Le retour vers les montagnes

63

Monts Sabarthès

Dans sa maison à l'ombre des cimes, Audric Baillard avait pris place à sa table de bois verni.

La pièce principale était basse de plafond avec, au sol, de grandes dalles de terre cuite de la couleur des montagnes. Il n'y avait apporté que peu de changement. Loin de toute civilisation, elle n'offrait ni électricité, ni eau courante, ni téléphone. Pas le moindre véhicule non plus. Le seul bruit était le tic-tac de l'horloge égrenant le temps.

Sur la table une petite lampe à huile, pour l'heure éteinte et, à côté, un verre rempli presque à ras bord de guignolet qui répandait dans la pièce ses arômes d'alcool et de cerise. À l'autre extrémité, un plateau de laiton proposait entre deux verres une bouteille de vin cachetée, ainsi qu'une assiette de biscuits salés, recouverte d'un linge blanc.

Baillard avait ouvert ses volets au soleil qui se levait. Au printemps, les arbres des abords du village se piquetaient de bourgeons blancs et argentés, tandis que des fleurs roses et jaunes pointaient timidement des coteaux et des taillis. À cette période avancée de l'année, il ne restait pour toute couleur que le gris et le vert des montagnes en l'éternelle présence desquelles il vivait depuis si longtemps.

Un simple rideau séparait la pièce principale de sa chambre. Le mur du fond était tapissé d'étroites étagères presque complètement vides : un vieux mortier et son pilon, un ou deux bols, des écuelles, quelques pots. Des livres, ceux qu'il avait écrits ainsi que ceux où s'exprimaient les grandes voix de l'histoire des cathares : Delteil, Duvernoy, Nelli, Marti, Brenon, Rouquette. Des ouvrages de philosophie arabe avoisinaient les traductions d'anciens textes judaïques, des monographies d'auteurs anciens et contemporains. Des rangées de livres de poche, incongrus dans un tel décor, emplissaient l'espace autrefois occupé par les onguents, potions et herbes séchées.

Baillard s'était préparé à l'attente.

Il leva son verre et but à grandes lampées.

Et si elle ne venait pas ? S'il n'apprenait jamais la vérité à propos des heures fatidiques ?

Il libéra un soupir. Si elle ne venait pas, il se verrait alors contraint d'entreprendre seul la dernière étape de son long voyage. Comme il l'avait toujours redouté.

64

Aux premières fractures de l'aube, Alice se trouvait à quelques kilomètres au nord de Toulouse. Pour apaiser ses nerfs, elle s'arrêta à une station-service et avala coup sur coup deux tasses de café fort et sucré.

Elle relut la lettre postée vendredi matin à Foix. Une lettre d'Audric Baillard indiquant la direction à suivre pour se rendre chez lui. Ayant reconnu son écriture arachnéenne et serrée, elle ne doutait pas un instant de son authenticité.

Alice avait le sentiment qu'elle n'avait d'autre choix que d'y aller.

Elle étala la carte sur le comptoir afin de repérer sa destination. Le hameau où vivait Baillard n'apparaissait pas cependant, les indications des lieux et des villes avoisinantes étaient suffisamment explicites pour qu'elle se représentât l'endroit.

Il était confiant, disait-il, qu'elle reconnaîtrait le lieu dès qu'elle le verrait.

Par mesure de précaution, et après avoir compris qu'elle aurait dû le faire plus tôt, Alice avait troqué, à l'aéroport de Toulouse, sa voiture de location contre une autre de marque et de couleurs différentes – juste au cas où on la rechercherait – puis avait continué sa route.

Suivant les instructions de Baillard, elle traversa Foix en direction d'Andorre, via Tarascon-sur-Ariège. À Luzenac, elle quitta la nationale et mit le cap sur Lordat et Bestiac. Le paysage n'était pas sans rappeler celui des pentes alpestres : petites fleurs de montagne, herbes hautes, maisons aux allures de chalet suisse.

Elle passa devant une carrière à ciel ouvert, semblable à une immense cicatrice blanche infligée à flanc de montagne. Pylônes électriques et câbles de téléphérique accédant aux stations de ski découpaient en lignes noires le ciel azuréen.

Alice franchit la Lauze. La pente de plus en plus abrupte et les virages de plus en plus serrés la contraignirent à rétrograder en seconde. Le tournis commençait à la gagner quand elle se retrouva, contre toute attente, dans un petit village.

Il y avait deux échoppes, ainsi qu'un café dont quelques tables se hasardaient sur la chaussée. Elle y entra, se disant qu'il valait mieux vérifier qu'elle prenait la bonne direction. L'atmosphère y était lourde de fumée et de la présence d'hommes en bleu de travail et au visage buriné, accoudés au comptoir.

Après avoir commandé un café, elle déplia ostensiblement sa carte. Si la xénophobie rurale, notamment envers les femmes, induisait qu'on ne lui adressât pas la parole, elle parvint toutefois à amorcer un semblant de conversation. Personne ne connaissait le hameau de Los Seres mais le coin de pays était connu et on l'aida du mieux possible.

Elle reprit sa montée, et repéra peu à peu les indications qu'on lui avait données. La route se mua en sentier avant de finir par se perdre dans la nature. Alice se gara et sortit de son véhicule. Ce fut seulement à ce moment-là, tandis qu'elle respirait immobile les senteurs de montagne, qu'elle comprit qu'elle n'avait fait qu'une sorte de boucle et se retrouvait sur le versant extrême du massif du pic de Soularac.

Alice grimpa sur un tertre et, la main en visière, reconnut l'Étang Tort et sa forme caractéristique que l'homme du café lui avait signalée. Non loin, il y avait une autre étendue d'eau que les gens du cru appelaient Étang du diable.

Finalement elle s'orienta vers le pic de Saint-Barthélemy, lequel se dressait entre Montségur et le pic de Soularac.

Droit devant, un sentier dessinait ses méandres sur la terre brune à travers broussailles et genêts. Les feuilles vert sombre du buis étaient dures et odorantes. Elle les effleura du bout des doigts pour en recueillir la rosée.

L'escalade se poursuivit encore dix minutes. Puis le sentier s'ouvrit sur une clairière, et elle comprit alors qu'elle était arrivée.

Une maison basse se dressait parmi des ruines, ses pierres se fondant dans le gris de la montagne. Sur le seuil se tenait un homme mince et très vieux, à la chevelure blanche, vêtu du même costume clair que celui dont elle se souvenait sur la photographie.

Ses jambes la portèrent jusqu'à lui comme mues par une volonté autonome. Alors qu'elle faisait les derniers pas dans sa direction, le sol s'aplanissait. Immobile, Baillard l'observait en silence. Même quand elle fut tout près, il ne prononça pas une parole ni ne bougea. En revanche, il ne la quitta pas des yeux une seconde. Des yeux d'une couleur pour le moins surprenante.

Ambrés avec les reflets mordorés des feuilles en automne.

Quand Alice arriva face à lui, il daigna enfin sourire. Transfigurant les creux et les sillons de son visage buriné, ce sourire lui fit l'effet du soleil perçant les nuages.

« *Madomaisèla* Tanner, dit-il d'une voix profonde et lointaine comme le vent du désert. *Benvenguda.* Je savais que vous viendriez. » Il s'effaça pour la laisser entrer : « Je vous en prie. »

Nerveuse, un peu gauche, Alice ploya l'échine et pénétra dans la maisonnette, sous le regard intense que le vieil homme faisait peser sur elle, un peu comme s'il avait voulu fixer chacun de ses traits dans sa mémoire.

« Monsieur Baillard... », bredouilla-t-elle avant de s'interrompre.

Elle ne savait que dire. Le plaisir manifeste qu'il éprouvait de sa venue – mêlé à la certitude que celle-ci était inéluctable – rendait impossible toute conversation banale.

« Vous lui ressemblez, articula-t-il lentement. Je retrouve beaucoup d'elle dans votre visage.

— Je n'ai vu que des photographies, mais j'ai eu la même impression.

— Je ne pensais pas à Grace », corrigea-t-il avec un sourire, puis se détournant comme s'il craignait d'en avoir trop dit, il ajouta : « Asseyez-vous, je vous en prie. »

Alice observa subrepticement les lieux, notant l'absence d'équipement moderne : pas de lumière, pas de chauffage, rien qui s'apparentât à de l'électronique. Y avait-il au moins une cuisine ?

« Monsieur Baillard, reprit-elle. C'est un plaisir de vous rencontrer. Je me demandais... comment avez-vous su où me trouver ?

— Est-ce important ? » sourit-il.

Réflexion faite, Alice décida que non.

« *Madomaisèla* Tanner. Je sais ce qui se passe au pic de Soularac. Avant de poursuivre cette conversation, je voudrais vous poser une question : êtes-vous tombée sur un manuscrit ? »

Plus que toute autre chose, Alice eût aimé répondre par l'affirmative.

« Je suis navrée, répliqua-t-elle en secouant la tête. Il m'a déjà posé la question. Je n'ai jamais vu de manuscrit.

— *Il* ?

— Un individu nommé Paul Authié.

— Ah, je vois », dit Baillard en opinant du chef en sorte qu'Alice n'eût pas à fournir d'autre explication.

« Vous avez découvert ceci, cependant, me semble-t-il. »

Il leva sa main gauche pour la poser sur la table, un peu comme une jeune fille exhibant sa bague de fiançailles et, stupéfaite, Alice vit qu'il portait l'anneau de pierre. Elle sourit. L'objet lui semblait si familier, alors qu'elle ne l'avait tenu que quelques secondes entre ses doigts.

« Puis-je ? » s'enquit-elle, la gorge serrée.

Baillard s'exécuta et Alice retourna l'anneau entre le pouce et l'index, une fois encore troublée par l'insistance de son regard.

« Vous appartient-il ? s'entendit-elle demander, redoutant le "oui" qu'il risquait de proférer et les conséquences que cela impliquerait.

— Non, répondit-il après un temps. Bien que j'en aie possédé un, autrefois.

— Dans ce cas, à qui appartient-il ?

— Vous l'ignorez ? » s'étonna-t-il.

Un bref instant, Alice eut l'impression de le savoir. Puis l'étincelle disparut et son esprit s'obscurcit de nouveau.

« Je n'en suis pas certaine, hésita-t-elle, mais je pense qu'il y manque ceci. » Elle sortit le petit disque de sa poche. « Il se trouvait avec l'arbre généalogique de la famille dans la maison de ma tante. Est-ce vous qui le lui avez envoyé ? »

Baillard éluda la question.

« Grace était une femme charmante, intelligente et très cultivée. Au cours de notre première conversation, nous nous sommes découverts de nombreux points communs.

— À quoi sert-il ? insista Alice.

— Cela s'appelle un *merel*. Jadis, il y en avait beaucoup. Aujourd'hui, il ne reste que celui-là. »

Quel ne fut pas son étonnement de voir Baillard insérer le petit disque à l'intérieur de l'anneau.

« Voilà, déclara-t-il en le remettant à son pouce.

— Est-ce uniquement décoratif ou bien sert-il à quelque chose de précis ? »

Il sourit comme si elle venait de réussir une sorte d'examen.

« C'est la clé indispensable, souffla-t-il.

— À quoi ? »

Une fois encore, Baillard réserva sa réponse :

« Alaïs vient parfois hanter votre sommeil, n'est-ce pas ? »

Ce soudain changement de cap dans leur conversation la prit au débotté, la laissant sans réaction.

« Nous portons en nous notre passé dans nos os et notre sang, continua-t-il. Alaïs a été en vous tout au long de votre vie afin de veiller sur vous. Vous partagez nombre de ses qualités. Comme vous, c'était une femme de grand courage, sereine et déterminée. Aussi loyale et inflexible que vous me semblez l'être. » Il s'interrompit pour lui adresser un sourire. « Et elle faisait aussi des rêves ; des temps anciens, du commencement de tout. Ces rêves lui révélèrent sa destinée, si réticente qu'elle fût à l'accepter, tout comme les vôtres éclairent votre chemin. »

Alice avait l'impression que ces propos lui venaient de très loin, comme s'ils n'étaient en rien rattachés à Baillard, à elle-même ou à qui que ce fût, simplement inscrits de toute éternité dans l'espace et le temps.

« Mes rêves ne cessent de me ramener à elle, lâcha-t-elle sans savoir où ses paroles la conduiraient. Au feu, aux montagnes, au manuscrit. S'agit-il de *ces* montagnes ? » Il acquiesça : « J'ai le sentiment qu'elle tentait de me révéler quelque chose. Ces derniers jours, son visage m'est apparu plus clairement, sans que je puisse entendre ses paroles. Je ne comprends pas ce qu'elle attend de moi.

— Peut-être ce que vous attendez d'elle », renchérit-il d'un ton léger en lui servant un verre de vin.

Malgré l'heure matinale, elle en avala plusieurs gorgées qui lui réchauffèrent la poitrine.

« Monsieur Baillard, il faut que je sache ce qui est survenu à Alaïs. Sans cela, rien n'a de sens. Vous le savez, n'est-ce pas ? »

Un air de tristesse infini descendit sur le visage du vieil homme.

« Elle a survécu, n'est-ce pas ? poursuivit-elle en redoutant la réponse. Après Carcassonne... Ils... elle ne fut pas capturée... »

Baillard posa à plat sur la table ses mains criblées de fleurs de sépulcre. Alice trouva qu'elles ressemblaient à des serres.

« Alaïs n'est pas morte avant son heure, déclara-t-il prudemment.

— Cela ne me dit pas... »

Baillard l'interrompit en levant la main.

« Au pic de Soularac, les événements se sont mis en marche de manière à fournir les réponses que vous, *nous*, recherchons. C'est par la compréhension du présent que les vérités du passé resurgiront. Vous recherchez votre amie, n'est-ce pas ? »

Une fois encore, Alice fut sans voix face aux digressions soudaines de Baillard.

« Comment êtes-vous au courant à propos de Shelagh ?

— Je sais tout ce qui concerne les fouilles et ce qui s'est ensuivi. Aujourd'hui, votre amie a disparu et vous la recherchez. »

Comprenant qu'il était inutile de lui demander d'où il tenait ses sources, Alice répliqua :

« Elle a quitté la maison du site voici quelques jours, et personne ne l'a revue depuis. Je suis sûre que sa disparition est liée à la découverte du labyrinthe. En fait, je pense savoir qui se cache derrière cette affaire. Au début, j'ai cru qu'elle avait dérobé l'anneau.

— C'est Yves Biau qui l'a récupéré pour l'envoyer à Jeanne Giraud, sa grand-mère », expliqua Baillard avec un signe de dénégation.

Alice écarquilla des yeux étonnés tandis qu'une nouvelle pièce du puzzle se mettait en place.

« Yves Biau et votre amie travaillaient en sous-main pour une femme nommée Marie-Cécile de l'Oradore. Fort heureusement, Yves avait quelques doutes et votre amie aussi, probablement.

— Biau m'a communiqué un numéro de téléphone. Puis j'ai appris que Shelagh avait appelé ce même numéro. J'ai trouvé l'adresse qui lui correspondait, et comme je n'obtenais pas de réponse, j'ai jugé bon de m'y rendre afin de voir si elle y était. J'ai découvert que cette adresse était celle de Mme de l'Oradore, à Chartres.

— Vous êtes allée à Chartres ? s'exclama Baillard, le regard étincelant. Dites-moi, dites-moi ce que vous y avez vu. »

Il écouta sans intervenir jusqu'à ce qu'Alice eût achevé son récit.

« Ainsi, ce jeune homme, Will, ne vous a pas conduite à la chambre.

— Après réflexion, j'ai pensé qu'elle n'existait peut-être pas.

— Elle existe.

— J'ai oublié mon sac à dos dans la maison avec toutes mes notes sur le labyrinthe et la photographie de ma tante à vos côtés. Cela les conduira directement à moi. C'est pour cela que Will est retourné le récupérer.

— Et à présent, vous craignez qu'un malheur ne lui soit arrivé ?

— Pour être franche, je n'en suis pas certaine. D'un côté je nourris les pires craintes à son sujet, de l'autre je pense qu'il a partie liée avec eux.

— Pour quelle raison pensiez-vous pouvoir vous fier à lui de prime abord ? Avez-vous le sentiment de lui devoir quelque chose ? »

Alice réagit, alertée par ce brusque changement de ton, toute aménité ayant disparu.

« Lui devoir quelque chose ? répéta-t-elle, étonnée par le choix des mots. Non, pas du tout. Je le connaissais à peine. Je suppose qu'il me plaisait, sa compagnie ne m'était pas désagréable. Je sentais…

— Quoi ?

— C'était plutôt l'inverse. Cela peut sembler idiot, mais c'était comme si *lui* me devait quelque chose. Comme s'il voulait se racheter de quelque faute envers moi. »

Sans crier gare, Baillard repoussa sa chaise et alla se camper devant sa fenêtre, manifestement troublé. Alice attendit, sans comprendre quelle mouche le piquait, jusqu'au moment où il lui refit face.

« Je vais vous raconter l'histoire d'Alaïs, déclarat-il. Par son truchement, peut-être trouverons-nous le courage d'affronter ce qu'elle sous-tend. Mais sachez bien, *madomaisèla* Tanner, qu'après l'avoir entendue, il vous faudra aller jusqu'au bout de cette affaire.

— Cela ressemble à une mise en garde, se rembrunit Alice.

— Non, la détrompa-t-il, loin s'en faut. Néanmoins, nous ne devons pas perdre votre amie de vue. D'après ce que vous avez appris, l'on peut supposer qu'elle aura la vie sauve, du moins jusqu'à ce soir.

— J'ignore où doit se tenir la cérémonie en question, objecta-t-elle. François-Baptiste de l'Oradore n'a fait mention que d'une heure et d'une date.

— Je pense le savoir, la rassura Baillard. Nous y serons au crépuscule pour les attendre. » Il leva les yeux vers le soleil matinal. « Cela nous laisse du temps pour bavarder.

— Et si vous vous trompez ?

— Espérons que non. »

Alice observa quelques instants de silence.

« Je veux seulement savoir la vérité, dit-elle, étonnée par le calme de sa voix.

— *Ieu tanben*. Moi aussi », sourit-il.

65

Will eut conscience d'être traîné dans l'étroit escalier à travers les deux portes, puis de franchir le couloir de ciment. Sa tête ballottait sur sa poitrine. L'odeur d'encens était moins tenace, encore qu'elle subsistât comme un rappel dans la pénombre souterraine et silencieuse.

Au début, il songea qu'on l'emmenait dans la chambre sacrificielle pour y être proprement exécuté. La réminiscence d'un bloc de pierre au pied du sépulcre, du sang sur le sol fulgura dans son esprit. Mais on le hissa par-dessus une marche. L'air frais du matin sur son visage lui apprit qu'il se trouvait à l'extérieur, dans une sorte de venelle parallèle à la rue du Cheval-Blanc. Lui parvenaient les senteurs matinales de café torréfié et de poubelles, les bringuebalements de la benne à ordures, non loin. Il comprit que c'était la manière dont avait été transporté le corps de Tavernier avant d'être jeté dans l'Eure.

Un sursaut de frayeur le fit s'agiter un peu, ce qui lui apprit qu'il était pieds et poings liés. Il entendit s'ouvrir un coffre de voiture où il fut mi-hissé mi-poussé. Il eut l'impression que celui-ci était d'une taille inhabituelle et de se trouver dans une sorte de grande boîte à l'odeur de plastique.

Comme il roulait sur le côté, sa tête heurta le fond du conteneur, et il sentit aussitôt la plaie ouverte sur son crâne. Le sang se mit à couler sur sa tempe, irritant, picotant, sans qu'il pût se servir de ses mains pour l'essuyer.

Il se rappelait s'être tapi derrière la porte du bureau, puis la douleur aveuglante quand François-Baptiste avait abattu le canon de son arme sur sa tête, ses jambes qui fléchissaient lentement, la voix impérieuse de Marie-Cécile demandant ce qui se passait.

Une main calleuse lui empoigna le bras et tira sa manche vers le haut pour lui planter une aiguille dans la peau. Tout comme la première fois. Ensuite, un bruit de loquet tiré et celui d'une espèce de couverture – une bâche peut-être, qu'on étalait sur sa prison.

La drogue s'insinuait dans ses veines, froide, agréable, annihilant la douleur. Le brouillard. Will glissa dans une demi-inconscience. La voiture prit de la vitesse. L'envie de vomir le saisit, alors que sa tête ballottait de droite à gauche au gré des virages. Il songea à Alice. Il eût aimé par-dessus tout la revoir. Lui dire qu'il avait fait de son mieux. Qu'il ne l'avait pas laissée tomber.

À présent, il avait des hallucinations. Les eaux tourbillonnantes et bourbeuses de l'Eure affluaient dans ses poumons par la bouche et le nez. Il s'efforça de garder en mémoire le visage d'Alice, sa prunelle brune et grave, son sourire. S'il pouvait s'accrocher à cette image, peut-être que tout irait bien pour lui.

Mais la crainte de se noyer, de mourir sur cette terre étrangère qui ne signifiait rien pour lui l'emporta. Et Will s'abîma dans les ténèbres.

À Carcassonne, Paul Authié contemplait l'Aude de son balcon, une tasse de café à la main. Il s'était servi d'O'Donnell comme appât pour atteindre François-Baptiste de l'Oradore, même s'il rejetait instinctivement l'idée d'un livre factice qu'elle lui remettrait. Le jeune homme aurait vite compris qu'il s'agissait d'un faux. En outre, il ne tenait pas à ce qu'il vît l'état dans lequel il l'avait mise, et qu'il apprît qu'il avait été floué.

Reposant sa tasse, Authié retroussa ses manches. La seule option qui lui était offerte consistait à rencontrer François-Baptiste en tête à tête, pour lui dire qu'il livrerait le manuscrit et O'Donnell à Marie-Cécile à temps pour la cérémonie prévue au pic de Soularac.

Il déplorait le fait de n'avoir pas retrouvé l'anneau, malgré sa conviction que Jeanne Giraud l'avait remis à Audric Baillard, et que ce dernier viendrait de son propre gré à la grotte de Soularac. Dans son esprit, il ne faisait aucun doute que le vieil homme se trouvait quelque part, en train d'observer le déroulement des événements.

Alice Tanner représentait le nœud gordien de toute l'affaire. Le disque dont O'Donnell avait parlé occupait une bonne part de ses pensées, essentiellement parce qu'il en ignorait la signification. En outre, Tanner s'était révélée incroyablement futée pour se mettre hors d'atteinte. Elle avait échappé à Domingo et Braissard au cimetière. La veille, les deux ex-policiers avaient perdu la trace de sa voiture pendant plusieurs heures avant de découvrir qu'elle se trouvait dans un dépôt de Hertz, à Blagnac.

Les doigts fuselés d'Authié se refermèrent autour de son crucifix. À minuit, la messe serait dite. Les hérétiques seraient éradiqués ainsi que leurs écrits.

Au loin, les cloches de la cathédrale en appelaient à la foi des ouailles du vendredi. Authié consulta sa montre-bracelet : il voulait se rendre à confesse. En état de grâce parce que absous de ses péchés, il s'agenouillerait devant l'autel pour communier. Dès lors, il serait prêt, corps et âme, pour accomplir les desseins de Dieu.

Will perçut que la voiture ralentissait pour s'engager sur un chemin de ferme. Le conducteur progressait prudemment, serpentait pour éviter ornières et fondrières. À chaque cahot, Will sentait ses mandibules battre contre son crâne, alors que le véhicule bringuebalant tressautait vers le sommet de la colline.

Ils finirent par s'arrêter. Et mettre au point mort.

Au moment où les passagers débarquèrent, la voiture oscilla. Il entendit vaguement le claquement des portières, semblable à des coups de feu, suivi du verrouillage central. Ses mains liées derrière le dos et non devant lui rendaient la tâche difficile, cependant il se contorsionna les bras pour desserrer ses entraves. Il ne fit que de minces progrès. La nausée le reprenait. Il avait aux épaules une barre douloureuse provoquée par l'inconfort prolongé de sa position.

Contre toute attente, le coffre s'ouvrit. Le cœur battant, Will se tint immobile, alors que l'on défaisait les attaches du conteneur en plastique. L'un de ses ravisseurs le saisit sous les bras, l'autre sous les genoux. Tiré hors de sa boîte, il fut posé sur le sol sans ménagement.

Malgré son état semi-comateux, Will eut conscience de se trouver à des lieues de toute civilisation. Le soleil était brûlant et la vivacité de l'air évoquait de grands espaces et l'absence de toute habitation. Un grand silence régnait. Pas de voitures. Pas âme qui vive. Will cligna des yeux, tenta de fixer son regard, mais la lumière, trop éblouissante, ne laissait place qu'à une grande tache blanche.

L'aiguille hypodermique s'enfonça dans son bras et la drogue familière circula dans ses veines. Les hommes le mirent rudement sur ses pieds et entreprirent de le hisser en haut de la colline. La pente était raide, il entendait leur souffle laborieux, sentant leur transpiration tandis qu'ils luttaient dans la chaleur.

Il perçut le raclement de ses pieds sur les pierres et les graviers, leur trébuchement sur des marches creusées dans le raidillon, la molle caresse d'une surface herbeuse.

Alors qu'il sombrait dans une quasi-inconscience, il comprit que le sifflement qui emplissait sa tête n'était autre que le soupir fantomatique du vent.

66

Le commissaire divisionnaire de la police judiciaire des Hautes-Pyrénées fit irruption dans le bureau de l'inspecteur Noubel et claqua la porte derrière lui.

« J'espère que vos raisons sont valables, Noubel.

— Merci d'être venu, monsieur. Je n'aurais pas interrompu votre déjeuner si notre affaire avait pu attendre.

— Avez-vous identifié les meurtriers de Biau ? grommela le divisionnaire.

— Il s'agit de Cyrille Braissard et de Javier Domingo, affirma Noubel avec un geste en direction du téléfax reçu quelques minutes plus tôt. Nous avons deux identifications : la première, peu avant le meurtre, lundi soir, à Foix, la seconde immédiatement après. La voiture a été retrouvée hier, à la frontière hispano-andorrane. » Noubel s'accorda une pause pour éponger la sueur de son visage. « Ils travaillent pour Paul Authié, monsieur. »

Le divisionnaire pencha son énorme carcasse sur le bord du bureau.

« Allez-y, je vous écoute.

— Avez-vous entendu parler des accusations à propos d'Authié ? Qu'il serait membre de la *Noublesso Véritable* ? » Comme son supérieur acquiesçait, il poursuivit : « En suivant la piste O'Donnell, je me suis entretenu avec nos collègues de Chartres cet après-midi. Ils m'ont confirmé qu'ils enquêtent sur un lien possible entre cette organisation et le meurtre qui a eu lieu plus tôt, dans la semaine.

— Quel rapport avec Authié ?

— La rapidité avec laquelle on a découvert le corps serait due à une dénonciation anonyme.

— Avez-vous la preuve qu'il s'agit d'Authié ?

— Non, admit Noubel, seulement celle qu'il a rencontré une journaliste, elle aussi disparue. À Chartres, la Criminelle pense qu'il existerait un lien. »

Voyant l'expression sceptique de son patron, Noubel s'empressa d'ajouter :

« Les excavations au pic de Soularac étaient financées en sous-main par Mme de l'Oradore. C'était adroitement camouflé, mais il s'agit bien de son argent. Brayling, qui dirigeait le site, soutient qu'O'Donnell aurait disparu après avoir dérobé des œuvres d'art au cours des fouilles. Les amis d'O'Donnell ne partagent toutefois pas cet avis. Je suis convaincu qu'Authié la retient prisonnière, soit sur les ordres de l'Oradore, soit pour son propre compte. »

Le ventilateur du bureau en panne, Noubel transpirait abondamment. Il sentait les auréoles de sueur s'élargir sous ses aisselles.

« C'est très mince, Noubel.

— Mme de l'Oradore se trouvait à Carcassonne entre mardi et jeudi, monsieur. Elle a rencontré Authié deux fois. Je pense même qu'elle s'est rendue avec lui au pic de Soularac.

— Cela ne constitue pas un crime, Noubel.

— À mon retour ce matin, j'ai découvert ce message qui m'était adressé, monsieur. C'est là que j'ai décidé de demander à vous parler. »

Noubel appuya sur le bouton de son répondeur, et la voix de Jeanne Giraud emplit aussitôt la pièce. Le commissaire écouta, son visage se durcissant à chaque seconde.

« Qui est-ce ? s'enquit-il après que Noubel lui eut fait écouter le message une seconde fois.

— La grand-mère d'Yves Biau.

— Et Audric Baillard ?

— Un écrivain et ami. Il l'accompagnait quand elle s'est rendue à l'hôpital de Foix. »

Les mains sur les hanches, le divisionnaire baissa la tête comme pour une profonde réflexion. Noubel comprit qu'il pesait les risques encourus à appréhender Authié et se voir ensuite débouté par un juge d'instruction.

« Vous êtes certain d'avoir assez de preuves pour établir un lien entre le duo Domingo-Braissart et, à la fois, Biau et Authié ?

— Les descriptions concordent, monsieur.

— Elles concorderaient avec la moitié des habitants de l'Ariège, grommela le divisionnaire.

— Voilà trois jours qu'O'Donnell a disparu, monsieur. »

Le commissaire se leva en poussant un profond soupir.

« Que voudriez-vous faire, Noubel ?

— Appréhender Braissard et Domingo. J'aurais également besoin d'une commission rogatoire. Authié possède de nombreuses propriétés, y compris une ferme en ruine dans les monts Sabarthès, qu'il a mise au nom de son ex-femme. Si O'Donnell est retenue dans le secteur, il y a des chances qu'elle s'y trouve. »

S'apprêtant à partir, le commissaire lui serrait déjà la main.

« Si vous pouviez en référer personnellement au préfet...

— Entendu, entendu, concéda le divisionnaire en pointant sur son subalterne un doigt jauni de nicotine. Mais laissez-moi vous dire ceci, Noubel : si vous ratez votre coup, vous serez le seul à en assumer les conséquences. Authié est un homme influent, de même que Mme de l'Oradore. Ils vous mettront en pièces, et je ne pourrai rien faire pour les en empêcher. »

Au moment de quitter le bureau, il se retourna.

« Rappelez-moi qui est ce Baillard. Est-ce que je le connais ? Son nom me dit quelque chose.

— Il écrit sur les cathares. C'est aussi un expert en égyptologie.

— Ce n'est pas... »

Noubel attendait la suite.

« Non, c'est fini, poursuivit le divisionnaire en termes sibyllins. D'après ce que nous en savons, Mme Giraud pourrait en faire une montagne.

— En effet, monsieur. Cependant, je dois reconnaître que je suis incapable de localiser Baillard. Personne ne l'a revu depuis son départ en compagnie de Mme Giraud, vendredi soir.

— Je vous rappellerai dès que les documents seront prêts. Serez-vous à votre bureau ?

— À vrai dire, monsieur, j'avais l'intention de revoir la jeune Anglaise. C'est une amie d'O'Donnell, elle sait peut-être quelque chose, avança prudemment Noubel.

— Je tâcherai de vous joindre. »

Sitôt son supérieur parti, Noubel effectua quelques appels puis, attrapant son veston, gagna sa voiture. D'après ses calculs, il avait largement le temps de faire l'aller-retour jusqu'à Carcassonne avant que l'accord du préfet atterrît sur son bureau.

Aux environs de quatre heures et demie, Noubel avait retrouvé son homologue de Carcassonne. Arnaud Moureau étant un ami de longue date, Noubel pouvait parler librement. Il lui fit passer un morceau de papier par-dessus son bureau.

« Le docteur Tanner m'a dit que c'est là qu'elle séjournerait. »

Deux minutes suffirent pour s'en assurer.

« Un charmant hôtel, juste de l'autre côté des murs de la Cité, à moins de cinq minutes de la rue de la Gaffe. Je te conduis ? »

Alors que les deux policiers l'interrogeaient, la réceptionniste était sur des charbons ardents. Le plus souvent au bord des larmes, elle se révéla un piètre témoin. Noubel était près de perdre patience quand Moureau décida d'intervenir : ses relations avunculaires avec la jeune femme donneraient de meilleurs résultats.

« Alors, Sylvie, commença-t-il gentiment. Le docteur Tanner a quitté l'hôtel hier matin en disant qu'elle serait de retour aujourd'hui, c'est bien cela ? Je veux simplement que ce soit bien clair.

— Oui.

— Et depuis, il n'y a eu aucun démenti ? Elle n'a pas téléphoné ou laissé de message… »

La jeune fille secoua la tête.

« Bien. À présent, aurais-tu quelque chose à dire à son sujet ? Aurait-elle reçu, par exemple de la visite, durant son séjour à l'hôtel ? »

La réceptionniste parut hésiter.

« Hier, tôt dans la matinée, une femme est venue lui apporter un message. »

Noubel ne put s'empêcher d'intervenir :

« Quelle heure était-il ? »

Moureau eut un geste pour l'exhorter au calme.

« Que veux-tu dire par *tôt*, Sylvie ?

— J'ai pris mon service à six heures. Ça s'est passé peu après.

— Le docteur Tanner la connaissait-elle ? Était-ce une amie ?

— Je ne sais pas ; je ne le pense pas, répondit la jeune fille, apparemment étonnée.

— Cela nous aide beaucoup, Sylvie, insista Moureau. Qu'est-ce qui te le fait penser ?

— Elle a demandé au docteur Tanner de retrouver quelqu'un au cimetière. Ça m'a paru bizarre comme endroit pour une rencontre.

— Qui ? intervint encore Noubel. L'avez-vous entendue dire un nom ? »

De plus en plus affolée, Sylvie secoua la tête.

« Je ne sais même pas si elle y est allée.

— Très bien. Vous nous aidez beaucoup. Pouvez-vous me dire autre chose ?

— Elle a reçu une lettre.

— Par la poste ou est-ce qu'on la lui a remise en mains propres ?

— Il y a eu cette histoire quand elle a voulu changer de chambre », lança une voix émanant de l'office.

Sylvie se retourna et foudroya du regard un garçon caché derrière une pile de cartons.

« De quoi tu te mêles, toi ! »

— De quoi s'agit-il ? l'interrompit Noubel.

— Je n'étais pas là, déclara Sylvie d'un air buté.

— Vous savez ce qui s'est passé ?

— Le docteur Tanner a affirmé qu'un intrus était entré dans sa chambre. Vendredi soir. Elle a aussitôt demandé d'en changer. »

Noubel se raidit et alla immédiatement à l'office.

« Ça a dû déranger pas mal de gens », dit Moureau, histoire d'occuper Sylvie.

Suivant les odeurs de cuisine, Noubel ne tarda pas à retrouver le propriétaire de la voix.

« Vous étiez ici, vendredi soir ?

— Je travaillais au bar, expliqua le jeune homme avec un sourire malicieux.

— Vous avez vu quelque chose ?

— Une femme qui sortait par la porte arrière en poursuivant un mec. Je n'ai su qu'après que c'était le docteur Tanner.

— Et ce mec, vous l'avez aperçu ?

— Pas vraiment. C'est surtout elle que j'ai remarquée. »

Noubel tira les photos qu'il gardait dans la poche de son veston pour les mettre sous le nez du jeune homme.

« Reconnaissez-vous l'un d'eux ?

— J'ai déjà vu celui-là. Beau costard. Un peu guindé. Rien d'un touriste. Il a traîné par ici. Mardi, mercredi, peut-être. Je ne suis pas sûr. »

Lorsque Noubel regagna la réception, Moureau avait fait retrouver le sourire à Sylvie.

« Il a repéré Domingo. Il prétend l'avoir vu rôder autour de l'hôtel.

— Ça ne veut pas dire que c'est un criminel pour autant », objecta Moureau.

Noubel poussa les photographies vers la réceptionniste.

« Ces têtes-là vous disent quelque chose ?

— Non, commença-t-elle par répondre. Pourtant... » Elle hésita, puis désigna Domingo. « La femme qui a demandé à parler au docteur Tanner lui ressemblait assez. »

Noubel et Moureau échangèrent un regard.

« Sa sœur… ?

— Je ferai vérifier.

— Je crains que nous ne soyons obligés de demander à voir la chambre du docteur Tanner, déclara Noubel.

— Je n'ai pas le droit ! »

Moureau écarta ses protestations.

« Ça ne prendra que cinq petites minutes et c'est beaucoup plus simple de cette façon, Sylvie. Si nous devons attendre la permission du gérant, il nous faudra revenir avec toute une équipe et ça dérangera tout le monde. »

L'air crispé, Sylvie leur tendit la clé de la chambre.

Fenêtres et rideaux étant fermés, il régnait dans la chambre une chaleur suffocante. Le lit avait été refait. Une rapide inspection de la salle de bains révéla que les serviettes et les verres avaient été changés.

« Personne n'est entré ici depuis que la femme de chambre est passée, hier matin », constata Noubel.

Il n'y avait aucun objet personnel dans la salle de bains. Noubel ouvrit alors l'armoire et y trouva la valise d'Alice, non défaite.

« On dirait qu'elle n'a pas pris la peine de déballer ses affaires après avoir changé de chambre. Elle n'a emporté que les choses essentielles : passeport, téléphone, etc. », poursuivit-il en glissant ses mains sous les bords du matelas.

Dans le tiroir de la table de nuit, il découvrit une plaquette d'analgésiques et le livre d'Audric Baillard.

« Moureau, regarde », dit-il sèchement.

Comme il le feuilletait, un morceau de papier glissa des pages et tomba sur le sol.

« Qu'est-ce que c'est ? »

Noubel le ramassa puis, sourcils froncés, le parcourut.

« Un problème ? voulut savoir Moureau.

— C'est l'écriture de Biau. Un numéro de téléphone à Chartres. »

Il s'apprêtait déjà à le composer quand le téléphone sonna.

« Noubel, se présenta-t-il pendant que Moureau l'interrogeait du regard. C'est une excellente nouvelle, monsieur. Tout de suite. »

Il raccrocha.

« Nous avons notre commission rogatoire, annonça-t-il en ouvrant la porte. Plus tôt que ce que j'attendais.

— Qu'est-ce que tu croyais ? commenta Moureau. C'est un homme pointilleux. »

67

« Si nous allions nous asseoir dehors ? suggéra Audric. Au moins jusqu'à ce que la chaleur devienne insupportable.

— Ce serait merveilleux », approuva Alice en le suivant à l'extérieur.

Elle avait l'impression de vivre dans un rêve où tout semblait au ralenti. L'immensité des montagnes, les arpents du ciel, les gestes de Baillard, lents et mesurés.

La confusion d'esprit et la tension des derniers jours l'avaient abandonnée.

« Ici conviendra très bien », dit-il d'un ton amène en s'immobilisant près d'un petit monticule herbeux.

Il s'y installa, étirant devant lui ses longues jambes comme un jeune garçon. Après une brève hésitation, Alice prit place à ses pieds, les genoux repliés sous le menton, les bras entourant ses mollets. Elle vit qu'il lui souriait.

« Quoi donc ? » s'enquit-elle, de nouveau intimidée.

Baillard hocha la tête.

« *Los ressons*, les échos. Pardonnez-moi, *madomaisèla* Tanner. Pardonnez la folie d'un vieil homme. »

Le sourire de Baillard enchantait Alice, même si elle n'en comprenait pas la raison.

« Je vous en prie, appelez-moi Alice. *"Madomaisèla"*
me semble si guindé.

— Fort bien.

— Vous préférez plutôt parler occitan que français ?

— Je m'exprime dans les deux langues.

— Y en a-t-il d'autres ? »

Baillard eut un sourire de dérision.

« L'anglais, l'arabe, l'espagnol et l'hébreu. Les
histoires changent de formes, de personnalité ; elles
empruntent des couleurs différentes selon les mots, le
langage dans lequel on choisit de les raconter. Parfois
elles apparaissent plus graves, parfois plus légères, plus
mélodieuses, dirons-nous. Ici, dans ce coin de pays
que l'on nomme aujourd'hui la France, la langue d'oc
était parlée par des gens dont c'était la terre. La langue
d'oïl, précurseur du français moderne, était le langage
de l'envahisseur. Ce dilemme divisa les peuples. » Il
balaya l'air de ses mains : « Ce n'est pas ce que vous
êtes venue entendre. Vous voulez que je vous parle de
gens et non de théories, n'est-ce pas ? »

Ce fut au tour d'Alice de sourire.

« J'ai lu un de vos livres, monsieur Baillard, que j'ai
trouvé chez ma tante, à Sallèles-d'Aude.

— C'est un bel endroit. Le canal de Jonction qui
relie le canal du Midi à l'Aude, les tilleuls et les pins
parasols alignés sur la rive. Saviez-vous qu'Arnaud
d'Amalric y avait une demeure ? À Carcassona et
Besièrs également.

— Non, avoua-t-elle. Tout à l'heure, à mon arrivée,
vous disiez qu'Alaïs n'était pas morte avant son heure.
Elle… a donc survécu à la chute de Carcassonne ? »

Alice eut la surprise de sentir son cœur s'accélérer.

« Alaïs quitta Carcassonne en compagnie de Sajhë, un jeune garçon qui était le petit-fils d'un des gardiens de la trilogie du labyrinthe. »

Il lança un regard à Alice pour savoir si elle suivait son propos, puis enchaîna :

« Ils se dirigeaient par ici. Dans l'ancienne langue, "Los seres" signifie "les cimes".

— Pourquoi justement ici ?

— Le *navigatairé*, vénérable de la *Noublesso des los Seres*, société secrète à laquelle le père d'Alaïs et la grand-mère de Sajhë avaient fait allégeance, les y attendait. Craignant d'être pourchassés, ils empruntèrent un itinéraire plus long, d'abord en se dirigeant vers Fanjeaux, puis vers le Sud, en passant par Puivert et Lavelanet, ensuite de nouveau vers le Sud, en direction des monts Sabarthès.

» Avec la chute de Carcassonne, la soldatesque française était partout. Elle s'était répandue sur cette terre comme une horde de rats. Il y avait également les bandits de grand chemin qui détroussaient sans merci les réfugiés. Alaïs et Sajhë ne se déplaçaient que tôt le matin ou tard dans la nuit, pour ne pas subir les ardeurs du soleil. Cette année-là, l'été était particulièrement suffocant, aussi dormaient-ils à la belle étoile. Ils se nourrirent de noix, de baies et de fruits, tout ce qui était comestible. Alaïs avait soin d'éviter les villes, sauf quand elle était certaine d'y trouver un abri sûr.

— Comment connaissaient-ils leur destination ? demanda Alice en se rappelant son périple, quelques heures plus tôt.

— Sajhë avait une carte que lui avait remise… »

Sa voix se brisa sous l'émotion. Sans trop comprendre pourquoi, Alice lui prit la main, ce qui parut le réconforter.

« Ils progressèrent assez vite, enchaîna-t-il, puis-qu'ils parvinrent à Los Seres fin septembre, peu avant la Sant-Miquel, juste au moment où la terre prenait des couleurs dorées. Ici, dans les montagnes, on sentait déjà les odeurs d'automne et de terre humide. La fumée des chaumes que l'on faisait brûler s'élevait au-dessus des champs. Pour eux, qui avaient grandi dans les rues étroites et peuplées de Carcassonne, c'était un monde nouveau. Tant de lumière, des cieux qui semblaient confiner au paradis. » Il s'arrêta, contemplant le panorama qui s'étendait devant eux. « Me comprenez-vous ? »

Elle fit un signe d'assentiment, fasciné par la voix du vieil homme.

« Harif, le *navigataïré*, les attendait. En apprenant les tragiques événements, il versa des larmes pour l'âme du père d'Alaïs et de Siméon. Pour la perte des manuscrits et pour la générosité d'Esclarmonde en laissant Alaïs et Sajhë voyager sans elle afin de mettre le *Livre des mots* en sûreté. »

Baillard interrompit de nouveau son récit et resta un moment silencieux. Alice ne voulait ni le couper ni le bousculer. L'histoire parlerait d'elle-même dès qu'il serait prêt.

Le visage du vieil homme se radoucit.

« Ce furent des temps bénis, en montagne comme en plaine. Du moins apparurent-ils ainsi au commencement. Malgré l'inexpiable horreur perpétrée à Besièrs, nombre de Carcassonnais pensaient pouvoir revenir au pays. Beaucoup avaient foi en l'Église catholique. Ils se disaient qu'après que les hérétiques auraient été chassés, leur existence de naguère leur serait rendue.

— Sauf que les croisés ne sont pas partis.

— C'était une guerre de conquête, non de religion, approuva-t-il. Après la défaite de la Cité, en août 1209, Simon de Monfort fut nommé vicomte, en dépit du fait que Raymond-Roger Trencavel était encore en vie. Pour un esprit moderne, il est difficile d'imaginer que c'était là une offense gravissime et sans précédent. Une telle décision allait à l'encontre de tout sens de l'honneur, de toutes les traditions. La guerre était pour partie financée par des rançons payées par une famille noble à une autre. Sauf à être convaincu de crime, un seigneur ne pouvait être spolié de ses biens au profit d'un autre seigneur. Il ne pouvait y avoir d'indication plus claire du mépris des barons du Nord envers le pays d'oc.

— Qu'est-il arrivé au vicomte Trencavel ? J'ai aperçu des mémoriaux en son honneur partout dans la Cité.

— Il mérite qu'on s'en souvienne. Il mourut, probablement assassiné, dans les prisons du Château comtal après trois mois d'incarcération. C'était en novembre 1209. Monfort fit publier la nouvelle selon quoi les maladies du siège – la dysenterie – l'auraient emporté. Personne n'y crut. Cela donna lieu à quelques insurrections, des éruptions de colère, jusqu'à ce que Monfort se vît forcé d'allouer à l'héritier de Raymond-Roger, alors âgé de deux ans, une rente annuelle de trois mille écus, en échange d'une renonciation définitive à la vicomté. »

Un visage s'imposa soudain à l'esprit d'Alice. Celui d'une femme dévote et avenante, dévouée à son enfant et à son époux.

« Dame Agnès », murmura-t-elle.

Baillard la dévisagea.

« Elle aussi est longuement évoquée dans les murs de la Cité, dit-il posément. Monfort était un catholique fervent. Sans doute le seul parmi les barons français à croire à la justesse de sa cause. Il instaura une taxe sur les foyers au profit de l'Église, introduisant la dîme sur les primeurs comme cela se pratiquait dans le Nord.

» La *Ciutat* avait beau être vaincue, les forteresses du Minervois, de la Montagne Noire et des Pyrénées refusaient de se soumettre. Le roi Pierre d'Aragon le déboutait comme vassal. Raymond VI, oncle du vicomte Trencavel, se retira dans ses états de Toulouse, pendant que les comtes de Nevers et de Saint-Pol, ainsi que d'autres comme Guy d'Évreux, remontaient vers le Nord. Simon de Monfort avait beau s'être approprié Carcassona, il était seul.

» Marchands, colporteurs, tisserands apportaient des nouvelles de sièges et de batailles, parfois bonnes, parfois mauvaises. Montréal, Preixan, Saverdun, Pamiers étaient tombées, mais Cabaret tenait bon. En avril 1210, après trois mois de siège, Monfort s'empara de Bram. À ses soldats, il ordonna de rassembler la garnison et de crever les yeux des vaincus. Un seul homme fut épargné afin qu'il conduisît la troupe mutilée à travers le pays jusqu'à Cabaret, rappelant ainsi à ceux qui oseraient lui résister qu'il ne ferait pas de quartiers.

» La barbarie et les représailles s'intensifièrent. En juillet 1210, Monfort décida d'assiéger la forteresse de Minerve. La ville était protégée sur deux côtés par de profondes gorges rocailleuses traversées par le Brian et la Cesse depuis des milliers d'années. Très en amont du village, Monfort fit installer un trébuchet, la *Malvoisine* de triste renommée. Sur la rive du Brian, on peut encore en voir une réplique. Étrange objet, en vérité. Six semaines durant, Montfort fit pilonner le village. Quand Minerve capitula, cent quarante *par-*

faits, refusant d'abjurer leur foi, choisirent de se jeter eux-mêmes dans le bûcher.

» En mai 1211, les envahisseurs prirent Lavaur, après un siège d'un mois. Les catholiques surnommaient l'endroit "la véritable église de Satan". En un sens, ils étaient dans le vrai puisque c'était l'évêché cathare de Toulouse et que des centaines de *parfaits* et de *parfaites* y vivaient paisiblement sans se cacher. »

Baillard leva son verre pour le porter à ses lèvres.

« Près de quatre cents *credentes* et *parfaits* furent jetés au bûcher, incluant Amaury de Montréal, qui avait conduit la résistance, et quatre-vingts de ses chevaliers. L'échafaud s'effondra sous leur poids, si bien que les Français se virent contraints de leur trancher la gorge. Assoiffés de sang, ils se mirent à la recherche de Guirande, dame de Lavaur, sous la protection de laquelle vivaient les *Bons Homes*, en se livrant aux pires exactions. Ils s'en saisirent et abusèrent d'elle. Puis, après l'avoir traînée de par les rues comme une vulgaire criminelle, la jetèrent dans un puits et la couvrirent de pierres jusqu'à ce qu'elle pérît enterrée vivante ou peut-être noyée.

— Alaïs et Sajhë avaient-ils idée de la gravité de la situation ?

— Quelques nouvelles parvinrent jusqu'à eux, le plus souvent plusieurs mois après les tragiques événements. La guerre sévissait encore en plaine. Ici, à Los Seres, ils vivaient simplement, mais heureux. Ils cueillaient du bois, salaient les viandes en vue des longs mois d'hiver, apprenaient à cuire le pain et à bâtir des toits de chaume pour se protéger des intempéries.

» Harif enseigna à Sajhë la lecture, puis l'écriture, d'abord en langue d'oc, ensuite dans le langage de l'envahisseur, de même qu'un peu d'arabe et d'hébreu. » Baillard sourit. « Sajhë était un élève récalcitrant, préférant les activités du corps à ceux de l'esprit. Néanmoins, avec l'aide d'Alaïs, il persévéra.

— Il voulait probablement lui prouver quelque chose », avança Alice.

En guise de réponse, le vieil homme lui décocha un regard.

« Rien ne changea jusqu'à la Toussaint, après que Sajhë eut fêté ses treize ans, et que Harif lui annonça son admission dans la maison de Pierre-Roger de Mirepoix pour y faire l'apprentissage de chevalier.

— Qu'en a pensé Alaïs ?

— Elle s'est réjouie pour lui. C'était ce dont il avait toujours rêvé. À Carcassona, il avait observé les écuyers astiquant les cuirs et les armures de leurs chevaliers ; il s'était glissé dans les *lices* pour les regarder jouter. La vie de chevalier se situait au-delà de sa condition, mais cela ne l'avait pas pour autant empêché de rêver de porter ses propres couleurs. Il semblait à présent que l'occasion de faire ses preuves lui était donnée.

— Alors il partit.

— En effet. Pierre-Roger de Mirepoix se révéla un maître fort exigeant, juste toutefois, réputé fort bien entraîner ses écuyers. La tâche était rude, mais Sajhë s'en acquittait avec adresse, célérité et ténacité. Il apprit à planter la lance dans la quintaine, s'aguerrit au maniement de l'épée, de la massue et de la masse d'armes, s'entraîna à chevaucher dos tourné sur une selle haute. »

Alice le regarda un instant, plongé dans la contemplation des montagnes et songea, non pour la première fois, à quel point ces personnages lointains, en la compagnie desquels Baillard avait passé l'essentiel de sa vie, s'étaient véritablement incarnés dans son esprit.

« Qu'en était-il d'Alaïs, durant ce temps-là ?

— Pendant que Sajhë était à Mirepoix, Harif commença à l'instruire des rites et des préceptes de la *Noublesso*. Sa sapience et ses talents de guérisseuse devinrent notoirement connus. Il existait peu de maladies, du corps ou de l'esprit, qu'elle ne savait traiter. Harif lui apprit à observer les étoiles, à comprendre la conception du monde tirée de sa connaissance des mythes anciens de sa terre d'origine. Cependant, Alaïs avait compris que ses intentions procédaient d'une intention plus profonde, qu'il la préparait, ainsi que Sajhë – et c'est pourquoi il l'avait séparé d'elle – à la tâche qu'il leur avait assignée.

» Entre-temps, Sajhë ne pensait guère au village. De vagues nouvelles, rapportées par des bergers ou des *parfaits*, lui parvenaient parfois, mais Alaïs ne se rendait jamais à Mirepoix. À cause d'Oriane, elle était devenue une fugitive dont la tête était mise à prix. Harif fit parvenir à Sajhë assez de pécunes pour lui permettre d'acquérir un haubert, un destrier, un heaume et une épée. Le jeune homme fut adoubé à quinze ans à peine. Peu après, il partit en guerre. Ceux qui s'étaient rangés du côté des Français en espérant quelque clémence changèrent de camp, parmi lesquels le comte de Toulouse. Cette fois, leur seigneur, le roi d'Aragon, assuma ses devoirs de protection lige et, en janvier 1213, remonta vers le Nord. Alliées à celles du comte de Foix, ses forces étaient suffisantes pour infliger un revers aux armées épuisées de Monfort.

» En septembre 1213, les deux armées, Nord contre Sud, se trouvèrent face à face à Muret. Pierre II était un chef de guerre courageux et un fin stratège. Mais l'attaque fut conduite dans le désordre, et il fut tué. Le Sud n'avait plus de commandement.

» Parmi les combattants pour l'indépendance se trouvait un chevalier du nom de Guilhem du Mas. Il s'acquittait fort bien de sa tâche. C'était un meneur d'hommes que tout le monde aimait. »

La voix de Baillard avait emprunté des inflexions où perçaient de l'admiration et aussi un sentiment qu'Alice ne put définir. Avant qu'elle eût le temps d'y songer, le vieil homme reprit son récit :

« Le vingt-cinquième jour de juin 1218, le loup fut enfin abattu.

— Le loup ? »

Baillard leva les mains comme pour se défendre.

« Pardonnez-moi. Dans les ballades comme le *Canso de lo Crosada*, Monfort est associé à un loup. Il fut tué au siège de Toulouse, par une pierre lancée d'une catapulte maniée par une femme, dit-on. » Alice ne put s'empêcher de sourire. « Sa dépouille fut ramenée à Carcassona afin d'être mise en terre selon les coutumes du Nord. Son cœur, son foie et ses entrailles furent emportés à Saint-Cernin, cependant que ses ossements étaient enterrés à Sant-Nasari, sous une pierre tombale que l'on peut voir encore aujourd'hui sur le mur du transept sud de la basilique. Peut-être l'avez-vous remarquée en visitant la Cité ?

— Il se trouve que je n'ai pu… entrer dans la cathédrale », bafouilla Alice, écarlate.

Baillard lui coula un regard en coin mais ne creusa pas la question.

« Amaury, fils de Simon de Monfort, lui succéda, sans en avoir toutefois l'autorité, ce qui eut pour conséquence la perte de tout ce que son père avait acquis sur les champs de bataille. En 1224, il se retira en renonçant à ses prétentions sur les terres des Trencavel. Sajhë était donc libre de rentrer chez lui. Si Pierre-Roger de

Mirepoix concevait quelque réticence à le laisser aller, Sajhë avait… »

Le vieil homme se leva et s'éloigna de quelques pas. Puis il poursuivit, sans se retourner :

« Il avait vingt-six ans. Alaïs avait beau être plus âgée, il… caressait certains espoirs à son sujet. Le regard qu'il portait sur elle n'avait plus rien de fraternel. Il savait qu'aussi longtemps que Guilhem du Mas serait en vie, il ne pourrait l'épouser ; cependant il en rêvait. À présent qu'il avait fait ses preuves, il se sentait en droit d'espérer d'avantage. »

Alice hésita, avant de rejoindre Baillard. Quand elle posa la main sur le bras du vieil homme, ce dernier sursauta comme s'il avait oublié sa présence.

« Que s'est-il passé ? demanda-t-elle avec l'étrange sentiment de se montrer soudain indiscrète, comme si l'histoire devenait tout à coup trop intime pour être partagée.

— Il rassembla son courage pour lui parler. Harif connaissait ses sentiments pour Alaïs. Sajhë lui aurait-il demandé conseil qu'il le lui aurait spontanément donné. En l'occurrence, il garda ses conseils pour lui.

— Peut-être Sajhë n'avait-il pas envie d'entendre ce que Harif avait à lui dire.

— Peut-être, acquiesça le vieil homme avec un demi-sourire.

— Alors, reprit-elle quand elle comprit qu'il ne souhaitait pas s'étendre sur le sujet. Sajhë a-t-il avoué à Alaïs ce qu'il éprouvait pour elle ?

— Oui.

— Et qu'en a-t-elle pensé ?

— Vous l'ignorez donc ? murmura-t-il. Priez le ciel de ne jamais savoir ce que c'est que d'aimer de la sorte. »

Si fou que cela pût paraître, Alice prit la défense d'Alaïs.

« Elle l'aimait. Comme une sœur aime un frère, n'est-ce pas suffisant ? »

Baillard se retourna pour lui sourire.

« C'est ce à quoi il s'était résolu. Quant à dire que c'était suffisant : non, absolument pas. »

Baillard se retourna pour reprendre le chemin de la maison.

« Si nous rentrions ? s'enquit-il courtoisement. J'ai un peu chaud. Et vous, *madomaisèla* Tanner, vous devez être fatiguée, après ce long voyage. »

Remarquant sa pâleur, son air épuisé, Alice se sentit coupable. Un coup d'œil à sa montre-bracelet lui apprit qu'il était presque midi, et qu'ils avaient bavardé plus longtemps qu'elle ne l'avait cru.

« Naturellement », acquiesça-t-elle précipitamment en lui offrant son bras.

Ils cheminèrent ainsi lentement jusqu'à la maisonnette.

« Vous voudrez bien m'excuser, dit-il dès qu'ils furent à l'intérieur. Je vais aller me reposer quelques instants. Peut-être aimeriez-vous en faire autant ?

— Je suis fatiguée, en effet, admit-elle.

— Après mon réveil, je préparerai le repas et vous raconterai la fin de l'histoire. À la nuit tombée, nous devrons évoquer d'autres sujets. »

Elle attendit qu'il eût tiré le rideau sur lui puis, étrangement désemparée, prit une couverture et un coussin et retourna dehors.

S'étant installée sous les arbres, elle prit alors conscience que le passé avait investi ses pensées au point d'évincer le souvenir de Shelagh et de Will.

68

« Que faites-vous ? » lança François-Baptiste en entrant dans le petit chalet anonyme, situé non loin du pic de Soularac.

Assise à la table, devant le *Livre des nombres* posé sur un couvre-livre noir, Marie-Cécile ne daigna pas lever les yeux.

« J'étudie la disposition de la chambre.

— Pour une raison particulière ? insista le jeune homme en prenant place auprès d'elle.

— Je veux me rappeler les différences qui existent entre ce diagramme et le labyrinthe de la grotte, expliqua-t-elle alors qu'il se penchait par-dessus son épaule.

— Sont-elles nombreuses ?

— Il y en a quelques-unes. Celles-ci, par exemple, dit-elle en pointant une main gantée au-dessus du manuscrit. L'autel se trouve ici, alors que celui de la grotte est plus près du mur.

— Est-ce que cela ne signifie pas que les gravures du labyrinthe sont masquées ? »

Marie-Cécile se tourna vers son fils, surprise par la pertinence de son commentaire. Il poursuivit :

« Si, à l'origine, les gardiens utilisaient, tout comme la *Noublesso Véritable*, le *Livre des nombres*, au

cours de leur cérémonie, ne devraient-ils pas être identiques ?

— C'est possible, en effet, répondit-elle. Il n'y a
pas de sépulcre, voilà la plus grande différence, même
s'il est intéressant de noter que la tombe où reposaient
les deux squelettes est située à l'emplacement exact où
aurait dû se trouver le tombeau.

— Avez-vous eu d'autres nouvelles de ces squelettes ? »

Elle fit non de la tête.

« Nous ne savons donc toujours pas à qui ils ont
appartenu ?

— Est-ce important ?

— Probablement pas, répliqua-t-il, irrité du manque
d'intérêt que sa mère lui témoignait tout à coup, ce
qu'elle ne manqua pas d'observer.

— En fait, reprit-elle, je crois que ces détails
importent peu. Le dessin, le chemin parcouru par le
navigatairé pendant qu'il prononce les mots est beaucoup plus significatif.

— Êtes-vous certaine de pouvoir déchiffrer le *Livre
des mots* ?

— Dans la mesure où les deux manuscrits remontent
à la même période, je répondrai que oui. Les hiéroglyphes sont assez simples. »

Et l'impatience la happa avec une telle violence
qu'elle leva les doigts comme si quelqu'un l'avait
saisie à la gorge. Ce soir, elle prononcerait les mots
oubliés. Ce soir, le pouvoir du Graal descendrait sur
elle et le temps serait vaincu.

« Et si O'Donnell avait menti ? objecta François-
Baptiste. Si elle n'avait pas le livre ? Ou si Authié ne
l'avait pas trouvé ? »

Ramenée à la réalité par le ton sarcastique de son fils, Marie-Cécile ouvrit brusquement les yeux pour le toiser avec mépris.

« Le *Livre des mots* est avec eux », lâcha-t-elle.

Furieuse de voir gâcher sa belle humeur, Marie-Cécile referma le manuscrit et le remit dans son étui protecteur, avant de le remplacer par le *Livre des potions*.

De l'extérieur, les deux ouvrages étaient identiques. Même reliure de bois tendu de cuir et refermée par des attaches.

La page de garde ne laissait voir qu'un calice doré, dessiné en son centre. Sur le deuxième feuillet, l'on reconnaissait les mots et les pictogrammes de la frise des murs de la chambre rituelle, rue du Cheval-Blanc. Les pages suivantes s'ornaient d'enluminures rouges, bleues ou jaunes entourées de fils dorés, cependant que les mots suivaient, sans intervalles ni signes de ponctuation.

Marie-Cécile déplia le parchemin placé au milieu de l'ouvrage. Des dessins de plantes étaient intercalés entre les hiéroglyphes. Après des années d'enquêtes et de recherches, et s'il fallait s'en référer à l'école fondée grâce à la fortune des l'Oradore, son grand-père avait découvert que ces illustrations n'avaient aucune pertinence.

Seuls les hiéroglyphes écrits sur les deux papyrus avaient de l'importance. Le reste – illustrations, couleurs, lettrines – n'avait d'autre dessein que celui d'ornementer, de masquer la vérité.

« Le manuscrit est là », reprit-elle en dardant sur son fils un regard cruel.

Elle vit l'expression sceptique de François-Baptiste, qui décida sagement de garder le silence.

« Allez chercher mes affaires, lui ordonna-t-elle d'un ton glacial. Ensuite vérifiez où en est la voiture. »

Il réapparut quelques instants plus tard, le vanity-case de sa mère à la main.

« Où voulez-vous que je le pose ?

— Là-bas », dit-elle en désignant la coiffeuse.

Son fils reparti, elle alla s'y asseoir. Sa mallette à maquillage était en cuir brun, incrusté de ses initiales en or. C'était un présent que lui avait fait jadis son grand-père.

Outre un grand miroir, il y avait de nombreuses poches pour ses brosses, des ustensiles de beauté, des cotons démaquillants et de petits ciseaux dorés. Rouges à lèvres, ombres à paupières, mascaras, crayons et poudres se trouvaient sur le dessus, parfaitement alignés. Tout au fond, un compartiment contenait les trois écrins.

« Où sont-ils ? s'enquit-elle sans se retourner.

— Pas très loin, répondit François-Baptiste d'une voix tendue.

— Est-ce que Will va bien ? »

Il alla vers la coiffeuse pour poser les mains sur les épaules de sa mère.

« Est-ce si important à vos yeux, maman ?

— Non », répliqua-t-elle, voyant son fils se décrisper un peu, elle ajouta : « Ça m'intéresse, voilà tout. »

Après une légère pression, il retira ses mains.

« Pour répondre à votre question, il est en vie. Il a causé quelques ennuis quand on l'a sorti. On a dû le tranquilliser. »

Marie-Cécile haussa les sourcils.

« Pas trop, j'espère. Inconscient, il ne m'est d'aucune utilité.

— Il ne *m'est* ? » la reprit-il froidement.

Marie-Cécile se mordit la langue. Elle voulait son fils de bonne humeur.

« Ne nous est », rectifia-t-elle.

69

Quand Baillard réapparut, quelques heures plus tard, Alice somnolait à l'ombre des arbres.

« Je nous ai préparé un repas », annonça-t-il.

Visiblement, dormir lui avait fait beaucoup de bien. Son visage avait perdu son teint cireux, et ses yeux retrouvé leur éclat.

Rassemblant ses affaires, Alice le suivit à l'intérieur. Fromage de chèvre, olives, tomates, pêches et un pichet de vin garnissaient la table.

« Je vous en prie, servez-vous. »

À peine furent-ils assis qu'Alice se lança dans les questions qui lui revenaient sans cesse à l'esprit. Elle remarqua la frugalité de Baillard, qui, en revanche, se servait fréquemment de vin.

« Alaïs a-t-elle essayé de retrouver les livres que sa sœur et son mari lui avaient dérobés ?

— L'intention d'Harif était de réunir la trilogie du labyrinthe, sitôt que les premières menaces de guerre s'étendraient sur le pays d'oc. À cause d'Oriane, la tête d'Alaïs était mise à prix et, partant, il lui était difficile de voyager. Les rares fois où elle quitta le village, ce fut sous le couvert d'un déguisement. C'eût été une folie d'aller vers le Nord. Sajhë élabora différents plans pour se rendre à Chartres, aussi peu concluants les uns que les autres.

— Pour Alaïs ?

— Pour partie, mais aussi pour la sécurité d'Esclarmonde, sa grand-mère. Il se sentait des responsabilités envers la *Noublesso de los Seres*, tout comme Alaïs eu égard aux manquements de son père.

— Qu'est-il arrivé à Esclarmonde ?

— De nombreux *Bons Homes* fuirent vers le nord de l'Italie, mais Esclarmonde n'aurait pu supporter un tel voyage. C'est pourquoi Gaston et son frère la confièrent à une petite communauté de Navarre, où elle demeura jusqu'à sa mort, quelques années plus tard. Sajhë lui rendait visite aussi souvent qu'il le pouvait. Ce fut une grande tristesse pour Alaïs que de ne jamais la revoir.

— Et Oriane ? Alaïs a-t-elle eu de ses nouvelles ?

— Très peu, en vérité. Plus digne d'intérêt était le labyrinthe qui s'était construit à la cathédrale Notre-Dame de Chartres. Nul ne savait sous quelle autorité il avait été conçu ni le dessein qu'il voulait servir. Ce fut une des raisons pour lesquelles Évreux et Oriane décidèrent de s'installer à Chartres, au lieu de remonter plus au nord.

— En outre, c'est là que les trois livres avaient été élaborés.

— En réalité, ce labyrinthe fut conçu pour détourner l'attention de celui qui se trouvait au sud, dans la grotte.

— Je l'ai vu hier », déclara Alice.

Était-ce seulement hier ?

« Je n'ai rien ressenti, expliqua-t-elle. Il est très beau, très impressionnant, sans plus. »

Audric acquiesça.

« Oriane obtint ce qu'elle voulait. Guy d'Évreux la prit pour épouse, moyennant quoi, elle lui remit le

Livre des potions et le *Livre des nombres*, en lui promettant de persister dans sa quête du *Livre des mots*.

— Pour épouse, s'étonna Alice. Et…

— Jehan Congost ? C'était un brave homme. Pédant, soupçonneux, dénué d'humour, peut-être, mais loyal serviteur. François l'assassina sur les instances d'Oriane. François méritait de mourir. Si macabre que fût sa fin, il ne méritait pas mieux. »

Alice secoua la tête.

« J'allais vous interroger au sujet de Guilhem…

— Il est resté dans le Midi.

— N'avait-il pas quelque espoir au sujet d'Oriane ?

— Il combattit sans relâche les croisés pour les bouter hors du pays. Les années passant, il se bâtit une formidable réputation dans les montagnes. Il commença par offrir son épée à Pierre-Roger de Mirepoix puis au fils du vicomte Trencavel quand il tenta de reconquérir les terres enlevées à son père.

— Il changea donc de camp ? s'exclama Alice, sidérée.

— Non, soupira Baillard, non. Guilhem du Mas ne trahit jamais son maître. C'était un écervelé, certes, mais pas un traître. Oriane l'avait circonvenu. Il fut fait prisonnier en même temps que Raymond-Roger, contrairement à ce dernier, il parvint toutefois à s'échapper. » Baillard prit une profonde inspiration, comme s'il avait du mal à l'admettre : « Ce n'était pas un traître.

— Alaïs était pourtant convaincue du contraire, objecta Alice.

— Il fut seulement l'artisan de sa propre disgrâce.

— Cela, je le sais, et cependant… vivre avec un tel regret, savoir qu'Alaïs le méjugeait…

— Guilhem ne mérite aucune compassion, l'interrompit sèchement le vieil homme. Il trompa Alaïs, il rompit ses vœux de mariage, il l'humilia. Et pourtant, malgré cela, elle... Pardonnez-moi, il est parfois difficile d'être d'objectif. »

Pourquoi cela le trouble-t-il à ce point ?

« Il ne chercha jamais à la revoir ?

— Il l'aimait, dit simplement Audric. Il ne serait pas risqué à conduire les Français jusqu'à elle.

— Et elle, n'a-t-elle pas tenté de le revoir ? »

Le vieil homme secoua lentement la tête.

« L'auriez-vous fait, à sa place ? »

Alice réfléchit un instant.

« Je ne sais pas. Si elle l'aimait vraiment, en dépit de ses actes...

— Des nouvelles des combats que livrait Guilhem parvenaient de temps à autre au village. Alaïs se gardait de tout commentaire, n'empêche qu'elle était fière de l'homme qu'il était devenu. »

La jeune femme s'agita sur son siège. Baillard parut sentir son impatience, car il accéléra le rythme de son récit.

« Durant les cinq années qui suivirent le retour de Sajhë, une paix précaire régna sur le pays. Auprès d'Harif, Alaïs et lui vécurent heureux. D'autres habitants de Carcassona avaient trouvé refuge dans les montagnes, notamment Rixende, qui était venue s'installer dans le village. La vie y était simple, mais bonne.

» Tout changea en 1229. Un nouveau roi venait de s'installer sur le trône du royaume de France. Saint-Louis était un défenseur zélé de l'Église catholique, un homme aux convictions religieuses fortement ancrées. Cette hérésie persistante le tourmentait. Malgré les années d'oppression et de persécutions exercées sur le Midi, l'Église cathare rivalisait encore en autorité et en influence avec celle des catholiques. Les cinq évêchés

cathares – Tolosa, Albi, Carcassona, Agen et Razès –
étaient plus considérés, plus prépondérants en bien des
lieux que leur contrepartie catholique.

» Au début, rien de ce qui se passa n'affecta Alaïs
ou Sajhë. Ils poursuivirent leur existence comme auparavant. L'hiver venu, Sajhë se rendait en Espagne afin
d'y chercher armes et pécunes qui lui permettraient
d'organiser la résistance. Alaïs se tenait en retrait.
Habile cavalière, adroite au maniement de l'arc comme
de l'épée, elle déployait tout son courage à apporter
des messages à travers l'Ariège et les monts Sabarthès.
Elle trouva un refuge pour les *parfaits* et les *parfaites*,
procurait abri et nourriture, dispensait des informations
sur l'endroit et le jour où aurait lieu le service. Les *parfaits* étaient, pour la plupart, des prêcheurs itinérants,
ne subsistant que de leur labeur : cardage, boulange,
filage. Ils voyageaient par deux, le maître et son dis-
ciple, le plus souvent des hommes, parfois des femmes.
Un peu comme Esclarmonde, amie et mentor d'Alaïs,
quand elles vivaient à Carcassona.

» Excommunications, indulgences pour les croisés,
les nouvelles campagnes pour éradiquer l'hérésie,
comme ils l'appelaient, auraient duré encore des années,
n'eût été l'élection d'un nouveau pape : Grégoire IX.
Peu enclin à la patience, ce dernier, dès 1233, mit la
Sainte Inquisition sous son autorité directe. Elle avait
pour mission d'extirper l'hérésie où et par quelque
moyen que ce fût. Parmi les différents ordres, il choisit
les Dominicains, les Frères noirs, comme exécutants.

— Je pensais que l'Inquisition était partie d'Espagne.
On l'évoque toujours ainsi.

— C'est une erreur fréquente, corrigea Baillard.
Non, la Sainte Inquisition fut fondée, dès 1184 au
concile de Vérone, aux fins de chasser les cathares.

Commença alors un régime de terreur. Les inquisiteurs allaient à leur gré de ville en ville, accusant, dénonçant, condamnant. Ils avaient des espions partout. L'on procédait à des exhumations en sorte que des corps enterrés chrétiennement étaient brûlés comme hérétiques. En comparant confessions et demi-confessions, les inquisiteurs commencèrent à dessiner la carte du catharisme à partir du village, de la ville, de la cité. Le pays d'oc sombra sous une marée pernicieuse de meurtres légiférés. De bonnes et honnêtes gens se virent condamnées. Le voisin, apeuré, dénonçait son voisin. De Tolosa à Carcassona, chaque grande ville possédait son tribunal d'inquisition. Une fois la sentence déclarée, les inquisiteurs, qui ne voulaient pas avoir de sang sur les mains, confiaient leurs victimes aux autorités séculières afin qu'elles fussent emprisonnées, battues, mutilées ou brûlées. Peu de personnes étaient acquittées. Ceux qui l'étaient devaient porter sur leur vêtement une croix jaune les désignant comme hérétiques. »

Alice eut la vague réminiscence d'une fuite à travers bois pour échapper à des chasseurs. D'une chute. D'un morceau d'étoffe se détachant d'elle comme une feuille d'automne.

Ai-je rêvé ?

Elle scruta le visage d'Audric et y vit tant de détresse qu'elle en eut le cœur déchiré.

« En mai 1234, les inquisiteurs gagnèrent la ville de Limoux. Par malheur, Alaïs s'y trouvait avec Rixende. Dans la confusion, peut-être parce que voyageant ensemble, on les prit pour deux *parfaites*, elles furent appréhendées et conduites à Toulouse. »

C'est ce que je craignais.

« Comme elles se gardèrent de donner leur vrai nom, il fallut de nombreux jours avant que Sajhë apprît ce qui était arrivé. Il partit sur-le-champ, peu soucieux de sa propre sécurité. Là encore, la chance ne fut pas de son côté. Le tribunal de l'Inquisition se tenait le plus souvent à la cathédrale Saint-Cernin. Il s'y rendit pour les retrouver, alors qu'Alaïs et Rixende avaient été conduites au cloître de Saint-Étienne. »

Alice retint son souffle, se rappelant la vision de la femme emportée des moines en robe noire.

« J'y suis allée, parvint-elle à proférer.

— Les conditions de vie y étaient atroces. Malpropreté, brutalités, humiliations. Les prisonniers étaient séquestrés dans l'obscurité la plus totale, sans la moindre source de chaleur, avec les seuls cris des autres prisonniers pour distinguer le jour de la nuit. Beaucoup périrent avant même d'avoir connu leur procès. »

Alice tenta de parler, mais sa bouche était trop sèche :

« A-t-elle…

— L'esprit humain peut beaucoup supporter, mais une fois brisé, il tombe en poussière. C'était la méthode des inquisiteurs. Ils brisaient les esprits aussi sûrement que le tourmenteur les os jusqu'à en faire oublier sa propre identité.

— Continuez…

— Sajhë arriva trop tard, mais pas Guilhem. Il avait entendu dire qu'une guérisseuse avait été amenée des montagnes pour être interrogée. Et bien qu'Alaïs n'eût pas donné son vrai nom, il comprit que c'était elle. Il soudoya les gardes – soudoya ou menaça, je l'ignore, pour le laisser entrer et parvint à voir Alaïs. Rixende et elle étaient séparées des autres accusés, si bien qu'il réussit à les faire évader de Saint-Étienne et leur faire quitter Toulouse à l'insu des inquisiteurs.

— Mais…

— Alaïs fut toujours convaincue d'avoir été emprisonnée sur les ordres d'Oriane. En tout cas, ils ne l'interrogèrent jamais. »

Les yeux d'Alice s'embuèrent de larmes.

« Guilhem l'a-t-il reconduite au village ? demanda-t-elle précipitamment en s'essuyant les joues du revers de la main. Est-elle parvenue à rentrer chez elle ? »

Baillard acquiesça. Enfin.

« Elle y retourna en août, peu avant l'Assomption, en emmenant Rixende avec elle.

— Guilhem ne fut donc pas du voyage ?

— Non, et ils ne se revirent pas jusqu'à ce que… »

Alice le sentit retenir son souffle.

« Sa fille naquit six mois plus tard. Alaïs l'appela Bertrande, en souvenir de son père, Bertrand Pelletier. »

Les paroles d'Audric semblaient en suspens entre eux.

Une autre pièce du puzzle.

« Guilhem et Alaïs », murmura-t-elle pour elle-même.

Elle revit l'arbre généalogique étalé sur le sol de la chambre à coucher de Grace, à Sallèles-d'Aude, et le nom d'Alaïs Pelletier-du Mas *(1193-)*, écrit à l'encre rouge. Quand elle était parvenue à lire celui qui se trouvait à côté, elle n'avait vu que celui de Sajhë, en vert, légèrement en dessous.

« Alaïs et Guilhem », répéta-t-elle.

Mes ascendants en ligne directe.

Alice désespérait de savoir ce qui s'était produit au cours des trois mois qu'Alaïs avait passés en compagnie de son époux, pourquoi ils s'étaient de nouveau séparés, pourquoi le symbole du labyrinthe apparaissait près du nom d'Alaïs et de celui de Sajhë.

Et aussi du mien.

Elle leva les yeux, sentant monter en elle une exaltation grandissante. Elle était sur le point de poser un chapelet de questions, quand l'expression d'Audric l'en dissuada. D'instinct, elle comprit s'être trop longtemps attardée sur Guilhem.

« Qu'est-il arrivé, après cela ? demanda-t-elle posément. Est-ce qu'Alaïs et sa fille sont restées à Los Seres auprès de Sajhë et de Harif ? »

Au sourire qui flotta sur le visage de Baillard, Alice comprit qu'il lui savait gré d'avoir changé de sujet de conversation.

« C'était une belle enfant, dit-il. Douce, souriante, d'un naturel agréable, toujours une chanson aux lèvres. Tout le monde l'adorait, Harif en particulier. Bertrande passait des heures en sa compagnie à l'écouter parler de la Terre sainte et de son grand-père, Raymond Pelletier. En grandissant, elle rendit de menus services. Harif commença même à lui enseigner les échecs alors qu'elle n'avait que six ans. »

Audric s'interrompit, le visage de nouveau sombre.

« Cependant, la main noire de l'Inquisition étendait sa recherche. Les plaines ayant été défaites, les croisés se tournèrent vers les forteresses inconquises de Sabarthès et des Pyrénées. Raymond Trencavel revint d'exil en 1240 avec un contingent de chevaliers auxquels se joignit la plus grande part de la noblesse des Corbières. Il n'eut aucun mal à reprendre presque toutes les villes situées entre Limoux et la Montagne Noire. Le pays entier s'était mobilisé : Saissac, Azille, Laure, les châteaux de Quéribus, de Peyrepertuse et d'Aguilar. Pourtant, après presque un mois de combats, il ne par-

vint pas à reprendre Carcassona. En octobre, il se replia
à Montréal. Comme personne ne lui vint en aide, il fut
finalement forcé de regagner l'Aragon.

» Un régime de terreur commença aussitôt. Montréal
fut rasé jusqu'à la dernière pierre, ainsi que Montolieu.
Limoux et Alet capitulèrent. Pour Alaïs comme pour
tous, il était clair que le peuple paierait le prix de cette
rébellion.

» Êtes-vous allée au château de Montségur,
madomaisèla Alice ? reprit-il après un silence. C'est
un endroit extraordinaire, peut-être même sacré. Les
esprits s'y attardent aujourd'hui encore. Trois de ses
côtés sont taillés à même la montagne. Un temple de
Dieu en plein ciel.

— Le mont sûr, dit machinalement Alice, rougis-
sant un peu en se rappelant qu'elle citait les propres
lignes de Baillard.

— De nombreuses années avant le commencement de la croisade, les chefs de l'Église cathare
avaient demandé à Raymond de Péreille, seigneur de
Montségur, la reconstruction du *castellum* en ruine et
le renforcement de ses fortifications. Aux environs de
1243, Pierre de Mirepoix, auprès de qui Sajhë avait fait
son apprentissage, en était le commandant de garnison.
Craignant pour Bertrande et Harif, Alaïs sentit qu'ils
ne pouvaient demeurer plus longtemps à Los Seres.
Après que Sajhë eut proposé de les accompagner, ils se
joignirent à l'exode en route pour Montségur.

» Mais en se déplaçant, ils devenaient aisément repé-
rables. Peut-être auraient-ils dû voyager séparément. Le
nom d'Alaïs était à présent sur la liste de l'Inquisition.

— Alaïs était-elle cathare ? demanda subitement
Alice pour dissiper le doute qui subsistait encore dans
son esprit.

— Les cathares pensaient que le monde des sens procédait de l'œuvre du Démon. Ils étaient convaincus que Satan avait subtilisé de purs esprits flottant au royaume de Dieu pour les emprisonner ici-bas dans une enveloppe de chair. Ils croyaient aussi qu'en ayant une "bonne fin" après une existence vertueuse, leurs âmes seraient libérées de leurs attaches et retourneraient à Dieu dans la gloire des Cieux. Dans le cas contraire, ils se réincarneraient après quatre jours pour recommencer un cycle de vie. »

Alice se souvint alors des mots qu'elle avait lus dans la bible de Grace.

Que ce qui naît de la chair reste chair, que ce qui naît de l'esprit demeure esprit.

« Les gens aimaient les *Bons Homes* qui les servaient. Ces derniers ne demandaient aucune rétribution pour officier à un mariage, un baptême ou un enterrement. Ils ne levaient aucun impôt ni ne prélevaient de dîme. Il existe une histoire à propos d'un *parfait* allant vers un fermier agenouillé au bout de son champ : "Que faites-vous ? demanda-t-il. – Je rends grâce à Dieu pour la belle moisson à venir", répondit le fermier. Le *parfait* sourit et l'aida à se relever. "Ceci n'est point l'œuvre de Dieu, mais la vôtre. Car au printemps, c'est votre main et nulle autre qui a labouré cette terre." Baillard leva les yeux vers Alice : comprenez-vous ?

— Je pense, hésita-t-elle. Les cathares croyaient au libre arbitre.

— Dans les limites que lui imposent le temps et le lieu où il est né, oui.

— Alaïs souscrivait-elle à cette perception de l'existence ?

— Alaïs leur ressemblait. Elle prêtait assistance aux personnes, se préoccupait davantage des autres que d'elle-même. Elle faisait ce qui lui semblait juste, sans tenir compte des coutumes et des traditions. Comme eux, elle était convaincue qu'il n'y aurait pas de jugement dernier, que le mal qui régnait autour d'elle ne pouvait être l'œuvre de Dieu. Mais tout bien pesé, non, elle n'était pas cathare. C'était une femme qui croyait au monde des sens.

— Et Sajhë ? »

Audric choisit de ne pas répondre directement.

« Bien que le terme de "cathare" soit passé dans l'usage, à l'époque d'Alaïs, les croyants se faisaient appeler *Bons Homes*. Les écrits latins de l'Inquisition en font référence en tant qu'*Albigenses* ou *heretici*.

— Dans ce cas, d'où vient le vocable "cathare" ?

— Eh bien, nous ne pouvons laisser les vainqueurs écrire notre histoire à notre place. C'est un terme que moi et d'autres… » Il sourit, comme s'il se lançait une plaisanterie : « Les explications sont multiples. Il est possible que *catar*, en occitan ou *cathare*, en français soit issu du grec *katharos*, qui signifie "pur". Qui peut dire ce qu'il sous-entend ? »

Alice fronça les sourcils : quelque chose lui échappait sans savoir quoi.

« Et la religion, d'où provient-elle ? De France ?

— Les origines du catharisme européen reposent sur le bogomilisme, croyance dualiste qui se propagea, dès le Xe siècle, en Bulgarie, en Macédoine et en Dalmatie. Lui-même se fonde sur des croyances religieuses plus anciennes, comme le zoroastrisme ou le manichéisme de Perse ; autant de religions qui croyaient en la réincarnation. »

Une idée commença à prendre forme dans l'esprit d'Alice, le lien entre les propos de Baillard et ce qu'elle savait déjà.

Attends et ça viendra. Sois patiente.

« Au Palais des arts de Lyon il existe un manuscrit cathare de l'évangile de Jean, un des rares documents ayant échappé à l'Inquisition. Il est rédigé en langue d'oc, sa possession étant alors tenue pour un acte hérétique hautement condamnable. De tous les textes sacrés, l'évangile de Jean était le plus important aux yeux des *Bons Homes*. C'est celui qui tend le plus vers l'illumination personnelle par le biais de la connaissance, la gnose. Les *Bons Homes* refusaient d'adorer des idoles, des croix ou des autels creusés dans le bois ou la roche issus de la création du Diable. Ils tenaient la parole de Dieu en très haute considération. »

Au commencement était le Verbe et le Verbe était avec Dieu, et le Verbe était Dieu.

« La réincarnation, reprit-elle lentement, réfléchissant à haute voix. Comment est-il possible de concilier cette notion avec l'orthodoxie chrétienne ?

— Le précepte central de la chrétienté repose sur le don de la vie éternelle pour ceux qui croient en Jésus-Christ, et à son sacrifice sur la croix pour le rachat de nos péchés. La réincarnation est aussi une forme de vie éternelle. »

Le labyrinthe. Le chemin de la vie éternelle.

Baillard se leva pour aller ouvrir la fenêtre. Comme elle observait son dos étroit et raide, Alice perçut chez l'homme une volonté toute nouvelle.

« Dites-moi, *madomaisèla* Tanner, l'apostropha-t-il en se tournant vers elle. Croyez-vous au destin ? Ou bien sont-ce les chemins que nous empruntons qui déterminent ce que nous sommes ?

— Je… »

Elle ne savait plus trop que penser. Ici, dans ces montagnes éternelles qui confinaient aux nuages, le monde ordinaire et ses principes établis ne semblaient plus avoir cours.

« Je crois en mes rêves, répliqua-t-elle enfin.

— Croyez-vous pouvoir changer votre destinée ? » insista-t-il, cherchant une réponse.

Alice se surprit à acquiescer.

« Dans le cas contraire, à quoi tout cela servirait-il ? Si nous devons nous borner à suivre un chemin préétabli, alors toutes les expériences qui font de nous ce que nous sommes, aimer, pleurer, apprendre, changer, ne riment à rien.

— Et vous ne priveriez pas quelqu'un de son libre arbitre ?

— Cela dépend des circonstances. Pourquoi ?

— Je vous le demande pour que vous vous en souveniez, c'est tout. Le moment venu, je vous exhorte à vous rappeler ceci. *Si es atal es atal.* »

Ces mots éveillèrent un sentiment diffus. Elle était convaincue de les avoir déjà entendus. Elle eut beau fouiller dans sa mémoire, aucun souvenir ne revint.

« Ce qui doit arriver arrivera », traduisit-il doucement.

70

« Monsieur Baillard, je… »

Le vieil homme l'interrompit d'un geste.

« *Benlèu*, bientôt, déclara-t-il en regagnant la table pour reprendre le fil de la narration comme si leur dernière digression n'avait jamais eu lieu. Je vous dirai tout ce que vous devez savoir, je vous en donne ma parole. »

Alice ouvrit la bouche pour ajouter quelque chose, puis se ravisa.

« La citadelle était très peuplée, cependant, on y coulait des jours heureux. Pour la première fois depuis de nombreuses années, Alaïs se sentait en sécurité. Bertrande, qui avait presque dix ans, était très populaire auprès des enfants qui vivaient à l'intérieur et aux abords de la forteresse. Harif, quoique vieux et affaibli, était, lui aussi, plein d'entrain. La compagnie ne lui faisait pas défaut : il avait Bertrande pour le charmer, les *parfaits* pour ratiociner à l'infini sur la nature du monde et de Dieu. Sajhë y était aussi, attaché le plus souvent aux pas d'Alaïs qui ne s'en plaignait pas. »

Alice ferma les paupières afin que le passé pût prendre vie dans son esprit.

« Cette existence paisible aurait pu perdurer sans l'inconséquence de quelques-uns, assoiffés de vengeance. Le vingt-huit mai de 1242, Pierre-Roger de Mirepoix fut informé que quatre inquisiteurs venaient d'arriver à Avignonet, en conséquence de quoi, cela signifiait encore plus de *parfaits* et de *credentes* emprisonnés ou envoyés au bûcher. Aussi décida-t-il d'intervenir. Contre l'avis de ses hommes, y compris Sajhë, il rassembla une troupe de quatre-vingt-cinq chevaliers de la garnison de Montségur, leur nombre allant croissant en cours de route.

» Ils parcoururent les vingt et quelques lieues qui les séparaient d'Avignonet pour n'arriver que le lendemain. Peu après que l'inquisiteur Guillaume Arnaud et ses trois coreligionnaires se furent retirés dans leur chambre, un complice à l'intérieur de la maison déverrouilla la porte. En quelques instants, les quatre dominicains furent poignardés à mort. Sept chevaliers revendiquèrent le fait d'avoir porté le premier coup. L'on raconte que Guillaume Arnaud expira en psalmodiant le *Te Deum*. Ce dont on est sûr, c'est que les registres de l'Inquisition furent emportés et détruits.

— Une bonne chose, sans aucun doute.

— Ce fut surtout l'acte suprême de provocation. Ce massacre appelait une prompte répression. Le roi de France décréta que Montségur devait être détruit une fois pour toutes. Une armée composée de barons du Nord, d'inquisiteurs, de mercenaires et de collaborateurs dressa le camp au pied de la montagne. Bien que le siège eût commencé, hommes et femmes de la citadelle continuaient d'aller et venir à leur gré. Après cinq mois, la garnison n'avait perdu que trois hommes, et il semblait inéluctable que le siège avorterait.

» Les croisés firent alors appel à un peloton de mercenaires basques qui, pendant que se levait le vent froid des montagnes, montèrent un camp à un jet de pierre des murs du château. Le danger n'étant pas imminent, Pierre-Roger de Mirepoix décida de retirer ses hommes des travaux destinés à consolider le flanc est, partie la plus vulnérable du château. Ce fut une erreur fatale. Forts des renseignements que leur fournissaient les collaborateurs locaux, les mercenaires parvinrent à escalader les pentes vertigineuses du versant sud de la montagne. Après avoir poignardé les sentinelles, ils prirent possession du Roc de la Tour, un pic pierreux se dressant à l'extrême est du sommet de Montségur. Impuissants, les assiégés ne pouvaient qu'observer, cependant que les catapultes et les armes de jet étaient hissées sur le rocher. Dans le même temps, sur le flanc est de la montagne, un puissant trébuchet commença à infliger de sévères dommages à la barbacane.

» À noël 1243, les Français investirent la barbacane. À présent, ils n'étaient plus qu'à quelques dizaines de pas de la forteresse. Ils y installèrent de nouveaux engins. Les murs sud et est étaient à portée de tir. »

Tandis qu'il parlait, Alice regardait Baillard triturer l'anneau qu'il portait au pouce, et le souvenir d'un autre homme effectuant le même geste affleura en sa mémoire.

« Pour la première fois, poursuivit le vieil homme, l'on était confronté à la possibilité que Montségur tomberait.

» En bas, dans la vallée, quoique battues et fanées par dix mois de soleil, de pluie et de neige, les bannières de l'Église catholique et les oriflammes fleurdelisées du roi de France flottaient encore au vent. L'armée des croisés, conduite par Hugues des Arcis, sénéchal de Carcassona, comptait entre six et dix mille hommes, quand la forteresse ne disposait que d'une centaine de combattants.

» Alaïs voulait… » Audric s'interrompit. « Un conseil fut décidé, réunissant les évêques de l'Église cathare, Bertrand Marty et Raymond Aiguilher, se reprit Baillard.

— Le trésor cathare… C'est donc vrai ? Il a bien existé ?

— Deux *credentes* furent pressentis pour cette tâche, acquiesça-t-il. Mathieu et Pierre Bonnet. Chaudement vêtus en raison de l'extrême rigueur de l'hiver, ils attachèrent le trésor sur leur dos et se glissèrent hors du château à la faveur de la nuit. Ils évitèrent les sentinelles postées sur la route qui conduisait au village et prirent la route des monts Sabarthès. »

Alice écarquilla les yeux.

« Le pic de Soularac… »

Baillard hocha de nouveau la tête.

« De là, d'autres personnes les prirent en charge. La neige rendant les passes vers la Navarre et l'Aragon impraticables, ils décidèrent de descendre vers les ports à partir desquels ils s'embarquèrent pour la Lombardie où se développait une petite communauté de *Bons Homes*.

— Qu'est-il arrivé aux frères Bonnet ?

— Mathieu revint seul à la fin de janvier. Comme les sentinelles postées sur la route étaient des hommes originaires de Camon, près de Mirepoix, le passage lui fut accordé. Mathieu parla de renforts. À l'en croire, le nouveau roi d'Aragon viendrait à leur rescousse au printemps. Ce n'étaient, hélas, que des mots d'encouragement : le siège était trop près d'aboutir pour que des renforts pussent en changer l'issue. »

Baillard posa sa prunelle ambrée sur Alice.

« Nous entendîmes des rumeurs alléguant qu'Oriane faisait route vers le Sud, accompagnée de son fils et de son mari, pour prêter main-forte aux assaillants. Cela ne pouvait signifier qu'une chose : après tant d'années, elle avait découvert qu'Alaïs était encore en vie. Le *Livre des mots* était de nouveau à sa portée.

— Alaïs ne l'avait sûrement pas en sa possession... »

Baillard ne répondit pas.

« À la mi-février, les assaillants lancèrent une nouvelle attaque, et le premier mars 1244, après une dernière tentative pour déloger les Basques du Roc de la Tour, une seule corne résonna sur les remparts du château ravagé. Raymond de Péreille, seigneur de Montségur, et Pierre-Roger de Mirepoix, commandant de la garnison, franchirent la grande porte et se rendirent à Hugues des Arcis. La bataille était finie. Montségur, dernier bastion de la résistance cathare, était tombé. »

Alice s'adossa à sa chaise. Elle aurait préféré que la bataille connût une autre issue.

« Un hiver glacial sévissait sur la montagne comme dans la vallée. Les parties en présence étaient exténuées. Les négociations furent brèves et l'acte de reddition ratifié dès le lendemain par Pierre Amiel, archevêque de Narbonne.

» Les conditions étaient généreuses. Sans précédent, d'après certains. La forteresse passait concurremment aux mains de l'Église catholique et du roi de France, et chacun de ses habitants serait lavé de ses péchés. Même les meurtriers des dominicains d'Avignonet étaient pardonnés. Après avoir confessé leurs fautes auprès des registres de l'Inquisition, les hommes d'armes seraient libérés et ne se verraient infliger qu'une pénitence bénigne. Tous les hérétiques qui abjureraient leur foi pourraient repartir librement, avec pour seule

contrainte le port d'une croix cousue sur leur vêtement, qui attesterait de leur apostasie.

— Et ceux qui s'y refuseraient ?

— Les non-apostats brûleraient au bûcher comme
hérétiques. »

Baillard sirota une gorgée de vin.

« Il était coutume, à l'issue d'un siège, de sceller
l'accord par une remise d'otages. En l'occurrence, ces
otages incluaient Raymond, frère de l'évêque cathare,
le vieux chevalier Arnaud-Roger de Mirepoix et le
jeune fils de Raymond de Péreille. En revanche, ajouta-
t-il après un silence, le délai de deux semaines qui
leur fut accordé était inhabituel. En effet, les évêques
et les diacres cathares demandèrent à demeurer deux
semaines de plus dans l'enceinte du château avant de
s'en remettre aux croisés. Cette grâce leur fut accordée.

— Pour quelle raison ? demanda Alice, le cœur battant.

— Historiens et théologiens ont débattu des siècles
durant sur les raisons de la requête des cathares de
surseoir à l'exécution de l'acte de reddition. Que leur
restait-il à faire qui ne le fût pas déjà ? Le trésor était
en sûreté. Qu'y avait-il de si important pour que ces
hommes demeurassent plus longtemps dans cette forteresse glaciale et en ruine, après tout ce qu'ils avaient
souffert ?

— Alors, pourquoi ?

— Parce que Alaïs était parmi eux. Elle devait
gagner du temps. Oriane et ses hommes l'attendaient
au pied de la montagne. Harif se trouvait encore dans
la citadelle, Sajhë et Bertrande, aussi. Le risque était
bien trop grand. S'ils venaient à être capturés, le sacri-

fice de Siméon, de Bertrand Pelletier et d'Esclarmonde pour sauvegarder le secret serait réduit à néant. »

Les pièces du puzzle se mettaient enfin en place. Aux yeux d'Alice, le décor apparaissait clair et lumineux, même si elle avait mal à y croire.

Elle observa par la fenêtre le paysage inchangé, à peu près semblable à ce qu'il était du temps d'Alaïs. Même soleil, même pluie, même ciel.

« Dites-moi tout sur le Graal », demanda-t-elle posément.

71

Montségur

MARÇ 1244

Alaïs se tenait sur les murs de la citadelle de Montségur, silhouette gracile et esseulée dans son épais manteau d'hiver. La beauté lui était venue avec le passage
des ans. Si mince qu'elle fût, la grâce se reflétait dans
son visage, son port de tête, son maintien. Elle regarda
ses mains : dans la lumière matinale, elles semblaient
bleutées, presque translucides.

Des mains de vieille femme.

Alaïs sourit. Vieille, non. Plus jeune que son père
quand la mort l'avait emporté.

La lumière était douce, tandis que le soleil s'efforçait
de rendre sa forme au monde en chassant les ombres
de la nuit. Son regard se porta sur les crêtes enneigées
des Pyrénées qui se dressaient et s'évanouissaient
dans le pâle horizon, et les forêts de pins amarante

sur le flanc est de la montagne. Des nuages se rassemblaient au-dessus des pentes escarpées du pic de Sant-
Barthélemy. Au-delà, elle pouvait entr'apercevoir le
pic de Soularac.

Elle imaginait sa maison, simple et accueillante,
blottie dans les replis des collines. Elle se rappelait la
fumée se déployant au-dessus de la cheminée par les
matins froids semblables à celui-ci. Le printemps tar-
dait toujours à s'installer dans les montagnes et l'hiver
avait été rude, mais l'attente ne durerait guère. Elle
en devinait la promesse aux traînées roses dans le ciel
crépusculaire. À Los Seres, les arbres se couvriraient
bientôt de bourgeons et, dès avril, les prés ne seraient
plus qu'un tapis piqueté de fleurs bleues, blanches et
jaunes.

En contrebas, elle apercevait les vestiges de ce qui
naguère avait été le village de Montségur, les quelques
huttes et demeures qui subsistaient, délabrées après dix
mois de siège, cernées par les tentes et les étendards
effrangés aux couleurs délavées des Français. Elle comprit que l'occupant avait autant souffert des rigueurs de
l'hiver que les habitants de la citadelle.

Un échafaud en bois se dressait sur le versant occidental, au pied de la montagne. Les assiégeants s'étaient
attelés à sa construction des jours durant. Hier encore,
ils y fixaient au centre une rangée de poteaux, chacun
entouré d'un tas de bois sec et de paille. Au crépuscule,
on avait monté des échelles à chaque extrémité.

Un bûcher pour brûler les hérétiques.

Alaïs tressaillit. Dans quelques heures, ce serait terminé. Le temps venu, la mort ne l'effraierait pas. Mais
elle avait vu trop de gens périr dans les flammes, pour
se faire des illusions sur la possibilité que la foi leur
épargne d'atroces souffrances. Alaïs avait prévu des

potions aptes à atténuer la douleur pour ceux qui le dési-
raient. La plupart avaient choisi de passer de ce monde
à l'autre sans assistance.

Sous ses pieds, la pierre mauve était glissante de
gelée. De la pointe de sa botte, elle esquissa le tracé du
labyrinthe. Elle était anxieuse. Si son subterfuge réussissait, la quête du *Livre des mots* s'arrêterait là. Dans
le cas contraire, elle aurait risqué la vie de ceux qui
lui avaient procuré un abri des années durant, les amis
d'Esclarmonde et de son père, pour le salut du Graal.

Les conséquences étaient trop terrifiantes à imaginer.

Fermant les yeux, Alaïs remonta le passé et se
retrouva dans la grotte du labyrinthe. Harif, Sajhë, elle-
même. Elle se rappela la douce caresse de l'air sur ses
bras nus, le frémissement des chandelles, les voix profondes et belles s'élevant dans la pénombre, les mots
qui lui revenaient à mesure qu'elle les prononçait, si
vivaces qu'elle en avait presque le goût sur la langue.

Alaïs frissonna, songeant à l'instant où elle avait
enfin compris, aux incantations qui s'échappaient de ses
lèvres de leur propre gré. L'insigne moment d'extase et
d'illumination, tandis que toute chose passée et toute
chose à venir se confondaient dans l'unicité du tout, et
que le Graal descendait sur elle.

Et sur lui, à travers sa voix et ses mains.

Elle hoqueta. Avoir vécu, avoir connu de telles expériences.

Un bruit la dérangea. Elle ouvrit les paupières
et laissa le passé s'évanouir. Se retournant, elle vit
Bertrande venir à elle le long des créneaux, et lui ouvrit
des bras souriants.

Bien que d'un naturel moins sérieux qu'elle au
même âge, sa fille lui ressemblait. Même visage, même

morbidezza en forme de cœur, même vivacité dans le regard encadré de longs cheveux bruns. À part la couleur des yeux et quelques ridules, elles auraient pu passer pour deux sœurs.

La tension de l'attente se lisait sur le frais minois de l'enfant.

« Sajhë dit que les soldats ne vont pas tarder », déclara-t-elle d'une voix incertaine.

Alaïs secoua la tête.

« Ils ne viendront que demain, répondit-elle avec assurance. Il nous reste beaucoup à faire avant cela. » Elle prit les mains de sa fille dans les siennes. « Je me fie à toi pour leur prêter assistance et prendre soin de Rixende. Ce soir tout spécialement ; ils ont besoin de toi.

— Je ne veux point vous perdre, *mamà*, bredouilla l'enfant les lèvres tremblantes.

— Cela ne surviendra point, lui affirma-t-elle en priant pour que ce fût vrai. Nous nous retrouverons bientôt. Tu dois te montrer patiente. » Bertrande lui adressa un pâle sourire. « Voilà qui est mieux. À présent, viens, *filhà*, descendons. »

72

À l'aube du mercredi seize mars, ils se rassemblèrent sous la grande porte de Montségur.

Du haut des fortifications, la garnison observa les croisés venus appréhender les *Bons Homes* escalader le dernier tronçon du sentier rocailleux, encore glissant de givre matinal.

Bertrande se tenait sur le devant, entre Sajhë et Rixende. Aujourd'hui que les catapultes, mangonels et autres armes de jet s'étaient tues après des mois de pilonnements incessants, elle trouvait quelque étrangeté à ce silence inhabituel.

Les deux dernières semaines s'étaient passées dans la paix. Pour beaucoup, elles signifiaient que leur temps prenait fin. Les fêtes de Pâques avaient été célébrées. Les *parfaits* et quelques *parfaites* s'étaient hâtés. Malgré la promesse de rémission qui lui avait été faite, la moitié de la population de la citadelle, parmi laquelle Rixende, avait choisi de recevoir le *consolament*. Ceux-là préféraient mourir en *Bons Chrétiens* que de vivre, vaincus, sous la férule du roi de France. Ceux qui s'étaient résignés à mourir pour leur foi avaient légué leurs biens à ceux condamnés à vivre séparés des personnes qui leur étaient chères. Bertrande avait contribué à la distribution d'objets comme des figurines de cire, du sel, du poivre, des vêtements, une escarcelle, des broches et même un chapeau de feutre.

À Pierre-Roger de Mirepoix, l'on avait présenté une courtepointe remplie de piécettes. D'autres lui avaient remis du maïs et des justaucorps pour être distribués à ses hommes. La marquise de Lanatar, qui avait décidé que sa foi valait plus que sa vie, avait transmis l'ensemble de ses biens à sa petite-fille Philippa, épouse de Pierre-Roger.

Tout en scrutant les visages silencieux qui l'entouraient, Bertrande eut pour sa mère une prière muette. Alaïs avait choisi le vêtement de Rixende avec soin : une robe vert foncé, ainsi qu'une cape écarlate dont les bords s'ornaient de losanges et de carrés bleus et verts, avec au centre de petites fleurs jaunes. Sa mère lui avait expliqué que c'était le même que celui qu'elle portait lors de ses épousailles, dans la *capèla* Sant-Maria du Château comtal. Alaïs était convaincue qu'Oriane la reconnaîtrait malgré le passage du temps.

Par mesure de précaution, elle avait également confectionné un petit sac de peau qu'elle tiendrait contre la cape, fac-similé de la *chemise* censée receler un des livres de la trilogie. Bertrande l'avait aidée à le garnir d'étoffes et de feuilles de parchemin, en sorte qu'il fît illusion, tout du moins de loin. Elle ne comprenait pas entièrement l'objet de ces préparatifs, sinon qu'ils étaient de grande conséquence. D'avoir été autorisée à y participer lui avait procuré une joie intense.

Bertrande mit sa main dans celle de Sajhë.

Les dignitaires de l'Église cathare, les évêques Bertrand Marty et Raymond Aiguilher, à présent très âgés, affichaient un visage serein dans leur robe bleu foncé. Cela faisait des années qu'ils exerçaient leur ministère et partaient de Montségur pour prêcher la bonne parole et réconforter les *credentes* des villages isolés des plaines et des montagnes. Aujourd'hui, ils s'apprêtaient à conduire leurs ouailles jusqu'au bûcher.

« *Mamà* sera sauve », murmura Bertrande, essayant de rassurer Sajhë autant qu'elle-même. Elle sentit la main de Rixende sur son épaule : « J'eusse aimé que…

— Ma décision est prise, l'interrompit la servante. J'ai choisi de périr pour ma foi.

— Et si *mamà* était capturée ? insista l'enfant.

— Nous ne pouvons rien faire d'autre que prier », dit Rixende en lui caressant les cheveux.

Quand les soldats parvinrent jusqu'à eux, des larmes montèrent aux yeux de Bertrande. Rixende tendait les poignets. Le Français lui adressa un signe de dénégation. Loin d'avoir imaginé que tant choisiraient la mort, les soldats n'avaient pas apporté suffisamment de chaînes pour les entraver tous.

Bertrande et Sajhë regardèrent en silence Rixende et les autres franchir la grande porte et entamer leur ultime descente du sentier abrupt et sinueux. Sous le ciel gris, le manteau écarlate dont était revêtue la servante contrastait vivement avec les bruns et les verts éteints des autres prisonniers.

Sous la houlette de l'évêque Marty, la funèbre procession entonna un chant. Montségur était vaincu, mais ces gens ne l'étaient pas. Bertrande avait promis à Alaïs de se montrer forte : elle ferait de son mieux pour respecter sa parole.

Dans les hourds qui avaient été dressés à l'intention des spectateurs dans la plus basse prairie, il ne restait plus une place libre. La nouvelle aristocratie du Midi, barons français, légats catholiques et inquisiteurs avaient été priés par Hugues des Arcis, sénéchal de Carcassonne, à voir justice rendue après plus de trente ans de guerres intestines.

Soucieux de n'être pas reconnu, Guilhem du Mas s'enveloppa dans sa cape. Après une vie passée à combattre le Français, son visage était connu. Il ne pouvait se permettre d'être pris. Il balaya les lieux du regard.

Si ses sources étaient fiables, Oriane devait se trouver quelque part dans la presse. Il était décidé à la tenir à l'écart d'Alaïs. Même après tant d'années, penser à elle suffisait à éveiller sa colère. Il serra les poings en espérant qu'il pourrait mettre son projet à exécution. Il n'aurait ni à feindre ni à tergiverser, simplement lui planter un poignard dans le cœur comme il aurait dû le faire trente ans plus tôt. Il devrait néanmoins se montrer patient. S'il n'attendait pas le moment propice, il serait terrassé avant même d'avoir pu tirer son épée.

Il parcourut des yeux les rangées de spectateurs, jusqu'au moment où il trouva le visage qu'il recherchait. Oriane était assise au mitan de la première rangée. Ses gants, sa dispendieuse cape de velours bleu, soutachée d'or et d'hermine au col et à la capuche, affichaient la recherche et le style très convenus propres aux belles dames du pays d'oïl. Bien qu'il eût gardé son étourdissante beauté, le visage semblait émacié, gâté par une expression d'amertume et de dureté.

Un jeune homme était près d'elle. La ressemblance était assez frappante pour que Guilhem comprît que c'était là l'un de ses fils. Louis, l'aîné, avait pris, disait-on, fait et cause pour les croisés. D'Oriane il avait hérité le teint et les boucles noires, de son père le nez aquilin.

Un cri s'éleva. Lorsque Guilhem se retourna, il vit que la file des captifs avait atteint le pied de la montagne et qu'on les conduisait au bûcher. Ils marchaient d'un pas digne et tranquille, et chantaient. Comme les neuf chœurs des anges réunis, songea Guilhem, qui remarqua le trouble que la douceur des voix suscitait chez les spectateurs.

Le sénéchal de Carcassonne côtoyait l'archevêque de Narbonne. Sur un signe de lui, une croix d'or se dressa dans le ciel, invitant les Frères noirs et les membres du clergé à prendre place devant l'échafaud.

Derrière eux, Guilhem apercevait une rangée de soldats brandissant des torches enflammées. Ils s'évertuaient à en écarter la fumée des gradins, pendant que les flammes craquaient et se contorsionnaient sous la bourrasque venue du Nord.

À mesure que les hérétiques étaient appelés, ils s'avançaient et montaient les échelles menant au bûcher. Guilhem était horrifié, et son impuissance le plongeait dans une colère sans fond. Quand même il aurait eu assez d'hommes avec lui que ces derniers se seraient refusés à intervenir. Plus à cause des circonstances que par conviction propre, il avait passé beau temps en compagnie des *Bons Homes*. Et s'il ne prétendait pas les comprendre, l'admiration et le respect qu'il concevait pour eux demeuraient sans mélange.

Les fagots et la paille avaient été imprégnés de poix. Quelques soldats étaient montés sur l'échafaud afin d'enchaîner *parfaits* et *parfaites* sur les poteaux centraux.

L'évêque Marty pria :

Payre sant, Dieu dreiturier dels bons espérits.

Lentement, d'autres voix se joignirent à la sienne. Le murmure alla grandissant jusqu'à devenir un grondement. Dans les hourds, les spectateurs s'agitaient en échangeant des regards embarrassés. Ce n'était pas le spectacle auquel ils étaient venus assister.

Sur un signe pressant de l'archevêque, les membres du clergé catholique se mirent eux aussi à chanter, dans les claquements de leurs aubes agitées par le vent, le psaume devenu l'antienne des croisés : *Veni spiriti sancti*, avec pour seul dessein de couvrir les prières des cathares.

L'évêque, le premier, lança sa torche sur le bûcher, aussitôt imité par les soldats. Le feu eut quelque mal à prendre, mais bientôt, les craquements des étincelles se muèrent en rugissements. Les flammes se glissèrent entre les fagots comme des serpents ; elles ondoyèrent et enflèrent, tourbillonnant telles des algues dans le lit d'un torrent.

À travers la fumée, Guilhem eut une vision qui lui glaça les sangs. Une cape vermeille brodée de fleurs, une robe couleur de mousse. Il se fraya un chemin jusqu'à la première ligne des spectateurs.

Il ne pouvait, ne voulait en croire ses yeux.

Les ans s'effondrèrent et il revit l'homme qu'il avait été, un jeune chevalier fier, arrogant et sûr de lui, s'agenouillant dans la *capèla* Santa-Maria. Alaïs se tenait à ses côtés. Des épousailles de Noël, signe de chance, avait-on applaudi. L'autel recouvert d'aubépine en fleur, la flamme des chandelles rouges qui tremblotait, pendant qu'ils échangeaient leurs vœux.

Il courut le long des gradins, désespérant de se rapprocher, désespérant aussi d'acquérir la certitude qu'il ne s'agissait pas d'elle. Le brasier était dévorant. Une odeur nauséabonde de chair brûlée étonnamment sucrée flottait au-dessus des spectateurs. Les soldats reculèrent de quelques pas. Même les membres du clergé battirent en retraite devant la fournaise.

Le sang bouillait, laissant entendre d'affreux sifflements alors que les pieds des suppliciés se fendaient et que les os tombaient dans le brasier comme ceux d'animaux cuits sur une rôtissoire. Les prières se muèrent rapidement en insoutenables hurlements.

Guilhem suffoquait, sans pour autant s'arrêter. Pour se garantir de l'odeur pestilentielle portée par la fumée, il couvrit sa bouche et son nez de sa cape. Il tenta de se rapprocher de l'échafaud, mais les volutes noires obscurcissaient toute chose.

Soudain, une voix s'éleva, claire et intelligible, à travers les flammes.

« Oriane ! »

Était-ce la voix d'Alaïs ? Guilhem n'aurait su dire. Protégeant son visage de ses mains, il courut en direction du cri.

« Oriane ! »

Un autre cri s'éleva des tribunes. Guilhem se retourna et, à travers une trouée de fumée, aperçut le visage d'Oriane transfiguré par la colère. Debout, elle adressait aux gardes des signes véhéments.

Guilhem s'imagina répondant à Alaïs, sauf qu'il ne devait en aucun cas attirer l'attention sur lui. Il était venu la sauver, l'aider à échapper aux griffes d'Oriane comme il l'avait fait jadis.

Les trois mois passés en compagnie d'Alaïs, après avoir fui Toulouse et ses inquisiteurs, avaient été les plus beaux de sa vie. Alaïs ne souhaitait pas s'attarder plus longtemps, et lui n'était pas parvenu à infléchir sa décision, ni même à lui faire avouer les raisons de son départ. Si ce n'est qu'elle avait promis – et Guilhem l'avait crue – qu'ils se retrouveraient un jour, quand les horreurs seraient finies.

« *Mon còr* », murmura-t-il dans un sanglot.

Cette promesse et le souvenir des jours heureux l'avaient soutenu au cours de ses dix années de solitude. Comme une lueur dans les ténèbres.

Guilhem sentit son cœur se lézarder.

« Alaïs ! »

Contre la cape rouge, le petit étui de peau de la taille d'un livre venait de s'enflammer. Les mains qui le tenaient avaient fait place à des moignons charbonneux et des lambeaux de chair noircis.

Il n'en resterait rien. Cela, il le savait.

Pour Guilhem, tout n'était à présent que silence. Les bruits, la douleur avaient disparu. Ne subsistait qu'une étendue blanche et claire. Les montagnes s'étaient dissoutes. Le ciel, la fumée, les cris, tout cela n'était plus. L'espoir n'était plus.

Ses jambes ne pouvant plus le soutenir, il tomba à genoux cependant que le désespoir s'emparait de lui.

73

Monts Sabarthès

VENDREDI 8 JUILLET 2005

La puanteur lui fit recouvrer ses sens, mélange d'ammoniaque, d'excréments de chèvres, de literie froide et crasseuse et de viande cuite. Elle le saisit à la gorge et lui irrita le nez comme des sels tenus trop près.

Will était allongé sur un rustique lit de camp, un peu plus qu'un banc, fixé au mur de la cabane. Il manœuvra de sorte à se mettre en position assise et s'adosser contre le mur de pierre dont les arêtes vives lui écorchèrent les mains qu'on lui avait liées dans le dos.

Il avait l'impression d'avoir combattu quatre reprises sur un ring. Il était meurtri de la tête aux pieds à force d'avoir été bringuebalé dans le coffre au cours du trajet. Il avait encore la tempe douloureuse du coup que lui avait asséné François-Baptiste avec son arme à feu. Il sentait l'hématome sous sa peau, dur et violacé, ainsi que le sang coagulé autour de la blessure.

Quant à savoir l'heure ou le jour… Vendredi ?

Ils étaient partis de Chartres à l'aube, peut-être à cinq heures du matin. Quand ils l'avaient sorti de la voiture, c'était l'après-midi. Il faisait chaud et le soleil brûlant était encore haut dans le ciel. Il se tordit le cou pour consulter sa montre, mais le mouvement lui souleva le cœur.

Will attendit que sa nausée se fût dissipée puis, ouvrant les yeux, tenta de rassembler ses esprits. Apparemment, il se trouvait dans une sorte de cabane de berger. La fenêtre, pas plus grande qu'un livre, était armée de barreaux. Dans le coin opposé, il y avait une étagère encastrée dans le mur et quelque chose qui ressemblait à une table avec un tabouret. Au fond de l'âtre subsistaient les cendres grises d'un feu depuis longtemps éteint, parmi quelques morceaux de bois et de papier à demi consumés. Une marmite en métal était pendue à la crémaillère. Will voyait des coulées graisseuses figées sur le bord.

Il se laissa retomber sur son grabat et la couverture rêche qui le recouvrait, en se demandant où Alice pouvait se trouver en ce moment.

De l'extérieur, lui parvint un bruit de pas suivi de celui d'une clé tournant dans un cadenas, le tintement de la chaîne tombant sur le sol, puis le grincement arthritique de la porte que l'on poussait, précédant une voix qu'il ne reconnut qu'à moitié.

« C'est l'heure. »

Shelagh éprouva la sensation de l'air extérieur sur ses membres nus, en même temps que celle d'être transportée.

Lorsqu'elle quitta la ferme, elle reconnut la voix d'Authié parmi les murmures. Puis il y eut le contact froid et légèrement humide d'un air souterrain, l'impression que le sol descendait. Les deux hommes qui la retenaient captive étaient là, près d'elle. À la longue, elle avait fini par s'habituer à leurs relents vulgaires

d'après-rasage et de tabac bon marché, à leur mena-
çante virilité qui la paralysait.

Ils lui avaient de nouveau attaché les jambes. Ses
bras étaient maintenus si serrés que les omoplates
lui rentraient dans le dos. Elle avait un œil complètement tuméfié. Le manque de nourriture, l'absence de
lumière et toutes les drogues qu'on lui avait adminis-
trées pour l'empêcher de se débattre lui donnaient le
vertige. Cependant, elle savait exactement où on l'avait
conduite.

Authié l'avait ramenée dans la grotte. Elle en perçut
l'atmosphère au moment même où elle quitta le souterrain, sentit la tension des jambes de celui qui la portait
quand il descendit dans la cuvette où elle avait découvert Alice inconsciente.

Elle enregistra une lueur quelque part, peut-être sur
l'autel. L'homme s'immobilisa. Ils se trouvaient au fond
de la grotte, au-delà de l'endroit où elle s'était aventurée. Il la fit glisser de ses épaules comme un poids mort,
pour la laisser tomber rudement sur le sol. Une douleur
l'élança sur le côté, quoique les drogues eussent fini
par annihiler toute sensation.

Elle ne comprenait pas pourquoi elle était encore en
vie.

L'homme la saisit par les aisselles et la traîna sur le
sol. Les cailloux et les rochers pointus lui éraflaient les
chevilles et la plante des pieds. Elle eut la nette impression d'être attachée à un objet de métal, un anneau ou
un crochet scellé dans le sol.

L'imaginant toujours inanimée, les deux hommes
s'entretenaient à voix basse :

« Tu as posé combien de charges ?

— Quatre.

— Elles exploseront quand ?

— Juste après dix heures. Il le fera lui-même. »

Elle perçut un sourire dans la voix de l'autre.

« Pour une fois, il se salira les mains. On presse un bouton et boum ! Tout s'effondrera.

— Je ne comprends pas pourquoi on a dû la traîner jusqu'ici. Ç'aurait été plus facile d'abandonner cette salope dans la ferme.

— Il ne veut pas qu'on puisse l'identifier. Encore quelques heures et la moitié de cette montagne se sera écroulée. Elle se retrouvera enterrée sous quelques tonnes de caillasse. »

L'énergie du désespoir finit par lui insuffler la force de lutter. Shelagh tira sur ses liens et voulut se mettre debout, mais elle était beaucoup trop affaiblie et ses jambes ne pouvaient la porter. Au moment où elle s'effondra sur le sol, elle crut entendre rire – rien n'était moins sûr au demeurant, tant elle était incapable de distinguer la réalité de ce qu'elle imaginait.

« On n'était pas censés rester avec elle ? »

L'autre s'esclaffa :

« Qu'est-ce que tu veux qu'elle fasse ? Qu'elle se lève pour foutre le camp ? Bon Dieu, regarde-la ! »

La lumière commença à s'effacer.

Shelagh entendit les pas des hommes décroître, jusqu'à ce qu'il ne subsistât plus que silence et obscurité.

74

« Je veux savoir la vérité, répéta Alice. Je désire connaître la relation entre le Graal et le labyrinthe, si elle existe.

— La vérité sur le Graal, reprit Baillard en la fixant. Dites-moi, *madomaisèla*, que savez-vous du Graal ?

— Ce qu'on sait habituellement, je suppose, répliqua-t-elle, présumant qu'il n'attendait pas de réponse sérieuse de sa part.

— Non, vraiment. Ce que vous avez découvert m'intéresse. »

Alice s'agita sur son siège.

« Je m'en tiens à l'idée courante, comme quoi il contiendrait l'élixir du don de vie éternelle. »

Elle s'interrompit pour lui adresser un regard timide.

« Le don ? Non, sûrement pas le don, soupira-t-il. Et d'où croyez-vous que viennent ces histoires ?

— De la Bible, je suppose, ou peut-être des manuscrits de la mer Morte. Peut-être aussi des premiers écrits chrétiens, je n'en suis pas sûre. Je n'y avais jamais pensé en ces termes, auparavant.

— L'erreur est fréquente, acquiesça-t-il. En fait, les premières versions de l'histoire que vous racontez remontent au XIIe siècle, bien qu'il existe d'évidentes similitudes avec les thèmes abordés par la littérature

classique et celte. Dans la France médiévale en particulier. »

Le souvenir de la carte découverte sur Internet à la
bibliothèque de Toulouse revint à l'esprit d'Alaïs.

« Tout comme le labyrinthe. »

Baillard eut un sourire sibyllin.

« Au cours du dernier quart du XIIe siècle vécut un
poète nommé Chrétien de Troyes. Il eut pour premier
protecteur Marie, une des filles d'Aliénor d'Aquitaine,
mariée au comte de Champagne. Après sa mort, en
1181, un cousin de Marie, Philipe d'Alsace, comte de
Flandres, devint à son tour son bienfaiteur.

» À cette époque, les chrétiens jouissaient d'une
immense popularité. Chrétien de Troyes avait bâti sa
réputation en traduisant du grec et du latin des contes
classiques, avant de consacrer ses talents à la composition d'une série d'histoires de chevalerie et d'amour
courtois sur des personnages que vous connaissez sous
le nom de Lancelot, Gauvain et Perceval. Ces écrits allé-
goriques donnèrent naissance à une pléiade de récits
sur le roi Arthur et les chevaliers de la Table ronde.
L'histoire de Perceval – *Li contes del graal* – est la première narration existante du Saint-Graal.

— Mais…, commença à protester Alice. Chrétien de
Troyes ne peut tout de même pas être à l'origine d'une
histoire aussi importante. Il est impossible qu'elle lui
soit venue de l'air du temps. »

Le même demi-sourire se dessina sur les lèvres
d'Audric.

« Quand on le mit au défi de citer ses sources, Troyes
prétendit que l'histoire du Graal émanait d'un ouvrage
que lui avait offert Philippe, son mécène. En fait, c'est
à ce même Philippe qu'il avait dédié ce récit. Malheureusement, ce dernier mourut durant la troisième croi-

sade, au siège de Saint-Jean-d'Acre, en 1191, si bien que le poème ne fut jamais achevé.

— Qu'est-il arrivé à Chrétien de Troyes ?

— Il n'existe aucun document à son sujet après la mort de Philippe. Il a disparu, tout simplement.

— N'est-ce pas étrange pour une personne si célèbre ?

— Il est possible que sa mort n'ait jamais été répertoriée », dit laconiquement Baillard.

Alice lui décocha un regard pénétrant.

« Et vous, qu'en pensez-vous ? »

Baillard s'abstint de répondre, préférant enchaîner :

« Malgré la décision de Troyes de ne pas achever son récit, l'histoire du Saint-Graal prit vie d'elle-même. Il y eut des transcriptions directes du vieux français en flamand et en gaélique. Quelque temps plus tard, autour des années 1200, un autre poète du nom de Wolfram von Eschenbach en rédigea une version plutôt burlesque intitulée *Parzival*, prétendant s'être inspiré non de l'œuvre de Troyes, mais d'écrits d'un auteur inconnu. »

Alice avait le cerveau en ébullition.

« Comment Chrétien de Troyes décrit-il le Graal, en réalité ?

— Il reste vague. Il le présente sous forme d'une sorte de disque, plutôt qu'un calice, comme *gradalis*, dans le latin du Moyen Âge, d'où est issu en vieux français *gradal* ou *graal*. Eschenbach se montre plus explicite. Son graal à lui, *grâl*, est une pierre.

— Alors, d'où provient l'idée selon laquelle le Saint-Graal serait la coupe dans laquelle aurait bu le Christ, au cours de la Cène ?

— D'un autre écrivain nommé Robert de Boron. Il écrivit un poème en vers, *Joseph d'Arimathie*, entre le

Perceval de Troyes et 1199. Non content de tenir le Graal pour le calice de la Cène qu'il mentionne *sang real*, il en fait aussi le récipient qui recueillit le sang du Christ sur la croix. En français moderne, le sang réal, ou réel, le sang royal. »

Il suspendit son exégèse pour regarder Alice.

« Aux yeux des gardiens de la trilogie du labyrinthe, cette confusion linguistique entre *san greal* et *sang réal* se révéla un artifice bien commode.

— Cependant, le Saint-Graal est bel et bien un mythe, s'obstina-t-elle. Il ne peut être réel.

— Le *saint* Graal est assurément un mythe, répondit-il en soutenant son regard. Une fable attrayante. Si vous y regardez de plus près, vous vous rendrez compte que ces récits ne sont que des extrapolations romancées à partir d'un même thème : le concept chrétien du sacrifice et de la quête conduisant à la rédemption et au salut. Dans le langage chrétien, le *saint* Graal était spirituel, une représentation symbolique de la vie éternelle plutôt qu'une vérité à prendre au pied de la lettre ; la notion que l'humanité vivrait éternellement grâce au sacrifice de Jésus et par la grâce de Dieu. Mais le fait qu'un objet tel que le Graal existe ne fait aucun doute, ajouta-t-il avec un sourire. C'est la vérité celée entre les pages de la trilogie du labyrinthe. Et les gardiens du Graal, la *Noublesso de los Seres*, ont consacré leur vie à ce secret. »

Alice dodelinait de la tête, incrédule.

« Si je vous suis bien, vous êtes en train de me dire que le Graal n'est pas du tout un concept chrétien, que tous ces mythes et ces légendes se sont forgés sur un… malentendu ?

— Un subterfuge, plutôt qu'un malentendu.

— L'existence du *saint* Graal fait l'objet d'un débat vieux de deux mille ans. S'il apparaît aujourd'hui que les légendes à propos du Graal sont non seulement vraies, mais aussi que… » Elle se tut un instant, n'osant croire aux mots qu'elle s'apprêtait à prononcer. « Mais que ce n'est pas du tout une relique chrétienne, j'ose à peine imaginer…

— Le Graal est un élixir qui a le pouvoir à la fois de guérir et de prolonger considérablement la vie. Toutefois, dans un but précis. Il se révéla voici environ quatre mille ans dans l'Égypte des pharaons. Et ceux qui le découvrirent et prirent conscience de ses pouvoirs s'avisèrent que le secret devait être préservé contre ceux qui l'utiliseraient pour leur propre bénéfice. Ces arcanes sacrés furent transcrits en signes hiéroglyphiques sur trois papyrus séparés. L'un indiquait la disposition précise de la chambre du Graal, autrement dit le labyrinthe, un autre établissait la liste des ingrédients requis pour la préparation de l'élixir, le troisième énonçait les incantations pour la transformation de l'élixir en Graal. Ils furent enterrés dans des grottes aux abords de l'ancienne cité d'Avaris.

— L'Égypte, s'empressa-t-elle de dire. Lors de mes recherches pour tenter de comprendre ce que j'avais vu dans la caverne, j'ai remarqué que l'Égypte apparaissait souvent.

— Les papyrus sont rédigés en hiéroglyphes traditionnels. Le vocable signifie en soi "parole de Dieu" ou "discours divin". Alors que la grande civilisation égyptienne tombait en poussière, l'aptitude à décrypter les hiéroglyphes se perdit, cependant que la connaissance contenue dans les papyrus était transmise d'un gardien à l'autre, au fil des générations. Quant à l'aptitude à réciter les incantations et invoquer le Graal, elle se perdit aussi.

» Ces événements inattendus n'avaient pas de dessein particulier, si ce n'est que le secret s'en trouva renforcé, continua Baillard. Au IXe siècle de l'ère chrétienne, un alchimiste arabe, Abu Bakr Ahmad Ibn Wahshiyah, décoda le secret des hiéroglyphes. Fort heureusement, Harif, le *navigatairé*, prit conscience du danger et parvint à le dissuader dans ses tentatives de faire partager sa découverte. En ces temps, les lieux de cultures étaient peu nombreux et les communications entre peuples lentes et peu fiables. Après cela, les papyrus furent transportés à Jérusalem et dissimulés dans des grottes souterraines des plaines de Sephal.

» Entre 800 et 1800, personne ne fit de progrès significatif dans le décryptage des hiéroglyphes. Personne. Leur signification ne fut élucidée qu'en 1799, après la campagne d'Égypte, campagne autant militaire que scientifique, après que Bonaparte eut découvert des inscriptions hiéroglyphiques détaillées dans l'écriture démotique égyptienne datant de la Grèce antique. Vous avez sûrement entendu parler de la pierre de Rosette.

» Dès cet instant, continua-t-il après qu'Alice eut acquiescé, nous craignîmes fort que ce ne fût plus qu'une question de temps. Un Français, Jean-François Champollion, n'eut de cesse de trouver le code. Il y parvint en 1822. Les merveilles de l'ancienne Égypte, leur magie, leurs incantations, toutes les inscriptions funèbres du *Livre des morts égyptien* devenaient soudain accessibles. Dès lors, le fait que les deux livres de la trilogie du labyrinthe étaient entre les mains de ceux qui voulaient en mésuser devint source de craintes et d'inquiétudes. »

Ces paroles résonnèrent comme un avertissement. Alice frissonna en voyant le jour décliner. Les rayons du soleil couchant avaient teinté les montagnes d'or, de rouge et d'orangé.

« Si un mauvais usage de cette connaissance est tellement catastrophique, comment se fait-il qu'Alaïs et les autres gardiens n'aient pas détruit les livres quand ils en avaient l'occasion ? »

Devant l'absence de réaction de Baillard, Alice comprit qu'elle touchait là au cœur de son expérience et de l'histoire qu'il était en train de lui relater, même si elle ignorait comment elle y était parvenue.

« Dans la mesure où ils ne se révélaient pas nécessaires, alors oui, peut-être aurait-ce été la solution.

— Nécessaires ? En quoi ?

— Que le Graal confère la vie, les gardiens l'ont toujours su. Vous avez parlé de don, et je comprends que certains puissent l'entendre ainsi. Toutefois, d'autres peuvent le concevoir autrement. »

Audric saisit son verre et y but longuement avant de le reposer d'une main lourde.

« Mais c'est une vie donnée avec une intention précise, ajouta-t-il.

— Quelle intention ? s'empressa-t-elle de demander, de crainte de le voir s'interrompre.

— Au cours des quarante siècles passés, quand le besoin d'apporter des témoignages se faisait trop pressant, le pouvoir du Graal fut invoqué en maintes occasions. Les vieux patriarches de la Vulgate, du Talmud ou du Coran nous sont familiers. Adam, Jacob, Moïse, Mahomet et Mathusalem, autant de prophètes dont l'œuvre n'aurait pu s'accomplir dans les temps usuellement impartis à l'être humain ; c'est pourquoi chacun d'eux vécut plusieurs centaines d'années.

— Mais ce ne sont que des paraboles ! s'insurgea Alice. De simples allégories. »

Audric secoua la tête.

« Ils vécurent des centaines d'années précisément pour apporter leur témoignage, attester de la vérité de leur temps. Harif, qui convainquit Abu Bakr Wahshiyah de celer ses travaux révélant le langage de l'Égypte antique, vécut assez longtemps pour voir la chute de Montségur.

— Voyons, cinq cents ans !

— Il les vécut, répéta le vieil homme. Songez un instant à la vie de l'éphémère, Alice. Une existence entière, pourtant si lumineuse, qui ne dure que l'espace d'une journée. Une existence entière… Le temps revêt différents visages. »

Repoussant sa chaise, Alice arpenta la pièce, ne sachant que penser ou croire.

« Le dessin du labyrinthe que j'ai aperçu dans la grotte et qui se trouve gravé à l'intérieur de votre anneau est-il le symbole du vrai Graal ? »

Baillard hocha simplement la tête.

« Et Alaïs ? Le savait-elle ?

— Au commencement, elle fut aussi sceptique que vous. Elle ne croyait pas en la vérité contenue dans les pages de la trilogie. Pour l'amour de son père, elle lutta néanmoins pour les protéger.

— Croyait-elle vraiment que Harif avait plus de cinq cents ans ? insista-t-elle sans cacher son doute.

— Non, pas au début, reconnut Baillard. Avec le temps, elle en vint toutefois à entrevoir la vérité. Et au moment opportun, elle fut capable de prononcer les mots, d'en comprendre le sens. »

Alice reprit place à la table.

« Mais pourquoi la France ? Pourquoi a-t-on emmené les papyrus ici au lieu de les laisser où ils se trouvaient ?

— Harif emporta les papyrus dans la Ville sainte au xe siècle de notre ère pour les cacher dans les plaines de Sephal. Pendant près de cent ans, ils furent en sécurité, jusqu'au jour où les armées de Saladin marchèrent sur Jérusalem. Parmi d'autres gardiens, il choisit un jeune *chevalier* nommé Bertrand Pelletier pour emporter les papyrus en France. »

Le père d'Alaïs.

Alice sourit, comme si Baillard venait d'évoquer un vieil ami.

« Harif se rendit compte de deux choses, continua ce dernier. Primo que les papyrus seraient plus en sûreté, moins vulnérables entre les pages d'un livre. Secundo, connaissant les rumeurs qui couraient dans les cours d'Europe à propos du Graal, que la meilleure manière de dissimuler un secret était de s'abriter derrière les mythes et les légendes.

— Comme l'histoire des cathares réputés posséder la coupe du Christ, lança Alice, comprenant tout à coup.

— Les disciples de Jésus de Nazareth ne s'attendaient pas à ce qu'il mourût sur la croix, ce fut cependant le cas. Son trépas et sa résurrection donnèrent naissance au mythe du sacré calice, un Graal propre à donner la vie éternelle. Comment ce mythe fut reçu en ce temps-là, mystère ; ce dont je suis toutefois certain, c'est que la crucifixion du Nazaréen suscita une vague de persécutions. Nombreux furent ceux qui fuirent la Terre sainte, parmi lesquels Joseph d'Arimathie et Marie de Magdala qui se réfugièrent en France, emportant avec eux, paraît-il, la connaissance de l'ancien secret.

— Les papyrus du Graal ?

— Ou des joyaux provenant du temple de Salomon, la coupe de la cène, dans laquelle l'on avait recueilli son sang lors de sa crucifixion. Ou des écrits prouvant que le Christ n'était pas mort sur la croix, mais qu'il avait vécu une centaine d'années, caché dans les montagnes du désert, entouré de quelques élus. »

Alice fixait Baillard d'un air abasourdi. Ce dernier gardait un visage fermé comme un livre, ne laissant rien transparaître de ses pensées.

« Le Christ ne serait donc pas mort sur la croix, répéta-t-elle, incapable de croire à ses propres paroles.

— Il existe d'autres histoires rapportant que ce serait à Narbonne, et non à Marseille que Marie de Magdala et Joseph d'Arimathie auraient élu domicile. Cela fait des siècles que la croyance populaire soutient qu'un objet de grande valeur est caché quelque part dans les Pyrénées.

— Ainsi, les cathares ne détenaient pas le secret du Graal, c'était Alaïs », dit-elle. Les pièces du puzzle se mettaient en place dans son esprit. « Ils lui dédièrent un sanctuaire. »

Un secret qui en cachait un autre. Alice se rassit sur sa chaise en se remémorant la chronologie des événements.

« À présent, la grotte du labyrinthe a été rouverte.

— Pour la première fois depuis huit cents ans, les livres peuvent être de nouveau réunis, poursuivit-il. Et si, vous, Alice, ne savez pas encore s'il faut me croire ou considérer mes paroles comme des élucubrations de vieillard, d'autres ne nourrissent aucun doute à ce sujet. »

Alaïs croyait en la vérité du Graal.

Au tréfonds de son être, au-delà des limites de sa conscience, Alice savait que Baillard disait vrai. C'était son côté rationnel qui avait du mal à l'accepter.

« Marie-Cécile de l'Oradore, lâcha-t-elle pesamment.

— Ce soir, Mme de l'Oradore se rendra à la grotte et tentera d'invoquer le Graal. »

Une onde d'appréhension parcourut Alice.

« C'est impossible, objecta-t-elle. Elle ne possède ni l'anneau ni le *Livre des mots*.

— Je crains qu'elle n'ait compris que le *Livre des mots* se trouve encore dans la grotte.

— Y est-il ?

— Je n'en suis pas sûr.

— Et l'anneau ? elle ne l'a pas non plus, insista-t-elle en baissant les yeux sur les longues mains étalées sur la table.

— Elle sait aussi que j'y serai.

— Ce serait de la démence ! s'exclama Alice. Comment pouvez-vous envisager de vous approcher d'elle ?

— Ce soir, elle tentera d'invoquer le Graal, reprit Baillard à voix basse. Et de ce fait, ils savent que je serai là. Il m'est impossible de permettre une telle chose. »

Alice tapa des deux mains sur la table.

« Et Will, alors ? Et Shelagh ? vous vous en fichez ? Cela ne les avancera à rien si vous êtes pris à votre tour.

— C'est précisément parce que leur sort – le vôtre, Alice, m'importe que je me rendrai à la grotte. Je pense que l'Oradore les forcera à participer à la cérémonie. Cinq participants sont requis, le *navigatairé* et quatre autres.

— Mme de l'Oradore, son fils, Will, Shelagh et Authié ?

— Non, pas Authié, quelqu'un d'autre.

— Qui, alors ? »

Baillard éluda la question.

« J'ignore où se trouvent Shelagh et Will en ce moment, dit-il comme s'il se parlait. Mais je crois qu'on les emmènera à la grotte à la tombée de la nuit.

— Qui, Audric ? » répéta Alice avec fermeté.

Baillard refusa une fois de plus de répondre. Il se leva pour aller fermer la fenêtre.

« Nous devrions partir. »

Offusquée, anxieuse, déconcertée et par-dessus tout effrayée, Alice avait l'impression de n'avoir pas le choix.

Elle songeait au nom d'Alaïs sur l'arbre généalogique, séparé du sien par huit cents années. Elle visualisa le symbole labyrinthique qui les reliait à travers le temps et l'espace.

Deux histoires imbriquées en une.

Elle ramassa ses effets et suivit Baillard dans les vestiges du jour.

75

Montségur

MARÇ 1244

Dans leur cachette, quelque part sous la citadelle, Alaïs et ses trois compagnons tentaient de se clore aux atroces hurlements des suppliciés. Mais on aurait dit que l'horreur et les cris de douleur s'infiltraient au cœur de la montagne. Les cris des mourants, autant que ceux des survivants, se glissaient jusque dans son refuge comme de monstrueuses créatures.

Alaïs priait pour l'âme de Rixende et son retour à Dieu, pour ses amis, pour ces femmes et ces hommes pleins de bonté, pour que Dieu les prît en pitié. Elle ne pouvait qu'espérer que son stratagème avait produit le résultat escompté.

Seul le temps dirait si Oriane avait été dupe au point de croire qu'Alaïs et le *Livre des mots* s'étaient consumés dans les flammes.

Un risque tellement immense.

Alaïs, Harif et leurs guides étaient contraints de rester dans leur tombeau de pierre jusqu'à la nuit tombée, quand l'évacuation de la citadelle serait achevée. Puis, sous le couvert de la nuit, les quatre fugitifs se fraieraient un chemin dans les sentiers abrupts de la montagne pour gagner Los Seres. Si la bonne fortune les accompagnait, elle aurait regagné sa demeure le lendemain soir.

Ils étaient en totale rupture avec les accords de reddition. S'ils étaient pris, elle ne doutait pas un instant que les représailles seraient aussi promptes que brutales. La tanière qui les abritait n'était guère plus qu'une anfractuosité peu profonde dans le rocher. Pour peu que les soldats missent quelque zèle à fouiller la citadelle, il était inéluctable que ses compagnons et elle seraient découverts.

En songeant à sa sœur, Alaïs se mordit la lèvre. Harif lui prit la main dans la pénombre. Il avait la peau sèche et poudreuse comme les sables du désert.

« Bertrande est une enfant forte, lui dit-il comme s'il percevait l'objet de sa détresse. Ne vous ressemble-t-elle pas ? Son courage la soutiendra et, bientôt, vous serez derechef réunies. Vous n'aurez point à attendre bien longtemps.

— Elle est si jeune, Harif, trop jeune pour vivre de telles horreurs. Elle doit être si effrayée…

— Elle est vaillante, Alaïs. Et Sajhë aussi. Ils ne failliront point. »

Puissiez-vous avoir raison…

Tapie dans l'obscurité, le cœur taraudé de doutes et de craintes quant à la suite des événements, Alaïs était assise, l'œil sec, attendant la fin du jour. L'impatience, l'ignorance de ce qui se passait au-dessus de leur tête étaient à la limite du supportable. Le visage hâve de Bertrande continuait de la hanter.

Et les hurlements d'agonie des *Bons Homes* à mesure que le feu les dévorait persistèrent dans sa tête longtemps après que le dernier martyr eut exhalé son dernier soupir.

Un gigantesque panache de fumée noire et âcre planait sur la vallée comme un nuage de tempête occultant la lumière du jour.

Alors qu'ils franchissaient la grande porte pour quitter le château qui les avait abrités durant presque deux années, Sajhë tenait Bertrande fermement par la main. Il avait enfoui son chagrin au plus profond de son cœur, hors d'atteinte des inquisiteurs. À présent, il ne pouvait pleurer la mort de Rixende, ni se tourmenter sur le sort d'Alaïs, seulement s'employer à protéger Bertrande, et regagner avec elle Los Seres sains et saufs.

Les inquisiteurs avaient dressé leurs tables en bas des pentes pour que le recensement commençât séance tenante, à l'ombre du bûcher. Sajhë reconnut l'inquisiteur Ferrier, réputé dans la région pour sa rigidité cléricale et sa stricte observance des préceptes chrétiens. Son regard obliqua vers la droite où se tenait le non moins redoutable inquisiteur Duranti.

Il serra un peu plus fort la main de Bertrande.

Arrivé dans la plaine, Sajhë se rendit compte que les prisonniers étaient divisés en groupes : vieillards, hommes et soldats d'un côté, femmes et enfants de l'autre. La crainte l'étreignit brusquement. Bertrande allait devoir affronter les inquisiteurs sans lui.

La fillette perçut ce changement, car elle leva un visage effaré.

« Que se passe-t-il ? Que vont-ils faire de nous ?

— *Brava*, ils interrogent les femmes et les hommes séparément. Ne te tourmente point. Réponds simplement à leurs questions. Sois courageuse et reste à l'endroit où tu es jusqu'au moment où je viendrai te quérir. Ne va nulle part avec qui que ce soit, m'entends-tu ? Avec qui que ce soit.

— Que vont-ils me demander ? dit l'enfant d'une voix flûtée.

— Ton nom, ton âge, répondit Sajhë en lui répétant en détail ce qu'elle devait retenir. Je suis connu comme faisant partie de la garnison, et nul n'est censé établir de relation entre nous. Au moment où la question te sera posée, réponds que tu ignores qui est ton père, que Rixende était ta mère et que tu as vécu toute ta vie à Montségur. Quoi qu'il advienne, ne fais oncques mention de Los Seres. Sauras-tu te rappeler tout cela ? »

Bertrande opina de la tête.

« Tu es très sage. » Puis, afin de la rassurer, il ajouta : « Quand j'avais ton âge, ma grand-mère avait coutume de me donner des messages à transmettre, et elle me les faisait toujours répéter jusqu'à ce que je les eusse parfaitement retenus. »

L'enfant eut un pâle sourire.

« *Mamà* a dit que vous avez une mémoire extraordinaire.

— Cela est vrai, plaisanta-t-il. Il est possible qu'on t'interroge à propos des *Bons Homes* et de leurs croyances, poursuivit-il, redevenu grave. Réponds aussi franchement que tu le peux, ainsi tu ne te contrediras point. Tu ne leur révéleras rien qu'ils ne sachent déjà. » Il hésita, avant de lui faire une dernière recommandation : « Souviens-toi bien de jamais évoquer Alaïs ou Harif. »

À ces mots, les yeux de Bertrande se mouillèrent de larmes.

« Et si les soldats fouillent la citadelle et la trouvent ? Que feront-ils d'elle et des autres ?

— Cela ne surviendra point, s'empressa-t-il de répondre. Rappelle-toi, Bertrande. Quand les inquisiteurs en auront fini avec toi, ne t'éloigne surtout pas, je viendrai te quérir sitôt que je le pourrai. »

À peine Sajhë eut-il le temps d'achever sa phrase qu'un soldat l'entraîna vers l'arrière et le força à descendre vers le village, tandis que Bertrande était emmenée dans la direction opposée.

On le poussa vers un enclos où il retrouva Pierre-Roger de Mirepoix qui avait déjà été interrogé. Dans l'esprit de Sajhë, ce signe de courtoisie était de bon augure : il laissait présager que les termes de la reddition seraient respectés, et les membres de la garnison traités comme des prisonniers de guerre et non comme des criminels.

Tout en se mêlant à la troupe en attente d'être interrogée, Sajhë ôta de son pouce l'anneau de pierre pour le dissimuler sous son vêtement. Il en conçut aussitôt une étrange impression de dénuement, tant il est vrai qu'il s'en était rarement séparé depuis que Harif le lui avait dévolu, vingt ans plus tôt.

Les interrogatoires se déroulaient dans deux tentes séparées. Deux moines attendaient pour attacher une croix jaune sur le dos de tous ceux trouvés coupables d'avoir fraternisé avec les hérétiques, à l'issue de quoi ils étaient emmenés vers un autre enclos comme des animaux au marché.

Il était clair qu'ils n'avaient nullement l'intention de relâcher quiconque avant que chacun, du plus jeune au plus vieux, fût interrogé. Cela risquait de durer des jours.

Quand vint le tour de Sajhë, on lui permit de s'avancer jusqu'à la tente. Arrivé devant l'inquisiteur Ferrier, il attendit de nouvelles instructions.

Le visage cireux du moine était dénué d'expression. De Sajhë il requit le nom, l'âge, le rang et le lieu de résidence, cependant que sa plume d'oie courait sur le parchemin.

« Croyez-vous au Paradis et à l'Enfer ? demanda-t-il sans ambages.

— J'y crois.

— Croyez-vous au Purgatoire ?

— J'y crois.

— Croyez-vous que le fils de Dieu se fit homme ?

— Je suis un soldat et non un moine, répondit Sajhë, les yeux baissés.

— Croyez-vous que l'âme humaine ne possède qu'un corps dans lequel et par lequel il sera ressuscité ?

— Les prêtres disent qu'il en est ainsi.

— Avez-vous oncques ouï quiconque alléguer que prêter serment est un péché ? Dans l'affirmative, qui cela ? »

Cette fois, Sajhë releva la tête.

« Je n'ai oncques rien ouï de tel, répliqua-t-il avec un air de défi.

— Qu'est-ce donc, sergent ? Vous servez dans cette garnison depuis plus d'un an, et vous prétendez ignorer que les *heretici* refusent de prêter serment ?

— Je suis au service de Pierre-Roger de Mirepoix, frère inquisiteur. Je ne fais point cas des propos d'autrui. »

L'interrogatoire se poursuivit un certain temps, mais Sajhë s'en tint strictement à son rôle de simple soldat, arguant de son ignorance en matière de croyances et d'écritures. Il n'incrimina personne. Il prétendit ne rien savoir.

Au bout du compte, l'inquisiteur n'eut d'autre solution que de le relaxer.

L'après-midi tirait à peine à sa fin que le soleil se couchait déjà. Le crépuscule descendait sur la vallée, estompant les formes et recouvrant tout de son ombre noire.

On renvoya Sajhë rejoindre un groupe de soldats sur le sort desquels les inquisiteurs avaient déjà statué. Il observa que chacun d'eux avait reçu une couverture, une miche de pain rassis et un pichet de vin. Pareille munificence ne s'était toutefois pas étendue aux prisonniers civils.

À la tombée du jour, le moral de Sajhë était au plus bas.

Le fait d'ignorer si l'épreuve de Bertrande avait pris fin – ou même en quel endroit de ce vaste campement elle était retenue – le rongeait. La pensée d'Alaïs attendant, guettant la nuit, de plus en plus anxieuse à mesure que l'heure du départ approchait, le remplissait d'autant plus d'appréhension qu'il ne pouvait lui porter secours.

Fébrile, incapable de se calmer, Sajhë se leva pour dégourdir ses membres. Une froide humidité imprégnait ses os, et il avait les jambes roides d'être resté trop longtemps assis.

« Assieds-toi », gronda un garde en lui heurtant l'épaule de son épieu.

Il allait obéir, lorsqu'il aperçut un mouvement dans la montagne. Un groupe d'hommes se dirigeait vers l'anfractuosité de rocher où Alaïs, Harif et leurs guides étaient tapis. Les flammes de leurs torches vacillaient, jetant des lueurs mouvantes sur les buissons agités par le vent.

Son sang ne fit qu'un tour.

Le château avait été fouillé, plus tôt dans l'après-midi, et les soldats n'avaient rien trouvé. Il pensait qu'ils en avaient terminé, mais, manifestement, ils s'apprêtaient à explorer les fourrés et les multiples sentiers qui sillonnaient le pied de la citadelle. S'ils poussaient plus avant dans cette direction, cela les conduirait inévitablement au chemin qu'Alaïs devait emprunter. En outre, il ferait bientôt nuit.

Il se mit à courir vers les barrières qui ceinturaient l'enclos.

« Hé ! protesta un garde. Ne m'as-tu point entendu ? Je t'ordonne de t'arrêter ! »

Sajhë ignora la sommation. Sans se soucier des conséquences, il sauta la clôture et se mit à escalader le sentier en direction des soldats. Il entendit derrière lui les gardes appelant aux renforts, mais il n'en avait cure, sa seule préoccupation étant de détourner vers lui l'attention de la patrouille.

Les hommes s'immobilisèrent et se retournèrent pour voir ce qu'il advenait.

Sajhë vociférait afin de les inciter à se lancer à sa poursuite. Il vit la confusion de leurs visages se muer en agressivité. Le froid et la lassitude les poussaient à en découdre.

Il eut à peine le temps de comprendre que sa ruse avait porté que le premier coup l'atteignit en plein estomac, le cassant en deux, le souffle coupé. Deux soldats lui immobilisèrent les bras tandis que les horions pleuvaient de toutes les directions. Les coups de pied et de poing, portés avec la poignée de leurs armes et ponctués de ricanements étaient incessants. Il sentit sa pommette éclater. Un goût de sang lui vint dans la bouche et jusqu'au fond de la gorge, alors que les coups redoublaient.

Il ne comprit qu'à ce moment-là à quel point il avait méjugé de la situation. Sa seule préoccupation avait été de détourner la patrouille de l'endroit où se cachait Alaïs. Une image du visage livide de Bertrande en train de l'attendre s'infiltra dans son esprit à l'instant où un coup de poing dans sa mâchoire lui fit perdre connaissance.

76

Oriane avait consacré son existence à la quête du *Livre des mots*.

Peu après son arrivée à Chartres, après la défaite de Carcassonne, son époux avait perdu patience parce qu'elle ne lui avait pas procuré ce pour quoi il l'avait rétribuée. Il n'y avait jamais eu d'amour entre eux, et une fois son désir passé, son poing et sa ceinture avaient remplacé toute conversation.

Elle avait enduré les sévices, cherchant pendant ce temps par quels moyens se venger. Alors que les terres et biens d'Évreux s'accroissaient, que son influence auprès du roi allait grandissant, son attention était attirée par d'autres succès. Il l'abandonnait. Libre de reprendre sa quête, Oriane avait tissé un réseau d'espions et d'informateurs dans tout le Midi.

Une fois seulement elle avait été près de capturer Alaïs. C'était en mai 1234. Elle avait quitté Chartres pour se rendre jusqu'à Toulouse, sauf qu'en arrivant à la cathédrale Saint-Étienne elle avait appris que les gardes avaient été soudoyés et que sa sœur avait encore disparu comme si elle n'y avait jamais été emprisonnée.

Oriane était bien décidée à ne plus commettre pareille erreur. Cette fois, quand une rumeur avait fait état d'une femme correspondant à l'âge et à la description d'Alaïs, elle avait, sous couleur de croisade, fait route en compagnie d'un de ses fils.

Ce matin, dans les premiers flamboiements du jour, elle avait pensé voir brûler un livre. Échouer si près du but l'avait plongée dans un accès de rage que ni son fils Louis ni ses servantes n'avaient su refréner. Dans le courant de l'après-midi, Oriane avait un peu modifié son interprétation des événements de la matinée. Si c'était bien Alaïs qu'elle avait vue sur le bûcher – ce dont elle doutait – cette dernière aurait-elle permis que le *Livre des mots* brûlât sur le bûcher de l'Inquisition ?

Oriane en conclut que non. Des servantes qu'elle avait envoyées dans le camp pour glaner des renseignements, elle avait appris qu'Alaïs avait une fille de neuf ou dix ans, dont le père était un soldat au service de Pierre-Roger de Mirepoix. Elle ne croyait pas que sa sœur aurait confié un si précieux objet à un membre de la garnison. On fouillerait un soldat. Mais un enfant ?

Elle attendit la nuit pour se rendre à l'endroit où femmes et enfants étaient retenus. Elle monnaya son passage, sans qu'on la questionnât ou l'invectivât, sous le regard réprobateur des Frères noirs dont l'opinion, quelle qu'elle fût, ne l'émouvait guère.

Son fils, Louis, apparut devant elle, rogue, le visage empourpré. Il avait tant besoin d'approbation, il était trop avide de lui complaire.

« Oui, l'apostropha-t-elle. Que voulez-vous ?

— Il y a une fille que vous devriez voir, mère. »

Oriane le suivit vers un coin de l'endroit où une enfant sommeillait un peu à l'écart des autres.

La ressemblance avec Alaïs était suffocante. Abstraction faite des années, elles auraient pu passer pour jumelles. Les traits de son visage affichaient la même farouche volonté, le même teint qu'Alaïs quand elle avait son âge.

« Laissez-moi, commanda-t-elle. Elle se défiera, si vous demeurez près de moi. »

Louis lui fit grise mine, ce qui l'irrita plus encore.

« Laissez-moi, répéta-t-elle. Allez plutôt vous occuper des chevaux. Vous ne m'êtes d'aucun secours, céans. »

Son fils parti, Oriane se mit à croupetons pour tapoter l'épaule de l'enfant qui s'éveilla en sursaut et s'assit, le regard effrayé.

« Qui êtes-vous ?

— *Una amiga*, répondit-elle, usant d'un langage abandonné trente ans plus tôt. Une amie.

— Vous êtes une Française, s'obstina la gamine en contemplant la coiffure et le vêtement d'Oriane. Vous n'étiez point dans la citadelle.

— En effet, admit la femme, essayant d'avoir l'air patiente. Mais je suis née à Carcassona, comme ta maman. Enfants, nous étions ensemble au Château comtal. J'ai même connu ton grand-père, l'intendant Pelletier. Alaïs t'en a sûrement parlé.

— Je tiens mon prénom de lui », répliqua spontanément l'enfant.

Oriane réprima un sourire.

« Eh bien, Bertrande, je m'en viens justement pour t'emmener loin d'ici. »

La petite fille plissa les paupières.

« Sajhë m'a recommandé de l'attendre céans jusqu'à son retour, et de ne me fier à quiconque, protesta-t-elle, déjà un peu moins méfiante.

— C'est ce que t'a dit Sajhë ? sourit Oriane. À moi, il m'a expliqué que tu es assez grande pour prendre soin de toi-même, et de te montrer un objet qui saurait te mettre en confiance. »

Sur ces mots, elle exhiba l'anneau qu'elle avait retiré du doigt de son père quand il gisait dans sa bière. Comme elle s'y attendait, Bertrande le reconnut et tendit la main pour s'en emparer.

« Est-ce Sajhë qui vous l'a remis ?

— Tiens, prends-le. Regarde par toi-même. »

Bertrande examina attentivement l'anneau, puis se leva brusquement.

« Où est-il ?

— Je l'ignore, se rembrunit Oriane. À moins que… »

L'enfant leva un regard interrogateur.

« Oui ?

— Crois-tu qu'il songeait à te reconduire jusqu'à ta demeure ? »

Bertrande y pensa un instant.

« Cela est possible, hésita-t-elle.

— Est-ce loin d'ici ?

— À une journée de cheval. Peut-être davantage en cette époque de l'année.

— Ton village a-t-il un nom ? s'enquit Oriane comme si de rien n'était.

— Los Seres, avoua Bertrande. Sajhë m'a cependant bien recommandé de n'en rien dire aux inquisiteurs. »

La *Noublesso de los Seres*… Non seulement c'était le nom des gardiens du Graal, mais aussi celui du lieu où il était dissimulé. Oriane exultait. Elle se mordit la langue pour ne pas éclater d'un grand rire jubilatoire.

« Pour commencer, débarrassons-nous de cela, décréta-t-elle en retirant la croix jaune que sa nièce portait dans le dos. Nul ne doit savoir que nous sommes des fuyardes. À présent, dois-tu emporter quelque chose avec toi ? »

Si Bertrande était en possession du livre, il n'était plus nécessaire d'aller plus loin. La quête s'achèverait ici.

« Rien, dit la fillette en secouant la tête.

— Fort bien, partons calmement. Gardons-nous d'attirer l'attention. »

L'enfant montrait encore quelque réticence. Mais comme elles traversaient l'enclos endormi, Oriane évoqua le Château comtal en redoublant de persuasion, de charme et d'attention, tant et si bien que, peu à peu, elle finit par gagner la confiance de Bertrande.

Après avoir derechef soudoyé le garde, elle conduisit sa nièce à l'extérieur du campement où l'attendaient Louis et six soldats à cheval, près d'un chariot bâché.

« Vont-ils nous accompagner ? » s'enquit Bertrande, subitement soupçonneuse.

Alors qu'elle la hissait sur la *calèche*, Oriane eut un sourire rassurant.

« Nous devons nous protéger des bandits au cours de notre voyage, y as-tu songé ? Sajhë oncques ne me pardonnerait si malheur devait t'arriver. »

Une fois Bertrande installée, elle se tourna vers son fils.

« Et moi ? demanda ce dernier. Je veux vous accompagner.

— Je veux, moi, que vous demeuriez céans, répondit-elle, pressée de partir. Au cas où vous l'auriez oublié, je vous rappelle que vous appartenez à cette armée. Vous ne pouvez disparaître ainsi. Il sera plus aisé pour moi de voyager seule.

— Cependant…

— Obéissez, gronda-t-elle à voix basse afin de n'être pas entendue de Bertrande. Veillez à nos intérêts. Occupez-vous du père de l'enfant, ainsi que nous en avons débattu, et laissez-moi me charger du reste. »

Guilhem n'avait qu'une pensée : retrouver Oriane. Sa venue à Montségur n'avait eu d'autre dessein que d'apporter son aide à Alaïs, et la protéger des diableries de sa sœur. De loin en loin, il veillait sur elle depuis trente ans.

Aujourd'hui qu'Alaïs était morte, il n'avait plus rien à perdre. Il aurait dû trucider Oriane quand il en avait eu les moyens. Mais son désir de vengeance n'avait fait que croître au fil du temps, et il ne laisserait pas passer la chance qui lui était offerte une seconde fois.

Le capuchon de sa cape rabattu sur le visage, il se coula dans le camp des croisés jusqu'au moment où il reconnut l'étendard vert et argent des Évreux.

De l'intérieur de la tente, montaient des voix s'exprimant en français. Entre autres, celles d'un jeune homme en train de donner des ordres. Se rappelant le jouvenceau assis près d'Oriane dans les gradins, Guilhem se rapprocha pour tendre l'oreille.

« C'est un soldat de la garnison, disait Louis d'Évreux de son air fendant. Il s'appelle Sajhë de Servian. Celui-là même qui a occasionné des troubles, plus tôt dans la soirée. Encore un de ces paysans du Sud. Ils persistent à se conduire comme des animaux, même s'ils sont bien traités, ajouta-t-il avec un ricanement méprisant. On l'a emmené dans l'enclos, près de la tente d'Hugues des Arcis, à l'écart des autres prisonniers au cas où il les inciterait à se révolter. »

Louis baissa le ton au point que Guilhem eut grand mal à entendre :

« Voici pour vous. La moitié maintenant. » Guilhem perçut le son de pièces trébuchant dans une main. « Si ce manant est encore en vie, apportez-y remède. Je vous remettrai le reste une fois l'ouvrage accompli. »

Du Mas attendit que le soldat fût parti pour se glisser par l'ouverture non gardée.

« J'avais ordonné que l'on ne me dérangeât point », déclara Louis d'Évreux sans se retourner.

Le poignard de Guilhem était pressé sur sa gorge avant même qu'il eût le temps d'élever un cri.

« Au moindre bruit je vous tue.

— Emportez ce que vous voulez, mais de grâce, ne me trucidez point ! » geignit le jeune homme.

Du Mas balaya du regard l'intérieur de la tente, les tapis chatoyants et les chaudes couvertures. Oriane semblait avoir atteint au statut et aux richesses auxquels elle avait toujours aspiré. Il espéra que cela ne lui avait pas apporté le bonheur.

« Quel est ton nom, gronda-t-il d'un ton âpre.

— Louis d'Évreux. J'ignore qui vous êtes, mais ma mère… »

Guilhem lui tira brutalement la tête en arrière.

« Ne me menace point. Tu as renvoyé tes gardes, t'en souviens-tu ? Nul ne peut t'entendre, fit-il en pressant la lame contre le cou pâle du jouvenceau. Voilà qui est mieux. À présent, je veux savoir où se trouve Oriane. Si tu refuses de répondre, je te trancherai la gorge. »

Entendre sa mère appelée par son prénom ne manqua pas de susciter chez le jeune homme quelque réaction, mais la peur lui dénoua la langue :

« Elle est allée dans l'enclos des femmes.

— À quelles fins ?

— Pour y trouver une… enfant.

— Tu me fais perdre un temps précieux, *nenon*, menaça Guilhem en lui tirant de nouveau la tête en arrière. Quelle enfant ? En quoi intéresse-t-elle Oriane ?

— Cette fillette est l'enfant d'une hérétique, la sœur de… ma mère, ma tante, expliqua-t-il avec l'air de cracher un poison qu'il avait dans la bouche. Ma mère voulait s'entretenir seule à seule avec elle.

— Alaïs, murmura Guilhem, incrédule. Quel âge a cette enfant ? »

Évreux exsudait la peur par tous les pores de sa peau.

« Comment le saurais-je ? Neuf ou dix ans.

— Et qu'en est-il du père ? Est-il mort, lui aussi ? »

Louis d'Évreux esquissa un geste dont Guilhem le dissuada en appuyant la pointe de sa lame sous l'oreille gauche du jeune homme, prêt à la lui enfoncer dans la gorge.

« Il s'agit d'un soldat de Pierre-Roger de Mirepoix. »

Guilhem comprit aussitôt.

« Et tu as envoyé tes hommes afin de t'assurer qu'il ne voie point le soleil se lever. »

La lame du poignard accrochant la lueur des chandelles étincela.

« Qui êtes-vous ? »

Du Mas ignora la question.

« Où est le seigneur d'Évreux ? Pourquoi n'est-il point céans ?

— Mon père n'est plus, déclara le jeune homme sans autre émotion qu'une arrogante fatuité que Guilhem ne put s'expliquer. Ce jour d'hui, le maître des états d'Évreux, c'est moi.

— Ou plus probablement ta mère », ricana Guilhem.

Le jeune homme vacilla sous le choc.

« Dis-moi, *seigneur* d'Évreux, reprit Guilhem en insistant avec mépris sur le titre, que veut donc ta mère à cette enfant ?

— Que vous importe ? C'est une enfant d'hérétique. Elle aurait dû brûler avec les autres. »

Guilhem perçut aussitôt qu'Évreux regrettait d'avoir livré le fond de sa pensée. Trop tard. Au moment même où il prononçait ces mots, Guilhem lui trancha la gorge d'une oreille à l'autre.

« *Per lo Miègjorn* », murmura-t-il.

Le sang gicla de la blessure, éclaboussant les beaux tapis. Quand Guilhem relâcha sa prise, Évreux tomba en avant.

« Si ton serviteur revient promptement, peut-être auras-tu la vie sauve. Dans le cas contraire, tu ferais bien de prier Dieu pour le pardon de tes péchés. »

Capuchon rabattu sur le visage, Guilhem s'en fut. Il lui fallait au plus vite retrouver Sajhë de Servian, avant les hommes d'Évreux.

La petite troupe avançait péniblement dans la nuit glaciale.

Oriane regrettait d'avoir emprunté la *calèche*, quand voyager à cheval eût été beaucoup plus rapide. Les roues de bois brinquebalaient, glissaient sur la pierre et la terre gelée

Ils évitèrent les grands chemins de la vallée, où des barrages encore en place les contraignirent à mettre cap au sud durant quelques heures. Puis, quand les grisailles de l'hiver eurent fait place à la nuit profonde, ils obliquèrent vers le sud-est.

Bertrande était endormie, sa cape tirée sur la tête pour la garantir du froid mordant qui soufflait en rafales à travers les interstices de la bâche recouvrant le chariot. Son incessant bavardage avait exaspéré Oriane, que la gamine avait harcelée de questions sur la vie à Carcassonne avant la guerre.

Oriane lui avait donné des petits gâteaux, du pain de sucre et du vin épicé où elle avait ajouté un somnifère suffisant pour assommer un soldat des jours durant. La gamine s'était enfin tue et avait sombré dans un sommeil abyssal.

« Éveillez-vous ! »

Sajhë entendit qu'on lui parlait. Un homme. Tout près.

Quand il voulut bouger, une violente douleur irradia son corps, cependant que des étoiles bleues explosaient devant ses yeux.

« Éveillez-vous ! » reprit la voix d'un ton plus pressant.

Sajhë tressaillit au contact d'un objet froid et néanmoins apaisant que l'on appuyait contre son visage tuméfié. Lentement, les coups dont on l'avait roué de la tête aux pieds lui revinrent en mémoire.

Était-il trépassé ?

Puis il se souvint. Quelqu'un criait, plus loin, plus bas, sur la pente, intimant aux soldats de l'arrêter. Ses assaillants surpris, avaient reculé. Quelqu'un, un capitaine, avait hurlé des ordres en français, les hommes de la patrouille l'avaient emmené en bas de la montagne.

Peut-être n'était-il pas mort.

En tentant un mouvement, il sentit un objet dur lui meurtrir le dos. Il se rendit compte que ses épaules étaient fortement tirées en l'arrière. Quand il voulut ouvrir les yeux, l'un demeura désespérément clos, alors que tous ses autres sens semblaient avoir gagné en acuité. Il prit conscience du mouvement des chevaux en train de frapper le sol de leur sabot, de la voix du vent, du cri des engoulevents et du hibou solitaire. Autant de sons qu'il reconnaissait.

« Pouvez-vous bouger les jambes ? » s'enquit la voix.

Sajhë s'étonna d'en être capable, même si elles le faisaient horriblement souffrir. Il est vrai qu'un soldat avait pris un malin plaisir à lui piétiner la cheville quand il était à terre.

« Pouvez-vous chevaucher ? »

Il vit l'homme couper les cordes qui attachaient ses bras à un poteau. Le personnage ne lui était pas étranger. Quelque chose dans la voix, la complexion du visage.

Il tituba sur ses jambes affaiblies.

« Que me vaut tant d'obligeance ? » demanda-t-il en se massant les poignets. La réponse lui vint soudain. Il se revit à onze ans, escaladant les murs du Château comtal, courant sur le chemin de ronde pour tenter de trouver Alaïs. Écoutant à la fenêtre des rires emportés par la brise du soir. Le verbiage anodin d'une voix d'homme.

« Guilhem du Mas », articula-t-il lentement.

Ce dernier suspendit son geste, pour le dévisager d'un air étonné.

« Nous sommes-nous déjà rencontrés, mon ami ?

— Vous ne pourriez vous souvenir, répondit Sajhë, osant à peine le regarder en face. Mais dites-moi, *ami*, s'enquit-il en accusant le mot. Que voulez-vous de moi ?

— Je viens pour… » Guilhem était dérouté par une telle hostilité. « N'êtes-vous pas Sajhë de Servian ?

— Quand bien même ?

— Pour Alaïs que vous et moi… » Guilhem prit un instant pour se ressaisir. « Sa sœur Oriane est céans avec l'un de ses fils qui s'est mis sous la croix. Elle est venue s'emparer du livre.

— De quel livre parlez-vous ? » lui retourna Sajhë acrimonieusement.

Guilhem préféra passer outre.

« Oriane a appris que vous avez une fille. Elle la retient captive. J'ignore l'endroit où elle entend la conduire, mais je sais qu'elle a quitté le campement peu après le crépuscule. Je suis venu vous prévenir et vous offrir mon aide. Cependant, si cela ne vous agrée point… »

Sajhë sentit le sang refluer de son visage.

« Attendez !

— Si vous voulez retrouver votre enfant vivante, poursuivit Guilhem sans se départir de son calme, je vous suggère de laisser vos griefs envers moi de côté, quelle qu'en soit la cause. »

Sur ces mots, il lui tendit la main pour l'aider à se redresser.

« Savez-vous où Oriane peut l'avoir emmenée ? »

Sajhë fixa l'homme qu'il avait haï sa vie durant, puis, pour l'amour d'Alaïs et de sa fille, accepta la main tendue.

« Elle a un nom : Bertrande. »

77

Pic de Soularac

Vendredi 8 juillet 2005

Audric et Alice escaladaient la montagne en silence.

Trop de choses avaient été dites, pour qu'il fût nécessaire d'ajouter quoi que ce soit. Baillard respirait péniblement, les yeux rivés sur le sentier, sans faiblir un seul instant.

« Ce ne doit plus être très loin, dit-elle, plus pour elle-même que pour le vieil homme.

— En effet. »

Cinq minutes plus tard, Alice comprit qu'ils étaient parvenus au site par le versant opposé à l'aire de stationnement. Les tentes avaient disparu mais laissé des traces sous la forme de carrés de terre sèche et battue et quelques détritus oubliés. Alice repéra une truelle et un piquet de tente qu'elle ramassa aussitôt pour les mettre dans sa poche.

Ils poursuivirent leur ascension et bifurquèrent sur la gauche pour parvenir au rocher qu'elle avait délogé. Il gisait en contrebas de l'entrée, précisément à l'endroit où il avait roulé. À la lumière fantomatique de la lune, l'on eût cru à une idole détrônée.

Était-ce vraiment seulement lundi dernier ?

Baillard s'immobilisa et s'y adossa afin de reprendre son souffle.

« Nous sommes arrivés, lui dit Alice pour le réconforter. Je suis navrée, j'aurais dû vous prévenir que la côte était raide.

— Je me la rappelle, déclara Audric en lui tendant une main parcheminée. Quand nous parviendrons à la grotte, vous devrez me laisser le temps de m'assurer que rien de fâcheux ne peut vous arriver, avant que je vous fasse signe d'entrer. En attendant, vous devez me promettre de rester cachée.

— Je persiste à penser qu'il n'est pas sage d'entrer seul dans cette grotte, objecta Alice. Même si vous avez raison en estimant qu'ils ne viendront qu'à la nuit tombée, vous pourriez fort bien vous retrouver coincé à l'intérieur. J'aimerais que vous me laissiez vous aider, Audric. Si j'entre avec vous, nous serions deux à rechercher le livre. Ce serait l'affaire de quelques minutes. Nous pourrions ensuite nous cacher et attendre la suite des événements.

— Pardonnez-moi, mais je préfère que nous nous séparions.

— Je ne comprends vraiment pas pourquoi. Personne ne sait que nous sommes ici. Nous devrions y être en sécurité, affirma-t-elle, pourtant loin d'en être convaincue.

— Vous êtes très courageuse, *madomaisèla*, tout comme elle le fut. Alaïs avait souci de la sécurité d'autrui avant la sienne. Elle sacrifia beaucoup pour ceux qu'elle aimait.

— Personne n'entend sacrifier quoi que ce soit », le reprit-elle sèchement. La peur la rendait nerveuse. « Je ne comprends pas non plus pourquoi nous ne sommes pas venus plus tôt, quand il faisait encore jour et que nous ne courions pas le risque d'être surpris. »

Baillard réagit comme si elle n'avait pas parlé.

« Avez-vous téléphoné au capitaine Noubel ? »

Inutile de discuter. Pas maintenant.

« Oui, soupira-t-elle d'un air las. Je lui ai tenu les propos que vous m'avez conseillés.

— *Ben.* Je comprends que vous me méjugiez, *madomaisèla*, Mais vous verrez, tout survient à point nommé. La vérité ne peut éclore autrement.

— La vérité ? reprit-elle. Vous m'avez appris tout ce que je devais savoir, Audric. Absolument tout. Mon seul souci est à présent de tirer Shelagh et Will en un seul morceau de cet endroit.

— Tout, dites-vous ? Pensez-vous que ce soit possible ? »

Baillard se retourna pour observer l'entrée de la grotte, faille étroite dans l'étendue du rocher.

« Une vérité peut en démentir une autre, murmurat-il. Avant n'est pas maintenant et maintenant n'est pas après. » Il lui prit le bras : « Et si nous accomplissions la dernière étape de notre voyage ? »

Alice le contempla d'un air confus en se demandant quelle mouche le piquait. Elle le trouvait calme, étrangement songeur comme si une sorte de résignation s'était emparée de lui, alors qu'elle se sentait affreusement nerveuse, angoissée à l'idée que les événements pussent mal tourner, terrifiée que Noubel arrivât trop tard et que Baillard se fût fourvoyé.

Et s'ils sont déjà morts ?

Alice préféra écarter une telle pensée, tant elle lui semblait insupportable. Elle devait s'efforcer de croire que tout irait pour le mieux.

Arrivés devant l'entrée, Baillard se retourna pour lui adresser un sourire, accompagné d'un regard ambré pétillant d'impatience.

« Qu'y a-t-il, Audric ? s'enquit-elle précipitamment. Il y a quelque chose… » Elle ne trouvait pas le mot. « Quelque chose…

— J'attends depuis très longtemps, souffla-t-il.

— Attends… de trouver le livre ? »

Il secoua la tête.

« Ma rédemption…

— Rédemption ? Mais pour quelle raison ? » Abasourdie, Alice s'aperçut qu'elle avait les larmes aux yeux. Elle se mordit la lèvre pour ne pas éclater en sanglots. « Je ne vous comprends pas, Audric, bredouilla-t-elle d'une voix brisée.

— *Pas a pas se va luenh.* Avez-vous lu les mots gravés au-dessus des marches ? »

Elle le regarda, plus étonnée que jamais.

« Oui, mais comment… »

Il tendit la main pour qu'elle lui remît la lampe torche.

« Je dois entrer. »

Luttant contre ses sentiments contradictoires, Alice la lui tendit sans autre mot. Elle le regarda descendre le souterrain, attendant que les derniers éclats de lumière eussent disparu, avant de se détourner.

Le hululement d'une chouette proche la fit sursauter. Le moindre son semblait éveiller cent échos. Une hostilité rôdait dans l'obscurité. Dans les arbres qui la dominaient, dans l'ombre formidable de la montagne elle-même, dans la forme inhabituelle et menaçante qu'empruntaient les rochers. Elle crut un instant entendre le bruit d'une voiture au loin dans la vallée.

Puis le silence tomba de nouveau.

En consultant sa montre, Alice vit qu'il était neuf heures et demie.

Un quart d'heure plus tard, deux puissants phares balayèrent le parking au pied du pic de Soularac.

Paul Authié coupa le contact et sortit de sa voiture, étonné que François-Baptiste ne fût pas en train de guetter sa venue. Alors qu'il levait les yeux vers la grotte, la pensée que les autres y étaient peut-être déjà réunis éveilla en lui un accès d'inquiétude.

Il écarta cette idée. Ses nerfs lui jouaient des tours. Braissard et Domingo s'y étaient rendus une heure plus tôt ; s'ils avaient eu vent de la présence de Marie-Cécile, il en aurait entendu parler.

Sa main se posa sur la télécommande qu'il gardait dans sa poche, réglée pour actionner le détonateur sitôt le compte à rebours achevé. Il n'avait rien à faire d'autre qu'attendre. Et observer.

Effleurant la croix qu'il portait au cou, il commença à prier, lorsqu'un bruit près du bosquet attenant au parking attira son attention. Il écarquilla les yeux, et, n'y voyant goutte, regagna son véhicule et alluma les phares. Les arbres jaillirent brusquement des ténèbres, dépouillés de toute couleur.

La main en visière, il perçut, cette fois, un mouvement dans l'épais taillis.

« François-Baptiste ? »

Personne ne répondit et Authié sentit son poil se hérisser.

« Nous n'avons pas de temps à perdre, cria-t-il dans l'obscurité avec une irritation délibérée. Si vous voulez le livre et l'anneau, sortez de là et montrez-vous. »

Il commençait à se demander s'il ne s'était pas mépris sur la manière dont se déroulaient les événements.

« J'attends ! » lança-t-il.

Il y eut, cette fois, une réaction. L'avocat retint un sourire en voyant une silhouette prendre forme dans le bosquet.

« Où est O'Donnell ? »

Pour un peu, Authié se serait esclaffé en voyant s'avancer François-Baptiste, pitoyablement ridicule dans un veston beaucoup trop grand pour lui.

« Êtes-vous seul ? demanda-t-il.

— Ça ne vous regarde foutrement pas, rétorqua le jeune homme en s'immobilisant à l'orée du bosquet. Où est O'Donnell ? »

Authié eut un mouvement de tête vers la grotte.

« Elle est déjà sur place à vous attendre. J'ai pensé vous éviter la peine de l'y emmener. Je ne pense pas qu'elle vous causera d'ennuis, conclut-il avec un bref éclat de rire.

— Et le livre ?

— Également. Avec l'anneau. » Il tira sur les poignets de sa chemise. « Tout est livré à temps, comme promis. »

François-Baptiste laissa échapper un rire sarcastique.

« Dans un emballage cadeau, je suppose. Vous ne pensez tout de même pas que je vais croire que vous les avez tout simplement déposés là-haut, dans la grotte. »

Authié le toisa avec hauteur.

« J'avais pour mission de retrouver le livre et l'anneau, ce qui fut fait. En outre, je vous ai aussi ramené votre – comment la qualifier ? espionne. Appelez ça un geste philanthropique de ma part. Le sort que lui réserve Mme de l'Oradore ne regarde qu'elle. »

Le doute traversa le visage de François-Baptiste.

« Tout cela par pure bonté d'âme.

— Pour la *Noublesso Véritable*, corrigea mielleusement l'avocat. À moins qu'on ne vous ait pas encore invité à vous joindre à elle. J'imagine qu'être le fils du *navigatairé* ne vous confère aucun privilège de ce côté-là. Allez-y, jetez un coup d'œil. À moins que votre mère ne soit déjà là-haut, prête pour la cérémonie ? »

François-Baptiste lui décocha un regard acéré.

« Pensez-vous vraiment qu'elle ne m'ait rien dit ? l'apostropha Authié en faisant un pas vers lui. Croyez-vous que j'ignore ses activités ? L'avez-vous seulement vue, François-Baptiste ? Avez-vous aperçu son visage extatique quand elle prononce ses obscénités, ses paroles blasphématoires ? C'est une offense à Dieu !

— Je vous interdis de parler d'elle de cette façon ! » gronda le jeune homme en portant la main à la poche de son veston.

Authié s'esclaffa.

« C'est ça. Téléphonez-lui. Elle vous conseillera sur ce que vous devez faire et penser. Surtout ne faites rien sans la consulter. »

Il tourna les talons et commença à regagner sa voiture. Le déclic du cran de sécurité ne lui parvint que quelques secondes avant qu'il en comprît la nature. Incrédule, il se retourna, trop lentement cependant. Il entendit le claquement d'une, puis, presque simultanément, d'une seconde détonation.

Le premier projectile le rata de très loin. Le second, qui le toucha à la cuisse, la traversa de part en part en faisant éclater le fémur. Authié s'effondra en hurlant, alors qu'une violente douleur se répandait dans son corps.

François-Baptiste s'approchait de lui en serrant son arme à deux mains. Authié esquissa par terre quelques mouvements de reptation en laissant une traînée de sang sur les gravillons, mais le jeune homme eut tôt fait de le rattraper pour le dominer de toute sa hauteur.

Ils s'affrontèrent un instant du regard, puis François-Baptiste tira une troisième fois.

Alice sursauta.

Le bruit des détonations déchira le silence de la montagne. Il rebondit sur les rochers pour se répercuter autour d'elle.

Son cœur s'accéléra. Elle n'arrivait pas à situer la provenance des coups de feu. Chez elle, en Angleterre, elle aurait compris qu'il ne s'agissait que d'un lapin ou un corbeau.

Ça ne ressemble pas à un bruit d'arme à feu.

Elle sauta sur le sol aussi discrètement que possible et scruta l'obscurité vers l'endroit où elle pensait que se trouvait le parking. Une portière claqua. Des voix transportées par le silence parvinrent jusqu'à elle.

Que fait donc Audric ?

Si loin qu'ils fussent, elle sentait leur présence. De temps à autre, elle entendait le bruit d'un caillou roulant sous leur pas, tandis qu'ils escaladaient le sentier. Le craquement d'une branche morte.

Alice se rapprocha de l'entrée de la grotte, en lançant des coups d'œil désespérés à l'intérieur du tunnel, comme si la force de sa volonté suffisait à faire sortir Baillard.

Pourquoi ne vient-il pas ?

« Audric ? souffla-t-elle. Quelqu'un arrive. Audric ? »

Seul le silence lui répondit. À la vue du tunnel s'étirant vers les ténèbres, son courage vacilla.

Tu dois le prévenir.

Priant le ciel de n'avoir pas trop tardé à réagir, elle se précipita vers la grotte au labyrinthe.

78

Los Seres

MARÇ 1244

Malgré les multiples blessures de Sajhë, ils allèrent bon train, longeant la rivière plein sud, à partir de Montségur. Ils n'avaient qu'un maigre bagage, et les quelques haltes qu'ils s'autorisaient ne servaient qu'à prendre un bref repos et laisser s'abreuver les chevaux. En voyant la façon dont s'y prenait son compagnon de voyage pour briser la glace à coups d'épée, Guilhem se rendit compte qu'en matière de maniement d'armes Sajhë le surpassait largement.

Du passé de Servian, il ne savait que peu de chose, sinon qu'il était devenu le messager des *parfaits* des villages isolés des Pyrénées et qu'il pourvoyait en renseignements les combattants rebelles à l'occupant. À l'évidence, l'homme connaissait chaque passage, chaque crête, le moindre sentier sillonnant bois, gorges ou plaines.

Nonobstant, Guilhem était aussi conscient de l'invincible aversion que nourrissait Sajhë à son endroit, qui lui faisait sur la nuque l'effet d'un soleil ardent. Sajhë était notoirement connu pour sa loyauté, sa bravoure, sa capacité à mourir pour défendre ses convictions. Malgré son animosité, il comprenait fort bien pourquoi Alaïs s'était éprise de cet homme au point de lui donner un enfant, même si cette pensée lui transperçait le cœur comme une lame.

La bonne fortune les accompagnait, car il n'avait pas neigé au cours de la nuit. Ce dix-neuvième jour de mars était lumineux, avec peu de nuages et presque pas de vent.

Sajhë et Guilhem parvinrent à Los Seres au crépuscule. Le village était niché dans une petite vallée isolée où, malgré le temps froid, les prémices du printemps perçaient timidement. Aux abords du village, les arbres se constellaient de vert et de blanc, alors que les premières fleurs pointaient discrètement sur le talus du sentier conduisant aux premiers hameaux. Le village semblait désert, comme abandonné.

Ayant démonté, les deux hommes conduisirent leur monture par la bride sur la courte distance qui menait à la place du village. Le bruit des fers sur le pavé et la terre gelée résonnait haut dans le silence. Quelques volutes de fumée s'élevaient précautionneusement d'une ou deux maisons. Des regards soupçonneux les observaient par les failles des croisées avant de disparaître furtivement. Bien qu'ils ne fussent pas coutumiers de ces hautes montagnes, l'existence de déserteurs français, généralement fauteurs de troubles, était connue jusques ici.

Sajhë attacha son cheval près du puits, aussitôt imité par Guilhem, lequel lui emboîta le pas en le voyant se diriger vers une maisonnette. Des lauzes manquaient au toit, les volets avaient grand besoin d'une remise en état, mais les murs avaient gardé leur solidité. Guilhem se dit *in petto* qu'il faudrait peu de chose pour qu'elle reprît vie.

Comme Sajhë en poussait la porte, Guilhem se tint en retrait. Le panneau de bois gonflé d'humidité et raidi par le manque d'usage, résista sur ses gonds rouillés, puis, avec un craquement, céda suffisamment pour permettre à Sajhë d'entrer.

Guilhem le suivit, ressentant sur le visage un air humide et sépulcral qui lui engourdit les doigts. Face à la porte s'entassaient feuilles et paillis, apportés par les vents hivernaux. De petites stalactites de glace pendaient aux volets et, pareilles à une frange, sur le rebord de fenêtre.

Des reliefs de repas jonchaient la table, parmi un vieux cruchon, des écuelles, des gobelets et un couteau. Une pellicule de moisi recouvrait un fond de vin, comme de la mousse sur un étang. Les bancs avaient été repoussés contre les murs.

« Est-ce votre demeure ? » s'enquit doucement Guilhem.

Sajhë opina de la tête.

« Quand l'avez-vous quittée ?

— Cela fait un an. »

Au centre de la pièce, un chaudron rouillé pendait au-dessus de cendres et de bois carbonisé depuis fort longtemps refroidi. Guilhem se sentit envahi de pitié en voyant Sajhë se pencher pour soulever le couvercle du chaudron.

Au fond de la demeure pendait un vieux rideau délabré. Il le souleva pour révéler une autre table entourée de deux chaises. D'étroites étagères, pour la plupart vides, occupaient presque tout le mur. N'y subsistaient qu'un vieux mortier et son pilon, deux ou trois bols et leur cuiller, quelques pots empoussiérés. Au-dessus, plusieurs crochets fixés au plafond bas soutenaient encore quelques bouquets d'herbes séchées, l'un d'érigérons pétrifiés, l'autre de feuilles de mûriers.

« Elle en usait pour ses médications », expliqua à brûle-pourpoint Sajhë.

Quoique déconcerté, Guilhem se tenait immobile, bras croisés, peu désireux d'interrompre Servian dans l'évocation de ses souvenirs.

« Femme ou homme, chacun venait à elle, sitôt qu'il avait le corps ou l'esprit troublé, afin aussi de garder ses enfants en santé durant les mois d'hiver. Bertrande… Alaïs lui permettait de l'assister dans ses préparations, et se chargeait de délivrer les potions dans chaque maison. »

Sajhë hésita, puis s'enferma dans son mutisme. Guilhem sentait un nœud lui serrer la gorge. Lui aussi se rappelait les flacons et les pots dont Alaïs emplissait leur chambre, au Château comtal, sa concentration silencieuse lorsqu'elle élaborait ses onguents.

Sajhë laissa retomber le rideau. S'étant assuré de la solidité de l'échelle, il se hissa jusqu'à la soupente. Là, rongée de moisissure et souillée de déjections animales, il y avait une pile de vieilles couvertures et de la paille pourrie, tout ce qui subsistait de l'endroit où dormait la petite famille. Un unique chandelier, ruisselant de cire, se dressait encore près du grabat, avec, sur le mur, en manière d'évocation, des traces noires de fumée.

Incapable d'endurer plus longtemps le chagrin de Sajhë, Guilhem alla l'attendre dehors. Il ne se sentait aucun droit de s'y immiscer.

Quelque temps après, Sajhë réapparut, l'œil rougi, mais le geste assuré. Il se dirigea résolument vers Guilhem qui, perché sur le point culminant du village, regardait ostensiblement vers l'ouest.

« Quand le jour se lève-t-il ? » voulut savoir ce dernier dès que Sajhë l'eut rejoint.

Les deux hommes étaient de même taille, mais les traits burinés et les mèches grisonnantes de Guilhem révélaient qu'il serait sous terre quinze ans plus tôt que Sajhë.

« Le soleil se lève tard sur les montagnes en cette époque de l'année. »

Guilhem observa un instant de silence.

« Comment entendez-vous procéder ? s'enquit-il, soucieux de respecter les prérogatives de son compagnon en ces lieux.

— Nous devons de prime panser les chevaux, puis nous chercherons un logis pour nous abriter. Je doute qu'ils puissent arriver avant le matin.

— Vous n'entendez point…, commença Guilhem en regardant la maisonnette.

— Que non, pas là-bas. Je connais une femme qui nous procurera le gîte et le couvert. Demain, nous monterons plus haut et dresserons un campement quelque part près de la grotte pour guetter leur arrivée.

— Vous pensez donc qu'Oriane contournera le village ?

— Elle se doute de l'endroit où Alaïs a dissimulé le *Livre des mots*. Elle aura eu du temps en suffisance pour étudier les deux autres livres au cours des trente dernières années. »

Guilhem lui coula un regard de biais.

« Est-elle dans le vrai ? Est-il toujours dans la grotte ?

— J'ignore par quelle rouerie Oriane a pu convaincre Bertrande de la suivre, dit-il, ignorant la question de Guilhem. Je lui avais pourtant recommandé de ne point départir sans moi. D'attendre mon retour. »

Guilhem ne répondit rien parce qu'il ignorait comment dissiper les craintes de Sajhë. Ce dernier ne tarda pas à s'abandonner à son courroux :

« Pensez-vous qu'Oriane ait emporté avec elle les deux autres livres ? demanda-t-il brusquement.

— Elle ne prendrait point un tel risque. J'incline à penser que les livres sont plutôt en sûreté dans ses coffres, quelque part à Évreux ou à Chartres.

— L'aimiez-vous ? »

Guilhem se sentit désarçonné par la brutalité avec laquelle la question lui fut posée.

« Je la désirais, certes. J'étais envoûté, imbu de mon importance. Je…

— Il s'agit d'Alaïs et non d'Oriane », le corrigea abruptement Sajhë.

Guilhem eut l'impression qu'une bande d'acier lui enserrait le gosier.

« Alaïs… reprit-il, plongé dans ses souvenirs jusqu'à ce que l'intensité du regard que Sajhë faisait peser sur lui le ramenât à la réalité.

« Après… Après la chute de Carcassona, je ne l'ai vue qu'une fois, et nous demeurâmes ensemble trois mois durant. L'Inquisition s'était saisie d'elle et…

— Je sais tout cela ! vitupéra Sajhë. Je sais… » reprit-il d'une voix éteinte.

Décontenancé par l'attitude de son compagnon, Guilhem fixait obstinément l'horizon, quand il se prit à sourire.

« Oui, assurément. Je l'aimais plus que tout au monde. Je n'avais seulement pas compris à quel point l'amour est précieux, combien il est fragile. Jusqu'à ce qu'il se brise entre nos doigts.

— Est-ce pourquoi vous l'avez laissée partir, après Tolosa, et qu'elle est revenue au village ?

— Après ces semaines passées ensemble, Dieu sait combien il me fut douloureux de me tenir loin d'elle. J'eusse aimé la revoir, ne fût-ce qu'une fois. J'espérais que, la guerre finie, nous pourrions… Mais, à l'évidence, elle vous a trouvé. Et ce jour d'hui… »

La voix de Guilhem se brisa. Des larmes jaillirent de ses yeux, que le froid rendait brûlantes. Près de lui, il sentit Sajhë s'agiter et, l'espace d'un instant, l'atmosphère changea entre eux.

« Pardonnez-moi de m'abandonner ainsi en votre présence. » Guilhem inspira longuement. « La prime qu'Oriane avait mise sur la tête d'Alaïs était substantielle, tentante même pour ceux qui n'avaient nulle raison de lui vouloir de mal. J'ai soudoyé ses espions pour lui faire parvenir de fausses informations. Durant près de trente ans, cela contribua à lui sauver la vie. »

Guilhem se tint coi, alors que, pareille à un intrus, lui revenait à l'esprit l'image du livre serré contre la cape rouge dévorée par les flammes.

« J'ignorais que sa foi fût si grande ou que sa volonté de ne voir point le *Livre des mots* tomber entre les mains d'Oriane pût la conduire à pareille extrémité. »

Il se tourna vers Sajhë en espérant y voir la vérité qu'il celait au fond de son regard ambré.

« J'eusse préféré qu'elle ne choisît point de périr, poursuivit-il. Pour vous, l'homme qu'elle a choisi, pour moi, pauvre fol qui la perdit, et surtout, pour le bien de votre fille. Pour connaître Alaïs…

— Pourquoi nous prêtez-vous assistance ? l'interrompit Sajhë. Pourquoi êtes-vous venu ?

— À Montségur ? »

Sajhë secoua impatiemment la tête.

« Que non, pas à Montségur. Céans, ce jour d'hui.

— Pour me venger », répondit Guilhem.

79

Alaïs s'éveilla d'un bond, gourde et transie. Une douce lueur violacée nimbait le paysage barbouillé vert et gris de l'aube. À flanc de montagne, une brume laiteuse, silencieuse et paisible se faufilait discrètement entre crevasses et goulots.

La cape doublée de fourrure remontée jusqu'aux oreilles, Harif reposait du sommeil du juste. Pour lui, le jour et la nuit passés à voyager s'étaient révélés des plus éprouvants.

Un silence insondable pesait sur la montagne. Malgré son malaise et le froid qui lui glaçait les os, Alaïs se plaisait dans cette solitude, surtout après de longs mois de confinement dans un château de Montségur désespérément surpeuplé. Prenant soin de ne pas éveiller Harif, elle se leva, s'étira puis plongea la main dans une sacoche de selle pour y prendre un croûton de pain. Il était aussi dur que du bois. Elle se versa un gobelet de vin des montagnes, rouge et épais, presque trop froid pour être goûté. Elle y trempa son quignon afin de le ramollir et se dépêcha de le manger avant de préparer une collation pour ses compagnons.

Elle osait à peine songer à Bertrande et Sajhë, à l'endroit où ils pouvaient être à cet instant précis. Toujours dans le campement ? Ensemble ou bien séparés ?

Le cri d'une chouette effraie rentrant de sa nuit de chasse fendit l'espace. Alaïs sourit à ses sons aussi apaisants que familiers. Dans les halliers, les animaux s'agitaient, griffes et mandibules soudain en activité. Dans les étendues boisées des vallées en contrebas, les loups hurlaient leur existence. Ils lui rappelaient que le monde allait de l'avant, que ses cycles changeaient avec les saisons, bon gré mal gré.

Elle secoua ses guides pour leur enjoindre de prendre la déjeunée, puis conduisit les chevaux au ruisseau dont elle brisa la glace à l'aide du pommeau de son épée afin qu'ils pussent s'abreuver.

Pour réveiller Harif elle attendit que le jour fût pleinement levé. Comme, depuis quelque temps, il sortait d'un sommeil troublé, elle lui murmura quelques mots dans sa langue natale et posa doucement sa main sur son bras noueux.

Harif ouvrit un œil affadi par les ans.

« Bertrande ?

— Nenni, c'est moi, Alaïs… »

Harif battit des paupières, confus de se retrouver en pleine montagne. Alaïs présuma qu'il devait encore rêver de Jérusalem, des arabesques des mosquées et de l'appel à la prière du muezzin, ses voyages dans l'océan infini du désert.

Au cours des années qu'ils avaient partagées en compagnie l'un de l'autre, Harif lui avait parlé des épices aromatiques, des couleurs flamboyantes, du goût poivré des nourritures, de l'extraordinaire éclat d'un soleil couleur de sang. Il lui avait conté l'histoire du prophète Mahomet et de l'antique cité d'Avaris, sa ville natale et des anecdotes à propos de son père au temps de sa jeunesse, de la *Noublesso de los Seres*.

Son cœur se serra. Son teint olive avait emprunté des nuances grisâtres, sa chevelure d'ébène la blancheur de la neige. Il était trop vieux pour mener pareil combat. Il en avait trop vu, été le témoin de trop d'événements pour connaître une fin si brutale.

Harif avait entrepris trop tard son dernier voyage. Et Alaïs n'ignorait pas que seule la pensée de Los Seres et de Bertrande lui donnait la force de continuer.

« Oui, Alaïs, dit-il doucement en rassemblant ses effets.

— Nous n'en avons plus pour très longtemps, le rassura-t-elle en l'aidant à se lever. Nous sommes presque arrivés. »

Blottis dans leur abri de montagne, hors d'atteinte de la cruelle morsure du vent, Guilhem et Sajhë n'échangeaient que peu de mots.

Après maintes tentatives de Guilhem pour nouer la conversation, les réponses laconiques et nébuleuses de Sajhë l'en avaient dissuadé. De guerre lasse, il s'était replié dans son propre monde, ainsi que Sajhë le souhaitait.

Ce dernier éprouvait de douloureux problèmes de conscience. Il avait passé une part de son existence, d'abord à envier Guilhem, puis à le haïr, pour enfin apprendre à l'oublier. Certes, il l'avait supplanté aux côtés d'Alaïs, mais jamais dans son cœur, cette dernière ayant voué à son premier amour une imprescriptible fidélité. Malgré le silence et l'absence, il l'avait supporté.

Sajhë n'ignorait rien du courage de Guilhem, de l'intrépidité de son long combat pour chasser l'envahisseur du pays d'oc. Cependant, il ne pouvait se résoudre à l'admirer, à l'estimer ni même à s'apitoyer sur lui. Il voyait à quel point il souffrait de la perte d'Alaïs. Son visage exprimait la profondeur de son chagrin. Incapable de lui avouer la vérité, Sajhë se détestait pour cela.

Ils attendirent toute la journée, ne dormant qu'à tour de rôle. À l'approche du crépuscule, une nuée de corbeaux prit son envol de la vallée, s'élevant dans le ciel comme les cendres d'un feu mourant. Ils tourbillonnèrent, planèrent en croassant, battant l'air froid de leurs ailes noires.

« Quelqu'un s'en vient », annonça Sajhë, immédiatement sur ses gardes.

Dissimulé derrière le rocher perché sur une étroite corniche qui surplombait la grotte comme si un géant l'y avait posée tout exprès, Sajhë hasarda un coup d'œil.

Il ne vit rien, aucun signe de vie. Prudemment, il sortit alors de sa cachette. Contrecoup de son inactivité et de la volée de coups qu'on lui avait infligée, chaque partie de son corps était roide et endolorie. Il avait les doigts gourds et les articulations rougies et craquelées. Son visage offrait l'apparence d'une énorme ecchymose.

S'accroupissant au bord de la corniche, il sauta sur le sol et se reçut très mal. Une douleur fulgurante traversa sa cheville blessée.

« Passez-moi mon épée », commanda-t-il, la main tendue.

Guilhem s'exécuta, puis le rejoignit pour observer la vallée.

Quelques éclats de voix lointains parvinrent jusqu'à eux. Puis, dans la lumière mourante, Sajhë aperçut un mince filet de fumée s'élevant à travers le couvert des bois.

Il contempla l'horizon où le mauve de la terre se fondait dans les premiers assombrissements du ciel.

« Ils se trouvent sur le sentier sud-est, déclara-t-il. Ce qui signifie qu'Oriane a contourné le village. En venant de cette direction, ils ne pourront poursuivre à cheval, le terrain est par trop escarpé. Il y a des ravins, bordés d'à-pics de chaque côté. Il leur faudra continuer à pied. »

La pensée de Bertrande si proche lui fut soudain insupportable.

« Je descends.

— Non ! » se récria Guilhem. Puis, plus posément : « Non, le risque est trop grand. S'ils vous aperçoivent, la vie de Bertrande sera en danger. Nous savons qu'Oriane viendra jusqu'à la grotte. Céans, nous bénéficions de l'effet de surprise. Il faut attendre qu'elle vienne à nous. Mais ne vous blâmez point, ami, vous ne pouviez vous en empêcher. Vous servirez votre enfant en vous en tenant à notre plan. »

Sajhë se libéra avec rudesse du geste que Guilhem avait eu pour le retenir.

« Vous ignorez tout de mes sentiments, répliqua-t-il d'une voix vibrante de colère. Comment osez-vous prétendre me connaître ?

— J'en suis navré, répondit Guilhem en esquissant ironiquement un geste de reddition.

— Ce n'est qu'une enfant.

— Quel âge a-t-elle ?

— Neuf ans, rétorqua sèchement Sajhë.

— Elle est donc en âge de comprendre, songea-t-il à haute voix. Or donc, même si Oriane est parvenue à la persuader, plutôt que la contraindre à quitter le camp, il est probable que Bertrande a deviné son imposture.

Savait-elle qu'Oriane se trouvait dans le camp ? Savait-elle seulement qu'elle était sa tante ?

— Elle savait qu'Alaïs et elle n'étaient point amies. Elle aurait refusé de la suivre.

— À condition qu'elle connût son identité, objecta Guilhem. Mais dans le cas contraire ? »

Saghë réfléchit quelques instants, puis secoua la tête.

« Quand bien même. Je me refuse à croire qu'elle ait pu suivre une étrangère de son plein gré. Nous nous étions entendus pour qu'elle… »

Il se retint, comprenant qu'il était sur le point de se trahir, aussitôt soulagé que Guilhem fût absorbé dans ses propres pensées.

« Il me semble possible de nous occuper des soldats après avoir porté secours à Bertrande, annonça ce dernier. Plus j'y songe, plus je crois qu'Oriane laissera ses hommes près du bivouac pour continuer seule, avec votre fille. »

Sajhë commença à lui prêter attention.

« Poursuivez.

— Oriane a attendu cet instant plus de trente années. La dissimulation est pour elle une seconde nature. À mon avis, elle ne prendra point le risque que quelqu'un d'autre ait vent de l'emplacement précis de la grotte. C'est un secret qu'elle ne saurait partager, et comme elle est convaincue que nul, son fils excepté, ne connaît sa présence en ces lieux, elle ne s'attend point à encontrer d'obstacle. »

Guilhem s'interrompit.

« Oriane est… Pour entrer en possession de la trilogie du labyrinthe, elle a menti, assassiné, trahi son père et sa sœur. Elle s'est damnée pour ces livres.

— Assassiné, dites-vous ?

— Jehan Congost, son premier époux. Même si elle ne l'a point fait de sa propre main.

— François… », murmura Sajhë, trop bas pour que Guilhem l'entendît.

Une bribe de souvenir. Les cris, le piétinement désespéré du cheval pendant que l'homme et l'animal s'enlisaient dans les sables mouvants.

« En outre, j'ai toujours été convaincu qu'elle portait la responsabilité de la mort d'une femme très chère au cœur d'Alaïs, continua Guilhem. Après si longtemps, son nom ne me revient pas, mais c'était une femme d'une grande sagesse, qui vivait à la *Ciutat*. Alaïs apprit tout d'elle à propos de médication, comment faire bon usage des dons de la nature. Elle lui vouait une grande affection. »

Seule son obstination interdisait à Sajhë de révéler sa véritable identité. Seuls son entêtement et sa jalousie l'empêchaient de tout lui révéler sur son existence auprès d'Alaïs.

« Esclarmonde n'est point morte ainsi, avoua-t-il, incapable de simuler plus longtemps.

— Que voulez-vous dire ? Alaïs le savait-elle ?

— En abandonnant le Château comtal, c'est à elle et son petit-fils qu'Alaïs se consacra. Elle quitta… »

La voix d'Oriane, glaciale et péremptoire mit un terme à ces révélations. Les deux hommes, combattants des montagnes chevronnés, se plaquèrent sur le sol. Après avoir tiré leur épée sans un bruit, ils prirent position près de l'entrée de la grotte : Sajhë légèrement en contrebas, derrière un amoncellement de rochers, Guilhem à la faveur d'un buisson d'aubépines, leurs branches hérissées de piquants brandis comme une menace.

Les voix se rapprochaient. Ils entendaient le bruit métallique de leurs bottes, de leur haubert et de leurs harnais, pendant qu'ils escaladaient le sentier rocailleux.

Sajhë avait l'impression de cheminer en même temps que Bertrande. Chaque instant prenait des allures d'éternité, le bruit de pas, l'écho des voix se répétant indéfiniment sans jamais se rapprocher.

Deux silhouettes apparurent enfin du sous-bois. Oriane et Bertrande. Comme Guilhem l'avait présumé, elles étaient seules. Ce dernier le regarda avec insistance afin de l'exhorter à ne pas faire de mouvement, d'attendre qu'Oriane fût à portée de leurs coups, afin de délivrer Bertrande en toute sécurité.

À mesure qu'elles se rapprochaient, Sajhë serrait les poings pour contenir un rugissement de colère. L'enfant portait une entaille à la joue, écarlate sur son visage blafard. Autour du cou, Oriane lui avait passé une corde qui descendait le long du dos pour lui ligoter les poignets, et qu'elle tenait de la main gauche comme un licou. L'autre main brandissait une dague dont elle se servait comme un aiguillon pour inciter l'enfant à avancer.

Bertrande marchait d'un pas mal assuré, en trébuchant fréquemment. En y regardant de plus près, il remarqua à travers ses jupons qu'elle avait aussi les chevilles entravées. La portion de corde qui les séparait ne faisait guère plus d'un pas.

Sajhë s'obligea à rester immobile, observant, attendant qu'elles eussent atteint l'espace ouvert qui s'étendait juste en dessous de l'entrée de la grotte.

« Tu disais qu'elle se trouvait juste après les arbres. »

Bertrande marmonna quelques mots que Sajhë ne parvint à entendre.

« Dans ton intérêt, j'espère que tu dis la vérité, menaça Oriane.

— C'est là-haut », expliqua la gamine d'une voix blanche et si empreinte de frayeur que Sajhë en eut le cœur serré.

Le stratagème consistait à surprendre Oriane à l'entrée de la grotte. À cette fin, il devait s'employer à mettre Bertrande hors d'atteinte, pendant que Guilhem se chargerait de la désarmer, avant qu'elle n'eût le temps de se servir de sa dague.

Sajhë consulta Guilhem du regard, lequel lui adressa un signe d'assentiment pour lui indiquer qu'il était fin prêt.

« Vous ne pouvez entrer, protestait Bertrande. Ce lieu est sacré. Nul, hormis les gardiens, ne peut y pénétrer.

— Ah, c'est ainsi ! la railla la femme. Et qui saurait m'en empêcher ? Toi, peut-être ? » Son visage prit une expression révulsée. « Tu lui ressembles au point que cela en est répugnant, ajouta-t-elle en tirant brutalement sur la corde, arrachant à sa nièce un cri de douleur. Alaïs disait toujours à autrui ce qu'il fallait et ne fallait point faire. Elle se croyait toujours plus sage que d'autres.

— Cela est faux ! » se défendit courageusement Bertrande, malgré la situation désespérée dans laquelle elle se trouvait.

Sajhë eût aimé l'inciter à cesser de tenir tête à Oriane, tout en sachant qu'Alaïs eût été fière de la bravoure de sa fille, comme il l'était lui-même. Elle était la digne fille de ses parents.

Bertrande s'était mise à pleurer :

« Cela n'est point convenable. Vous ne pouvez entrer. Il ne le permettra point. Le labyrinthe protégera son secret de vous et de tous ceux qui voudront en mésuser.

— Ce ne sont que des affabulations destinées à effrayer les niaises de ton espèce », rétorqua la femme avec un rire sarcastique.

Bertrande s'obstina.

« Je n'irai plus avant. »

Sans crier gare, Oriane lui assena alors un coup d'une telle violence que Bertrande fut projetée contre la paroi rocheuse. Sajhë vit rouge. En deux ou trois enjambées, il se jeta sur la femme en poussant un rugissement surgi du fond de ses entrailles.

Oriane réagit avec une surprenante célérité. Tirant l'enfant à ses pieds, elle pointa la dague sur sa gorge.

« Quelle triste déconvenue... J'avais espéré que mon fils s'acquitterait d'une tâche aussi aisée, alors que vous étiez déjà captif. Mais peu me chaut. »

Sajhë adressa à Bertrande un sourire qui se voulait rassurant, malgré la précarité de sa position.

« Lâchez votre épée ou je la tue, déclara sans émotion Oriane.

— Je suis navrée de vous avoir désobéi, Sajhë, cria désespérément l'enfant. Mais elle m'a montré votre anneau en se disant mandée par vous.

— Ce n'est point le mien, *brava*, lui répondit-il en laissant tomber l'épée sur les cailloux du sentier.

— Voilà qui est mieux. À présent, veuillez vous approcher que je puisse vous voir... Ainsi, vous êtes seul ? »

Sajhë ne répondit pas. Posant la lame à plat sur la gorge de Bertrande, elle l'amena jusque sous l'oreille en y faisant une légère estafilade. L'enfant poussa un hurlement, tandis que le sang commençait à ruisseler sur son cou – fin liseré écarlate sur sa peau diaphane.

« Libérez-la, Oriane. Ce n'est point elle que vous voulez, mais moi. »

Au son de la voix d'Alaïs, la montagne elle-même parut retenir sa respiration.

Un revenant ? Guilhem n'aurait su dire.

Il avait l'impression que le souffle lui avait été arraché du corps pour n'y laisser qu'un vide abyssal. Il n'osait bouger de sa cachette de crainte que cette apparition ne se volatilisât. Il observa Bertrande, si semblable à sa mère, puis le dévers où se tenait – si tant est qu'elle fût réelle – Alaïs.

Un capuchon de fourrure lui encadrait le visage, et son long manteau, souillé par le voyage, balayait le sol blanc et caillouteux. Ses mains gantées de cuir étaient solennellement croisées sur sa poitrine.

« Relâchez-la, Oriane. »

Ces mots les ramenèrent à la réalité.

« *Mamà !* s'écria Bertrande en lui tendant désespérément les bras.

— C'est impossible... murmura Oriane, les yeux rétrécis. Vous êtes morte. Je vous ai vue. »

Sajhë s'élança vers Oriane pour tenter de tirer Bertrande à lui, mais la vitesse lui manqua.

« Gardez-vous d'approcher ! hurla-t-elle en entraînant à reculons Bertrande vers l'entrée de la grotte. Sinon, je jure de la tuer !

— *Mamà !* »

Alaïs s'avança d'un second pas.

« Laissez-la, Oriane. Cette querelle ne concerne que nous.

— Il n'est point de querelle entre nous, ma sœur. Vous possédez le *Livre des mots*, et je le veux. *C'est aussi simple que cela.*

— Et quand vous l'aurez qu'en ferez-vous ? »

Guilhem était abasourdi, n'osant encore en croire ses yeux, ne pouvant concevoir que c'était bien la même Alaïs qui hantait ses pensées aux heures du réveil comme à celles du dormir.

Un mouvement capta son attention, reflets métalliques sur des heaumes. Guilhem redoubla d'attention. Deux soldats se faufilaient à travers les épaisses broussailles pour prendre Alaïs à revers, tandis qu'à sa gauche, résonnait le bruit d'une botte heurtant un rocher.

« Saisissez-vous d'eux ! »

Le reître le plus proche de Sajhë le prit par les bras pendant que ses comparses émergeaient des buissons. Vive comme l'éclair, Alaïs tira son épée et, d'une rapide volte-face, frappa de taille le flanc du soldat qui était à sa portée. L'homme s'effondra. Le second s'élança et, dans une gerbe d'étincelles, se mit à croiser le fer.

Bien qu'avantagée par sa position surélevée, Alaïs ne pouvait rivaliser ni par la taille ni par la force.

Émergeant de sa cachette, Guilhem accourut et parvint jusqu'à elle au moment même où elle perdait pied. Le soldat se fendit, la touchant à l'intérieur du bras. Alaïs lâcha son épée en poussant un cri de douleur. Puis, à l'aide de son gant, tenta fébrilement d'endiguer le flot de sang qui coulait de sa blessure.

« *Mamà !* »

En deux enjambées, Guilhem avait rejoint le soldat pour lui planter son épée dans la panse. Un flot de sang jaillit de sa bouche. Les yeux exorbités par le choc, il s'effondra.

Ce répit ne laissa pas à Guilhem le temps de reprendre son souffle.

« Guilhem ! le prévint Alaïs. Prenez garde derrière vous ! »

Pivotant sur ses talons, il vit deux autres soudards escalader la côte en courant. L'arme haute, il décida de charger en poussant un hurlement de rage. La lame fendait l'air alors qu'il les repoussait, frappant au hasard et sans trêve, tantôt l'un, tantôt l'autre.

Si bon bretteur que fût Guilhem, l'ennemi le dépassait en nombre.

Sajhë était à présent à genoux, mains liées. Un soldat le surveillait, un couteau pointé sur son cou, pendant que le dernier des six allait prêter main-forte à ses compères. Alaïs perdait beaucoup de sang. Elle parvint cependant à tirer son couteau de sa ceinture et, au moment où l'homme passa à proximité, rassembla ses dernières forces pour le lui plonger dans la cuisse.

Aveuglé par la douleur, l'homme poussa un affreux hurlement et fendit l'air de son épée. Guilhem vit Alaïs tomber en arrière et sa tête heurter violemment le rocher. Elle essaya de se lever, mais, chancelante et désemparée, s'effondra sur le sol, le sang ruisselant de son crâne fracturé.

La dague toujours plantée dans la jambe, le soldat tituba en direction de Guilhem, tel un ours acculé dans un fossé. En voulant éviter sa charge, il glissa sur les pierres qui roulèrent en bas de la colline. Les deux assaillants mirent cet instant à profit pour le terrasser, et le clouer sur le sol, face contre terre.

Comme l'un d'eux lui administrait un terrible coup de pied, il sentit ses côtes craquer. Les hommes redoublèrent de violence. Son corps sursauta sous l'intense douleur. Un goût de sang lui monta dans la bouche.

Alaïs demeurait inerte, sans la moindre réaction. Guilhem releva la tête et entendit Sajhë pousser un cri, alors que le soldat qui le gardait le frappait du plat de l'épée, lui faisant perdre connaissance.

Oriane avait disparu dans la grotte en entraînant Bertrande.

Avec un hurlement de désespoir, Guilhem rassembla ses dernières énergies et, se remettant sur ses pieds, envoya rouler un des soldats en bas de la colline. Empoignant son épée, il l'enfonça dans la gorge du second, tandis qu'Alaïs se hissait sur ses genoux pour frapper le troisième avec son propre couteau.

Guilhem prit conscience que tout était redevenu silencieux.

Il demeura un instant immobile, fixant intensément Alaïs, comme s'il ne pouvait encore se rendre à l'évidence, et qu'il craignait qu'elle ne lui fût, une fois encore, enlevée. Finalement, il lui tendit la main.

Leurs doigts s'enlacèrent. Il éprouva le contact de sa peau, déchirée et meurtrie, comme la sienne. Alaïs était aussi frigorifiée que lui. Mais bien réelle.

« Je pensais…

— Je sais », l'interrompit-elle.

Guilhem désirait par-dessus tout ne pas la lâcher, sauf que la pensée de Bertrande le ramena à la réalité.

« Sajhë est blessé, dit-il en escaladant les dernières toises qui le séparaient de l'entrée de la grotte. Prenez soin de lui. Je m'en vais poursuivre Oriane. »

Alaïs se pencha un instant sur Sajhë, puis s'empressa de rejoindre son époux.

« Il n'est qu'inconscient, lui apprit-elle. Vous, restez près de lui. Dites-lui de quoi il retourne. Je dois retrouver Bertrande.

— Nenni, c'est ce qu'espère Oriane. Elle vous contraindra à révéler où est caché le livre, puis elle vous tuera toutes deux. J'ai plus de chance de vous ramener votre fille saine et sauve, seul, comprenez-vous ?

— *Notre* fille », rectifia-t-elle.

Guilhem entendit ces paroles, sans parvenir à en comprendre le sens. Son cœur s'emballa.

« Alaïs, que… ? » bredouilla-t-il.

Mais, se glissant prestement sous son bras, elle s'engouffrait déjà dans les ténèbres du souterrain.

80

Ariège

VENDREDI 8 JUILLET 2005

« Ils sont allés à la grotte, vitupéra Noubel en reposant brutalement le combiné. Faut-il être stupide…

— Qui donc ?

— Audric Baillard et Alice Tanner. Ils se sont fourrés dans le crâne que Shelagh était retenue au pic de Soularac. Elle prétend qu'une autre personne s'y trouverait aussi. Un Américain, un certain William Franklin.

— Qui est-ce ?

— Je n'en ai pas la moindre idée, répliqua Noubel en attrapant son veston, avant de se précipiter vers le couloir, suivi par Moureau.

— Qui était-ce au téléphone ?

— Le planton de service. Il a apparemment reçu un message du docteur Tanner à neuf heures, mais "il ne voulait pas me déranger au milieu d'un interrogatoire" ! grimaça Noubel en imitant la voix nasillarde du préposé. *C'est vraiment n'importe quoi !* »

Instinctivement, les deux hommes consultèrent de concert l'horloge murale : il était onze heures moins dix.

« Quoi de nouveau sur Braissard et Domingo ? » s'enquit Moureau avec un coup d'œil pour les salles d'interrogatoire.

Noubel avait vu juste. Les deux comparses avaient été arrêtés non loin de la ferme de l'ex-femme d'Authié, alors qu'ils faisaient route vers Andorre.

« Ils ne perdent rien pour attendre. »

Noubel ouvrit la porte accédant au parking avec un geste si brusque qu'elle alla heurter l'échelle de secours. Il descendit précipitamment l'escalier de métal.

« En avez-vous tiré quelque chose ?

— Rien. Muets comme des carpes, tous les deux, bougonna-t-il en prenant place derrière le volant.

— Ils craignent davantage leur patron que vous, dit Moureau en refermant sa portière. Au fait, des nouvelles d'Authié ?

— Aucune. Il a assisté à la messe, ce matin, à Carcassonne. Depuis, aucun signe de lui.

— Et la ferme ? A-t-on reçu un rapport à ce sujet ? voulut encore savoir Moureau, alors que la voiture s'élançait sur la chaussée.

— Non. »

Le téléphone du policier se mit à sonner. Une main tenant le volant, Noubel tenta d'atteindre son veston étalé sur la banquette arrière, libérant au passage les odeurs de sueur émanant de ses aisselles. Il posa le veston sur les genoux de son collègue et il attendit avec des gestes impatients que ce dernier lui tendît le téléphone qu'il gardait dans une poche.

« Noubel. »

Il freina brutalement, envoyant Moureau piquer du nez sur le tableau de bord.

« *Putain !* Nom de Dieu, pourquoi ne m'annoncez-vous ça que maintenant ? Quand est-ce arrivé ? » La réception était mauvaise et Moureau entendait les coupures dans le signal. « Non, restez là-bas et tenez-moi au courant. »

À peine eut-il posé le téléphone sur le tableau de bord d'un geste rageur que Noubel lança les sirènes et appuya sur l'accélérateur.

« La ferme est en feu, déclara-t-il.

— Incendie volontaire ?

— Le voisin le plus proche se trouve à cinq cents mètres. Il affirme avoir entendu une série d'explosions, avant de voir des flammes s'élever. Il a aussitôt téléphoné aux pompiers, mais le temps qu'ils arrivent le feu avait déjà bien pris.

— Y a-t-il quelqu'un à l'intérieur ? s'inquiéta Moureau.

— Ils n'en savent rien », répondit sombrement Noubel.

Shelagh oscillait entre connaissance et coma.

Elle n'avait aucune idée du temps qui s'était écoulé depuis le départ des deux hommes. Elle perdait pied, ne savait même plus où elle se trouvait. Bras, jambes, tête, son corps tout entier lui donnait l'impression de flotter. Elle n'avait plus ni chaud ni froid ; elle ne ressentait même pas les pierres et les cailloux qui lui rentraient dans le corps. Elle était repliée dans son propre monde. Saine et sauve. Libre.

Seule, elle ne l'était pas. Des visages, des personnes du passé et du présent flottaient dans son esprit, une procession d'images silencieuses.

La lumière semblait s'être accrue. Quelque part près de son champ de vision, un faisceau de lumière mouvant faisait courir des ombres dansantes sur les parois et le plafond rocailleux. Pareilles à un kaléidoscope, les couleurs se juxtaposaient, changeaient de forme devant ses yeux.

Elle crut distinguer un homme. Très âgé. Elle sentait ses mains froides et sèches posées sur son front. Une peau semblable à du parchemin. Sa voix voulait la rassurer, lui dire qu'elle ne risquait plus rien.

D'autres, caressantes, lui parlaient à voix basse.

Des ailes noires entourèrent ses épaules, pour la bercer tendrement comme une enfant et la ramener chez elle.

Puis, une autre voix, perturbante :

« Retournez-vous. »

Will comprit que le grondement était dans sa tête, sourdes pulsations de son sang contre ses tympans. Dans sa mémoire, les coups de feu se répercutaient indéfiniment.

Il déglutit douloureusement et tenta de retenir son souffle. L'odeur nauséabonde de cuir dans son nez et sa bouche était si forte qu'elle lui retournait l'estomac.

Combien de détonations avait-il entendues ? Deux, trois ?

Ses deux cerbères sortirent du véhicule. Will les entendit parler, peut-être se quereller avec François-Baptiste. Lentement, soucieux de ne pas attirer l'attention, il se redressa un peu de la banquette arrière où il était allongé. À la lueur des phares, il aperçut le fils l'Oradore debout près du cadavre d'Authié, le bras ballant, un revolver à la main. L'on aurait cru que la portière et le capot de sa luxueuse voiture étaient éclaboussés de peinture rouge. Sang, chairs et os éclatés, voilà tout ce qu'il restait du crâne de l'avocat.

La nausée le saisit à la gorge. Will déglutit de nouveau, s'astreignit à regarder. François-Baptiste fit mine de se pencher, hésita, puis se détourna brusquement.

Malgré les doses de drogue qui le privaient de l'usage de ses membres, Will sentit son corps se raidir. Il se laissa retomber sur le siège, soulagé qu'on ne l'eût pas enfermé dans le conteneur de plastique comme auparavant.

La portière contre laquelle sa tête était appuyée s'ouvrit brutalement et les mêmes mains calleuses le saisirent par les bras et le traînèrent jusqu'au sol.

L'air nocturne procura quelque fraîcheur à son visage et à ses jambes nues. L'aube dont on l'avait revêtu était longue et ample, bien que resserrée à la taille par un cordon. Will se sentait démuni, vulnérable. Et terrifié.

Il voyait le cadavre inerte d'Authié sur le gravier, et clignoter la diode rouge du système d'alarme de sa voiture.

« Portez-le jusqu'à la grotte, disait François-Baptiste, le ramenant à la réalité. Vous nous attendrez dehors, en face de l'ouverture. Il est dix heures moins cinq. Nous allons entrer dans quarante, peut-être cinquante minutes. »

Presque dix heures. Il laissa retomber sa tête sur sa poitrine, pendant qu'un homme le soulevait par les aisselles. Comme on le hissait vers l'entrée de la grotte, il se demanda s'il serait encore vivant dans une heure.

« Retournez-vous », répéta Marie-Cécile.

Ton dur et condescendant, songea Baillard. Après avoir une dernière fois caressé les cheveux de Shelagh, il obtempéra en se redressant de toute sa hauteur. Son soulagement de retrouver la jeune femme en vie avait été de courte durée. Elle était dans un état gravissime. Sans soins médicaux immédiats, elle ne survivrait pas.

« Laissez votre torche et descendez jusqu'ici que je vous voie. »

Lentement, Baillard contourna l'autel et se dirigea vers Marie-Cécile.

Elle tenait une lampe à huile d'une main, un pistolet de l'autre. Il fut d'abord frappé par la ressemblance : mêmes yeux émeraude, même chevelure noire et léonine autour d'un beau visage empreint d'austérité. Avec sa tiare d'or, son collier, les bracelets reptiliens enserrant ses bras, sa longue silhouette revêtue d'une robe d'un blanc immaculé, on eût juré une princesse égyptienne.

« Êtes-vous venue seule, dame ?

— Je ne pense pas qu'il me soit nécessaire d'être accompagnée où que j'aille, *monsieur*, néanmoins… »

Les yeux de Baillard se posèrent ostensiblement sur l'arme.

« Vous ne croyez tout de même pas que je vous causerai des ennuis. Après tout, je ne suis qu'un vieillard, *oc* ? En outre, vous n'avez pas envie qu'on vous entende. »

L'ombre d'un sourire effleura le visage de la femme.

« La force réside dans le secret.

— L'homme qui vous a enseigné ces mots est trépassé, dame. »

Les yeux émeraude prirent un éclat douloureux.

« Vous connaissiez mon grand-père ?

— J'en ai entendu parler.

— Il m'a donné un enseignement éclairé. Ne jamais se confier, ne jamais se fier à quiconque.

— Une bien triste façon de vivre, dame.

— Je ne partage pas ce point de vue. »

Elle se déplaça en décrivant une courbe comme un animal traquant sa proie, jusqu'à ce qu'elle se retrouvât dos à l'autel et lui au centre de la salle, près de la dépression.

Le tombeau, songea-t-il. Là où les deux squelettes ont été retrouvés.

« Où est-elle ? » s'enquit péremptoirement Marie-Cécile.

Baillard s'abstint de répondre.

« Vous ressemblez tant à votre grand-père. Par les traits, le caractère, la pugnacité. Et vous êtes aussi mal-avisée.

— Mon grand-père était un grand homme, rétorqua-t-elle, un éclair de colère dans les yeux. Il honorait le Graal. Il a dévolu son existence à la quête du *Livre des mots* pour mieux comprendre.

— Comprendre, dame, ou tirer parti ?

— Vous ne savez rien de lui.

— Oh, que si, la reprit-il doucement. Les gens ne changent guère. Et il était si près du but, n'est-ce pas ? continua-t-il, tout bas. Quelques kilomètres plus à l'ouest et c'est lui qui aurait découvert la grotte, et non vous.

— Cela ne change rien à l'affaire, elle nous appartient, se défendit-elle.

— Le Graal n'appartient à personne. C'est un objet que l'on ne peut posséder, manipuler ou négocier. »

Baillard se tut. À la lueur de la lampe à huile, il regardait Marie-Cécile au fond des yeux.

« Cela ne l'aurait pas sauvé », ajouta-t-il.

De l'autre extrémité de la salle, il l'entendit retenir son souffle.

« L'élixir guérit et prolonge la vie. Il l'aurait gardé
en vie.

— Il n'aurait eu aucun effet contre la maladie qui
dépouillait ses os de leur chair, dame. Pas plus qu'il ne
vous donnera ce à quoi vous aspirez. Le Graal ne viendra pas à vous.

— Du moins est-ce ce que vous espérez, Baillard,
sans en avoir la certitude. Avec tout votre savoir, toute
votre quête, vous ignorez ce qu'il va arriver.

— Vous vous leurrez.

— Ceci est une chance qui vous est offerte, Baillard,
après tant d'années de recherches, d'études et d'écrits.
Comme moi, vous y avez consacré votre vie. Vous aspirez autant que moi à ce que cela se réalise.

— Et si je refuse de coopérer ? »

Elle eut un rire froid.

« Allons donc, vous le savez bien. Mon fils la tuera.
De quelle manière, en combien de temps, cela ne
dépend que de vous. »

Malgré les précautions qu'il avait prises, Baillard
sentit un frisson lui parcourir la moelle épinière. Si
Alice restait dans sa cachette comme elle l'avait promis, il n'y avait pas lieu de s'inquiéter. Elle était en
sécurité, et tout serait fini avant qu'elle n'eût compris
ce qui arrivait.

Le souvenir d'Alaïs, de Bertrande, aussi, fit irruption
dans sa mémoire. Leur caractère impétueux, réfractaire
à toute forme d'autorité, leur courage confinant la témé-
rité.

Alice était-elle de la même trempe ?

« Tout est prêt, annonça Marie-Cécile. Le *Livre des
potions* et le *Livre des nombres* sont ici. Il ne vous
reste plus qu'à me remettre l'anneau et à me révéler la
cachette du *Livre des mots*. »

Baillard s'obligea à se concentrer sur Marie-Cécile, à chasser Alice de ses pensées.

« Pourquoi êtes-vous certaine qu'il se trouve encore dans la chambre ? »

Marie-Cécile sourit.

« Parce que vous êtes ici, Baillard. Pour quelle autre raison seriez-vous venu ? Vous souhaitez assister une dernière fois à la cérémonie avant de mourir. Allons, passez la toge ! » vitupéra-t-elle, exaspérée.

Elle agita son arme vers le vêtement blanc posé au pied des marches. Le vieil homme fit un signe de dénégation et, pour la première fois, vit le doute affleurer sous le masque glacial.

« En suite de quoi, vous irez chercher le livre », ajouta-t-elle.

Remarquant que trois petits anneaux de métal avaient été scellés dans le sol de la partie la plus basse de la grotte, il se souvint que c'était Alice qui avait découvert les squelettes dans leur tombeau.

Il sourit. Bientôt, il aurait la réponse qu'il attendait.

« Audric », murmurait Alice en marchant à tâtons dans le souterrain.

Pourquoi ne répond-il pas ?

Comme la première fois, elle sentait le sol descendre sous ses pas, bien que le tunnel lui parût plus long.

Devant, dans la grotte, elle discerna le pâle éclat d'une lumière jaunâtre.

« Audric », appela-t-elle encore avec une crainte grandissante.

Elle accéléra le pas, couvrant les derniers mètres en courant, jusqu'au moment où elle fit irruption dans la chambre. Là, elle s'immobilisa.

C'est impossible.

Baillard se tenait au pied des marches, revêtu de l'aube blanche.

Je me le rappelle.

Elle chassa le souvenir de sa mémoire. Les mains liées devant lui, Baillard était allongé sur le sol comme un animal. Marie-Cécile se tenait à l'autre extrémité de la chambre, dans la lueur tremblante de la lampe à huile.

« C'est allé assez loin comme ça, je crois », déclara-t-elle.

Audric se retourna, le regard plein de regrets et de tristesse.

« Je suis désolée, murmura-t-elle, comprenant qu'elle avait tout gâché. Il fallait que je vous prévienne… »

Avant qu'elle n'eût le temps de comprendre quoi que ce soit, on la ceintura par-derrière. Elle hurla et se défendit. Mais ils étaient deux.

C'est arrivé de cette façon, auparavant.

Quelqu'un l'appela par son prénom. Ce n'était pas Baillard.

Une onde nauséeuse la submergea et elle se mit à tomber.

« Emparez-vous d'elle, idiots ! » criait Marie-Cécile.

81

Pic de Soularac

MARÇ 1244

Guilhem ne pouvait rattraper Alaïs. Elle avait pris trop d'avance.

Malgré la douleur aiguë de ses côtes brisées qui l'empêchait de respirer, il s'avança en chancelant dans le tunnel obscur. Les paroles d'Alaïs tournoyaient dans sa tête, mais la peur qui lui pétrifiait le torse l'incitait à avancer.

L'atmosphère devenait de plus en plus froide, glaciale comme pour aspirer toute vie de la grotte. Il ne comprenait pas : si ces lieux étaient sacrés, pourquoi y percevait-il autant d'hostilité ?

Guilhem se retrouva sur une plate-forme de pierre naturelle au bout de laquelle de larges marches accédaient à une surface de terre battue. Une *calèlh* posée sur un autel de pierre dispensait une faible lumière.

Les deux sœurs se faisaient face, Oriane pointant toujours son couteau sur la gorge de Bertrande. Alaïs parfaitement immobile.

Guilhem s'accroupit en priant qu'Oriane ne décelât pas sa présence. Aussi discrètement que possible, il longea la paroi à la faveur de l'obscurité, jusqu'à être assez près pour entendre ce que les deux femmes se disaient.

Oriane lança un objet aux pieds d'Alaïs.

« Prenez-le, cria-t-elle. Et ouvrez le labyrinthe. Je sais que le *Livre des mots* y est caché. »

Guilhem vit Alaïs ouvrir de grands yeux étonnés.

« Vous n'avez donc pas lu le *Livre des nombres* ? Voilà qui est surprenant, ma sœur. L'explication de la clé s'y trouve, pourtant. » Elle hésita, avant de poursuivre : « Le *merel* inséré dans l'anneau ouvre la chambre au cœur du labyrinthe. »

Oriane tira brusquement la tête de l'enfant en arrière. Le couteau pointé sur la gorge jeta un funeste éclat.

« Ouvrez-la sur-le-champ, ma sœur. »

Bertrande poussa un cri que Guilhem ressentit comme un tisonnier planté dans son crâne. Il contempla Alaïs qui, l'air grave, laissait son bras blessé pendre inerte sur le côté.

« Vous devez d'abord la relâcher. »

Oriane secoua la tête. Les cheveux dénoués, elle avait un regard dément. Sans quitter sa sœur des yeux un seul instant, elle fit une légère entaille dans le cou de Bertrande d'un geste lent et délibéré.

L'enfant fondit en larmes pendant que le sang perlait sur la peau translucide de son cou.

« La prochaine sera plus profonde, menaça Oriane, d'une voix vibrante de haine. Allez quérir le livre. »

Ayant ramassé l'anneau, Alaïs se dirigea vers le labyrinthe, suivie d'Oriane et de Bertrande toujours sous la menace du poignard. Elle entendait le souffle précipité de sa fille prête à défaillir, titubant sur ses jambes entravées.

L'espace d'un instant, elle ne fit pas un geste, se remémorant le jour où, pour la première fois, elle avait vu Harif accomplir cette même tâche.

Quand elle posa la main gauche sur la pierre du labyrinthe, une douleur atroce irradia son bras blessé. Elle n'avait nul besoin de chandelle pour suivre les contours du symbole de vie égyptien, l'ankh, comme Harif le lui avait jadis enseigné. Puis, le dos tourné à Oriane pour lui cacher ses gestes, elle inséra l'anneau dans le petit creux situé au centre du labyrinthe qui se trouvait juste devant ses yeux. Ne pensant qu'à sa fille, elle pria pour que la magie s'opérât, sachant que nulle parole n'avait été prononcée, aucun préparatif n'avait été accompli pour une telle cérémonie. Les circonstances ne pouvaient être plus différentes que celles de la seule fois où elle s'était tenue en simple suppliant devant le labyrinthe de pierre.

« *Di ankh djet* », murmura-t-elle.

Les mots anciens lui firent l'effet de cendres dans la bouche. Il y eut un déclic, sans que rien se produisît. Puis, des profondeurs de la muraille, monta le raclement d'une pierre frottant sur une autre pierre. Alaïs s'écarta d'un pas et, dans la pénombre, Guilhem vit la niche, au centre du labyrinthe. Un livre se trouvait à l'intérieur.

« Donnez-le-moi, ordonna Oriane. Posez-le sur l'autel. »

Alaïs s'exécuta, sans quitter sa sœur un seul instant du regard.

« Relâchez-la, à présent. Elle ne vous est plus d'aucun usage.

— Ouvrez-le ! vociféra en réponse Oriane. Je veux m'assurer que vous ne me jouez point un de vos tours. »

Guilhem se rapprocha. Un symbole doré dont il ignorait jusqu'à ce jour l'existence figurait sur la première page. Ovale en forme de larme renversée, il était placé au-dessus d'une sorte de croix ressemblant à un bâton de berger.

« Poursuivez, dit Oriane, je veux le voir entièrement. »

Alaïs tourna les pages d'une main tremblante. Guilhem y distinguait un étrange mélange de figures et de signes qui, ligne après ligne, les recouvraient entièrement sans y laisser le moindre espace.

« Prenez-le, Oriane, déclara Alaïs d'une voix qu'elle voulait résolue. Prenez le livre et rendez-moi ma fille. »

Lorsqu'il vit de nouveau la lame étinceler, Guilhem comprit en un éclair que la jalousie et la rancœur conduiraient Oriane à détruire tout ce que sa sœur aimait.

Alors, il se jeta sur elle en la frappant violemment par le côté. Ses côtes fêlées émirent un craquement qui éveilla une douleur telle qu'il faillit perdre connaissance. Néanmoins, son effort parvint à libérer Bertrande.

Le poignard s'échappa des mains d'Oriane et glissa hors de vue, quelque part sous l'autel. Sous le choc, Bertrande fut projetée en avant. Elle cria, tandis que sa tête heurtait un coin de la dalle de pierre. Puis elle ne bougea plus.

« Emmenez Bertrande ! lui cria désespérément Alaïs. Elle est blessée ; Sajhë pareillement ! Il est au village un homme nommé Harif qui saura vous prêter assistance ! »

Cependant, Guilhem hésitait à l'abandonner.

« De grâce, Guilhem, sauvez-la ! »

Ces derniers mots se perdirent alors que chancelante, Oriane se relevait, la dague à la main, pour se jeter sur sa sœur et lacérer son bras blessé.

Guilhem avait le cœur déchiré. L'idée de laisser Alaïs affronter seule sa sœur lui était insupportable, mais, Bertrande gisait là, inerte, sur le sol.

« De grâce, Guilhem, emportez-la ! »

Avec un dernier regard à Alaïs, il fit ce qu'elle attendait de lui et, prenant l'enfant blessée dans ses bras, courut en essayant d'oublier le sang sur le cuir chevelu de sa fille.

En traversant la salle, il perçut un grondement, pareil au tonnerre roulant dans les collines. Il trébucha, pensant que ses jambes refusaient de le porter. Il réussit néanmoins à avancer et parvint jusqu'au souterrain. Il glissa sur les pierres, bras et jambes flageolant de douleur. Puis il s'aperçut que le sol bougeait : la terre elle-même tremblait sous ses pieds.

Ses forces étaient près de l'abandonner. Inerte dans ses bras, Bertrande semblait plus lourde à chaque pas. Le grondement s'amplifia, alors que cailloux et poussière commençaient à pleuvoir autour de lui.

Un air froid venait à sa rencontre. Encore quelques pas, il émergerait des ténèbres et se retrouverait à l'air libre.

Bien qu'inanimé, Sajhë respirait normalement. Guilhem se hâta vers lui. D'une pâleur extrême, Bertrande laissa échapper un gémissement et commença à s'agiter dans ses bras. L'ayant déposée près de Sajhë, il alla récupérer les capes des soldats morts pour leur en faire une couverture. Puis il arracha son manteau, abandonnant la fibule de cuivre et d'argent dans la poussière, et le glissa sous la tête de Bertrande en guise de coussin.

Il déposa sur le front de l'enfant le premier et ultime baiser qu'il devait lui donner en murmurant :

« *Filha...* »

De la grotte monta un terrible grondement, semblable au tonnerre après l'éclair. Guilhem se précipita vers le souterrain qui résonnait d'un bruit assourdissant. Une silhouette sortait de la pénombre et se ruait vers lui.

« Un esprit... un visage. » Oriane haletait en roulant des yeux fous. « Un visage au cœur du labyrinthe. »

« Où est-elle ? hurla-t-il en lui saisissant le bras. Qu'avez-vous fait d'Alaïs ? »

Les mains, le vêtement, Oriane était couverte de sang.

« Des visages dans le... labyrinthe. »

Elle poussa un terrible hurlement. Croyant que quelqu'un cherchait à le surprendre, Guilhem se retourna et, à cet instant, la démente lui plongea sa dague dans la poitrine.

Il comprit instantanément qu'elle lui avait porté un coup mortel, que la mort prenait possession de lui. À travers l'écran brumeux qui descendait sur ses yeux, il la vit s'éloigner et toute idée de vengeance l'abandonna. Cela n'avait plus d'importance.

Oriane émergea dans la lueur crépusculaire, pendant que Guilhem titubait aveuglément vers la grotte, cherchant désespérant Alaïs dans l'amas de roches et de poussière.

Il la découvrit dans une légère dépression dans le sol, l'anneau serré dans sa main, étreignant le sac qui avait contenu le *Livre des mots*.

« *Mon còr* », murmura-t-il.

Au son de sa voix, elle ouvrit les yeux pour lui adresser un faible sourire. Et Guilhem sentit son cœur chavirer.

« Comment va Bertrande ?

— Elle est sauve.

— Et Sajhë ?

— Il vivra aussi. »

Elle retint son souffle.

« Oriane…

— Je l'ai laissée partir. Elle est gravement blessée. Elle ne peut aller bien loin. »

Sur l'autel, la flamme de la lampe à huile vacilla puis mourut. Alaïs et Guilhem ne s'en rendirent pas compte, alors qu'ils gisaient dans les bras l'un de l'autre. Ils n'eurent pas davantage conscience des ténèbres et de la paix qui étaient à présent descendues sur la grotte. Ils ne savaient plus rien, si ce n'est qu'ils étaient finalement réunis.

82

Pic de Soularac

Vendredi 8 juillet 2005

La mince étoffe n'offrait que peu de protection contre la froide humidité de la chambre. Alice tourna lentement la tête en frissonnant.

À sa droite se dressait l'autel. Seule source de lumière, une antique lampe à huile posée en son centre, projetait des ombres escaladant la paroi. Elle était néanmoins suffisante pour distinguer le symbole du labyrinthe, vaste et imposant dans l'espace confiné.

Elle perçut qu'il y avait d'autres personnes à proximité. Elle faillit pousser un cri quand elle aperçut Shelagh sur sa droite. Cette dernière gisait recroquevillée sur le sol comme un animal, inerte, amaigrie, défaite, portant les marques des exactions qu'elle avait subies. Alice ne parvint pas à déterminer si elle respirait encore.

Fasse le Ciel qu'elle soit toujours en vie.

Ses yeux finirent par s'accoutumer à la faible lumière et, tournant la tête, elle vit Audric, toujours au même endroit, immobilisé par une corde attachée à un des anneaux scellés dans le sol. Sa chevelure blanche lui nimbait la tête d'une sorte de halo. On eût dit un gisant sculpté dans la pierre d'un tombeau.

Comme s'il avait senti le regard insistant d'Alice, il tourna la tête et lui adressa un sourire qu'elle lui rendit aussitôt, oubliant qu'il devait lui en vouloir de s'être précipitée à l'intérieur au lieu de l'attendre dehors, comme elle le lui avait promis.

Comme avait dit Shelagh.

Puis son regard se porta sur les mains parcheminées du vieil homme reposant sur l'aube blanche.

L'anneau de pierre était absent de sa main gauche.

« Vous aviez raison, Shelagh est ici, murmura-t-elle dans un souffle. Il faut que nous fassions quelque chose. »

Baillard acquiesça presque imperceptiblement de la tête et lança un coup d'œil au fond de la grotte. Elle suivit son regard.

« Will ! » s'exclama-t-elle à voix basse, n'en croyant pas ses yeux.

Un sentiment de soulagement l'envahit, accompagné de compassion à la vue de son œil tuméfié, ses cheveux agglutinés de sang séché, ses mains et son visage couverts d'entailles.

Mais il est ici. Avec moi.

Au son de sa voix, le jeune homme ouvrit les paupières pour scruter l'obscurité. Puis il la vit et, la reconnaissant, esquissa un sourire malgré ses lèvres craquelées.

Ils demeurèrent un instant ainsi, les yeux dans les yeux.

Mon cor. La prise de conscience donna du courage à Alice.

Le funèbre hurlement du vent dans le souterrain s'amplifia ; des murmures, entre chant et psalmodie, s'y mêlèrent. Alice ne put en définir l'origine, sinon que l'écho renvoyait dans la grotte des mots et des phrases jusqu'à l'emplir entièrement : *montanhas, noblesa, libres, graal*. La tête lui tournait, étourdie, subjuguée qu'elle était par les mots qui carillonnaient dans son crâne comme les cloches d'une cathédrale.

Au moment précis où cela devenait insupportable, le chant cessa. Lentement, progressivement, la psalmodie s'estompa, ne laissant place qu'à son souvenir, et celui d'une voix s'élevant dans le silence attentif. Une voix de femme, claire et résolue.

> *Au début des temps,*
> *Sur la terre d'Égypte,*
> *Le maître des secrets*
> *Donna le verbe et l'écriture.*

Alice s'arracha à la contemplation du visage de Will, pour se tourner en direction du son. Marie-Cécile sortit alors de l'ombre et s'avança jusqu'à l'autel comme une apparition. Quand elle se tourna vers le labyrinthe, l'émeraude de ses yeux cernée d'or et de noir lança des éclairs adamantins. Sa chevelure, retenue par un diadème orné de diamants, brillait comme du jais. Des bracelets aux formes reptiliennes enserraient ses beaux bras nus.

Elle portait les trois livres empilés qu'elle disposa tour à tour sur l'autel près d'un bol de terre crue. Comme elle plaçait la lampe à huile dans son exacte position, Alice remarqua, presque inconsciemment, qu'elle portait l'anneau d'Audric Baillard au pouce gauche.

Plutôt incongru sur sa main.

C'est alors qu'Alice se retrouva profondément immergée dans un passé dont elle ne se souvenait plus. Le vélin sec et fragile au toucher comme la feuille de l'arbre mourant, la souplesse des lacets de cuir glissant entre ses doigts, quand les temps auraient dû les rendre rêches et cassants. Comme si leur souvenir était écrit dans sa chair et ses os. Elle se rappelait les reliures moirées qui changeaient de couleur sous l'effet de la lumière.

Elle revoyait l'image du calice doré, guère plus grand qu'une pièce de dix pence, luisant comme un joyau sur l'ocre du parchemin. Sur les pages suivantes, des lignes d'écriture enluminée. Elle entendait Marie-Cécile prononcer des mots, en même temps que des lettres rouges, bleues, jaunes et dorées s'imprimaient dans son esprit. Le *Livre des potions*.

Des illustrations d'animaux terrestres et aériens virevoltaient dans sa tête. Une page de parchemin lui apparut, plus épaisse que les autres, différente – transparente et jaune – du papyrus où transparaissait le pétiole des feuilles. Les mêmes symboles que ceux de la page de garde le recouvraient, sinon que des chiffres, des mesures et des dessins de plantes y étaient intercalés.

À présent, elle songeait au *Livre des nombres*. Le motif du labyrinthe s'était substitué au calice du *Livre des potions*. Sans s'en rendre compte, Alice parcourut la chambre du regard, comme si l'espace se révélait à elle sous un jour différent pour qu'elle en vérifiât la forme et les dimensions.

Ses yeux se portèrent de nouveau sur l'autel. Le souvenir du troisième livre était le plus présent. L'ankh, symbole de vie égyptien, aujourd'hui connu dans le monde entier, scintillait de ses ors sur la première page. Sous la reliure tendue cuir du *Livre des mots*, garants du papyrus qui se trouvait en son milieu, il n'y avait que des pages blanches. Sur ce même paryrus, dessinés en rangées recouvrant toute la feuille, des signes hiéroglyphiques serrés et continus. L'on n'y voyait ni espace ni couleurs, pas la moindre indication permettant de comprendre où commençait un mot, où l'autre finissait.

Les incantations se cachaient pourtant parmi eux.

Alice ouvrit les yeux avec la sensation que Baillard la regardait intensément.

Une connivence jaillit entre eux. Les mots lui revenaient, surgissant des coins empoussiérés de sa mémoire. Aussitôt, Alice fut en lévitation, et, durant une fraction de seconde, elle regarda la scène d'en haut.

Huit cents ans plus tôt, Alaïs avait prononcé ces mots. Et Audric Baillard les avait entendus.

La vérité nous libérera.

Même si rien n'avait changé, Alice n'éprouvait plus la moindre peur.

Un bruit en provenance de l'autel capta son attention. Sa sérénité se dissipa pour laisser place au monde réel et à la frayeur qui la suivit à grands pas.

Marie-Cécile éleva ses mains en coupe autour du récipient de terre. Puis, s'emparant du vieux coutelas à la lame rouillée qui se trouvait à côté, elle le dressa très haut au-dessus de sa tête.

« *Dintrar* », clama-t-elle.

François-Baptiste apparut alors de la pénombre du tunnel. Son regard scruta l'alentour avec l'acuité de l'œil d'Horus, frôlant Baillard et Alice pour s'immobiliser sur le jeune Américain. À l'éclat triomphant de sa prunelle, Alice comprit que c'était François-Baptiste qui était responsable des blessures de Will.

Cette fois, je ne vous laisserai pas lui faire du mal.

Il finit par détourner la tête. Il marqua un temps d'arrêt en découvrant les trois livres disposés sur l'autel

– était-il soulagé ou étonné, Alice ne le sut pas –, puis il dévisagea sa mère.

Malgré la distance, Alice sentit la tension qui régnait entre la mère et le fils.

L'ombre d'un sourire passa sur le visage de Marie-Cécile quand elle descendit vers l'autel, le coutelas et le bol entre les mains. Elle traversa la salle. Sa robe chatoya d'un éclat lunaire à la lueur des chandelles, tandis qu'elle avançait. Alice perçut la subtile fragrance qu'elle laissait dans son sillage, parmi les odeurs entêtantes et douceâtres d'huile en train de se consumer.

François-Baptiste bougea lui aussi. Il descendit les marches et se plaça derrière Will. Marie-Cécile s'arrêta devant son fils et lui murmura des paroles d'une voix trop basse pour qu'Alice en saisît le sens. Même s'il conserva son sourire, elle vit clairement une ombre de colère passer sur le visage du jeune homme, lorsqu'il prit les bras liés de sa victime pour les tendre à sa mère.

Elle défaillit presque en voyant Marie-Cécile inciser l'avant-bras de Will qui laissa échapper un gémissement mais ne souffla mot.

Marie-Cécile leva la coupe pour recueillir cinq gouttes de sang.

Après avoir effectué la même opération avec Baillard, la *navigatairé*, s'immobilisa devant Alice. Cette dernière la vit jubiler, tandis qu'elle suivait l'intérieur de son avant-bras de la pointe de son couteau, le long de son ancienne blessure, avant d'y planter avec une précision chirurgicale la pointe du coutelas, jusqu'à rouvrir entièrement la plaie.

La douleur la prit de court – sourde et non aiguë. D'abord, une bouffée de chaleur s'empara de son corps, puis une sensation de froid la paralysa. Fascinée, elle regardait les gouttes de sang tomber une à une dans l'étrange mixture du bol.

Tout fut bientôt terminé. François-Baptiste lui relâcha le bras et suivit sa mère jusqu'à l'autel. Après avoir répété les mêmes gestes avec son fils, la *navigatairé* se plaça entre l'autel et le labyrinthe.

Le bol déposé sur la dalle de pierre, elle s'incisa le bras à l'aide du coutelas et observa les gouttes de sang requises tomber dans le récipient.

Le mélange des sangs.

Alice comprit en un éclair. Le Graal appartenait à toutes les croyances et à aucune. Chrétiens, juifs, musulmans. Cinq gardiens choisis pour leur personnalité et leurs actes, non pour leur sang. Tous égaux.

Elle vit Marie-Cécile ouvrir les livres et en tirer tour à tour un feuillet. Elle leva le troisième, qui n'était pas une simple feuille de parchemin, mais un papyrus. Alors que la prêtresse le portait à la lumière, la croix égyptienne apparut à travers la trame.

L'ankh, symbole de vie.

Marie-Cécile prit le bol et le porta à ses lèvres. Une fois qu'il fut vide, elle le reposa à deux mains et parcourut la chambre du regard jusqu'à ce qu'il rencontrât celui de Baillard. Alice eut l'impression qu'elle le défiait d'interrompre la cérémonie.

Retirant l'anneau de son pouce, elle se retourna vers le labyrinthe de pierre. Dans le frémissement de la flamme, Alice discerna à travers l'ombre de la paroi sculptée deux formes qu'elle n'avait jamais vues auparavant.

Dissimulée dans les méandres du labyrinthe, l'ombre de l'ankh et d'une coupe apparut clairement.

Alice entendit un déclic, comme une clé tournant dans une serrure. Un court instant, rien ne se passa puis, le frottement d'une pierre contre une autre pierre s'éleva des profondeurs de la paroi.

Marie-Cécile recula. Alice se rendit compte qu'au centre du labyrinthe une ouverture à peine plus grande que les livres venait d'apparaître. Un compartiment secret.

Des mots, des phrases jaillirent dans sa mémoire, composés de ses propres découvertes et des enseignements prodigués par Baillard.

Au centre du labyrinthe est l'Illumination. Au centre du labyrinthe réside l'entendement. Alice se prit à songer aux pèlerins chrétiens sur le *Chemin de Jérusalem*, dans la nef de la cathédrale de Chartres, suivant les spirales décroissantes du labyrinthe pour y trouver l'illumination.

Ici, dans le labyrinthe du Graal, la lumière dans toute son acception se trouvait au cœur des choses.

Alice regarda Marie-Cécile de l'Oradore s'emparer d'une lanterne posée sur la dalle de l'autel et la suspendre à l'intérieur. Elle s'y insérait parfaitement. Aussitôt, elle s'illumina et la grotte fut inondée de lumière.

S'emparant d'un des papyrus, elle le glissa dans une fente à l'intérieur de la petite ouverture. La lumière de la lanterne perdit un peu de son intensité et la grotte s'en trouva obscurcie.

Elle fit volte-face pour s'adresser à Baillard en des termes qui brisèrent le charme.

« Vous disiez que je verrais quelque chose ! » l'invectiva-t-elle.

Le vieil homme leva sur elle ses yeux ambrés. Alice aurait aimé qu'il demeurât silencieux tout en sachant qu'il ne le ferait pas car, pour des raisons qui lui échap-

paient, Baillard entendait manifestement laisser la cérémonie suivre son cours.

« La véritable incantation n'est divulguée qu'après
que les trois papyrus auront été superposés. Seulement
alors, par un jeu d'ombre et de lumière, les mots qui
doivent être prononcés, au lieu de ceux devant être tus,
seront révélés. »

Incapable de réprimer les tremblements de son corps,
Alice grelottait. Le froid s'insinuait en elle, à mesure
que sa propre chaleur refluait par le sang qui coulait de
son bras.

Marie-Cécile tournait et retournait les parchemins
entre ses doigts.

« Dans quel sens faut-il les placer ?

— Libérez-moi, répondit sereinement Baillard.
Libérez-moi et placez-vous au centre de la chambre. Je
vous montrerai. »

La *navigatairé* hésita un instant, puis adressa un
signe d'assentiment à son fils.

« Maman, je pense que…, hasarda ce dernier.

— Obéissez. »

Sans mot dire, François-Baptiste trancha les liens de
Baillard, puis fit un pas en arrière.

S'emparant du coutelas, Marie-Cécile se rapprocha
d'Alice.

« Si vous tentez quoi que ce soit, je la tue, m'entendez-vous ? » Elle eut un geste vers son fils, planté près
de Will. « Ou c'est lui qui s'en chargera.

— Je vous entends », acquiesça Baillard en se dirigeant vers l'autel.

Après un bref regard pour Shelagh, qui gisait inanimée sur le sol, il s'adressa à Alice.

« Suis-je dans le vrai ? lui murmura-t-il comme saisi
d'un doute. Le Graal se refusera-t-il à elle ? »

Bien que le vieil homme la regardât dans les yeux, Alice comprit qu'il ne s'adressait pas à elle, mais à quelqu'un d'autre avec qui il avait déjà partagé la même expérience.

Contre toute attente, Alice découvrit qu'elle connaissait la réponse. Elle en était sûre. Elle sourit, lui apportant la confirmation qu'il attendait.

« Il se refusera, dit-elle dans un souffle.

— Qu'attendez-vous ? » vitupéra la *navigatairé*.

Baillard se rapprocha.

« Il vous faut rassembler les trois papyrus et les placer devant la flamme.

— Allez-y, faites-le. »

Alice vit le vieil homme superposer les trois feuillets selon un ordre connu de lui, et les placer à l'intérieur de la niche illuminée. Aussitôt, la lumière émanant de l'alcôve parut décroître, plongeant la grotte dans une quasi-obscurité.

Alors que ses yeux s'accoutumaient à la pénombre, Alice se rendit compte que seuls quelques hiéroglyphes subsistaient, apparaissant dans un jeu d'ombre et de lumière qui suivait le tracé du labyrinthe, alors que tous les signes et les mots superflus demeuraient voilés.

« *Di ankh djet !* » Ces trois sons lui vinrent à l'esprit avec une extraordinaire limpidité. « *Di ankh djet !* », s'écria-t-elle, suivis des paroles incantatoires, dont la traduction s'imposa aussitôt à son esprit.

« Au début des temps, sur la terre d'Égypte, le maître des secrets donna le verbe et l'écriture. Il donna la vie. »

En entendant ces mots, Marie-Cécile se retourna vers Alice et, allant vers elle, lui empoigna le bras.

« Vous lisez les mots, gronda-t-elle. Comment en connaissez-vous le sens ?

— Je l'ignore. Je ne sais pas. »

Comme Alice faisait un geste pour se libérer, la *navigataire* l'attira brusquement vers elle et brandit le coutelas si près de son visage qu'elle en voyait les traces d'oxydation. Elle ferma les paupières, pour mieux répéter :

« *Di ankh djet…* »

Tout à coup, les événements se précipitèrent.

Baillard se jeta sur Marie-Cécile.

« Maman ! » voulut la prévenir son fils.

Will profita de cet instant de distraction pour lancer un violent coup de pied dans les reins du jeune homme. Surpris, ce dernier appuya sur la détente, avant de tomber en avant, dans le bruit assourdissant de la détonation. Alice entendit la balle frapper la paroi rocheuse de la montagne et ricocher dans l'espace.

Marie-Cécile porta vivement la main à sa tempe. Le sang se mit à couler entre ses doigts. Elle chancela, puis s'effondra.

« Maman ! »

François-Baptiste s'était déjà relevé et se précipitait vers sa mère. L'arme qu'il avait lâchée au cours de sa chute avait glissé quelque part près de l'autel.

Baillard prit le couteau et trancha les liens de Will avec une force surprenante avant de le lui mettre entre les mains.

« Allez libérer Alice. »

Will ignora les paroles du vieil homme et se précipita vers François-Baptiste qui, à genoux, tenait sa mère inanimée entre ses bras.

« Non, maman, ne partez pas. Écoutez-moi, maman, réveillez-vous… »

Après avoir assommé le jeune homme en lui heurtant violemment la tête contre le sol rocailleux, Will s'empressa d'aller couper les liens qui immobilisaient Alice.

« Est-elle morte ?

— Je l'ignore.

— Et... »

Il lui effleura les lèvres d'un baiser, puis retira la corde qui lui attachait les mains.

« François-Baptiste restera inconscient assez longtemps pour nous permettre de sortir d'ici, dit-il.

— Occupez-vous de Shelagh, Will, le pressa-t-elle. Je vais aider Baillard. »

Soulevant dans ses bras le corps inerte de l'archéologue, il prit le chemin du souterrain, tandis qu'Alice se précipitait vers Audric.

« Les livres, haleta-t-elle. Il faut les emporter avant leur arrivée. »

Debout, le vieillard contemplait les corps inanimés des l'Oradore.

« Vite, Audric, reprit-elle. Nous devons sortir d'ici.

— J'ai eu tort de vous impliquer dans cette affaire, décréta-t-il posément. Mon désir de savoir, de tenir la promesse faite jadis m'a aveuglé, m'a écarté de toute autre considération. J'ai été égoïste. Je n'ai pensé qu'à moi. »

Le vieillard posa la main sur l'un des livres.

« Vous vouliez savoir pourquoi Alaïs ne l'a pas détruit, déclara-t-il contre toute attente. La réponse est que je m'y refusai. Nous avons élaboré un plan destiné à égarer Oriane et, pour cela, nous sommes retournés dans la grotte. Le cycle de mort, du sacrifice se poursuivait. Faute de quoi, peut-être que... »

Il s'approcha d'Alice, en train de décrocher les papyrus de l'alcôve, avant de conclure :

« Elle n'aurait pas souhaité ceci. C'était trop de vies perdues.

— Nous en reparlerons plus tard, Audric. Pour l'heure, nous devons emporter les livres d'ici. Voilà ce que vous attendiez, la possibilité de voir la trilogie de nouveau réunie. Nous ne pouvons l'abandonner entre les mains de ces gens.

— Je ne sais toujours pas ce qu'il lui est arrivé à la fin », murmura-t-il.

La lampe à huile donnait des signes d'extinction, alors que la pénombre se dissipait à mesure qu'Alice retirait les papyrus de la niche.

« Je les ai, dit-elle, en rassemblant les trois livres qu'elle tendit à Baillard.

— Prenez les livres et partons. »

Entraînant le vieil homme avec elle, Alice traversa l'espace obscur et se dirigea vers le souterrain. Ils trébuchaient sur le bord du creux où s'étaient trouvés les squelettes quand, derrière eux, s'éleva un grondement sourd, puis un bruit de rochers glissant l'un sur l'autre, suivi de deux explosions rapides et étouffées.

Alice se jeta sur le sol. Il ne s'agissait plus d'arme à feu, mais d'un son différent, celui d'un grondement tellurique et profond.

Son sang ne fit qu'un tour. Les papyrus entre les dents, elle rampa en espérant que Baillard la suivait. Le tissu de sa robe coincé entre ses jambes la ralentissait. Son bras saignait profusément et elle ne pouvait s'appuyer dessus. Elle parvint malgré tout à atteindre le pied des marches.

Les grondements continus ne l'empêchèrent pas de se retourner. Ses doigts effleuraient déjà les inscriptions gravées dans la roche, lorsqu'une voix s'éleva :

« Arrêtez-vous ou je le tue. »

Alice se figea.

Ce ne peut être elle. Elle a été touchée à la tête. Je l'ai vue tomber.

« Revenez ici. Lentement. »

Et lentement Alice se mit debout. Quoique chancelante, Marie-Cécile se dressait devant l'autel. Sa robe était éclaboussée de sang et son diadème avait disparu, laissant ses cheveux épars et ébouriffés. Elle tenait l'arme de son fils directement pointée sur la poitrine de Baillard.

« Revenez lentement vers moi, docteur Tanner. »

Alice prit conscience que le sol bougeait. Elle sentait sous ses pieds une vibration qui montait le long de ses jambes des entrailles de la terre et s'amplifiait à chaque seconde.

Marie-Cécile eut tout à coup l'air de le remarquer aussi. Une ombre de désarroi passa sur son visage, alors qu'une nouvelle secousse ébranlait la grotte. Cette fois, il ne faisait aucun doute qu'il s'agissait d'une explosion. Une rafale d'air froid balaya l'espace. Derrière Marie-Cécile, la lanterne se mit à osciller tandis que la pierre du labyrinthe se craquelait et commençait à se fragmenter.

Alice se précipita vers Baillard. Le sol se fendait, s'écroulait derrière elle. Contre toute attente, la roche, aussi vieille que la Terre elle-même, se délitait. Cailloux et gravillons pleuvaient sur elle de tous côtés, pendant qu'elle évitait les failles qui s'ouvraient sous chacun de ses pas.

« Donnez-les-moi ! hurla la *navigatairé* en la menaçant de son arme. Pensiez-vous vraiment que j'allais la
laisser les emporter ? »

Ses paroles se perdirent dans le grondement de la
grotte en train de s'effondrer.

Baillard se releva et répondit :

« Elle ? Non. Pas Alice. »

Marie-Cécile de l'Oradore se retourna pour suivre le
regard du vieil homme.

Elle se mit à hurler.

Dans la pénombre, Alice entrevit quelque chose. Une
lueur, une lueur blanche qui ressemblait à un visage.
Marie-Cécile retourna son arme contre la jeune femme.
Elle hésita, avant d'appuyer sur la détente. Assez longtemps pour permettre à Baillard de s'interposer.

Dès lors, tout parut se dérouler au ralenti.

Alice poussa un cri. Baillard tomba à genoux. La
puissance du recul projeta l'Oradore en arrière jusqu'à
lui faire perdre l'équilibre. Ses doigts tentèrent désespérément de s'agripper à la vie tandis qu'elle glissait
dans la faille qui venait de s'ouvrir sous ses pieds.

Baillard était allongé sur le sol, le sang s'écoulant
en un mince filet du trou qu'il avait dans la poitrine, le
visage d'une lividité qui laissait entrevoir le réseau de
veines bleues à travers le fin vélin de sa peau.

« Nous devons sortir d'ici ! lui cria-t-elle. Une autre
explosion peut se produire à tout moment.

— C'est fini, Alice, lui sourit-il. *A la perfin.* Le
Graal a gardé son secret comme autrefois. Il ne l'a pas
laissée prendre ce qu'elle souhaitait tant posséder. »

Alice tenta de lui opposer un démenti.

« Non, Audric, la grotte était minée. Une autre explosion peut survenir. Nous devons sortir d'ici.

— Il n'y en aura plus, la reprit-il sans laisser place au moindre doute. C'était l'écho du passé. »

Alice se rendait compte combien il lui en coûtait de parler. Elle appuya son front contre celui du mourant. Un faible râle montait de sa poitrine, et son souffle était court et saccadé. Elle essaya d'arrêter le saignement. C'était sans espoir.

« Je voulais savoir quels avaient été ses derniers instants, comprenez-vous ? Elle était enfermée à l'intérieur, sans que je réussisse à l'atteindre », hoqueta-t-il de douleur.

Il prit une autre inspiration.

« Mais cette fois… »

Finalement, Alice se résigna à ce qu'elle avait instinctivement compris dès l'instant où, arrivant à Los Seres, elle l'avait aperçu, debout sur le seuil de la petite maison de pierre cachée dans les replis de la montagne.

C'est son histoire. Ce sont ses souvenirs.

Elle songea à l'arbre généalogique si amoureusement élaboré et pour lequel il s'était donné tant de mal.

« Sajhë. Vous êtes Sajhë », dit-elle.

Un court instant, la vie pétilla dans sa prunelle ambrée, tandis qu'un plaisir intense se peignait sur son visage agonisant.

« Quand je me suis éveillé, Bertrande était près de moi. Quelqu'un nous avait couverts de manteaux pour nous garantir du froid.

— C'était Guilhem, affirma Alice avec conviction.

— Il y eut un terrible grondement. J'ai vu le rocher de la crête basculer et tomber devant l'entrée en projetant des éclats de silex, alors qu'elle était encore à l'intérieur. Je ne pouvais la rejoindre, ni elle ni lui », dit-il d'une voix tremblante.

Il s'interrompit. Autour d'eux, le silence régnait.

« Je ne savais pas, poursuivit-il, angoissé. J'avais promis à Alaïs que, si malheur lui arrivait, je mettrais le *Livre des mots* en sûreté. Cependant, je ne savais pas. Je ne savais pas si Oriane était en possession du livre et où elle était allée se cacher. J'ignorais tout, acheva-t-il dans un souffle.

— Ainsi, les squelettes que j'ai découverts étaient ceux de Guilhem et d'Alaïs, conclut-elle.

— Nous avons retrouvé le corps d'Oriane un peu plus bas, à flanc de colline. Elle ne possédait pas le livre. Dès lors, j'ai compris.

— Ils sont morts ensemble à seule fin de sauver le *Livre des mots*. Alaïs voulait que vous viviez, Sajhë. Afin de prendre soin de Bertrande, votre fille, à tous égards sauf un.

— Je savais que vous comprendriez, sourit-il à travers ses mots qui n'étaient plus qu'un soupir. J'ai vécu trop longtemps sans elle. Chaque jour qui passait, je ressentais son absence. Chaque jour, je regrettais la vie qui m'était donnée, d'être forcé d'exister pendant que tous ceux qui m'étaient chers vieillissaient et mouraient. Alaïs, Bertrande… »

Il se tut, et Alice eut mal pour lui.

« Il ne faut pas vous sentir coupable, Sajhë. À présent que vous savez ce qui s'est passé, vous devez vous pardonner. »

Alice sentait le vieil homme s'éloigner.

Continue de lui parler. Ne le laisse pas s'endormir.

« Il existe une prophétie disant qu'au pays d'oc naîtrait quelqu'un dont la destinée serait de témoigner de la tragédie qui s'y serait déroulée. Comme d'autre avant moi, tels qu'Abraham, Mathusalem, Harif… Je ne souhaitais pas assumer ce rôle, mais je l'ai accepté. »

La poitrine de Sajhë eut un soubresaut. Alice l'attira contre elle et prit sa tête entre ses bras.

« Quand ? demanda-t-elle. Racontez-moi.

— Alaïs a invoqué le Graal. Ici même, dans cette grotte. J'avais vingt-cinq ans. J'étais retourné à Los Seres en pensant que ma vie allait changer. Je croyais pouvoir lui faire la cour et être aimé d'elle.

— Elle vous a aimé, dit Alice avec conviction.

— Harif lui enseigna l'ancien langage des Égyptiens, continua-t-il en souriant. Il semble que quelque trace de cette sapience subsiste en vous. Forte des épistémês que Harif lui avait enseignées et de la connaissance des parchemins, nous sommes venus ici. Comme vous, au moment décisif, Alaïs sut les mots qu'elle devait prononcer. Le Graal opérait par son truchement.

— Comment... » Alice sentit son esprit vaciller. « Que s'est-il passé ?

— Je me rappelle la douceur de l'air sur ma peau, la lumière hésitante des chandelles. Les voix pures qui s'élevaient dans la pénombre. Les mots semblaient s'envoler de ses lèvres. Alaïs se tenait devant l'autel. Harif l'accompagnait.

— Il devait y avoir d'autres personnes...

— En effet, mais... étrangement, je ne me les rappelle pas. Je n'avais d'yeux que pour Alaïs. Pour son visage grave et attentif, avec son petit pli entre les sourcils. Ses cheveux lui tombaient dans le dos comme une cataracte. Je ne voyais qu'elle, ne pensais qu'à elle. Elle leva la coupe et prononça les mots. Ses yeux étaient grands ouverts à cet instant unique d'illumination. Puis elle me tendit la coupe et je la bus. »

Ses paupières eurent les battements précipités des ailes de papillon.

« Si l'existence fut pour vous un tel fardeau, pourquoi avoir poursuivi sans elle ? s'enquit Alice.

— Pourquoi ? s'étonna-t-il. Parce que Alaïs le voulait. Je devais vivre pour relater l'histoire des gens de
cette terre, entre montagnes et plaines. Pour m'assurer
qu'elle ne mourrait pas avec eux. Tel est le dessein du
Graal : aider ceux appelés à témoigner. L'Histoire est
écrite par les vainqueurs, les menteurs, les plus forts et
les plus résolus. La vérité se découvre souvent dans le
silence et les lieux tranquilles.

— C'est bien cela que vous avez accompli, Sajhë,
acquiesça Alice.

— Guilhem de Tudèla écrivit pour les Français
de fausses chroniques sur la croisade contre le pays
d'oc qu'il appela "La Chanson de la Croisade". À sa
mort, un poète anonyme, sympathisant de notre pays,
l'acheva et l'intitula *La Canzó de la Cruzada*. Notre
véritable histoire. »

En dépit de tout, Alice se prit à sourire.

« *Los mots, vivents*, murmura-t-il encore. Les mots
vivants. C'était le commencement. J'avais promis
à Alaïs de dire la vérité, d'écrire ce qui s'était réellement passé en sorte que les générations futures eussent
connaissance des horreurs perpétrées sur nos terres en
leur nom. Qu'elles ne seraient pas oubliées.

» Harif savait. Il avait emprunté seul ce chemin
avant moi. Il avait voyagé à travers le monde et s'était
avisé de ce que les mots étaient déformés, brisés,
détournés de la vérité. Il vécut, lui aussi, pour apporter
son témoignage. » Sajhë retint son souffle. « Il ne sur-
vécut à Alaïs que très peu de temps, quoiqu'il fût âgé
de plus de huit cents ans au moment de sa mort. Ici, à
Los Seres, avec Bertrande et moi à son chevet.

— Où, comment avez-vous vécu au cours de ces nombreuses années ?

— J'ai regardé le vert printemps céder la place à l'or de l'été, les flamboiements de l'automne aux blancheurs de l'hiver, quand je restais assis, attendant le crépuscule. Jour après jour, je me suis demandé : pourquoi ? Si j'avais su ce que serait de vivre pareil isolement, que d'être le témoin esseulé du cycle éternel de la vie et de la mort, qu'aurais-je fait de plus ? J'ai traversé cette longue vie avec le vide en mon cœur. Un vide, au fil des ans, devenu plus grand que mon cœur lui-même.

— Elle vous aimait, Sajhë, le rassura Alice. Autrement que vous, mais sincèrement et profondément. »

Un halo de paix était descendu sur le visage du vieillard.

« *Es vertat.* Je le sais, à présent.

— Si... »

Une quinte de toux le secoua. Des bulles de sang apparurent au coin de ses lèvres qu'elle essuya avec l'ourlet de sa robe. Baillard s'efforça de s'asseoir.

« Je l'ai écrit pour vous, Alice. C'est mon testament. Il vous attend à Los Seres, dans la petite maison qui fut jadis celle d'Alaïs et que je vous lègue aujourd'hui. »

Alice crut entendre dans le lointain le hululement des sirènes troublant la quiétude nocturne de la montagne.

« Ils arriveront bientôt, dit-elle en ravalant son chagrin. Je le leur ai demandé. Restez avec moi, Sajhë. Ne renoncez pas. »

Sajhë secoua lentement la tête.

« C'en est fini. Mon voyage s'achève ici. Le vôtre ne fait que commencer. »

Alice repoussa doucement la chevelure de neige du visage de Sajhë.

« Je ne suis pas elle, souffla-t-elle. Je ne suis pas Alaïs. »

Sajhë exhala un profond soupir.

« Je le sais. Je sais aussi qu'elle vit en vous… et vous en elle. » Il s'interrompit, et Alice se rendit compte à quel point parler le faisait souffrir. « J'aurais aimé rester plus longtemps auprès de vous, Alice. Mais de vous avoir rencontrée, d'avoir partagé ces quelques heures avec vous est plus que ce que j'espérais. »

Sajhë se tut. Les dernières couleurs s'estompèrent lentement de son visage et de ses mains jusqu'à ce qu'il n'en subsistât plus rien.

Une prière, venue des temps anciens, afflua dans sa mémoire.

« *Payre sant, dreyturier de bons esperits.* Ces paroles montaient naturellement à ses lèvres : *Père saint, Dieu juste des bons esprits, toi qui jamais ne trompas, ni ne mentis, ni n'erras, ni ne doutas, de peur que nous ne prenions la mort dans le monde du dieu étranger – puisque nous ne sommes pas de ce monde et que ce monde n'est pas de nous – donne-nous à connaître ce que tu connais et à aimer ce que tu aimes.* »

Refoulant ses larmes, Alice tint Sajhë dans ses bras, cependant que son souffle faiblissait, s'amenuisait, jusqu'à cesser complètement.

Épilogue

Los Seres

DIMANCHE 8 JUILLET 2007

Il est huit heures du soir. Une belle journée d'été s'achève.

Alice va à la fenêtre et ouvre grand les volets aux lueurs obliques et orangées. Une brise légère effleure ses bras nus couleur noisette et ses cheveux rassemblés dans le dos en une simple tresse.

Le soleil est bas, cercle rouge parfait dans le rose et le blanc des cieux. D'immenses ombres obscures se découpent à proximité des pics des monts Sabarthès, pareilles à de grandes étoffes étendues pour sécher. Par la fenêtre, elle voit le col des Sept Frères et, au-delà, le pic de Saint-Barthélemy.

Cela fait deux ans, jours pour jour, que Sajhë a disparu.

Au début, Alice a trouvé difficile de vivre avec ses souvenirs. L'assourdissante détonation dans la grotte, le tremblement de terre, le visage apparu dans la pénombre, l'expression du visage de Will au moment où il avait fait irruption dans la grotte avec le capitaine Noubel.

Elle était par-dessus tout hantée par le souvenir de la lumière s'affadissant dans le regard de Baillard, ou plutôt Sajhë, nom sous lequel elle avait appris à se le rappeler. À la toute fin, elle n'y avait vu nul chagrin, seulement une expression de paix, mais cela n'allégeait pas sa peine.

Cependant, plus elle apprenait plus les peurs qui la retenaient dans ces ultimes instants se dissipaient. Le passé perdait peu à peu son pouvoir de la faire souffrir.

Elle savait que les l'Oradore avaient péri sous les chutes de pierres, quand la grotte avait commencé de s'effondrer. Le cadavre de Paul Authié avait été retrouvé à l'endroit où François-Baptiste l'avait froidement abattu, alors que, près de lui, la minuterie du détonateur poursuivait inexorablement son compte à rebours. Sorte de fin du monde de son cru.

Alors que l'été le cédait à l'automne et l'automne à l'hiver, Alice commençait sa guérison avec l'aide de Will. Le temps accomplissait son œuvre. Le temps et la promesse d'une vie nouvelle. Peu à peu, les souvenirs douloureux s'effaçaient. Pareils à des photographies floues ou oubliées, ils se recouvraient de poussière dans le grenier de sa mémoire.

Alice vendit son appartement d'Angleterre et, après la liquidation des biens de Sallèles d'Aude, elle s'installa avec Will à Los Seres.

De la demeure où jadis avaient vécu Alaïs, Sajhë et Harif elle avait fait la sienne. Ils y avaient apporté quelques aménagements afin qu'elle se conformât au mode de vie moderne qui était le leur, sans que l'esprit des lieux en fût moindrement affecté.

Le secret du Graal est sauf, ainsi qu'Alaïs l'avait souhaité, dissimulé ici, dans ces montagnes intemporelles.

Les trois papyrus, arrachés à leur reliure médiévale, gisaient enterrés sous la roche et la pierre.

Alice comprend que la tâche lui est échue de parachever ce qui a été commencé huit siècles plus tôt. À l'instar d'Alaïs, elle s'avise aussi que le véritable Graal réside en l'amour transmis de génération en génération, de père en fils, de mère en fille. Que la vérité est en nous et tout autour de nous. Dans les pierres et la roche, dans le cycle changeant des saisons de montagne.

Qu'à travers les histoires partagées du passé, nous ne mourrons jamais.

Alice n'est pas convaincue de pouvoir traduire tout cela en mots. Au rebours de Sajhë, elle n'a ni la faconde du conteur ni des talents d'écrivain. Elle se demande si le message dont elle est dépositaire ne se situe pas au-delà du dicible, qu'on le nomme Dieu ou simplement la Foi. Peut-être le Graal est-il une vérité bien trop vaste pour être exprimée ou simplement associée à des contingences temporelles ou spatiales par un truchement aussi fluctuant que le langage.

Elle pose les mains sur l'appui de fenêtre et s'imprègne des subtiles odeurs vespérales : thym sauvage, genêt, empreinte vibrante du soleil sur les pierres, persil et menthe, sauge, toutes les senteurs des herbes aromatiques.

Sa notoriété va croissant. Ce qui n'était au départ que de petites faveurs accordées aux habitants du village est devenu un négoce lucratif. Aujourd'hui, la plupart des hôtels et des boutiques des environs et même jusqu'à Foix ou Mirepoix proposent un éventail de ses produits sous le label *Épices Pelletier & Fille*, nom de ses ancêtres qu'elle s'est approprié.

Parce que trop petit, le hameau de Los Seres ne se trouve pas sur les cartes routières. Peut-être le sera-t-il bientôt. *Benléu.*

Dans le bureau, en bas, le staccato du clavier a cessé. Alice entend Will s'affairer dans la cuisine, sortant les assiettes du vaisselier, de la huche la miche de pain. Bientôt elle le rejoindra. Il débouchera une bouteille de vin et ils siroteront un verre pendant qu'il préparera le repas.

Demain, Jeanne Giraud leur rendra visite. Cette dame digne et charmante fait désormais partie de leurs proches. Après le déjeuner, ils iront au village voisin pour déposer des fleurs au pied du monument dédié à l'historien cathare et au résistant Audric Baillard. En manière d'épitaphe, on peut y lire un proverbe occitan choisi par Alice :

Pas a pas se va luènh.

Plus tard, elle se rendra seule dans la montagne où il gît, sous la colline, comme il l'a toujours souhaité. Sur la stèle, un nom : Sajhë.

Cela suffit pour qu'on se souvienne de lui.

L'arbre généalogique que Sajhë avait reconstitué à l'intention d'Alice est accroché sur le mur du bureau. Alice y a ajouté trois éléments.

Les dates de la mort d'Alaïs et de Sajhë, séparées de quelque huit cents ans.

Le nom de Will, près du sien, ainsi que la date de leur mariage.

Et, tout en haut, là où l'histoire est censée se poursuivre :

SAJHËSSE GRACE FARMER PELLETIER, 28 février 2007- .

Le sourire aux lèvres, Alice va près du lit d'enfant où sa fille donne des signes d'éveil en agitant ses petits pieds. Au moment où elle ouvre les yeux, Alice retint son souffle.

Elle dépose un baiser sur son front et entonne une vieille chanson passée de génération en génération.

> *Bona nuièt, bona nuièt...*
> *Braves amics, pica mièja-nuièt*
> *Cal finir velhada*
> *E jos la flassada*

Un jour, songe Alice, Sajhësse la chantera à son tour à son enfant.

Prenant sa fille dans ses bras, elle s'approche de la fenêtre en pensant à tout ce qu'elle lui enseignera. Les histoires du passé et comment surviennent les événements.

Alaïs n'apparaît plus dans ses rêves. Mais alors qu'immobile, elle contemple la cime des montagnes, les vallées s'étendant à perte de vue, Alice ressent la présence d'un passé qui l'embrasse tout entière. Amis ou ennemis, des esprits lui tendent la main, lui murmurent leur vie d'autrefois et des secrets qu'ils veulent lui faire partager. Ils la rattachent à tous ceux qui, jadis, se sont tenus sur cette colline, ainsi qu'à ceux qui s'y tiendront après elle, rêvant de ce que la vie peut réserver.

Au loin, une lune d'opale se lève dans un ciel, promesse d'un beau lendemain.

Remerciements

Au cours de la rédaction de *Labyrinthe* de nombreux collaborateurs et amis m'ont apporté conseils, aide et soutien. Cependant, il va sans dire que toute erreur en quelque fait ou interprétation que ce soit n'est imputable qu'à moi seule.

Mon agent, Mark Lucas, s'est montré brillant d'un bout à l'autre en me donnant de précieuses informations éditoriales, mais en m'adressant aussi de nombreux cartons jaunes ! Merci également à toutes les autres personnes de chez LAW pour leurs efforts soutenus, et à celles de ILA, particulièrement Nicki Kennedy, la patience personnifiée, qui aura contribué à rendre si attrayant le processus de création.

Chez Orion, j'ai eu la chance de travailler avec Kate Mills, dont la subtile touche éditoriale, la compétence et le caractère réfléchi ont fait de l'élaboration de cet ouvrage un travail passionnant, sans oublier Genevieve Pegg. J'aimerais également remercier Malcolm Edwards et Susan Lamb, initiateurs du projet, sans parler du travail assidu, de l'enthousiasme et de l'énergie déployés par les équipes de marketing, de publicité et de vente, notamment Victoria Singer, Emma Noble et Jo Carpenter.

Bob Elliot et Bob Clack, du Chichester Rifle Club, m'ont l'un et l'autre prodigué des conseils et de fascinantes informations sur les armes à feu, ainsi que le professeur Anthony Moss à propos de l'art de la guerre au Moyen Âge.

À la British Library de Londres, le Dr Michelle Brown, conservatrice des manuscrits enluminés, m'a transmis d'inestimables renseignements sur les parchemins, les manuscrits médiévaux et leur élaboration au cours du XIIIe siècle; le Dr Jonathan Phillips, doyen des conférenciers en histoire médiévale à l'université Royal Holloway de Londres, s'est aimablement penché sur mon ouvrage et m'a prodigué d'excellents conseils. J'aimerais aussi remercier toutes les personnes de la Bibliothèque de Toulouse et du Centre d'Études cathares de Carcassonne qui m'ont prêté assistance.

Mes remerciements à toutes les personnes qui ont collaboré à la création du site web : www.mosselabyrinth. co.uk. sur l'historique des recherches et le processus de rédaction de *Labyrinthe* aux cours des dernières années, particulièrement Nat Price et Jōn Hörôdal.

Je veux exprimer ma gratitude à mes innombrables amis pour s'être montrés si indulgents envers moi et mon obsession pour les légendes entourant les cathares et le Saint-Graal. À Carcassonne, j'aimerais adresser des remerciements tout particuliers à Yves et Lydia Guyou pour leurs éclaircissements sur la musique et la poésie occitanes, et pour m'avoir introduite auprès de nombreux écrivains et compositeurs dont les œuvres m'ont grandement inspirée, sans oublier Pierre et Chantal Sanchez pour leur amitié et leur soutien durant de longues années. En Angleterre, je voudrais mentionner Jane Gregory, dont l'enthousiasme d'alors se révéla si important; Maria Rejt, pour s'être montrée excellent professeur dès le commencement, de même que Jon Evans, Lucinda Montefiore, Robert Dye, Sarah

Mansell, Tim Bouquet, Ali Perrotto, Malcolm Wills, Kate et Bob Hingston, sans oublier Robert et Maria Pulley.

Mes remerciements vont surtout à ma famille. Non contente de nous faire connaître Carcassonne la première, ma belle-mère, Rosie Turner, m'a accompagnée tout au long de ma rédaction, en me prodiguant une aide de chaque instant et une assistance bien au-delà du sens du devoir. Affection et remerciements à mes parents, Richard et Barbara Mosse, de même qu'à mes sœurs, Caroline Matthews et Beth Huxley ainsi que Mark, son mari, pour toute l'aide qu'ils m'ont prodiguée.

Plus important que tout, je tiens à exprimer ma gratitude et mon amour à Greg, mon mari, et à nos enfants, Martha et Felix, pour leur confiance et leur soutien inébranlables. Avec ses encouragements, son objectivité et son optimisme à toute épreuve, Martha n'a pas douté un seul instant que je mènerais mon projet à son terme. En plus de partager ma passion pour le Moyen Âge, Felix m'a instruite des subtilités des armes médiévales, et de la manière dont se déroulait un siège, en me faisant, au fil de l'écriture, d'intelligentes suggestions. L'un comme l'autre, je ne les remercierai jamais assez pour cela.

Pour finir, Greg. Son amour et son soutien – sans parler de son travail assidu, tant intellectuel que pratique ou éditorial – ont été déterminants. Comme cela est toujours et comme cela a toujours été.

Glossaire

Agost août
Amban passage couvert construit autour des remparts
Ben bien
Benvenguda bienvenue
Bonjorn bonjour
Cadefalc barricade mobile
Calèche charreton
Calèlh lampe à huile
Coratge courage
Defòra dehors
Deman demain
Dintrar entrez
Doçament doucement
Faitilhièr sorcière
Faratjals pâturages
Filha fille
Gata chariot à quatre roues tendu de peaux de bœufs
Janvièr janvier
Julhet juillet
Libres livres
La Ciutat la Cité
Lo Miègjorn le Midi

Març mars
Menina grand-mère
Meravelhós merveilleux
Mercé merci
Molin blatier moulin à blé
Montanhas montagnes
Na madame
Nenon bébé
Noublessa noblesse
Oc oui
Oustâou demeure
Paire père
Panièr panier
Pan de blat pain de blé
Payre Sant saint-père
Payrola chaudron
Pec idiot
Perfin enfin
Perilhòs danger
Res rien
Sénher monsieur
Sirjans d'armes sergents d'armes
Sòrre sœur
Trouvère troubadour
Vuèg vide

Bibliographie

Histoire des croisades – Steven Runciman, Dagorno, 1956

Bélibaste – Henri Gougaud, Éditions du Seuil, 1982

Carcassonne au cœur – Claude Marti, Loubatières, 1999

Les Cathares – Yves Rouquette, Loubatières, 1998

Choléra – Joseph Delteil, Grasset, 1923

Crusader : By horse to Jerusalem – Tim Severin, Hutchinson, 1989

Aliénor d'Aquitaine – Alison Weir, Siloë, 2005

La Canso : 1209–1219. Les croisades contre le Sud – édité par Claude Marti, Loubatières, 1994

La Religion cathare – Michel Roquebert, Loubatières, 1986

La Religion des Cathares – Jean Duvernoy, Mouton, 1976

La Vie quotidienne des Cathares au XIIIe siècle – René Nelli, Hachette, 1989

Le Vrai Visage du catharisme – Anne Brenon, Loubatières, 1997

Paesi catari – Georges Serrus, Loubatières, 1996

Les Cathares – René Nelli, Ouest-France, 1993

Les Femmes cathares – Anne Brenon, Perrin, 1992

Le bûcher de Montségur, 16 mars 1244 – Zoë Oldenburg, Gallimard, 1959

Montaillou : village occitan de 1294 à 1324 – Emmanuel Le Roy Ladurie, Gallimard, 1985

Parzifal (Perceval le Gallois) – Wolfram von Eschenbach, Aubier, 1992

The Albigensian Crusade – Jonathan Sumption, Faber and Faber, 1999

The Crusades 1095–1197 – J. P. Phillips, Longman, 2002

The Fourth Crusade – J. P. Phillips, Cape, 2004

The Gospel of John – Claus Westermann, Hendrickson, 1998

The Keys of Egypt : The Race to Read the Hieroglyphs – Lesley & Roy Adkins, HarperCollins, 2000

Perceval ou le roman du Graal – Chrétien de Troye, Gallimard, 1997

Les Derniers Cathares 1290–1329 – René Weis, Fayard, 2002

Pour une liste détaillée des titres et des sources ou pour ajouter des lectures à conseiller, visitez le site www.mosselabyrinth.co.uk.

Table

Prologue 15

La cité sur la colline 43

Les gardiens des livres 289

Le retour vers les montagnes 633

Épilogue 817

Remerciements 823

Glossaire 827

Bibliographie 829

Composition réalisée par ASIATYPE

Achevé d'imprimer en septembre 2007 en Espagne par
LIBERDÚPLEX
Sant Llorenç d'Hortons (08791)
N° éditeur : 92903
Dépôt légal 1re publication : mai 2007
Édition 03 - septembre 2007
LIBRAIRIE GÉNÉRALE FRANÇAISE - 31, rue de Fleurus - 75278 Paris Cedex 06

31/1900/5